LES NUITS
RUSSES

PAR

OLYMPE AUDOUARD

PARIS

E. DENTU, LIBRAIRE-EDITEUR

PALAIS-ROYAL, 15-17-19, GALERIE D'ORLÉANS

LES

NUITS RUSSES

LIBRAIRIE DE E. DENTU, ÉDITEUR

OUVRAGES DU MÊME AUTEUR

F. Aureau. — Imprimerie de Lagny.

LES

NUITS RUSSES

PAR

OLYMPE AUDOUARD

PARIS

E. DENTU, ÉDITEUR

LIBRAIRE DE LA SOCIÉTÉ DES GENS DE LETTRES

PALAIS-ROYAL, 15-17-19, GALERIE D'ORLÉANS

—

1876

AVERTISSEMENT

Si un titre avait besoin d'être expliqué, voici comment j'expliquerais celui que je donne à cet ouvrage :

En Russie, grandes dames et grands seigneurs se lèvent vers les onze heures ; ils bâillent, fument, paressent, font une demi-toilette tout en se demandant : « Que ferons-nous ce soir ? » Cette grave occupation les conduit jusqu'à six heures ; ils dînent, font une sieste et enfin ils se réveillent, font une toilette de cérémonie, et pour eux commence la vraie vie. Ils vont au théâtre ou à une avant-soirée ; on appelle ainsi les petites réunions intimes, qui commencent à huit heures et finissent à dix ; vers les onze heures ils font des visites ou vont en soirée. A deux heures du matin tout Pétersbourg soupe, il est bruyant, animé ; jusqu'à cinq heures, les traîneaux se croisent rapidement, les cochers s'injurient au passage, c'est leur façon à eux de s'amuser.

D'autre part, tous les grands drames qui ont ensanglanté la Russie, toutes les grandes comédies qui s'y sont jouées, se sont passés la nuit ; les conter, c'est décrire les nuits russes.

Et enfin ces régions hyperboréennes ne sont-elles pas

1

soumises à ces longues nuits de six mois et à ces jours
sans fin de six mois également? En effet, pour les régions renfermées dans le cercle polaire, l'année se partage en six mois de jour et six mois de nuit; jours et
nuits sont coupés par des crépuscules plus ou moins
prolongés, selon que la contrée est plus ou moins éloignée
du pôle.

Pétersbourg a le privilége de se trouver sous la latitude
de ces nuits polaires, que les Russes ont appelées nuits
blanches et qu'ils devraient appeler nuits ensoleillées;
elles commencent vers le 1er juin et finissent vers le
15 juillet. On jouit à ce moment d'un spectacle étrange et
saisissant : le soleil s'enfonce dans la mer entre le nord
et le nord-ouest, mais il laisse derrière lui une longue
traînée d'étincelles, une queue flamboyante qui suffit à
éclairer la terre; la lune se lève, elle marie sa lumière
blafarde à ces lueurs rouges, et ces rayons unis des deux
astres jusque-là rivaux, forment une lumière ombrale et
spectrale; les monuments, les arbres sont dessinés sèche-
ment et nettement sans être illuminés; c'est du dessin,
mais non de la peinture, la magie des couleurs manque.

L'homme ainsi éclairé ressemble à un fantôme, l'âme
inquiète, agitée, se sent un malaise qu'elle ne peut dé-
finir.

On ne se croit plus dans le monde vivant, mais dans
les régions des trépassés; parfois on croit assister à une
fantasmagorie éclairée par la lumière électrique, et on
s'attend à la voir disparaître comme un décor de théâtre.

Deux heures s'écoulent dans ce crépuscule assez lumineux permettant d'écrire et de lire, et l'aurore aux teintes
empourprées se lève à l'horizon, et bientôt le soleil brille

encore, mais quelle différence entre ce soleil et celui de l'équateur! Celui qui éclaire la Russie ressemble assez aux rayons rouges et obliques que vous projetterait un appareil électrique, il ne donne aucun relief aux sites, aucun accident aux horizons; tout est éclairé, rien n'est illuminé; ailleurs le grand artiste divin a peint des tableaux splendides, en Russie il a simplement *fusiné* des esquisses.

On le voit, si un titre devait être soumis à une autre loi que celle de la fantaisie, j'aurais plus d'une excellente raison à donner en faveur du mien.

Mais s'il est permis à un titre d'être fantaisiste, il n'est point permis au plan d'un ouvrage de sacrifier trop à la fantaisie; je sais cela fort bien, et c'est pourquoi je veux, avant tout, donner l'explication de celui que j'ai adopté.

Je n'ignore pas qu'il n'est pas d'usage, lorsqu'on écrit un livre de voyage, de faire précéder ses remarques et impressions sur les peuples et les pays qu'on a visités d'une sorte de précis de l'histoire de ces peuples, et pourtant c'est ce que je fais dans cet ouvrage. Avant de dire ce que je pense de la Russie actuelle, je raconte les faits principaux qui s'y sont passés depuis la fondation de son empire (862); avant de parler des Russes d'aujourd'hui, je vous parle des Russes d'autrefois.

J'ai adopté ce plan forcément, et non par fantaisie ou caprice. Sans ce retour vers le passé, mon livre serait incompréhensible, et parfois mes appréciations sembleraient paradoxales ou dénuées de justesse. Je vais vous le prouver, ou du moins essayer.

Par exemple, je crois, moi, et ceci est passé chez moi à l'état de conviction profonde, que la Russie a reçu la mission de faire luire un jour une grandiose civilisation qui sera toute différente de celles qui ont éclairé la terre de puis six mille ans, la civilisation hyperboréenne. On pourra me répondre que ce pays est assez arriéré pour ne point donner cette espérance. Ce qui m'a conduite à cette conviction, c'est l'étude et la philosophie de l'histoire de ce pays; il faut donc que je vous parle de cette histoire, pour essayer de vous faire partager mon opinion.

Maintenant, s'il m'arrive de dire cette grande vérité, que c'est le despotisme qui a créé le progrès et la civilisation dans cet empire et même la liberté, on croira que je suis un de ces esprits rétrogrades, ou une adoratrice des gouvernements *à poigne*. Comme il n'en est rien, je dois donner la preuve de ce que j'avance.

Si je rends la justice due au gouvernement actuel, bien des personnes me diront : La Sibérie est là pour prouver qu'il n'est point si paternel que cela.

Mais si je rappelle les actes et le caractère des souverains des deux dynasties, alors Alexandre II apparaîtra le Washington de la Russie.

Et si je retrace le tableau exact de la Russie au seizième siècle, on verra quel immense progrès réalisé en 1876.

Pierre le Grand, pour celui qui a oublié ou qui ignore l'histoire de Russie, n'est qu'un monstre intelligent et orgueilleux, mais pour celui qui a présents à la mémoire les règnes d'Iwan IV et de Boris Godounoff et la période des dix ou douze faux Dmitry, et qui songe en quel état de barbarie et de démoralisation se trouvait cette contrée à l'avénement de la famille Romanoff; pour celui-là, Pierre le Grand est un génie bienfaisant, car celui-là comprend que si, pour saper le mal, l'ignorance et la barbarie, il s'est servi parfois de moyens détestables, c'est qu'il n'avait pas le choix ; son but était grand et louable, pour l'atteindre il a dû se servir des seuls moyens qu'il eût en son pouvoir.

Enfin comment expliquer, par exemple, les idées païennes de certains Russes, leur idolâtrie, leur culte pour l'image sans rappeler de quelle façon bizarre et unique le christianisme a été imposé à ce peuple.

Si je parle du parti des vieux Russes, serai-je comprise ?

Pour apprécier ces lois, qui sont les seules au monde qui donnent à la femme une égalité complète, et qui l'émancipent du joug marital, n'est-il pas intéressant de retourner en arrière et de connaître l'histoire et les phases diverses du code russe ?

Pour apprécier le ton et l'instruction des femmes russes, ne doit-on pas constater qu'avant Pierre le Grand elles vivaient séparées des hommes, n'assistaient à aucune fête ?

Le passé, plus que partout ailleurs, a laissé des traces profondes en Russie : démoralisation, dissimulation, servilité, la haine de l'étranger, encore vivace dans le cœur du vieux Russe, tout est un héritage de ce triste passé. Aussi à chaque page, à chaque fait que je contais, j'étais forcée de remonter en arrière, si bien que j'ai jeté au feu mon travail à moitié fait et je l'ai recommencé en adoptant ce plan-ci : écrire d'abord ce que l'étude de son histoire m'a appris, et ensuite raconter ce que j'ai vu, admiré ou critiqué dans la Russie actuelle ; et alors mon récit est devenu clair, mes appréciations se sont trouvées motivées, et j'ai pu essayer de faire comprendre la Russie d'aujourd'hui par la Russie d'autrefois.

L'histoire russe est loin d'être aride ; en la lisant on croit lire les contes de Croquemitaine, de géants féroces, et parfois des légendes à l'Edgar Poe ; c'est une suite non interrompue de drames inouïs, horribles, épouvantables.

Ceci m'a encore affermie dans l'idée d'adopter ce plan, n'ayant point à redouter l'écueil de faire précéder un livre de voyage qui doit être amusant, intéressant et humoristique, d'un précis ennuyeux.

Vous le voyez, j'ai eu une foule d'excellentes raisons pour sortir du chemin battu. Les trouverez-vous bonnes ?

Je ne me dissimule pas que, le Français aimant assez suivre la routine, il pourra se dire : Un livre de voyage débutant par deux cents pages d'histoire ne peut être que monotone.

Et il laissera peut-être dans les magasins de mon éditeur mes *Nuits russes*. J'en serais désolée, mais j'aurais la satisfaction de n'avoir échoué que pour avoir essayé de bien faire.

Maintenant, si quelques critiques, quelques écrivains me font par hasard l'honneur de me lire, ils pourront me dire : Votre retour en arrière était inutile, nous connaissions mieux que vous l'histoire de la Russie.

De ceci je ne doute pas, mais ces messieurs conviendront bien avec moi que la généralité du public en France connaît à merveille ses classiques ; elle n'ignore rien de la Grèce, de l'empire romain, la mythologie même lui est familière ; elle sait parfaitement les moindres épisodes de notre histoire, mais par exemple elle est beaucoup moins ferrée sur l'histoire des nations de l'Europe ; je dois même avouer que notre réputation est toute faite là-dessus à l'étranger, où l'on rit de notre ignorance à ce sujet.

A ce propos, permettez-moi de vous conter une petite malice que j'ai faite, il y a peu de temps, à des Russes. C'était dans un salon : trois Russes, instruits, savants même, parlaient des Français, ils en disaient un grand bien, mais... oh! il y avait un mais, ils ajoutaient : Comprend-on que des hommes instruits, intelligents, travailleurs, comme le sont la plupart des Français, ignorent de parti pris l'histoire des autres pays ?

— Croyez-vous qu'ils l'ignorent tant que cela? insinuai-je.

— Si nous le croyons! Mais chaque jour nous en avons la preuve en causant avec eux; ainsi la Russie est certes un assez vaste et puissant État pour qu'on se préoccupe de son passé et de son présent, eh bien, les Français ne connaissent ni l'un ni l'autre, me répondirent en chœur et avec quelque humeur ces trois grands seigneurs moscovites.

— Je pense, dis-je encore, que vous calomniez un peu mes compatriotes.

— Mais comment donc! s'écrièrent-ils, à chaque instant on nous dit des choses phénoménales qui nous donnent la certitude que la Russie n'est pas plus connue en France que ne l'est une province centrale de la Chine.

— Eh bien, messieurs, vous vous trompez; ou plutôt les Français s'amusent à vous tromper : ils connaissent parfaitement votre histoire, mais pour vous faire poser un peu, ils font semblant de n'en pas savoir le premier mot.

Ces trois Russes me regardaient d'un air stupéfait, mon aplomb leur paraissait par trop robuste.

— Voulez-vous une preuve de ce que j'avance? leur dis-je; je ne suis qu'une femme, je sais cent fois moins que les hommes, pourtant le peu que je sais de votre histoire vous prouvera que j'avais raison, et que si le Français se plaît à laisser croire qu'il ignore un sujet, c'est pour se donner le malin plaisir de faire poser son interlocuteur. Et je commençai ainsi : Votre histoire a cinq périodes, cinq capitales, deux dynasties, douze hommes célèbres.

Et je fis l'historique succinct de ces périodes, les biographies de ces grands hommes, ensuite je leur dis : Voulez-vous à présent l'histoire plus moderne? arrivons à Catherine II. Voulez-vous que je vous conte comment Pierre III a été empoisonné à Orienbourg? Voulez-vous les noms des exécuteurs des hautes œuvres de la czarine? Le prince O....; le comte X.... Préférez-vous des détails sur la façon dont Paul III a été étranglé; les noms, le détail des pantoufles?...

Mes trois interlocuteurs donnaient des signes évidents de malaise depuis que j'avais abordé cette histoire moderne. Je me mis à rire et j'ajoutai : Je puis même vous prouver que si j'ai su lire dans les livres de vos bibliothèques, je lis aussi dans vos pensées. Chacun de vous se dit dans ce moment : Qui sait si mes deux compatriotes là présent, n'appartiennent pas à la troisième section? qui sait si ces murs n'ont pas des oreilles, et qui sait enfin si je ne serai pas vertement tancé d'avoir osé écouter une partie de notre histoire, que tout Russe doit ignorer?

Ces messieurs sont des hommes, des esprits, ils ont bien pris ma boutade et m'ont dit en riant : Décidément nous commençons à croire que nous nous sommes trompés du tout au tout, les Français savent même trop bien notre histoire.

— Soyez convaincus, leur dis-je avec un grand sérieux, que lorsqu'un de mes compatriotes vous dira une naïveté sur votre pays, ce ne sera que pour vous faire une innocente plaisanterie.

— Pour moi, s'écria D..., je ne souffrirai plus qu'on me fasse poser!

Son ton menaçant me fit craindre d'avoir un jour un duel sur la conscience, aussi j'avoue ici à D... et à ses amis que nous ignorons généralement en France les histoires des nations d'Europe et surtout celle de Russie ; si je l'ai apprise un peu, moi, c'est que j'y étais forcée : il est impossible d'écrire sur un pays sans connaître bien son passé.

Mon plan est-il bon?

Mon chapitre sur la Russie d'autrefois trouvera-t-il grâce devant mes lecteurs?

C'est à eux de répondre à ces questions, si les *Nuits Russes* ont de nombreuses éditions, leur réponse sera pour moi des plus satisfaisantes, et c'est la grâce que je me souhaite.

OLYMPE AUDOUARD.

LES NUITS RUSSES

L'AVENIR DE LA RUSSIE

Si l'on juge superficiellement la Russie, on se contente de parodier avec des variantes la fameuse phrase : C'est un colosse aux pieds d'argile !

Et alors on peut la décrire ainsi : Deux grands déserts, l'un tout de glace, l'autre tout de steppes arides; de ces deux déserts surgissent de loin en loin quelques oasis fertiles et des cités possédant d'innombrables coupoles dorées, des campaniles grecques et toutes sortes de monuments dûs à l'art byzantin. On fait remarquer que cette architecture jure avec le paysage morne et désolé qui lui sert de cadre.

En parlant des habitants de cet empire on ajoute : Ce sont des barbares civilisés qui n'ont appris que deux choses de la civilisation, l'art de dissimuler leurs instincts sauvages, et l'art d'imiter adroitement les usages des peuples policés.

Mais si on étudie cette contrée, en cherchant dans son passé le pronostic de son avenir, et si pour l'entrevoir on se sert de l'enseignement philosophique que nous fournissent ses annales, et si enfin on tient compte de la loi fatale du destin, loi dont l'histoire universelle démontre toute l'invariable précision; alors on juge bien différemment la Russie et l'on s'arrête étonné, je dirais même épouvanté, car ce colosse vous apparaît ce qu'il est en réalité : l'ébauche informe d'une civilisation grandiose, d'une puissance formidable, faites pour éclipser un jour en force et en splendeur toutes les civilisations qui ont brillé sur notre globe, et l'on sent que peut-être ce colosse hyperboréen dominera dans les siècles à venir le reste du monde.

Voyons ce que nous enseigne l'histoire universelle.

La civilisation a lui d'abord dans les régions tropicales, il semblait qu'elle eût besoin, pour éclore, des chauds rayons du soleil. L'Indoustan, l'Assyrie, l'Égypte, la Grèce et Rome, ont tour à tour brillé du plus vif éclat. Puis la lumière s'est éteinte, et la civilisation s'est transportée dans les régions moyennes et tempérées; elle y règne aujourd'hui encore, mais elle a pris sa marche ascendante, et déjà s'allume au nord, près des glaces du pôle, un flambeau dont la clarté est un peu vacillante; mais l'inflexible loi de l'histoire nous montre clairement que l'heure de la civilisation hyperboréenne approche.

Cette loi de l'histoire universelle nous enseigne encore que toutes les œuvres humaines et terrestres, sont fatalement vouées au chiffre fatidique *trois* : la naissance, la marche ascendante et la décadance, dont la mort n'est que le résultat nécessaire.

Nous avons eu la civilisation des climats brûlants, puis celle des climats tempérés, tout indique que nous aurons la civilisation de la zone glaciale ; ici aussi le chiffre *trois* est fatal. Cette dernière lumière éclairera une immensité, car l'Amérique se joindra à la Russie pour former cette œuvre colossale. Quoique inconscientes encore du rôle qu'elles joueront un jour, ces deux nations, poussées par le destin, se sont tendu déjà la main par-dessus le détroit de Behring.

Deux choses encore sont de nature à nous faire pressentir que cette civilisation devra remplacer toutes les autres, et cet empire être unique, ce sont celles-ci : 1° cette civilisation ne sera pas *sui generis*, mais universelle, et formée des divers éléments de toutes ses devancières.

Ainsi l'Amérique est peuplée d'éléments cosmopolites qui ont implanté dans cette contrée les arts, les sciences, les coutumes des divers peuples européens. Son peuple indigène n'est pas civilisable, il est condamné à finir. L'histoire de la Russie va nous prouver que la nature du Russe ne peut engendrer la civilisation. Aucun art, aucune science, aucun progrès n'est fils de ce sol ; la première civilisation y est née du contact de ces barbares du nord avec les Grecs ; mais, livrés à eux-même, la capitale de l'empire reculée de Kieff à Vladimir, on a vu les Russes se replonger dans la barbarie. Tous les grands princes qui, avant Pierre le Grand, ont voulu tenter de civiliser leur patrie, n'ont rien trouvé de mieux à faire que d'appeler des étrangers chez eux. Pierre Ier a usé de ce moyen sur une vaste échelle ; le résultat a été d'introduire les arts et les sciences en Russie, mais non d'éclairer la nation. A l'heure actuelle les chaires sont occupées en majorité par des étrangers, instituts, musées, académies, industrie, banque, commerce, tout est dirigé par des étrangers ; le peuple reste plongé dans l'ignorance ;

seulement les étrangers appelés par Pierre Ier ayant
multiplié, leurs enfants étant devenus Russes, il y a dans
cet empire une assez grande quantité de personnes
savantes et instruites. Comme toutes les règles, celle-ci
a quelques brillantes exceptions, mais la diffusion de
lumière, et surtout la mansuétude des mœurs trouveront
toujours la race slave-varègue-finnoise-mongole rebelle.
Ces quatre peuples se sont fondus, fusionnés en un seul
peuple, qui est le peuple russe actuel.

Les annales de cette contrée nous fournissent la preuve
que ce peuple livré à lui-même, séparé de l'élément
étranger, reste par instinct plongé dans l'ignorance;
dans le progrès, il ne voit qu'un changement, et tout
changement lui fait horreur. Despote cruel comme chef
de famille, la cruauté et le despotisme de ses souverains
lui paraissent une chose naturelle ; par essence il est
souple, servile envers ses supérieurs, arrogant, sans pitié
pour ses inférieurs.

Dans toute la race des grands princes de la famille de
Rurick, nous trouvons des instincts barbares, sangui-
naires; ses plus grands hommes, ceux-là même qui ont
accompli de grandes choses, ont commis des crimes
odieux ; sous l'intelligence, le génie de l'homme, on sent
en eux les appétits du tigre.

En 1613, les Romanoff montent sur le trône, et l'on
voit la cruauté s'affaiblir, les supplices diminuent, ils
introduisent des mœurs plus douces. Mais c'est qu'en
eux l'élément étranger avance sur le trône, les Romanoff
sont Allemands d'origine. Il est vrai que leurs aïeux se
sont mariés à des femmes russes, et cette moitié de sang
russe dans leur veines fait que Pierre le Grand, tout en
étant un génie, tout en représentant le bien qui veut
enfin extirper le mal de cet empire, ensanglante pourtant son règne par des crimes inouïs.

Un jour, ce grand homme fait rassembler les annales de la Russie; il les lit avec attention, et il reste épouvanté de cette longue série de forfaits odieux. Alors il comprend que, livré à lui-même, ce peuple restera barbare, car il aime le sang : ennuyé, blasé, la vue des supplices lui apparaît comme une émotion agréable qui vient rompre la monotonie de son existence, et Pierre Ier veut à tout prix mélanger ce sang d'un sang plus débonnaire : il attire l'étranger par tous les moyens, il brise cette muraille de ténèbres qui jusquelà avait séparé la Russie du reste de l'Europe, seulement il se sert de procédés détestables pour arriver à ce but; il est encore à moitié Russe, ce qui fait qu'il n'en comprend pas l'horreur.

Pierre le Grand me rappelle un homme fort intelligent que j'ai connu il y a quelques années, c'est Geffrard, l'ex-président de la république de Haïti; il me disait un jour: « Les Haïtiens ont été des ingrats et des fous de me chasser, car j'allais faire pour eux une chose excellente, j'allais exterminer petit à petit la race nègre. Mon projet était de faire venir de l'Irlande des hommes et des femmes en foule, j'aurais marié les premiers aux négresses et les secondes aux nègres, ainsi blanchis peu à peu, il n'y aurait plus eu que des blancs dans ma patrie, dans dans un siècle ou deux. »

Pierre le Grand avait pensé, lui, que peu à peu un sang cosmopolite venant se mêler au sang russe, celui-ci perdrait à la longue ses instincts féroces. La dynastie des Romanoff semi-russe, semi-allemande, a fait place en la personne de Pierre III au sang-pur allemand, et depuis, elle est étrangère au sang russe; czars et grands-ducs ayant renoncé depuis Pierre Ier à prendre leurs femmes dans la noblesse du pays; voilà donc l'élément complétement étranger sur le trône ! Les mœurs se sont adoucies, le gouvernement, tout en restant autocratique, n'ensanglante plus le sol du sang de ses victimes, l'ère des monstruosités est passée; les idées libérales, on peut même l'affirmer, partent de la cour plus que du sein de la nation; les lois sont plus libérales que le caractère du peuple, et beaucoup d'entre elles lui apparaissent à cause de cela absurdes; ainsi, par exemple, pour mettre un frein au despotisme souvent barbare des pères et des époux, le code a édicté d'excellentes lois, mais le vieux Russe, le pur Slave, lorsqu'il est appelé à la police et condamné pour avoir par trop maltraité ses enfants, ou sa femme, s'écrie d'un air aussi mécontent qu'étonné : « Eh quoi! ces enfants sont à moi et je n'ai plus le droit de les battre et de les tuer si tel est mon bon plaisir! »

Et il s'en va en grommelant entre ses dents : « Qui nous rendra nos anciennes lois, nos anciens usages? qui chassera ces maudits étrangers qui apportent chez nous leurs détestables coutumes? »

L'histoire de la Russie et l'étude de la Russie actuelle offrent un vif intérêt; elles nous montrent d'abord ce fait unique d'un pays où tout a été implanté par la force et à coups de hache : progrès, sciences, arts, christianisme, et même les idées libérales; tandis que, dans toutes les autres contrées, il s'est formé peu à peu une classe d'oisifs qui, débarrassés du soin de gagner leur existence, sont devenus des penseurs; la réflexion les a conduits à l'étude, et, de l'étude, ils sont arrivés à la science, et, par un travail latent de diffusion, la lumière a pénétré dans les masses et le progrès est devenu général.

En Russie, les choses ne se sont point passées ainsi; un seul homme est né de loin en loin ayant du génie, et, moitié poussé par l'instinct de ce génie, moitié mû par un sentiment d'amour-propre vis-à-vis de l'Europe, il a

essayé de civiliser sa patrie ; le hasard a voulu que cet
homme fût toujours celui qui avait le pouvoir en main,
et il s'est servi de la force qu'il possédait pour implanter
le progrès. Je me sers à dessein du mot implanter, car
ces princes ne sont point parvenus à infuser la civilisation dans le sang russe, mais seulement à l'implanter
sur leur sol.

Le naturel de l'Amérique n'est point civilisable. Le
progrès cosmopolite et européen a conquis ce sol, qui
n'a ni art ni science propres.

En Russie, l'architecture est grecque ou byzantine ;
la science, l'industrie, les arts, la banque, tout y est cosmopolite et tenu par des étrangers : ils sont directeurs
des musées, professeurs de sciences, créateurs des chemins de fer, fondateurs et gérants de banques. Le Russe
n'a pas même su se construire des auberges confortables. Ce sont des étrangers qui ont fondé et qui tiennent
les seuls hôtels où l'on soit à peu près bien ; partout où
l'élément étranger n'a pas pénétré, on ne trouve qu'i-
gnorance et antique barbarie.

Et cependant, depuis Pierre Ier, la Russie marche à
pas de géant dans le chemin du progrès; mais ce progrès ne lui est pas personnel, il est cosmopolite, et c'est
l'élément cosmopolite qui le dirige.

Ceci ne semble-t-il pas indiquer que dans quelques
siècles un formidable changement d'axe s'opèrera dans
le vieux monde, et ne peut-on pas conjecturer que le
nouveau sera formé de ces deux immensités réunies qui
ont nom Russie et Amérique ?

Notons encore que la Russie et l'Amérique ont les
moyens d'offrir une vaste hospitalité à des centaines de
millions d'habitants, et que ces deux centres possèdent
dans leurs divers États tous les climats du vieux monde.
Ainsi, si l'ours hante le Canada, la vigne croît en Cali-

fornie, et si le nord de la Russie est un désert de glaces, le mûrier, la vigne, le safran et l'olivier viennent dans la Tauride.

Laissons à présent l'avenir de ce grand empire pour nous occuper de son passé et pour arriver ensuite à son présent; il va sans dire que ce n'est point une histoire russe que je vais vous donner, je me bornerai simplement à vous rappeler les principaux faits des annales de cette contrée, en insistant surtout sur les événements et les règnes qui ont laissé une empreinte sur la Russie d'aujourd'hui.

LES CINQ CAPITALES DE LA RUSSIE

NOVGOROD

Les annales russes ont cinq grandes périodes qui correspondent aux cinq capitales de cet empire : écrire l'histoire de ces cinq capitales, c'est écrire l'histoire de la Russie.

Novgorod représente l'ère de fondation ; en 862, Rurick, chef des Varègues de la mer Baltique, soumit à son joug les Slaves et les Finnois, et plaça la capitale de l'empire qu'il fondait dans la cité républicaine de Novgorod.

Le grand Oleg, attiré par un climat plus doux, un sol plus fertile, et aussi par la richesse et le luxe, transporta le siége de l'empire au sud, à Kieff, en 882 ; cette ville lui offrait encore l'avantage d'avoir son camp plus à portée pour aller piller la Grèce.

Kieff a vu éclore et grandir la gloire gothique, elle a assisté aux victoires et aux conquêtes. La période glorieuse et puissante a eu cette ville pour capitale.

En 1169, les discordes intestines éclatent, elles affaiblissent la force du pouvoir, l'ère de défaites et de honte arrive, André abandonne Kieff et fait de Vladimir la capitale de l'empire.

En 1328, Moscou s'élève et détrône Vladimir, c'est l'ère de libération qui avance et elle aura cette ville pour métropole.

En 1703, Pierre le Grand va jeter les fondements de la cinquième capitale à l'endroit même où Rurick, le fondateur de l'empire, avait reçu le jour, à l'entrée du golfe de Finlande.

Pétersbourg a vu naître et continue à voir briller l'ère de la civilisation cosmopolite.

Chaque période de l'histoire russe, on le voit, se trouve comme incarnée dans une de ces cinq villes capitales.

Vers le milieu du neuvième siècle, l'immense étendue de terre, qui forme ce qu'on nomme aujourd'hui la Russie d'Europe, n'était occupée que par des tribus sauvages et nomades : les Finnois au nord, les Scythes au midi, les Slaves au centre et les Varègues sur les rives de la Baltique.

Les Varègues, pirates et guerriers, obéissaient à des chefs qui prenaient le nom de grands princes et auxquels on accordait le double privilége du despotisme et du sacerdoce, et cela volontairement et comme chose due ; car, aux yeux de ces hommes sauvages, ces princes étaient les représentants terrestres des divinités, et du reste, ils ne comprenaient qu'un pouvoir illimité d'un côté, et une obéissance passive de l'autre.

Les Varègues avaient une si ardente vénération pour leurs chefs, que lorsque ceux-ci mouraient, ceux qui formaient leur garde d'honneur se tuaient en masse sur leur tombeau, afin d'aller continuer auprès d'eux leur service dans l'autre monde.

Leur religion était toute guerrière, elle faisait du haut fait d'arme l'action la plus méritante aux yeux des divinités, et elle établissait que le prisonnier de guerre devait être l'esclave du vainqueur dans cette vie et dans l'autre. Aussi voyait-on les Varègues s'entre-tuer eux-mêmes plutôt que de se rendre à l'ennemi vainqueur, et celui-ci ne trouvait comme trophée qu'un monceau de cadavres.

Au neuvième siècle, les Varègues étaient armés d'épées tranchantes, de massues à tête de fer; ils portaient des brassards, des casques et des cuirasses; ils avaient une tactique militaire; ils se gardaient régulièrement par avant-postes, et ils se retranchaient dans des camps entourés de fossés et de palissades; ces avantages leur permirent de vaincre facilement les Scythes et les Slaves, qui se battaient à la débandade, n'ayant pour toutes armes que des massues de bois.

Les Slaves avaient un caractère indépendant, ils vivaient sans chefs, et la discipline militaire convenait mal à leur nature rêveuse et fantaisiste.

Les Scythes, indolents, vivant au jour le jour sans souci du lendemain, furent, eux aussi, une proie facile pour les durs guerriers varègues.

Malgré la fusion qui s'est opérée et a fait un seul peuple de ces trois peuples, on retrouve encore aujourd'hui en Russie ces trois caractères très-distincts : le descendant du Varègue considère le prince au pouvoir comme un demi-dieu, et si son despotisme est féroce, il ne murmure pas. Le descendant du Slave supporte mal le joug, ne pouvant être indépendant dans la vie politique, car la main qui pèse sur lui est une main de fer; il invente des théories absurdes, comme celle du nihilisme par exemple. Le descendant du Scythe est ce Russe qu'on peut appeler errant, il ne peut se fixer nulle part; le temps des excursions pillardes étant passé, il monte des affaires de mines et va parcourir les monts Ourals.

Les fiers républicains de Novgorod et des autres républiques russes ont laissé, eux aussi, des descendants,
qui, ne pouvant espérer la république chez eux, l'applaudissent chez les autres, et qui aiment à rêver que leurs
petits-fils l'auront un jour. Ils se consolent par leurs
pensées et par leurs écrits, publiés à l'étranger, de la
réalité qui leur échappe.

Le Tatar mongol a laissé, lui aussi, de tristes descendants, serviles, vils, âpres au gain et démoralisés comme
on est démoralisé en Asie.

De la Russie, avant 862, on ne sait positivement que
ceci, c'est qu'il s'était établi sur le sol qui forme la Russie d'Europe deux grands courants dévastateurs, l'un
partait des régions glaciales et allait piller l'Asie centrale, l'autre venait de l'Asie et venait dévaster la Russie.
Tacite et Pithéas, de Marseille, nous parlent longuement
de ces terribles invasions de barbares ; y insister n'entre
pas dans le cadre que je me suis tracé.   .

Jusqu'en 860, tout dans ces contrées était confusion,
barbarie, vie errante, courses pillardes, mœurs sauvages
et cruelles. Un seul point lumineux brillait au milieu de
cette sauvagerie, un seul centre lumineux dans ces
épaisses ténèbres, c'était Novgorod, la cité républicaine.

Un fait géographique avait permis à une civilisation
de naître dans ces steppes arides. Le courant dévasta-
teur allant piller l'Asie, la Grèce et Rome, s'écoulait à
droite vers le sud-ouest ; le courant qui montait de l'Asie
centrale ne dépassait pas la hauteur du pays où se trouve
Kieff ; la contrée qui se trouve entre l'Ocka et le haut
Dniéper, et qui se prolonge jusqu'à la Baltique, était
donc épargné ; ses habitants vivaient libres et en paix,
ils étaient Finnois et Slaves ; ils s'adonnèrent au trafic,
devinrent riches, et fondèrent une splendide ville, qu'ils

nommèrent Novgorod ; celle-ci fonda à son tour trois
villes, ses tributaires : Ladoga, Isborck et Diel-el-Zéro.

Les habitants de ces cités étaient guerriers et marchands, guerriers non pour conquérir, mais simplement
pour se défendre contre leurs sauvages voisins. Bientôt
Novgorod fut connu dans le monde entier ; les marchands
de l'Inde, de la Perse, ceux de la Grèce et de Byzance,
vinrent y apporter les produits de leur sol et de leur industrie, et ils y prirent du bois de construction, du chanvre, du
caviar et des peaux d'animaux ; les marchands venus de
contrées civilisées apportèrent dans cette ville des usages
plus policés ; ceux venus d'Asie y introduisirent le goût
du luxe, l'art de bien vivre et aussi les raffinements de
la débauche orientale. Les Grecs enseignèrent aux Novgorodiens les théories, les idées et les lois républicaines
de l'antique Athènes ; les Slaves indépendants furent sé-
duits par cette forme de gouvernement, si bien qu'un
jour, Novgorod se constitua en république ; elle eut ses
citoyens libres, mais aussi ses esclaves ; la population fut
divisée en quatre classes : notables, marchands, boyards
et peuple (boyard vient de *boye*, combat ; la signification
exacte en russe est : brave au combat). Les cultivateurs,
les petits marchands et les hommes à gage formaient la
classe du peuple ; les trois premières avaient seules droit
au vote. On voit que cette république était fort peu démocratique.

Les esclaves formaient une classe à part, n'ayant aucuns droits, mais, en revanche, beaucoup de charges.

Un grand palais législatif fut construit, il était surmonté de cette cloche colossale appelée Woctch-Voy,
qui a tant fait parler d'elle et causé tant de révolutions ;
elle s'ébranlait avec un bruit terrible pour appeler les
citoyens aux assemblées populaires.

Novgorod se donna un posadnick ou bourgmestre, des

tymatchsky ou tribuns ; ses boyards eurent des missions analogues à celles des conseillers des villes ou des anciens échevins.

Cette organisation aida encore à sa prospérité ; elle eut jusqu'à quatre cent mille habitants, et bientôt elle devint si puissante, que l'on disait : « Qui oserait toucher aux dieux et à Novgorod la Grande ! »

Mais les Varègues eurent pourtant ce courage, et la fière cité perdit son indépendance et une partie de sa splendeur. Voici comment cet événement arriva, si l'on en croit une vieille chronique basée sur des chants anciens et des traditions orales :

« En ce temps-là, un esprit de licence animait la grande ville ; le luxe et les richesses avaient amolli tous les cœurs des citoyens ; l'ambition leur faisait envier les places d'honneur ; ils se les disputaient. Plusieurs partis s'étaient formés et se faisaient la guerre. Les Varègues profitèrent de cette désunion, qui affaiblissait les Novgorodiens, pour leur faire la guerre et les rendre tributaires.

« Alors le désordre fut à son comble dans Novgorod et dans ses trois villes vassales ; la désolation régna aussi parmi les tribus slaves voisines, qui furent, elles aussi, soumises ; car elles vivaient sans chef et sans union. Un jour, les anciens de ces tribus allèrent trouver le descendant d'un de leurs anciens chefs, le brave Gostomïelz, et ils lui dirent : « Commande-nous, afin que « nous essayions de secouer le joug varègue. » Cet homme se mit à la tête de toutes les tribus slaves ; il remporta des victoires assez importantes pour lui permettre de signer une paix honorable avec l'ennemi, et en gage de réconciliation, il donna sa fille Umila au chef varègue. Celui-ci emmena sa jeune femme en Finlande, et là elle donna le jour à Rurick.

« La paix entre les Slaves et les Varègues durait depuis vingt ans, lorsque Gostomïelz, sentant la mort venir, appela auprès de lui tous les anciens des tribus slaves, et voici comment il leur parla : Je ne vois point d'union parmi vous ; vous voulez vous gouverner, mais ce sont vos passions qui vous gouvernent ; Novgorod elle-même vit dans la licence, elle périra. Je ne vois qu'un remède à ce mal, c'est que vous vous donniez un chef. Mes fils sont morts, mais ma fille Umila a trois fils ; prenez-les pour chef, vous cimenterez ainsi et pour toujours la paix entre les Varègues et vous.

« Les anciens des tribus suivirent ce conseil ; ils allèrent trouver les trois fils d'Umila, Cinaf, Trouvor et Rurick, et leur dirent : Venez nous commander ; notre pays est vaste, riche ; vous y apporterez l'ordre et la force, et nous vous obéirons.

« Les trois princes acceptèrent ; ils vinrent aux pays des Slaves, suivis de leur garde, formée des guerriers varègues les plus braves.

« Mais Novgorod ne voulut pas d'eux ; ils n'osèrent braver la fière cité, et l'un d'eux s'installa à Ladoga, l'autre à Diel-el-Zero, et le troisième à Isborck.

(Remarquons leur intelligence : ils prennent possession des trois débouchés de Novgorod, ce qui était rendre sa soumission fatale.)

« Peu de temps après, les deux princes Cinaf et Trouvor moururent ; Rurick hérita de leur commandement et de leur garde, et ceci lui forma une armée assez forte pour lui permettre de s'emparer de Novgorod et de s'y maintenir. »

Rurick traita d'abord Novgorod en ville sujette, mais non en ville conquise. Mais le fier républicain Vadime, honteux de voir sa patrie asservie, organisa une révolte ; on se battit, le sang fut répandu à flots ; les guerriers

2

varègues, endurcis au métier des armes et bien disciplinés, eurent facilement la victoire. Rurick, pour les récompenser, leur permit de faire le sac de la ville; il distribua en fiefs à ses principaux officiers toutes les terres dépendantes des villes de Novgorod, Ladoga, Diel-el-Zero et Isborck. Telle est l'origine de la noblesse russe, sur laquelle sont venus se greffer, sous Iwan IV, celle qui a été faite des bandits qui formaient son corps des opritchinikis, et aussi quelques princes créés par les Tatars mongols.

L'origine de la noblesse russe est éminemment guerrière, et jusqu'aujourd'hui elle est restée essentiellement militaire.

On doit convenir, lorsqu'on songe à l'épouvantable et barbare autocratie des Iwans, que Vadime était bien inspiré en essayant de secouer le joug varègue; et en lisant l'histoire russe, en constatant la soumission de ce peuple à subir un esclavage monstrueux, on a peine à se figurer que la première capitale de cet empire ait été une puissante cité républicaine douée de la première constitution politique, une constitution calquée sur celle de l'antique Athènes !

Des libertés et franchises républicaines arriver à la plus forte et à la plus implacable autocratie qui eût existé dans le monde, la transition est rude !

Et pourtant la fusion s'opéra assez vite entre ces trois peuples de caractères contraires ; les Slaves dirent aux Varègues : « Battez-vous pour nous, puisque vous ne connaissez que le dur métier des armes ; » les Finnois leur dirent : « Conservez-nous nos débouchés de la Baltique, afin que nous puissions trafiquer avec l'Asie et l'Europe. » Les Varègues, en conquérants qui désirent posséder leurs conquêtes, se montrèrent conciliants, ils adoptèrent même les usages et la langue slaves, afin de mieux se lier avec les Slaves, qui étaient fort attachés à leurs us et coutumes.

Guerriers et pirates, les Varègues n'avaient aucune loi réglant les intérêts de la famille et de la propriété : ils adoptèrent aussi celles que l'usage avait consacrées chez les Slaves.

Rurick, une fois bien affermi dans Novgorod, et après avoir brisé sous son joug de fer les trop ardents républicains, soumet les tribus voisines et il donne un commencement d'homogénéité à cet État sur lequel ses descendants ont régné jusqu'en 1054.

C'est à partir de Rurick que le nom générique de Russie a été donné au sol de l'Ingrie, de la Finlande et du Borysthène et que les habitants de ces provinces ont reçu le nom de Russes.

Les savants ont fait des recherches laborieuses pour découvrir l'origine de ce nom de Russe ; mais, comme toujours, chaque savant a émis une opinion différente ; voici celle qui me paraît la plus probable : Les Slaves avaient, parmi leurs divinités, Rouss, dieu des eaux, et ils avaient surnommé les farouches Varègues, pirates écumeurs de mer, les Rouss, d'où ils ont fini par donner le nom de Roussie aux provinces conquises par les Rouss.

A la mort de Rurick, l'empire n'était qu'ébauché, mais cependant les tribus, jadis errantes et sans union, avaient compris qu'elles avaient intérêt à vivre unies sous un même chef, et elles reconnurent sans difficulté Igor, fils de Rurick, pour leur grand prince.

Igor n'avait que sept ans lorsque son père mourut ; Oleg, un de ses oncles maternels, fut nommé son tuteur.

KIEFF

Rurick n'est illustre que comme le fondateur, presque inconscient, d'un grand empire ; Oleg a été le premier grand homme de la race varègue, c'est lui qui a réellement fait l'empire ébauché par son neveu ; les résultats qu'il a obtenus ont été brillants, mais les moyens qu'il a employés ont été souvent détestables. Certains auteurs russes ont prétendu que c'est le sang tatar-mongol uni au sang russe qui a donné à ce dernier des instincts de perfidie et lui a fait regarder la parole donnée comme de futile importance ; d'autres, pour excuser la duplicité, portée jadis, en Russie, au rang des vertus, ont dit que c'était le joug tatar qui avait donné ce défaut au peuple russe ; il n'en est rien, car nous allons voir, bien avant l'invasion des barbares asiatiques, tous lesdits grands hommes russes se servir de la ruse, du parjure et de la perfidie comme armes principales : ces défauts sont donc bien inhérents à la race slavo-finnoise-varègue. La servilité envers celui de qui elle veut obtenir quelque chose est aussi un trait distinctif de son caractère ; les khans tatars n'ont point eu besoin d'avoir recours au bâton pour faire courber devant eux toutes les échines, à commencer par celles des grands princes. D'instinct le Russe est servile envers la force, arrogant envers la faiblesse, et c'est lui sans doute qui a donné naissance à cet adage : « La fin justifie les moyens. »

Ainsi Oleg, valeureux guerrier, organisateur habile, a demandé à la ruse et à la perfidie sa plus belle conquête.

Après avoir organisé l'empire naissant, y avoir ajouté Smolensk, il rêve le pillage de Byzance ; le soleil, la richesse, le luxe l'attirent vers ces contrées, mais il sent qu'il lui faudrait un camp plus rapproché des pays qu'il rêve de dévaster. Kieff par sa position lui convient, il pourrait prendre cette ville d'assaut ; ce moyen lui paraît mauvais, il préfère devoir cette cité à la perfidie. Ses habitants sont en guerre avec des tribus voisines, Oleg se met à la tête de son armée, il marche vers Kieff, s'arrête à quelque distance, fait appeler les notables de la ville et leur dit : « Je viens à votre aide en ami, car le même sang coule dans nos veines. » Kieff lui ouvre ses portes et le reçoit comme un libérateur, et lui, une fois dans la place, il la déclare de bonne prise et la traite en vaincue. Voilà certes une victoire qui serait de nature à vouer à l'exécration la mémoire d'un homme de guerre dans bien d'autres nations ; la Russie l'a surnommé le grand Oleg... Il est vrai que si elle tient à avoir ses grands hommes, elle doit se montrer indulgente. Nous le verrons tantôt, pas un des douze personnages auxquels ses annales accordent ce titre ne sont complétement purs, et tous, pour arriver à un but louable, ont pris des moyens cruels souvent, perfides et condamnables presque toujours.

Les Slaves de Kieff, étant plus rapprochés de l'empire grec, avaient emprunté à ce centre de lumières une certaine civilisation ; ils avaient surtout pris à l'Asie son luxe et sa débauche ; Kieff était déjà nommée la Capoue du Nord ; les courtisanes, belles et parées, y étaient nombreuses, et lorsque la nuit venait couvrir la ville de ses ombres discrètes, une orgie générale commençait, les hommes accouraient aux bains d'étuves, aussi célèbres que ceux de Rome à cause de leur luxe et des débauches sans nom qui s'y commettaient.

2.

La richesse, le luxe et les plaisirs faciles, voilà ce que le barbare Oleg et son armée de pirates trouvèrent dans leur conquête. Ils furent éblouis, et Oleg s'écria dans un transport d'admiration : « Que Kieff devienne la mère de toutes les villes russes ! »

Et il abandonna Novgorod pour transporter la capitale de l'empire dans Kieff.

Elle convenait, du reste, parfaitement à un souverain qui n'était qu'un chef de guerriers et dont la cour n'était qu'un camp, car elle possédait une muraille de briques comme rempart et son enceinte était close par une superbe porte dorée semblable à celle de Byzance.

La plupart de ses habitants étaient chrétiens, et ils avaient élevé quatre cents églises, chefs-d'œuvre de l'art byzantin. Oleg se montra grand diplomate : désirant habiter et conserver sa conquête, il ne songea point à imposer le culte de ses faux dieux à ses nouveaux sujets; tout en restant païen, il montra une complète tolérance religieuse, et s'efforça de rendre son joug aussi doux que possible, et, pensant avec raison que le prestige de la gloire l'aiderait à se les attacher, il leur proposa de les conduire piller Byzance, afin, leur dit-il, d'augmenter encore la richesse de Kieff et aussi celle des tribus voisines.

A cette époque et chez ces peuples, le mot pillage était magique, aussi la proposition d'Oleg fut-elle reçue avec enthousiasme, et il vit se joindre à son armée non-seulement les habitants de Kieff et ceux des pays voisins, mais encore des tribus ennemies. Bientôt il se trouva à la tête de quatre-vingt mille hommes. Il leur fit franchir les cataractes du Borystène, montés sur deux mille barques ; il fit transporter sa flotte à travers champs et par-dessus cap, la remit à flot dans l'ancien Pont-Euxin. Il arriva à l'improviste devant Byzance affolée de peur;

fièrement il attacha son bouclier devant la porte de cette ville, qui capitula lâchement. Oleg lui arracha un traité honteux, et il retourna à Kieff chargé d'un riche butin.

On peut affirmer que le prestige de ce haut fait d'armes a consolidé la famille de Rurick sur le trône russe. A partir de ce jour, Kieff ne vit plus en Oleg l'homme sans foi ni loi qui l'avait prise perfidement, mais son chef reconnu et accepté.

Décidément, depuis que le monde est monde, le succès est tout.

Dans cette espèce de féodalité le gouvernement n'avait à ses ordres qu'une armée grossièrement disciplinée ; là où le chef allait, escorté de son armée, le gouvernement se trouvait transporté. Aucun impôt n'était perçu, si ce n'est le tribut de guerre. Pour entretenir et nourrir ses soldats, Oleg devait constamment faire la guerre et contraindre au tribut de nouvelles populations. Lui-même, à la tête de ses troupes, il allait percevoir cet impôt. Chaque année, il quittait Kieff en avril, pour aller ainsi percevoir l'argent qui lui était nécessaire ; lorsque celui touché était insuffisant, ses soldats murmuraient. Alors, pour les calmer, il les conduisait piller la Grèce : c'était sa manière à lui de maintenir l'équilibre dans son budget.

Rendons-lui cette justice, malgré sa puissance et le prestige que lui avait donné la victoire, il ne tenta pas de s'approprier le pouvoir dont il n'était que le dépositaire : dès que son neveu Igor fut arrivé à l'âge voulu, il le lui remit et resta son lieutenant.

Igor n'est célèbre que par sa femme, Olga, que l'Église russe a béatifiée, et qui tient une des premières pages dans les annales des souverains fameux de la Russie.

Veuve très-jeune et son fils aîné n'ayant que quatre ans, elle fut nommée tutrice et régente.

Son premier soin en arrivant au pouvoir fut de venger

son époux, qui était mort égorgé par les Drewliens ; cette princesse ne voulut pas laisser à ses lieutenants le soin de sa vengeance : elle-même elle organisa la campagne contre les farouches Drewliens; mais elle demanda à la ruse et à la perfidie la plupart de ses armes. Trompés par un traité de paix, et au moment où ils venaient de mettre bas les armes, Olga les fit décimer et rendit toute la tribu tributaire; son cœur de veuve, satisfait par ce triste hommage rendu aux mânes de son époux, cette princesse comprit que le pouvoir étant centralisé au sud de l'empire, le nord et le centre finiraient par se désagréger. Pour remédier à cet état de choses imprudent, elle partagea toute la contrée en circonscriptions militaires ; elle installa des chefs dans chacune, elle établit de l'ordre, de la régularité et de la justice dans la levée des tributs ; c'est à cette femme que la Russie est redevable de sa première organisation. Aussi les annales russes l'ont-elles surnommée Olga la sage administratrice.

Novgorod avait profité de l'éloignement du chef de l'État pour reconquérir ses anciennes libertés. Olga n'y toucha pas, elle se contenta de se faire une alliée fidèle de cette république; elle accorda à la république de Pskof des immunités et franchises qui l'ont rendue florissante pendant six siècles.

A cette époque, quoique Kieff fût en partie chrétienne comme je l'ai dit, tous les Varègues, les Slaves et Finnois du centre et du nord étaient encore païens; Olga avait été élevée dans le paganisme, mais la légende raconte qu'étant entrée un jour dans une église chrétienne pendant une imposante cérémonie, la grâce la toucha, elle comprit que ses dieux n'étaient qu'imposture; alors, sans crainte de perdre son pouvoir, car elle savait combien ses sujets l'aimaient et admiraient son habileté à conduire l'État, elle partit pour Byzance, se fit instruire dans la divine religion du Christ et reçut le baptême, puis elle revint prendre encore le pouvoir que nul n'avait songé à lui disputer; elle a été la première Russe chrétienne, et c'est sans doute pour cela que l'Église grecque l'a mise au nombre de ses saintes.

Olga voulut convertir son fils aîné Swiatoslaf à cette religion de paix et de miséricorde, mais elle échoua; ce prince étant d'un caractère violent et irascible et ne rêvant qu'une chose, surpasser les exploits d'Oleg et aller piller Byzance; il lui convenait peu d'embrasser la religion dont la métropole se trouvait le but de sa convoitise.

Dès que sa mère lui eut rendu le pouvoir, Swiatoslaf, trouvant Kieff encore trop éloignée de l'empire grec, voulut s'emparer de la Bulgarie, l'ancienne Mœsie, pour y établir la capitale de ses États, et il partit en expédition à la tête d'une nombreuse armée. Mais Zimices, l'empereur grec, vint à sa rencontre et tailla son armée en pièces; Swiatoslaf fut fait prisonnier par le khan des Petchenegues, qui lui coupa la tête et se fit faire une coupe de son crâne.

Ceux des soldats russes échappés au carnage rentrèrent en désordre dans Kieff, guéris pour longtemps du désir d'aller piller Byzance.

Swiatoslaf a inauguré un ordre de succession qui a été fatal à la Russie et qui a été continué par ses successeurs. Avant de partir pour la guerre, il avait déclaré que s'il mourait, l'empire serait partagé entre les trois fils qu'il laissait. A partir de ce prince, nous allons voir cette contrée la proie des guerres intestines et partagée entre trois ou quatre et même six princes souverains. On peut affirmer que c'est cet ordre de succession qui a valu à la Russie ses trois longs siècles d'esclavage mongol.

Vladimir, le second fils de Swiatoslaf, eut en apanage Novgorod et les valeureux Varègues qui habitaient près de cette cité ; ambitieux et férocement cruel, Vladimir voulut le pouvoir en entier, et, pour arriver à son but, il ne recula pas devant deux fratricides ; les Novgorodiens lui aidèrent à vaincre les armées de ses frères, et, en payement de ce service, ce prince jura de laisser Novgorod indépendante.

Une fois en possession du trône de Kieff, Vladimir étonna l'Asie et l'Europe du bruit de ses faits d'armes ; il s'empara de la Galicie, de la Tauride et de la Lithuanie, soumit à son sceptre tout le pays qui s'étend de Kieff jusqu'aux monts Oural, et s'avança fièrement jusqu'aux bords de la mer Caspienne ; l'Europe et l'Asie jettent un regard épouvanté du côté de la Russie ; elles sentent qu'un conquérant y règne et les menace. Chacun raconte ses exploits ; il devient le héros du jour, l'on cherche à savoir des détails sur ses mœurs et son caractère, et l'on apprend que, David hyperboréen, il a huit cents concubines et six femmes légitimes, et qu'après avoir accompli des exploits glorieux, il vient de faire une guerre indigne et lâche ; ayant offert à la princesse Rognéda de Polotsk de devenir sa septième femme, et la famille de cette jeune fille ayant refusé ce triste honneur, Vladimir avait marché à la tête de son armée contre le duché de Polotsk, taillé en pièces la faible garde que lui opposa le seigneur de Polotsk ; puis il avait assassiné le père et tous les parents de la jeune princesse, ne lui faisant grâce de la vie à elle-même qu'en retour d'une donation de son duché ; ceci fait, il l'avait emmenée dans son harem.

L'Europe frémit d'indignation en apprenant ces faits odieux ; cependant on craint sa puissance et on le flatte ; les divers clergés, sachant qu'il adore encore les faux

dieux et que ses sujets sont païens, se disputent la gloire
et le mérite de le convertir, et tous envoient vers lui des
missionnaires.

Les premiers arrivés furent les sectaires de Mahomet.

Vladimir leur donne un soir une audience solennelle,
il est entouré de sa garde d'honneur, il tient à se montrer imposant. Ses huit cents concubines parées sont
rangées autour de la salle, et ses sept femmes légitimes
sont assises sur des espèces de trônes et richement habil-
lées.

Les musulmans se voilent la face de honte, de voir que
Vladimir permet à ces femmes de montrer leur visage,
et lorsque le prince leur dit avec aménité : « Expliquez-
moi vos croyances, parlez-moi de vos dieux et des hom-
mages que vous leur rendez ; » ils parlent d'abord de la
loi de Mahomet, qui ordonne à la femme de rester
voilée.

— Ceci peut avoir du bon, répond Vladimir, continuez.

Alors ils lui lisent le *Koran*, mais arrivés au chapitre
qui interdit le vin et toutes boissons alcooliques, ils sont
brusquement interrompus par le souverain russe. « C'est
inutile, leur dit-il, que vous continuiez, jamais je ne serai
musulman, votre religion est bonne pour un pays brûlant, elle serait détestable dans un pays glacial comme
le mien. »

Après les fils de Mahomet, Vladimir voit arriver vers
lui, les fils d'Israël; les rabbins lui parlent longuement de
la religion juive. « Nous sommes, lui disent-ils, honnis et
chassés de toutes les contrées, avec un puissant auxiliaire
comme vous, notre religion reprendrait son éclat et sa
force. »

Vladimir, qui les avait écoutés jusque-là avec une
silencieuse attention, se lève, et avec une voix vibrante

de colère, il leur dit : « Me croyez-vous donc insensé, pour espérer que j'embrasserai une religion vagabonde et sans patrie? Si ses sectaires sont méprisés et détestés de tous, c'est sans doute qu'ils ont commis quelque grand forfait; n'ayant point commis le crime, je ne saurais partager le châtiment. »

Et il renvoya brusquement les rabbins.

Les Allemands, désireux de s'allier par une commune religion avec ce barbare farouche, lui envoyèrent des prêtres catholiques, qui avec beaucoup d'éloquence lui prêchèrent la beauté et la pureté de leur sainte religion, le païen paraissait touché par la grâce. Mais lorsque ces prêtres lui parlèrent du pape, de son pouvoir sans limites sur toute la chrétienté, lorsqu'ils lui eurent dit qu'il était le représentant de Dieu sur la terre, Vladimir les congédia avec hauteur en leur disant: « Je puis courber la tête devant un Dieu invisible, mais jamais je ne la courberai devant un demi-dieu humain. »

Le schisme grec existait, on le sait, depuis l'an 857 ; à cette époque, le patriarche Photius avait excommunié le pape Nicolas Ier, motivant par les raisons suivantes cet acte plus qu'osé : *Première accusation :* l'Église romaine ordonnait qu'on jeûnât le samedi, tandis qu'elle permettait le laitage en carême ; *deuxièmement :* elle supprimait les macérations pendant la première semaine de ce saint temps; *troisièmement :* elle permettait aux prêtres de se couper la barbe et leur défendait de se marier; *quatrièmement :* elle substituait au baptême par immersion un simple simulacre, et *cinquièmement :* elle prétendait toujours à tort que le Saint-Esprit procède non-seulement du Père, mais encore du Fils.

Ces cinq chefs d'accusation constituent toute la différence entre la religion greco-russe et la religion catholique romaine. C'est sur eux seuls que le schisme s'est appuyé.

Ce schisme était dans tout son éclat en Orient en 980, son patriarche envoya lui aussi des missionnaires au tyran russe ; ils eurent le talent de le séduire, et il leur dit : « Retournez à Byzance, nos boyards vous accompagneront, ils étudieront votre religion dans ses temples, et ils m'en rendront compte. »

A Byzance, on reçut les boyards avec de grands honneurs, on déploya à leur intention une pompe merveilleuse dans les églises, aussi dirent-ils au grand prince à leur retour : « Cette religion est grande, elle est digne d'un illustre souverain tel que vous. »

A l'instant, ce païen se décide ; il sera chrétien schismatique, il envoie demander la main d'une princesse chrétienne, on n'ose pas la lui refuser, la jeune fille arrive craintive et tremblante. Vladimir, devant elle, chasse à coups de bâton de son palais ses concubines et ses femmes légitimes ; la pauvre Rogneda est enchantée de sortir de sa prison, mais fort désolée de voir qu'en la renvoyant, il oublie de lui restituer la souveraineté de Polotsk.

Cette exécution faite, il introduit sa future dans son palais, et il chasse d'une façon aussi discourtoise les anciennes divinités ; il fait attacher leurs statues à la queue de ses chevaux, il les bat à coups de verge, et il les fait ensuite jeter dans les flots du Dnieper. (Ne serait-il pas intéressant d'arracher au limon du fleuve ces statues dues à l'art barbaresque ?) Ceci fait, il reçoit le baptême et, aussitôt après, fait célébrer son mariage.

Chrétien, il entend que tous ses sujets le deviennent ; essayer de les convertir en leur faisant prêcher l'admirable religion du Christ ne lui vient même pas à l'esprit, il ne songe pas qu'avant d'imposer une religion, il faut faire entrer la foi dans le cœur.

Il lui faut des images et des reliques ; pour en obtenir,

il ne trouve rien de mieux que d'aller enlever à main
armée celles que possède Cherson; puis, moitié par la
force, moitié par la persuasion, il fait venir en Russie
un grand nombre de popes, leur ordonne de baptiser tous ses sujets, et il enjoint à ceux-ci de recevoir le
baptême, sous peine de bastonnade et de mort.

Les popes, suivis de soldats, se répandirent dans tout
l'empire, et l'on vit alors ce singulier spectacle de troupeaux humains, chassés à coups de trique vers les fleuves
et les rivières, vieillards, enfants, femmes, hommes, tout
est pêle-mêle, nul ne comprend ce qu'on lui veut; tous
sont terrifiés.

Les popes sont étranger, ils ne parlent pas le slave et
ne peuvent pas leur expliquer le symbole du baptême,
ni leur enseigner rien de la nouvelle religion qu'on leur
impose.

On est en automne, le ciel est gris, la bise est froide et
les soldats leur donnent l'ordre de se déshabiller et de
rester tout nus ; ils crient, pleurent, invoquent leurs
dieux Béli-Bélog et Tcherno-Bog, mais les soldats répètent
leur ordre à coups de bâton, alors ils obéissent ; les popes
se mettent à deux, s'emparent d'un d'entre eux, et le
plongent par trois fois dans l'eau glacée, puis il le
rejettent transi sur le sol, et ils passent à un autre, Ces
malheureux que la foi ne réchauffe pas, se débattent
énergiquement, quelques-uns glissent des mains des
prêtres et le courant les entraîne au loin ; les popes
disent philosophiquement : « Il paraît que Dieu ne veut
pas de celui-là, puisque le diable l'entraîne ; » et ils sai-
sissent une autre victime.

Les enfants et les femmes font entendre des sanglots
et des cris d'effroi ; les hommes lancent dans l'air d'horribles imprécations, la nuit vient, on allume des torches
et à leur lueur rougeâtre les popes continuent à plonger

dans les flots les sujets de Vladimir, qui a déclaré qu'il fallait que, dans les quarante-huit heures, toute la Russie fût chrétienne. Ceci se passait en 980.

Quarante-huit heures après tous les Russes étaient en effet baptisés, mais étaient-ils chrétiens?

Ceci est une autre question.

Ce bain froid, les morts et les maladies qu'il occasionna, voilà tout ce que ces païens connurent d'abord du christianisme, ce n'était point assez pour leur inspirer un ardent amour pour lui.

Vladimir crut assez faire pour eux en leur faisant distribuer des images; beaucoup de ces barbares adorèrent simplement l'image, au lieu d'en comprendre le symbole; idolâtres ils étaient, idolâtres ils restèrent; ce nouveau culte prit la place de celui voué jadis aux statues des dieux et des déesses du paganisme boréal.

Une idolâtrie remplacée par une autre!

Certains païens plus attachés que les autres aux anciens dieux, s'inclinèrent en public devant la croix, mais conservèrent, dans leur cœur, l'adoration de Béli-Belog et, en secret, ils continuèrent à célébrer leurs antiques mystères; leurs petits-fils et les fils de leurs petits-fils les ont imités, et ceci nous explique pourquoi même encore aujourd'hui, à l'heure où le sommeil clôt la paupière du pope et celle de l'autorité, les forêts russes sont soudain envahies par une foule silencieuse; ce sont les anciens païens qui viennent célébrer en secret les rites en l'honneur de Tcherno-Bog.

Les sectaires d'Odin y viennent aussi parfois, et il se passe dans ces forêts des choses étranges.

Dans les villes et les villages, les païens se réunissent en secret chez l'un des leurs, et se livrent à des pratiques singulières et parfois sanglantes.

Mais le lendemain ces mêmes hommes font des centaines de signes de croix devant chaque église qui se trouve sur leur passage. A leurs yeux, l'image du Christ représente l'idole officielle, et ils savent ce qu'ils doivent au César autocrate.

A côté de ces païens, les adorateurs de l'image du dixième siècle ont fait souche, eux aussi, et c'est pourquoi on retrouve aujourd'hui en Russie des gens qu'on peut appeler idolâtres : pour eux, l'image n'est point un symbole, mais une divinité réelle; aussi les voit-on l'enrichir d'or, de diamants, de pierres précieuses, afin de se la rendre favorable. Ceci est si vrai, qu'il n'y a guère plus d'un siècle, celui qui était accusé et convaincu d'avoir prié une image embellie et ornée par un autre, était condamné comme voleur; il avait tenté, disait la loi, de dérober les faveurs d'une image, qu'un autre avait voulu se rendre favorable au moyen de dons.

Cette loi existait dans le code en vigueur encore sous les Iwan; on le voit, les législateurs eux-mêmes étaient plus idolâtres que chrétiens.

Et même, chez les Russes qui en plus du baptême ont reçu l'initiation des mystères du christianisme, on retrouve une petite tendance au culte de l'image : dès que vous mettez le pied sur le sol russe, vous voyez partout des têtes de Christ grossièrement peintes; aux gares, elles sont placées sur les murs, à côté du télégraphe ou des retiros.

Dans les villes, on en trouve dans les palais, dans les cercles, dans les chaumières, dans les cabarets, même les maisons impures et honteuses ont leurs images devant lesquelles brûle sans cesse une petite lampe qui répand une odeur nauséabonde, mais qui est chère au cœur russe. Cette image, enrichie d'argent, d'or ou de diamants, selon la fortune de son propriétaire, rappelle bien plus l'antique divinité protectrice du foyer domestique que le symbole du chrétien.

La façon impérative dont Vladimir a imposé le baptême à ses sujets nous explique aussi pourquoi être, en apparence au moins, fervent en la religion greco-russe, c'est se montrer bon courtisan, car dans ce pays de l'autocratie, on est bien venu de se courber très-bas devant les anciennes comme devant les nouvelles volontés du despote.

A présent, il est vrai, le baptême n'est plus imposé à coups de trique, il est facultatif; mais, le Russe qui n'a pas été baptisé, et même celui qui ne peut pas fournir la preuve qu'il a communié depuis moins de cinq ans, ne peut ni tester ni hériter.

Aussi le Russe le plus libre-penseur, ou le plus débauché, ne manque jamais de communier tous les trois ou quatre ans.

En Russie, plus que partout ailleurs, je le répète, le passé peut seul donner la clef du présent.

C'est seulement en faisant ce retour en arrière, que l'on peut comprendre pourquoi le clergé russe est resté grec de type, de caractère et de mœurs. Comme je l'ai dit, Vladimir fit venir un grand nombre de popes grecs en Russie; pendant deux ou trois siècles la population russe étant trop ignorante pour qu'elle pût en fournir, on dut les recruter encore en Grèce.

Si l'on considère que les prêtres russes ne doivent épouser que des filles de prêtres, on comprendra que le sang grec se soit perpétué en eux, et qu'ils forment un type à part dans la nation.

Le prêtre de la religion greco-russe, a non-seulement le droit, mais encore le devoir de se marier, car il ne peut être prêtre que le jour où il cesse d'être célibataire; le second mariage lui est interdit, veuf il doit rentrer dans la vie séculière ou se faire moine et aller s'enfermer dans un monastère; or, comme la situation faite aux prêtres est aussi honorable que lucrative, ils sont les meilleurs maris du monde, et ils soignent leur épouse avec une inquiète sollicitude.

Si ses sujets n'avaient point compris la grandeur et la pureté des préceptes chrétiens, Vladimir finit pourtant par les comprendre, lui, et il se montra aussi humain et aussi sociable qu'il avait été sanguinaire et farouche : il s'empressa d'abolir la peine de mort, disant que le chrétien ne devait pas tuer un chrétien, serait-il un grand criminel.

La jeune princesse, son épouse, avait amené avec elle une suite nombreuse de seigneurs, de savants et d'artistes grecs, et elle transforma le camp de son époux en une cour policée ; dès ce moment, s'épanouit pour la Russie la période de sa gloire gothique, qui avait commencé avec Kieff pour capitale et qui devait finir avec la chute de cette métropole.

Sous l'heureuse influence de sa femme, Vladimir comprit le besoin de civiliser son peuple ; il fit venir de Byzance des savants et des pédagogues et il fonda des écoles, mais il se heurta aux instincts du peuple russe, qui déteste l'étranger et qui a horreur de tout changement, surtout lorsque ce changement lui arrive d'un autre pays. Son ignorance était éminemment russe, il voulut la conserver. Alors Vladimir se servit du même moyen qu'il avait pris pour imposer le baptême, les fils de ses boyards furent traînés dans les écoles à coups de trique; le bâton avait fait des chrétiens, il dut faire des écoliers attentifs.

Vladimir fit ensuite construire des villes et donna l'ordre à ses sujets nomades de s'y fixer; ils protestaient, et le même procédé touchant les contraignit à obéir.

Nul peuple ne s'est montré aussi attaché à son ignorance, à sa barbarie, à ses usages les plus absurdes et les plus cruels que le peuple russe ; pour le forcer à innover, il a fallu aux grands princes une main de fer et une puissance illimitée.

Ainsi, Pierre le Grand, pensant avec raison que ses sujets vêtus de la longue robe persane et coiffés de bonnets à poils seraient toujours considérés en Europe comme des barbares, leur intima l'ordre d'adopter le costume européen. Ceci a donné lieu à tant de révoltes terribles qu'on peut estimer à vingt mille le nombre des victimes faites pour l'amour du costume national, et il m'est arrivé plus d'une fois de défendre Pierre le Grand contre les attaques des hommes du parti des vieux Russes. Tous lui reprochaient avec un regard flamboyant de colère et d'une voix sourde, d'avoir changé le costume national contre le costume des étrangers !

Ils lui pardonnaient bien plus facilement d'avoir, par exemple, condamné et exécuté son fils que d'avoir osé toucher à la longue robe de leurs pères.

Aujourd'hui, si le czar essayait d'enlever aux paysans ce costume national, il y aurait des révoltes aussi fortes que celles que firent les soldats sous Pierre Ier lorsqu'on leur imposa un costume européen , le sang coulerait encore à flot.

Rurick le fondateur, Oleg le conquérant, Olga l'administratrice, Valdimir le chrétien, voilà les quatre premiers grands noms des annales russes; le hasard fit naître de Vladimir le cinquième grand homme, et ces deux règnes auraient assuré le progrès, si le désastreux mode de succession innovée par Swiatoslaf n'avait pas été suivi par ses successeurs.

Vladimir, qui avait conquis la totalité du pouvoir par la guerre civile et par l'assassinat de ses frères, devait connaître mieux que personne les inconvénients de ce morcellement de l'empire, et pourtant il commit la faute qu'avait commise son père, il partagea l'empire entre tous ses enfants ; Kieff était échu à l'aîné nommé Swiatopolk. Ce prince était intelligent et habile politique, il comprit que jamais un grand empire ne se formerait avec ces morcellements incessants, il voulut le ramener à la force et à l'unité de pouvoir. Mais, comme je l'ai fait remarquer, en Russie, les résultats les plus sages ont été recherchés le plus souvent par des moyens monstrueux, et les hommes doués d'intelligence s'y sont montrés pourtant férocement cruels, ce qui est doublement humiliant pour l'humanité qui aimerait à se figurer que l'esprit obtus, l'intelligence incomplète sont seuls capables de grands forfaits.

Voici par quels moyens Swiatopolk voulut arriver à son but : par le dépouillement et l'égorgement de tous ses frères. Un seul échappa à ce massacre, ce fut Iaroslaff. Soutenu par les républicains de Novgorod, il parvint à chasser son frère de Kieff et à s'y faire proclamer grand prince. Swiatopolk se sauva en Pologne, et bientôt il revint en Russie à la tête d'une armée polonaise qui le remit sur le trône ; mais n'ayant plus besoin de l'appui de cette armée étrangère, il ne tint pas les promesses qu'il lui avait faites ; alors les Polonais retournèrent leurs armes contre lui et aidèrent Iaroslaff à le chasser une seconde fois ; les deux frères se trouvèrent en présence pendant cette lutte : Swiatopolk en voyant accourir vers lui Iaroslaff le glaive à la main, tomba mort de peur.

Mistislas, un de ses frères échappé aussi au massacre, lui disputa encore le trône. Iaroslaff partagea avec lui pendant six ans, et par la mort de Mistislas, il se trouva enfin seul possesseur du trône. Ce prince est le souverain le plus sympathique de la première dynastie, l'his-

toire l'a surnommé Iaroslaff le Sage ; il mit un grand
zèle à propager l'instruction dans ses États ; il fit venir
de la Grèce un grand nombre d'instituteurs ; fonda plusieurs écoles, l'une d'elles a eu de longs siècles de célébrité, c'est celle de Novgorod qui contint plus de cinq
cents étudiants.

Reconnaissant des secours que lui avait prêtés cette cité
républicaine, il lui accorda de nombreux priviléges; la
rendit gardienne des frontières nord de l'empire, moyennant quoi elle fut exonérée de tout tribut, et il lui con-
firma ses antiques libertés : elle put nommer ses fonctionnaires, diriger ses affaires ; le grand prince s'engagea même à ne jamais laisser ses lieutenants s'installer
chez elle, puis il fit un code qui lui était spécialement
destiné, car il établissait les lois de transactions commer-
ciales ; jusque-là la Russie n'avait eu aucune loi écrite.
Mais ce code sent cependant un peu le despote, il commence par ces mots : « Ceci sont vos lois, je vous ordonne de les respecter. »

Les lois étant des miroirs où viennent se refléter les
mœurs des peuples et qui nous apprennent leur plus ou
moins grand degré de civilisation, je transcris ici quelques-uns des articles du code, ils nous montreront mieux
que ne le feraient des phrases et des faits la situation morale de la Russie au onzième siècle.

Retrouver la trace des lois en vigueur avant Iaroslaff
serait impossible, non-seulement elles n'étaient point
écrites, mais seulement consacrées par l'usage, mais encore elles variaient. Chacune des tribus unies à ce
vaste empire qui allait des rives de la Baltique aux rives
de la mer d'Azof, avait conservé ses lois et usages ; le
code de Iaroslaff eut ceci de bon qu'il mit un peu d'uni-
formité dans les lois, car, écrit pour Novgorod, il ne
tarda pas à être adopté dans toute la Russie.

3.

Ce premier code promulgué en Russie en 1019, établit plusieurs classes :

La première classe était formée des nobles descendant des guerriers apanagés par Rurick et par ses successeurs, des boyards, qui étaient les conseillers des princes, des voïévodes, chefs de guerre, et de tous les officiers de la garde des princes.

La seconde classe était composée des hommes libres, c'est-à-dire des hommes d'épée, des hommes de plume, des laboureurs, des marchands russes ou étrangers et des hommes à gages.

La troisième classe était formée par les esclaves ; les esclaves étaient divisés en deux catégories : esclaves à perpétuité et esclaves à terme ; les esclaves à perpétuité étaient les prisonniers de guerre et les hommes étrangers vendus en Russie par des étrangers.

Les esclaves à terme étaient ceux qui se vendaient volontairement à un homme riche qui s'engageait à pourvoir à leurs besoins ; ceux qui épousaient sans restriction une esclave ; les serviteurs sans place, et tous les hommes à gages qui avaient failli à leur contrat, et enfin les débiteurs insolvables devenaient esclaves de leurs créanciers jusqu'à complet remboursement.

Ceci était plus pratique que les modernes prisons pour dettes où le débiteur était nourri aux frais de son créancier !

Mais les usuriers devaient, à cette époque, avoir de nombreux esclaves, l'intérêt légal étant à quarante pour cent.

Tout comme dans le *Corpus juris germanici antiqui*, ce code établissait des amendes contre tous les crimes, meurtres, blessures, vols ; tout se soldait par une amende. La vengeance était laissée à la famille de la victime ou à la victime elle-même ; la loi n'intervenait en fait de vindicte qu'à défaut de vengeance privée. Si la victime ne laissait pas de famille, l'État condamnait alors le meurtrier à l'amende, et cet argent allait au trésor.

Cette amende variait d'après le rang de la victime; il en coûtait quarante griones pour tuer un boyard et vingt griones pour un homme libre.

Le meurtre de l'esclave se soldait à son maître.

La vie de la femme n'était évaluée que moitié de la valeur de celle de l'homme.

Chez les Francs-Saxons, les Ripuaires et les Francs-Saliens, la femme, au contraire, était cotée deux fois plus haut que l'homme.

Les combats judiciaires n'étaient point réglés par la loi, et laissés facultatifs aux intéressés.

La perte d'un membre était estimée presque aussi cher que la perte de la vie, et la perte d'une mèche de barbe plus cher que la perte d'un doigt. Les insultes se payaient aussi argent comptant, et il en coûtait plus pour insulter un homme que pour le battre.

Ce code mentionne les épreuves qu'on peut faire subir aux supposés criminels : fer rougi, eau bouillante, eau glacée, et autres tout aussi désagréables; et il édicte une loi réellement odieuse, c'est celle qui rend toute la famille responsable du crime d'un de ses membres, et qui, si c'est l'État qui représente le vengeur, rend toute la commune responsable si elle ne lui livre pas le coupable avec toute sa famille.

Et cependant cette loi inique a été innovée en Égypte, il y a peu d'années, par le vice-roi actuel. Une province de la haute Égypte s'était révoltée sous l'influence d'un cheik; les armées du vice-roi, après avoir rétabli l'ordre, s'emparèrent de ce cheik. Ismaël donna l'ordre à son général, non-seulement de tuer cet homme, mais encore d'exterminer toute sa famille, y compris les enfants à la mamelle. « Il faut, a dit le vice-roi, pour essayer d'excuser cette atrocité, détruire non-seulement l'arbre, mais encore ses racines, si on ne veut pas qu'il se perpétue par des rejetons. »

Revenons aux lois d'Iaroslaff. Plusieurs étaient de nature à protéger les esclaves et les hommes libres contre les brutalités ou les cruautés des nobles et boyards ; ce qui semble indiquer que les mœurs de ces grands seigneurs manquaient d'aménité. L'une d'elles fixe le maximum de la redevance qu'un propriétaire peut exiger par semaine de ses fermiers.

Elles ne disent rien sur l'impôt, par la bonne raison qu'il n'existait pas encore ; les Tatars l'ont établi, et, après eux, les grands princes russes l'ont perpétué. Mais le grand prince avait droit à un impôt de guerre, nobles, boyards et voïévodes devaient lui fournir un certain nombre de soldats, tout équipés. A défaut d'héritier mâle, le Trésor héritait de l'homme libre, mais non du noble.

Après s'être occupé de la législation, Iaroslaff s'occupa des choses de la religion ; il fit traduire la Bible et les livres saints en slavon, lui-même en fit plusieurs traductions, et l'on conserve dans la bibliothèque impériale deux copies de ces Bibles faites par la main de ce souverain.

Très-religieux, il était cependant très-tolérant, et refusa à son clergé de punir les habitants de l'Ingrie, qui persistaient dans les pratiques du paganisme. Il sauva aussi la vie à des femmes de Souzdal ; voici en quelles circonstances : ces femmes se livraient à la sorcellerie et jouissaient d'un grand renom. Un jour elles furent insultées, et elles répondirent à ces insultes par la menace de toutes sortes de fléaux. Peu de temps après, la peste, puis la famine, éclatèrent ; le peuple, exaspéré, prétendait que ces maux étaient venus fondre sur lui à la demande de ces femmes, et il voulait les égorger. Barricadées dans leurs maisons, elles attendaient une mort inévitable, lorsque le grand prince, prévenu, vint à leur secours et les sauva des mains d'une populace furieuse.

Iaroslaff fut le beau-père d'Henri Ier de France.

L'empire russe était donc lancé dans la voie du progrès ; son commerce était florissant ; le port de Cherson avait une grande activité ; la Grèce y portait son or, ses vins et ses riches étoffes, et y prenait en échange des pelleteries, de la cire et de l'hydromel ; la Hongrie y envoyait du bétail et des chevaux ; enfin la Russie fournissait à ses grands princes des soldats. Il semblait donc que la destinée de cet État fût si bien établie, que rien ne pût venir la compromettre. Et pourtant, comme si un sort fatal voulût ne laisser établir le bien dans cette contrée que pour la replonger après dans le mal et ses abîmes, Iaroslaff, surnommé le Sage, commit, lui aussi, cette faute de diviser entre ses fils cet empire, que, pendant tout son long règne, il avait consolidé, civilisé et fortifié. Il laissa la principauté suzeraine de Kieff à Isiaslaff et donna aux quatre autres des apanages. Alors les guerres civiles recommencent ; tous les frères de ce grand prince essayent de le détrôner ; ils marchent sur Kieff avec des bandes d'aventuriers et de brigands, qui mettent la ville à sac. Deux fois Isiaslaff a recours à Boselas, roi de Pologne, pour reconquérir Kieff ; son règne se passe en guerres fratricides : le sang coule, le commerce est arrêté, et à sa mort, comme si cet ordre de succession entre tous les fils n'était point déjà assez néfaste, il établit la succession d'oncle à neveu, dite succession de l'aîné à l'aîné (mode suivi encore aujourd'hui en Turquie), et la formule de soumission au suzerain devient celle-ci : « Je te reconnais pour mon aîné. »

Ce système illogique ne sert qu'à morceler encore plus l'empire. Chaque grand prince sachant que ses fils ne lui succéderont pas, n'est préoccupé que de leur assurer la possession de villes et de provinces en apanage, et de leur donner une force qui doit battre en brèche le pouvoir du grand prince souverain, si bien que celui-ci se trouve bientôt n'avoir plus que Kieff en apanage, et ne possède plus qu'une puissance illusoire.

Le frère d'Isiaslaff qui lui succéda est peu célèbre, mais il a donné le jour à un héros de dévouement dont les annales russes célèbrent à juste titre les vertus et la gloire ; je veux parler de Vladimir Monomaque. Les princes apanagés se faisaient entre eux une guerre meurtrière. Monomaque se donna la mission de courir avec sa garde à l'aide du faible, et de redresser les torts d'un chacun ; il punit le traître Oleg de son fratricide ; il condamne David, qui a fait arracher les yeux à un de ses parents, à perdre son apanage. Au milieu de cette époque troublée et ensanglantée, Monomaque remplit le rôle de la Providence juste et secourable ; son désintéressement est grand, car son père lui offre sa succession et lui-même donne la couronne à son oncle Swiatospolk. Il fait plus : ce prince n'ayant qu'une faible garde et étant incapable de se défendre contre ses parents qui veulent le dépouiller, Monomaque passe quinze ans à guerroyer pour lui et avec ses propres soldats ; déjà il avait passé quinze ans à guerroyer pour maintenir son père au pouvoir, et pendant ses trente années de dévouement, il lutte encore avec énergie pour repousser les nomades Polovtz, qui venait périodiquement dévaster sa patrie. Dans ces luttes contre ces barbares, ce grand homme commit cependant une action qui vient atténuer la juste admiration que sa vie inspire : il signe un traité de paix avec ces nomades victorieux, traité humiliant pour lui, et lorsque ces hommes, confiant en ce traité, célèbrent des réjouissances, il tombe sur eux à l'improviste et les massacre ; ce qui pourrait en quelque sorte atténuer ce manque de loyauté, c'est que les Polovtz avaient été maintes fois perfides à son égard.

A la mort de Swiatospolk, les grands et les boyards assemblés offrirent la couronne à Monomaque qui la refusa encore, disant que cette assemblée n'avait pas pouvoir de disposer du trône.

Oleg, dit le Traître, David le Cruel, ainsi que d'autres princes apanagés commencèrent de nouvelles guerres pour s'emparer de Kieff, qui ne voulait pas d'eux ; d'un autre côté, de grands troubles régnaient dans cette ville à cause des juifs que la population chrétienne voulait égorger. Monomaque, devant ce triste état de choses, comprit que le pouvoir n'était qu'un poste de péril, et il accepta enfin la souveraineté de Kieff. Son premier acte fut de signer le décret qui expulsait les juifs de tout le territoire russe (an 1113), décret qui a été en vigueur pendant sept siècles.

Mais il prouva qu'il rendait cet arrêt plutôt pour extirper une cause de désordre que par haine pour les fils d'Israël, car lui-même, entouré de sa garde, protégea leur sortie de Kieff, et veilla à ce qu'ils ne fussent ni maltraités, ni dépouillés des richesses qu'ils emportaient.

Monomaque était bon et compatissant, le sort très-triste des esclaves à perpétuité le toucha, et il révisa le code d'Iaroslaff afin de l'adoucir.

Au moment de rendre sa belle âme à Dieu, il assemble autour de lui ses enfants, ainsi que ses boyards et il leur dit : « Souvenez-vous toujours que la bienfaisance, la charité et l'abnégation, mieux que le jeûne et les prières sont agréables à Dieu, servez de père aux orphelins, protégez les veuves ; ne faites mettre à mort ni innocent ni coupable, la vie et l'âme d'un chrétien sont sacrées. »

Ensuite il leur raconta simplement et sans orgueil, sa longue vie d'abnégation, d'activité et de dévouement.

Ce prince avait aboli la peine de mort qui, supprimée par Vladimir, rétablie par Iaroslaff, avait été abolie encore par Isiaslaff, puis remise en vigueur par Swiatospolk.

La peine de mort, en Russie, a toujours trouvé une vive opposition dans les instincts du peuple, tandis que les peines corporelles lui ont au contraire toujours paru la chose la plus naturelle du monde.

Ainsi encore, au seizième siècle, on voyait des nobles occupant des fonctions élevées, condamnés à la bastonnade infligée en public, et, ce châtiment reçu, ils étaient réintégrés dans leurs fonctions et dignités. On ne trouvait rien d'infamant à cette humiliante correction ; les idées chevaleresques et le point d'honneur, ont toujours été choses inconnues aux Russes, et ce sont ces deux traits distinctifs qui séparent le Russe du Polonais ; ce dernier ayant été, autant que le Français, formé à l'école de la chevalerie, défendait son honneur ou celui de sa dame dans un duel sans merci, tandis qu'à la même époque, chez les vainqueurs des chevaliers porte-glaive, injures, coups, insultes se soldaient au moyen d'amendes.

Au seizième siècle et à la cour des grands princes, les Russes pouvaient se dire impunément : « Tu mens, » sans qu'ils se crussent offensés, et plus d'un boyard, a dit au souverain lui-même : « Tu mens, » sans que la colère de celui-ci s'éveillât. C'était trop peu... selon eux.

Cet usage des corrections touchantes s'est perpétué si longtemps en Russie, que Pierre le Grand ne rougissait pas d'administrer lui-même la bastonnade à ses

ministres et à ses généraux, Menchikoff en a su quelque
chose. Et il fit pis encore, devant toute la cour assemblée,
il fit donner cent cinquante coups de verges sur les seins
et sur les épaules de sa propre sœur ; il comptait les
coups, regardait d'un œil impassible le sang couler, les
chairs s'en aller en lambeaux, il ne lui fit pas grâce d'un
seul coup.

L'empereur Nicolas trouvait, lui, que la main rempla-
çait avantageusement le bâton. Ce fut un progrès.

Sous son règne, l'usage de la correction était encore
tellement usité, et dans les plus hautes classes, que plus
d'un vieux seigneur se souvient d'avoir reçu, fort et
ferme, des coups de verges de ses parents, alors qu'il
était déjà un jeune homme de vingt-cinq ans et plus.

Aujourd'hui, les lois formulées interdisent les corrections par trop brutales, mais elles sont si bien dans le
caractère du peuple que, lorsqu'un paysan est appelé à la
police, sous l'accusation d'avoir maltraité ses enfants, il
est tout étonné qu'on le réprimande et il dit : Puisque mes
enfants sont à moi, j'ai bien le droit d'en faire ce que je
veux !

Et pourtant, je le répète, ce même peuple a la peine de
mort en horreur ; il admet parfaitement qu'un criminel
reçoive cinq cents coups de knout et même mille et que
mort s'ensuive ; mais, il n'admet pas d'exécutions capitales. Faire souffrir, oui ; mais trancher le fil de la vie,
non.

Certains Russes citent ce sentiment en faveur de leur
philanthropie et rendent un hommage exagéré à la loi
qui abolit la peine de mort ; mais, en vérité, est-ce aussi
humain que cela, de flageller un homme à lui arracher
la chair et la peau, à faire jaillir son sang pendant une
heure ou deux ; puis, lorsque le médecin qui est à côté
de lui déclare qu'il va mourir si l'on continue, de coucher

cet homme dans un bon lit, de le soigner avec zèle afin
qu'il redevienne vite en état de supporter le restant des
coups qu'il doit recevoir ?

Le nombre de coups voulus infligés, s'il ne meurt pas
sous le knout, il endure pendant quelques jours le supplice d'un homme à qui on aurait broyé les os, arraché
la chair, puis, la mort vient enfin le délivrer d'un long
martyre.

Les Russes n'appellent pas cela tuer ! Ils ont raison,
ceci doit s'appeler supplicier.

VLADIMIR

Malgré les touchantes exhortations de Vladimir Monomaque, dès que ce prince fut mort, la guerre civile, avec
son hideux cortége de sang versé, de cruautés commises,
de perfidies sans nom, se déchaîna encore dans son infortunée patrie. Kieff étant une ville de luxe et de plaisirs,
tous les princes apanagés se disputèrent sa possession,
et pendant une période de trente ans, elle a été prise par
les uns, reprise par les autres ; dix-sept princes s'y sont
succédé, les fils d'Oleg le Traître et ceux de David le
Cruel se sont montrés les plus acharnés à la lutte.

Tous ces princes s'emparaient de cette ville, aidés par
des bandits venus de tous les pays et qui pillaient et mas-
sacraient les habitans. Après ces trente néfastes années,
Kieff sans forces, sans richesses et dépeuplée, n'était
plus que le fantôme de ce qu'elle avait été, et la grande
principauté suzeraine s'affaiblit si bien que les innombra-

bles princes apanagés eurent tous des provinces plus grandes et des armées plus nombreuses qu'elle.

En 1160, le prince de Souzdal surtout éclipsait dix fois en puissance le grand prince de Kieff; il venait de jeter les fondements de Moscou et il avait en apanage les provinces de Novgorod, Twer, Nijni-Novgorod, Toula et Vladimir. Cependant, trouvant ses États tristes et froids, il s'empara de Kieff, et là, mourut d'orgie et de plaisirs.

Son fils André surnommé le Politique, renonça volontairement à Kieff et abandonna cette ville à la cohue des autres princes; il s'occupa de continuer la création de son père, celle de la ville de Moscou; puis, il embellit et agrandit Vladimir; il y attira les habitants des provinces saccagées par la guerre. Ceci fait, comprenant que la ruine de son pays avait deux causes : une capitale trop éloignée du centre et trop de princes apanagés, il voulut sauver sa patrie en supprimant ces éléments d'affaiblissement; mais, n'ayant à sa portée que des moyens barbares, il les emploie sans hésitation; il fait une guerre acharnée aux princes apanagés, il les tue, les chasse ou les exile; puis, il marche contre Kieff, la prend d'assaut, la pille et la dégrade de son titre de capitale, dont il gratifie Vladimir.

Voici donc la troisième capitale de la Russie. Si Kieff avait assisté à la décadence, elle avait au moins vu naître et grandir la gloire gothique de cet empire; Vladimir, au contraire, semble maudite, elle ne sera métropole que dans la période d'asservissement aux Tatars et, dès que cet empire se reconstituera, elle verra sa voisine Moscou la dégrader à son tour de son titre de métropole.

Après ces deux succès, André veut soumettre Novgorod et la forcer à reconnaître Vladimir pour capitale; deux fois les fils d'André tentent de la soumettre par la force, deux fois ils sont repoussés.

André alors a recours à la diplomatie, il explique aux Novgorodiens le but de sa politique qui est de sauver son pays, en rendant de l'homogénéité au pouvoir; les citoyens de cette république se rendent à sa politique et reconnaissent la nouvelle capitale.

On peut espérer que la Russie, sous cette main habile et ferme, va respirer et reprendre de la force ; il n'en fut rien, André mourut assassiné par ses parents qu'il avait dépouillés.

Cette nation infortunée n'avait point épuisé encore la coupe de honte et de douleurs que la Providence lui réservait.

Après la mort d'André (1174), les luttes deviennent encore plus sanglantes; c'était Vladimir que les princes se disputaient, et le résultat de la situation de cette capitale placée au centre de l'empire, fut d'y transporter les guerres qui, jusque-là, avaient eu pour théâtre le sud et le midi.

Ce recul vers le centre eut encore la désastreuse conséquence d'éloigner la cour, l'armée et les grands princes, d'un pays civilisé, pour les jeter dans un encore païen et barbare ; les Russes oublièrent le chemin de Byzance, ville où ils allaient, avant cette époque, chercher des lumières et des mœurs policées, et le flambeau allumé par Vladimir et Iaroslaff ne tarda pas à s'éteindre.

Alors sur cet empire en dissolution et en pleine décadence, fondirent comme des vautours les Hongrois et les Polonais qui lui arrachèrent ses plus belles provinces.

Pas un éclair de patriotisme ne se réveilla dans le cœur de ces princes indignes ; loin d'oublier leur haine et leur ambition pour se liguer contre les ennemis de leur patrie, ils se servirent d'eux pour se dépouiller mutuellement, ils versèrent à flots le sang du peuple, et ils lui donnèrent le triste exemple de toutes les bassesses, de tous les vices et de toutes les infamies.

La noblesse russe a de tristes et honteuses annales.

Le destin fatal de cette nation fit, que ce fut quand elle se trouvait dans une situation pareille, qu'un conquérant fameux surgit en Asie, Gengis-Khan avait su réduire à ses lois les tribus féroces et nomades des Tatars et des Mongols, il s'en était fait une armée colossale.

Un prophète lui avait prédit qu'il serait un jour maître du monde, cette prédiction lui donnait une audace sans limite, et communiquait une confiance sans bornes à ceux qui s'étaient attachés à sa fortune.

La Russie tenta l'ambition de ce conquérant ; en 1222 il y envoya un de ses lieutenants en éclaireur ; l'invasion s'effectua par un des défilés du Caucase, qu'une seule bataille suffit pour livrer au flot mongol, qui brûla, saccagea, égorgea tout sur son passage, désirant terrifier.

Les villes russes, défendues par des palissades en bois, furent prises facilement, les habitants affolés envoyaient à la rencontre de ces barbares des processions de prêtres, de femmes et d'enfants, qui allaient à eux en suppliants ; les vainqueurs les foulaient aux pieds de leurs chevaux, ils étaient sans pitié et se glorifiaient d'être sans parole.

Après avoir pu facilement, et sans trouver d'obstacles sérieux, piller quelques provinces, l'éclaireur de Gengis-Khan vint lui rendre compte du déplorable état de ce pays, et les barbares se décidèrent alors à en réaliser la conquête. Ils préparèrent une expédition formidable qui revint en Russie en 1237, commandée par Bâti. Ce lieutenant du César asiatique entra en Russie par la Bulgarie, à la tête d'une armée de cinq cent mille hommes, bien organisée, qui marchait par corps de dix mille hommes, partagés en régiments de mille, divisés à leur tour en compagnies de cent hommes.

Quelles forces la Russie pouvait-elle opposer à ce déchaînement?

Youri, le grand prince suzerain de Vladimir, avait huit cents soldats de garde pour toute armée.

Les gardes des princes apanagés étaient moindres encore, et tous ces princes désunis ne songeaient qu'à profiter de l'invasion, pour s'accabler les uns les autres.

La famine et la peste venaient de décimer cette malheureuse contrée et de plonger dans la terreur et le découragement tous ses habitants.

Les villes russes étant fort éloignées les unes des autres et séparées par des steppes arides, les habitants de ces villes ne pouvaient ni se prévenir ni se soutenir mutuellement; enfin, autre infériorité, les Russes étaient fantassins, tandis que leurs féroces envahisseurs avaient des chevaux impétueux qu'ils maniaient avec une adresse merveilleuse.

On le voit, toutes les circonstances étaient défavorables à cet infortunée nation, aussi fut-elle soumise, écrasée presque, pendant deux cent trente-deux ans, sous le détestable joug tatar et mongol.

On doit constater que, contre cette deuxième invasion, les haines et les ambitions personnelles s'oublièrent, les princes apanagés essayèrent de lutter, sans succès il est vrai.

Quant au prince suzerain de Vladimir, Youri, il se contenta d'offrir de l'or et des pierreries aux images de son palais, et à celles des églises, espérant que le ciel confondrait sans lui ces terribles envahisseurs.

La défense la plus sérieuse et la plus intelligente fut organisée dans les villes et sous l'inspiration du clergé; les prêtres appelèrent dans les villes les habitants des champs, ils les armèrent et les exhortèrent à une résistance désespérée. Bâti dut prendre d'assaut chaque ville ; le sac de l'une n'empêchait point sa voisine de se défendre, sachant les vainqueurs sans pitié, ces malheureux avaient le courage du désespoir ; les **prêtres**, au premier rang des combattants, les exhortaient, au nom du Dieu des chrétiens, à vaincre ou mourir.

Le rôle du clergé russe, pendant cette période, est réellement admirable.

Mais Bâti avait en son pouvoir de puissants moyens de destruction ; Kieff elle-même, avec ses remparts de briques, ne l'arrêta pas longtemps ; il les renversa au moyen d'énormes leviers et fit le sac de la ville, égorgeant à tort et à travers et pillant tout.

Les autres villes avaient de simples palissades de bois, il y mit le feu et, les flammes éteintes, il y lança ses soldats.

Bientôt cette contrée ne fut plus qu'une immense steppe ensanglantée et jonchée de ruines et de cadavres.

S'imposer par la terreur, telle était la tactique de ces barbares, qui ne songeaient pas à habiter ce pays glacial, mais seulement à le rendre tributaire.

Bâti, frappé de la façon courageuse et intelligente dont le clergé avait organisé la défense, et ayant remarqué qu'il avait une grande influence sur le peuple, voulut se le concilier, et il défendit à ses soldats, sous peine de mort, de piller les couvents ; il fit plus, il rendit les prêtres exempts de tous tributs ; Bourgaï, successeur de Bâti dans le gouvernement militaire de la Russie, suivit la même pratique.

Ce qui augmenta le nombre des couvents, bien des hommes se faisant moines et apportant leurs trésors dans les monastères.

Une fois la Russie conquise, Bâti y fonda deux villes tatares, Saraï et Kasan, qu'il peupla de Tatars, ensuite il y laissa comme chef militaire Basbaks ; ce guerrier avait des forces suffisantes pour maintenir le joug et assurer la levée du tribut.

Ici commence une période néfaste et honteuse pour la noblesse russe ; les princes apanagés se tournent vers l'oppresseur de leur patrie, ils le flattent, l'adulent, et tout cela pour conserver leur apanage, ou pis encore, pour se servir des Tatars pour dépouiller à leur profit les princes leurs ennemis.

On voit ces princes au cœur lâche, se faire les vils courtisans des khans Tatars, ils mendient leurs bonnes grâces, ils se font leurs collecteurs d'impôts, ils pressu-rent leurs compatriotes, les affament afin d'apporter un gros trésor au khan et de se faire ainsi bien voir de lui. Ils vont mutuellement se dénoncer au chef tatar, s'accu-sant d'idées de révolte, et celui à qui le Tatar prête créance, vient à la tête d'une armée ennemie massacrer le prince dont il ambitionne l'apanage. Tous ces princes vils, traîtres, fourbes, cruels et sans pitié envers leurs propres frères, se servent des armes des oppresseurs pour faire couler encore leur sang à flots.

Les princes suzerains donnent le même triste spec-tacle ; ces descendants de Rurick vont à la horde dorée (on nommait ainsi le camp en Asie où se tenait le khan tatar), ils sont chargés de l'or qu'ils ont volé à leurs su-jets, ils l'offrent au khan, et cela dans le seul but de se renverser réciproquement du trône suzerain ; aussi les grands princes se succèdent rapidement à Vladimir dès qu'on est parvenu à s'emparer, à la tête d'une armée tatare, de cette suzeraineté ; un membre de sa famille va avec un monceau d'or et de présents à la horde, il en revient avec une autre armée et il s'empare à son tour de Vladimir, qu'il garde peu de temps, car le sort de son prédécesseur lui est réservé par un de ses parents, par un frère parfois.

Assassinats, cruautés monstrueuses, délations, calomnies, tout est commis par la race de Rurick, qui se
couvre, pendant plus de deux siècles, de honte et d'infamie, et inscrit dans les annales russes ses pages les plus
néfastes.

Si tous les historiens russes n'étaient point d'accord
sur ce point, on ne pourrait croire à quel degré de servilité envers les Tatars sont descendus princes suzerains
et princes apanagés.

Comprend-on par exemple qu'un homme puisse commettre la bassesse de jeter un tapis devant le cheval d'un
oppresseur, de lui offrir la coupe de Koumys et de lécher
sur le col du cheval les gouttes de cette liqueur que le
barbare a répandues ?

Non, n'est-ce pas ?

Et pourtant tous les princes russes ont commis cet acte
qui aurait répugné au plus vil des courtisans !

Et pendant plus de deux siècles, les grands princes
suzerains de Russie ont écouté à genoux la lecture des
ordres que le khan leur adressait !!

En parlant de cette époque, les historiens russes s'é-
crient en se voilant la face : Période de honte et de deuil !
la vertu s'est envolée au loin, le bien a fui ce sol qui
semble maudit de Dieu, le mal règne en souverain, on
commet le crime par instinct, le sang est versé par soif
du sang, la lâcheté, la perfidie, la ruse, la calomnie semblent à tous chose naturelle. Ambition et soif de l'or,
voilà le mobile des actions des grands ; le peuple est
pressuré par ses princes, pressuré par les Tatars ; il est
esclave des princes et esclave des Tatars.

Les princes volontairement se font les humbles esclaves
des Tatars ; il n'y a plus en Russie que des esclaves, car
le grand prince souverain n'est lui-même que le vil esclave et le collecteur d'impôts du khan tatar.

4

Enfin ce chaos sinistre est éclairé par une grande figure, par un homme en qui le patriotisme renaît, et qui vient prouver, après quarante ans de honte, que le sang russe peut encore produire des hommes et non exclusivement des esclaves ; c'est Alexandre Newski, fils du prince suzerain de Vladimir et de Novgorod.

Bon politique, patriote et habile homme de guerre, Alexandre Newski profite de la désunion qui règne au camp tatar pour relever et repeupler les villes russes ; il reprend la Newa aux Suédois et se bat en héros contre ces grands héros, les chevaliers teutoniens.

Mais, je l'avoue, ce personnage ne m'est point sympathique ; je ne partage point à son égard l'admiration des historiens russes et du clergé russe, qui en a fait un saint fameux et vénéré.

Voici ce qui glace mon admiration pour lui : c'est que lui aussi s'est courbé bien bas devant le Tatar, lui aussi lèche le col du cheval pour y recueillir les gouttes de breuvage que les barbares y laissent tomber... lui aussi va à la horde dorée chargé de l'or qu'il a enlevé à ses sujets. Ces courbettes et ces riches présents lui valent la bienveillance des oppresseurs ; il en profite pour joindre à ses principautés celle de Kieff, qu'il arrache à son possesseur avec l'aide d'une armée tatare.

En cette circonstance, on vit une chose singulière : le prince de Kieff s'était soumis au Pape et avait promis de passer lui et ses sujets à la religion romaine. Alexandre Newski va dénoncer ce prince au khan, et celui qui était païen signe sa déchéance, basée sur ce qu'il avait commis le crime de renier sa religion !

Cependant les habitants de Kieff pris par la force protestent par la force, et Alexandre Newski, pour se maintenir, fait couler le sang de ses compatriotes avec les armes tatares.

On le voit, ce prince n'a rien de sympathique, et il
n'apparaît grand que par l'époque où il est né et par
comparaison avec son entourage. Pour en faire un grand
homme, il a fallu que les annales russes en fussent bien
pauvres.

Pour le canoniser, il a fallu que l'Église gréco-russe
se trouvât bien à court de saints.

Après lui de longues années se passent encore sans
qu'un grand prince ait mérité une page dans l'histoire.
Les Tatars nommaient les grands princes ; ils les lais-
saient facilement renverser par des compétiteurs qui
venaient près d'eux mendier cet apanage ; en ceci ils
suivaient une habile politique, car ces changements fré-
quents affaiblissaient le pouvoir de la grande principauté. En 1324, elle n'était plus qu'un titre illusoire,
mais en revanche la branche des princes de Twer et celle
des princes de Moscou étaient devenues puissantes...
Leur force et l'étendue de leurs provinces avaient été acquises par les princes de ces deux branches, par la trahison, la perfidie et la protection tatare qu'il avaient
captée par l'or qu'ils volaient à leurs sujets.

Ces deux princes puissants sont ennemis, et ils commencent entre eux une longue lutte : tantôt c'est Youry,
prince de Moscou, qui triomphe, tantôt c'est Mikhaïl, de
Twer, qui l'emporte ; le premier a épousé une Tatare
pour mieux se faire venir de la horde dorée ; ils se dénoncent, se calomnient, s'assassinent, et enfin le khan
Usbeck fait décapiter Alexandre, fils de Mikhaïl, prince
de Twer, et il donne à Iwan Ier, fils de Youry, la souveraineté de Twer, que ce prince réunit à celles de Vladimir, Novgorod et Moscou.

Cette concentration de vastes provinces et de grands
pouvoirs en une seule main commence la période de délivrance du joug tatar ; elle a été le fait, non de l'habileté

russe, mais d'une maladresse imprudente du Tatar Usbeck, qui a créé lui-même ce pouvoir qui devait un jour chasser les siens du sol russe et former cette autocratie intense dont Iwan III est l'inspirateur et le fondateur.

Avec cette période, Vladimir est dégradée de son titre de capitale ; elle a eu deux cent dix années de règne, toutes de deuil et de honte, et elle doit céder le pas à une autre dès que la marche vers l'affranchissement se dessine.

Les villes, comme les hommes, sont parfois vouées au malheur par le destin.

MOSCOU

Fondée en 1160 par le prince de Souzdal, Moscou devint la quatrième capitale de la Russie en 1328. Elle suivit la fortune de ses princes, devenus suzerains, de simples princes apanagés.

Iwan II, habile et intelligent, a poursuivi un but excellent pendant son long règne, et il a atteint ce but, et il a fait une foule de choses utiles et bonnes pour son pays, et pourtant cet homme a un caractère odieux : lui aussi se fait le vil courtisan des Tatars ; il n'y a pas une bassesse qu'il ne commette de gaieté de cœur, et enfin, pour arriver à d'excellents résultats, il se sert presque constamment de moyens détestables.

L'histoire russe est la seule histoire présentant cette particularité de grandes choses accomplies par des hommes dont on ne peut ni louer ni admirer le caractère.

Iwan II a été surnommé Kalita (mot qui signifie bourse
en russe) à cause des nombreux voyages qu'il a fait, pendant tout son règne, à la horde dorée. Il allait toujours
chez les khans une grosse bourse remplie d'or à la main,
et il obtenait de cette façon le droit de dépouiller les petits
princes apanagés à son profit et agrandissait ainsi ses États.
Pour avoir l'or nécessaire pour capter les bonnes grâces
tatares, il a rançonné sans pitié ses sujets, en s'armant
contre eux du nom et du pouvoir tatars; de cet argent
ainsi amassé il a augmenté le nombre de ses provinces
et formé ce trésor colossal qui a assuré la puissance de
la branche de Moscou et la réorganisation de l'empire
russe. Excellents résultats, on le voit, mais obtenus par
lui en allant calomnier les autres princes afin d'obtenir
des khans la permission de les tuer et de leur voler leurs
États, et en pressurant le peuple russe.

Cet homme rusé, astucieux, souple et rampant envers
les khans, dont il baise les pieds, est insolent et hautain
avec les Russes : c'est en tout point un caractère odieux.

Je reviens souvent sur cette particularité, car parmi
les bizarreries et les caprices du destin, celui-ci est celui
qui m'étonne et me froisse le plus. Voir le bien résulter
du mal ! voir des hommes de génie barbares et perfides !

Iwan Kalita embellit et agrandit Moscou, il fortifie le
Kremlin et attire dans cette ville la population des États
des petits princes : un moyen ingénieux de ruiner ceux
qu'il n'a point encore dépouillés et qui furent obligés
de venir à lui et d'accepter un titre à sa cour, préférant cette position vassale à celle de prince dépouillé et
exilé.

Iwan veut avoir une cour nombreuse et somptueuse
afin d'oublier, au milieu de la servilité de ceux qui la
composeront, les humiliations que son ambition le pousse
à aller recevoir à la horde dorée ; et il crée une nouvelle

4.

noblesse, il gratifie de fiefs cinq cents enfants, fils de ses favoris, lui devant tout; ces boyards-là lui seront dévoués, pense-t-il.

Il manquait à la nouvelle capitale la consécration de la présence du métropolite. Iwan tenait à avoir à Moscou tous les pouvoirs réunis. Par la ruse, la flatterie et de belles promesses il obtint que le métropolite Pierre quittât Vladimir et vînt s'y fixer ; en retour, il lui fit construire une superbe cathédrale, et alors l'archimandrite Pierre lui dit d'un air inspiré : « Mes os resteront dans cette ville, vos successeurs y fixeront leur séjour, elle terrassera tous ses ennemis ; toi Iwan II et tes successeurs, vous serez grands et puissants. » Cette prophétie s'est réalisée en partie : les derniers princes de la race de Rurick ont été puissants et grands... dans le crime.

Iwan II, tout comme Rurick, refit encore l'ébauche d'un grand empire ; il obtint ce résultat grâce à sa bourse toujours remplie d'or et sans cesse vidée dans les mains tatares, et aussi grâce à son parfait dégagement de tout préjugé.

Il fit encore une excellente chose en rétablissant la succession de père à fils.

A partir d'Iwan Kalita la fortune redevint favorable à la Russie ; à force de la courtiser, sans doute il avait séduit cette belle volage.

Ses deux successeurs, son fils Siméon le Superbe et son petit-fils Dmitry Donskoï, furent des princes habiles qui continuèrent sa politique. Le dernier, guerrier intrépide, eut la chance d'arriver au pouvoir au moment où la désunion régnait parmi les Tatars ; pourtant, avant de tourner ses armes contre eux, il les tourna d'abord contre Olguerd le Lithuanien, qui s'était emparé de la Livonie, de Smolensk et de Kieff, et qui avait pour allié un descendant des princes dépossédés de Twer qui voulait battre la branche de Moscou et reprendre la suzeraineté. La lutte fut terrible, mais Donskoï resta victorieux ; alors lui, qui avait été, comme ses pères, chercher sa couronne aux pieds des khans tatars, fort de sa puissance, les brava et refusa de payer le tribut ; mais, par exemple, il n'oublia pas de le faire payer à ses sujets.

Mahmet-Khan, indigné de cette audace, marcha vers la Russie, à la tête d'une armée formidable. Mais la victoire fut fidèle à Dmitry Donskoï, qui tailla en pièces, sur le Don, l'armée des oppresseurs. A partir de cette grande victoire, la puissance tatare en Russie alla toujours en déclinant. Avec un ou deux efforts héroïques cette nation aurait pu se délivrer d'un joug odieux, mais il semble que les grands princes se soient habitués à cet esclavage ; peut-être, désirant établir leur despotisme, trouvent-ils une arme salutaire contre leurs sujets dans ce joug humiliant. En tout cas, on s'indigne à chaque page de cette histoire en voyant la longanimité de ces princes souverains à subir la domination tatare volontairement. Ainsi Vassili, fils et successeur de Donskoï, tente de s'affranchir, mais soudain la lâche peur s'empare de lui, il fait amende honorable, va se prosterner devant le khan ; il est vrai que cette honteuse démarche lui vaut les provinces de Souzdal, de Tchernigoff et la ville de Novgorod, que les Tatars lui donnent en récompense de sa soumission. — Mais Novgorod s'indigne et refuse de reconnaître pour souverain ce prince, courtisan des Tatars. Vassili, qui a manqué de courage pour battre l'ennemi, en retrouve pour battre ses compatriotes ; il leur fait une guerre acharnée et une guerre de ruse et de trahison, il déploie contre eux un machiavélisme infernal, la moitié aurait suffi pour chasser l'oppresseur étranger !

Novgorod se venge en se donnant à Vittovt de Lithuanie, et ce prince accourt au secours de cette ville à la tête d'une puissante armée, et, dans le moment où il marche vers la Moscovie, Tamerlan s'avance vers l'est et menace de remplacer le joug tatar par le sien.

Vassili est épouvanté par l'approche de ces deux terribles ennemis, la Russie est terrifiée, elle se dit qu'elle est perdue sans retour. Mais, ô coup imprévu du destin! Tamerlan va dans le Kaptchak égorger les Tatars mongols, puis, cela fait, il redescend vers le sud et taille en pièces l'armée lithuanienne.

Ce terrible conquérant venait, par un hasard heureux pour les Russes, de battre leurs ennemis et, cela fait, il était retourné dans ses chaudes et belles provinces.

A ce moment les Tatars étaient si affaiblis, que rien n'eut été plus facile que de secouer leur joug, car leur pouvoir en Russie n'était plus que fictif; et cependant les princes Vassili et Vassiliewitch, ainsi que Vassili l'Aveugle, vont encore à la horde dorée; il semble vraiment qu'ils éprouvent, eux qui font trembler leurs sujets sous une main de fer, une sorte de jouissance à trembler à leur tour.

On dirait qu'autocrates et despotes, ils soient heureux de sentir au-dessus d'eux un pouvoir arbitraire et implacable.

Vassili l'Aveugle a eu une vie qui ferait une jolie légende : tout son règne s'est passé à être chassé du trône et à y être replacé. Un de ses oncles essaya de rétablir à son profit la succession d'oncle à neveu, il alla dénoncer Vassali à la horde, le khan fit donner à ce dernier l'ordre d'avoir à se rendre à son camp. L'habitude chez les princes était prise, Vassali obéit, le khan le garde prisonnier et, pendant ce temps, son oncle, de connivence avec les Tatars, s'empare du trône.

Mais cet ordre de succession avait causé l'asservisse-

ment de la Russie, aussi était-il devenu odieux ; les prêtres surtout en avaient reconnu tous les inconvénients,
aussi le métropolite fut trouver l'usurpateur, il lui parla
au nom de la religion, il invoqua tour à tour Dieu et la
patrie, mais sans succès ; alors il se retira en disant au
prince : « Dieu par ma bouche te rejette du sein de son
Église, je t'excommunie et t'annonce que ta rébellion
attirera sur toi, sur les tiens et sur ta patrie des fléaux
terribles. »

Le prince se rit de ces menaces et continua de jouir
gaiement du pouvoir ; mais soudain la peste éclate, alors
l'épouvante s'empare de lui, il a peur, il fait appeler le
métropolite et, se jetant à ses genoux, il lui demande ce
qu'il doit faire pour calmer la colère du Seigneur.

— Quitte le trône et replaces-y l'héritier légitime, lui
répond le prêtre.

Youry l'Usurpateur s'empresse d'obéir, il va au camp
tatar chercher son neveu et le replace sur le trône ;
la peste diminue, puis le fléau disparaît complétement ;
alors Youry regrette d'avoir eu peur. Son ambition se
réveille, et il chasse encore une fois son neveu et prend
sa place. Ici les Russes donnent un grand exemple, qu'on
ne saurait trop louer et préconiser : le métropolite s'é-
loigne de Moscou ; les boyards, les grands, les hauts
fonctionnaires n'ont point une parole de blâme pour
Youry, mais tous, en silence, quittent la capitale et suivent le prince détrôné ; les parents de l'usurpateur et
même ses fils l'abandonnent et vont vers Vassili.

Youry se voit seul, honni, détesté, et il descend du
trône pour faire remonter son neveu.

N'est-ce point là une sage et modérée, mais pourtant
très-dure leçon à donner aux faiseurs de coups d'État ?

Mais d'autres vicissitudes attendaient encore Vassili:
son oncle Youry mourut laissant un fils qui voulut à son

tour s'emparer du trône ; lui aussi, il alla à la horde dénoncer le souverain qui, malgré la leçon reçue, obéit
encore aux ordres du khan et fut de nouveau retenu prisonnier ; il parvint à acheter à prix d'or sa liberté, mais
ce fut pour tomber aux mains de son cousin qui lui creva
les yeux.

Cette fois encore le cruel usurpateur reçut la leçon
qu'on avait donnée à son père : sa cour devient déserte,
son foyer domestique est abandonné même par ses fils,
on le traite en pestiféré et, devant cette protestation, il
courbe la tête, descend du trône et y replace celui que
l'histoire a surnommé Vassili l'Aveugle.

En 1327, un khan tatar, Shevkal, comprend la faute
qu'ont commise les siens en laissant se reconstituer en
Russie une principauté souveraine, puissante et forte,
un pouvoir centralisé qui devient pour les dominateurs
un danger redoutable ; il marche vers la Russie à la tête
d'une armée dans le but d'exterminer tous les princes
de la race de Rurick, et de se mettre lui-même sur le
trône de Moscou.

Les prêtres russes sont d'autant plus épouvantés en
apprenant les projets de Shevkal, que ce khan, ainsi que
tous les Tatars-Mongols, a passé depuis quelques années du paganisme à la religion musulmane ; c'est donc
l'étendard du Prophète qu'on va planter sur la cathédrale de Moscou, et c'en est fait de la religion gréco-
russe. Tout le clergé se lève, il prêche l'énergie et la
révolte aux princes et au peuple ; sous ses paroles élo-
quentes, tous les résidants tatars de la Moscovie sont
égorgés dans une seule nuit.

En apprenant ce tragique événement, Shevkal re-
broussa chemin en se disant qu'il fallait que les Russes
fussent bien sûrs de leur force pour oser le braver ainsi.

On pourrait croire qu'à partir de ces massacres, les

grands princes relevèrent enfin la tête et brisèrent les derniers faibles liens de l'esclavage, il n'en fut rien ; ils ont préféré à un coup de force une marche lente et tortueuse, et on les a vus encore aller s'humilier devant un ennemi sans puissance : leur front était de bronze, il ne savait pas rougir !

L'ère réelle d'affranchissement ne commence qu'en 1462 avec Iwan III; mais si ce prince finit par s'affranchir, ce fut à force de ruse et de machiavélisme ; le peuple russe ne fit, lui, que sortir d'un joug odieux pour retomber sous le joug du despotisme le plus effrayant que l'histoire ait enregistré, et il ne fut pas même libéré de l'impôt payé aux Tatars sous forme de tribut, car ses princes le maintiennent à leur profit.

Une vieille légende russe fort touchante montre bien toute la tristesse du sort fait à ce malheureux peuple ; la voici :

« Lorsque le globe eut été peuplé par le Seigneur de tous les animaux et des diverses races humaines, le Bonheur reçut l'ordre de parcourir la terre et de jeter aux divers peuples les joies, les plaisirs, les consolations et les compensations. Le Bonheur obéit au divin Créateur, il alla en Afrique, en Asie, puis il parcourut l'Europe et arriva enfin en Russie par un hiver rigoureux. Tout saisi par le froid, il se mit à grelotter ; ses dents se heurtèrent et firent entendre un bruit sinistre ; tout en maugréant contre ce climat, il se dit qu'il devait jeter sur ce sol des plaisirs en masse, car ses habitants avaient bien besoin de compensations pour les consoler d'un climat aussi dur, et il voulut puiser dans la grande besace où tous les dons étaient enfermés; mais ce fut en vain, ses mains gelées ne pouvaient plus remuer : le Bonheur épouvanté s'en fut se réchauffer vers l'Asie, sans rien donner au malheureux peuple russe. »

Le paysan russe qui vous conte cette vieille légende, ajoute avec une tristesse résignée : « Voilà pourquoi, nos pères et nous, nous n'avons jamais eu en partage que misères, humiliations et douleurs. »

Il faut bien le reconnaître, depuis 862 jusqu'à Alexandre II qui ferait supposer que le bonheur, pris de remords, est revenu faire sa distribution en Russie, jusqu'à l'empereur actuel, le peuple russe a eu plus que sa part de malheurs et d'épreuves.

Nous l'avons vu écrasé sous le talon de la botte du Tatar, et pressuré par l'étranger et par ses grands princes, nous allons à présent le voir, sous Iwan III et sous Iwan IV, broyé par un despotisme d'abord intense, ensuite insensé.

Ces deux Iwan comptent à différents titres parmi les hommes célèbres de la Russie : chacun d'eux offre un type étrange, épouvantable en son genre.

Le premier, Iwan III, est mû par une noble pensée, il veut reconstituer un Empire puissant, former une autocratie forte.

Frappé des guerres intestines qu'ont amenées ces innombrables princes apanagés, il veut en débarrasser son pays et détruire l'indépendance des républiques du nord, qui forment des États dans l'État; ceci est sage et politique.

Mais ce Machiavel hyperboréen demande ses moyens d'action à la cruauté froide et raisonnée, à une souplesse qui devient de la fourberie, et comme diplomatie, il emploie exclusivement la perfidie.

Le destin lui laisse de longues années pour fonder son œuvre, il monte sur le trône à vingt-trois ans et il règne plus de quarante ans.

Ses sujets sont las du joug tatar et ils sont prêts à le seconder pour le briser, mais lui s'y refuse, il veut même aller ramasser sa couronne aux pieds des khans ; sa femme, une princesse grecque, s'indigne et obtient de lui qu'il ne commette pas cette suprême lâcheté.

Les Tatars sont encore établis en maîtres dans le Kremlin, jusques aux portes de son palais, les boyards le pressent de les chasser par la force, mais il préfère un autre moyen ; il séduit une femme favorite du khan, et celle-ci arrache au khan l'ordre de retirer ses Tatars du Kremlin.

Il crée une nouvelle noblesse, et se sert de ces parvenus qui lui doivent tout pour se débarrasser des princes apanagés, et lorsque ces nouveaux boyards ont accompli cette tâche, il leur fait sentir sa main de fer et en fait les humbles esclaves de sa volonté implacable.

Conter toute la vie de cet homme m'entraînerait au delà des limites de ce chapitre ; pourtant je vais rappeler un fait qui peint bien ce prince.

Ses généraux le pressaient de reprendre le Kasan, plusieurs fois il leur avait promis de se mettre à leur tête, mais le moment arrivé il avait reculé, et pourtant, d'après ses ordres, son armée avait des forces bien supérieures à celles de l'ennemi.

Un jour on apprit en Russie que les Tatars marchaient en masse contre cette contrée afin d'y rétablir un joug plus pesant.

C'était en 1480, toutes les chances de succès étaient du côté des Russes, et généraux et soldats étaient impatients d'en finir avec ces barbares oppresseurs ; l'armée forte, nombreuse et pleine d'ardeur, demande à Iwan de se mettre à sa tête. Ce prince refuse et se lamente, il dit tout haut que sa patrie est perdue, que bientôt Moscou sera la proie des Tatars ; en vain essaye-t-on de lui donner du courage en lui parlant des forces de l'armée russe et de la faiblesse de l'armée tatare, il continue à remplir Mos-

5

cou de ses lamentations, il en fait partir l'impératrice et ses plus jeunes enfants et les envoie au loin dans le Nord.

Il rappelle son fils aîné qui est à la tête de l'armée, en disant hautement qu'il ne veut pas que ce prince se trouve au milieu du massacre que les Tatars vont faire de ses soldats.

Moscou s'indigne de sa lâche pusillanimité, le peuple et les grands ne lui cachent point leur mépris, son fils lui répond fièrement qu'il préfère mourir en brave que de vivre en lâche.

L'armée fait entendre des murmures, elle attend bouillante d'impatience l'ordre de marcher à l'ennemi, et elle demande son souverain, à qui incombe le devoir de la conduire à une victoire assurée.

Mais Iwan refuse l'ordre de marcher, il se cache dans son palais, montre à tous ceux qui l'approchent un visage terrifié et parle de fuir à l'étranger.

Cette nouvelle se répand dans Moscou, le peuple fait entendre une clameur de réprobation ; les boyards accourent vers lui, ils essayent de lui donner du courage, ils lui énumèrent toutes les heureuses conditions qui favorisent la Russie pour cette lutte suprème. La Lithuanie, cette dangereuse ennemie, est occupée par le khan de Crimée, et les Tatars ont plusieurs ennemis sur les bras.

Rien ne peut rassurer Ywan III ; il ne parle que de défaite, il est affolé de peur et si hideux à voir que ses boyards ne peuvent dissimuler le dégoût qu'il leur inspire.

Alors l'archevêque Vossian se rend au palais entouré de prêtres et lui dit : « Iwan, il ne convient pas à un mortel de craindre à tel point la mort! c'est en vain qu'on veut fuir sa destinée : marchez courageusement à l'ennemi, voilà votre devoir et le conseil que nous venons vous donner au nom de notre sainte Église. »

Iwan se décide, il quitte Moscou, mais la tête basse et tenant des discours propres à glacer tous les courages; sur son passage il n'entend que huées et imprécations; il arrive à son armée, mais ce n'est que pour montrer à tous ses officiers et à tous ses soldats le honteux spectacle de sa lâcheté.

Au moment où l'on veut commencer l'action, lui se sauve et met un fleuve entre l'ennemi et lui, et il entre en pourparler avec les Tatars; la victoire est à lui, et il veut capituler!

Toute l'armée russe frémit de rage et fait entendre une formidable imprécation de colère contre lui.

A Moscou, la désolation est à son comble, nobles et peuple s'écrient en se tordant les mains : « Eh quoi! nos barbares oppresseurs sont là devant nous, il nous est facile de les anéantir et de nous délivrer à jamais de leur joug et ce lâche Iwan veut encore aller baiser l'étrier du chef mongol! »

Mais la Russie est donc maudite!

L'archevêque Vossian lui écrit la lettre suivante, bien faite pour colorer du rouge de la honte même une statue de marbre:

« Iwan III, touché par nos prières, vous étiez parti pour combattre nos oppresseurs et les ennemis des chrétiens, et voilà que la peur vous reprend encore; vous négociez une paix honteuse alors que la victoire vous tend les bras. Ah! Seigneur, pourquoi jeter votre bouclier et prendre honteusement la fuite! dans quel abîme d'ignominie allez-vous tomber! La Russie, par votre faute livrée au fer et au pillage, les églises brûlées, où fuirez-vous après? Planerez-vous comme l'aigle? Songez-y, pourriez-vous aller établir votre nid dans une étoile que le

Seigneur outragé vous précipiterait même de cet asile :
nous l'espérons encore, vous marcherez, et vous rougi-
rez d'être surnommé Iwan le Fuyard. »

Cette lettre d'une ironie sanglante ne fait point bondir
ce prince, il la lit sans rougir, et, toujours tremblant au
milieu de ses deux cent cinquante mille soldats, il écrit
à l'ennemi des lettres humbles et suppliantes.

Voilà certes, un grand misérable, qui a un tas de boue
à la place du cœur !

On se demande comment peuple, nobles et soldats ne
se sont point rués sur lui pour le tuer comme un chien
galeux. Eh bien ! ce poltron, ce vil lâche est tout simplement un tartuffe guerrier ; il a joué cette honteuse comédie de la peur, il s'est avili aux yeux de son peuple,
aux yeux de ses ennemis, pour donner le change aux
Tatars et pour gagner du temps. Cet homme aime les
victoires faciles, il a envoyé un de ses lieutenants qui
doit venir attaquer par derrière l'armée ennemie, qui
ainsi prise entre deux feux sera pulvérisée.

C'est ce qui arrive.

Alors aux malédictions succèdent les bénédictions et
son peuple l'admire et le proclame un demi-dieu.

Un demi-dieu ! en tout cas, il ne peut représenter ni le
dieu du courage ni celui de la dignité et encore moins
celui de la fierté ! Quelle âme faut-il avoir pour jouer
ainsi cette comédie de la suprême lâcheté !

Et est-ce un peuple chevaleresque celui qui bénit et
admire l'homme qui a pu la jouer ?

Iwan III, après ces deux succès obtenus, la défaite des
princes apanagés et celle des Tatars, songea à créer cette
autocratie insensée qu'il rêvait ; pour cela il lui fallait
dompter les républiques qui formaient dans son État des
États indépendants.

Cette lutte lui donna plus de mal que la déroute tatare,
et il y usa encore de ruse et de perfidie.

La fière Novgorod résistait vaillamment, et ne voulait
point succomber sous le joug de son despotisme. Elle
était excitée à la révolte par une jeune et belle Novgo-
rodienne, nommée Marpha, et qui a joué un grand rôle
dans cette ville. Mais Iwan prend pour auxiliaires quelques démagogues sans foi ni loi, il les gagne par de
l'or, et ces hommes travaillent la populace, l'excitent
contre les nobles et les riches ; en développant en eux
leurs plus mauvais instincts, ils poussent ces hommes à
dénoncer à Iwan les riches habitants de la cité ainsi que
les boyards, leur faisant espérer que le prince leur donnerait la fortune et les titres de ces citoyens.

La dénonciation est signée. Iwan accourt, mais il ne
vient pas en conquérant, il ne vient pas dérober les libertés et les franchises accordées à cette ville par Vladimir et Iaroslaff. Non, il vient en libérateur pour sauver
le pauvre peuple opprimé par les grands !

Nouvelle comédie !

Une fois dans la place, il fait enchaîner les notables et
les boyards, les fait enfermer dans les prisons de Moscou
et s'empare de leur fortune.

Les dénonciateurs en sont pour leur honte, le peuple
se voit écraser d'impôts, on lui ôte une à une toutes ses
libertés, son palais des assemblées est fermé, on lui en-
lève jusqu'à cette cloche si chère à son cœur, la Vetch-
voï-Kolokol, qui avait sonné à toute volée pendant de
longs siècles pour appeler les citoyens aux assemblées
et pour leur rappeler leur indépendance.

Le peuple se désole, il comprend qu'en livrant ses
boyards au despote, il a perdu ses meilleurs défenseurs.
C'est trop tard. Novgorod perd avec sa liberté son commerce, une maladresse d'Iwan III donne un coup mortel au florissant trafic que faisait cette ville depuis le
sixième siècle ; insulté par un État d'Allemagne, il se venge

en faisant mettre au cachot des marchands de ce pays
qui se trouvaient dans ce moment à Novgorod. A partir
de ce jour, les marchands asiatiques et européens dé-
sapprirent le chemin de cette ville, et la Russie perdit
une source de richesse et un grand débouché pour ses
produits. Cet habile politique oublia que le commerce
a besoin d'une sécurité que la guerre même fasse respecter.

Pour soumettre les autres républiques, Iwan se servit
de moyens analogues, et bientôt il n'eut plus que des esclaves dans ses États ; une chose vint encore faciliter à
ce tyran la formation de son autocratie, c'est celle-ci :
Une vieille chronique grecque, connue en Russie, avait
annoncé la fin du monde pour les environs de l'an 1465
qui terminaient la fin du septième millier d'années. Le
peuple russe, très-superstitieux, prêtait créance à cette
prédiction, et il ne songeait plus qu'à mettre sa conscience en règle, il assiégeait les églises, priait et laissait
Iwan accomplir son œuvre, pensant qu'elle sombrerait
bientôt dans le néant avec toute la planète. Tout con-
courait donc à faciliter à cet homme la possibilité d'établir un despotisme de fer sur son peuple, sur le clergé et
sur la noblesse, et ceux des boyards qui se montrèrent
mécontents portèrent leur tête sur le gibet et leur richesse alla grossir le trésor du souverain ; du reste, les
faits suivants prouveront qu'il aurait fait un bandit lé-
gendaire si le pouvoir n'eût pas donné un autre nom à
ses actes.

Un de ses oncles, fort riche, était à son lit de mort,
Iwan apparaît soudain au chevet du moribond ; d'un œil
menaçant et la main sur son glaive, il lui ordonne de
faire un testament en sa faveur.

Ses deux propres frères comprenant que leur vie n'est
plus en sûreté en Russie, vont se réfugier en Lithuanie.

Iwan III leur écrit des lettres d'affectueux reproches. Eh quoi ! ils ont pu se défier de lui ! Mais ne savent-ils donc pas que si le souverain est parfois sévère, le frère leur porte une tendre amitié ? pourrait-il oublier que le même sein les a portés ? Qu'ils reviennent donc près de lui s'ils ne veulent pas remplir son cœur d'amertume.

Les deux princes reviennent en effet, Iwan les serre sur son cœur, fête leur retour, les accable de prévenances.

Huit jours après, l'un d'eux fut jeté dans un cachot où il mourut de mort subite.

L'autre, pour avoir vie sauve, dut dépouiller ses enfants et donner par testament à ce frère dénaturé ses États et sa fortune.

Marié deux fois, Iwan a un enfant de chacune de ses femmes, c'est au fils de la première que le trône devait revenir, mais celui de la seconde lui paraît plus capable de continuer son gouvernement despotique. Que fait-il, pour éviter qu'il y ait lutte entre les deux frères ? Il enferme son fils aîné dans un noir cachot où il meurt lentement, de tristesse, disent certains auteurs, de faim, disent les autres.

On le voit, celui que les Russes nomment Iwan le Grand, n'est qu'un grand criminel ; il est vrai que si on le juge par comparaison avec Iwan IV, on peut le trouver doux et humain !

Il s'est trouvé un synode d'évêques pour absoudre Iwan de ses crimes.

Car cet homme tenait à l'opinion, et pour sauver les apparences, il a tenu à faire consacrer ses crimes par la religion, commettant ainsi le nouveau crime de forcer son Église à se déshonorer.

Jusqu'à lui, le clergé russe avait joui d'une sorte d'indépendance, mais avec une adresse merveilleuse, il a profité d'une hérésie pour le soumettre à son joug et nommer lui-même ses chefs ou métropolites, et pour présider en maître les trois conciles qui s'assemblèrent sous son règne.

Cette hérésie consistait à nier et à maudire Jésus-Christ et la sainte Vierge ; ses adeptes devaient cracher sur les saintes images, et, après cela, les déchirer ; ils ne croyaient pas à la résurrection et ils prétendaient qu'il existait un livre cabalistique contenant la science infuse, livre qui avait été donné à Adam par Dieu. Salomon, Daniel, Joseph, Moïse auraient, selon eux, lu ce livre et ils y auraient puisé leur pouvoir de dominer les éléments et les hommes, d'expliquer les songes et de prédire l'avenir. Il fallait donc retrouver ce livre et alors les hommes deviendraient des dieux terrestres, ils sauraient vaincre les éléments, les monstres et même la mort, et ils apprendraient qu'il n'y a point d'autre vie spirituelle, mais que chaque homme peut se faire un paradis sur la terre, sa seule demeure.

Cette hérésie menaçait de faire d'immenses progrès, car elle avait à sa tête le métropolite Zozime, c'est-à-dire le chef de la religion gréco-russe.

Volock, un pieux évêque, s'alarme ; il veut provoquer un concile d'évêques qui excommuniera Zozime et le massacrera ensuite.

Mais Iwan convoque lui-même le concile, le préside en qualité de souverain de droit divin et de chef légitime de l'Église ; il fait anathématiser l'hérésie et nomme lui-même le successeur de Zozime.

Le voilà investi d'un nouveau pouvoir !

Voilà l'Église son humble servante.

On accorde à ce prince, à côté du titre d'organisateur, car en effet il met de l'ordre dans la répartition de l'impôt et dans l'armée, le titre de législateur. Son code sent bien la barbarie du peuple et celle du souverain, car il déclare que c'est la torture qui doit éclairer la conscience des juges, les peines qu'il édicte sont au nombre de quatre : la confiscation, le knout, l'esclavage et la mort; mais pourtant il autorise l'esclave à changer de maître et détermine les limites de l'esclavage.

Ce code, réformé par Alexis, puis par Pierre le Grand, plus tard par la grande Catherine, est arrivé identique dans son esprit jusqu'à l'empereur actuel à qui revient l'honneur d'avoir aboli ce qu'il avait d'odieux et de férocement sauvage.

On peut dire, par exemple, qu'Iwan III a refait une Russie, c'est lui qui a fait de son peuple un peuple d'esclaves, et qui a créé cette autocratie de fer qu'Alexandre II possède encore, dont il use avec douceur et modération, mais dont son successeur pourrait faire le même usage qu'Iwan en a fait. Sans jamais se mettre à la tête de ses armées, Iwan III vit cependant la victoire rester fidèle à son drapeau ; ses généraux jetèrent une grande gloire sur son règne en battant les Lithuaniens et en reprenant Kieff aux Polonais et Kasan aux Tatars.

Il est vrai que, pour battre son courageux adversaire Alexandre de Lithuanie, il a encore demandé à la perfidie son arme principale ; il fait d'abord une paix onéreuse avec ce prince ; il n'impose qu'une condition à ce traité, c'est qu'Alexandre épousera sa fille. Cette princesse russe, astucieuse comme son père, se charge de préparer la défaite du pays où elle est venue en souveraine.

Le grand Méhémet-Ali a eu, lui aussi, recours au même moyen pour se débarrasser d'un ennemi dangereux, l'inspecteur de l'impôt que lui envoyait le gouvernement turc. L'asnadar était féroce, fourbe, et les ministres du grand pacha d'Égypte le plaignaient d'avoir ce

5.

surveillant ennemi près de lui. — Soyez tranquilles, répondit Méhémet-Ali, je saurai bien avoir raison de lui. — Que ferez-vous donc ? disent les ministres étonnés. Si vous le chassez, nous aurons la guerre !

— Le chasser ! s'écria le pacha ; non, certes. Je lui donne ma fille en mariage !

Le moyen était terrible. Naslé-Anem, de sinistre mémoire, força le cruel Asnador à trembler, lui qui avait toujours fait trembler les autres, et elle débarrassa promptement son père de cet ennemi gênant. La princesse russe n'employa pas un procédé aussi radical ; elle avait la politique habile de son père ; elle fit naître une guerre religieuse entre ses coreligionnaires et les catholiques. La Lithuanie, affaiblie par cette guerre civile, devint pour Iwan un ennemi plus facile à battre.

Enfin, malgré son caractère antipathique, ou peut-être à cause de ce caractère tenace, souple, allant au but par tous les moyens, Iwan III reconstitua l'empire ; il renoua des relations avec l'Europe, il éblouit ses sujets par le faste de sa cour, il épousa en secondes noces une princesse grecque qui, fière de son illustre origine, installa à Moscou les pompes, le cérémonial et le luxe somptueux de la cour de Constantin.

Et c'est pour laisser le trône au fils qu'il avait eu de cette princesse qu'il condamna son fils aîné à mourir dans un sombre cachot.

Il fut le premier à quitter le titre de grand prince pour celui de czar, qui, selon les Russes, indique le titre de celui qui a l'autorité suprême.

A cause des quelques savants que la princesse grecque réunit à sa cour et aussi du luxe qu'elle introduisit en ce pays, les historiens russes appellent volontiers Iwan III le Louis XIV du Nord.

S'il y a de la ressemblance entre ces deux princes,

ce n'est que celle que l'on trouve entre la charge grossière et l'original.

En 1505, Iwan rendit son âme habile, mais tortueuse,
à Lucifer ; son fils Vassili-Iwanowitch lui succéda. Plus
guerrier que lui, il se mit plusieurs fois à la tête de ses
armées, dompta Pskof révolté, et battit les Polonais.

On le voit, les Polonais et les Russes ont passé de
longs siècles à se haïr et à se battre. Les Polonais
ont profité de toutes les époques de troubles en Russie
pour enlever à cette nation ses plus belles provinces ; ils
ont incendié plus d'une fois Kieff et même Moscou.

La Russie, devenue forte et puissante, peut, en définitive, trouver de bonne guerre d'asservir à son tour
celle qui l'a asservie et qui a été une ennemie implacable
et dangereuse pour elle.

Mais il est encore très-vrai que la Pologne était une
nation civilisée alors que la Russie, plongée dans
l'ignorance, servait de théâtre aux crimes les plus
monstrueux. Si la priorité de civilisation donnait droit
d'oppression, la Pologne aurait, certes, le droit d'asservir
au lieu d'être asservie. Mais le droit de représailles, le
droit de la force, voilà, hélas! ce qui prime encore au
dix-neuvième siècle ; elle doit, comme tant d'autres, s'y
soumettre, et la Russie ne fait vis-à-vis d'elle que ce que
font les nations d'Europe vis-à-vis des vaincus ou des
plus faibles.

Je comprends combien il est dur pour ces grands seigneurs, chevaleresques fils des chevaliers polonais, et
ardents catholiques, d'être asservis aux fils des anciens
boyards et asservis par des schismatiques.

Mais ils subissent les conséquences de leurs longues
et sanglantes guerres. En 1613, à la porte de Moscou,
eux aussi discutaient le démembrement de l'empire
russe. Relevé une quatrième fois de sa ruine, cet empire

a aidé à son tour au démembrement de la Pologne.

Vassili-Iwanowitch mourut jeune, laissant un fils à peine âgé de trois ans, Iwan IV, dont il confia par testament la tutelle à son épouse.

La veuve de ce prince était Lithuanienne, elle s'appelait Hélène ; sa mémoire est maudite en Russie, et avec raison, car elle a inscrit quelques-unes de leurs pages les plus honteuses dans les annales de cette nation.

Nous entrons ici dans une de ces périodes qui, peintes par un Rembrand ou décrites par un Shakespeare, seraient grandioses d'horreur ; mais, décrites par une plume inhabile, cette période devient tout simplement écœurante.

En lisant la longue suite de forfaits sans nom, de crimes monstrueux, qui se commettaient pendant la régence d'Hélène, pendant les deux autres tutelles d'Iwan IV et sous le règne de ce prince, et enfin sous celui de Boris Godounoff, on est humilié pour l'espèce humaine, et une sorte d'angoisse douloureuse vous serre le cœur.

Ceux qui ont commis les crimes vous épouvantent et vous apparaissent comme des créatures monstrueuses et antihumaines ; mais ceux qui y ont assisté, qui en ont été victimes, et qui ont continué à ne voir dans le bandit grand prince que le demi-dieu, que le représentant sur terre de la divinité, et qui ont baisé la main qui les torturait, ceux-là nous étonnent bien plus que les premiers ; on sent qu'ils ne sont chrétiens que de nom et que leur paganisme ressemble à la religion indoue, qui fait des dieux des êtres horribles, épouvantables, et cela afin d'en démontrer la puissance !

Le peuple russe, on le devine, aime, lui aussi, à se figurer la divinité implacable et monstrueuse, et lorsque son demi-dieu est monstrueux comme Iwan IV, son adoration s'accroît en raison de sa férocité.

Nous retrouvons aujourd'hui encore ces mêmes instincts chez les Indous, qui aiment à se figurer leurs dieux
féroces et cruels, et qui, pour les peindre, assemblent
des monstruosités. Ces Indous ressentent une joie ascétique à se faire écraser par les roues des chars qui promènent les images de ces dieux hideux ; c'est sans doute
un sentiment analogue qui a poussé le peuple russe à se
laisser broyer par ses despotes.

Hélène, la seconde femme régente de l'empire de Russie, mérita l'exécration de tous, tandis qu'Olga avait mérité les louanges de son peuple. Mauvaise mère et courtisane éhontée, elle afficha hautement sa coupable liaison
avec un Lithuanien, qu'elle imposa en maître à ses sujets. Ennemie de naissance du pays qu'elle gouvernait,
elle ne prit aucun souci des choses de l'État ; mais elle
se plongea sans vergogne dans une vie de débauches
sans nom et d'orgies interminables ; certains boyards indignes se firent ses courtisans et les compagnons de ses
nuits de débauche.

Les mœurs, à cette époque, étaient fort grossières en
Russie ; aussi la débauche de la cour de la régente Hélène apparaît hideuse et cynique ; aucune gaze, aucune
poésie ne vient en dissimuler la laideur horrible.

Tous ces grands seigneurs de nom, mais non de sentiments, sont si ignorants, qu'à leurs yeux, l'astronomie,
la chimie, l'anatomie, la médecine, ne sont que sciences
diaboliques ; et cependant ils se figurent naïvement que
le peuple russe est le premier peuple du monde ; et,
comme on vient chercher à Arkhangel du blé, du chanvre, du caviar et des fourrures, ils se disent avec orgueil
qu'ils nourrissent le reste du monde. Le seul souvenir
qu'ils aient conservé de leur contact avec les Grecs,
c'est un luxe de mauvais goût et tous les vices de la
Grèce, qui sont venus se joindre aux leurs.

Une débauche hideuse, voilà le premier tableau qui frappe la vue du jeune Iwan IV ; sa mère l'abandonne aux mauvais traitements de son amant, qui, ne voyant en lui qu'un obstacle qui l'empêchera un jour de partager le trône avec sa maîtresse, l'accable d'injures et de coups et lui laisse entrevoir le sinistre projet de se débarrasser de lui.

Trois vieux princes, frères de Vassili-Iwanowitch, et par conséquent oncles de cet enfant, émus de pitié en voyant son triste sort, s'entendent avec des boyards et font une conspiration contre l'indigne régente ; mais ils échouent. Hélène les fait enfermer dans des cachots, où ils sont condamnés à mourir de faim ; les boyards, leurs complices, sont impitoyablement massacrés, et le pouvoir reste encore à Hélène et à son amant.

Mais, au bout de quatre ans, le poison débarrasse l'empire de cette régente abominable ; son amant meurt sous les tortures les plus affreuses. La tutelle est prise par les Shouïsky, descendants du traître Oleg, et jadis privés de leur apanage par Iwan III. Ces princes indignes ne songent qu'à se venger sur un enfant de la déchéance de leur maison, et, avec cette tutelle, continue pour Iwan IV un long martyre moral et physique ; les Shouïsky le battent, l'insultent ; l'un d'eux le force journellement à s'agenouiller devant lui et à soutenir ses pieds ; tous puisent à pleines mains dans son trésor ; ils ne se servent du pouvoir qu'ils ont que pour massacrer, dévaliser leurs ennemis personnels.

Le métropolite veut secourir une fois encore cet enfant ; il se joint aux Belsky, fait une révolution et chasse les Shouïsky.

Iwan IV respire quelques jours et croit être enfin débarrassé de ses bourreaux.

Mais, vain espoir, les Shouïsky se font une armée

avec les bandits et les aventuriers qui pullulent en Russie, et, par un coup de main audacieux, ils s'emparent
de Moscou ; et une nuit le jeune prince les voit soudain
apparaître près de son lit, terribles et menaçants, et
pour lui recommence une vie encore plus épouvantable,
sans cesse humilié, maltraité, vivant dans des transes
continuelles, redoutant la mort violente dès que ses parents l'approchent, ou le poison discret chaque fois qu'il
prend quelque nourriture.

Dès que l'enfant témoigne quelque affection à un
homme, cet homme est assassiné ou exilé par les
Shouïsky ; le même sort attend le boyard assez osé pour
laisser apercevoir la pitié que lui inspire la triste situation du futur souverain.

Or cet enfant, ainsi tyrannisé, torturé, insulté, avait en
lui des instincts cruels et féroces ; on peut le comparer à
un jeune tigre mis en cage que des imprudents s'amu-
seraient à harceler, à irriter. Si la prison de cet animal
dangereux s'ouvre subitement un jour, le fauve rendu
plus furieux, plus tigre encore, égorgera indistinctement
tous ceux qui se rencontreront sur son passage ; sa soif
du sang sera insatiable. Et c'est ce qui est arrivé avec
Ivan IV, martyrisé pendant onze ans, et devant dissimuler sa fureur et baiser la main qui le frappait ; ses instincts
pervers se sont triplés. Une fois libre, le tigre a été insatiable de sang et de meurtre. Il fut délivré de ses bourreaux les Shouïsky, par d'autres parents à lui, les Glinsky
qui organisèrent un coup hardi pour massacrer les
régents. Le jeune Iwan chassait avec eux, les Glinsky
vinrent à cette chasse accompagnés de complices sûrs et,
à un signal donné, tous ces conjurés se ruèrent sur les
Shouïsky, les mirent en pièces, et jetèrent leurs membres
en pâture aux ours et aux chiens.

Aimables mœurs !

On le voit, tous ces princes de la famille de Rurick, et tous alliés à la première race, ont une férocité qui ne s'arrête devant rien.

Les Glinsky, après avoir accompli cette boucherie humaine, rentrent à Moscou, et font proclamer Iwan IV majeur ; la porte est ouverte, le tigre bondit altéré de sang, l'esclave relève la tête, et veut venger sur tous les humiliations que quelques-uns lui ont fait subir.

Les Glinsky qui l'ont délivré deviennent ses ministres et ses favoris ; ils ont eux aussi des ennemis, et ils se servent du jeune souverain pour les exterminer. Au lieu de lui prêcher le pardon et la clémence, ils le poussent aux meurtres.

Iwan IV, ainsi conseillé, commence sa longue série de forfaits épouvantables. Il a passé onze années terrifié par la peur, il veut à son tour terrifier son peuple, il ordonne les supplices les plus affreux, il se fait aide-bourreau, ses victimes sont choisies au hasard, il tue pour tuer.

Ses tuteurs l'ont volé ! à son tour, il dépouille les boyards sans motifs, il s'empare de leur fortune, le souverain de la Russie n'est plus qu'un abominable brigand ivre de meurtre et d'argent.

Le peuple ne lui a rien fait à lui, mais pourtant il le pressure à l'affamer. Cela dure quatre années.

Mais une nuit, le peuple de Moscou se dit qu'à la fin c'en est trop ; il n'ose toucher au souverain, au demi-dieu, mais il égorge ses favoris et massacre les Glinsky, qu'il rend responsables de la conduite du jeune prince. Ces exécutions accomplies, il allume des torches et met le feu à Moscou.

Iwan IV se réveille à la lueur sinistre de ces torches, il ouvre sa fenêtre et entend les cris de douleur des victimes, et les hurlements de la populace en délire. Ce

jeune tyran est lâche comme tous les tyrans; une épouvante indescriptible s'empare de lui, il revoit en imagination les années qu'il a passées sous le joug d'hommes
qui le faisaient vivre dans les angoisses incessantes de la
peur.

Éperdu, il s'écrie :

— Grand Dieu! vais-je encore avoir des maîtres?
vais-je encore avoir peur?

— Oui, tu as un maître qui te juge et qui te condamne!

Celui qui vient de parler ainsi, porte l'habit de
moine, sa figure est ascétique, et son regard inspiré.

Iwan étonné contemple cette apparition, la terreur fait
claquer ses dents, il croit que c'est un nouveau maître
qui vient s'imposer à lui.

Le moine le saisit par le bras, l'entraîne vers la fenêtre,
il lui montre les lueurs rouges qui ensanglantent le ciel,
et lui dit :

— Celui qui te juge et te condamne, c'est le Dieu des
chrétiens, que tes cruautés ont lassé, et il va te jeter en
pâture à cette populace altérée de vengeance.

— Qui es-tu? murmura le prince affolé de peur.

— Je suis l'envoyé de Dieu, il m'envoie t'apprendre
que l'heure du châtiment a sonné pour toi. Déjà les
Glinsky et tous tes favoris sont égorgés, et la populace
marche vers ton palais.

Iwan se jette aux genoux du moine en criant :

— Sauve-moi, de grâce, sauve-moi! j'ai peur, oh! j'ai
peur de ces hommes féroces.

— N'as-tu pas été féroce, toi? n'as-tu pas fait torturer
le coupable comme l'innocent?

— Pitié, pitié, je me repends.

Les clameurs de la foule se rapprochent; l'éclair, quoiqu'on fût en hiver, déchire tout à coup la nue ; le roule-

ment formidable du tonnerre se fait entendre, et la foudre tombe en face de la fenêtre où est Iwan. Alors sa terreur ne connaît plus de bornes. Le moine étend la main vers le ciel, et dit au prince :

— Entends-tu la voix courroucée du Dieu que tu as outragé ?

Iwan IV se cramponne à ses genoux en criant : « Je me repens, je le jure, sauve-moi, implore le Seigneur pour moi. »

Le moine lève un regard illuminé par la foi vers le ciel, il murmure des paroles incompréhensibles, puis se tournant vers le jeune souverain, il lui dit :

— Dieu te pardonne, mais à une condition.

— J'y souscris quelle qu'elle soit, j'en fais le serment, répond Iwan.

Le moine va prendre une image du Christ, accrochée dans un coin de la chambre :

— Dieu te préservera du danger, lui-il, si tu jure sur l'image du divin Rédempteur d'être juste et miséricordieux, de ne plus faire couler le sang de tes semblables, et de prendre pour premier ministre et pour conseiller Alexis Adascheff, le seul homme de bien qu'il soit encore à la cour de Moscou.

— Je jure sur cette image d'être juste, miséricordieux, de ne plus faire couler le sang de mes semblables, et de prendre Adascheff pour ministre et pour conseiller, que Dieu me punisse, si je manque à mon serment !

Telle fut la réponse d'Iwan IV.

— C'est bien, le Seigneur te fait grâce, je vais envoyer Adascheff près de toi, ensuite j'irai calmer la fureur de la multitude. Rassure-toi, il ne te sera fait aucun mal, et tu règneras en paix.

Iwan, très-superstitieux, fut vivement impressionné par cette scène. Il crut d'autant mieux que ce moine était un envoyé de Dieu, qu'à sa voix, la fureur populaire s'apaisa et l'ordre fut rétabli : il prit Adascheff pour ministre comme il l'avait juré.

Le moine qui a joué ce rôle salutaire auprès du jeune barbare, se nommait Sylvestre ; il faisait partie de cette multitude d'inspirés qui, en ce temps-là, parcouraient la Russie en faisant des prédictions effrayantes ; en cette circonstance, Sylvestre fut réellement inspiré par Dieu, car il fit bénéficier cette contrée de treize années de calme, il s'entendit avec Adascheff pour entourer Iwan IV de jeunes prêtres et de sages boyards, et afin d'adoucir son caractère par une tendre influence, ces deux hommes, devenus ses conseils en tout, lui firent épouser une jeune princesse belle et d'humeur douce. Iwan se mit à adorer sa séduisante compagne, ce qui opéra en lui une véritable transformation. Tout à son amour, il abandonna complétement les charges de l'État à Sylvestre et à Adascheff ; le premier s'occupa de réviser les lois, comprenant qu'elles sont le plus grand moteur de civilisation.

Jusqu'à ce moment, la justice avait été rendue par les gouverneurs de provinces qui fixaient eux-mêmes et arbitrairement le chiffre de leurs honoraires. Sylvestre décréta que la justice serait à l'avenir rendue gratuitement par les vieillards et les notables de chaque pays (1556).

(Cette loi existe aujourd'hui en Turquie.)

Adascheff rétablit, lui, une organisation équitable dans l'administration ; il solda une armée régulière allemande de six mille hommes. (Toujours, on le voit, l'élément étranger est appelé dès qu'on veut améliorer !)

Et enfin, il créa une milice permanente de fusiliers, qui devinrent ces strélitz massacrés par Pierre le Grand. Avec ces troupes nouvelles, il conquit l'Astrakan et reprit le Kasan sur les Tatars. Ce travail accompli, il songea à

faire luire un peu de civilisation dans sa patrie. L'ignorance y était devenue si générale, qu'il était impossible d'y
trouver des pédagogues. On aurait pu espérer que le
peuple s'instruirait au contact des popes, mais au contraire, à son contact, le pope était devenu grossier et
ignorant. Il fallut donc une fois encore avoir recours à
l'étranger comme élément civilisateur. Adascheff demanda à Charles-Quint des instituteurs, des savants et
des artistes; ces hommes arrivèrent et se mirent à leur
tâche avec dévouement; la première imprimerie russe
fut installée par les soins de ces étrangers.

Le pays était calme, la prospérité y revenait, le progrès allait essayer de s'y acclimater, lorsque soudain
Iwan IV vit mourir subitement sa jeune épouse. Il l'aimait tendrement, sa douleur fût grande, et la douleur
chez lui ressemblait bien plus à un sentiment de colère
qu'à une tristesse de l'âme, et ce fut lorsqu'il était sous
le coup de cette impression que des envieux, jaloux du
pouvoir d'Adascheff et de Sylvestre, vinrent lâchement
calomnier auprès de lui ces deux hommes de bien; ils
insinuèrent qu'ils avaient empoisonné la princesse, et ils
ajoutèrent que les boyards conspiraient sourdement et
voulaient attenter à la vie de leur souverain et à celle de
ses enfants.

Iwan IV crut à ces calomnies; alors il se dit qu'il avait
fait un marché avec Dieu, que lui avait tenu son serment, mais que Dieu parjurait le sien, puisque le danger
revenait le menacer, et il s'écria, ivre de fureur et en
montrant le poing au ciel: « Eh bien, me voilà dégagé et
je vais punir Dieu et punir les misérables qui osent
songer à me tourmenter encore. » La peur, cette peur
hideuse à laquelle il était sujet, s'empara encore de son
esprit, et lorsque cet homme avait peur, il était altéré de
sang; ses deux premières victimes furent Sylvestre et

Adascheff, et ensuite, et tout comme si cet homme se préoccupait de l'opinion, il écrivit contre eux un long réquisitoire qu'il adressa à son peuple. Dans ce document fort curieux et qu'on possède aux archives de Moscou, il accusait ces deux hommes de s'être emparés de son esprit au moyen d'un sortilége, et d'avoir conservé une grande influence sur lui pendant quatorze ans, au moyen de quelques philtres sataniques ; ensuite il leur reprochait tout ce qu'ils avaient fait de bien et d'utile comme autant de crimes.

Les auteurs Russes disent que ce document prouve bien que la folie s'était emparée de son cerveau, et ils l'appellent Iwan l'Insensé.

Par respect pour l'humanité, on aimerait à croire que cet être monstrueux avait perdu la raison, mais c'est difficile à admettre, car ce fou raisonnait, il poursuivait un but, et lorsqu'il tuait, par exemple, les princes qui avaient été épargnés par Iwan III, il tuait pour fonder son autocratie ; enfin il faisait massacrer les nobles riches, mais pas comme le fou tue pour tuer, puisque c'était pour s'emparer de leur fortune. Tout comme Iwan III, il a eu un but et il l'a poursuivi avec férocité, mais avec lucidité et avec une fourberie extrême ; il est donc difficile d'admettre sa maladie mentale. Ainsi, il désire avoir en main un pouvoir sans limites, il pourrait le prendre, mais il lui paraît plus piquant de se le faire offrir par ceux-là même contre qui il veut en user ; ce sont les trois corps constitués de l'empire : le clergé, la noblesse et les marchands. Ces derniers avaient toujours formé un corps puissant dans l'État ; ils avaient toujours figuré dans les élections et dans les assemblées des villes comme dans celles de la nation ; tant à cause de leur nombre que de leur richesses et des services qu'ils rendaient en leur qualité d'intermédiaires avec l'étranger, les marchands ont eu constamment une haute position en Russie.

Iwan IV voit qu'une guerre avec la Pologne est imminente, il convoque donc ces trois corps; suivant en cela l'exemple de ses prédécesseurs qui, en pareille circonstance, prenaient l'avis de ces délégués de la nation; mais par une astuce diabolique, il amène les prêtres à lui dire qu'il est le seul maître et qu'eux ne sauraient oser lui donner un conseil; les nobles, à lui assurer qu'ils n'ont point d'avis à lui donner, qu'ils n'ont qu'un devoir, verser leur sang pour lui et pour la patrie; et il sait contraindre les marchands à lui jurer qu'ils ne possèdent rien en propre, que toutes leurs richesses appartiennent à lui, Iwan, et qu'il peut en disposer à son gré.

De ces formules d'une respectueuse politesse, Iwan IV se fait des droits; il vole, il dévalise ses sujets, il déshonore le pays et continue à verser à flot le sang des grands.

On pourrait appeler cet homme le Tartuffe sanguinaire: Voyez plutôt; deux grands seigneurs injustement condamnés par lui à une mort précédée d'horribles tortures, parviennent à se sauver en Lithuanie, et Iwan leur écrit pour se plaindre de leur mauvaise foi : « Eh quoi! vous me volez, leur dit-il, une vie qui m'appartient et dont je suis libre de disposer à mon gré!.. Je vous ai condamnés au supplice et vous avez osé fuir! N'avez-vous donc aucune crainte de Dieu? Ne comprenez-vous pas qu'en agissant ainsi vous perdez votre âme? » Et doucereusement il les engage, au nom de leur salut éternel, à revenir pour subir le supplice.

A son grand étonnement, ils ne revinrent pas.

Il continue à supplicier ceux qui ont l'honnêteté de ne pas se dérober à la torture, il continue à voler les riches, à pressurer le peuple, et nul ne murmure. Les esclaves se soumettent, adorant celui qui les frappe. Iwan alors trouve que cela devient monotone, il désire deux choses, se débarrasser complétement des grands qui lui font peur, et se créer une nouvelle noblesse de sac et de corde qui devienne en ses mains une arme contre la vraie noblesse. Mais il souhaite que ces grands lui offrent eux-mêmes leur tête, et que le peuple volontairement l'appelle au milieu de lui pour commettre ses forfaits. Obtenir cela aurait paru difficile à tout autre, mais rien n'est impossible à la ruse machiavélique de celui qu'on a voulu faire passer pour un pauvre insensé.

Une belle nuit il disparaît, emmenant avec lui ses enfants et entouré de deux cents de ses sicaires.

Moscou s'émeut, le peuple murmure ; qu'a-t-on fait de son hideux demi-dieu ? Il veut qu'on le lui rende.

Les prêtres et les grands se demandent avec effroi, eux aussi, ce qu'est devenu le maître.

Bientôt tous apprennent qu'Iwan est allé se réfugier dans une forteresse située au milieu d'une immense forêt, et de cette sombre retraite, ce souverain, qui a un goût prononcé pour l'art épistolaire, écrit une longue lettre adressée exclusivement au bon peuple. Lui seul, lui dit-il, est bon, noble et dévoué, sur lui seul il peut compter comme un père peut compter sur son fils ; mais si lui est bon et honnête, les boyards par contre sont des infâmes qui sans cesse conspirent contre lui, et qui ne songent qu'à attenter à ses jours et à ceux de ses enfants ; c'est pour fuir leur noire méchanceté qu'il a dû se retirer dans une forteresse. Il ajoute que son âme est tellement ulcérée par tant de perfidie qu'il renonce au pouvoir.

La populace est doublement flattée par les éloges qu'il lui prodigue et par le mal qu'il dit des nobles, et elle fait entendre des imprécations contre ces boyards méchants et perfides qui osent tourmenter leur père Iwan.

Les nobles ou boyards, effrayés des clameurs menaçantes de la foule, et peut-être aussi poussés par leurs instincts serviles, écrivent à ce prince bien meilleur comédien que Néron, et voici ce qu'ils lui disent (1) : « Seigneur, que deviendra la patrie sans vous ? Sans vous que deviendra notre sainte Église, dont vous êtes le soutien ? Des millions d'âmes seront perdues. Laissez-vous fléchir par nos prières, revenez, nous vous en supplions ; si nous vous avons déplu, n'êtes-vous pas le maître de nous châtier ? Nos têtes vous appartiennent, vous avez sur nous droit de vie et de mort, et quel est celui qui oserait se révolter contre vos arrêts ? Nul de nous, croyez-le bien. »

Vraiment, on ne sait qui est le plus épique ici, du souverain ou du peuple.

Et on serait bien tenté de répéter avec Prudhon que le peuple n'a jamais que le gouvernement qu'il mérite.

Iwan IV était satisfait, sa comédie avait eu le résultat qu'il souhaitait, il quitta sa forteresse. Une nuit, des bûchers allumés sur la grande place de Moscou annoncèrent son retour à son bon peuple ; à côté des bûchers quatre-vingt-deux gibets étaient dressés. Bientôt la lueur rougeâtre des flammes éclaira la hideuse figure du tyran, et on le vit attiser le feu des bûchers dans lesquels il faisait jeter les corps déjà torturés des boyards ; d'autres étaient attachés aux gibets, et Iwan allait d'une victime à l'autre pour insulter à leur agonie et pour se repaître de la vue de leurs souffrances.

De quoi pourraient se plaindre ces hommes ?

Ne lui ont-ils pas écrit : Revenez, châtiez-nous, nul n'oserait se révolter contre vos arrêts ?

Et il châtie à sa façon, en bête fauve.

Pourtant il se rappelle cette nuit néfaste où Sylvestre lui est apparu, et il se dit que peut-être le peuple dira

(1) Cette lettre, et toutes celles d'Iwan IV sont conservées dans les archives de Moscou.

encore : A la fin c'en est trop ! et alors il se fait construire
une forteresse au milieu du Kremlin ; il se méfie des
Strélitz et il se fait une garde bien digne de lui, du reste,
car elle est formée de six mille bandits féroces, aventuriers du bas peuple ; il accorde à ces hommes, qu'il
appelle opritchinikis, des titres de noblesse, et leur
donne les biens des boyards qu'ils assassinent ; ils sont
tout à la fois ses gardes d'honneur, ses gardes de sûreté,
ses espions, ses délateurs et ses exécuteurs.

Sachant que les titres et les richesses de leurs victimes
leur seront jetés en pâture, ces hommes dénoncent
comme suspects tous les grands et tous ceux qui sont
riches. On le voit, la noblesse russe a diverses origines,
dont quelques-unes sont loin d'être glorieuses.

Iwan veut être entouré nuit et jour par sa nouvelle
garde ; pour cela faire, il s'empare de toutes les maisons, des rues qui entourent le Kremlin, il en chasse
brutalement les propriétaires, sans leur donner la
moindre indemnité, et il y installe les opritchinikis :
désirant qu'ils fassent un cordon autour de Moscou, il
donne à deux mille d'entre eux les propriétés les plus
rapprochées de cette ville ; par une nuit d'hiver, il en
fait chasser nus et à coup de fouet les anciens propriétaires.

Un peu tranquillisé par cette garde qui lui est dévouée,
comme le bandit l'est à son chef, il fait la guerre à Kettler,
grand'maître des chevaliers porte-glaive, qui lui a pris
ses débouchés de la Baltique ; cet homme, que l'on dit
fou, comprend cependant l'importance pour son pays de
conserver ses débouchés. Dans cette guerre il donne
encore libre carrière à sa cruauté monstrueuse, en faisant rôtir, à petit feu, les prisonniers, ou en les faisant
plonger dans des cuves d'eau bouillante.

Mais soudain il apprend que Battori, roi de Pologne,

s'est emparé de la Livonie et qu'il parle de marcher sur Moscou ; alors le tyran est repris de peur, il quitte son armée, passe à Moscou et, accompagné de cinq cents de ses satellites, de cinq cents officiers des opritchinikis, il va encore se réfugier dans un couvent, et de là il écrit des lettres humbles et suppliantes à Battori, il lui jure qu'il est prêt à se soumettre à lui... « Si je vous ai mécontenté, lui dit-il, infligez-moi un châtiment, je m'y soumettrai avec joie. Voudriez-vous me faire battre de verges par vos ambassadeurs ? »

On le voit, ce misérable est complet !

Battori lui répond par une lettre d'injures sanglantes, qu'il termine ainsi :

« Où vous cachez-vous, demi-dieu des serviles Russes ? Sortez de votre retraite, lâche monstre dont rougit l'humanité, et venez vous mesurer en champ clos avec moi, qui serais heureux de débarrasser la terre d'un être tel que vous. »

A cette lettre, Iwan ne répond que par de nouvelles et basses supplications.

Et pourtant ses généraux viennent lui annoncer qu'une armée de trois cent mille hommes est prête et ne demande qu'à aller venger l'injure faite à son souverain, qu'elle le supplie de se mettre à sa tête ; mais il refuse, il tremble, il est terrifié, il parle de fuir à l'étranger... et alors...

Si ce n'était historique, comme ceci paraîtrait affreusement invraisemblable ! Les généraux, les quelques nobles qu'il n'a point massacrés encore, et tout son peuple, se lamentent ; on vient entourer son couvent, la populace joint les mains et le supplie de ne point quitter le sol russe, les prêtres viennent le conjurer de reprendre le pouvoir... Il se fait longtemps prier, puis il se met à la tête de son armée, mais au lieu de la conduire contre

Battori, il la mène près du jésuite Possevin, envoyé du pape, et il se jette aux pieds de cet homme, il le conjure d'obtenir du pape qu'il fasse sa paix avec Battori, et en retour il s'engage, par un serment solennel, à passer lui et son peuple à la religion catholique. Ceci fait, il retourne à Moscou avec une lâcheté et un parjure de plus sur la conscience. A partir de ce jour, ce n'est plus un tigre, c'est quelque chose de fabuleux, et encore aucune imagination en délire n'a pu créer les horreurs sans nom que commet Iwan IV.

J'en cite quelques-unes au hasard et copiées par moi dans différents historiens russes, entre autres Tatischef, Karamsin et Divof.

Une nuit, Iwan IV comptait son trésor; il se disait qu'il n'augmentait point assez au gré de ses désirs; il appelle auprès de lui ses complices, les officiers des opritchinikis, et leur dit :

— Nous avons supplicié huit cents boyards, mais nous avons oublié de détruire les louveteaux et les louves; c'est un tort.

Les opritchinikis, hommes de sac et de corde, ne comprenaient pourtant pas la pensée infernale d'Iwan, et ils le regardaient avec étonnement.

— Mais oui, poursuit ce souverain, nous avons oublié les femmes et les enfants.

— C'est vrai, les fils continueront cette race maudite de l'ancienne noblesse ; demain nous les massacrerons, répondent les officiers.

— Non, pas demain, cette nuit, car je m'ennuie, le sommeil déserte mes paupières depuis quelque temps ; allez battre le rappel de vos soldats, nous allons nous amuser... Je vais vous faire faire une chasse comme jamais on n'en a fait.

Une heure après, Iwan IV est à la tête des six mille

opritchinikis ; des porteurs de torches entourent cette
troupe maudite qui se sépare en huit cents détachements
commandés par un officier. Chaque détachement va,
d'après les ordres du souverain, à l'hôtel d'une veuve de
ces boyards assassinés depuis peu... Les portes de ces
demeures sont enfoncées, les soldats armés de grandes
verges entrent dans les chambres où reposent ces
grandes dames, et dans celles où dorment leurs enfants :
à coups de verges ils font sauter de leur lit femmes et enfants, et, sans leur donner le temps de se chausser et de
se vêtir, ils les chassent-dans la rue.

Femmes et enfants font entendre de longs cris de détresse qui réveillent Moscou ; chacun se met aux fenêtres ;
mais en apercevant le costume des opritchinikis, les
Russes restent chez eux, en disant : « C'est notre demi-
dieu qui punit des criminels sans doute... Il est tout-
puissant ; il est notre maître. Que sa justice soit faite ! »

Ces huit cents femmes et tous leurs malheureux enfants sont poussés à coup de verges jusqu'à une grande
place où Iwan les attend ; il contemple un instant ces
femmes à demi-nues, les cheveux épars, et qui ont les
épaules déchirées par les verges ; et il rit : ce spectacle
lui paraît un plaisir digne de lui ; mais, en l'apercevant,
femmes et enfants tombent à genoux, tendant vers lui
leurs mains suppliantes.

— Je veux, dit Iwan IV, donner une royale pâture aux
ours et aux loups ; chassez-les dans les forêts et n'en laissez point échapper.

Alors cette soldatesque, ivre de sang et altérée de
meurtre, chasse devant elle ces infortunées créatures ;
les mères prennent dans leurs bras leur plus jeune enfant, le serrent sur leur cœur pour le réchauffer et pour
essayer de le soustraire aux coups ; les autres enfants se
cramponnent à la chemise de leur mère et poussent des

cris de terreur et de douleur ; femmes et enfants fuient pieds nus sur la neige durcie. Parfois une de ces victimes tombe, les soldats frappent sur elle à tour de bras ; elle se relève, ensanglante la neige de son sang et essaye de courir encore, mais les forces lui manquent... Les opritchinikis, las de la frapper, l'écrasent à coup de pieds, et ils continuent à poursuivre ce gibier humain.

Cette course dure cinq heures, puis on atteint une forêt, on y pousse ces créatures déjà à moitié mortes. Là, il se passe des scènes qu'aucune plume ne saurait décrire !

Les opritchinikis cernent la forêt, car nulle de ces victimes ne doit en ressortir, et nul, sous peine de mort, ne peut aller leur porter secours.

A quatre lieues à la ronde, on entend les cris de ces femmes et de ces enfants ; enfin le silence se fait : le froid, le knout, les glaives des opritchinikis ont terminé cet horrible massacre, les cadavres sont abandonnés dans la forêt, et les loups et les ours, selon le souhait d'Iwan, eurent cet hiver-là une royale pâture.

Pendant que les soldats et les officiers subalternes accomplissaient ses ordres, Iwan, aidé par les officiers supérieurs, allait voler l'or et les bijoux des victimes.

Une autre nuit, Iwan IV se met à songer que Novgorod a donné bien du mal à ses prédécesseurs pour la soumettre. Il récapitule le nombre de ses révoltes, et il se dit : « C'est à moi de la punir de ces méfaits passés. » Il prépare une expédition guerrière sans dire à personne contre qui il veut marcher. Enfin un jour il quitte Moscou, entouré de ses opritchinikis et suivi des strélitz.

Peuple et boyards se demandent s'il va venger les insultes dont l'a abreuvé Battori, ou s'il va guerroyer contre les Tatars.

C'est contre Novgorod, calme et tranquille, qu'il marche ; il y arrive un soir vers les dix heures ; et lui et

6.

toute sa soldatesque, qu'il a grisée, prennent le glaive en main et tuent indistinctement tous ceux qui se trouvent sur leur passage, enfants, vieillards, hommes et femmes.

Aux cris des victimes, les Novgorodiens quittent leurs demeures, accourent dans la rue voir quel est l'ennemi qui leur arrive ainsi à l'improviste, et sont massacrés comme les autres.

Les annales de Pskof ont estimé à soixante mille le nombre des morts de cette nuit sanglante d'Iwan IV ; elles disent qu'on fit un trou dans la glace pour jeter dans le Volkof ces cadavres, et qu'il fallut un mois pour achever ce triste labeur.

Et savez-vous ce que fait ce monstre en quittant la ville à laquelle il vient de faire cette sanglante visite ?

Il se recommande aux prières de ses habitants !

N'avais-je pas raison de l'appeler un Tartuffe sanguinaire ?

Mais, chose plus incroyable encore, les Novgorodiens lui obéissent, les cloches s'ébranlent, le peuple court dans les églises ; il se prosterne à genoux pour demander à Dieu de bénir et de conserver les jours de son demidieu Iwan IV.

De Novgorod il se rend à Pskof où il recommence les mêmes horribles massacres, enfin il rentre à Moscou et dès la première nuit de son retour, des brasiers sont allumés sur la grand'place, des chaudières sont placées dessus. Iwan s'installe sur cette place, les bourreaux, les opritchinikis y traînent les nobles et les riches par centaines. Le monarque les fait couper par morceaux et fait jeter dans les chaudières ces membres humains, luimême attise les feux et prend plaisir à contempler cette monstrueuse boucherie. Les opritchinikis font leur besogne avec zèle et avec gaieté, car ils doivent hériter des biens et des titres de ceux qu'ils supplicient.

Quelques jours après, il fait jeter dans le fleuve les veuves de ces malheureux et il va fouiller leurs demeures, s'empare de l'or et des bijoux qu'il y trouve et grossit de ces richesses-là le trésor des Iwans, ce trésor commencé par Iwan Kalita, grossi par Iwan III et engraissé par ses vols à lui, Iwan IV.

Un jour, ce sauvage fauve aperçoit des dames qui en le voyant, détournent la tête avec effroi; aussitôt il les fait assassiner par ses sicaires, il fait pendre leurs cadavres devant la porte de leur logis, et les parents de ces femmes doivent passer pendant un mois devant leurs cadavres.

Une autre fois il fait décapiter un père ou un mari, ensuite il fait placer ce cadavre sans tête à sa place ordinaire à la table de la famille et ses opritchinikis, le glaive à la main, forcent tous ses parents à se mettre à table et à manger devant ce tronc décapité. Ce supplice dure pour eux jusqu'au moment où le cadavre en complète putréfaction tombe en morceaux.

Iwan IV, tout en ornant de pierreries les saintes images du christianisme, épouse huit femmes, qui deviennent huit victimes de ses caprices monstrueux.

La femme de son fils doit fuir et se réfugier dans un couvent pour se dérober à sa lubricité.

Le peuple se dit encore que c'en est trop à la fin; pourtant il n'ose toucher au demi-dieu, il se contente d'émigrer en silence vers le midi.

Mais si ce peuple d'esclaves, si ce peuple adorateur du dieu horrible et pervers, n'ose toucher à ce sang de tigre des Rurick, le vrai Dieu, celui des chrétiens, lassé de cette orgie sanglante, arme la main même d'Iwan IV contre cette race sanguinaire, et c'est le monstre lui-même qui extermine sa race, c'est le loup enragé qui brise la tête du louveteau et prépare ainsi la voie à une autre dynastie plus digne et moins barbare.

Un jour le tyran tremble encore de peur au milieu de ses bandits, les opritchinikis, qui lui sont dévoués comme le sont les bandits au chef qui leur donne sans cesse de riches victimes, et par-dessus le marché l'impunité de leurs forfaits ; pourtant il tremble, le tyran, car on lui a dit que les quelques boyards qui survivent disséminés dans l'empire conspirent, veulent le détrôner pour placer son fils aîné sur le trône ; il entre en fureur, fait appeler son héritier et lui brise la tête d'un coup d'épieu.

Le corps sanglant roule à ses pieds, en l'éclaboussant jusqu'au visage de son sang. Iwan regarde sa victime avec une joie féroce... Mais soudain il pousse un formidable hurlement de rage, il se tord les bras avec désespoir et il s'écrie : « Malheureux ! j'ai exterminé ma race... Nul de mon sang ne règnera plus après moi, celui-là seul que je viens d'assommer aurait pu continuer mon œuvre. Mon second fils Fœdor est faible d'intelligence et plus faible de corps, la mort l'attend, et mon troisième fils Dmitry n'est qu'un enfant !

« C'en est fait, nul des miens ne pourra continuer cette autocratie sans pareille que je venais d'affermir sur des monceaux de cadavres et dans des fleuves de sang ! »

Et le monstre se roule à terre, il pleure, il gémit, puis il lance vers le ciel des imprécations épouvantables.

Il commet encore quelques crimes pour essayer de calmer sa douleur, mais son désespoir le tue ; et après un règne de vingt-trois ans, pendant lequel il a commis à lui seul plus de meurtres, de forfaits que tous les tyrans, tous les criminels n'ont pu arriver à en commettre à eux tous réunis, son corps vomit son âme damnée à l'enfer, et les noirs démons frémissent d'horreur en voyant arriver vers eux Iwan IV.

Un Tatar, son favori et son ministre, place sur le trône le maladif et idiot Fœdor, il fait épouser à ce mourant sa sœur, une jeune Tatare intrigante et perverse.

Beau-frère du souverain, il s'empare du pouvoir aisément, et, du reste, qui pourrait le lui disputer? Tous les
anciens boyards sont tombés sous la hache d'Iwan ou se
sont réfugiés dans les monastères.

Ce Tatar se nommait Boris Godounoff.

Cet homme ambitieux rêve d'occuper le trône, mais
prudent, il préfère attendre la mort de Fœdor qui, il le
sait, ne peut tarder ; seulement le jeune prince Dmitry
lui fait ombrage par la précocité de son intelligence
et par son énergie ; il s'en débarrasse par un de ces
crimes épouvantables qui font frémir d'indignation et
d'horreur des générations ; il l'exile d'abord dans la
ville d'Ouglitch, et, après quelques mois, il le fait
égorger ; mais comme la ville entière a été témoin de ce
meurtre, pour la forcer au silence, il fait passer tous ses
habitants au fil de l'épée et fait détruire la ville de fond
en comble.

Dans cette sombre histoire de la Russie, ce qui vient
attrister le plus l'esprit et la conscience, c'est que tous
les hommes qui commettent ces forfaits affreux sont des
hommes intelligents, et parfois de génie ; ainsi ce Boris
Godounoff tient les rênes de l'État d'une main ferme et ex-
périmentée. Quoique Tatar, lorsque ceux-ci viennent jusque sous les murs de Moscou, il se met à la tête de l'armée
russe, il se conduit en général habile, et se bat en soldat
courageux ; il refoule les barbares dans leurs déserts,
puis il fortifie Smolensk, bâtit Arkhangel, ainsi que plusieurs villes forteresses qui doivent garder le nord de la
Russie.

Il organise une administration régulière en Sibérie, il
reprend aux Suédois toutes les provinces russes dont ils
s'étaient emparés.

Enfin il réinstalle dans Moscou une sage administration. Ces travaux lui prennent six ans. A cette époque le dernier des descendants de Rurick, de Vladimir et d'Iaroslaff meurt et Boris Godounoff s'empare du trône ; non, je me trompe, les Russes eux-mêmes le lui offrirent, car il leur manquait cette suprême humiliation de se donner un souverain Tatar.

Après la mort de Fœdor, les délégués de la nation se rassemblent, les marchands interrogent des yeux les nobles, ceux-ci fixent un regard interrogateur sur le clergé... Qui va-t-on nommer ? quelle origine aura la seconde dynastie.

Soudain le métropolite gagné par le Tatar, prononce le nom de Boris Godounoff ; tous frémissent d'horreur, mais nul n'ose protester ; la peur de représaille étouffe en eux fierté et patriotisme, et ces lâches acclament le meurtrier de Dmitry, le meurtrier de toute une ville, le descendant de leurs affreux oppresseurs, Boris Godounoff, souverain de la Russie !

. Cet ambitieux, heureux d'avoir atteint le but convoité, s'entoure d'un luxe asiatique, la cour de Russie devient un somptueux camp Tatar, il s'adonne à une vie d'orgie et de débauche ; mais il a toutes les ambitions, il désire même la gloire de civiliser la Russie et il veut y attirer des artistes et des savants. Le clergé russe a toujours été et sera toujours l'ennemi du progrès et surtout l'adversaire de l'étranger, aussi le métropolite lui défend-il de réaliser son projet. « Obéis, lui dit-il ; sans quoi, nous qui t'avons donné le pouvoir, nous te l'ôterons. »

Boris ne pouvant jouer à la gloire et à la civilisation, songe à affermir sa race, il fait une guerre acharnée aux grandes familles qui lui sont hostiles. Plusieurs seigneurs sont décapités par lui ; d'autres, pour sauver leur tête et leurs richesses, se font moines ; le chef de l'illustre famille des Romanoff est de ce nombre.

Tout en faisant la guerre à la grande noblesse, il essaye de s'attacher la petite noblesse, et poussé par ce désir et aussi par la pensée d'empêcher cette émigration de paysans qui a commencé sous Iwan IV et qui se continue sous son règne, il établit l'odieux esclavage de la glèbe qui attache, sous peine de mort, le paysan au sol. Cet esclavage enrichit la petite noblesse qui jusque-là se voyait abandonnée par les paysans qui avaient plus de profit à aller se mettre à gage chez les riches et les grands seigneurs : par cet esclavage inique, tout paysan se trouva rivé à la terre qu'il cultivait; jusque-là, comme je l'ai dit déjà, il n'y avait d'esclaves en Russie que les prisonniers de guerre, les débiteurs insolvables, et ceux qui s'engageaient volontairement à terme ou à vie au service d'un noble qui, par ce contrat mutuellement convenu, s'engageait à fournir à ces hommes tout ce qui leur était nécessaire et aussi à les protéger.

Ce nouvel esclavage de la glèbe, introduit dans les lois russes en 1600 par le Tatar Boris Godounoff, rend tout le peuple esclave. Et alors, disent les chroniques de cette contrée, la Russie devint morne et silencieuse comme le champ de la mort; le rire n'arriva même plus aux lèvres des jeunes filles, qui oublièrent leurs chansons d'amour. Et les chanteurs errants, sortes de troubadours qui parcouraient le pays en récitant les exploits des descendants de Rurick, se turent.

La famine vint ajouter à l'horreur de cette triste situation; les nouveaux serfs, exaspérés et aiguillonnés par la faim, se livrèrent à une jacquerie épouvantable.

Le crime, la misère, la superstition, conséquence de l'ignorance, règnent en souverains dans cette infortunée contrée qui semble réellement maudite par Dieu.

Boris Godounoff meurt laissant l'empire en proie à ces fléaux. Son fils monte sur le trône et ne s'y maintient que deux mois, et alors une série de faux Dmitry, soutenus par des bandes d'aventuriers, les uns par les opritchinikis, les autres par les strélitz, se disputent le trône, quelques-uns s'y asseoient, ont le temps de commettre de nouvelles infamies, puis ils sont chassés par un autre faux Dmitry.

Deux paysans, un serf, deux prêtres, trois étrangers essayent tour à tour de se faire passer pour ce fils assassiné d'Iwan IV. Pendant quinze ans, ils ajoutent les maux de la guerre civile aux malheurs sans nom de ce pays, où la confusion est à son comble.

Les ennemis de la Russie profitent de cet état de choses pour fondre sur elle comme des vautours : la Suède lui prend trois provinces et les Polonais arrivent jusque sous les murs de Moscou (1612).

Nul ne veut du trône russe, couvert de sang et de boue ; mais les Polonais discutent son morcellement avec les nations voisines. En cette occasion, la noblesse russe joue encore un triste rôle : plusieurs de ses membres accourent au camp polonais vendre contre des fiefs leur patrie à l'ennemi.

Au milieu de ces désastres et de ces hontes se dressent soudain trois grandes figures, trois patriotes; chaque classe en fournit un, les serfs donnent Ménim, qui se met à haranguer le peuple et essaye de réveiller en lui l'amour de la patrie, qui doit faire cesser toute guerre civile en face de l'ennemi commun : l'étranger.

Un noble, Pajarski, rappelle la noblesse à la pudeur. Le clergé fournit Romanoff, ce grand seigneur qui s'était fait moine pour sauver sa tête sous le règne de Boris. Tous les prêtres, devant l'armée catholique qui est aux portes de Moscou, se lèvent en masse et font comprendre à tous qu'il faut s'unir contre l'ennemi de l'horthodoxie. Le calme renaît, les luttes civiles cessent sous l'influence de ces trois hommes auxquels les prêtres ont donné leur appui, et les délégués de la nation s'assemblent pour nommer un souverain à cet empire en dissolution.

La couronne est offerte au général Pajarski ; mais cet homme, aussi désintéressé que brave soldat et bon patriote, prend la couronne et la pose sur la tête du fils du moine Romanoff en disant : « Il y a eu assez de guerriers, que Romanoff, appartenant par son père à ce clergé qui vient de nous aider une fois encore à sauver la patrie, fonde une dynastie de paix et de miséricorde. »

Mikhaïl Romanoff est acclamé souverain de la Russie en 1613.

Nous voici enfin entrés dans l'ère de la grande civilisation : le bien va lutter énergiquement contre le mal, et il finira par le vaincre complétement, en 1856, par la main d'Alexandre II, qui a signé l'ukase qui a libéré tout un peuple du plus épouvantable des servages, celui de la glèbe.

LES ROMANOFF

Les Romanoff avaient du sang allemand dans les veines ; le chef de leur famille était un obscur Prussien qui était allé se fixer en Russie vers le xiv° siècle ; ses descendants s'étaient illustrés sur les champs de bataille russes et ils s'étaient fait une réputation d'honneur et de bravoure.

Au xvi° siècle, les Romanoff étaient alliés à l'illustre famille des Chérémelef, et la mère de Mikhaïl était la tante par les femmes de Fœdor, dernier prince de la famille de Rurick. Cette deuxième dynastie est donc déjà moitié allemande, et l'élément étranger commence par entrer pour moitié dans la famille souveraine. Aussi ces horribles boucheries humaines ne viennent-elles que plus rarement épouvanter l'Europe.

On sent qu'il y a une lutte terrible entre l'antique férocité représentée par la portion russe du sang, et la civilisation vers laquelle pousse le sang allemand.

Les instincts du tigre par moment se font encore jour, mais pour être bientôt étouffés par les instincts humains et européens.

En Pierre le Grand nous allons voir cette lutte produire des résultats grandioses mais monstrueux, car pour établir le progrès, pour rénover sa patrie, il se sert de la hache ; il atteint le sublime du génie, puis tout à coup son sang russe prend le dessus et il commet des crimes révoltants.

Et enfin nous verrons, lorsque la famille Romanoff prête à s'éteindre se donnera pour successeur l'élément complètement étranger, les crimes disparaître peu à peu, et, sous Alexandre II, le mal sera vaincu tout à fait, les lois justes viendront remplacer l'arbitraire autocratique, elles feront violence aux instincts de la masse en l'obligeant à être humaine : il restera un gouvernement à la discipline militaire, un gouvernement à poigne de fer ; mais, loin d'être sanguinaire, nous le verrons user de son pouvoir pour adoucir les mœurs et installer le progrès sur des bases solides.

Si l'on étudie bien cette nation, on comprend qu'il faut que ce gouvernement soit fort, car si le vieux parti russe prenait le pouvoir, le progrès, la civilisation, seraient bannis et les lois féroces de l'antique barbarie remises en vigueur.

A l'heure actuelle, l'autocrate russe est le représentant et l'ami dévoué du progrès et même de la liberté, toutes ses lois sont vingt fois plus libérales que les instincts du peuple.

Cette contrée est vouée par le Créateur à devenir un jour une colossale civilisation d'éléments cosmopolites ; il semble que Dieu lui ait dit : Livrée à toi-même tu seras féroce, ignorante ; tu n'as point en toi les germes d'une civilisation *sui generis*, mais les autres peuples du monde viendront installer lentement sur ton sol une civilisation qui luira un jour d'un éclat sans pareil.

Dès son avènement au pouvoir, le fils du moine Romanoff donna la preuve qu'il allait enfin établir un gouvernement de justice et de modération, il ne songea nullement à se servir de sa puissance pour se venger des ennemis de sa famille, il ne parut préoccupé que du soin de rétablir l'ordre et la paix dans sa patrie, il réorganisa l'armée, mit de l'ordre et de l'équité dans les diverses administrations de l'empire; ensuite comprenant, comme l'avaient compris ceux de ses devanciers désireux de civiliser la Russie, qu'elle ne pouvait l'être que par l'élément étranger, il voulut attirer chez lui des savants et des artistes de l'Italie, de l'Allemagne et de la France, mais les prêtres s'opposèrent avec violence à son projet, il n'eut point assez d'énergie pour les braver.

Il occupa le trône de 1613 jusqu'à 1645, et ces longues années de paix et ce bon exemple de douceur et de justice donné par le souverain furent un grand bienfait pour la nation.

Son fils Alexis lui succéda sans conteste. Ce prince, brave et d'humeur guerrière, se battit avec succès contre les Polonais et leur reprit Kieff, Smolensk et plusieurs autres provinces arrachées par eux à la Russie; il renoua adroitement des relations diplomatiques avec l'Europe en prêtant aide à Charles II d'Angleterre.

Juste et humain, il ne salit le trône par aucune inutile cruauté, et après un règne de trente ans, il laissa à son fils Fœdor un empire encore une fois consolidé.

Il est des noms prédestinés les uns aux grands hommes, les autres aux nullités, celui de Fœdor paraît appartenir à la catégorie de ces derniers.

Fœdor, fils d'Alexis, sans ressembler au malheureux fils d'Iwan IV, était pourtant assez nul; il est vrai qu'il se trouve placé entre son père, homme remarquable, et son fils, Pierre Ier, un homme de génie, et ce sont ces deux voisinages qui viennent l'amoindrir ; placé près de deux colosses un homme de taille ordinaire ressemble à un nain !

Les deux seuls faits remarquables de son règne sont, d'abord sa guerre heureuse contre les Suédois, et ensuite sa façon radicale de se débarrasser des prétentions de la noblesse russe; tous ces nobles, les uns anoblis par Iwan III, les autres par Iwan IV, et les petits nobles favorisés et enrichis par Boris Godounoff réclamaient hautement leurs priviléges; un jour Fœdor annonce qu'il veut examiner lui-même les titres des réclamants, et il les invite à venir au palais à un jour fixé par lui, en les engageant à apporter tous leurs parchemins.

Tous accourent leurs titres à la main, Fœdor prend ces parchemins, les pose sur une table, et lorsque tous sont accumulés à côté de lui, il les fait jeter au feu.

Sans doute, les pachas d'Égypte connaissaient l'histoire russe, car l'un d'eux a fait une chose analogue. Le grand Méhémet-Aly qui, de marchand de tabac à la Cavale, est devenu le conquérant de l'Égypte, peu au courant des lois qui règlent les conquêtes d'États, avait pensé qu'il n'était pas seulement souverain de ce pays, mais encore l'heureux propriétaire de tout son sol; et il se disait que les habitants ne devaient être que les esclaves ayant le devoir de lui faire valoir ses terres. Les anciens propriétaires trouvaient cette prétention exorbitante, mais le grand pacha ayant en sa possession le droit du plus fort leur fit comprendre, courbache en main, qu'ils avaient tort.

L'un des successeurs de ce grand pacha, avait lui l'âme plus sensible; les éternelles réclamations des propriétaires dépossédés gênaient sa quiétude de possesseur, l'idée de restituer ne lui vint pas, mais voici ce qu'il imagina : il fit publier dans toutes les provinces égyptiennes que, touché des lamentations de ses sujets, il désirait y faire droit, et qu'il restituerait toutes les terres aux personnes qui lui prouveraient par des titres authentiques qu'elles en avaient réellement été propriétaires; il ajoutait que ces titres devaient être déposés chez les cheick-el-beleth (maires), et qu'un homme envoyé par lui irait les recueillir.

Les propriétaires poussent des cris de joie, le bénissent du fond du cœur, et tous s'empressent de porter leurs titres aux cheick-el-beleth. Un envoyé du vice-roi fait la tournée générale de tous les villages et prend tous ces documents qui sont déposés avec soin dans la barque qui le reconduit au Caire, mais alors que cette immense barque n'était plus qu'à quelques cents mètres de la ville, voilà qu'elle sombre. L'envoyé du vice-roi et ses serviteurs sont sauvés, mais les papiers s'en vont un instant flottants sur l'onde qui bientôt les réduit en limon.

Le prince, dit-on, racontait volontiers cette histoire de cet air heureux d'un homme qui raconte une bonne farce qu'il a faite; il ajoutait en riant : Depuis, à ceux qui réclament je réponds : est-ce ma faute à moi si ces documents sont allés au fond du Nil, et puis-je savoir si réellement vous possédiez des terres?

Rien n'est neuf sous le soleil! les mêmes crimes, les mêmes fourberies se renouvellent; et peut-être le prince égyptien a trouvé en son imagination, et sans connaître l'histoire russe, ce procédé identique et peu délicat employé avant lui par le souverain moscovite.

Fœdor n'a régné que six ans, de 1676 à 1682; il mourut en laissant trois fils et plusieurs filles; Pierre Ier était de la seconde femme de ce prince et fort jeune à la mort de son père; mais son frère aîné Alexis n'ayant survécu que quatre ans à Fœdor, et son frère Iwan étant tout à fait incapable, les grands s'assemblèrent et donnèrent la couronne à Pierre Ier.

Mais il était réservé à ce prince de n'arriver au pouvoir qu'après avoir passé par la dure école du malheur, et Dieu voulait lui montrer tout ce que le sang russe avait encore d'ardeur féroce, afin qu'une fois arrivé à l'autocratie il connût toute l'étendue du mal, et qu'il travaillât sans relâche à appeler dans sa patrie le seul élément qui pouvait la civiliser, l'élément étranger.

La princesse Sophie, la fille aînée de Fœdor, détestait la seconde femme de son père et les enfants de cette princesse ; ambitieuse et fort dépravée, les tristes lauriers de la régente Hélène la tentèrent ; elle avait pour amant un nommé Golitzin, et sans vergogne, elle aussi, affichait sa liaison coupable; elle voulut donner à Golitzin le pouvoir. Pour y arriver, elle séduisit les strélitz par des largesses et des promesses ; ceux-ci se révoltent et proclament Iwan V souverain et Sophie régente. Mais cette princesse redoute Pierre, il n'a que dix ans et cependant son intelligence et son énergie farouche se font déjà pressentir. Elle le voue à la mort, et une nuit elle envoie ses strélitz, qui sont devenus ses complices, pour accomplir ce crime affreux. Les soldats entourent le palais où vivait l'impératrice-mère, forcent les portes, mais la mère du jeune prince a été prévenue par un ami fidèle et elle a pu s'enfuir par une porte dérobée. Les strélitz retrouvent ses traces et se mettent à sa poursuite.

Cette malheureuse princesse, tantôt portant son fils dans ses bras, tantôt le traînant par la main, fait soixante werstes à travers champs dans la nuit et par un froid rigoureux. Elle entend ses assassins courant après elle, son amour maternel triple ses forces et elle court sans s'arrêter. Enfin, elle arrive devant la porte du monastère de la Trinité, elle pousse un cri déchirant d'appel ; mais avant que la porte s'ouvre, elle aperçoit deux strélitz à quatre pas d'elle ; alors prenant son fils dans ses bras, elle se précipite dans l'église, pose le jeune prince sur l'autel, et elle s'agenouille en disant :

—Seigneur, je vous le confie.

Mais les strélitz ont, eux aussi, pénétré dans l'église, et déjà l'un d'eux levait sur Pierre son arme sacrilége, lorsqu'apparaissent des boyards armés qui viennent à son secours et parviennent à intimider les strélitz qui n'osent pas consommer leur crime.

Sophie comprend qu'elle n'est point encore assez affermie au pouvoir pour, commettre un forfait qui soulèvera tous les grands contre elle, et elle fait provisoirement grâce de la vie au jeune prince; mais, devant ses yeux, elle fait massacrer par les strélitz toute sa famille maternelle. Le pauvre enfant, après ces horribles drames, sentant qu'il n'a plus aucun protecteur, car Sophie a exilé tous les boyards qui l'ont proclamé le successeur d'Alexis, se voit encore séparé de son précepteur, le général Ménésius, et il est envoyé dans le bourg de Prébragenskoï. Le mot d'ordre que donne Sophie aux hommes chargés de le surveiller est celui-ci: Altérer sa santé, abrutir son intelligence par une précoce débauche ! et elle lui envoie cinquante jeunes divertisseurs. On ne trouve vraiment plus de mot dans la langue française pour qualifier certains faits de l'histoire russe !

Craignant une seconde révolution, Sophie ne veut pas que les Russes de la noblesse connaissent le jeune prince et s'attachent à lui, et elle l'entoure exclusivement d'aventuriers étrangers qui sont venus chercher fortune en Russie. Cette sœur dénaturée crut le perdre, et elle le sauva.

Ici encore l'élément étranger fait sentir son heureuse influence; parmi ces aventuriers il se trouvait quelques hommes de cœur et de grande intelligence, entre autres et au premier rang le Français Lefort qui, ému de com-

passion pour le sort fait au prince, se prend d'une réelle
amitié pour lui, et se donne la double tâche de lui inspirer le goût du progrès, l'horreur de l'ignorance, et
enfin tâche de le protéger contre ses ennemis. Pour
arriver à ce résultat, il lui parle en toute franchise des
dangers qui l'environnent et des piéges qui lui sont ten-
dus, puis il lui conte la civilisation des autres pays.
Pierre l'écoute avec intérêt; ses larmes coulent parfois
lorsqu'il compare ce qui se passe autour de lui avec le
progrès et les mœurs policées qui règnent dans le reste
de l'Europe, et il fait à Lefort le serment de travailler
un jour sans relâche à civiliser son pays. Entre ce soldat de trente ans et cet enfant de dix ans, il naît une
amitié solide; Lefort lui indique un plan pour arriver
à reconquérir sa couronne, et non-seulement le jeune
prince comprend l'excellence de ce plan, mais encore il
a l'énergique ténacité de le suivre pendant sept ans, sans
se laisser décourager un seul jour, et avec la diplomatie nécessaire pour dissimuler à ses ennemis le but
qu'il poursuit.

Le plan de Lefort était celui-ci : d'abord apprendre
au jeune prince le métier des armes et l'art de former
une armée disciplinée, et ensuite former peu à peu, sous
prétexte de jeux enfantins, le noyau d'une armée qui
sera dévouée au prince et qui pourra un jour le débarrasser de ses ennemis les strélitz.

Pierre qui a vu ces indignes soldats lever le glaive sur
sa jeune tête, qui leur a vu massacrer sa mère et venir
arracher de ses bras un boyard qu'il aimait et qui s'était
attiré le courroux des strélitz en se prononçant contre
Iwan V, leur porte une haine mortelle; mais il la dissimule avec une habileté rare chez un enfant de son
âge.

Lefort transforme les cinquante divertisseurs (mot em-

                                                    7.

ployé dans les annales du temps en parlant de ces jeunes gens) que Sophie a envoyés à Pierre dans le but de le corrompre, en cinquante soldats qui sont habillés à l'européenne et qui doivent manœuvrer selon les règles de l'armée française : le jeune Pierre entre dans cette compagnie comme simple soldat et il doit gagner tous ses grades, il se montre soumis à la discipline comme l'est un vieux troupier, il monte les gardes, nettoie ses armes ; sa soumission à obéir à ses supérieurs et son ardeur à apprendre sont admirables. Peu à peu d'autres enfants viennent grossir son petit régiment; les boyards qui lui sont restés dévoués, comprenant vaguement que ces jeux enfantins pourraient bien dissimuler un plan sérieux, envoient leurs fils y prendre part. Lefort recrute des officiers étrangers et bientôt, au lieu de cinquante soldats, il en a plus de cinq cents sous ses ordres et leur nombre va toujours en grandissant.

Ni la régente, Sophie, ni les strélitz pourtant ne prennent ombrage. Ces derniers même s'amusent à venir voir manœuvrer cette petite troupe qui doit un jour les exterminer.

Tous ces jeunes soldats, stimulés par l'exemple du prince, travaillent eux aussi avec ardeur, et se prennent d'une vive affection pour leur royal camarade.

Ce fut à cette époque que Pierre Ier se lia avec un homme qui a joué un grand rôle dans son règne, avec Alexandre Mentchikoff qui était le fils d'un pauvre serf qui vendait des petits pâtés dans une misérable échoppe. Dès que son fils eut atteint une dizaine d'années, il l'envoya avec un éventaire vendre des petits pâtés dans les rues; le hasard fit que cet enfant alla de préférence dans la cour du palais où habitait Pierre. Ce petit serf, qui ne savait ni lire ni écrire, avait un esprit naturel et la répartie comique; déjà complétement démoralisé, il tenait des propos qui amusaient la grossière soldatesque. Un jour qu'il avait commis une espièglerie qui avait déplu à un soldat, celui-ci lui tira les oreilles; Mentchikoff se mit à pousser des cris de douleur et de peur. Pierre ouvrit sa fenêtre et, reconnaissant ce petit marchand qu'il avait aperçu souvent, il donna ordre qu'on le fît monter chez lui.

Alexandre Mentchikoff se présenta avec aplomb devant le jeune prince; il fut bouffon spirituel, il plut à Pierre qui le nomma séance tenante son page.

A partir de ce jour, l'influence du page sur son maître fut très-grande, mais elle fut désastreuse au point de vue de la morale. Alexandre Mentchikoff est arrivé aux plus hautes charges de l'État sans savoir ni lire ni écrire ; honteux de son ignorance, il essayait de la dissimuler en se promenant un livre à la main, et, lorsqu'il donnait des audiences, il faisait toujours semblant de lire. Mais un jour il a pourtant hautement avoué cette ignorance, c'est lorsqu'il a été cité devant une cour de justice pour crime de concussions. « Comment les aurais-je commises, s'est-il écrié, moi qui ne sais ni lire ni écrire ! »

Et son ignorance le fit acquitter.

Si Pierre le Grand passait ses journées à apprendre l'art militaire, il occupait ses soirées à étudier les langues étrangères et les mathématiques. A quinze ans il avait déjà une taille d'Hercule et une instruction complète ; son énergie morale et physique éclatait dans ses actes et dans ses paroles, et alors la régente Sophie comprit qu'en croyant perdre cet enfant, elle l'avait sauvé; son ambition s'effraya et pressentit qu'elle allait avoir un terrible adversaire. Elle se concerta avec son amant Golitzin : tous deux crurent conjurer l'orage qui les menaçait en faisant marier Iwan V, et cet enfant, plus que

faible d'esprit, à moitié insensé et d'une santé débile,
fut conduit à l'autel par Sophie qui lui donna pour
femme une de ses créatures à qui elle dit : Il faut qu'I-
wan ait un héritier. — Il en aura, répond la nouvelle
mariée; et, forte de l'impunité que lui promettait la régente, elle laissa son pauvre idiot de mari à ses gardiens,
et elle se lança dans une vie galante et scandaleuse.
Quelques mois après, Sophie annonçait hautement qu'I-
wan V, le légitime souverain, aurait bientôt un héritier.

Mais alors Pierre Ier vient à la cour; il parle à sa
sœur avec dignité, et il dit hautement ce qu'il pense
du scandale de ce mariage et de cette grossesse, et enfin
il fait annoncer dans l'empire que, le mois suivant, il se
mariera, et que, selon l'usage antique, il choisira son
épouse parmi les filles de la haute aristocratie russe.

Toute la noblesse russe qui, pensant que cet enfant
de quinze ans qui montre déjà le caractère viril de
l'homme fort, sera sans doute un jour son souverain,
veut rechercher son alliance. Toutes les jeunes filles nobles, bien parées, sont conduites dans le grand palais
de Moscou, la salle est brillamment illuminée, un chambellan fait ranger sur plusieurs rangs ce régiment d'un
nouveau genre; toutes les fillettes sont émues, leur cœur
bat de l'espoir d'être l'élue, elles se chuchottent leur
rêve et leurs espérances. Soudain le silence se fait, Pierre
entre, il parcourt les rangs assez cavalièrement, toisant
sans façon des pieds à la tête toutes ces jeunes beautés;
enfin il s'arrête devant une fille d'une beauté merveilleuse et il lui dit :

— Comment t'appelles-tu ?

— Eudochia Federowina, balbutia la jeune fille,
éperdue de bonheur ou plutôt d'orgueil.

— De qui es-tu fille? dit encore Pierre.

— De Fédow Abrahamwitz Lapoukin, répond-elle.

— Ah ! fait le jeune prince ; puis il l'examina encore avec attention, et, satisfait sans doute par sa beauté parfaite, il lui dit :

— Ton père est de Moscou, n'est-ce pas?

— Ma famille est du Novgorod, mais elle est fixée à Moscou et je suis née dans cette ville, répond Eudochia, qui commence à vaincre son émotion.

Pierre lui tend la main, en disant à haute voix :

— C'est bien. Eudochia Federowina Lapoukin, tu seras ma famme...

Le mariage est célébré sur-le-champ, et quelques mois après, la Russie apprend qu'il lui naîtra bientôt un héritier plus légitime que celui que lui a donné la femme d'Iwan V.

Sophie, comprenant le danger qui la menace, paye d'audace : elle se fait couronner impératrice, soutenue par ses fidèles strélitz.

Pierre, comme un lion à qui on vole sa proie, se redresse ; sa colère longtemps contenue fait explosion, et les colères de ce Titan sont formidables.

Alors Sophie donne l'ordre à six cents strélitz d'aller cerner le palais de ce jeune imprudent et de le massacrer.

Mais Pierre est prévenu de ce complot contre sa vie ; il va se réfugier encore dans ce couvent de la Trinité où une fois déjà il a demandé asile, et de là il fait appel à tous ceux qui sont décidés à soutenir le souverain légitime.

Les nobles, les hauts fonctionnaires et le métropolite accourent vers lui, et l'usurpatrice est réduite à descendre du trône et à y laisser monter celui que la Providence a créé pour être le génie civilisateur de la Russie.

Pierre le Grand a été couronné en 1689.

PIERRE LE GRAND

Son activité ardente à civiliser. — Ses deux femmes. — L'amant
d'Eudochia.— Sa mort. — Le massacre des strélitz. — Supplice
imposé à Sophie. — Catherine et Mentchikof.— Le viol de l'impératrice. — Villebois, l'amant de Catherine. — Sa mort. — Les
rêves de Catherine. — Les nuits du Conclave. — Mort de Pierre
le Grand. — Une belle pleureuse.

Pour écrire le précis de l'ancienne histoire russe, j'ai
puisé mes documents dans les auteurs russes que j'ai
déjà cités, mais pour écrire celle de Pierre le Grand, j'ai
puisé dans les notes intéressantes de MM. Depping, Mul-
ler, et dans les notes de Levesque. Mais je vais repro-
duire aussi des notes très-curieuses qui existent à la Bibliothèque impériale de Saint-Pétersbourg ; elles sont à
la section des manuscrits, et portent comme en-tête :
*Anecdotes sur la vie d'Eudochia Federowina et de Cathe-
rine 1re; Fin tragique des strélitz, et Récit de ce qui s'est passé
à la fête dite du Conclave, par un témoin qui a vu par lui-
même.*

Une note de la direction de la Bibliothèque indique
que ce manuscrit a été écrit par M. Fagnani, ministre
d'Italie résidant à la cour de Russie sous Pierre Ier.

Au-dessous de cette attestation s'en trouve une autre,

signée par A. Busy, notaire à Nancy, qui certifie que ce manuscrit est bien dû à la plume autorisée de l'ambassadeur italien Fagnani.

La signature de ce Busy, notaire, est même légalisée.

Ces affirmations m'ont prouvé que ce document conservé à la Bibliothèque impériale, était vraiment authentique; je l'ai lu, sachant que les Italiens, par un effet de leur caractère, parviennent toujours à sonder les secrets d'État et même les secrets d'alcôves souveraines; et comme ce document m'a paru intéressant en ce qu'il contient quelques détails inédits sur la vie intime de Pierre Ier, j'en ai pris copie, et je place plusieurs des renseignements fournis par lui dans les chapitres suivants. Les détails sur la mort de Kleboff, sur celle de Moens de la Croix ont cette origine, et *les Nuits du Conclave* ne sont qu'une copie exacte des notes de M. Fagnani.

Il va sans dire que j'ai pris copie obstensiblement et avec autorisation de ce manuscrit; je n'aurais certes pas voulu payer par une indiscrétion le gracieux accueil que m'a fait la Russie. N'ayant puisé qu'à des sources russes tous mes renseignements sur l'histoire de la Russie, j'ai voulu aussi prouver que je n'avais pas un parti pris d'exagérer les monstruosités qui se sont commises dans cette contrée, mais dès l'instant que les auteurs russes les donnent comme étant historiques, je me suis réservé le droit de les juger selon ma conscience. . . . . .

. . . .

Pour pouvoir apprécier tout le génie de Pierre le Grand il faut d'abord examiner avec soin l'état dans lequel il a trouvé la Russie au moment où il a entrepris de la civiliser; il faut nous rappeler ensuite le plan qu'il s'est tracé, et enfin voir avec quelle ténacité héroïque il est arrivé à le réaliser.

On a vu que la noblesse russe n'a jamais bien mérité
de la patrie ; par ses guerres fratricides et ambitieuses
entre ses princes, elle l'a mise à feu et à sang, et en l'é-
puisant, elle en a facilité la conquête par les Tatars. Les
oppresseurs, maîtres de leur patrie, ces princes se sont
montrés mauvais patriotes en sacrifiant les intérêts de
leur pays à leur âpre ambition. Sans pitié, ils ont pressuré leurs sujets pour amasser cet or qu'ils portaient à
la horde dorée afin d'acheter le droit de se dépouiller
mutuellement ; féroces et implacables avec leurs compatriotes, ils se sont conduits en plats valets vis-à-vis des
Tatars.

Leur haine personnelle, leur ambition ont toujours
primé en eux l'honneur, la loyauté et l'amour de la patrie.

Maintenant, quelle est l'origine de cette noblesse ?

Les guerriers varègues ont fait souche de grands
boyards. Mais en est-il resté beaucoup ? Les Iwans les
ont détruits par la torture, le gibet et le glaive. Iwan III,
en détruisant l'ancienne noblesse, en a créé une autre,
qui, formée de parvenus lui devant tout, acceptaient
mieux le rôle d'humbles esclaves de l'autocratie. Iwan IV
a fait monter sur le bûcher, mis bouillir dans des chaudières, taillé en pièces les vieux boyards survivants ;
leurs fils, leurs femmes ont été noyés ou jetés en pâture
aux loups et aux ours, et ceci fait, ce souverain a fieffé
les aventuriers bandits qui l'aidaient dans ses hideuses
boucheries humaines.

Boris Godounof le Tatar a créé, lui aussi, une noblesse
greffée sur des petits propriétaires qu'il a enrichis par
l'odieux esclavage de la glèbe.

On le voit, l'origine de cette noblesse est peu noble,
son dévouement à la patrie, nul ; des centaines de nobles
sont allés encore, en 1612, trafiquer de la vente de leur
patrie au camp polonais.

Depuis que l'autocratie a été installée par Iwan III, tous les nobles n'ont plus été que des esclaves auxquels ce prince a dit : Toute place est bonne pour le service, prenez celle que l'on vous donne et obéissez, tel est votre devoir.

Enfin, lorsque Fœdor leur fait apporter leurs titres au palais du Kremlin, pour en finir une bonne fois avec les réclamations de cette noblesse, le métropolite, devant eux tous réunis, juge ainsi leur passé : « Les prérogatives de la noblesse russe sont la source amère de tous les maux ! elles font avorter toutes les plus utiles entreprises, comme l'ivraie étouffe le bon grain, elles ont apporté dans la patrie et aussi dans le sein des familles les dissensions et la haine, elles ont perdu la patrie, perdu l'amour de la famille. »

Tous les nobles écoutent en silence et la tête courbée, et ils approuvent et reconnaissent la vérité de ces reproches.

Cette noblesse se juge ce qu'elle vaut : rien de bon, rien de noble et de généreux.

Et alors Fœdor s'en fait le juge suprême et il jette tous les titres au feu en disant : « Pour éteindre jusqu'aux souvenirs néfastes des méfaits de cette noblesse, que ses titres soient consumés ! »

Nul n'ose élever la voix, bien plus tous applaudissent.

Quel est le Russe, après cela, qui osera parler de l'antiquité de ses parchemins !

Pierre le Grand trouve ces nobles sans titres, plongés dans une ignorance et une superstition telle, qu'eux qui ont supporté les odieux massacres d'Iwan IV, qui lui ont écrit : « Si nous vous avons déplu, punissez-nous ; n'êtes-vous pas seul le maître de notre vie, » se soulèvent pourtant, font des complots, des révoltes, lorsque Pierre Ier

veut qu'ils s'habillent comme des européens et non plus
comme des barbares asiatiques ; et ils s'écrient avec des
transports de sombre fureur : « Ce païen (Pierre 1er) ose
porter une main sacrilége jusqu'à ces robes majestueuses,
héritage de nos ancêtres, et il nous fait adopter le costume des hérétiques. Il ose, cet impie, nous forcer à couper ces longues barbes, imitation de nos saintes images;
dépouillés de ce signe vénérable, à quoi nos saints pa-
trons pourront-ils reconnaître désormais leur peuple élu?
Il ne nous reste plus d'autre ressource que de cacher
dans notre sein ces dépouilles sacrées, de les placer dans
nos cercueils afin d'en rendre compte à saint Nicolas,
lorsque nous passerons dans l'autre monde. »

Voyons à présent comment ces nobles apprécient le
progrès et les sciences.

Voici ce qu'ils ont écrit à ce sujet sur une sorte de manifeste contre Pierre le Grand :

« Cet hérétique, sans respect pour le passé et pour nos
droits de pères, nous arrache nos enfants pour les infester
de ces sciences étrangères et impies qui sont inutiles,
dangereuses et inconnues à leurs pères ! Il fait plus, il les
force au sacrilége, violant la loi de Dieu qui défendit à
Israël toutes communications avec ses voisins idolâtres;
il les envoie à l'étranger, dans des pays profanes, souil-
ler leur corps et leur âme au contact de ces peuples d'a-
thées qu'il ne craint pas de leur donner pour modèle. »

Ces mêmes nobles, si préoccupés de leur religion, se
livrent dans leurs maisons de bois à des orgies sans fin, ils
ont pris à la Grèce et à l'Asie leurs vices les plus hideux,
ils y ont joint cette intempérance dans la boisson qui est
un vice indigène, et qu'aucune autre nation n'a jamais
poussée à de telles limites.

Leurs enfants sont esclaves, leurs femmes sont leurs
humbles esclaves n'ayant aucun recours contre leur

grossière bestialité, elles vivent en recluses et n'ont pas le droit de paraître aux dîners d'apparat, ni à aucune fête ; les hommes festoient entre eux et peuvent ainsi donner carrière à leurs instincts brutaux et démoralisés.

Ils se marient sans avoir vu leur fiancée, peu leur importe du reste, qu'elle soit jolie ou non, car ils ont pour la femme un mépris musulman.

Leur vie se passe à croupir dans la paresse et dans les orgies au milieu d'un luxe asiatique et entourés de ce qu'ils nomment *les nobles domestiques*, dont ils se sont fait une sorte de garde, mais qui n'est plus la garde d'honneur des guerrier varègues.

Telle est la noblesse russe, aussi ignorante que les serfs, mais plus féroce, plus fanatique et plus démoralisée. Aussi Pierre Ier, au lieu de trouver dans ses membres d'utiles auxiliaires, n'y rencontre que des ennemis implacables du progrès et de la civilisation... Asiatiques d'instincts, ils veulent des mœurs stagnantes, tout changement leur paraît un sacrilége, et ces mêmes hommes sont battus, fustigés en public, sans se croire humiliés et dégradés.

Voyons à présent si ce grand rénovateur trouvera des auxiliaires dans le clergé.

Les popes savent à peine lire, ils ne savent pas un mot de grec et ne connaissent pas davantage le latin, ils croupissent dans une ivrognerie continuelle, se lèvent pour boire et se couchent le soir ivres morts... Ils sont superstitieux, fanatiques jusqu'à la férocité, les sciences sont condamnées par eux comme étant des œuvres de Satan ; ils repoussent avec horreur tout progrès, toute innovation comme chose impie, tout contact avec un étranger, tout voyage hors de la Russie leur paraît un odieux sacrilége ; leur science mathématique s'arrête à savoir compter avec des boules enfilées, et ces ivrognes ignares et fanatiques ont cependant droit de vie et de mort sur le peuple!

Et ce clergé dangereux possède la moitié des terres russes, il est si nombreux qu'il forme un sixième de la population.

Pierre le verra conspirer sourdement et animer tout le peuple contre celui qu'il nomme un impie sacrilége.

Le peuple n'est plus qu'une cohue d'esclaves, il en est venu à un tel degré d'abrutissement, qu'il se figure que le ciel est exclusivement réservé aux princes, aux nobles et aux prêtres, et qu'il finit par se dire que le bonheur sur la terre est aussi le lot de ces privilégiés; il trouve sa misère naturelle et il s'y plonge avec résignation. Il a transporté le despotisme à son foyer, il a droit de vendre ses enfants, de battre et de tuer sa femme, il est dur et cruel envers ceux qui sont sous son pouvoir, et il admet que ceux au-dessus de lui le soient pour lui.

La Russie n'est plus qu'un vaste coupe-gorge, les brigands règnent en maîtres sur toutes les routes, et dès que la nuit est venue, ils envahissent même les rues de Moscou et y volent et y assassinent à l'aise.

Comme armée permanente, Pierre Ier ne trouva que les strélitz, devenus des bandits ambitieux, qui faisaient des révolutions à leur fantaisie et qui trois fois ont mis le feu à Moscou et ont fait le sac de cette ville.

Ce qui reste des descendants des opritchinikis d'Iwan IV sont devenus des brigands de grande route.

Il y a encore quelques corps de cavalerie étrangère organisés par Alexis; mais ces soldats sont honnis et méprisés de tous les Russes, leur vie est sans cesse en danger au milieu de ces fanatiques.

Comme lois, il trouve le code barbare d'Iaroslafl auquel les Iwans ont ajouté des lois féroces qui autorisent les tortures les plus affreuses contre tous ceux qui sont soup-

çonnés... et le droit de rendre tout homme libre esclave
en punition de la moindre faute.

Il trouve enfin installée et agissante cette horrible inquisition d'État établie par Iwan IV, qui fait que tout homme
accusé par un de ces innombrables inquisiteurs, ou par
le premier venu, serait-ce un esclave, de conspirer contre
le souverain ou d'avoir mal parlé de lui, est plongé dans
un noir cachot, son dénonciateur est soumis deux fois à
la torture et s'il persiste, l'accusé est à son tour soumis
aux tortures afin qu'il avoue son crime.

On le voit, la sauvagerie féroce règne en souveraine.

Maintenant, qu'est ce pays par lui-même ?

Une immensité de steppes, les villes sont éloignées les
unes des autres, les communications sont difficiles, les
routes occupées par des bandits et, du reste, elles sont
impraticables plus de six mois de l'année, pendant lesquels chacun doit vivre isolé chez soi, bloqué par la
neige, fort mauvaises conditions pour que la diffusion
des lumières puisse s'opérer.

De plus, cette vaste contrée toute de terre ne possède
qu'une mer sauvage et sans riverains, que les glaces
viennent immobiliser pendant neuf mois de l'année, la
mer Blanche.

Dans cette contrée il n'y a donc point de débouchés ;
aussi, à l'époque où Pierre le Grand arrive sur le trône,
le commerce y est nul et il n'y a ni industries ni fabriques, ni art. Cet empire barbare est comme entouré de
ténèbres et de glaces.

Pierre le Grand avait dix-huit ans à peine lorsqu'il
se trouva le maître autocrate de cet empire ; au physique, il avait la taille herculéenne des héros légen-
daires, et il avait le tempérament de l'hercule ; ici la
nature s'était éloignée de sa règle ordinaire qui est de

donner des corps de colosse aux esprits les plus nuls, comme sorte de compensation.

En Pierre le Grand, l'âme et le corps tenaient du géant.

Ses traits étaient beaux, toute sa personne avait une attitude digne et noble, qui cependant n'était point dénuée de simplicité ; ses yeux vifs, éclatants d'intelligence, prenaient parfois une expression farouche ; sa parole était éloquente, entraînante même et il parlait avec une vivacité peu habituelle aux hommes du Nord.

Ce fut dès cet âge, plus rapproché de l'adolescence que de la maturité, qu'il couva, dans son esprit et surtout dans son cœur, ce sublime projet de chasser à tout jamais la barbarie de sa patrie et d'y introduire toutes ces sciences, ces arts, ces industries, dont les étrangers qui l'avaient entouré à Prébragenskoï lui avaient parlé. Mais avant de commencer cette œuvre, il fit réunir toutes les annales russes et les lut avec soin, afin de mieux connaître ce peuple qu'il voulait transformer et de puiser, dans la philosophie de cette histoire, les renseignements dont il avait besoin, pour savoir ce qu'il pouvait attendre des instincts de ce peuple.

On assure qu'en lisant ces sombres pages, il versa des larmes de honte et de désespoir, et qu'il y puisa ce mépris qu'il a toujours montré à cette noblesse qui avait ensanglanté sa patrie par ses guerres civiles, et qu'il se jura bien de la forcer à être utile au pays ou de l'exterminer.

Cette lecture lui fit aussi comprendre que, s'il n'aurait aucun auxiliaire parmi ses sujets, aurait une arme sûre à son service : le despotisme ; en effet, il s'est servi d'un despotisme intense pour civiliser.

Pouvait-il faire différemment ?

S'il avait suivi les instincts de son peuple, la barbarie n'aurait pas été déracinée ; les arts, le progrès, la civilisation n'auraient point brillé en Russie. Pour arriver à son résultat, rendons-lui cette justice, il a d'abord voulu user de persuasion, il a plaidé le progrès avec éloquence, mais voyant qu'il se heurtait à une ténacité inébranlable à rester immuable dans l'ignorance, il a dû violenter tous ses sujets pour leur faire accepter un bienfait qu'ils repoussaient obstinément. Ne doit-on pas souvent violenter un malade, pour le sauver d'une horrible maladie?

La maladie du pays russe aurait été mortelle. Pierre le Grand n'a pas hésité ; le scalpel à la main, il a fouillé la plaie hideuse et rejeté les chairs gangrenées.

N'ayant point d'autre arme en main que le despotisme, il s'est servi de celle-là pour accomplir un miracle et transformer ces pauvres barbares en hommes civilisés.

Lui reprocher son despotisme serait donc absurde, jamais il ne s'est servi de cette force que pour le bien général et jamais pour sa propre satisfaction.

S'il s'était amusé par exemple à doter d'abord sa patrie d'institutions libérales, s'il avait donné au clergé, aux nobles et aux peuples des libertés, ces gens-là s'en seraient bien vite servis pour exterminer les étrangers, pour proscrire toute science, tout art étranger et tout contact avec les hérétiques, et ils auraient éternellement grouillé dans leur férocité et dans leur ignorance.

Le despotisme des Iwans avait écrasé la Russie, celui de Pierre le Grand en a fait une grande et belle nation civilisée.

Ce qu'on doit le plus admirer dans cet homme, ce n'est pas que son vaste cerveau ait pu concevoir ce grandiose plan de rénovation, mais qu'il ait eu le courage, la patience, la ténacité de le poursuivre pendant qua-

rante-trois ans, sans se laisser décourager par les mé-
comptes et les difficultés sans nombre qu'il a rencon-
trés.

Comme on dit vulgairement que l'Enfer est pavé de
bonnes intentions, on peut ajouter que tout esprit ordinaire peut enfanter un grand projet; mais au génie appartiennent seul les vertus nécessaires pour accomplir
ces projets.

Un seul fait prouvera quelle résistance féroce il a ren-
contrée en son peuple, et quelle haine a fait naître
son plan civilisateur : ce même peuple qui avait laissé
Iwan IV sacrifier plus de quatre-vingt mille victimes
à sa sanguinaire fantaisie, sans oser attenter à ses
jours et même sans murmurer, a tenté plus de dix fois
d'assassiner Pierre Ier. Ne fallait-il pas que ce prince
eût un grand cœur et qu'il aimât bien ce peuple pour ne
pas le fuir en l'abandonnant à sa lèpre tenace?

Pour réaliser son miracle de transformation, voici
l'œuvre colossale qu'il devait accomplir :

D'abord, se former une armée, c'est aux étrangers
qu'il confie ce soin : le Français Lefort et l'Anglais Gordon lui organiseront une armée permanente, dirigée par
des officiers étrangers.

La longue robe persane convenant peu, comme uniforme militaire, Pierre Ier fait adopter à ses soldats un
uniforme rappelant celui des armées allemandes. Les
prêtres crient au sacrilége, les soldats se révoltent et le
sang coule à flots. Mais il persévère et impose d'abord
le costume de l'Européen avant d'en imposer les idées.

Cette armée formée, il l'exerce par de petites guerres,
préparatoires aux grandes, car il doit vaincre la Turquie
afin d'avoir des débouchés sur la mer Caspienne et la
mer Noire.

Il doit battre les peuples riverains de la mer Baltique

et enfin, abattre cet ennemi redoutable, ce héros, foudre de guerre, Charles XII.

Enfin il doit doter sa patrie d'une marine, d'une industrie, y faire refleurir le commerce, y importer les sciences, les arts, les lettres et les usages policés.

On le voit, la tâche était lourde pour un seul homme !

Mais celui-là croit à sa prédestination, il sent que c'est la Providence qui lui donne ce but à accomplir, il est donc sûr qu'elle lui donnera une longue vie, et ceci le rend d'une témérité inouïe devant les dangers de toutes sortes.

Une chaloupe européenne, échouée sur une côte, est aperçue par lui dans son expédition contre les Chinois ; on lui explique ce que c'est qu'une flotte et, de ses propres mains, il construit une immense barque (celle qui est conservée à Pétersbourg, à son ancienne maison, transformée en église), et lui qui avait une horreur instinctive de l'eau, il la lance cependant sur les flots et la dirige ; dès lors il comprend la nécessité de la navigation, et jure qu'il aura une flotte. Il confie le pouvoir à Romonodowsky, un vieux boyard, qu'il nomme czar par intérim ; il confie aux généraux Gordon et Lefort l'ordre public, comme chef des troupes, et voulant voir par lui-même fonctionner cette civilisation dont ces étrangers qui l'ont élevé lui ont parlé, voulant la juger dans ses effets et dans ses résultats, ce souverain, qui n'a que vingt-trois ans, quitte les plaisirs faciles que pourraient lui offrir la cour et la puissance ; il brave ce préjugé enraciné, cette superstition générale qui voulait que jamais Russe, et surtout souverain, n'allât au milieu des hérétiques ; il quitte ses États. Il va d'abord à Riga, qu'il ambitionne de posséder un jour ; il reste déguisé (1697), au péril de ses jours ; il étudie la situation, le commerce, les débouchés de cette ville. De la Livonie il va en

8

Prusse, en Angleterre, en Hollande ; dans ces contrées, les rois accueillent avec un empressement curieux et intéressé ce jeune barbare. Pierre va dans ces cours prendre des leçons de diplomatie, mais il visite en même temps les chantiers, les fabriques, les manufactures ; il se fait donner des leçons par tous les artisans, il les prend avec ardeur, les reçoit avec reconnaissance et il devient constructeur de navire, pilote, ingénieur de terre, ingénieur de mer ; l'outil et le compas à la main il travaille comme le plus laborieux des ouvriers ; l'Europe s'étonne, mais lui n'y prend pas garde, il continue à apprendre, à voir, à noter sur son carnet ce qu'il voit de bon et d'utile ; l'humble maison du paysan reçoit sa visite, il veut connaître son installation, puis il se fait montrer les instruments aratoires, il en prend la forme, le dessin et en note l'utilité ; de là il va dans les hôpitaux : le scalpel à la main, il apprend par la dissection l'anatomie, cette science nommée sacrilége et satanique en Russie, et il en comprend la merveilleuse utilité, et il se dit qu'il aura chez lui des académies de médecine et des hôpitaux, et, tout en accomplissant ses pérégrinations, il décide des médecins étrangers à aller se fixer chez lui ; il se fait expliquer l'art de la construction par les architectes, car il est de ceux qui pensent que pour commander bien il faut tout connaître. Il fait aussi des enrôlements d'architectes et d'ingénieurs ; il recrute des centaines d'étrangers de différentes professions. Enfin, dans tous les ateliers on le voit, après s'être fait initier aux divers arts, travailler à se les rendre familiers. La marine est son but principal ; il s'embarque déguisé sur des bateaux allant de la Hollande en Angleterre, et là il est tour à tour matelot, contre-maître et pilote ; il étudie théoriquement et pratiquement la science navale. C'est dans un de ces voyages qu'il a rencontré un Français,

Breton de naissance, qui a joué un rôle en Russie, et qui
y a eu une aventure tristement célèbre, je veux parler
de Villebois. Voici, à son sujet, ce que disent les notes
manuscrites qui sont dans la bibliothèque impériale de
Saint-Pétersbourg, dont j'ai parlé déjà.

« J'ai pensé (dit M. Fagnani) que quelques détails bio-
graphiques sur ce personnage, par une personne l'ayant
connu personnellement à la cour de Russie, ne seraient
pas sans intérêt.

« Le sieur Villebois, officier de la marine royale, était
fils d'un gentilhomme bas-breton, fort pauvre et chargé
d'une nombreuse famille ; aussi faisait-il commerce clan-
destin avec les interlopes anglais qui venaient trafiquer
en fraude en Bretagne, et il employait ses enfants à ce
métier scabreux ; le Villebois dont il est ici question avait
vingt-cinq ans lorsqu'il se trouva compromis dans une
très-fâcheuse affaire, à cause de son commerce avec les
contrebandiers ; il s'évada, alla en Angleterre, où, grâce
à quelques lettres de recommandation, il fut embarqué
comme petit officier à bord d'un bateau de guerre. A
ce moment le czar était à Saardam ; sous un déguisement
de matelot suédois, il étudiait la construction. Un hasard,
heureux pour Villebois, fit qu'il s'embarqua sur le même
bâtiment où était Villebois et qui retournait de Hollande
en Angleterre ; dans le trajet de Texel à la côte britan-
nique, le navire éprouva, pendant trois jours, une si
épouvantable tempête que le capitaine et tout l'équipage,
effrayés par la grandeur du danger et aussi accablés de
fatigue, ne faisaient plus rien pour essayer de conjurer
le péril ; Villebois, brave et intrépide comme un Breton,
conservait seul tout son sang-froid ; il fit une action
d'éclat qui aurait dû lui coûter dix fois la vie et qui le
laissa sain et sauf ; le czar aimait l'énergie et le courage,
il fut enchanté et prit cet homme en grande estime ; il

alla l'embrasser, lui fit mille éloges et soudain il lui
demanda s'il voulait être son aide de camp et être en
même temps l'amiral de ses futurs vaisseaux.

« Villebois regardait d'un air fort étonné ce matelot
suédois, lui faisant une offre pareille, et il se demandait
s'il n'avait point à faire à un fou. Pierre Ier comprit sa
pensée, et, se mettant à rire, il lui dit, avec cet air aimable et sans façon qu'il savait prendre lorsqu'il le voulait
et qui séduisait et impressionnait, même plus que la
hauteur : « Mon ami, j'ai oublié de te dire mon nom, je
« suis Pierre Ier; veux-tu accepter mon offre? Je serai
« heureux de t'avoir à mon service et je saurai te
« prouver combien je t'estime. »

« Villebois, charmé de cette heureuse rencontre,
accepta avec empressement l'offre de ce souverain.

« Il remplit pendant longtemps ses deux emplois de
façon à se mériter la confiance et l'estime du czar, qui
avait pour son caractère une grande sympathie ; ce
Breton avait les qualités et les défauts de l'homme de sa
province : il était intègre, désintéressé, excellent matelot,
bon soldat, brave jusqu'à la témérité et parfois jusqu'à
la férocité; mais il aimait le vin et l'orgie. Pierre Ier avait
ces mêmes qualités et ce même défaut, aussi aimait-il la
société de Villebois au combat et à table; mais Villebois
avait l'ivresse mauvaise, et plusieurs fois, sous l'empire
du vin, il avait insulté et même tué plusieurs personnes.
Pierre lui avait pardonné, se contentant de lui dire :
« Méfie-toi, le vin te jouera un mauvais tour; car tu as
« l'ivresse sanguinaire. »

« Villebois, connaissant bien combien ceci était exact,
évitait de boire, ce qui est fort difficile en Russie, vu la
fréquence des occasions et les habitudes générales
d'ivrognerie.

« Un jour, cet officier se trouvait avec le czar à Trelem-

vitz, maison de plaisance, sur la baie de Pétersbourg ;
ce souverain lui confie un message secret à porter à Catherine qui était à Croonstad ; Villebois monta à cheval, le froid était si excessif qu'il dut boire quelques
gorgées d'eau-de-vie pour se réchauffer en route. Il arriva cependant chez la czarine avec l'extérieur d'un
homme qui a toute sa tête ; du moins il parut tel aux
officiers de service, devant qui il dut se présenter et
montrer l'ordre du czar de le laisser pénétrer sur l'heure
auprès de Catherine ; mais on l'introduisit dans un bou-
doir très-chaud, ce qui produisit une vive réaction ; il
n'eut point le temps de s'en rendre compte, car les dames
d'honneur l'introduisirent dans la chambre où était couchée la souveraine et s'éloignèrent par discrétion, sachant
que cet officier venait en mission secrète.

« Il se passa alors un acte inouï dans les annales, Villebois, sans dire un mot, se jeta sur la souveraine avec
un élan de tigre et, avec une brutalité qui compromit les
jours de Catherine, il accomplit sur elle le plus sanglant
des outrages.

« Comme on connaissait le caractère violent de Pierre Ier
et aussi son grand amour pour Catherine, on ne savait
plus comment lui apprendre cet horrible événement, et
tout le monde pensait que dans sa fureur il allait faire
supplicier le coupable.

« Bien loin de là, en écoutant ce récit il parut atteint
d'une immense tristesse, les larmes lui vinrent aux yeux,
puis il s'écria : « Oh ! le malheureux ! il était ivre, et de-
« main, lorsqu'on lui contera les détails de son action, il
« sera désespéré, car c'est un serviteur loyal et dévoué ! »

« Tout en marchant de long en large dans son appartement, il grommelait : « Bien certainement il ne savait
« plus ce qu'il faisait... et pourtant je dois le punir... oui,
« il faut faire un exemple et donner une réparation à cette

8.

« pauvre Catherine... et cependant cet animal est inno-
« cent... »

« Chacun était surpris de cette indulgence si rare chez
le czar.

« Enfin il donna ordre que, sur son simple procès-ver-
bal, Villebois fût mis au fer pour deux ans; mais il
ajouta qu'on ne devait pas l'assujettir au travail ordinaire du bagne et il recommanda qu'on le traitât bien.

« Six mois après, il le graciait, le rappelait près de lui
et lui rendait ses commandements et son amitié. »

J'ai placé ici toute la note de M. de Fagnani, quoique
la dernière aventure nous transporte au milieu du règne
de Pierre le Grand; en la coupant en deux parties, elle
serait devenue inintelligible. Du reste, la magnanimité
que montre en cette circonstance Pierre Ier nous prouve
que son âme aimait la justice. Villebois avait commis un
crime odieux et qui était bien de nature à blesser l'orgueil du souverain et l'amour-propre du mari, et cependant il dit : Cet homme est innocent, car il était ivre ! Il
est triste, mais non colère, et il montre une indulgence
sans exemple.

Il faut que son amour de la justice soit bien grand,
car il a un caractère violent, emporté, et il est terrible
dans ses vengeances légitimes comme nous allons le
voir.

Il était à Vienne et prêt à se mettre en route pour aller
visiter l'Italie, lorsqu'il apprit que les strélitz avaient
quitté les postes frontières qu'on leur avait confiés et
qu'ils marchaient sur Moscou afin de remettre sur le
trône Sophie que Pierre le Grand avait enfermée dans une
forteresse ; il rebrousse chemin et revient en toute hâte
dans ses États.

Mais le général Gordon n'attend point son retour pour
punir les rebelles. Voici encore, d'après les notes de Fa-

gnani, qui était alors ambassadeur résidant à Moscou, ce qui arriva et ce que cet Italien affirme avoir vu de ses propres yeux.

Le général Gordon, commandant de la milice étrangère, et à qui Pierre avait confié le soin de maintenir l'ordre, ayant su que les strélitz avaient quitté leur casernement d'hiver sans ordre et qu'ils s'avançaient vers Moscou à marche forcée afin de faire un coup d'État, et ce général sachant que pour ne point s'embarrasser dans leur marche, ils s'étaient divisés en deux colonnes suivant des routes différentes, il se porte, à la tête de ses douze mille soldats étrangers, à la rencontre de la première colonne forte de dix mille hommes ; ces strélitz, surpris à l'improviste, fatigués par la longue marche qu'ils venaient de faire, furent facilement battus ; Gordon en fit un tel carnage que sept mille restèrent sur le champ de bataille, les autres s'enfuirent et se réfugièrent dans les diverses provinces de l'empire.

Sans perdre du temps, Gordon se porta au-devant de la seconde colonne forte de huit mille hommes, mais ceux-ci, prévenus du désastre des leurs, s'étaient retranchés dans une île environnée de marais; le général anglais cerna l'île, les força par la famine à se rendre, ensuite il les décima ; ceux sur qui le sort tomba furent arquebusés sur-le-champ, il fit grâce de la vie aux autres, mais il les emmène prisonniers à Moscou.

Suivi par ces rebelles vaincus, il entrait par une porte dans la quatrième capitale de la Russie au même instant où le czar faisait son entrée triomphale par une autre porte.

Gordon s'empressa d'aller lui rendre compte du dur châtiment qu'il avait imposé aux strélitz, mais tous les souvenirs de Pierre Ier s'étant réveillés, il revoyait sa mère et lui poursuivis par ces soldats, il revoyait le glaive qu'ils avaient levé sur sa tête d'enfant, il revoyait l'horrible spectacle de tous les siens, égorgés par ces soldats maudits, enfin il se souvenait que trois fois ils avaient mis Moscou en feu, et tous ces amers souvenirs avaient excité en lui une de ces fureurs sanglantes, terribles, auxquelles il était sujet.

Sous l'empire de ces sentiments violents, il reprocha à Gordon d'avoir infligé à ces misérables un châtiment trop honorable et peu proportionné à leurs forfaits. — Ce général lui fit observer qu'il avait puni en soldat et suivant les lois militaires. — Je veux, s'écria Pierre Ier, qu'ils soient punis en vulgaires assassins.

Gordon lui fit remarquer que ceux qui s'étaient rendus avaient sa parole de soldat qu'ils auraient la vie sauve, et que, du reste, dispersés en Sibérie, ils ne seraient plus un danger.

Pierre ne voulut rien entendre, et le jour même il exigea qu'on fît leur un procès comme à de simples criminels et que tous en bloc fussent condamnés à mort, ce qui fut fait.

La nuit était arrivée, mais Pierre Ier ne voulut point attendre au lendemain; les six mille strélitz furent amenés dans un enclos entouré de palissades, situé aux portes de Moscou, on alluma des torches et on leur lut une sentence qui condamnait deux mille d'entre eux à être pendus et les quatre mille autres à être décapités; ensuite on les fit sortir dix par dix de l'enceinte dans une plaine voisine, le czar comptait lui-même, les soldats de sa garde, réduits à faire l'office de bourreaux, prenaient ces dix hommes, les pendaient au même gibet, puis on faisait sortir dix autres victimes, et bientôt ces deux mille grappes humaines se débattirent dans les convulsions de l'agonie.

Pierre Ier avait convoqué à ce hideux spectacle tous les ministres résidents, tous les hauts fonctionnaires et tous les seigneurs de la cour, et tous le virent allant d'un groupe à l'autre, et raillant et insultant ces agonisants.

Dans ce même champ on avait, d'après ses ordres, préparé un grand nombre de poutres qui devaient servir de billots; on fit sortir par cinquante les quatre mille victimes restantes, on les fit agenouiller, la tête appuyée sur la poutre, et ceci fait on les décapitait à la file.

Qu'on juge de l'angoisse des derniers, ils avaient à entendre la hache s'abattre quarante-neuf fois avant d'être débarrassés de leur attente mortelle.

Quarante-neuf cris de suprême douleur venaient résonner à leurs oreilles.

Et les cinquante suivants devaient poser leur figure sur ce bois dégoûtant du sang de leurs frères.

La garde impériale était encore condamnée à cette horrible besogne. Mais, à un moment donné, le czar, qui venait de vider un verre d'eau-de-vie, s'empara d'une hache, et les narines dilatées, les yeux lançant des éclairs de joie farouche, il se mit à abattre cinquante têtes; éclaboussé de sang, la figure contractée par la fureur et éclairé par la lueur rouge des torches, il était hideux à voir. Sa triste besogne accomplie, il passa la hache à l'amiral Apraxim en lui disant : Fais-en autant.

Apraxim, déjà âgé et rendu tremblant par l'horreur que lui inspirait ce sinistre spectacle, dut s'y reprendre à quatre ou cinq fois pour trancher chaque tête.

Pierre Ier, pendant ce temps, insultait les victimes et leur reprochait leurs forfaits.

Tous les seigneurs présents durent abattre cinquante têtes.

Par les ordres souverains, toutes ces têtes furent posées sur des pieux de fer qui furent scellés dans les créneaux des murs de Moscou, et elles restèrent exposées pendant toute la vie de ce prince.

Moscou eut encore une horrible nuit sanglante.

La princesse Sophie avait été l'initiatrice de cette révolte, Pierre l'enferma dans la chambre la plus malsaine de sa prison, et il fit placer en face de sa fenêtre, sur un mur qui n'en était éloigné que de deux mètres, le corps et les têtes des officiers supérieurs des strélitz; ces cadavres restèrent là jusqu'à leur complète décomposition.

Dans l'implacabilité de sa vengeance, Pierre Ier pensa aux strélitz qui avaient pu échapper au massacre que le général Gordon avait fait de la première colonne des révoltés, il publia un ukase qui défendait, sous peine de mort, de leur donner asile.

Ensuite, il fit rechercher avec soin les femmes et les enfants de tous les strélitz, il les fit interner dans un désert inculte et malsain et il publia défense, sous peine de mort, à eux et à leurs descendants de quitter cette terre.

Il fit ériger sur toutes les grandes routes des pyramides sur lesquelles il fit inscrire les nombreux forfaits des strélitz et leur arrêt de mort, et ceci pour que leur mémoire fût odieuse à la postérité.

Nous avons vu dans l'histoire russe ce spectacle affligeant d'hommes doués d'une grande intelligence commettre des actions coupables et des crimes, Pierre le Grand nous donne, lui, le spectacle plus douloureux encore d'un homme de génie s'oubliant jusqu'au hideux rôle de bourreau et transformant la justice en vengeance implacable.

Beaucoup d'écrivains, en parlant de ce héros du Nord, ont dit que ses grandes actions devaient l'absoudre de ses crimes devant la postérité; je trouve que ces auteurs ont eu tort : l'homme, qui a en lui cette divine étincelle qui s'appelle génie est bien plus coupable que les autres de commettre de ces crimes qui viennent humilier la conscience humaine.

Tout ce qu'on peut dire, c'est que ce prince avait encore en lui de ces instincts des vieux Russes, instincts pareils à ceux du chacal qui aime la vue du sang et des supplices, et ce n'est point seulement en cette circonstance qu'il l'a prouvé : nous allons le voir trois fois encore se faire bourreau, et sa dernière victime sera son fils !

. . . .

Débarrassé de cette troupe révolutionnaire, Pierre le Grand ne songea plus qu'à poursuivre son vaste plan.

Il attira huit cents savants, ouvriers, ingénieurs ou hommes utiles en Russie, puis il força quatre cents jeunes nobles russes à s'expatrier et à aller s'instruire à l'étranger, et il exigea que ces jeunes gens se missent en correspondance avec lui afin qu'ils le tinsent au courant de leurs études et de leurs progrès. A leur retour, ceux qui rapportaient des connaissances utiles étaient reçus par lui à bras ouverts, il livrait les autres à la moquerie et au sarcasme de ses bouffons.

Voyant que la noblesse murmure des progrès qu'il veut introduire et persiste à l'entraver, il fait une loi dont l'esprit est que tout possesseur de fief se doit au service de l'Etat, puis il codifie la loi qui favorise un fils au choix du père, ne laissant aux autres enfants que les biens meubles, et il déclare que les héritiers de biens meubles ne pourront les convertir en immeubles qu'après dix ans de service militaire ou quinze ans de service civil ou d'exercice d'un art quelconque, ou encore du commerce; il stipule que les héritiers de cinq cents roubles de biens qui n'auraient pas appris les éléments de leur langue ou une langue ancienne ou étrangère, se verront déshérités au profit de l'État.

Cette loi força les nobles à sortir de leur paresse, sous peine de se voir ruinés, ils durent se décider à faire étudier leurs fils ; tous les jeunes gens durent servir leur patrie ou civilement ou militairement; continuant sa guerre acharnée contre les inutiles, Pierre déclara que, Fœdor ayant détruit ies anciens titres, il allait y avoir une nouvelle noblesse ouverte à tous, à l'ouvrier qui se distinguerait par son travail intelligent, au constructeur qui rendrait des services à l'État, tout comme au militaire et au marin qui servirait sa patrie avec bravoure, et encore au fonctionnaire intègre et intelligent. Et, en effet, il ne donna plus des titres que pour services rendus à la patrie, dans quelque carrière que ce fût.

Voilà certes une grande et belle noblesse instituée et je ne sache pas qu'un républicain ait jamais inventé quelque chose de plus démocratique que cela !

Pour favoriser les arts, les sciences et les lettres, Pierre le Grand compta leur culture comme service à l'État, et le savant et l'artiste recevaient des grades, les fonctionnaires en recevaient aussi, et l'on eut des généraux civils, des généraux en mathématiques, en art, ou, si l'on préfère, des professeurs recevant après un nombre d'années de professorat le grade de général civil. — L'organisation installée par Pierre le Grand fonctionne encore aujourd'hui en Russie, l'étranger, qui n'est point au courant de cette organisation, ne peut comprendre pourquoi tout Russe, non marchand ou paysan, a un costume et un grade militaire et est au service; il montre parfois un étonnement très-grand lorsque on lui présente M. le général un *tel;* il cause avec lui, lui parle guerre, campagne, et l'autre répond : Je n'ai jamais été soldat, je suis gouverneur de la

Banque... L'étranger se dit alors : Pourquoi donc l'appelle-t-on général?

Oui, artistes, savants, fonctionnaires, ingénieurs, tout homme enfin ayant suivi une carrière utile à son pays est assimilé comme grade à l'élément militaire, et chaque Russe doit servir obligatoirement son pays, mais dans celle des branches qui convient le mieux à ses aptitudes. Son temps fini, c'est-à-dire dix ans à l'armée, quinze dans une carrière civile ou dans les arts, il peut se livrer à la paresse si bon lui semble.

Voilà {donc le problème résolu d'exterminer les inutiles pour ne'point laisser se former des cocodès, des gommeux, et enfin pour ne pas favoriser une noblesse bonne à rien, si ce n'est à compter ses quartiers, et vivre dans l'oisiveté.

En Russie, tout le monde doit, depuis Pierre le Grand, donner dix à quinze ans de sa vie à sa patrie, si ce n'est comme militaire, c'est comme savant et même comme financier; organisation vraiment géniale, dont les résultats sont excellents.

Tous ces jeunes gens, arrachés ainsi par le czar à l'ignorance et au fanatisme grossier de leur famille, furent placés par lui selon leurs aptitudes dans les diverses écoles qu'il avait fondées avec le concours des étrangers qu'il avait su attirer en Russie, et là, sinon tous, du moins le grand nombre, fut gagné au progrès et à la civilisation.

Le clergé ne cessait de vociférer contre ce czar impie, et il excitait le peuple à la révolte; le souverain, au lieu de se laisser intimider par lui, le brava en incorporant tous les fils des prêtres dans un régiment de cavalerie. Jusque-là les fils des prêtres avaient été exemptés du service, et les biens du clergé avaient été aussi exempts d'impôt; comme je l'ai dit, ces immunités et privilèges avaient augmenté le nombre des popes d'une façon si exagérée

qu'ils formaient un sixième de la population et qu'ils pos-
sédaient la moitié des terres de l'empire ; Pierre établit
l'impôt sur leurs biens. Cette dernière mesure les exaspéra
tellement qu'ils payèrent des assassins et leur firent croire
qu'ils seraient invulnérables s'ils s'attaquaient à ce mécréant et qu'ils iraient au ciel ! Plus de dix fois un hasard
providentiel seul sauva Pierre ; le clergé trouva deux auxiliaires dans la famille même de celui qu'il voulait perdre :
l'épouse de Pierre le Grand, Eudochia Lapoukin, était
une Russe rétrograde, le progrès lui apparaissait comme
une innovation fatale et dangereuse et elle avait l'élément
étranger en horreur, elle s'était appliquée à faire partager ses idées étroites et fanatiques à son fils Alexius ;
tous deux faisaient cause commune avec les prêtres, et
bien loin d'aider le monarque dans sa tâche glorieuse, ils
l'entravaient par leurs fréquentes récriminations et par
leur sourde hostilité. Pierre Ier en ressentit une vive douleur qui finit par se changer en une haine farouche ; il se
montra sévère et froid envers son fils, et, pour se venger de
sa femme, il fit publiquement la cour à une jeune demoi-
selle d'honneur, qui se nommait Anna Moöns de la Croix.
Eudochia Lapoukin, blessée dans sa dignité d'épouse et
froissée dans son amour-propre de jolie femme, se laissa
aller à faire des scènes de violence et de mauvais goût,
qui exaspérèrent tellement Pierre Ier, trop violent lui-
même pour supporter la violence des autres, qu'il fit appeler au palais le métropolite et les évêques et leur annonça qu'il désirait divorcer ; il plaida lui-même sa cause
devant eux, mais il reprochait à sa femme de le gêner
dans son œuvre de civilisation ; or, les prêtres étaient les
ennemis jurés de cette civilisation qu'ils appelaient une
œuvre infernale, et ils étaient les alliés d'Eudochia, ils
refusèrent donc le divorce. Pierre les chassa en leur disant qu'à Rome il aurait trouvé plus de complaisance, et

il brava le clergé en faisant un acte de répudiation ; ensuite il fit conduire par la force l'impératrice dans un couvent, et, sous le coup des menaces les plus épouvantables, il la contraignit à faire des vœux religieux ce qui, d'après la loi russe, lui permettait de contracter un second mariage.

Cette malheureuse Eudochia a bu jusqu'à la lie la coupe amère de l'infortune; nulle héroïne, y compris même celles qui ne sont que des fictions, n'a eu un aussi triste sort.

Religieuse malgré elle, privée de voir son fils, sachant le czar l'amant heureux de sa rivale, de nouveaux déboires l'attendent; vingt ans plus tard, elle apprend le couronnement de Catherine, et elle sait que, par un testament, cette esclave aura le droit de désigner son successeur. Ce nouveau coup du destin contraire réveille son courage; elle veut essayer de lutter, elle, pauvre recluse, contre ce colosse qui est son mari et son ennemi, elle veut essayer de l'abattre pour placer sur le trône son fils Alexius; elle devient l'âme d'une conspiration, dans laquelle entrent quelques boyards du vieux parti russe, tout le haut clergé, Lapoukin et le prince Alexius; les deux plus fervents conjurés sont l'évêque de Rostoff, et son frère le comte de Kléboff, le premier est poussé par l'ambition et le second par l'amour, car il est l'amant heureux d'Eudochia Lapoukin.

Un des conjurés calcule que la trahison lui rendra encore plus que la réussite du complot, et Pierre le Grand apprend, en même temps, par lui, la liaison coupable de sa femme et l'existence de la conjuration qui avait pour but de le renverser du trône et de replonger sa patrie dans l'antique barbarie ; il entre dans une fureur titanesque et se venge d'une manière odieuse et bien indigne d'un génie tel que lui !

Kléboff est jeté dans un cachot, Pierre lui-même vient assister aux tortures qu'on lui impose, il veut lui faire avouer publiquement qu'il a été l'amant de la czarine; le comte de Kléboff, en galant homme, nie, il jure même sur les saintes images que la souveraine est innocente. Le czar le fait torturer vainement, pendant huit jours, sans que ce preux chevalier trahisse sa dame. Au lieu d'admirer les sentiments chevaleresques qui guident ce jeune homme, Pierre Ier ordonne des tortures chaque jour plus épouvantables; enfin, il commande le supplice suprême et condamne Kléboff à être empalé sur la grande place de Moscou; le peuple russe, altéré de chair humaine, se presse sur cette place, où le czar fait office de bourreau en chef, veillant lui-même à ce qu'aucun raffinement de cruauté ne soit oublié; par ses ordres, Eudochia est tenue à une fenêtre; elle doit assister au supplice de son amant.

Lorsque Kléboff paraît au moment de rendre le dernier soupir, le czar s'avance vers lui et lui dit à haute voix : « Te voilà prêt à comparaître devant Dieu, je t'en conjure, avoue devant ce peuple assemblé que tu as été l'amant heureux d'Eudochia Fédérowina Lapoukin. »

Le comte de Kléboff, qui paraissait déjà entouré des ombres de la mort, se redresse; soudain, la vie paraît lui revenir, ses yeux lancent un éclair farouche, et il s'écrie : « Il faut, Pierre Ier, que tu sois aussi imbécile que féroce pour t'imaginer que n'ayant rien voulu avouer au milieu de tortures horribles, alors que je pouvais en espérer la cessation, j'irai, à présent que je n'ai plus rien à craindre de toi, plus rien à espérer en ce monde, flétrir une femme d'honneur dans le seul but de servir ta haine aveugle; retire-toi, monstre, et laisse mourir en paix ceux que ta fureur sanguinaire ne peut laisser vivre. » Et cela dit, Kléboff cracha au visage de

Pierre Ier, puis sa tête retomba sur sa poitrine ; il avait cessé de souffrir, son âme de preux chevalier était remontée vers les sphères d'en haut.

Ivre de rage de l'insulte qu'il venait de recevoir de Kléboff, le czar alla vers cette infortunée Eudochia et il la menaça de lui faire subir les tortures les plus épouvantables, si elle ne se reconnaissait, par écrit, coupable du crime d'adultère et de celui de haute trahison. La pauvre femme, brisée de douleur et folle de terreur, n'eut point assez de courage moral pour supporter le martyre, et elle écrivit ce qu'il lui demandait ; mais Pierre Ier, implacable, ne lui fit grâce d'aucune humiliation, il exigea encore qu'elle renouvelât ses aveux, de vive voix, devant toute la cour.

Après cela, il la fit condamner, comme coupable des crimes de haute trahison et de celui d'adultère, à finir ses jours dans la citadelle de Sinlassbourg.

Notez que cette femme, contre qui son mari prononçait la peine de l'adultère, avait été répudiée par lui qui, déjà, avait fait célébrer son mariage avec Catherine !

La forteresse de Sinlassbourg est une sombre et glaciale prison.

Eudochia n'y eut d'autres serviteurs qu'une affreuse petite naine, aussi hargneuse et méchante que difforme, et par-dessus le marché maladive ; cette singulière servante était, tout à la fois, la cuisinière, la femme de chambre, la blanchisseuse et la dame de compagnie de la souveraine ; et lorsqu'elle était malade, ce qui lui arrivait souvent, la souveraine devait la soigner et se servir.

Pierre Ier était féroce dans ses vengeances !

Il lui envoya lire l'acte qui condamnait son frère Lapoukin à mort, et celui qui condamnait ses autres complices, à la peine de la forteresse ou à la Sibérie et, enfin,

il lui donna cette douleur suprême de lui faire lire l'acte
qui condamnait à mort son fils Alexius.

Tout le monde connaît ce crime affreux, commis par
celui qui a été un des plus grands génies de ce grand
siècle, fécond en génies; pourtant, je ne puis le passer
sous silence.

Le jeune prince Alexius était parvenu à s'enfuir à
Naples; son père lui écrit de revenir, qu'il n'a rien à
craindre de lui; confiant dans la parole paternelle, il
revient à Moscou, et, le même jour, son père le fait emprisonner, puis il le fait transférer à Pétersbourg, et le
fait comparaître devant une assemblée de grands, transformés en juges (24 juin 1718), et en plein dix-huitième
siècle on vit ce spectacle attristant pour la conscience
humaine d'un père qui se fait l'accusateur implacable
de son fils, qui signale sa vie de débauché, son oisiveté,
qui constate sa lâcheté, et qui prouve que cet être, auquel il a donné le jour, n'a aucune vertu, aucun bon
sentiment; mais que ses mœurs sont aussi mauvaises
que son âme est perverse et son esprit nul.

Tout ce que lui reproche le czar est vrai; il est très-
vrai encore que ce prince a des instincts rétrogrades et
pervers, mais qu'il est affligeant d'entendre un père
disant cela aux juges de son enfant!

Certes, lorsque Pierre Ier s'écria : « Je lui ai dit bien
souvent, et c'est la vérité, j'aimerais mieux laisser le trône
à un étranger capable et qui ferait le bonheur de ma patrie, qu'à mon fils qui est indigne et incapable de gouverner. »

On admire ce monarque, car ces paroles sont celles
d'un grand patriote.

Mais le déshériter, l'enfermer au besoin, c'était assez
pour punir ce prince et c'était déjà trop, ce me semble,
pour le cœur du père. Pierre Ier n'en a point jugé ainsi,

son fils est condamné à mort par ces juges qui ont bien compris que ce fils était condamné dans la conscience de son père (7 juillet 1718).

Cependant, les ministres étrangers résidant en Russie vont trouver le czar et lui représentent que cette exécution fera une triste impression dans l'Europe civilisée ; alors, par politique, Pierre Ier signe un arrêt de grâce... Mais le lendemain, on apprend que le prince est mort dans sa prison, et on ajoute qu'en entendant la lecture de la sentence de mort prononcée contre lui, il est tombé dans des attaques nerveuses qui l'ont emporté vingt-quatre heures après.

Mais si tout le monde raconte cette histoire, nul n'y croit, car on sait que Pierre a été lui rendre visite et que c'est une heure après cette visite qu'il a succombé.

Les historiens russes sont muets sur cet abominable drame, il est encore trop récent pour qu'ils osent en parler. Mais voici ce que l'Anglais Peters Bruce, qui vivait en Russie à cette époque et qui avait aidé Pierre Ier dans son œuvre civilisatrice, a écrit sur ce sujet dans ses Mémoires publiés à Londres (livre VI) :

« ..... Le procès commença le 25 juin et finit le 6 juil-
« let ; la Cour souveraine, d'une voix unanime, prononça
« la sentence de mort, laissant au czar le choix du genre
« de supplice. Le czaréwitz comparut devant la Cour, on
« lui lut sa sentence, et il fut reconduit en prison dans le
« château.

« Le lendemain, Sa Majesté, accompagnée de tous les
« sénateurs, de tous les évêques et de plusieurs autres
« personnes de marque, se rendit au château et entra
« dans l'appartement servant de prison à son fils ; peu de
« temps après le maréchal Weide sortit, et m'ordonna
« d'aller chez Bear, droguiste, dont la boutique était
« près, et de lui dire de faire la potion forte, qu'il avait

« commandée lui-même; en apprenant l'objet de mon
« message, Bear devint très-pâle ; la peur le saisit et son
« état de trouble me surprit au point que je lui demandai
« quel en était le sujet, mais à cet instant le maréchal ar-
« riva dans le même désordre, disant au droguiste qu'il
« aurait dû être plus expéditif, vu que le prince était dans
« un état d'apoplexie. Aussitôt le droguiste lui remet une
« coupe d'argent avec son couvercle; le maréchal chan-
« celant à chaque pas la porta lui-même dans la chambre
« du prince; une demi-heure après, le czar, avec toute sa
« suite, se retira avec une contenance des plus tristes. Le
« maréchal Weide m'ordonna de rester dans l'apparte-
« ment du prince et de le prévenir s'il arrivait un acci-
« dent. J'y trouvai deux médecins et deux chirurgiens de
« quartier avec lesquels je dînai de ce qui avait été pré-
« paré pour le repas du prince; on ne tarda pas à appeler
« les médecins pour aller auprès du prince qui tombait
« de convulsions en convulsions. Il expira vers les cinq
« heures après midi, j'allai informer le maréchal qui
« alla en donner avis à Sa Majesté, qui ordonna de faire
« embaumer le corps du prince et de le mettre dans un
« cercueil, ce qui fut fait; on mit un drap noir sur le cer-
« cueil et par-dessus un second richement brodé d'or; on
« le transporta du château à l'église de la Trinité et le
« soir, à onze heures, on le plaça dans le caveau du châ-
« teau; il fut déposé à côté du cercueil de la princesse
« son épouse; le czar et Catherine, ainsi que les princi-
« paux de la noblesse, assistaient solennellement aux fu-
« nérailles. On a varié sur le récit des circonstances de
« cette mort. On répandit le bruit que la lecture de la
« sentence qui le condamnait à mort, la frayeur le fit
« tomber en attaque d'apoplexie et qu'il en mourut ;
« très-peu de personnes ajoutèrent foi à cette histoire.
« Mais il était dangereux de dire ce que l'on pensait, les

« ministres de l'empereur et ceux des États de Hollande
« furent exilés de la cour pour avoir parlé trop librement
« en cette circonstance. »

Ce même Peters Bruce fut chargé, peu de temps après
ce drame, de faire l'éducation du duc de Varsovie, fils du
malheureux Alexius ; il était donc bien placé pour connaître la vérité et son récit n'est point le résultat de la
malveillance d'un ambitieux déçu.

Du reste, comme l'a dit M. de Voltaire : « Quoi qu'il en
soit, Pierre Ier était capable de ce forfait, il était grand
chimiste et avait une des plus belles apothicaireries de
l'Europe. »

Pierre le Grand, devant le cadavre de son fils, pleura,
mais il dit à haute voix, que c'était un grand misérable,
que l'arrêt qui le frappait était juste et qu'il venait de
donner une grande preuve d'amour à son peuple.

On se figure aisément la douleur de la pauvre mère, et
dans quelle tristesse mortelle sa vie se consumait dans
son affreuse prison !

Neuf ans après, Catherine morte, les grands, par une
révolution de palais, proclamèrent le duc de Varsovie,
fils d'Alexius, czar, sous le nom de Pierre II. Eudochia
crut avoir enfin quelques années heureuses près de son
petit-fils, mais les grands ne voulurent point qu'elle fût
relevée de ses vœux religieux, craignant son influence
sur le jeune prince ; ils ne lui permirent que de changer la
forteresse pour le couvent, et une fois par semaine, elle
put venir passer une heure auprès de son petit-fils. Bientôt
elle eut encore la douleur de le voir mourir ; elle rentra
dans le couvent et y mourut enfin de désespoir ; on refusa même à son cadavre les honneurs d'une tombe souveraine, et tandis que Catherine reposait à côté de
Pierre Ier, Eudochia fut enterrée dans le modeste cime-
tière du couvent, sa dernière demeure.

9.

Morte, le mauvais destin qui s'acharnait à elle ne fut pas même vaincu !

Étrange et triste destinée... elle a bien dû consoler la noblesse russe de ne plus voir les czars prendre une épouse parmi ses plus belles filles !

Pierre I⁰ʳ est un génie, mais le mal et le bien se disputent son âme. On serait tenté de croire qu'il y a eu deux âmes dans son corps colossal, une infâme, féroce, et l'autre sublime de magnanimité.

On ne peut s'expliquer que le même homme commette simultanément ces actions si opposées.

La conscience éprouve aussi une sorte de malaise, de voir le bien résulter du mal, et de voir la Providence se servir d'un homme, qui n'est point civilisé, pour en faire un instrument de civilisation.

C'est pourtant ce que nous voyons avec Pierre Iᵉʳ ; ce prince a un fond de cruauté implacable, il commet des crimes odieux et pourtant il est le génie bienfaisant et civilisateur de sa patrie !

C'est même pour servir la cause du progrès qu'il commet les actes les plus barbares.

Il a appliqué la formule homœopathique à la barbarie : *Similia, similibus curantur.*

Après avoir constaté les crimes de ce grand homme, suivons-le un instant dans ses guerres et ici nous devrons l'admirer sans restriction. Nous le verrons accomplir à lui seul des actes d'abnégation, de courage et des actions d'éclat en nombre plus que suffisant pour illustrer dix vies, et, spectacle unique dans l'histoire, nous verrons cet autocrate descendre volontairement du pouvoir pour y remonter par tous les degrés de l'ordre social, tout comme il arrive à son grade d'amiral et de général en passant par tous les grades dans la marine et dans l'armée ; non de la façon dont l'ont pratiqué certains princes du sang, mais bien effectivement, en faisant le travail et la faction du soldat et le dur labeur du matelot. Il a voulu apprendre à sa noblesse ignorante et oisive que le travail ennoblissait, et c'est par l'exemple qu'il lui a démontré cette grande vérité.

Pourtant ce noble exemple n'avait point eu le résultat qu'il pouvait en espérer, car, en 1709, les officiers de son armée étaient encore tous étrangers ou de petite noblesse ou bien pris dans le peuple; la grande noblesse se tenait à l'écart et persistait dans son inutilité; alors Pierre Iᵉʳ prit un parti énergique; pour la faire sortir de sa honteuse apathie, il publia un ukase faisant savoir que tout noble, depuis l'âge de dix ans jusqu'à l'âge de trente, qui se serait soustrait à une inscription dite volontaire, verrait ses biens confisqués au profit de son dénonciateur.

Les nobles s'empressèrent de se dénoncer mutuellement; les esclaves se vengèrent de la cruauté de leurs seigneurs en les dénonçant. Un grand nombre de fortunes furent ainsi saisies ; ceci décida la noblesse à entrer dans la nouvelle impulsion donnée par leur souverain, tous firent inscrire leurs fils, et ces jeunes gens furent placés par Pierre le Grand dans les diverses écoles qu'il avait fondées, et là, au contact des étrangers, ils perdirent un peu de leurs mœurs et idées barbares; d'autres furent envoyés en Allemagne, en Angleterre et en France, et ils prirent, dans ces contrées, le goût de la civilisation et du progrès.

Les levées militaires étaient difficiles à faire, attendu qu'il n'existait, en Russie, à cette époque, aucune sorte d'état civil. Chez les grandes familles, on tenait un registre sur lequel on inscrivait les morts et les naissances, mais le reste du peuple ne connaissait que vaguement son âge et le souverain ne pouvait faire un appel exact

des hommes pour l'armée; Pierre 1er n'a pas institué de
véritable état civil; il s'est contenté de donner l'ordre
aux popes d'inscrire sur des registres de paroisse les
naissances et les morts, en ajoutant aux noms de baptême le nom de famille; c'était déjà un progrès. Nous
verrons, du reste, que la copie de cet acte de naissance
est tout ce que possède encore actuellement le Russe
comme état civil.

Les *femmes russes* ne s'en plaignent pas, car, moyennant un beau cadeau, les popes leur octroient toujours
l'âge qu'elles désirent avoir.

Toutes les guerres de Pierre Ier ont eu pour but
unique de civiliser sa patrie en lui donnant des ports de
mer; il a été en ceci tout l'opposé de Charles XII qui a
guerroyé pour guerroyer, promenant son armée du nord
au midi sans autre but que celui de rechercher la gloire,
et peut-être encore pour céder à sa nature de royal aventurier.

Pierre Ier commence sa première guerre à l'âge de
vingt-trois ans; mais ayant la modestie du vrai génie, il
comprend son incapacité à la diriger, et il fait sa campagne contre les Turcs et le siége d'Azoph en qualité de
simple capitaine des bombardiers. Là il fait l'essai de ces
douze premiers bâtiments de guerre qu'il a aidé à construire de ses mains souveraines; il leur doit la prise
d'Azoph, ce qui lui donne l'ardent désir de posséder un
jour une bonne marine et des ports de mer.

Au retour de cette expédition victorieuse, il entre à
Moscou, non en triomphateur, c'est à son armée qu'il
désire que le triomphe soit décerné et non à lui, et il dé-
file devant celui qu'il a nommé vice-czar, devant Romo-
danowski, en simple capitaine de bombardiers.

A Narva, il n'est pas présent à l'armée, et ses troupes
éprouvent un revers sans précédent; ses trente-deux

mille soldats sont battus, massacrés, désarmés par huit mille Suédois.

Pierre Ier se raidit contre ce coup du sort; il n'a pas un blâme, pas un reproche pour ses généraux; il montre toute la vaillance de son âme en ne se laissant point décourager dans cette adversité qui est rendue plus terrible par une révolte qui éclate dans ce même moment dans les régiments de l'Astrakan; le fils d'un strélitz supplicié à Moscou a réussi à souffler la révolte, et le prétexte a été le costume européen imposé à l'armée russe.

Pierre Ier envoie son meilleur général, Cheremeleff, punir les révoltés, et il se met au travail avec ardeur, menant de front la reconstitution 'd'une autre armée et la construction de sa marine; lui-même instruit les soldats, il choisit parmi eux ceux qui lui paraissent les plus aptes et en fait des officiers, il prend les cloches de ses nombreuses églises et les transforme en canons.

Lorsqu'il est parvenu à se reformer une armée, il songe à s'emparer de l'Ingrie et de la Carélie afin d'avoir les clefs de la Baltique; Charles XII lui fait la partie belle, il abandonne ses États à la garde de ses lieutenants, et il se promène en vainqueur en Saxe et en Pologne, et à ceux qui lui font observer que les efforts du czar tendent à lui enlever l'Ingrie et la Carélie, il répond en haussant les épaules que son fouet sera suffisant pour en chasser la canaille moscovite, son czar compris.

Mais Pierre Ier n'imite point les imprudentes fanfaronnades de son ennemi; il l'estime, connaît sa force et il agit avec prudence, profitant habilement de toutes ses fautes; on sent qu'il ne recherche pas une vaine gloire, mais qu'il veut seulement ces provinces qui doivent mettre sa patrie en contact avec l'Europe.

Il reprend Narva, tandis que Menchikoff fait le siége

de Derfs ; pendant ces deux siéges, il montra une activité dévorante, il va d'une place à l'autre, dirigeant les travaux de son génie et s'exposant au feu comme un simple soldat.

Un épisode du siége de Narva nous donne une idée exacte du caractère de Pierre Ier : la ville lui appartient, il ne veut plus verser inutilement le sang de ces ennemis, mais ses soldats barbares continuent à tuer pour tuer, il en perce lui-même plusieurs de son glaive en annonçant que ceux qui commettront le crime de tuer un ennemi vaincu auront le même sort. Ceci est grand et humain; mais voilà qu'on lui amène prisonnier Horn, le commandant de la ville, et furieux il soufflette ce brave qui s'est défendu en désespéré, en lui disant : Ne devais-tu pas te rendre puisque tu étais sans espoir de secours ; c'est ton obstination sans excuse qui a amoncelé tant de cadavres! Puis, lui montrant son épée, il ajoute : Elle est teinte non du sang suédois, mais du sang russe; sans elle tous les malheureux habitants de cette ville auraient été égorgés.

Peu de temps après, la Courlande était envahie, l'Ingrie était prise ainsi qu'une partie de la Livonie, et Moscou voyait arriver douze mille prisonniers suédois. Mais Pierre le Grand n'annonce point à son de trompe cette victoire, il se contente de dire : « Grâce au ciel, à deux contre un nous avons pu vaincre les Suédois; espérons qu'un jour nous parviendrons à les battre à nombre égal. »

De combien ce langage modeste est plus grandiose que celui des fameuses dépêches de Guillaume à Augusta !

Et lorsque Cheremeleff éprouve un revers, bien vite ce monarque lui écrit : « Ne vous affectez pas, la constance dans la victoire rend les hommes vains et imprudents. »

Comme c'est profond et vrai !

Enfin il s'empare un jour d'une ville sur la Néva, et alors il laisse éclater toute sa joie, car c'est le premier pas direct vers son but, il la nomme Schlusselbourg, qui signifie clef de la Baltique; en se voyant rapproché de ce but désiré, son ardeur ne connaît plus de bornes; il lance sa flotte dans la Néva, lui-même tient le gouvernail et la dirige; il passe calme et impassible comme le Destin au milieu du feu de Nieutschants, et soudain l'amiral suédois, qui ne soupçonnait pas même l'existence de la flotte russe, voit surgir au milieu de ses bâtiments les bâtiments russes; Pierre le Grand, la hache en main, commande l'abordage et lui-même s'élance le premier, et la flotte suédoise est en partie détruite et en partie prisonnière. Cette victoire gagnée, le héros ne se repose pas; il reconnaît le golfe, le sonde, le scrute, il aperçoit une île marécageuse et déserte, et il dit : « C'est là que sera la cinquième capitale de mon empire. » Comme Alexandre a fait pour Alexandrie, il trace lui-même le plan de la ville et choisit l'emplacement du port destiné à la défendre contre les attaques venues de la mer; il désigne l'endroit où s'élèvera la forteresse aquatique de Cronstadt.

Cependant tous les lieutenants de Charles XII multiplient leurs efforts pour reprendre ces parages, mais Pierre Ier les défend comme le lion défend sa proie et, tout en guerroyant, il construit Pétersbourg; il fait en quelques années ce qui aurait demandé un demi-siècle à d'autres : chantiers, entrepôts, quais, monuments, forteresses, hôpitaux, églises; tout surgit comme par enchantement de ces marécages, et bientôt ces parages déserts se trouvent transformés, par son activité dévorante, en une ville, la plus belle de la Russie; et, avec cette cinquième capitale, la civilisation arrive, le commerce fleurit, et la

Moscovie n'en est plus réduite à se contenter d'un reflet de la civilisation asiatique, elle devient enfin une grande nation européenne.

Pétersbourg a fait la Russie actuelle.

Si aujourd'hui cette ville était reprise par les Suédois ou par les Prussiens, la Russie, dans moins d'un demi-siècle, redeviendrait l'antique et barbare Moscovie. Je ne comprends donc pas qu'un esprit aussi supérieur que celui de M. de Custine, ait pu ne pas admirer franchement le génie de Pierre le Grand, dans le choix de l'emplacement où il a bâti Pétersbourg, emplacement qui était le seul qui pouvait donner à la Russie la prépondérance sur la Baltique et lui assurer des débouchés commerciaux et une communication avec l'Europe. Au lieu de juger la chose à ce point de vue, M. de Custine, quoique diplomate fils de diplomate, et par conséquent un homme sérieux ou devant l'être, s'arrête à des détails ; il critique comme pourrait critiquer un voyageur léger et humoristique.

D'abord, citant le mot d'un courtisan à Catherine, il répète cette phrase :

« Ce n'est pas la faute du bon Dieu, si les hommes se sont obstinés à bâtir la capitale d'un grand empire dans une terre destinée par la nature à servir de patrie aux ours et aux loups. »

Décrivant l'arrivée à Pétersbourg par la Baltique, il dit :

« Rien n'est triste comme la nature aux approches de Pétersbourg ; à mesure qu'on s'enfonce dans le golfe, la marécageuse Ingrie, qui va toujours s'aplatissant, finit par se réduire à une petite ligne tremblotante tirée entre le ciel et la mer ; cette ligne, c'est la Russie... c'est-à-dire une lande humide, basse et parsemée, à perte de vue, de bouleaux, qui ont l'air pauvres et malheureux.

Ce paysage uni, vide, sans accident, sans couleur, sans
bornes, et pourtant sans grandeur, est tout juste assez
éclairé pour être visible. Ici la terre grise est bien digne
du pâle soleil qui l'éclaire, non d'en haut, mais de côté,
presque d'en bas, tant ses rayons obliques forment un
angle aigu avec la surface de ce sol disgracié du Créateur; en Russie, les plus beaux jours de l'année sont
bleuâtres. Si les nuits ont une clarté qui étonne, les jours
conservent une obscurité qui attriste. »

Ceci est vrai, exact ; ce n'est pas de la description, c'est
de la photographie. Mais voici ce qui n'est plus juste, et
en quoi M. de Custine a montré un peu de légèreté :

« Telles sont les approches de Pétersbourg ; tout ce
qu'il y avait dans le choix de ce site de contraire aux
vues de la nature, aux besoins réels d'un grand peuple a
donc passé devant l'esprit de Pierre le Grand sans le
frapper? La mer à tout prix : voilà ce qu'il disait!...
Bizarre idée pour un Russe que celle de fonder la capitale de l'empire des Slaves chez les Finnois, contre les
Suédois! Pierre le Grand eut beau dire qu'il ne voulait
que donner un port à la Russie, s'il avait le génie qu'on
lui prête, il devait pressentir la portée de son œuvre, et,
quant à moi, je doute qu'il l'ait pressentie. La politique,
et je le crains bien, les vengeances d'amour-propre du
czar, irrité par l'indépendance des vieux Moscovites, ont
fait les destinées de la Russie moderne. »

Franchement, il faut que M. de Custine ait bien peu
étudié le passé de la Russie, qu'il n'ait point arrêté sa
vue à ce qu'elle était au dix-huitième et au commencement du dix-neuvième siècle, pour traiter de
cette façon l'œuvre capitale de Pierre Ier, Pétersbourg la
cinquième capitale. Je suppose que ce grand homme a
été frappé, lui aussi, de l'aspect morne et désolé de ce
site ; j'aime à croire qu'il aurait préféré une mer moins

glaciale ; mais avait-il l'embarras du choix ? Il s'emparait de la Baltique et posait un pied sur la mer Noire, que pouvait-il faire de mieux ?

« Bizarre idée, ajoute M. de Custine, de fonder l'empire slave chez les Finnois ! » Mais je trouve, moi, cet homme éminemment pratique, les Finnois le séparent de ce qu'il désire, de la mer, il s'empare des Finnois, en fait des Russes et arrive ainsi à la mer.

« S'il avait le génie qu'on lui prête, poursuit M. de Custine... » Certes, oui, et plus peut-être qu'on ne lui en prête, car il a si bien compris la portée de son œuvre, que nous en admirons les résultats qui sont : un débouché par où arrive la civilisation et par où s'écoulent les produits du pays, la transformation de l'antique et barbare Moscovie en un vaste et grand empire européen.

Après avoir critiqué cette pensée de Pierre Ier, la mer à tout prix, cet auteur dit : « La Russie est comme un homme qui étouffe ; elle manque de débouchés. Pierre Ier lui en avait promis, il ne lui a donné qu'une mer fermée huit mois de l'année ; mais les noms sont tout pour les Russes. »

D'abord, elle n'est pas fermée huit mois, mais seulement pendant quatre ou cinq mois, suivant la rigueur des hivers, et ensuite quelle autre mer pouvait bien offrir à ses sujets ce monarque ? M. de Custine a oublié de le dire.

Fallait-il qu'il les repoussât comme le grand Oleg vers l'Asie ? Il avait trop bien étudié les annales de son pays pour ne pas savoir quels piètres résultats avaient donnés ces essais de civilisation greffée sur les mœurs asiatiques, et si les Vladimir et Iaroslaff avaient eu un but en se rapprochant de l'empire grec qui brillait alors d'un vif éclat, la civilisation des fils de Mahomet devait peu tenter ce monarque qui venait de visiter l'Europe.

M. de Custine dit encore : « Les efforts de Pierre Ier, ceux de ses sujets et de ses successeurs, tout étonnants qu'ils soient, n'ont produit qu'une ville difficile à habiter, à laquelle la Neva dispute son sol à chaque coup de vent qui part du golfe, et d'où les hommes pensent à fuir à chaque pas que la guerre leur permet de faire vers le midi ; pour un bivouac, des quais de granit étaient de trop. »

Non, ce grand seigneur se trompe. Les efforts de Pierre le Grand n'ont pas produit que Pétersbourg, car Pétersbourg, c'est le commerce, le trafic, la finance et c'est la richesse qui entrent par le golfe de Finlande ; je suis persuadée que ce génie aurait été heureux de trouver un emplacement plus sain, plus beau que celui qu'il a trouvé à l'entrée du golfe, mais une carte en main, on voit qu'il n'en existait point d'aussi favorables, et comme, tout grand qu'il était, il n'était qu'un homme, il n'a pu changer le sol, le climat. Il faut donc admirer le parti qu'il a su tirer de ce sol ingrat et le tour de force qu'il a accompli, en fondant une ville et un port dans ces sombres et marécageux parages. Songeons y bien, il n'a point voulu, par bravade ou par gloriole, accomplir ce tour de force pour lutter contre la nature, mais il a dû l'accomplir parce que ce golfe était le seul point de contact qu'il pût établir avec les sciences, les arts, les mœurs et le commerce européens ; géographiquement et politiquement cet emplacement est choisi, au contraire, avec une sûreté de coup d'œil qui montre la clairvoyance de cet homme ; que ses ignorants sujets le critiquassent, je le comprends à la rigueur, mais que celui qui, comme M. de Custine, a pu juger des résultats excellents et même grandioses obtenus le critique aussi, voilà ce que je ne puis admettre, et ce que je me permets de taxer de légèreté.

Quand on admire les superbes quais de Pétersbourg, ses monuments de tous genres, et qu'on considère le

parti qu'a su tirer Pierre le Grand de cette île basse et
plate, pour y établir la citadelle de Kronstadt, et lorsqu'on songe que Pierre Ier a fait surgir non-seulement
tout cela de l'eau, mais qu'encore il a fait ces constructions
sous les boulets ennemis et en continuant à se battre
contre Charles XII, on est émerveillé et l'on sent que
dans ce colosse d'homme il y avait une colossale intelligence et, chose étonnante, il a guerroyé pendant vingt-
sept ans, fondé un port, une marine, et la capitale de sa
patrie transformée, il a fait des chantiers, des usines,
fondé des écoles, des hôpitaux, sans augmenter les impôts,
il a tout payé avec les nouvelles ressources qu'il créait.

Satisfait de posséder un port et un débouché vers l'Europe, Pierre Ier fit offrir la paix à Charles XII, qui répondit insolemment qu'il ne la signerait que dans Moscou.
Le czar lui répondit ces simples mots : Mon frère veut
faire l'Alexandre, mais il ne trouvera pas en moi un Da-
rius : et en effet, il se prépare à la lutte avec autant d'é-
nergie que de prudence.

Le succès couronne ses efforts ; à Lesno, il bat seize
mille Suédois avec douze mille soldats. Enfin il prépare
tout pour la bataille finale, elle sera le couronnement de
son œuvre, le fruit de ses peines, l'œuvre de son génie, et
pourtant il la retarde, afin que Cheremeleff puisse y
prendre part ; il lui laisse le commandement en chef, et sert
sous ses ordres ; lui abandonnant ainsi toute la gloire de
la grande victoire de Pultawa, et lorsque cette bataille est
devenue un triomphe pour son armée, il s'écrie : Je vous
salue, enfants, les plus chers de mon cœur ; je vous salue,
soldats, que j'ai formés à la sueur de mon front, enfants
de la patrie, qui lui êtes aussi indispensables que l'âme
au corps qu'elle anime !

Puis s'agenouillant sur les **bords du Pruth**, il rend
grâce au Dieu des armées.

On le voit, le triomphe ne le grise pas, on dirait qu'il a comme le pressentiment qu'à cette même place, la victoire inconstante le trahira un jour.

C'est pendant l'intervalle de la bataille de Pultawa à sa défaite par les armées turques sur les rives du Pruth, que Pierre le Grand connut celle qu'il devait un jour faire couronner impératrice de Russie, Catherine.

Dans le chapitre suivant, je vais donner simplement la copie du manuscrit de M. de Fagnani, ambassadeur d'Italie à la cour de Russie sous Pierre le Grand ; comme je l'ai dit, il porte au catalogue de la section des manuscrits à la Bibliothèque impériale de Saint-Pétersbourg ce titre : *Anecdotes sur Catherine, femme de Pierre Ier, ses amours et son origine.*

L'ESCLAVE IMPÉRATRICE

—

Par mon état de diplomate, j'avais le devoir de savoir tous les petits mystères de la cour de Russie et même ceux de l'alcôve impériale; je notais sur un cahier les renseignements, les détails que j'obtenais, et c'est de ce cahier que j'ai détaché les lignes qu'on va lire.

Tout est étonnant, tout est singulier dans la vie de celle qui fut la seconde épouse de Pierre Ier; et à ce que je vais dire beaucoup de personnes à l'étranger refuseront croyance, quoique cela soit connu par des millions de Russes. Il est vrai que cette vie surpasse en extraordinaire celles des Sémiramis et des Thomyris, et pour ce qui est des aventures fictives de *la Fiancée du roi de Garbe*, elles ne sont pas comparables à celles réelles de Catherine; sa vie est l'exemple le mieux fait pour faire sentir combien est incompréhensible ce que les uns nomment Destin, les autres Providence.

Ici, pour faire de rien ce qu'il y a de plus haut, le destin se joue des règles ordinaires de la prudence; il commence par placer très-bas ce qu'il veut élever, ce qui se voit parfois; mais ce qui est plus rare, c'est qu'il se sert des chutes et des dégradations pour faire arriver au trône une pauvre esclave, et enfin il montre cette esclave faisant changer à son profit les lois d'hérédité de l'empire, et cela contre les lois d'État et les lois du sens moral. On verra cette femme dominer en paix des peuples braves jusqu'à la férocité et qui ont toujours été fortement attachés aux lois du pays qui défendent l'accès du trône aux femmes, et pourtant ces peuples acclament l'ancienne courtisane, et cela alors que l'héritier légitime est encore en vie !

Le destin a tenu ici à vaincre l'impossible !

Vers 1678, vivait à Dorp, en Livonie, une famille de paysans, esclaves fugitifs de la Pologne ; elle se composait du père, de la mère et d'un jeune garçon de cinq ans (1). Fort indigents, ils vivaient du maigre produit des journées qu'ils faisaient chez les paysans des environs ; la naissance d'une petite fille vint augmenter leurs charges, ils la firent baptiser dans une église catholique romaine de Dorp, sous le nom de Catherine. Cette enfant n'avait que trois ans lorsque la peste se mit à ravager Dorp et ses environs ; cette famille, qui se nommait Koworouski, affolée de peur, prit la fuite ; le père donnait la main au petit Carthes, la mère portait la petite Catherine dans ses bras. En mendiant leur pain et après une longue route, ils arrivèrent dans les faubourgs de Marienbourg ; mais là ils tombèrent épuisés de fatigue et de maladie, ils avaient emporté avec eux le germe du mal qu'ils fuyaient.

Par pitié on les recueillit sous un hangar ; au bout de trois jours, Koworouski mourait, et le lendemain sa femme le suivait dans le tombeau.

Les enfants pleuraient et demandaient du pain ; un

(1) M. de Fagnani paraît avoir oublié Olga et Hélène.

paysan emmena avec lui le petit Carthes en jurant qu'il l'élèverait comme son fils, et un prêtre, qui était venu donner les derniers sacrements à ces pauvres gens, ému de compassion, prit la petite Catherine et la conduisit à son presbytère. A peu de jours de là, l'archiprêtre Gluk vint faire sa tournée pastorale à Marienbourg ; comme il entrait chez ce prêtre, la petite Catherine tendit ses bras vers lui en l'appelant papa. Gluk, ayant appris l'histoire navrante de cette pauvre orpheline, vit dans son action l'expression de la volonté de Dieu qu'il lui servît de père, et il y obéit ; il l'emmena avec lui, et, de retour à Riga, lieu de sa résidence, il la présenta à sa femme en lui expliquant pourquoi il l'avait adoptée.

Madame Gluk était bonne et charitable, elle accueillit l'enfant avec bonté.

Lorsque Catherine eut atteint l'âge de quatorze ans, les Gluk firent d'elle une sorte de servante, qu'ils traitaient avec douceur.

Cette jeune esclave était fort jolie, et un jour ses maîtres s'aperçurent que leur fils était amoureux d'elle, qui paraissait aussi répondre à cet amour ; ne voulant pas l'exposer à être séduite, ne voulant pas davantage l'accepter pour bru, ils lui cherchèrent un mari : ce ne fut point difficile, car la jeune esclave avait une beauté attrayante, ses traits étaient fins et réguliers, ils étaient animés par un jeu de figure qui leur donnait un grand charme, sa taille était riche et élégante.

Plusieurs partis se présentèrent, Catherine donna la préférence à un jeune et beau straban : les strabans formaient un corps d'élite de la garde de Charles XII, le régiment de ce straban était dans ce moment à Marienbourg, où les Gluk se trouvaient aussi ; dans cette ville on se souvenait de la petite orpheline recueillie par l'archiprêtre, et tout le monde voulut la voir et assister à son mariage, qui fut célébré par Gluk, au milieu d'un grand concours de curieux.

Le straban était amoureux de sa femme, aussi fut-il consterné lorsque, trois jours après son union, son régiment reçut l'ordre de rejoindre Charles XII, en Pologne dans ce moment.

Ne pouvant songer à l'emmener avec lui, il confia Catherine aux bons soins des Gluk, qui la reprirent en qualité de servante.

Soudainement, le feld-maréchal russe Cheremeleff vint mettre le siége devant Marienbourg : la ville, non défendue, se rendit à la discrétion du vainqueur, et les habitants envoyèrent près de lui Gluk, afin d'implorer sa clémence ; celui-ci se rendit chez le général russe, entouré de toute sa famille. Catherine y était aussi.

Cheremeleff reçut avec une grande bienveillance l'envoyé de la ville ; mais, tout en causant avec lui, il remarqua la beauté de Catherine, et, lorsque Gluk se retira, il lui déclara qu'usant de son droit de vainqueur, il gardait cette fille. Le prêtre essaya vainement de le faire renoncer à cet acte odieux en lui disant que cette jeune femme était honnête et mariée depuis peu, le Russe ne voulut rien entendre et les Gluk durent se retirer en lui laissant Catherine qui, épouvantée de se voir séparée de ses protecteurs, sanglotait ; mais Cheremeleff la rassura doucement, il lui dit qu'il la trouvait jolie et que, si elle était complaisante, son sort serait assez heureux.

Catherine prit bien vite son parti de cette situation, et non-seulement elle se montra complaisante, mais encore elle feignit de ressentir un vif amour pour son maître, et, par cet adroit manége, elle acquit une certaine influence sur lui.

Il y avait quatre ans qu'elle était avec ce général, lorsque Menchikoff vint lui apporter l'ordre de rejoindre

10

le czar et prendre son commandement de la Livonie.

Cheremeleff laissa à son successeur tous ses domestiques, et aussi sa favorite.

Menchikoff trouva cette femme à son goût; celle-ci, qui avait l'amour facile, joua la passion avec son nouvel amant, qui du reste était jeune et d'humeur galante; il eut pour elle des petits soins et des prévenances, et cet homme débauché, qui n'avait jamais compris l'amour vrai, finit pourtant par s'attacher sérieusement à Catherine, et comme elle était adroite et possédait un tact tout à fait diplomatique, elle prit une grande influence sur lui.

Les choses en étaient là lorsque Pierre Ier traversa la Livonie et descendit chez Menchikoff. Catherine se trouvait le soir parmi les esclaves qui servaient à table; sa grâce séduisante et la richesse de sa taille frappèrent le czar, il causa avec elle, lui trouva de l'esprit, et il dit quelques mots à l'oreille de son favori Menchikoff; celui-ci, quoique vivement contrarié, en bon courtisan répondit par un signe d'acquiescement, et Pierre, en quittant la table, dit en souriant à la jeune femme : Catherine, tu m'apporteras un flambeau dans ma chambre. C'était un ordre sans appel.

En cette circonstance, la future impératrice montra toute la ruse dont la nature l'avait douée; elle fut charmante avec le czar, qui, le lendemain, lui dit en la quittant qu'il garderait un excellent souvenir d'elle, et, selon son habitude, il lui donna un ducat. Ce prince, fort peu délicat en matière amoureuse, prétendait qu'on devait tarifer l'amour comme les denrées alimentaires : pour ses soldats, il avait établi le tarif minime de trois copecks, un peu moins de trois sols, et il avait tarifé ses amours à lui à un ducat. Tout comme un simple bourgeois, il tenait le livre exact de ses dépenses, et

on voyait à la dépense de chaque jour cette mention : à
la fille une telle un ducat, à madame une telle un ducat;
grande dame, bourgeoise ou fille, le ducat était toujours donné.

Sa discrétion n'était pas plus grande que sa délicatesse, et il avait la coutume de conter ses bonnes fortunes aux seigneurs de sa cour.

Mais si Catherine tenait à plaire au czar, elle tenait
aussi à conserver sa situation auprès de Menchikoff.
Aussi, dès que le souverain se fut éloigné, elle alla
trouver son amant, et, tout en pleurant, elle lui fit d'a-
mers reproches de l'avoir sacrifiée à son ambition.

Il fut dupe de cette comédie, et son amour pour cette
belle esclave augmenta tellement, qu'à partir de ce jour
il la traita avec une considération marquée et exigea
que son entourage en fît autant ; elle restait au salon et
elle assistait aux conseils de l'armée, et elle donnait son
avis en toutes choses, avis qui était du reste toujours
sage et intelligent.

Menchikoff était cet ex-petit marchand de pâtés qui
était devenu le favori de Pierre Ier : sa fortune, on le
voit, avait été brillante ; il est vrai qu'il avait la valeur
et le génie militaires. Aussi fut-il un des bons généraux
du czar ; mais on assure qu'il était aussi voleur que démoralisé, et il passait à bon droit pour l'homme le plus
dépravé de la Russie ; ses concussions avaient augmenté
à tel point sa fortune, que le nombre de ses seigneuries
était si grand, qu'il se vantait lui-même de pouvoir aller
de Riga en Livonie jusqu'à Derbout en Perse, en cou-
chant toujours dans ses châteaux. Ses exorbitantes concussions faisaient naître d'amères récriminations ; souvent elles étaient arrivées jusqu'à Pierre Ier ; mais ce
monarque avait une si profonde amitié pour son ex-
petit page, qu'il n'y faisait pas attention.

En Livonie, et alors qu'il était l'amant heureux de Catherine, sa rapacité insatiable souleva des plaintes si pressantes, que Pierre Ier voulut enfin savoir à quoi s'en tenir : il arriva à l'improviste en Livonie, il ne descendit point chez son favori, mais dans une maison retenue pour lui. Il put se convaincre qu'en effet Menchikoff rançonnait ses sujets sans aucune mesure; alors, furieux, il alla chez lui, l'accabla de sottises et de coups de bâton administrés de ses mains royales. Ce procédé, peu parlementaire, était dans les habitudes de ce souverain, qui prétendait qu'en cas de vol ceci était plus expéditif qu'un procès; mais, ces corrections données, l'accusé rentrait en grâce auprès de lui : chaque pays a ses usages.

Lorsqu'il eut bien bâtonné Menchikoff, il dîna avec lui en bonne amitié, et, au moment de se retirer, il se souvint de Catherine et demanda ce qu'elle était devenue.

Menchikoff, quoique épris de cette esclave, n'osa pas, dans un pareil moment, s'exposer à déplaire à son souverain, et il donna l'ordre qu'on allât la chercher : elle arriva bientôt parée coquettement et ayant un petit air timide qui lui séyait à merveille. Pierre lui adressa quelques mots badins auxquels elle répondit avec un air candide et effarouché, une petite comédie qu'elle jouait encore; elle lui réussit, car le czar, la trouvant encore plus jolie ainsi, la prit par la taille en sortant de table et l'emmena chez lui. Le lendemain et les jours suivants, il ne parla point à Menchikoff de lui rendre son esclave; mais, huit jours après, il lui dit brusquement : Tu oublies que Catherine n'a rien à se mettre, elle doit être bien nippée, envoie-lui au plus vite ses effets.

Menchikoff crut comprendre dans cette phrase : Elle

doit être bien nippée, un appel indirect à sa générosité. Il empaqueta lui-même les hardes de Catherine, et il y plaça pour vingt mille roubles; il lui envoya le tout par deux petites esclaves, auxquelles il donna l'ordre de rester à la disposition de son ex-maîtresse.

Catherine était, je l'ai dit, d'origine polonaise; or, les femmes de cette nation ont la tête forte, l'esprit souple et rusé : elles savent arriver à tout; celle-ci arriva à rendre Pierre Ier fortement amoureux d'elle, et elle sut prendre sur lui une influence que jusque-là nulle femme n'avait pu posséder; il devint même discret, et à partir de ce moment; il ne parla jamais d'elle, même à Menchikoff.

Lorsque ce souverain dut quitter la Livonie, il donna mission à un capitaine des gardes de conduire en secret Catherine à Moscou; il fit à cet officier mille recommandations sur les soins et les égards qu'il devait avoir pour elle pendant la route, et il lui donna l'ordre de lui envoyer de chaque relais une note sur l'état de la santé de la voyageuse.

Le czar avait écrit de sa propre main à une dame de Moscou de bonne famille, mais pauvre, de donner l'hospitalité à Catherine et de la soigner de son mieux; cette dame reçut la maîtresse du czar avec un empressement extrême, et la jeune femme vécut dans cette maison pendant longtemps, vivant retirée et ne voyant personne autre que son royal amant. D'abord celui-ci fit mystère de sa liaison, il ne venait la voir que le soir à la dérobée, se mettant en petite tenue; son traîneau était conduit par un soldat, et il ne le laissait pas stationner devant la porte de la maison où logeait sa maîtresse; mais, par la suite, partagé entre le désir qu'il avait de rester près d'elle et son désir de ne point négliger les affaires de l'État, il ne fit plus mystère de ses amours; il donna

10.

même audience à ses ministres dans l'appartement de Catherine, et celle-ci assistait aux conseils et donnait son avis, qui servait souvent de décision. Pierre Iᵉʳ a dit mille fois que le jugement de Catherine était sain et qu'elle possédait une sorte de prescience qui lui permettait de juger sûrement et vivement les hommes et les choses, et que son esprit ingénieux trouvait souvent d'habiles expédients qui plus d'une fois avaient tiré les hommes d'État de mauvais pas.

Il n'est donc pas étonnant que cette femme ait pris de l'ascendant sur Pierre Iᵉʳ, puisqu'il trouvait en elle les plaisirs de l'amour et les ressources d'un esprit supérieur; il n'avait rien de caché pour elle, elle était la première à qui il confiait ses desseins les plus secrets. Ce fut dans cette retraite, où elle ne voyait que son amant et les ministres seulement en sa présence, qu'elle donna le jour à une fille qui reçut le nom de Anne.

Peu de temps après la naissance de cette fille, il arriva une anecdote qui amusa beaucoup ceux qui la connurent, et j'étais du nombre.

On se souvient que le straban, mari de Catherine, avait dû la laisser, trois jours après son mariage, pour aller joindre l'armée de Suède. Charles XII ayant été battu à Pultawa, l'armée russienne fit quatorze mille prisonniers qui furent envoyés à Moscou, afin de servir d'ornement à l'entrée triomphale du vainqueur. Le straban en question se trouvait au nombre de ces prisonniers : ayant appris la brillante carrière galante qu'avait fait sa femme et sa haute position dans le moment, il se figura que sa situation de mari de la favorite lui ferait au moins obtenir quelques adoucissements à son sort. Ce pauvre diable n'avait pas lu, on le voit bien, les réflexions suivantes qu'a faites un ministre de Portugal, Antoine Porenese : « Il y a une grande différence entre la position

du mari de la maîtresse d'un financier et celle du mari
de la favorite d'un roi ; les maris des favorites, s'ils sont
prudents et s'ils désirent éviter la Bastille ou les morts
subites, doivent vivre ignorés de tous dans quelque coin
obscur du monde, tandis que les maris des maîtresses
des financiers peuvent étaler au grand jour le luxe qui
leur vient de leur déshonneur. »

Si le straban l'ignorait, il l'apprit par l'expérience.
Ayant fait au capitaine chargé de la garde des prisonniers la confidence de sa position, il fut, peu de jours
après, envoyé sans motifs et sans procès, au fond de la
Sibérie. En 1721, la paix ayant été conclue entre la
Russie et la Suède, il aurait fallu le rendre à son pays,
et alors il aurait parlé ; une mort subite l'empêcha d'aller conter son aventure.

On avait donc bien raison de dire que la princesse
Anne et sa sœur la princesse Élisabeth, qui vint au
monde dix-huit mois après son aînée, étaient des enfants doublement adultérins, puisque le mariage du czar
avec Eudochia n'avait point encore été cassé, et puisque
Catherine était encore légitimement mariée au straban.
Mais c'était tout bas qu'on chuchotait cela, il aurait été
imprudent d'en parler tout haut.

Catherine, pourtant, commençait à nourrir des rêves
ambitieux ; adroitement, elle aigrissait le cœur de
Pierre Ier contre le prince Alexius et contre la pauvre
recluse Eudochia. Elle feignait de tout craindre de la
mère et du fils et même un attentat contre les jours du
souverain, et celui-ci, qui détestait son fils presque autant que sa femme, fût facile à se laisser persuader qu'il
avait tout à redouter de leurs sourdes menées ; et afin
de mettre une barrière plus infranchissable encore entre
Eudochia et lui, il résolut de se lier à sa chère Catherine
par un mariage secret.

Née de parents catholiques, devenue luthérienne chez les Gluk, Catherine dut changer une fois encore de religion avant d'épouser son royal amant, et ceci faisait dire aux Russes, qu'on ne saurait lui reprocher de manquer de religions.

Un pope dévoué au czar vint l'instruire dans la religion gréco-russe, ensuite elle abjura ses deux premières religions, et après cela elle reçut le baptême gréco-russe, qui se fait, on le sait, par immersion ; le pope prend le néophite qui doit être nu, en dessous des bras, et le plonge par trois fois dans un cours d'eau, et ce baptême, pour une personne plus qu'adulte comme l'était Catherine, brave quelque peu les lois de la décence.

En cette circonstance, le pope et les spectateurs ne s'en plaignirent pas. Une fois baptisée, la jeune femme passa à la hâte une robe de gala et le même pope procéda à la célébration de son mariage ; la princesse Marthe, la sœur du czar, assista elle-même la mariée. On assure qu'elle avait conseillé ce mariage à son frère, pour se venger d'Eudochia Lapoukin qui, pendant ses courtes années de pouvoir, l'avait fait souffrir par son caractère entier et hautain, et, ce qui est plus vrai encore, dont elle jalousait l'éclatante beauté.

Ce mariage accompli, le czar songea à réaliser son désir de faire une expédition victorieuse contre les Turcs ; il pensait sans doute qu'il lui serait plus facile de faire accepter cette union bizarre, s'il revenait entouré du prestige de la victoire.

Mais il fit ses préparatifs avec plus de promptitude que de prudence, il fut un peu trop confiant en son étoile ou il compta trop sur la faiblesse des Ottomans.

Catherine l'accompagnait dans cette campagne, et son énergie et aussi les ressources de son esprit ingénieux sauvèrent le czar et ses troupes d'élite d'une infortune sans nom.

Charles XII ne voulait point retourner dans ses États qu'il n'eût vengé la défaite de Pultawa ; il était à Constantinople, et par ses soins, deux puissantes armées turques avaient été préparées.

L'hospodar de Moldavie et celui de Valachie détestant les Turcs en bons Grecs qu'ils étaient, vinrent offrir leurs services à Pierre Iᵉʳ et se firent forts de lui livrer l'armée turque. Le czar confiant acheta leur trahison ; mais l'hospodar de Valachie, Brancovan, réfléchit que deux trahisons lui rapporteraient plus qu'une, et après s'être vendu au souverain moscovite, il alla vendre celui-ci au grand vizir.

L'élite de l'armée russe, commandée par Pierre Iᵉʳ, sur les perfides avis de ce double traître, s'engagea dans les déserts où coule le Pruth. Ces vingt mille hommes, après plusieurs jours de marches et de contre-marches, n'ayant plus de vivres, plus de munitions, se trouvèrent enveloppés par les deux armées turques fortes de deux cent mille hommes. Pierre comprit qu'il était perdu : il prend la plume et il écrit à son Sénat une lettre admirable et qui devrait servir de modèle aux souverains qui sont trahis par la fortune... « La victoire, écrit-il, m'est infidèle, mais que mon peuple ne perde point courage, et vous, messieurs les sénateurs, ne songez qu'au bien de l'État. Si dans la captivité où je vais tomber, on m'arrachait quelques ordres pernicieux pour le bien de mon pays, n'en tenez aucun compte et, s'il en est besoin, remplacez-moi sur le trône par le plus digne et le plus capable de remplir ce poste d'honneur et de péril. »

Ceci fait, il ordonne qu'on prépare tout pour une lutte désespérée ; il veut mourir l'épée à la main ou tomber prisonnier en brave.

Mais ses soldats sont épuisés de fatigue et à demi morts de faim ; ils se couchent à côté de leurs armes, qu'ils n'ont plus la force de tenir. Devant cette attitude, le colosse est pris d'un amer désespoir ; il entre sous sa tente et tombe dans des accès nerveux que lui avaient laissé les horribles massacres dont son enfance avait été environnée ; par un sentiment de dignité, il veut que nul ne le voie en ce triste état, et il défend, sous peine de mort, de franchir le seuil de sa tente.

Au milieu de cette désolation générale et de ce découragement complet du chef et des soldats, Catherine seule reste forte et vaillante, et elle cherche en son esprit un moyen de sortir de cette situation atroce. Elle se souvient soudain d'avoir entendu parler par les ambassadeurs qui avaient été accrédités en Turquie, de la rapacité des ministres, des grands vizirs, de tous les hauts fonctionnaires turcs enfin, et ceci fait naître en son esprit un projet original et hardi, celui d'acheter une paix honorable à prix d'or.

Bravant la consigne, elle entre dans la tente de son royal époux et elle lui fait entrevoir la possibilité d'un traité de paix point trop honteux. Cette lueur d'espoir tire le souverain de sa crise nerveuse. Lui aussi sait qu'on peut acheter une conscience musulmane, et il s'écrie :

— Catherine, tu es décidément mon bon ange !

Puis son front s'assombrit encore et il lui dit :

— Mais où trouver l'argent nécessaire pour acheter le kaïmakan et le grand vizir ?

— Ceci me regarde, lui répond la jeune femme ; accorde-moi seulement le droit d'agir à ma guise et promets-moi d'approuver ce que je ferai.

Le czar lui répond par un signe affirmatif. Alors elle sort, puis revient quelques instants après avec un officier

bien connu par sa ruse diplomatique, et, devant son
époux, elle lui donne la mission d'aller essayer de séduire les deux chefs suprêmes de l'armée ennemie. —
Tu peux, dit-elle, leur promettre des charges de bijoux
et un pont d'or.

L'officier part remplir son ambassade, et Pierre Ier dit
à sa femme :

— Ton expédient est merveilleux, mais il ne s'agit pas
de promettre, il faudra tenir ces promesses!

— Nous les tiendrons, s'écrie Catherine, je ne te demande qu'une chose, montre-toi aux soldats, afin que
ta présence parmi eux leur remonte le moral.

Devant le calme et l'assurance de sa femme, le czar
sent renaître son énergie et il va parcourir les rangs de
l'armée.

Catherine avait emporté avec elle ses pierreries, tous
les bijoux de prix qu'elle avait reçus à l'occasion de son
mariage; elle avait aussi son petit trésor. Elle relève un
pan de sa robe, y jette pêle-mêle toutes ces richesses,
puis elle appelle tous les officiers et leur dit :

— Messieurs, nous sommes dans une position telle,
que nous ne pouvons sauver notre honneur qu'en per-
dant notre vie. Un seul moyen nous reste : celui d'acheter par la corruption les chefs de l'armée ennemie, si nous
choisissons la mort, notre or et nos bijoux deviendront
quand même la proie des Turcs ; j'ai pensé qu'il serait
adroit de les leur offrir, afin d'obtenir une paix honorable.

Tous les officiers, heureux de cet espoir imprévu
qu'elle fait luire à leurs yeux, s'empressent de jeter leur
or et leurs bijoux dans la robe de leur souveraine. Bientôt, il faut des caisses pour contenir ces richesses et la
moisson est ample, car ce corps d'élite est composé de
grands seigneurs.

Après avoir recueilli l'argent des officiers, Catherine va vers les soldats et leur répète le petit discours qu'elle a fait à leurs chefs ; ceux-ci aussi lui donnent avec joie toute leur petite fortune, et plus de vingt caisses d'or, d'argent et de bijoux sont remplies.

Sur cette entrefaite, l'officier envoyé en mission revint avec cette réponse du kaïmakan et du grand vizir : « Dites au czar qu'il nous envoie des commissaires avec mission de traiter de la paix et chargés de réaliser les promesses que vous nous faites, et alors la paix sera telle que votre souverain la souhaite, mais nous demandons qu'il nous livre l'hospodar de Moldavie. »

Pierre Ier est ici réellement grand; il s'agit pour lui d'une dure captivité et de la perte d'une couronne ; il comprend qu'avec lui sombrera sans nul doute son œuvre de civilisation, qui lui est mille fois plus chère que la vie, et pourtant l'honneur parle si haut en lui qu'il n'hésite pas une seconde et dit à l'envoyé :

— Va dire au kaïmakan et au grand vizir, que j'abandonnerai s'il le faut tout le terrain qui s'étend jusqu'à Kursk, plutôt que de vendre celui qui s'est confié à moi ; dis-leur que ces terres, j'aurai l'espérance de les reconquérir, tandis que si je violais ma foi, mon honneur serait perdu sans retour.

Catherine donne une caisse à l'officier et elle lui dit de la donner aux Turcs en leur annonçant qu'il leur en sera offert encore dix-neuf autres, s'ils consentent à une paix honorable.

Le kaïmakan et le grand vizir, à la vue de cet échantillon des richesses qui leur étaient promises, deviennent fort traitables. Malgré les prières et les menaces de Charles XII, qui voulait les forcer à exterminer leur ennemi commun, ils envoyèrent même des vivres à l'armée russe, et le lendemain, les commissaires porteurs des dix-neuf autres caisses, purent traiter de la paix. Pierre perd dans ce traité Azoph, Tangarock, sa flotte de la mer Noire et ses chantiers de construction, mais l'honneur lui reste et son énergie se réveille pour réparer ce désastre. Il continuera avec patience et courage son but : terrasser la Suède, donner des ports à sa patrie et civiliser ses sujets.

La victoire capricieuse reviendra du reste vers lui, et il s'emparera de toute la Finlande ; il fera franchir aux nouvelles galères qu'il aura construites un isthme, et l'amiral suédois, Erenschild, verra soudain surgir une flotte russe au milieu de la sienne, et Pierre, tout à la fois pilote et soldat, conduira ses bâtiments et mènera ses hommes à l'abordage ; il fera ainsi toute la flotte suédoise prisonnière.

Dans cette bataille navale, ce grand homme a fait une action d'éclat qui aurait suffi à illustrer sa vie.

La bataille gagnée, un orage épouvantable éclate et menace de détruire tous ses bâtiments. Pierre Ier se jette résolument dans une barque, et bravant les fureurs de la mer, les récifs dont les côtes sont semées, il va à la découverte d'un port.

Par une obscurité compacte, après avoir failli être cent fois englouti, il arrive enfin au port et il allume un phare afin de guider l'entrée de sa flotte.

Cette victoire gagnée, ce haut fait accompli, on le verra rentrer à Pétersbourg et défiler devant le vice-czar avec le simple grade de vice-amiral.

On le voit, Catherine avait rendu un grand service à la Russie, en sauvant de la mort ou de la captivité son époux. Du reste, l'armée tirée par son ingénieux expédient de cette terrible situation, lui rendit des actions de grâce. Soldats et officiers contèrent de quelle façon merveilleuse ils avaient été sauvés par elle, et bientôt tout

11

l'empire retentit des éloges qu'on lui décernait et elle devint très-populaire.

Pierre institua l'ordre de Catherine, afin de léguer à la postérité le souvenir de la gloire qu'elle s'était acquise, et il avoua hautement son mariage.

A partir de ce jour, elle l'accompagna dans toutes ses excursions guerrières et dans sa campagne contre la Perse. Elle lui rendit encore de grands services ; aussi, à son retour, il la fit couronner impératrice de la Russie, en face de tout l'univers ébahi d'une telle audace.

Il désirait qu'elle l'accompagnât dans son voyage en France, mais le régent, duc d'Orléans, lui fit dire que les princesses de France ne voudraient pas recevoir cette esclave devenue souveraine. Cette mortification donna à Catherine ces sentiments anti-français qu'elle a montrés depuis.

Pierre le Grand vint donc seul en France. On se souvient de l'affection et du profond respect qu'il témoigna au petit roi Louis XV, mais on se souvient aussi de l'attitude brutale qu'il eut vis-à-vis de madame de Maintenon ; ne serait-il pas exact d'attribuer sa conduite envers cette courtisane dévote, au souvenir qu'elle avait fait naître en lui de cet autre instrument du clergé qu'il détestait, d'Eudochia Lapoukin ? Les chroniques du xviiie siècle sont remplies des anecdotes sur ce monarque, pendant son séjour en France ; les rappeler m'entraînerait trop loin, et je préfère conter ce qui est moins connu, les efforts que fit ce czar pour introduire à son retour dans sa patrie, les usages français et les belles manières. Il mit notre langue à la mode, puis il voulut imiter nos grandes et petites réunions de salons ; sa sœur Nataly et ses deux filles Anne et Élisabeth, eurent de vrais salons où l'on jouait même des comédies, dont ces princesses étaient les auteurs ; ce fut là le premier

essai du théâtre russe. Le czar comprit, avec son esprit
profond, que la femme est l'élément civilisateur par excellence, et il rompit la barrière qui, jusque-là, avait
séparé la femme de l'homme et l'avait séquestrée chez
elle, ne lui permettant pas de se mêler aux fêtes et aux
réunions. Il donna des fêtes européennes à la cour; Catherine et ses deux filles en faisaient les honneurs, et il
invita à ses fêtes les grands seigneurs, les hauts fonctionnaires, les artistes, les maîtres ouvriers, les constructeurs
et les notables marchands. Les billets d'invitation mar-
quaient que tous ces hommes devaient venir accompagnés de leurs femmes et de leurs filles.

Ceci fit, dans Pétersbourg et dans Moscou, une révolution pareille à celle qu'avait provoquée l'obligation de
porter le costume européen, mais cette fois, cette innovation eut pour soutien toutes les femmes qui, s'ennuyant
fort de la réclusion qu'on leur imposait, bénirent celui
qui venait y mettre un terme. Lorsque toutes les femmes
veulent quelque chose, le diable est bien forcé de le vouloir; le moyen, qu'un chef de famille, résiste à ses filles
et à sa femme.

Mais ce peuple barbare n'avait aucune idée de ce qu'é-
tait une soirée ou un bal. Pierre Ier rédigea une sorte
de règlement qui expliquait d'abord ce qu'on nommait
ainsi, et qui ensuite était divisé par articles, fixant les
devoirs des maîtres de maison et ceux des invités.

Un de ces articles disait que l'invité devait, en entrant
et en sortant, saluer les maîtres de maison. On le voit,
ce souverain avait beaucoup à apprendre à son peuple!

Ces réunions, qui mettaient en contact les femmes
russes avec les étrangers policés et savants, eurent un
excellent résultat, et comme la femme est bien plus accessible à vite adopter les mœurs policées et les belles
manières que l'homme, elle aida puissamment ce réno-

vateur, et son antique haine pour l'étranger ne tarda pas à se changer en sympathie.

Pierre Ier ordonna à ses sujets riches de recevoir, eux aussi, et, pour les encourager, il allait à toutes les soirées. Il s'y montrait aimable pour tous et, en se retirant, il offrait à la maîtresse de maison un bijou de valeur. Ce petit stimulant rendit les soirées fort nombreuses, et les mœurs se transformèrent assez rapidement.

Le règlement fait par le souverain devait être placardé à la porte des salons, afin que tout le monde pût prendre connaissance de ce code de la politesse puérile et honnête ; celui qui oubliait une de ces règles, était condamné à vider le grand aigle d'un seul trait ; on nommait ainsi un immense bocal rempli d'eau-de-vie.

Vu l'amour immodéré des Russes pour la boisson, on se demande si ce n'était pas plutôt un stimulant qu'une pénitence.

Pierre veut rattacher son peuple à la civilisation européenne par tous les moyens, les goûts, les usages, la vue et l'ouïe ; et c'est pourquoi, après avoir changé les costumes et introduit les usages européens, il s'attaque même aux mets nationaux et y substitue les mets étrangers ; puis il change les noms de boyard, okolmitchié, doumoié, diaki, contre ceux de sénateur, conseiller d'État, président.

Tout en s'occupant de ces détails, il songe aux choses plus sérieuses, il fonde des fabriques de drap ; acclimate en Russie les bêtes à laine de Saxe, fait venir des fondeurs, des forgerons, des artisans de tous métiers et affranchit ainsi son peuple du tribut que jusque-là il avait dû payer à l'étranger, pour ses vêtements et ses plus petits instruments métalliques.

Depuis Iwan III, les boyards étaient les collecteurs

d'impôt et ces nobles faisaient un trafic infâme des deniers du peuple en revendant, moyennant forte prime, cet impôt aux gouverneurs des provinces; le czar donna l'impôt à fermage à des hutah, marchands, ce qui donna une plus-value au trésor, et un dégrèvement pour les contribuables ; il donna le monopole des tabacs aux Anglais, ce qui vint encore augmenter les recettes du budget; mais les prêtres qui avaient affirmé que le tabac était un produit sacrilége et qui en avaient interdit l'usage sous peine de damnation, recommencèrent à faire entendre un concert d'imprécations contre le czar impie, et leur haine contre les sciences étrangères et contre tout progrès, leur fit commettre un crime abominable. Un jeune Russe, de ceux qu'on nommait les Russes régénérés, était allé faire des études médicales en Allemagne, et il revenait s'établir médecin dans sa patrie ; or, pour les prêtres, la science médicale était une science diabolique et impie, ils vouèrent donc une haine mortelle à ce jeune docteur, ils lui firent mille tracasseries, puis un jour, ils le firent jeter au cachot sous prétexte qu'il avait prononcé des paroles impies contre les images ; il fut soumis dans sa prison à mille tortures odieuses, et finalement condamné à mort et exécuté.

Pierre, exaspéré de cette mort, rendit un ukase qui ôtait le droit de justice au clergé, et il installa une justice calquée sur celle de la France. Le patriarche fit entendre d'amères récriminations, et Pierre supprima le patriarche et constitua un synode religieux. Lorsqu'en 1722, le synode redemanda un patriarche, Pierre se leva et avec un geste de colère, il se frappa la poitrine en disant : Le patriarche le *voilà, c'est moi* : et il sortit de la salle, en jetant un regard de défi sur les évêques ; depuis cette époque, le czar est considéré en quelque sorte comme le chef suprême de la religion.

Pourtant, la lutte fut dure et acharnée; le nombreux parti des Raskolnicks, espèces de puritains, prit fait et cause pour les prêtres. Un de ces sectaires voulut venger la religion outragée en assassinant le souverain. Il s'avança vers lui sous prétexte de lui demander une faveur, et, comme il levait l'arme meurtrière, elle lui tomba de la main; ceci décide le czar à vaincre ce parti, il le persécute, il veut le forcer à abjurer ses superstitions; dans cette lutte, il est vaincu, sa force despotique se brise devant le fanatisme des Raskolnicks, qui le bravent, en se jetant dans les bras de la mort; trois cents d'entr'eux, mis en demeure d'abjurer, s'enferment dans une église, y mettent le feu, et se laissent dévorer par les flammes.

A ce même moment, les prêtres de Pétersbourg crient au miracle ! le peuple accourt, on lui montre une image miraculeuse, qui verse des larmes, les prêtres disent: voyez cette sainte image pleure, car elle sait que bientôt elle va être engloutie dans l'inondation épouvantable qui va détruire Pétersbourg, la ville maudite de Dieu !

La population de cette ville est affolée de peur, elle parle de fuir en masse, mais Pierre le Grand arrive, il entre dans l'église, s'approche de l'image, l'examine, et montre enfin au peuple par quel truc adroit les prêtres ont fait ce prétendu miracle. Ils avaient mis dans des fissures de l'huile figée qui se liquéfiait sous l'action de la chaleur des cierges.

Pierre Ier comprit que la force serait impuissante devant cette sourde hostilité, l'essentiel était pour lui de discréditer le clergé; alors, il songea à l'attaquer par le ridicule, et, chose singulière, au même instant où il battait en brèche le prestige des prêtres, il édictait des lois pour punir durement une simple distraction pendant le service divin.

Avec les jeunes Russes de la nouvelle école, dont il aimait à faire sa société, il s'amusa à parodier et à tourner en ridicule les idées superstitieuses du clergé, et à faire ressortir les habitudes d'ivrognerie et de débauche des popes, et à cet effet, il institua la *fête du conclave*. Au sujet de cette fête, c'est encore dans les notes de M. Fagnani que j'ai trouvé les détails les plus curieux, je les transcris ici textuellement, me contentant de supprimer quelques mots obscènes.

LA FÊTE DU CONCLAVE

———

« Après la mort d'Adrien II, Pierre Ier supprima dans ses États la dignité de patriarche ou métropolite, et il regardait cet acte comme le plus important et le plus utile de son règne, et voici pourquoi : l'autorité de ce prélat égalait presque celle du souverain et ceci créait des conflits de pouvoir.

« Un jour, on montra au czar un parallèle fait par Neecle éditeur du *Spectator anglais* entre sa majesté czarienne et défunt Louis XIV, et dans lequel l'écrivain lui donnait l'avantage et il dit : ce parallèle n'est pas juste, Louis XIV a été plus grand que moi en bien des occasions, mais je lui suis supérieur en ceci : «J'ai réduit « mon clergé à la paix et à l'obéissance, tandis que lui « s'est laissé gouverner par le sien. »

« Il faut convenir, qu'au point de vue de sa politique, cette suppression fut hardie et habile, car son clergé était superstitieux, ennemi du progrès et sincèrement attaché à l'antique barbarie. Mais tel qu'il était, son influence sur le peuple était aussi grande que pernicieuse. Toucher à l'élément ecclésiastique en Russie était encore plus dangereux que dans les autres nations ; lui enlever son pouvoir n'était point suffisant, il fallait encore lui ôter son prestige. Le czar pensa que le ridicule serait l'arme qui le servirait le mieux en ceci; n'osant encore diriger ses attaques directement, il les tourna contre Rome et voulut insinuer que le métropolite et ses consistoires étaient aussi inutiles et méprisables que le pape et ses conciles (1). Cette fête consistait à représenter d'une façon burlesque ce qui se passait à Rome lors de l'élection d'un pape.

« Je vais conter la façon dont elle se célébrait, et comment vint au souverain russe la pensée de la première de ces fêtes.

« Pierre entretenait à sa cour un certain nombre de bouffons qui le suivaient partout, et qui restaient auprès de lui, même lorsqu'il donnait des audiences sérieuses, ou qu'il présidait le conseil des ministres.

« Et ceci était moins pour s'amuser de leurs propos comiques et extravagants, que pour se donner le malin plaisir de faire dire par eux de dures vérités et parfois des injures grossières aux seigneurs de sa cour, aux fonctionnaires, et même aux ministres étrangers résidant en Russie.

« Ces vérités amères n'auraient point été convenables dans la bouche souveraine, il préférait le faire dire par la bouche d'un fou, mais nul n'ignorait que ces bouffons n'étaient que des perroquets répétant une leçon. Parmi ces bouffons, il y avait un vieil homme qui jouissait tout particulièrement de la faveur impériale, il se nommait Sorroff; cet homme avait appris à lire au czar, de plus, il buvait comme dix, deux raisons excellentes pour que Pierre lui accordât son amitié.

« Sorroff n'avait d'autre folie que celle de se figurer

_____

(1) Je fais remarquer que je donne copie ici d'un manuscrit curieux, mais je ne prends nullement la responsabilité des opinions émises.

11.

qu'ayant appris à lire au souverain, il devait être récompensé par les charges les plus hautes de l'empire, et constamment il récriminait contre l'ingratitude de son élève, qui négligeait de lui confier une dignité.

« Pierre s'amusait de cette prétention, et se faisait un jeu de persuader lui-même à Sorroff, que le service qu'il lui avait rendu méritait en effet d'être récompensé d'une façon éclatante, et il lui promettait sans cesse de lui accorder un jour une des premières charges du royaume.

« Mais, lassé de n'être en attendant qu'un bouffon, les plaintes de Sorroff devenaient chaque jour plus amères.

« Un soir qu'il avait amplement dîné et bu encore davantage, il était avec les autres fous autour de la table où Pierre était assis avec plusieurs de ses favoris, et devant les débris d'un plantureux souper, il recommença ses doléances. Pierre lui dit : Tu as raison, je te fais trop attendre ce que je te dois, mais aussi vais-je faire pour toi ce que je n'ai fait encore pour personne : je te nomme knias-papa des Français (prince-pape des Français). Or à cette époque, on publiait en Hollande une sorte de pasquinade contre le pape, contre les cardinaux et contre la religion romaine; ces impressions entraient en Russie, le gouvernement en faisait traduire des extraits qu'il faisait distribuer aux gazettes russes en guise de supplément.

« Je l'ai dit, Sorroff n'était point fou et il lisait ces pamphlets, aussi il s'écria avec colère : — Eh quoi! toi que j'ai tiré de l'ignorance, tu veux me récompenser en me vouant à l'opprobre et au ridicule! Si tu me nommes knias-papa, tous les étrangers et même les russiens me traiteront de tyran et d'imposteur!

« — Que t'importe, lui répondit le czar, n'auras-tu pas

pour te consoler un beau palais, de l'argent, une cave remplie d'hydromel, de vin, de bière et d'eau-de-vie, et enfin ne jouiras-tu pas du beau privilége de créer des cardinaux qui seront autant de princes prêts à te servir humblement, à t'obéir servilement et à admirer d'office tout ce que tu diras?

« — Qui me donnera tout cela? s'écria Sorroff, qui commençait à trouver le poste bon.

« — Moi, dit le czar, et dès ce soir je te donne le palais de l'Ile-du-Sénat (1), à ce don je joins une pension de 2,000 roubles et demain, en installant ta Grandeur, je te ferai payer le premier mois par avance; et se levant le verre en main, il proclama Sorroff kniaz-papa des Français et de tous les chrétiens romains réunis; chacun des seigneurs présents à ce souper dut porter une santé au nouveau pape, ensuite le czar leur ordonna d'aller à tour de rôle le saluer respectueusement en lui offrant un verre d'eau-de-vie.

« On juge qu'elle quantité d'eau-de-vie fut bue à ce souper, tout ce qu'il s'y dit d'impiétés et d'indécences ne saurait se répéter sans braver la pudeur et le bon goût.

« Sorroff se coucha ce soir-là enchanté et encore plus ivre que de coutume.

« Le lendemain, le czar en grand costume, suivi de tous les seigneurs de sa cour, alla conduire ce bouffon au palais qu'il lui avait donné; Sorroff fut reçu à l'entrée du vestibule par les autres fous qui lui présentèrent sur des plateaux, 1000 roubles en monnaie de cuivre, ce qui faisait un plus fort volume que n'en feraient 5000 liards en monnaie de France; après avoir reçu ce don volumineux, on lui offrit un verre

(1) Situé dans une île formée par deux bras de la Néva.

d'eau-de-vie et les fous l'introduisirent, en grande
pompe, dans une vaste salle meublée seulement par des
futailles, les unes remplies d'hydromel, les autres de
bière, les autres de vin, ces futailles étaient placées de
façon à servir de siéges ; à l'entrée de cette salle se trouvait une autre troupe de bouffons qui fit à Sorroff une
harangue burlesque, que Pierre lui-même leur avait fait
apprendre le matin, et ensuite on le fit passer dans une
autre salle où était préparé un grand repas ; le czar et
ses convives prirent place sur des bancs, tandis que le
pape fut assis au bout de la table dans une espèce de
niche imitant assez bien les niches de certaines ravau-
deuses qu'on voit dans les cours des maisons de Paris.

« On dîna et l'on but copieusement et, à la fin du
repas, Pierre Iᵉʳ annonça que le moment était arrivé
pour le pape de procéder à la nomination des cardinaux,
il l'aida lui-même dans ce choix, ou plutôt il le fit seul ;
il remplit une feuille de papier des noms de gens de
toutes sortes de conditions, étant connus pour la plupart pour aimer la crapule, ou bien illustrés par quelques faits d'impertinence. Dans cette liste, Pierre Iᵉʳ avait
malicieusement désigné plusieurs personnes, moins par
rapport à leur inclination à la débauche, que parce
qu'elles lui étaient suspectes ; il espérait que la boisson
portée à l'excès les pousserait à faire des révélations.

« Dans toutes les fêtes qu'il donnait, ce prince avait la
coutume de pousser ses convives à boire beaucoup,
tandis que lui conservait son sang-froid, et lorsque ses
convives étaient échauffés par la boisson, il se promenait autour de la table pour écouter ce qu'ils disaient et
il notait, sur un carnet, les propos tenus qui lui semblaient révélateurs ou intéressants.

« Plus d'une fois il est arrivé qu'à force de pousser
ses courtisans à boire, il en a expédié plusieurs dans

l'autre monde. Un jour un homme qui lui déplaisait s'étant enivré dans une des fêtes de la cour et étant tombé à la renverse, ce prince ordonna qu'on le tirât à l'écart et qu'afin qu'il s'endormît d'un meilleur sommeil, on lui fît boire de l'eau-de-vie.

« Les courtisans comprirent la pensée du souverain, ils offrirent plusieurs verres d'eau-de-vie à cet homme, et comme à la fin il refusait opiniâtrement de boire, on lui ouvrit la bouche de force et, avec un entonnoir, on lui fit avaler plus de deux litres d'eau-de-vie ; naturellement il dort encore.

« Je reviens aux cardinaux : On envoya vers eux quatre hommes bègues chargés de leur faire savoir qu'ils devaient venir dès le lendemain rendre visite au pape et lui adresser leurs remercîments ; ces bègues balbutiaient pendant une demi-heure sans arriver à se faire comprendre, alors un valet de chambre de l'empereur qui les accompagnait venait à leur aide, expliquait à ces personnes la nature de cette ambassade et ajoutait que le désir du czar était que que toutes les personnes désignées obéissent. — Aucune n'osa manquer à cet ordre, connaissant l'humeur tyrannique du souverain.

« Le lendemain il y eut donc encore fête et orgie, les seigneurs et bourgeois nommés au cardinalat arrivèrent à la suite les uns des autres, des bouffons préposés pour les recevoir à l'entrée du palais les conduisaient à l'antichambre et là ils leur présentaient une bourse remplie de monnaie de cuivre, une calotte en drap rouge et une ample robe de même couleur, qu'on leur faisait endosser, après quoi on les conduisait dans la salle dite du consistoire, laquelle n'était meublée qu'avec des futailles rangées des quatre côtés pour servir de siéges. Le pape était assis sur une espèce de trône fait avec des barriques et des amas de bouteilles. Chaque cardinal devait en

entrant venir faire une profonde révérence au pied de ce
trône. Sorroff répondait gravement par un signe de la
main pour le faire approcher et il offrait à chacun une
coupe pleine d'eau-de-vie, en lui disant : Révérendissime,
ouvre la bouche, avale et tu diras de belles choses
après :

« Celui qui avait bu cédait la place au suivant, et il allait
s'asseoir sur une des futailles.

« Toute cette cérémonie avait été fixée à l'avance par
Pierre Ier.

« Lorsque tous les cardinaux eurent salué le pape et
avalé l'eau-de-vie de rigueur, on donna le signal du départ pour aller au conclave qui devait se tenir à quelque
distance de là dans la même île, mais on avait à traverser plusieurs rues.

« Voici l'ordre du cortége :

« Des tambours battant au champ, et suivis par des traîneaux chargés de boissons et de victuailles ; ces traîneaux
étaient entourés par des cuisiniers et des marmitons
faisant un charivari avec leurs casseroles ; venaient
ensuite des musiciens jouant du hautbois, de la trom-
pette, du cor de chasse et du violon ; après ces musiciens
venaient les cardinaux marchant deux par deux en habit
rouge et ayant à leur droite et à leur gauche des conclavistes ridiculement habillés.

« Le kniaz-papa les suivait, il était à cheval sur une
barrique d'eau-de-vie posée sur un traîneau tiré par
quatre bœufs, une troupe d'hommes vêtus en cordelier
lui faisait cortége (1) ; des jacobins marchaient à côté

(1) (Note de l'auteur Russe.) Le costume d'un cordelier, le P. Callian
qui était à ce moment à Saint-Pétersbourg, servit de modèle. Ce
moine vivait d'une manière licencieuse, ce qui charmait le czar à
cause de l'impression fâcheuse que cela fait contre l'Église de Rome.
Il voulait même le mettre dans cette fête, mais il y renonça, grâce
aux instances de M. Capredon, ministre plénipotentiaire de France.

LES NUITS RUSSES195

des cordeliers, ils tenaient tous en main une bouteille et un verre ; le czar déguisé en schipeff (matelot hollandais) suivait aussi ce cortége avec un grand nombre de personnes de sa cour déguisées comme lui.

« Pierre Ier avait autorisé le déguisement, mais il avait défendu le masque à ses sujets, seuls ; les ambassadeurs des puissances étrangères avaient obtenu la permission de paraître masqués à cette fête.

« Tout le cortége étant arrivé dans l'ordre indiqué au palais où devait se tenir le conclave, on présenta à chaque cardinal un verre d'eau-de-vie et tous furent introduits dans une salle spacieuse en forme de galerie, et où on avait placé autant de couchettes que de cardinaux. Ces couchettes étaient séparées les unes des autres par des futailles fixées au sol par la moitié ; une moitié contenait des provisions de bouche, l'autre était destinée au soulagement du corps. On désigna à chaque cardinal sa couchette, et on lui intima l'ordre de ne pas la quitter avant la fin de la durée du conclave, qui ne devait finir que lorsque l'accord règnerait entre tous les cardinaux au sujet des questions que le pape allait leur poser. Les conclavistes avaient mission de les empêcher de s'éloigner et de les exciter à boire et à manger. Ils allaient de l'un à l'autre, tenant des propos égrillards. Ces jeunes gens s'acquittèrent si bien de leur mission, que quelques-uns moururent des suites de cette orgie et que d'autrent furent malades fort longtemps. On soupçonna le czar d'avoir particulièrement recommandé aux conclavistes ceux dont il désirait se débarrasser. Il surveillait lui-même, du reste, la façon dont ces jeunes gens remplissaient ses ordres, et il allait d'un lit à l'autre exciter les cardinaux à boire, leur débitant des propos obscènes, puis, lorsqu'il les voyait bien ivres, il leur disait ce qu'il savait être le plus dur comme offense.

« Les cardinaux, la tête perdue, se disaient des injures d'un lit à l'autre, ils se dénonçaient mutuellement, et le czar prenait des notes.

« Il se commit tant d'indécences dans cette fête, que cela en serait une d'en faire le récit. Il suffira de dire que cette cérémonie bachique dura trois jours et trois nuits ; après quoi le pape fut reconduit à son palais. Il était ivre-mort. Les cardinaux, les uns morts, les autres malades, et les autres ivres-morts, furent jetés comme des bêtes sur des iswochiks (traîneaux) de paysans ; on les y jeta comme on y jette les bêtes mortes.

« Des questions qui furent agitées dans cette assemblée, tant qu'il y régna un peu d'ordre et quelque raison, je n'en citerai qu'une seule, qui suffira pour donner une idée des autres. Un cardinal s'étant plaint que le vin qu'on lui donnait à boire était mauvais, on alla en avertir le pape ; Sorroff donne ordre d'aller de lit en lit recueillir l'avis de tous ; la majorité fut qu'il était mauvais. Alors on déclara que ce vin serait mis à l'index, qu'on s'informerait du marchand étranger qui l'avait vendu, qu'on l'amènerait devant le conclave, et qu'il serait condamné, en raison de sa friponnerie, à boire de ce vin jusqu'à ce qu'il en eût donné gratis deux pièces de meilleur. Un conclaviste, envoyé à sa recherche, ayant aperçu parmi les curieux qui s'approchaient de la porte du palais pour essayer de voir ce qui se passait, un marchand anglais à qui il en voulait, le dénonça comme le vendeur, et on amena ce malheureux au milieu du conclave. Là, sans écouter les raisons qu'il donnait pour faire valoir son innocence, on l'accabla d'injures et on le força à boire plusieurs rasades du vin incriminé. Il comprit que la persécution durerait jusqu'à ce qu'il eût donné les deux barriques demandées, et il s'empressa de les envoyer chercher, moyennant quoi, il fut mis en liberté.

« Pierre Ier aimait l'orgie, et cet homme de génie avait en lui des instincts de bestialité féroce, qu'on n'est point habitué à rencontrer chez les hommes d'une intelligence supérieure comme la sienne.

« Cette fête fut célébrée pendant trois années à la même date, et c'est peu de jours après la célébration de la troisième de ces fêtes, que Pierre Ier mourut. Quelques-uns dirent que pour se distraire de ses chagrins domestiques, il avait bu encore plus qu'à sa coutume. »

INFIDÉLITÉ DE CATHERINE

Voici à quels chagrins fait allusion l'auteur de ces notes.

Catherine la pauvre esclave, la maîtresse de Cheremeleff et de Menchikoff, était arrivée au faîte des grandeurs et par un chemin qui mène généralement les autres à la honte.

Alexius Petrovisch mort ; Eudochia enfermée dans une forteresse comme adultère, rien ne pouvait plus, pensait Pierre le Grand, le troubler dans son œuvre de rénovation.

Ses guerres avaient été heureuses, et grâce à ces nombreux étrangers appelés chez lui, les arts, le commerce et l'industrie fleurissaient en Russie ; ces étrangers mêleraient par des mariages leur sang au sang russe, et diminueraient la férocité de ce dernier. Il semblait donc à ce souverain que rien ne dût venir troubler sa quiétude, et il pouvait avoir l'espérance de finir tranquillement sa vie, en jouissant des résultats de ses labeurs et auprès de sa chère Catherine ; mais le destin lui réservait une douleur qui devait remplir son cœur d'amertume, en lui prouvant l'ingratitude de celle pour qui il avait bravé les préjugés et les lois du sens moral.

Catherine, n'ayant plus rien à désirer, le sentier de la galanterie lui ayant donné le contraire de ce qu'il donne généralement, gloire, honneur et pouvoir, se mit à songer qu'en fait d'amour, elle n'avait jamais connu que celui du maître pour son esclave; jusque-là l'amour s'était abaissé à elle, elle voulut le voir s'élever jusqu'à sa grandeur et connaître l'amour réel.

Il y avait à la cour de Russie un jeune gentilhomme d'un esprit vif, d'une élégance parfaite; c'était le frère de cette jeune fille qui avait amené le trouble dans le ménage impérial, au temps de l'impératrice Eudochia Lapoukin; c'était Moëns de la Croix.

Ici le hasard vint venger la pauvre prisonnière de son heureuse rivale.

Moëns de la Croix, d'une humeur romanesque, s'éprit d'un fol amour pour cette souveraine, partie de si bas, et celle-ci ne put le voir sans l'aimer : oubliant tout ce qu'elle devait à Pierre Ier, elle noua une intrigue amoureuse avec lui; sa passion pour lui fut même si grande, qu'elle lui fit perdre toute prudence, et qu'elle oublia les précautions les plus élémentaires pour la cacher.

Bientôt, les courtisans en furent instruits, et comme la noblesse détestait cette fille du peuple qui avait pris la place d'une des leurs, un dénonciateur vint éclairer Pierre le Grand par une lettre anonyme.

La lettre a été déposée dans la chambre du czar, c'est à deux heures du matin qu'il la trouve; haletant et tremblant, il va à l'appartement de l'infidèle et la trouve avec Moëns de la Croix. La cour était dans ce moment à Péterhof; Repnin, ministre de la guerre, couchait près de la chambre du souverain qui était souffrant depuis quelque temps. Soudain Repnin le voit apparaître près de son lit, un flambeau à la main; il est pâle comme un trépassé et un tremblement convulsif l'agite :

— Lève-toi, Repnin; parle-moi. J'ai besoin d'entendre une voix amie, lui dit-il.

Le ministre se lève; Pierre lui conte qu'il vient de constater l'infidélité de Catherine, puis à son affaissement succède un accès de fureur, et il s'écrie :

— Demain, la tête de cette ingrate misérable tombera sous la hache du bourreau.

Repnin, tout en partageant son indignation pour une ingratitude aussi odieuse, voulut lui faire comprendre que cette exécution ferait un mauvais effet en Europe ; mais le czar ne voulut rien entendre et il passa le reste de la nuit en proie à des accès de rage effrayants. Catherine s'était cachée chez une dame d'honneur, sans quoi il l'aurait tuée lui-même. Dès six heures du matin, il fit mander le comte Tolztoï, le baron O Herman, et il leur donna l'ordre de convoquer une assemblée d'État afin de juger cette misérable esclave. Mais ces deux hommes et encore Repnin, se jetèrent à ses pieds et le conjurèrent de songer à sa propre gloire. Les souverains d'Europe seraient trop heureux de rire de la mésaventure de celui qui avait voulu braver les lois et les préjugés. Mieux valait taire cette faute et différer le châtiment de la coupable ; enfin ils lui parlèrent de ses filles dont l'une était à la veille de se marier.

Pierre finit par comprendre que, par fierté, il devait dissimuler l'adultère de sa femme. Mais, s'écria-t-il d'un geste farouche, ce n'est qu'un sursis que je lui accorde.

Moëns de la Croix, jeté en prison, fut cité devant la cour comme coupable du crime de concussion ; il comprit qu'on voulait sauver l'honneur de Catherine, et lui-même s'accusa coupable d'une foule de concussions imaginaires.

Pierre Ier eut le mauvais goût d'aller interroger Moëns

de la Croix dans sa prison, et comme un jour il l'injurait, celui-ci lui répondit avec dignité :

— J'avoue tout ce que vous voulez, je me repens et je suis prêt à mourir; que désirez-vous de plus?

Ce monarque s'arrangeait toujours de manière à avoir le vilain rôle avec les amants de ses femmes. Kléboff s'était montré héroïquement chevaleresque, et celui-ci s'accusait de vol pour sauver l'honneur de Catherine, et il mourut en gentilhomme et en brave.

Moëns de la Croix, condamné à être décapité comme concussionnaire, fut amené sur la place, où une foule curieuse se pressait et on lui lut sa sentence. Il écouta cette lecture avec un grand calme; lorsqu'elle fut achevée, il salua courtoisement celui qui l'avait faite, et demanda la faveur de s'entretenir quelques instants avec un pasteur luthérien, ce qui lui fut accordé. Après avoir reçu sa bénédiction, il offrit sa montre en souvenir au prêtre; elle était à double fond et contenait le portrait de la czarine peint sur émail.

Après cela il monta sur l'échafaud, fit une belle révérence à la foule, s'agenouilla, posa sa tête sur le billot et fit signe de la main au bourreau d'avoir à accomplir sa sinistre besogne.

Les amants des czarines savaient bien mourir !

La vengeance de Pierre le Grand fut encore une fois barbare et odieuse, ainsi il fit dégrader les deux fils de Moëns de la Croix, et les fit envoyer comme simples soldats dans l'armée de Perse, rendant ces jeunes gens responsables de la faute de leur père.

A tort ou à raison il pensa que sa sœur Marthe avait été la complice de Catherine, et avait connu sa liaison, il lui fit donner cent coups de knout et la fit conduire au fond de la Sibérie.

On peut dire que cet homme avait donné tout son

amour à son peuple, et qu'il ne lui restait que haine
pour sa propre famille, sauf envers les Strélitz, qui du
reste étaient des coquins. Ce monarque a été, chose curieuse, bon et magnanime pour tous, et cruel jusqu'à la
férocité pour les siens.

Catherine savait que dans le cœur de son époux elle
était elle aussi, condamnée à mort, elle vivait dans des
transes continuelles, et lorsque dix jours après l'exécution de Moëns de la Croix, le czar qu'elle n'avait plus vu
depuis, la fit soudain demander, elle crut que sa dernière heure était venue ; mais elle dissimula sa peur et
montra une figure calme. Le czar l'attendait dans son
traîneau, il lui donna l'ordre impératif de monter à côté
de lui. Le cocher avait des ordres, il lança ses chevaux
sur la grande place, où l'échafaud était encore dressé,
le corps de Moëns était d'un côté et sa tête de l'autre ;
le cocher mit les chevaux au pas et trois fois il fit le tour
de ce funèbre gibet. Pierre fixait sur Catherine un regard
farouche, mais pas une larme ne monta à ses paupières,
elle resta calme et impassible.

Cette lugubre promenade s'accomplit sans que les
deux époux eussent échangé une parole, mais Catherine
sentit qu'elle était bien perdue et que le czar lui avait
voué une de ces haines qui ne pardonnent jamais. Par
un hasard bizarre, Menchikoff était dans la même situation ; à force de voler, il avait lassé l'ancienne amitié du
souverain qui, peu de temps auparavant, lui avait dit
avec colère : Trois fois mon affection a été plus forte que
ta coquinerie, mais à présent je suis décidé à te livrer
à la potence.

Cet ex-favori, depuis cet instant, vivait lui aussi dans
des transes continuelles, il n'osait plus sortir de chez
lui, et à chaque visite imprévue il tremblait, se figurant
qu'on venait le chercher pour le conduire à la forteresse.

Peu de temps après la trahison de Catherine, le czar étant mort assez subitement et Menchikoff, en qualité de commandant des troupes, ayant fait couronner Catheirine impératrice, le bruit se répandit, qu'ayant tous les deux tout à craindre de Pierre, ils l'avaient empoisonné.

Pierre le Grand, après avoir couronné cette esclave mpératrice de Russie, avait, comme je l'ai dit, déposé un testament au Sénat par lequel il déclarait qu'elle devait régner si elle lui survivait et qu'elle aurait le droit ed choisir son successeur. Mais après sa trahison, Pierre alla au Sénat déchirer lui-même ce testament ; Menchikoff et ceux qui l'aidèrent en cette circonstance, la firent reconnaître impératrice par un acte qui mentionnait un testament jadis déposé au Sénat ; mais oubliait de dire qu'il était anéanti. Menchikoff avait pour lui la force brutale de l'armée, il se passa du droit, et du reste le peuple Russe en avait vu bien d'autres, il ne s'étonna pas pour si peu.

Catherine sachant que tout le monde l'accusait de la mort du czar, et sentant que toutes les apparences étaient contre elle, laissa entrer en liberté tous les médecins et tous les ministres dans la chambre du mort.

Après l'avoir fait embaumer, elle fit placer le corps sur un lit de parade et voulut qu'il restât exposé quarante jours et quarante nuits.

Seigneurs, étrangers, paysans, fonctionnaires, tout le monde était admis à contempler les restes mortels de celui qui fut Pierre le Grand, l'affluence des curieux fut énorme.

Voici ce que dit M. de Fagnani sur cette exhibition :

« Soir et matin, Catherine en grand costume de veuve
« venait passer une heure près de ce corps, elle l'em
« brassait, lui baisait les mains, elle soupirait et versait
« des torrrents de larmes ; il n'y a rien de métaphorique

« dans cette expression : torrent de larmes, car elle en
« versait en si grande quantité que les assistants se
« demandaient comment sa tête pouvait contenir une
« telle fontaine, elle était d'ailleurs une des plus belles
« pleureuses qu'on pût voir, et on allait au palais uni-
« quement pour voir pleurer Catherine ; deux Anglais
« qui était en touristes à Saint-Pétersbourg n'ont pas
« laissé passer un jour sans aller la voir pleurer, et moi
« j'y allais fréquemment et quoique je fusse fixé sur
« cette douleur j'en étais ému tant elle était habile
« comédienne, et de fait peut-on assister sans émotion à
« la représentation de la tragédie d'*Andromaque*? pour-
« tant on sait bien que ce n'est que fiction.

« La czarine ne se contenta pas de faire à son époux
des funérailles d'une magnificence telle que jamais on
n'en avait vues de pareilles en Russie; elle voulut encore
suivre à pied le convoi depuis le palais jusqu'à l'église et
cela par un froid intense ; pendant l'office qui fut très-
long, elle se trouva mal.

« De fatigue dirent les uns, d'émotion dirent les
autres, de remords insinuèrent quelques-uns.

« Le seul prince légitime de la Russie était le grand-
duc de Varsovie, fils d'Alexius et petit-fils de Pierre le
Grand ; l'opinion publique était pour lui, mais que pouvait cette opinion en face de la force armée que le général Menchikoff avait sous ses ordres?

« L'ex-esclave femme du straban suédois, la maîtresse
de Cheremeleff et de Menchikoff a pu régner en paix
sur le grand trône de l'autocratie.

« Du reste elle a gouverné avec habileté, en suivant le
plan tracé par son époux.

« Elle était d'une rare vaillance et se plaisait dans le
tumulte des armées ; elle maniait avec autant de grâce
que de sûreté les chevaux les plus fougueux ; son goût

pour la marine était si grand qu'elle se donnait presque tous les dimanches le spectacle d'un combat naval ; elle visitait souvent les arsenaux, j'ai eu parfois l'honneur de l'accompagner dans ces visites et j'ai pu me convaincre que ses remarques étaient toujours juste et qu'elle se connaissait dans ces engins ; elle possédait cet esprit profond qui voit bien, et cette habileté qui sait trouver un moyen ingénieux pour se sauver des situations difficiles.

« Elle parlait couramment le suédois, l'allemand, le polonais et un peu le français, mais ne savait pas lire ; elle se piquait d'être fort experte dans l'art d'aimer, et elle a donné la preuve que ceci n'était point une prétention mal fondée.

« Pendant son court règne, elle aima successivement le comte de Lewennolden et le prince Sapiéha, elle fit épouser à ce dernier sa nièce, la fille de son frère Koworouski.

« L'illustre famille des Sapiéha, alliée aux plus grandes familles d'Europe et à Stanislas roi de Pologne, par les Leczenski, a donc du sang des Koworouski dans les veines.

« Catherine croyait fermement, tout comme Pierre le Grand du reste, à la prédestination et aux songes. Pierre Ier écrivait sur une ardoise ses rêves dès son réveil, il les relisait dans la journée afin d'en tirer un augure.

« Catherine ne sachant point écrire, n'avait pas cette ressource. Mais elle avait coutume de conter chaque matin ses rêves à ses femmes de service, elle assurait que les songes nous sont envoyés pour nous prévenir des événements qui doivent nous arriver.

« Quinze jours avant que son intrigue avec Moëns de la Croix fût découverte, elle raconta à table devant tous les seigneurs de la cour, le rêve suivant, qu'elle avait

12

fait dans la nuit : Elle se voyait couchée dans son lit sans pouvoir faire un mouvement, terrifiée qu'elle était par la vue d'une foule de petits serpents qui s'avançaient vers elle en sautillant la tête levée. Soudain, un serpent d'une grosseur énorme l'avait entortillée depuis les pieds jusqu'à la tête ; il essayait de l'étouffer ; comme il ouvrait la gueule pour la mordre à la gorge, elle était parvenue à secouer sa léthargie, elle s'était roulée sur lui et elle avait pu l'écraser, et alors tous les autres petits serpents s'étaient éloignés d'elle la tête baissée.

« Voici quelle explication elle donna à ce rêve : Je vais, dit-elle, courir un grand danger, les petits serpents représentent mes ennemis secrets, je n'aurai raison d'eux que lorsque j'aurai étouffé le plus puissant, celui qui veut attenter à mes jours.

« Après l'événement tragique de Moëns de la Croix, on se souvint de ce rêve, et à la mort du czar chacun se dit : elle a voulu écraser le gros serpent, celui qui voulait attenter à sa vie ! et ceci contribua beaucoup à accréditer le bruit qu'elle avait fait empoisonner son époux. »

« Plusieurs versions ont circulé sur la mort de ce monarque, quelques auteurs modernes ont attribué sa mort à un gros rhume qu'il aurait pris en assistant à la bénédiction des eaux. Voici la vérité sur cette mort :

« Ce prince avait toujours été très-débauché, il avait un ulcère inflammatoire à la vessie ; son mal ayant augmenté, les docteurs Jagozenski et Arjkuis lui avaient recommandé de s'abstenir de toutes boissons et de tout excès, mais après l'infidélité de Catherine, pour se distraire et peut-être aussi pour se venger, il fit ostensiblement la cour à madame de Tchernichoff, il fut son amant heureux ou plutôt, selon M. de Fagnani malheureux ; son état s'aggrava, et, furieux contre cette dame, il vint un jour l'injurier de la façon la plus cruelle, et comme elle se défendait en disant qu'il buvait journellement et passait ses nuits en orgies de matelots, il devint furieux, et des outrages il arriva aux coups ; il la fit tenir par le comte de Tchernichoff et lui donna des coups de verges.

« Le mari applaudissait chaleureusement à ce châtiment ; ce bon Russe plus malin qu'on ne le croit, était tout satisfait que l'amant lui-même se chargeât de châtier l'infidèle. Quelques jours après, Pierre fit célébrer la troisième fête du conclave, il s'y livra à une longue orgie de trois jours, ce qui détermina la crise finale qui l'emporta le 4 février 1725. »

J'ai donné la copie de ces notes du diplomate italien à titre de curiosité ; mais, dans ces dernières lignes, au sujet de la mort de Pierre Ier, je le soupçonne de partialité ; il est bien possible que tout ce qu'il raconte là soit vrai, que le czar ait été l'amant malheureux de cette dame, qu'il ait bu sans mesure à la fête du conclave ; mais la vraie cause de sa mort, c'est-à-dire ce qui a abrégé ses jours, c'est ceci : il était, tout comme plus tard M. de Custine, d'avis que les environs de Pétersbourg sont un séjour bon non pour les loups, mais pour les crapauds ; mais la nécessité politique l'ayant forcé à établir dans ces parages la cinquième capitale de la Russie, il voulut au moins essayer d'assainir le pays. Il voulut aussi retrouver les traces du canal de Ladoga, qui devait réunir les eaux du nord de l'Asie à celles de l'Europe, et, avec Munnich et d'autres ingénieurs, il parcourait fréquemment ces marais immondes. Il y prit les germes d'une terrible maladie. Déjà fort souffrant, il était un jour près du port de Lochta : la mer était houleuse, le temps épouvantable, ne pouvant entrer au port, il gagna la côte, où il arriva mouillé, trempé et grelottant la fièvre ; on lui prépara un abri pour qu'il pût se reposer quelques heures; mais, comme il allait se coucher, il aperçut une chaloupe en détresse : elle était montée par des soldats et des marins. Bientôt il la voit s'échouer sur un écueil. Il remonte dans sa chaloupe, va à son secours à force de rames, et, ne pouvant s'avancer assez près de l'écueil, tout fiévreux, il se jette à la nage, va vers ces malheureux, les sauve *tous*, et, une fois qu'il les a ramenés au rivage, il les entoure de soins sans songer à son propre mal.

Cette imprudence, héroïque du reste, aggrava tellement son mal, qu'arrivé à Pétersbourg, il dut prendre le lit et subir des opérations douloureuses. Au milieu de ses souffrances, il écrivit pourtant à Behring pour lui donner des instructions. Sa dernière œuvre politique a été de réunir son vaste empire au vaste continent américain, et sa dernière préoccupation, l'installation de l'institut d'histoire naturelle; puis, sentant sa fin approcher, il se conforme à l'antique usage de sa patrie, il fait payer toutes ses dettes, fait relâcher les prisonniers, et il dit : J'ai l'espoir que Dieu jettera sur moi un regard de clémence, car j'ai fait beaucoup de bien à mon peuple.

Certes, si un homme s'est dévoué pour un peuple, c'est bien lui ! Son âme ne contenait qu'une seule passion, mais celle-là ardente, féroce, l'amour de son peuple qu'il veut lancer à toute vapeur dans le chemin du progrès : tous ceux qui le gênent dans son œuvre, il les extermine froidement sans leur donner un regret.

Pierre Ier a été un génie, un de ces hommes dont la seule intelligence peut soulever un monde, et dont la seule activité a raison de l'apathie de tous, mais est-ce un souverain ?

Pour moi, je n'hésite pas à affirmer que cet homme a été un rénovateur, mais non pas un roi; il a été le premier républicain célèbre, il a été le plus grand démocrate que le monde ait vu naître, démocrate dans ses idées, démocrate dans ses lois, dans la théorie et surtout dans la pratique. Cet homme-là, dès la fin du dix-septième siècle, a proclamé par ses lois et par sa vie les grands principes de 1789. Il s'est servi du pouvoir illimité qu'il a eu en main pour instituer le système égalitaire établi en France par la Révolution un siècle plus tard, puisque Pierre Ier a commencé son œuvre égalitaire dès 1689.

Nous allons voir, par une courte récapitulation des principaux faits, que Pierre le Grand est bien le grand-père de nos principes révolutionnaires de 89, et qu'il est le premier et le plus grand des démocrates, et pourtant les républicains, ingrats ou peut-être ignorant les actes de ce grand homme, n'ont jamais eu la pensée de le prendre pour patron.

Il abolit l'ancienne noblesse en déclarant que ses priviléges son tombés en désuétude, et il crée une nouvelle noblesse ouverte à tous. Artisan, maître-ouvrier, paysan, ancien noble, artiste, savant, tous peuvent y prétendre, et elle sera accordée de plein droit à tout homme ayant été utile à son pays dans quelle carrière que ce soit, ou l'ayant illustré par sa science ou ses œuvres artistiques; bien plus, toute place gagnée au service de l'État, même par un paysan, donne la noblesse avec toutes ses prérogatives, et son ukase ajoute: que tout boyard ou noble flétri par un arrêt de la justice perdra sa noblesse.

Est-ce assez démocratique?

Et ce stimulant offert aux hommes, afin qu'ils servent leur patrie avec zèle, soit dans l'armée, soit dans le commerce, l'industrie, ou dans les arts, n'est-il pas le fait d'un homme habile et intelligent?

12.

Les révolutionnaires de 89 n'auraient-ils pas mieux
mérité de la patrie et du bon sens en imitant Pierre Ier,
au lieu d'envoyer les nobles à l'échafaud?

Et si ces fameux révolutionnaires français avaient
encore imité Pierre Ier vis-à-vis du clergé, ils seraient
arrivés au même but, sans déshonorer la France par
des forfaits odieux... Le républicain russe n'a point
envoyé les prêtres à l'échafaud, il ne les a point noyés
dans un fleuve; trouvant leur nombre trop grand, il a
fait un ukase pour établir qu'on ne pourrait entrer à
l'avenir dans les ordres qu'à l'âge de cinquante ans, il a
frappé d'impôts les biens du clergé, il leur a enlevé, un
à un, tous leurs priviléges, toute leur puissance... Il
leur a dit : Semez dans les âmes et non dans les champs;
occupez-vous des affaires du ciel et non de celles de la
terre.

Contre leur ignorance superstitieuse, il a usé pour la
battre en brèche de l'arme du ridicule.

Le service obligatoire a été installé par lui en Russie
dès 1709, et cet homme n'a pas fait de phrases ron-
flantes, il a prêché d'exemple, il s'est fait soldat, en
a fait toutes les corvées, et a gagné tous ses grades
comme le premier venu, et alors il a dit à tous : Imitez-
moi; soumettez-vous à la discipline, et servez tous votre
patrie !...

Les grands ont résisté; ce nivellement social a blessé
leur amour-propre; ils ne voulaient pas que leurs fils
se trouvassent sous les ordres d'un paysan devenu
officier. Pierre Ier alors rend un ukase faisant savoir
que tout homme qui se dérobera à l'inscription, c'est-à-
dire qui ne se présentera pas pour servir son pays pendant douze ans, verra tous ses biens confisqués.

A l'ancienne justice, il substitue une justice gratuite,
éminemment égalitaire, car il édicte une forte pénalité

contre le magistrat qui, au lieu de faire passer les affaires
à tour de rôle, donnera la préférence aux affaires des
gens hauts placés; et il édicte la peine de mort contre le
juge convaincu d'avoir reçu le moindre cadeau. Dans sa
vie privée, quel est l'homme plus démocrate que lui?
Ses amis sont les maîtres-ouvriers, les constructeurs, les
savants, les ingénieurs; il aime les fêtes populaires et
il se mêle au peuple, sans façon, sans pose, il vit de sa
vie, il partage ses plaisirs et ses travaux. A-t-il faim? il
entre dans la première maison venue et il partage le
repas de la famille; il ne pose pas, car on ne pose pas
pendant quarante-trois ans, il trouve cela naturel et il le
fait; chez lui ni luxe ni apparat, point d'argenterie; il se
lève à quatre heures du matin et il allume son feu lui-
même, afin de ne pas déranger un domestique.

Cet homme veut prouver au monde que tout travail
ennoblit l'homme, qu'il n'y a pas de sots métiers, mais
seulement de sottes gens, et que les inutiles sont les
seuls méprisables; et après avoir été matelot et soldat,
il se fait forgeron, mécanicien, constructeur, ingénieur,
pilote; il n'est pas ouvrier à la façon de certains candi-
dats au Sénat; non, il est réellement ouvrier et on le
voit, sa vie durant, travailler de ses mains, et le soir il
prend la plume, revise les codes, écrit les instructions
pour réunir les archives de l'histoire russe, puis il cor-
respond avec ses amis les savants de l'Europe.

Lorsqu'il travaille ce n'est point en amateur, car il
prétend être payé de ses peines; ainsi après la construction du port de Cronstadt, il ne se trouve pas de bon
pilote pour guider l'entrée des navires étrangers; Pierre
est habile pilote, il s'offre aux commandants, mais le
bateau au port, il réclame son salaire comme un pilote
ordinaire.

Un jour un orage épouvantable le force à s'arrêter sur

une grande route aux environs de Moscou; il se réfugie dans une forge, et ne comprenant pas qu'on perde son temps dans l'oisiveté, il demande au patron s'il y a de l'ouvrage; sur sa réponse affirmative il se met au travail pendant deux heures avec ardeur et en exécutant docilement les ordres du maître-forgeron; ensuite il lui dit : Que puis-je avoir gagné? L'ouvrier lui fixe une somme équivalant à deux francs vingt centimes de monnaie de France; de retour à Moscou il va trouver le propriétaire de la forge et lui réclame son argent, et il va s'acheter des souliers, les siens étant déchirés, car cet homme qui remue des millions pour créer une marine, une industrie, fonder des écoles, des instituts, ne garde rien pour lui et va vêtu d'habits faits d'un gros drap grossier.

Lorsque Lefort, cet officier français, son ami, meurt, il suit son convoi à pied, pendant dix werstes, et il pleure sans essayer de dissimuler ses larmes, il ne craint point de compromettre sa grandeur.

Aujourd'hui, en France, le petit avocat, président d'une République, se fait représenter au convoi d'un ami par son aide de camp!!

Et voyez comme l'amour seul de son peuple le préoccupe; il rend un ukase qu'il croit utile au bien général. Dolgorouky le déchire en plein Sénat; les sénateurs épouvantés s'éloignent de cet osé. Pierre se dresse furieux : « Qui te donne cette audace ? » s'écrie-t-il. « Toi-même, répond Dolgorouky, car tu m'as toujours dit de ne rien faire qui puisse être fatal au peuple, ton ukase le serait. »

Et il lui explique en quoi. Pierre comprend et apprécie les raisons de son ministre, et il l'embrasse avec effusion, il le remercie mille fois de lui avoir ouvert les yeux.

Quel est donc le ministre qui aurait osé en user avec ce sans façon-là avec le président Thiers ?

Il n'a point inventé les belles phrases de certains démocrates, mais il a fait mieux, il a pratiqué la démocratie, a proclamé l'égalité devant la loi, devant l'impôt, devant les charges de citoyen, et il a créé la noblesse des utiles à la patrie.

Un jour son loueur de voiture, il est trop pauvre pour avoir des chevaux à lui, lui réclame le prix d'un cheval mort à son service : « Ce n'est point ma faute si ton cheval était vieux et malade, » répond Pierre, et il refuse de payer. Le loueur le cite au tribunal, le czar y vient, expose son affaire lui-même ; il est condamné et il paye sans murmurer.

Une autre fois il réclame un lac à la ville de Riga, comme étant sa propriété ; les conseillers de la ville, quoiqu'il soit dans l'erreur, n'osent pas protester ; seul Brévern prend la parole et proteste énergiquement, en s'écriant que le czar doit donner le premier l'exemple de l'équité, il prouve que la réclamation est mal fondée.

« Tu as raison, lui dit Pierre, mais ce n'était qu'une erreur et je suis de ton avis ; le plus haut placé doit donner l'exemple à tous, je te remercie de m'avoir éclairé et tes collègues avaient tort de se taire, ils m'exposaient à prendre le bien d'autrui ; Brévern, ajoute-t-il, tes sentiments sont nobles et justes, je t'accorde la noblesse et je te nomme président du collége de justice, afin que tu puisses continuer à être utilement le champion du bon droit et que tu donnes à tous le bon exemple de ne jamais faire attention au rang de l'homme. »

Pendant sa vie entière, cet homme s'est montré démocrate ardent, en théorie et en pratique.

Je le répète, c'est le meilleur patron que puissent choisir les républicains, et il est regrettable que les révolutionnaires de 1789 n'aient pas suivi les sages exemples que lui avait donnés, dès la fin du xviie siècle, celui que l'histoire a appelé Pierre le Grand, et qu'elle aurait dû appeler Pierre le Démocrate.

La Russie actuelle est la Russie de Pierre Ier ; nous allons, en nous occupant d'elle, constater les résultats de l'œuvre de cet homme. Pétersbourg est sa création. Nous verrons ce que son génie a su faire surgir de ces marais puants et immondes.

L'histoire de la famille régnante depuis Pierre Ier jusqu'à Alexandre II est très-connue, je me bornerai à rappeler quelques-uns des événements les plus dramatiques ou les moins connus de ces règnes.

Je l'ai dit, Catherine croyait aux rêves. Un jour elle dit à ses courtisans que son heure devait être proche, car elle avait vu dans la nuit Pierre Ier qui s'avançait vers elle, drapé dans un costume romain ; il l'avait regardée sans colère, l'avait baisée sur le front, et, ensuite, la prenant dans ses bras il l'avait enlevée dans l'espace ; et alors elle avait jeté les yeux sur la terre, et elle avait aperçu sa fille Elisabeth entourée d'hommes de guerre qui se battaient.

Elle ajouta : ce rêve, en plus de ma mort, m'annonce que des troubles éclateront dans l'Empire après moi.

Deux mois après avoir conté ce rêve ainsi expliqué, Catherine mourait, des troubles éclataient en effet, et le fils d'Alexius était nommé czar, sous le nom de Pierre II. Mais il semblait qu'Eudochia et tous les siens fussent voués au malheur. Pierre II meurt, et son infortunée grand'mère doit rentrer dans son couvent au bruit des coups de canon qui annoncent qu'Anne monte sur le trône. Elisabeth lui succède.

Cette souveraine est, je le constate avec plaisir, le promier autocrate russe qui mérite le surnom de clément.

. Qu'elle soit glorifiée d'avoir enfin appelé cette belle vertu sur ce sol glacé.

N'ayant point d'héritier, elle fit venir auprès d'elle un de ses neveux, Charles-Pierre, duc de Holstein-Gottorp; né à Kiel, protestant et Prussien, elle lui fit abjurer sa religion, lui fit embrasser la religion gréco-russe, et déclara vouloir lui laisser le trône : les grands et le clergé acceptèrent sans conteste cet élément purement étranger dans la famille régnante.

Le jeune prince Pierre était très-beau de visage, et sa taille avait une rare élégance; il était intelligent, il aimait les arts et les lettres, il promettait de donner un souverain éclairé à la Russie. Il contracta un mariage d'amour et de politique : il épousa sa cousine Catherine, d'Anhalt-Zerbst, une Prussienne; bon et bienfaisant, Pierre III voulut que tout le monde se réjouît d'une union qui le comblait de joie, et il fit remise de toutes les punitions disciplinaires, il rappela de Sibérie les exilés politiques; il fit aussi de grandes largesses au peuple.

Catherine était jolie et surtout très-séduisante. Elle dut, elle aussi, embrasser la religion gréco-russe, et elle édifia bientôt toute la Russie par son zèle pieux. Elle dota des monastères, elle se montra plein de déférence pour les popes, et enfin elle affecta de porter exclusivement le costume national russe, ce qui lui conquit le cœur de tous ses sujets.

Elisabeth morte, Pierre III fut nommé empereur, et son premier acte fut d'abolir l'odieux tribunal secret, dit chancellerie privée, tribunal occulte qui avait de nombreux espions, et qui condamnait à mort ou à la déportation sans même entendre les accusés : la *présente troi-*

sième section est un pâle reflet de cette ancienne chancellerie privée.

Le couple impérial s'adorait, et ceux dont l'amour heureux réchauffe le cœur sont toujours bons.

Mais soudain Pierre III est atteint de la petite vérole : Catherine était dans ce moment à Moscou ; il lui écrit pour la supplier, au nom de leur amour, d'attendre dans cette ville que la contagion ne puisse plus l'atteindre.

Cette horrible maladie laisse le czar défiguré, ses traits sont avachis, ses paupières gonflées, ses lèvres grossies, ses cheveux sont tombés ; son corps, sous le poids du mal terrible, fut comme brisé, il marche courbé comme un vieillard.

Catherine revient de Moscou, elle a hâte de revoir son bien-aimé époux ; elle traverse le palais d'Hiver en courant : Pierre s'avance au-devant d'elle, et elle va se précipiter dans ses bras ; mais, tout-à-coup elle s'arrête, puis recule, elle fixe sur le malheureux convalescent un regard empreint d'horreur et de dégoût, et enfin elle s'évanouit... Son amour, aussi, venait de s'évanouir pour se changer en une sorte de haine farouche ; et ce regard venait de tuer moralement celui que, plus tard, elle devait faire empoisonner... Le pauvre Pierre n'avait point songé un seul instant que cette laideur, dont il était la victime bien involontaire, pourrait altérer la tendre affection de sa femme, et il venait vers elle amoureux et tout joyeux ; peut-être même avait-il espéré qu'elle l'aimerait plus encore pour le dédommager de son malheur... Mais ce regard, ce geste d'horreur et de dégoût, lui apprirent brutalement la fatale vérité, et son âme en ressentit une commotion si forte que son intelligence en fut ébranlée, et enfin Catherine, continuant de lui faire comprendre la répulsion qu'il lui inspirait, une immense amertume vint aigrir son cœur ; pour s'étourdir et ou-

blier qu'il avait été beau, séduisant et aimé, et qu'à présent il n'était plus qu'un être repoussant, il s'adonna à
la débauche la plus honteuse, et ensuite pour passer le
temps que jadis il passait avec sa belle Catherine, il
s'amusa à introduire la discipline prussienne dans l'armée, et comme plus tard son fils Paul et son petit-fils
Nicolas, il poussa la discipline dans ses moindres minu-
ties et à un point absurde et despotique.

Après avoir prussianisé l'armée, il voulut introduire
le Code de Frédéric en Russie; mais les grands, froissés
dans leur patriotisme, murmurent que e czar est fou:
pourtant il leur faisait observer avec assez de raison que
leur Code n'en était pas un, que ces milliers d'ukases
qui le composait, se réduisaient en définitive à ceci:
appliquer la torture aux accusés pour leur faire avouer
leur crime... S'ils résistaient, l'appliquer à leurs dénonciateurs.

Tandis que le czar indisposait contre lui les soldats,
les officiers, qu'il fatiguait par des parades sans fin
et des exercices des plus pénibles, et qu'il froissait
l'amour-propre des grands par son mépris pour les lois
et les usages russes, Catherine, avec une habileté diabolique, faisait ressortir, en les exagérant, les tendances
de son époux, et mettait en œuvre toutes les ressources
de son esprit diplomatique pour se faire bien venir des
grands et du peuple.

Elle avait chassé impitoyablement son époux de ses
appartements privés, lui montrant ouvertement le dégoût qu'il lui inspirait; elle commença par se livrer discrètement d'abord à ses instincts de galanterie. Son premier amant fut le beau et séduisant Soltikoff: au bout
de quelques mois de liaison, elle sentit qu'elle portait
dans son sein un fruit de ses amours; vu sa conduite envers son époux, elle ne pouvait pas lui attribuer cette

13

paternité, elle dissimula donc sa grossesse, et, un soir,
sentant que le moment de la délivrance allait sonner, elle
fit préparer un somptueux souper dans ses appartements.
Elle y invita des jeunes seigneurs qui lui étaient dévoués
et elle leur dit : Je vais vous donner une mission diplomatique de haute importance, vous allez griser le czar,
et lorsque je quitterai la table, vous le ferez boire et vous
vous mettrez à chanter et à faire du tapage, afin que mon
époux ne puisse entendre ce qui se passera dans la pièce
à côté.

Ils s'inclinèrent en jurant de lui obéir.

Catherine se mit à table, elle fut même assez gracieuse
pour Pierre III ; elle vida plusieurs fois son verre en lui
demandant de lui faire raison : il ne se fit point prier,
car il s'était adonné à l'ivrognerie pour noyer ses chagrins ; bientôt il fut ivre, et Catherine qui sentait le terme
suprême approcher et qu'il lui allait devenir impossible de dissimuler son horrible souffrance, quitta la
table, en faisant signe aux convives du czar d'avoir à se
souvenir de sa recommandation. Ils remplirent leurs
verres, burent et poussèrent le souverain à boire encore,
et alors le souper se changea en orgie, les chants bachi-
ques commencèrent, et ce fut au milieu de ce tapage que
Catherine, dans une pièce contiguë, mit un fils au monde.
Soltikoff et un docteur l'assistaient seuls. Le premier
prit l'enfant, l'enveloppa dans une pelisse de castor et
l'emporta du palais en sortant par une porte dérobée.

Bobe, en russe, signifie castor : cet enfant ayant eu
pour premiers langes une pelisse de castor, fut nommé
Bobenski. Telle est l'origine de la grande famille Bobenski.

Mais à mesure que l'influence de Catherine grandis-
sait, elle prit moins de peine pour dissimuler son incon-
duite, et elle prit une attitude blessante pour le czar, en
donnant elle-même les ordres aux ministres. Il voulut

protester, mais elle était de la race de ceux qui pensent que la force prime le droit, et elle ne lui répondit que par des menaces; bientôt elle les réalisa. S'étant assuré la complicité des ministres et des grands, elle força Pierre III à abdiquer : il était un jour avec une petite suite à Peterhoff, lorsque soudain le prince Grégoire Orloff y arriva avec une escorte de cavaliers; Pierre III était dans son lit : Orloff, suivi de ses complices, entra à l'improviste dans sa chambre, le prince épouvanté sauta de son lit, et se sauva pour appeler à l'aide, car il comprit bien vite ce qu'on voulait de lui ; rejoint sur le grand escalier du palais, entouré par les satellites d'Orloff qui ont dégaîné, il se voit dans l'alternative de signer l'acte d'abdication qu'on lui présente ou d'être égorgé... Il signe. Orloff met l'acte dans sa poche, remonte à cheval et s'éloigne suivi des siens, en laissant Pierre III à moitié nu et fou d'épouvante sur l'escalier du palais; ce malheureux sent qu'il est perdu, car il sait qu'il n'est point capable de conjurer le péril qui le menace, ce qui augmente son désespoir. Les courtisans l'abandonnent et vont faire leur courbette devant la czarine, qui a pris le pouvoir en main.

Une seule personne reste fidèle au malheureux souverain, c'est mademoiselle de Vorontzoff; elle l'a connu beau et séduisant et elle l'a aimé en cachant son secret dans le fond de son cœur; depuis qu'il est malheureux, elle lui laisse voir toute la tendresse de son âme, et cet amour adoucit le sort de cet homme digne de pitié autant comme époux que comme souverain.

Pourtant Catherine trouve que ce n'est point assez de lui avoir ôté et son amour et le pouvoir, et un jour elle le fait enfermer dans le château d'Orienbourg, ne lui laissant que quelques serviteurs dévoués; nul ne peut aller le voir, et, du reste, nul n'y songe, car les courti-

sans n'ont rien à espérer de lui; mademoiselle de Vorontzoff ne peut pénétrer auprès de son infortuné amant;
la haine de la czarine est farouche, elle ne veut pas que
son époux puisse avoir une consolation; mais la jeune
fille vient errer autour de la prison impériale, et elle
exhale ses regrets et son amour dans un chant âcrement
triste; Pierre III, accoudé sur sa fenêtre, écoute ce
chant qui répond si bien à l'état de son âme, et il bénit
celle qui, seule, a conservé une tendre pitié pour lui.

Pourtant ce czar déchu, emprisonné, gêne encore l'insatiable ambition de Catherine, ou peut-être espère-t-elle,
en le détruisant, détruire ses remords; et une nuit le
prince Alexis Orloff, frère de Grégoire Orloff et l'amant
de la czarine, arrive à Orienbourg, suivi de nombreux
complices; lui aussi pénètre à l'improviste dans la
chambre de Pierre III, qui est entouré inopinément par
ces hommes qui ont l'épée nue à la main; Alexis Orloff
lui présente une bouteille en lui disant brutalement :
« Bois cela. »

Le souverain veut fuir, appeler au secours, mais les
aides d'Orloff, sur un signe, le maintiennent, tandis que
lui essaye de lui faire avaler le poison; Pierre se débat,
il enfonce profondément ses ongles dans la figure de
son meurtrier. Orloff a gardé toute sa vie ces marques
sur le visage, et comme sa femme ne pouvait les voir
sans frémir, en songeant à ce meurtre horrible, elle mit
au monde une fille qui portait aussi sur son visage ces
stigmates du meurtrier.

Écrasé par le nombre, la tête rejetée en arrière, la
bouche ouverte de force, Pierre III avala le poison fatal
et bientôt il se roula dans d'épouvantables convulsions.
Ses assassins le laissèrent à terre, et se mirent à causer,
indifférents au drame qui se passait devant leurs yeux.
Orloff, trouvant qu'il mettait trop de temps pour mourir,

prit une serviette et, aidé par Baraninski, il l'étrangla et fit ensuite jeter son cadavre sur son lit.

Ce drame se passait le 6 juillet 1762.

Le peuple russe accepte assez facilement tout souverain proclamé par les grands, mais à une condition, et cette condition est celle-ci : il faut qu'il soit bien sûr que son prédécesseur est réellement mort, si bien que tuer un czar est moins dangereux en Russie que de l'emprisonner.

C'est à cause de cela qu'existe cet usage de laisser exposé fort longtemps le corps des czars décédés ; le peuple arrive en foule des campagnes et des grandes villes, il regarde attentivement si le cadavre qu'on lui montre est bien celui qu'on lui dit ; cette conviction acquise, il rentre tranquillement chez lui en disant : Le vieux czar est mort, obéissons au nouveau.

Grand fut l'embarras des meurtriers de Pierre III ; le poison qu'ils lui avaient fait prendre était si violent que, deux heures à peine après la mort, le corps était en décomposition, les traits surtout étaient complétement décomposés. L'embaumement fut très-difficile, et l'on imagina de mettre un masque sur le visage, mais ce masque n'était pas ressemblant et le peuple, qui se pressait autour du lit de parade, fit entendre des murmures ; ce corps, disait-il, n'était point celui du czar.

Comme une traînée de poudre, le bruit se répandit que Pierre III n'était point mort, qu'on devait l'avoir enfermé dans quelque prison, peut-être à la citadelle. Alors le peuple s'agita sourdement : il appela Catherine une usurpatrice ; des bandes de paysans se mirent à parcourir le pays en criant : « Nous voulons notre czar ; qu'on nous rende notre czar. »

Certains régiments firent aussi entendre des murmures et celui des Cosaques se mit en rébellion ; soudain, un

homme, les traits bouleversés par la fureur, les habits
en désordre, se présente à ces troupes : « Mes amis,
dit-il, mes fidèles Cosaques, je suis Pierre III, je suis
votre czar ; les nobles et les régiments de la garde se sont
faits les complices de la czarine, on vous a montré le
cadavre d'un paysan ; on m'avait enfermé à la forteresse,
mais je me suis évadé ; me voici ; désormais les Cosaques
seuls formeront la garde impériale. » Cet homme ressemble en effet à Pierre III ; ceux qui ont vu ce souverain jurent qu'ils le reconnaissent, et alors tout le régiment l'acclame, l'entoure et lui jure fidélité.

« Mes amis, leur dit alors le faux Pierre III, les nobles
m'ont trahi ; je veux les exterminer tous et vous donner
leurs biens et leurs titres, à vous autres qui seuls êtes
restés fidèles à votre czar. »

Ces paroles sont reçues avec des cris de joie par tous
les Cosaques, et ce hardi aventurier, qui se nommait
Pougatchoff, se met à la tête du régiment. Bientôt
tous les bandits, sachant qu'on va piller les châteaux et
massacrer les nobles, se joignent aux Cosaques, et Pougatchoff se trouve à la tête d'une véritable armée qui se
dirige vers Moscou, s'arrêtant à chaque château, entre
autres à ceux des Tolztoï et de Zérénezhoff. Dans chacune
de ces demeures il s'est commis des monstruosités sans
nom : les femmes, les jeunes filles ont été outragées, et
les hommes tués par des tortures inouïes ; les paysans,
croyant que Pougatchoff était bien Pierre III, lui prêtaient
main-forte, pour l'aider à punir ces misérables nobles
qui ont trahi leur Pierre et qu'eux aussi détestent.

J'ai vu entre les mains d'un moujick russe une montre
qui vient d'un comte Gérénézhoff ; le père de ce moujick
était serf chez le comte et il remplissait les fonctions de
valet de chambre. Le château est cerné, Pougatchoff
suivi des Cosaques entre ; jouant son rôle, il s'écrie :

« Toi aussi, tu as été un des complices de Catherine. Tu vas mourir; on va te pendre par les pieds. » Et, comme on entraîne le comte, son valet de chambre s'appro che vers lui et lui dit : « Seigneur, puisqu'on va vous pend re par les pieds, votre montre va tomber et se casser, ne va u- drait-il pas mieux que vous me la donniez? je serai si heureux d'avoir une montre. »

Le comte l'ôta de son gousset et la donna à ce servi- teur pratique. Son fils la conserve et raconte avec orgueil son origine.

Il a fallu trois mois et un grand déploiement de force pour avoir raison de ces pillards assassins. Le nombre de leurs victimes fut très-grand, et ils pillèrent plus de cent châteaux.

Pougatchoff fut décapité, le régiment des Cosaques décimé, et les soldats survivants furent envoyés au fond de la Sibérie.

Catherine II refusa même la sépulture royale aux dé- pouilles mortelles de son époux; il fut enseveli nuitam- ment et sans pompe, dans un caveau de l'église du cou- vent d'Alexandre Newski.

Les Orloff ont joué un rôle tristement célèbre en Russie. Voici quelle origine on attribue à cette famille : leur aïeul était un strelitz; Pierre Ier, en les massacrant, fut frappé de sa beauté et de son attitude déterminée en face de la mort, et il lui dit : « Je te fais grâce, car tu es brave et beau. » Cet homme se nommait Iwan et on l'avait surnommé Orel (aigle); de Orel on fit Orloff, lors- que la faveur impériale l'eût élevé à un poste dans l'em- pire. Ce fut l'aïeul des cinq frères Orloff, dont deux s'il- lustrèrent sous Catherine : Grégoire, en forçant Pierre III à abdiquer, et Alexis, en l'empoisonnant; ce dernier était l'amant, comme je l'ai dit, de la souveraine; et, après le meurtre, s'appuyant sur son droit de complice, il traita l'impératrice avec un sans-façon qui rappelle celui de Lauzun avec *Mademoiselle :* il voulut être czar et refusa avec hauteur un mariage secret qu'elle lui offrait, il finit par la lasser et elle donna ses faveurs au célèbre Potemkin.

En fait de jolis traits, on pourrait en citer des masses sur cet Orloff. En voici un au hasard ; tous sont aussi vils.

Il y avait à Rome une princesse que l'on disait fille naturelle de l'impératrice Élisabeth ; elle vivait retirée et songeait peu à briguer le trône de Russie, pourtant l'ombrageuse Catherine trouvait qu'elle la gênait. « Je me fais fort, lui dit Orloff, de l'amener en Russie et, une fois qu'elle sera votre sujette, vous en ferez ce que vous voudrez. » Il va à Rome, parvient à se faire présenter à cette princesse, il s'en fait aimer en jouant la comédie de l'amour ardent et romanesque, et après cela il joue une comédie sacrilége, habille de ses amis en prêtres et simule un mariage ; ceci fait, il conduit celle qui se croit sa femme en Russie, la livre à la czarine qui la fait enfermer dans la forteresse aquatique de Pétersbourg, et dans un cachot sous l'eau. Elle y fut noyée lors de l'inondation de 1776.

On le voit, le personnage est tout à fait sans préjugés, et pourtant il tient à la gloire ; il obtient que la souveraine le nomme d'emblée amiral commandant la flotte. Pierre le Grand, pour devenir contre-amiral, avait passé par tous les grades ; Orloff, qui n'est ni soldat ni marin, devient amiral par le chemin de l'alcôve. Il a, il est vrai, le soin de prendre pour second l'Anglais Elphenstone, un excellent marin ; il le regarde faire, assiste oisif à ses hauts faits, mais après la grande victoire de Tchesmé, il se drape dans la gloire d'autrui, il n'en laisse pas le plus petit brin au brave Elphenstone, et se fait appeler, sans vergogne, Orloff de Tchesminski.

Les Orloff actuels sont fils de Fœdor, un des frères d'Alexis et de Grégoire ; Alexis fut créé comte par Nicolas ; le titre de comte s'est changé plus tard en celui de prince.

La vie galante de Catherine a eu de nombreux historiens ; je ne l'écrirai pas, je me contenterai de faire remarquer que cette grande philosophe, amie de Voltaire, de Diderot et d'Alembert, avait en fait de philosophie pris celle qui consiste à fouler aux pieds toutes les morales, et que cette femme, trouvant moyen d'occuper l'Europe de sa personnalité, était au fond barbare et féroce tout comme si le sang d'Iwan IV eût coulé dans ses veines. Nous l'avons vue faire tuer son mari, condamner à une mort lente et atroce une princesse qui lui faisait ombrage ; le fait suivant va nous prouver qu'en galanterie elle était parfois de l'école de Marguerite de Bourgogne : elle honorait en même temps de ses faveurs deux gentilshommes russes, mais chacun d'eux se croyait seul l'élu. Un jour, à un souper, ils étaient légèrement ivres, l'un fit à l'autre la confidence de sa bonne fortune ; en l'écoutant celui-ci se mit à rire aux éclats. Pourquoi ris-tu ? tu crois que je me vante, tiens, voilà la preuve que je dis la vérité, et il sortit de sa poche le portrait de la czarine.

L'autre sort de sa poche un portrait pareil : Qu'est-à-dire, répond le premier, de qui tiens-tu ce portrait ?

— De ma maîtresse, car, mon cher, nous sommes au moins deux, si nous ne sommes pas légion.

Plusieurs personnes assistaient à cette conversation, elles parlèrent de cette aventure, et cela revint aux oreilles de la czarine qui manda tout aussitôt les deux jeunes gens ; elle leur dit qu'ils n'étaient point dignes d'entrer dans son alcôve, mais seulement de garder la porte de ses écuries ; et sur un ordre d'elle, on se jeta sur eux,

13.

on leur arracha leurs vêtements, chacun reçut deux cents coups de knout; ensuite Catherine les fit descendre dans la cour de ses écuries, il faisait un froid de trente et un degrés, elle fit jeter de l'eau sur eux pendant deux heures, et bientôt leur corps fut recouvert d'une couche de glace de trois pouces d'épaisseur. Ainsi changés en statues, ils furent placés de chaque côté de l'entrée principale de ses écuries et ces cadavres couverts par la glace y restè- tent trois mois, elle venait les voir chaque jour et disait en riant à son entourage : Avouez que je suis un habile sculpteur !

L'insulteur de Jeanne d'Arc, M. de Voltaire, n'a point dû manquer une occasion si favorable pour faire part de sa sincère administration à celle qu'il appelait la Sémiramis du Nord !

Ce bon M. de Voltaire partageait, on le sait, son admi- ration entre la gente et douce Catherine et le roi Frédé- ric de Prusse ; on se souvient qu'il écrivit à ce souverain une belle page de sa belle prose pour le complimenter de l'action héroïque qu'il venait de faire en mutilant la Pologne en trois tronçons, mais Frédéric tout comme Guillaume était fort malin, il voulait posséder le fruit de son crime, mais ne point en avoir l'odieux devant la pos- térité; il y a comme cela des coquins qui respectent l'opi- nion! et il répond à Voltaire « qu'on ne doit cette issue satisfaisante des choses qu'à la modération de l'impéra- trice de Russie, qui a fixé elle-même des bornes à ses conquêtes. Je sais qu'on affirme que le partage de la Pologne est la suite d'intrigues politiques qu'on m'attri- bue. Et cependant rien n'est plus faux. Après beaucoup de vaines tentatives, il fallut arriver à ce partage comme au seul moyen d'échapper à une guerre générale. Le public juge d'après l'apparence qui nous trompe le plus souvent. »

Et ce roi, qui avait forcé la main à Catherine et à Marie-Thérèse, prend la plus belle part du gâteau, et il se pose en innocent du méfait. Guillaume en a agi de même, il voulait la paix à tout prix, quoiqu'il se préparât depuis dix ans à nous écraser par ses quinze cent mille soldats ; mais c'est nous qui avons voulu la guerre ! Et dire que les jésuites sont chassés de Prusse, la nation par excellence où fleurit l'esprit de Loyola ?

M. de Smitt a prouvé, documents en main, dans son ouvrage intitulé : *Frédéric II et Catherine II*, que toute l'affaire de ce partage fut menée et conduite par le roi de Prusse.

Catherine voulut s'entourer de toutes les gloires, et la gloire, il faut en convenir, est une fille sans scrupules, elle honore de ses faveurs parfois les gens les moins dignes !

La czarine avait la gloire des conquérants, les philosophes lui avaient octroyé les palmes du bel esprit ; ce n'était point assez, elle voulut celle du législateur, elle rédigea un pompeux programme de code nouveau, et elle le soumit à d'Alembert, à Diderot et à Voltaire, qui chantèrent ses louanges. Frédéric lui écrivit ceci pour la complimenter : « L'histoire nous apprend que Sémiramis construisit une ville splendide et qu'elle fut un vaillant et habile général : Elisabeth d'Angleterre fut un grand politique ; Marie-Thérèse a montré qu'une femme pouvait être un héros, mais aucune femme n'avait été encore législateur, cette gloire était réservée à Catherine II. »

Il est certain qu'une loi entre autres du code russe devait être parfaitement désagréable à Catherine et qu'elle devait avoir quelque hâte de l'abolir, c'est celle-ci :

« La femme coupable d'avoir attenté à la vie de son

mari doit être enterrée vive jusqu'aux hanches, les mains
liées derrière le dos et on doit la laisser mourir de
faim. »

Les législations sont des miroirs fidèles qui gardent
l'empreinte des mœurs des peuples et de leur valeur
intellectuelle ou de leur barbarie ; à ce titre, il est
curieux d'examiner ce qu'était ce code en vigueur en
Russie, au dix-huitième siècle dû, on le sait, à Ioros-
laff, remanié par Iwan III, adouci par le moine Sylvestre ;
il avait été expurgé par le père de Pierre Ier des plus
fortes barbaries, et pourtant voici un petit échantillon
des lois qu'il édictait, lorsque Catherine réunit des députés
de toutes les provinces pour le réviser :

« L'incendiaire doit mourir par le feu.

« Le blasphémateur doit monter sur le bûcher.

« On doit appliquer la torture au voleur, pour qu'il
« avoue ses méfaits ; celui qui en est à son premier vol
« doit avoir l'oreille droite coupée, au second vol,
« l'oreille gauche ; au troisième, il doit perdre la vie.

« On doit verser du métal fondu dans la bouche du
« faux monnayeur.

« Le noble condamné au knout doit être dégradé de
« son titre avant de recevoir son châtiment. »

Ceci me rappelle un vieux général russe qui causait
un jour chez moi avec le marquis A. de P.; ce dernier,
en vieil enfant terrible qu'il était, lui disait : Ne me parlez
donc pas de la noblesse russe, une noblesse qu'on peut
flageller en public, qu'est-ce donc ?

— Oh! s'écria le général, c'est étonnant comme on est
ignorant en France des usages des autres pays ; mais ne
savez-vous donc pas qu'on n'a pas le droit chez nous de
donner le knout à un noble? Je me permis de lui citer
quelques exemples qui prouvaient le contraire.

— Mais, me répondit le général sans se déconcerter,

vous oubliez qu'avant de leur infliger cette correction, on a soin de les dégrader de leur titre ; j'ai donc raison de dire qu'on ne donne pas le knout à un noble !

Nul plus que le Russe n'excelle dans l'art de jouer sur les mots.

Paul Ier, le fils de Catherine, fut éloigné avec un sentiment d'autorité jalouse de la politique, sa mère tenant à se réserver la puissance et la gloire.

Ce prince, tout le temps qu'il fut prince héritier, se montra doux, bienfaisant, pieux, il aimait les arts et les lettres, et il semblait promettre de donner un souverain éclairé à la Russie. Son premier acte, dès qu'il fut czar, montra qu'il avait su dissimuler habilement l'implacabilité de son caractère ; il rappela du fond des provinces russes, Alexis Orloff et Baratinski, les deux principaux assassins de son père, qui n'étaient plus que deux vieillards brisés et blanchis par les ans. Il fit retirer le corps de son père du couvent d'Alexandre Newski et il contraignit Orloff et Baratinski à suivre le convoi tête nue, et à porter le cercueil sur leurs épaules, de la porte de la cathédrale du Cazan, jusqu'à la nef ; sachant qu'Orloff avait fait tailler un diamant gigantesque afin de placer au milieu le portrait de Catherine, Paul lui demanda ce bijou, et il remplaça le portrait de sa mère par celui de son père, ensuite il rendit le bijou à Orloff en lui ordonnant de le porter sur sa poitrine jusqu'à sa mort. Il fit aussi exhumer les restes de Catherine et les plaça dans le même tombeau où étaient ceux de sa victime, et il y fit graver cette inscription : Désunis dans la vie, réunis dans la mort.

Après quelques années de règne, l'intelligence de Paul Ier alla en déclinant : il devint sombre, taciturne, méfiant, il donna, lui aussi, dans le travers de son père : une minutie exagérée dans la discipline de l'armée, passant des parades journellement. Le soldat qui avait le moindre désordre dans sa mise ou qui commettait la plus légère incorrection dans son service, était condamné au knout. Un jour un régiment manœuvra mal devant lui, et Paul Ier furieux, s'écria : En route tous, général, officiers et soldats, pour la Sibérie ! et en effet tout ce régiment fut envoyé en Sibérie.

Bientôt sa sévérité dégénéra en folie, il fit un ukase pour ordonner à tous ses sujets de s'agenouiller sur son passage, ses sujettes devaient lui faire trois révérences, et si elles étaient en voiture, descendre dès qu'elles l'apercevaient pour faire ces trois saluts ordonnés.

Plusieurs grandes dames ne l'ayant point aperçu à temps et n'ayant point quitté leur traîneau furent, par les ordres de Paul Ier, frappées de vingt-cinq coups de verges en public.

Il en arriva à se méfier de tous les courtisans et même de ses enfants et de sa femme, et il parlait d'enfermer sa femme dans un cachot et de mettre son fils à la forteresse. Mais les courtisans russes se sont fait la main sur Pierre III, ils ont appris comment on tue un czar... et une nuit, Panin, Pahlen et Zouboff, accompagnés de quelques autres complices, vont faire une sinistre expédition. Paul, rêvant assassinat, et vraiment il n'avait pas tout à fait tort, s'était réfugié dans le palais Michel, aujourd'hui transformé en école d'artillerie. Ce palais carré, d'un style moyen âge, a un air sombre et farouche, il possède des fossés et une foule d'escaliers dérobés, de portes secrètes. Paul Ier avait fait placer la statue équestre de son père devant la grande porte d'entrée, statue que l'on y voit encore ; il s'était réfugié dans l'aile gauche de ce palais et se tenait de préférence dans sa chambre, à cause d'une porte dérobée qu'il y avait fait percer et qui donnait dans le jardin.

Une nuit il entend soudain des pas nombreux qui se
dirigent vers sa chambre ; ce sinistre pressentiment qui
depuis vingt ans lui disait : tu seras assassiné, l'avertit
que c'était le danger qui arrivait, il se précipite vers l'issue de la porte secrète qui l'aurait conduit dans le jardin, mais il la trouve fermée : les assassins connaissaient
son existence et ils l'avaient murée en dehors. Eperdu,
Paul Ier grimpe dans la cheminée. Les meurtriers entrent, ils sont très-étonnés de trouver la chambre vide.
Notre coup est manqué, fuyons au plus vite, dit Zouboff.
Ils allaient tous sortir, lorsque tout à coup Palhen aperçoit une pantoufle que Paul avait laissé tomber en se his-
sant dans la cheminée... Il se baisse, regarde, et il aperçoit le malheureux souverain blotti dans sa noire et étroite
cachette : il le tire par les pieds, et alors commence une
scène hideuse; tous ces hommes se précipitent sur ce
malheureux, ils l'étranglent avec leurs mains et avec une
ardeur si féroce, qu'en l'embaumant on dut couper sa
langue : elle pendait, gonflée et noirâtre, de vingt-cinq
centimètres hors de la bouche.

Le czarowitch, ainsi que ses frères, furent innocents
de ce crime ; ces princes ne savaient rien du complot, ils
étaient réunis dans la chambre d'Alexandre avec quelques jeunes seigneurs, leurs amis. Tolztoï était là, et au
moment où Alexandre s'adressant à lui, lui disait : Mon
père m'a fait donner l'ordre de me rendre à la forteresse,
mais comme je n'ai rien fait pour mériter cette punition, je suis décidé à résister, et il devra m'y faire conduire par la force. — Et vous aurez raison, lui répondait
Tolztoï, si vous voulez résister, nous serons tous là à
vous entourer et à vous défendre. A ce moment, Zouboff
et Panin entrent brusquement, ils sont pâles et défaits, ils
mettent un genou à terre devant Alexandre, et lui disent :
Sire, le czar vient de mourir d'une attaque d'apoplexie.

Alexandre se lève, pâle comme un trépassé, puis il retombe brisé d'émotion et il s'écrie : Les misérables viennent d'étrangler mon père, j'en suis sûr ! Il veut encore se lever, mais ses jambes chancellent, et il dit à Tolztoï: Va, va vite voir, mon ami, ce qu'il en est.

Je tiens ces détails de deux personnes dont les pères se trouvaient avec les jeunes princes cette nuit-là, 11 mars 1801.

Alexandre Ier a été illustré, grâce à Napoléon Ier. Les fautes de l'un ont fait la gloire de l'autre. Le czar avait pour amie une femme célèbre à plus d'un titre, la baronne de Krudener, auteur du roman de *Valérie*, qui fit presque autant de bruit que *Corinne* de madame de Staël. Cette dame était spiritualiste ou spirite, et en communication avec les sphères d'en haut. Elle convertit Alexandre Ier à cette science, et les esprits leur dictèrent le plan de la Sainte-Alliance, qui a si bien servi la Russie. La baronne de Krudener était une beauté aussi accomplie que séduisante, son affection pour l'empereur était très-vive. Vers la fin de sa vie, ce souverain fut atteint d'une sorte de dépérissement moral, ses facultés intellectuelles semblaient attaquées de décomposition. Madame de Krudener lutta avec toute l'ardeur dont son cœur était capable contre le mal étrange qui le minait. Désolée de ne pouvoir y parvenir, elle alla se réfugier à Kara-san-Bazar, après avoir donné une grande partie de sa fortune à des établissements charitables. Alexandre Ier se mit à parcourir la Russie en tous les sens, sans but; on aurait dit à le voir que l'âme avait abandonné son corps. Il mourut à Tagannog, et le même jour, à la même heure, la baronne de Krudener mourut à Karan-san-Bazar : les deux amis, comme si leurs âmes étaient sœurs, s'enfuirent ensemble de ce triste monde.

Constantin, fils aîné d'Alexandre, qui devait lui suc-

céder, est resté célèbre par sa laideur et par son tendre
amour pour la Polonaise Jeanne de Grudzinska. Il avait
les traits kalmouks, les yeux bleus au regard indécis, les
sourcils et les cils complétement blancs, le teint très-
rouge ; il était violent de caractère comme un Tatar et
d'humeur hypocondriaque, et pourtant il fut aimé par la
séduisante Jeanne ; pour elle, il renonça à l'empire en faveur de son frère Nicolas, ce qui fut la cause de la terrible
révolution du 26 décembre 1832. Nicolas montra dès
lors de quelle énergie et de quel courage moral il était
doué. On vient lui apprendre que la révolution a éclaté
et que plus de la moitié des régiments casernés à Pétersbourg se sont révoltés ; ne voulant point croire à
l'abdication volontaire de Constantin, ils veulent traiter
Nicolas en usurpateur. Sans hésiter, il se met à la tête
des régiments qui lui sont dévoués et marche contre les
rebelles. Arrivé à la grande Morskaïa, un régiment arrive en face du czar, celui-ci le salue par ces mots con-
sacrés : *Sdrastvouitié rébéte* (bonjour, mes enfants) ; les
soldats ne répondent que par un hourra en faveur de
Constantin. Nicolas Ier, sans s'émouvoir, leur montra le
côté où étaient les insurgés, et leur dit : Vous vous trompez de chemin, prenez telle rue, vous les aurez plus vite
rejoints ; un autre régiment s'avance, le czar leur crie encore : *Sdrastvouitié rébété*. Ces soldats-ci hésitent, ils
n'osent répondre par le mot d'ordre de la révolte ; Nicolas profite de cette indécision, il s'écrie : Mes enfants,
conversion à droite, et marchons ; et ils obéissent...
Plusieurs régiments sont ainsi ramenés par le calme et
le courage du czar. Malgré cela, la journée fut chaude.
Mais aucuns détails ne furent donnés, le gouvernement ne voulut pas faire connaître l'étendue de la
révolte : il punit sans bruit et sans que l'Europe se
doutât de la gravité de cette révolution et elle ignora

que des provinces entières avaient été déportées.

Dans une autre circonstance, Nicolas a montré aussi un grand courage moral : souffrant d'un mal inexpliqué et étrange, on lui persuade que Mandt, son docteur, l'empoisonne ; il le croit à demi, et celui-ci vient le soir et lui ordonne un vomitif. Le czar le prend, il souffre le martyre sans résultat ; il se dit : on a raison, il m'empoisonne. Mandt lui dit qu'il va doubler la dose et qu'il faut qu'il en prenne un second. Le czar avale la drogue, croit ressentir tous les symptômes de l'empoisonnement, pourtant il prend un troisième vomitif que lui présente Mandt : celui-ci opère, il est soulagé ; alors, tenant la main au docteur, il lui dit : Vous savez que vos ennemis m'avaient affirmé que vous m'empoisonniez. — Je le savais en venant ici, répondit Mandt. — Et vous m'avez ordonné un vomitif ? s'écria l'empereur. — Oui, sire, c'était mon devoir. Mais pourquoi l'avez-vous pris si vous croyiez à la calomnie dont j'étais victime ? — Je voulais une certitude avant de faire tomber votre tête.

Les deux hommes se valaient comme force de caractère, on le voit.

Nicolas Ier n'a point eu cette soif de sang qu'a montrée Iwan IV, mais sa sévérité a été poussée jusqu'à l'implacabilité : il a rempli les forteresses et peuplé la Sibérie. La minutie de la discipline poussée à l'absurde, l'amour des parades, la rage de faire des revues par des froids de trente-cinq degrés, en ont fait un fléau pour la Russie ; à chaque revue on portait des centaines de soldats, les pieds gelés, dans les hôpitaux. La police était aussi son occupation favorite : il a essayé de faire revivre la fameuse *chancellerie privée*. Lui-même ne dédaignait pas de faire le sergent de ville et d'empoigner au collet celui qui commettait le délit de fumer dans la rue. Son horreur pour le tabac ferait supposer qu'il appartenait au parti des stanoviertzi (vieux croyants) qui avaient jadis affirmé que le tabac est une drogue satanique et qui punissaient son importation de la perte du nez, de l'oreille ou de cent coups de knout.

Ce souverain a eu le premier la pensée d'entretenir près des cours d'Europe des espions de haut parage : sous la Présidence, en 1849, le comte T*** remplissait à Paris la mission qu'y remplit aujourd'hui la princesse de T... Le comte T*** allait partout, il s'était lié avec les hommes influents de tous les partis, il était devenu un des assidus de l'Élysée ; il pressentit la fortune du prince Louis Bonaparte, et il écrivit à Nicolas le succès qu'il croyait pouvoir prédire à ce prince. Le czar lui répondit : Envoyez-moi son portrait, mais pas un de ces portraits officiels où celui qui pose se jette sur le visage le masque qu'il désire présenter au public.

T***, et ceci nous prouve qu'en fin limier il avait des intelligences dans le cœur même de la place, trouva moyen de faire photographier le futur empereur au saut du lit, en serre-tête et en costume léger. Celui-ci posa sans s'en douter : vous dire quel succès eut cette photographie intime à la cour de Russie, est impossible. On en rit encore et on la conserve précieusement.

Le prince Louis connaissait la nature de la mission que remplissait à Paris le comte T***, et un jour il lui dit que si Nicolas voulait lui prêter les millions nécessaires au coup d'État, il pourrait être assuré d'avoir en lui un allié fidèle, et que la Turquie aurait à payer la dette de sa reconnaissance.

Le comte T*** fit part de cette ouverture à son souverain, et il ajouta que son avis était que le prince Louis arriverait, car il avait une de ces énergies froides qui ne reculent devant rien, et que c'était bien à tort qu'on le considérait dans les cours d'Europe comme un homme nul et de peu d'importance.

Nicolas répondit au comte T*** qu'il ne partageait point son opinion sur le président de la République française, et qu'en tout cas, il lui répugnait de faire de la politique de banquier.

L'Angleterre, plus avisée, fit le prêt, ce qui a amené fatalement la guerre de Crimée.

Beaucoup de bruits ont couru sur la mort du czar : la vérité est qu'il est mort empoisonné, mais par le mauvais sang qu'il s'est fait; le moral a tué le physique. La défaite venue, il se repentait peut-être bien de n'avoir point fait de la politique de banquier. Mais ce qui lui a surtout rempli l'âme d'amertume et de dégoût, ce sont les cruelles découvertes qu'il a faites dans son empire, découvertes de vols, de malversations, de concussions éhontés. Il prenait une peine infinie pour que pas un bouton ne manquât aux uniformes de ses innombrables soldats, mais il n'avait jamais eu l'idée de visiter ses arsenaux et ses dépôts, et, au moment d'en retirer les armes et les canons, on s'aperçoit qu'ils sont vides. Des vols fantastiques, incroyables, avaient été commis. S'agit-il de nourrir l'armée, ce malheureux czar est en butte encore à des vols aussi colossaux qu'effrontés ; un seul exemple suffira pour donner une idée de ces vols monstrueux.

L'armée est affamée, un grand seigneur s'offre d'y faire arriver deux mille bœufs. Il reçoit un premier à-compte d'un million de roubles; un assez long temps se passe. Le général en chef demande où sont les bœufs. L'empereur fait la même question.

— Ils sont arrêtés à U..., répond le fournisseur, et il ajoute que quelques-uns sont tombés malades, qu'on doit les soigner et faire reposer les autres.

Tout cela coûtera cher. On lui redonne de l'argent.
Quelque temps après, il accourt, désespéré, annoncer
que plus d'un quart étaient morts.

— Mais que les autres arrivent, s'écrie le général, car
les soldats ont faim.

Ce Russe jure qu'il va hâter leur arrivée. Quinze jours
se passent; il annonce que tous, tous ont succombé à la
terrible épidémie.

Il va sans dire que ce voleur grand seigneur n'avait
jamais acheté un seul bœuf; il a gagné deux millions
de roubles en faisant mourir de faim de braves et vaillants soldats.

Après ce voleur-là, un autre fournisseur, l'action engagée, vient dire qu'il donne sa démission.

— Comment! s'écrie l'empereur... à présent!... Mais
c'est la famine pour mon armée. On lui demande une
explication.

— Je donne ma démission, répond ce fils d'Israël, parce
que l'on m'a donné une masse de faux billets; si je continue, ce sera pour moi la ruine.

Nicolas, loyal, honnête, ne prévoit pas le piége
infâme. Continuez, dit-il, nourrissez bien mes pauvres
chers soldats et la banque d'État vous restituera les faux
billets que vous pouvez avoir reçus.

Après la guerre, ce fournisseur, fort de cette parole, en a présenté pour plus de dix millions de
roubles, et à présent sa fortune est colossale et il traite
du haut de ses faux roubles les gens honnêtes qui n'ont
rien volé du tout, et qui ne sont riches qu'en honnêteté;
et, chose plus incroyable et qui prouve bien la décadence du sens moral dans le monde, on connaît l'origine de sa fortune, et pourtant il y a des gens qui le
saluent.

Ce n'est point la défaite qui vint désespérer Ni-

colas, il avait trop conscience de la force de son armée,
de la bravoure de ses vaillants soldats, pour être ainsi
affecté d'un revers, et, du reste, ne s'était-on pas mis
trois contre un !

Ce qui tourna son sang, ce qui lui remplit l'âme de
dégoût, c'est la vue de toutes ces turpitudes, de ces
lâches vénalités, que son esprit droit, son cœur foncièrement intègre, n'avaient pas pu prévoir ni même soupçonner.

Toutes les nations ont connu, hélas ! par expérience,
ces hommes à âme de boue, qui profitent des désastres
de leur patrie pour la piller.

L'Amérique a eu ses fournitures de souliers de carton,
de saucissons de chiffons. La France a eu le triste
spectacle de ces hommes, ne songeant qu'à remplir
leurs coffres, fuyant l'ennemi, mais se précipitant à la
curée des places et des emprunts. Honte à eux ! et honte
surtout à ces lâches que l'argent attire, et qui vont à eux
tout en connaissant l'origine de cet argent, tandis qu'ils
se détournent avec hauteur de l'homme probe à en
avoir le paletot râpé.

Nicolas Ier a eu un règne de trente ans, trente ans de
gouvernement à poigne de fer pour la Russie, et d'é-
touffement complet pour la liberté, car il a en quelque
sorte aboli la liberté de conscience, en affirmant la su-
prématie de l'orthodoxie et en persécutant les autres
religions; il a tyrannisé la noblesse, elle s'est vue enterrée dans tel coin de l'empire qu'il plaisait au czar de
lui assigner, elle s'est vue retirer le droit de voyage ; la
limite de l'absence, qui était de cinq ans, a été réduite
par lui à deux ans, et tout noble qui, ce délai expiré, ne
rentrait pas en Russie, avait ses biens confisqués. Ce
souverain avait frappé les passeports d'un droit exor-
bitant, ils coûtaient de deux à trois mille francs.

Ce czar, par son caractère, ses instincts, appartenait bien aux vieux croyants, c'est-à-dire aux féroces ennemis du progrès et de l'étranger.

Pierre Ier avait fait un code de politesse à l'usage de ses sujets, Nicolas a fait un programme du culte que tout Russe doit au czar.

Alexandre II, le présent empereur de toutes les Russies, fournira les plus belles pages aux annales de la Russie ; le fait capital de son beau règne, celui qui seul suffira pour l'illustrer et faire bénir son nom à jamais, c'est l'abolition de l'esclavage ; il lui a fallu plus de courage moral qu'on ne le suppose pour l'accomplir, car, il le savait très-bien, par cet acte il devait s'aliéner toute sa noblesse, et cette noblesse c'était la garde, les guides, les chevaliers-gardes, c'est-à-dire les régiments ayant fait les révolutions de palais, et l'histoire moderne lui avait enseigné comment les nobles russes ont appris à se débarrasser des czars. Les ombres de Pierre III et de Paul Ier étaient là pour le lui redire, et pourtant Alexandre n'a écouté que la voix de sa conscience ; il a rempli la mission que Dieu lui avait confiée, qui était de chasser enfin le mal du sol russe, et détruire l'esclavage avec son odieux cortége de crimes de toutes sortes.

Pour le détruire en France, il a fallu une sanglante et terrible révolution : Alexandre II a étudié la philosophie de l'histoire et il a compris les leçons qu'elle donne. Mais, je le répète, si son autocratie lui rendait possible ce coup de force et de justice, la sourde colère des nobles devait lui faire redouter un troisième crime ; son habileté et sa bonne étoile l'ont préservé, et c'est fort heureux pour la Russie, car Alexandre II est le premier souverain libéral, clément et réellement humain qu'elle ait possédé ; ma vive sympathie pour le peuple russe, me fait souhaiter longue et fort longue vie à Alexandre II, le libérateur du peuple.

Alexandre II a remis le passeport au taux minime de six roubles ; il laisse ses sujets libres d'aller où bon leur semble ; seulement ils doivent, s'ils résident à l'étranger, renouveler leur passeport, ce qui constitue un petit impôt au bénéfice des finances de leur patrie.

Par ce petit voyage, à vol d'oiseau, vers le passé de la Russie, nous avons vu l'âcreté du sang diminuer dans la famille souveraine et les actes féroces allant en diminuant. Depuis Pierre Ier, la plupart des souverains ont été libéraux et ne se sont servi de leur pouvoir que pour implanter les libertés, les mœurs policées et le progrès dans l'empire. A présent, il me paraît indispensable de voir si ces instincts féroces étaient complétement éteints dans la noblesse, et ce travail serait incomplet si nous ne jetions pas un rapide coup d'œil sur le caractère de la noblesse et sur celui du peuple russe, au moment où le czar a aboli l'esclavage, car nous ne saurions pas exactement quelle dose il restait encore du vieux sang moscovite dans le peuple actuel de la Russie.

Pour bien connaître à fond ces grands seigneurs russes, il faut se souvenir de ce qu'ils étaient il y a moins de vingt ans ; ce qu'ils étaient lorsque la loi les laissait maîtres autocrates de leurs serfs et de leurs enfants, c'est-à-dire libres de donner carrière à tous leurs instincts.

Sur les maîtres et seigneurs et sur le sort des esclaves il y aurait des volumes à écrire. Je vais me contenter de vous raconter deux petites histoires parfaitement authentiques, si authentiques que tout Russe reconnaîtra mes tristes héros ; ces récits, véridiques en tous points, vous initieront mieux que des phrases à la situation du peuple russe jusqu'en 1858, au caractère de certains grands sei-

gneurs russes, comme aussi aux abus monstrueux auxquels l'esclavage donnait lieu.

Après ces deux récits, je passerai enfin à mon dernier
voyage sur les rives de la Néva, et je vous parlerai de la
Russie actuelle que l'on comprend bien mieux après
avoir étudié la Russie antique.

14

LA NUIT DE SACHA

Dans le Novgorod, à une centaine de werstes de Bara-
witchi, on rencontre, à gauche de la grande route, un
petit village, composé de quelques masures; en sortant
de ce village on s'engage dans une longue avenue, bordée
de bouleaux; elle conduit à une large construction carrée, affectant la forme de château, car elle est flanquée
à sa gauche d'une grande tourelle, sur le devant se
trouve une immense vérandah, sur laquelle donnent la
porte d'entrée et les huit fenêtres de façade.

La vérandah rappelle le style italien, la tourelle est
moyen âge et la maison en bois rappelle la fabrique;
trois styles qui hurlent d'horreur de se voir accouplés.

Ce soir-là, on était en hiver; le propriétaire de cette
construction, le comte B..., seigneur riche de cinq
mille âmes, en servage; car pour lui il n'était point très-
sûr qu'il en possédât une en son corps, le comte B...
devait avoir nombreuse compagnie, cela se voyait dès
l'antichambre qui était encombrée de domestiques étrangers à la maison; roulés dans leur pelisse, ils dormaient
pêle-mêle, couchés par terre; un domestique du comte,
assis dans un coin, surveillait de l'œil cette valetaille.

Un corridor, à gauche de l'antichambre, conduisait à

la cuisine du... disons château ; elle est vaste, un grand
fourneau, allumé nuit et jour, y entretient une chaleur
de vingt-cinq degrés Réaumur ; ce soir-là six jeunes
filles, pieds et jambes nus et vêtues de robes d'indienne
de couleurs claires et criardes, s'y agitent, s'y démènent,
s'y heurtent, pour obéir aux ordres d'une femme d'un
certain âge, la cuisinière en chef.

Parfois l'une d'elles reçoit mission d'aller chercher
quelque chose au dehors, elle jette une vieille pelisse
sur ses épaules, un lambeau de châle sur sa tête et
quitte cette température élevée pour braver trente degrés
de froid ; elle revient bientôt, les vêtements couverts de
neige, la figure marbrée par le froid, les crevasses de ses
pieds se sont rouvertes et saignent.

Trois moujiks assis dans un coin boivent de l'eau-de-
vie, ils sont gris, et ils tiennent à ces jeunes filles des
propos à faire rougir un dragon ; mais ces fillettes ne
rougissent pas, elles sont faites à ce langage et elles y
répondent sur le même ton.

Un valet de chambre vient de temps en temps chercher les plats préparés ; on soupe chez le comte B... ;
il a pour convives dix jeunes gens, ses amis de débauche.

Tous ces hommes sont assis autour d'une grande table
carrée, surchargée de dindes truffées, de gelinottes, de
sterles, de pièces de viande froide, et de gâteaux de
viande.

Sur les desservoirs gisent quarante douzaines d'huîtres, éventrées et mangées, et un nombre incalculable
de bouteilles vides : Château-Larose, Chambertin et
Champagne ; aussi tous ces grands seigneurs sont-ils
plus qu'émus ; l'ivresse commence à s'emparer d'eux.

Le comte B... peut avoir une quarantaine d'années,
mais il en paraît davantage ; les vices assouvis ont marqué

son visage de leurs stigmates ineffaçables. Ses convives
sont plus jeunes que lui : ils portent l'uniforme des chevaliers-gardes ou des gardes à cheval; l'un d'eux, un
tout jeune homme, porte l'uniforme des pages d'honneur. Il s'appelle Serge de K...

— J'espérais, dit-il au maître de maison, trouver la
comtesse chez vous?

— Ma femme a ceci de commun avec toutes nos
grandes dames, elle adore la Russie à condition d'en
être à deux mille lieues.

— Et son amour pour toi est-il de même nature?
riposte le prince de Doubloff (1).

— Cher, l'amour de la comtesse ressemble à celui que
nourrit, en son cœur, pour toi la princesse.

— Alors! je te plains.

— Ne te donne pas cette peine; j'ai sa procuration, je
ne lui fais passer que le quart de ses rentes.

— Le reste est une compensation?

— Tu l'as dit, mon cher prince.

— Oh! s'écrie Maximof de D..., jamais je n'ai si bien
soupé que ce soir, et vous faites, mon cher comte, roya-
lement les honneurs de chez vous; Dorrott et le café
Anglais sont enfoncés; je bois mon dixième verre de
champagne à l'éternelle jeunesse de notre amphitryon!

Et le jeune homme se leva; tous l'imitèrent pour faire
raison à ce toast.

— Messieurs! dit B... en se rasseyant, les soupers
du café Anglais, comme ceux de Dorrott, nous offraient
un charme qui manque, hélas! à celui-ci, la présence de
jeunes et jolies femmes; buvons aux aimables soupeuses
parisiennes!

_____

(1) Nom de convention, car je ne veux pas pousser l'indiscrétion
jusqu'à mettre les noms véritables.

Tous se levèrent encore, et vidèrent une coupe de champagne en souvenir de ces folles filles d'Ève.

— Soyons patriotes, et buvons aux soupeuses de Saint-Pétersbourg! s'écria Maximof de D...

On vida un troisième verre de champagne.

— La vie de province est d'un ennui mortel! Messieurs, plaignez-moi d'y être condamné pour six mois encore; six mois que je devrai passer en ermite! dit le comte B...

— Messieurs! ne le plaignez pas; il nous trompe; il a un sérail! s'écria le prince de Doubloff.

— Un sérail! l'égoïste!

Cette exclamation fut répétée en chœur par tous les soupeurs.

— Quelle plaisanterie! je n'ai pas une seule femme ici, et je vis dans une solitude désolante.

— Allons donc! j'ai aperçu en entrant chez toi une jeune fille belle comme défunte Ève.

— Ah! je devine de qui tu veux parler; elle est ravissante en effet; c'est Sacha, la fille de mon intendant Piétrus.

— Eh bien!

— Eh bien, quoi?

— Cela fait toujours une, dit le prince en riant.

— Non, cela ne fait pas même la moitié d'une, car Sacha est sage et bégueule.

— Son père n'est-il pas ton esclave?

Le comte B... était complétement gris, et ses convives de même. Il se leva en trébuchant.

— Vous m'y faites songer; j'ai été un imbécile de ne point toucher encore sur la belle Sacha mes droits de seigneur.

Il se dirigeait vers la porte, mais ses jambes vacillaient, et il se jeta sur un divan.

14.

— Je vais la faire venir; ça sera plus drôle.

— Cher, s'écria d'une voix empâtée le jeune Maximof de K... n'auriez-vous pas encore quelques esclaves aussi jolies que celles-là ?

Il désignait trois jeunes filles qui prenaient les plats et les assiettes vides des mains du valet de chambre, et qui étaient en effet fraîches et séduisantes, avec leur teint éclatant de blancheur et leurs longs cheveux blonds retombant en nattes sur leurs épaules. Le comte B... se leva et dit : Messieurs, Maximof a une idée excellente, je vais faire venir mes esclaves les plus jolies, Sacha va nous les amener, et vive le vin et l'amour, nous finirons gaiement notre souper. Puis, s'adressant à son valet de chambre, il ajouta : Tu as entendu, Alexis, va dire à Sacha qu'elle vienne et qu'elle amène avec elle les neuf plus jolies de mes filles de service; que les laides dorment en paix.

En entendant cela, les trois jeunes filles s'étaient enfuies, et Alexis restait muet, interdit.

— Me comprends-tu, animal, ou faut-il que je prenne ma canne pour t'ouvrir l'esprit ?

Alexis, sous cette menace, courba la tête et sortit ; ces hommes alors se mirent à tenir des propos comme les Russes, sous l'empire de la boisson, savent seuls en tenir, des propos aussi crus que cyniques. Bientôt, un vieillard apparut, pâle, les yeux hagards ; c'était Piétrus, le père de la belle Sacha.

— Ce n'est pas toi que j'ai demandé, c'est ta fille, lui dit durement son maître.

— Mais, seigneur, balbutia cet homme, Sacha ne peut venir ici à pareille heure !

— Depuis quand as-tu perdu l'habitude d'obéir? Je t'ordonne d'aller la chercher.

Alexis rentrait, se tournant vers lui, il ajouta :

— Et toi, fais venir à l'instant les plus jolies filles du service ; si elles ne sont pas là dans cinq minutes, tu recevras cent coups de knout.

Alexis sortit précipitamment, et bientôt il poussa, comme on pousse un troupeau, à coups de bâton, une dizaine de jeunes filles dans la salle à manger ; elles entrèrent craintives, effarées, ne sachant pas ce qu'on leur voulait.

Mais les jeunes gens leur firent bientôt comprendre le danger qui les menaçait.

Cependant Piétrus était toujours là ; il paraissait changé en statue de la Douleur.

— Vas-tu m'obéir, à la fin, chien d'esclave ! s'écria B..., excité par le vin et par la colère.

— Mais, seigneur, c'est impossible !... Vous le savez, Sacha est pure, honnête, je ne puis la conduire ici au milieu de ces... Il n'osa achever.

— Ah ! tu as l'audace de me résister... eh bien, dès demain, tu descendras des fonctions d'intendant à celles de gardeur de vaches.

— Que votre volonté soit faite, seigneur !

— Oui, tu garderas les vaches, tu iras pieds nus, mais en attendant tu vas aller chercher ta fille et lui recommander de n'être point assez imprudente pour imiter ta rébellion, sans quoi elle deviendra une simple fille de basse-cour.

Piétrus ne bougeait pas.

B... leva sur lui une grosse canne à pomme de fer...

— Si tu n'obéis pas, je te casse la tête, hurla-t-il, avec la fureur de l'ivrogne qu'on contrarie.

Le pauvre père pâlit, mais il resta immobile, se contentant de répondre : J'aime mieux mourir que de voir déshonorer ma fille.

La canne retomba si lourdement sur la tête du malheu-

reux, qu'il poussa un cri déchirant, le sang s'échappa
à jet de sa blessure et lui mit un masque rouge sur le
visage.

Cet affreux spectacle, au lieu de dégriser B..., ne fit
qu'augmenter sa fureur, il allait frapper encore, mais
ce cri avait retenti dans le cœur de Sacha ; elle arriva en
courant, elle se précipita vers son père, essayant avec
ses baisers et ses cheveux d'étancher le sang qui coulait
de sa blessure ; elle était plus pâle qu'une morte, mais
elle lançait sur son maître un regard brillant de
haine.

Les invités du comte, très-occupés à faire violence à
la pudeur de leurs victimes, ne s'étaient point dérangés :
voir battre ou tuer même un esclave était une chose de
si peu d'importance pour eux !

Les domestiques, attirés aussi par le cri de douleur
qu'avait poussé Piétrus, étaient venus, mais ils restaient
atterrés en dehors de la porte ; ils savaient qu'ils auraient
payé de leur vie une intervention entre la fureur de
leur maître implacable et sa victime.

B... voyant que Sacha faisait un rempart de son
corps à son père, laissa retomber sa canne sans frapper.

— Alexis, dit-il, emmène le vieux Piétrus, et enferme-le
dans sa chambre ; puis il s'approcha de la jeune fille, la
prit par le bras pour l'attirer vers lui ; il approcha même
son visage rendu hideux par l'ivresse et la lubricité de
celui de la jeune fille, mais elle le repoussa avec
horreur.

— Oh ! tu imites ton père ! eh bien, tu vas, toi aussi,
faire connaissance avec ma canne.

Sacha se croisa les bras, et le regardant fièrement,
elle dit : Tuez-moi, et mon dernier mot sera merci, car
vous m'aurez délivré d'un maître cruel et injuste.

Le père essayait de se débarrasser d'Alexis, qui vou-

lait l'entraîner, afin de porter secours à sa fille... Déjà
B... levait la canne sur elle; mais, soudain, il s'écria :

— Non, ce serait dommage; tu es belle, viens, je te
pardonne. Tu seras ma maîtresse, tu auras le droit de
battre, de tuer même tous mes esclaves, tu auras des
toilettes plus riches que celles de nos grandes dames,
viens !

Il la saisit brutalement dans ses bras et chercha à
l'attirer vers le divan; Piétrus poussa un rugissement
de douleur, et, par un effort surhumain, il se débarrassa
d'Alexis et vint prêter aide à sa fille. B... le saisit à la
gorge, puis le jeta violemment par terre, il roula comme
une masse en se fendant la tête à l'angle de la table. Cette
brutalité accomplie, le comte se saisit encore de Sacha ;
elle était frêle, l'épouvante la paralysait, elle allait succomber ; d'autant plus que les amis du comte prêtaient
main-forte en riant à leur amphitryon. Mais soudain, la
jeune fille bondit, par un mouvement si imprévu et si
vif, qu'elle échappa aux mains de ces hommes; elle
s'empara d'un couteau et se l'enfonça dans le cœur;
puis, le retirant sanglant, elle le jeta au visage de B...
en lui disant : Bénie soit l'arme qui me sauve de toi, fils
de chien !... et elle s'affaissa sur le parquet.

Depuis un instant, la cloche de la porte d'entrée était
ébranlée par la main d'un visiteur sans doute peu
habitué à attendre ; un des domestiques étrangers à la
maison s'empressa d'ouvrir, et sans se faire annoncer,
le visiteur se dirigea vers la salle à manger, il apparut
bientôt sur le seuil de la porte... il s'arrêta, et contempla
cette scène sanglante et ignoble. C'était un vieillard à
l'air austère, portant le costume de général, deux de
ses aides de camp le suivaient.

— Monsieur le comte B... et vous tous messieurs, dit-
il d'un air sévère, le moment est bien mal choisi pour

vous livrer à une orgie de sang et de débauche, car il n'y a plus d'esclaves en Russie.

.— Plus d'esclaves ?

Ces deux mots furent répétés avec épouvante par les uns, et avec un saisissement de joie par les autres.

—Non, messieurs, ajouta le général H... gouverneur de Novgorod, il n'y a plus en Russie que des hommes libres, qui tous, à quelle classe qu'ils appartiennent, auront à répondre de leur crime devant des tribunaux réguliers; voilà la copie de l'ukase, par lequel Alexandre II affranchit tous les serfs.

Et il tendit un papier à B...

Piétrus tout sanglant, se souleva et il s'écria : Que Dieu soit loué et que notre bon père Alexandre soit béni, lui et toute sa descendance !

— Libération, libération ! s'écrièrent en chœur tous les esclaves.

Les seigneurs, dégrisés, tremblaient de peur...

Sacha se redressa; de sa plaie béante s'échappait un flot de sang, et pourtant une joie sereine illuminait son visage. Oui, murmura-t-elle, que Dieu soit loué, il a enfin pris en pitié le pauvre peuple russe; et toi, sois maudit B...! ton âme est faite de boue immonde, le diable même refusera de la recevoir, lorsque tu rendras le dernier soupir; puis elle dit : A genoux, mes frères et mes sœurs, et remercions Dieu. Tous les esclaves s'agenouillèrent; le général de H..., un noble et grand cœur, se mit, lui aussi, à genoux : Seigneur notre Dieu, notre maître, soyez glorifié à jamais pour votre ineffable miséricorde, et que notre czar bien aimé, Alexandre II, soit béni et lui et sa descendance ! La voix de la jeune fille s'éteignit, le dernier mot fut à peine articulé par elle; elle essaya de faire le signe de la croix, mais sa main retomba inerte : elle était morte.

Piétrus était évanoui.

Les jeunes esclaves prirent Sacha dans leurs bras et l'emportèrent; les hommes emportèrent son pauvre père, et tous les esclaves quittèrent ce logis maudit sans dire un mot, mais en jetant un regard de mépris et de haine sur leur ancien maître.

Les invités s'éloignèrent à la hâte, inquiets de savoir ce qui se passait chez eux.

Le général de H... sortit sans tendre la main au comte B... qui bientôt se trouva seul dans son château, avec la crainte que ses victimes ne songeassent à la revanche.

LA NUIT DE TONIA

—

On était en hiver, le froid était intense, il était dix heures du soir, les rues du petit village de Sabawski étaient désertes, la neige tombait à gros flocons, la lune n'éclairait point la terre et ce bourg ne possédait aucun système d'éclairage; aussi, y faisait-il noir comme dans l'antre de Satan; pourtant la porte d'une de ses masures s'ouvrit. Un jeune homme, enveloppé d'une pelisse de peau de mouton, jeta un regard au dehors. Quelle nuit du diable, s'écria-t-il! puis, comme prenant un parti, il referma sa porte et sortit en disant : C'est égal, l'impatience et l'incertitude me tuent, je vais essayer de trouver, au milieu de cette obscurité, la maison de Goross; et il se mit à marcher à tâtons, sondant avec son bâton avant de poser le pied ; parfois, s'écartant du sentier tracé au milieu de la rue, il tombait dans un monticule de neige, il se relevait en faisant entendre un juron formidable.

Après avoir parcouru deux rues, il tourna à gauche, prit une petite ruelle, compta les maisons à sa droite, et s'arrêtant à la septième, il frappa discrètement à sa vieille porte de bois. Un vieillard tout cassé, plus par les labeurs de sa triste vie que par l'âge, lui ouvrit.

— Bonsoir, mon père, dit le jeune homme, je viens chercher des nouvelles.

— Bonsoir, Serge, entre, quoique je n'aie aucune bonne nouvelle à te donner.

Les deux hommes s'assirent sur un banc de bois, près du poêle.

— Aucune nouvelle ! mais tu m'avais promis d'aller au château ?

— J'ai tenu ma parole, trois fois j'y ai été, trois fois j'ai demandé à voir Tonia, trois fois on m'a jeté durement à la porte, en me disant que ma fille avait son service à faire, et que je ne devais pas aller lui faire perdre son temps.

— Hélas ! que penser ?

— Mon fils, nous devons toujours nous préparer au malheur, le malheur n'est-il pas notre seul lot, à nous, serfs ?

— Mais enfin, pourquoi l'intendant de notre seigneur empêcherait-il notre mariage ?

— Pourquoi ? mais parce qu'il sait que vous vous aimez, et cet homme ne peut supporter la pensée qu'un peu de bonheur vienne adoucir le sort d'un esclave ; il fait le mal pour faire le mal ; ne t'en souvient-il pas, l'autre mois, il arrive à l'improviste dans la maison de Youdoff le charpentier. Ce pauvre homme, marié depuis peu, chantait gaîment en travaillant, sa jeune femme assise près de lui, le regardait tendrement. Olossof les considère de ses yeux de chacal : « Vous êtes contents, à ce qu'il paraît, vous autres, » leur dit-il ; la jeune femme répondit un peu étourdiment : Oui, seigneur intendant, car nous nous aimons bien ! Le lendemain, tu le sais, Youdoff était envoyé à trente werstes d'ici ; depuis, sa femme employée au château, pleure et se désole, elle n'a aucune nouvelle de

15

son mari, Olossof est satisfait, il a fait deux malheureux. C'est un noir génie du mal qui s'est incarné dans l'affreux corps de cet homme; tu penses bien que si Tonia avait reçu l'autorisation de se marier avec toi, elle aurait obtenu la permission de venir nous annoncer cette bonne nouvelle.

— Mais enfin ! s'écria Serge en frappant de son pied le sol avec colère, nos maîtres ont tout intérêt à ce que nous nous mariions, puisque les enfants que nous mettons au monde, au lieu d'être destinés à soutenir un jour notre vieillesse, ne sont que des bêtes de somme qui devront travailler jusqu'à leur dernier soupir, pour augmenter la richesse du seigneur ?

— Oui, mais parfois le plaisir d'exercer leur tyrannie, leur fait oublier même leurs intérêts.

— Faut-il donc que nous soyons assez lâches pour nous laisser traiter ainsi ? ne songerons-nous donc jamais qu'il y a des milliers d'esclaves pour un maître, et que si nous le voulions...

— Tais-toi, tais-toi, mon fils, les murs ont parfois des oreilles.

— Mais n'est-ce pas la vérité, la force devrait être du côté du nombre, et ici c'est le contraire, un seul homme en fait trembler des milliers.

— Serge, je te le répète, tais-toi; ce que tu dis est vrai, mais souviens-toi de ceci : la vérité a été bannie de notre patrie, et malheur à celui qui oserait l'évoquer ! Moi aussi, dans ma jeunesse, j'avais tes idées; tout mon sang bouillonnait en sentant le dur joug qui nous écrase; parfois je n'ai pas su tenir ma langue, mon dos porte encore les empreintes des coups de knout que cela m'a valu. Se taire est difficile devant l'injustice et même l'ineptie de nos maîtres; nous ne devons être que les instruments faits pour entretenir leur luxe et leur bien-être.

Eh bien, admettons que cela soit juste; mais l'ouvrier, lui, aime, soigne et vénère ses instruments qui le font vivre, tandis que nos seigneurs les martyrisent et les tuent aussi cruellement que bêtement. Le peuple russe est maudit de Dieu, mon fils; il faut nous résigner, la lutte ne servirait qu'à aggraver notre triste sort.

— Oui, père, la mort, voilà notre seule délivrance.

Les deux hommes se turent, ils concentraient en eux leurs amères pensées.

La cabane de Goross donnait la preuve de la misère matérielle de ce peuple serf, tout comme ses paroles nous ont appris sa misère morale. Une seule pièce composait ce logis ; on y voyait pêle-mêle des outils de menuisier, des vieilles casseroles, deux bancs, une chaise écloppée, un tas de pommes de terre et quelques choux dans un coin, un tas de paille dans un autre : c'était le lit ; de sales haillons et une pelisse en peau de mouton servaient de couverture à ce misérable grabas.

La vermine horrible se promenait sur tout cela ; elle y était à l'aise et complétement chez elle.

Un grand poêle placé dans un coin répandait une chaleur asphyxiante et une odeur nauséabonde de graillon ; ce poêle servait aussi de fourneau.

Les murailles de cette masure étaient de bois recouvert d'une couche de plâtre ; sous le double effet du froid extérieur et de la chaleur intérieure, ces murailles suintaient une eau sale et puante dans laquelle barbotaient des bêtes noires et velues, une variété de la famille punaise. Cet intérieur repoussant ressemblait cependant à tous ceux des paysans russes.

Quittons un instant ce taudis et laissons ces deux hommes plongés dans leurs tristes réflexions.

Une grande plaine s'étend à gauche de ce village ; elle est coupée par un petit sentier recouvert à moitié par la neige. Une jeune fille pâle, à l'air égaré, suit seule ce sentier; elle s'enfonce parfois dans la neige, tombe, se relève, secoue ses vêtements et reprend sa course, pour tomber et se relever encore ; ses longs cheveux blonds flottent en désordre sur ses épaules, la neige les recouvre, elle se change en glace, et bientôt sa chevelure n'est plus qu'un amas de petits glaçons. Un fichu noir noué sous le menton couvre sa tête, et d'une main à moitié gelée, elle croise sur sa poitrine une vieille pelisse qui tombe en loques ; ses pieds et ses jambes sont nus, bleuis et crevassés par le froid. Elle doit être blessée, car elle laisse des traces sanglantes sur la neige et le sang coule à filets sur ses jambes.

A la voir courir ainsi, on la prendrait pour une insensée échappée de sa prison.

Presque morte de froid et de fatigue, elle arrive enfin à la pauvre masure de Goross ; elle s'appuie au mur pour ne point se laisser choir, et elle frappe deux coups secs, saccadés.

Serge s'écrie :

— C'est elle, c'est peut-être elle !

Et il ne fit qu'un bond vers la porte, qu'il ouvrit.

Tonia apparaît, chancelante.

Serge, aveuglé par la joie, ne voit point sa face blême ; il la prend dans ses bras et la serre sur son cœur en disant :

— Enfin, te voilà ! As-tu la permission nécessaire pour notre mariage ?

— Olossof est un monstre, regarde-moi.

Elle fait un pas en arrière. Les deux hommes, en la voyant pâle comme une trépassée et couverte de sang, s'écrièrent :

— Que s'est-il donc passé ?

Tonia s'affaissa sur un banc, son père s'assit à côté

d'elle et passa son bras autour de sa taille pour la soutenir. Serge s'agenouilla devant elle, réchauffant ses petites mains glacées sous ses baisers.

— Ce qui s'est passé, fit-elle, une nouvelle infamie d'Orossaf. Depuis longtemps cet homme me poursuivait de ses honteuses propositions ; il m'offrait ce que cet être immonde appelle son amour.

Serge eut un éclair dans les yeux.

— Et tu ne m'as pas prévenu, Tonia, c'est bien mal à toi.

— Qu'aurais-tu fait ? tu l'aurais menacé, insulté, et il se serait vengé comme il sait se venger, cruellement. Mais, écoute-moi, le temps presse, déjà peut-être on s'est aperçu de mon évasion.

— Eh quoi ! ma fille, tu es partie sans permission ?

— Certes... Écoute, père, et tu verras si je pouvais faire autrement.

— O Seigneur, protégez-nous ! murmura tout bas le vieillard.

— Depuis longtemps, vous disais-je, cet homme me parlait de son amour. « Sois à moi, me disait-il, et ton sort sera des plus enviables ; tu n'auras rien à faire, et tu auras de l'argent tant que tu en voudras. » J'ai repoussé avec indignation et dégoût les propositions d'Olossof. Une fois déjà, c'était l'an passé, lorsque je vous ai dit que j'avais la fièvre, il m'a administré lui-même cinquante coups de knout pour me punir de mes refus.

En entendant cela, le jeune homme rugit de fureur ; le pauvre père courba sa tête sur sa poitrine et de grosses larmes sillonnèrent ses joues ridées.

Tonia reprit :

— Je vous ai caché cela. A quoi bon les chagriner, me suis-je dit, puisque, hélas ! ils ne peuvent pas me protéger ? Dès que j'ai été guérie des blessures qu'il m'avait faites, ce lâche misérable est encore venu me parler de son amour ; il espérait que la peur me livrerait à lui. « Le seigneur est à l'étranger pour longtemps, m'a-t-il dit, je suis le seul maître ici ; si tu cèdes, tu seras la plus heureuse et la plus enviée des esclaves ; mais si tu me résistes, tu auras en partage le travail le plus pénible, tu iras pieds nus et tes épaules sentiront souvent les caresses du knout. » Je lui ai répondu que je le haïssais et que je le méprisais, qu'il pouvait me tuer s'il le voulait, mais que jamais je ne serais à lui. Il m'a jeté son plus mauvais regard, puis il m'a dit : « C'est bien, éloigne-toi. » A partir de ce jour, vous le voyez, je vais pieds nus et il m'a accablé de durs labeurs ; dès cinq heures du matin jusqu'à minuit, je n'ai pas une minute de répit. Il y a sept mois que cela dure, et cependant je ne me plaignais pas, car il ne faisait plus attention à moi, il ne me parlait même plus, et je supposais que ses mauvaises pensées lui étaient passées de la tête, et c'est pourquoi, la semaine dernière, je t'ai dit : Serge, je vais essayer d'obtenir l'autorisation pour notre mariage. Je n'ai pas osé la demander à Olossof, je me suis adressée à sa fille, qui, tu le sais, est douce et bonne. Elle m'a répondu : « Tonia, je suis persuadée que mon père ne me refusera pas ; demain soir, attends-moi dans ta chambre, j'irai te l'apporter cette permission désirée, avec mon cadeau de noces. » Ce soir, j'attendais donc et presque avec confiance. Soudain, ma porte s'est ouverte, mais c'est Olossof qui est entré ; il a refermé à clef, et ce monstre a voulu me faire violence. Le désespoir m'a donné une force surhumaine, j'ai pu lutter contre lui, je l'ai battu, je lui ai craché au visage. Lassé, furieux, il a dû s'avouer vaincu ; mais il a fait venir ses aides ordinaires. Sur son ordre, ils m'ont lié, Olossof s'est emparé du knout, et lui-même il m'en a encore donné cinquante coups ; mon corps n'est qu'une plaie sanglante. Il s'est éloigné en me disant : « Nous verrons s'il faudra aller à cent coups pour te rendre docile ; en tout cas, tu ne seras jamais la femme de Serge : dans huit jours, je le marierai à la vieille Niana, et toi, si tu persistes dans ton entêtement, tu seras la femme de Sergoss, le borgne scrofuleux. »

— Oh ! l'infâme Olossof ! Mais rassure-toi, Tonia, demain, tu seras vengée !

— A quoi bon le tuer ? est-il le seul méchant ? Hélas ! non, celui qui le remplacera ne vaudra pas mieux que lui, et enfin, songes-y, pour venger sa mort, que de cruautés seront encore commises ! On voudra voir en tout le village tes complices. Non, écoute, Serge, si tu m'aimes comme je t'aime, nous pouvons être heureux. Es-tu prêt à me suivre ?

— Oui, Tonia, je t'aime, je comprends ta pensée ; me voilà prêt à mourir avec toi.

— Merci, mon fiancé ; tout mon malheur est oublié, puisque j'ai la joie suprême d'être aimée par toi comme je t'aime, la mort nous réunira dans une vie meilleure.

Le vieux Goross souleva sa tête, et essuyant ses larmes, il dit :

— Qui parle de mourir ici ?

— Moi, nous, répondit Tonia en se levant et en appuyant sa blonde tête sur l'épaule du jeune homme.

— Oh ! ma fille, s'écria le vieillard, oublies-tu que Dieu punit celui qui met lui-même fin à sa vie ? Sans cet ordre du Seigneur, crois-tu qu'il resterait un seul esclave en Russie ?

— Hélas ! le Seigneur a maudit depuis longtemps le peuple russe ; il l'accable d'infortunes inouïes, c'est bien le moins qu'il lui laisse la mort comme consolation suprême. Du reste, père, je n'ai que le choix entre l'infamie avec l'amour de cet être immonde qui a nom Olossof,

ou la mort par moi choisie librement, à moins que tu
préfères me voir mourir sous le knout de cet intendant
cruel. Je te l'ai dit, je me suis enfuie dès que ces bourreaux ont eu quitté ma chambre ; malgré l'horrible douleur que je ressens, j'ai attaché mes draps à ma fenêtre,
je me suis laissé glisser jusqu'en bas ; le désir de t'embrasser et de mourir dans tes bras, mon bien-aimé
Serge, m'ont donné la force de me traîner jusqu'ici...
mais bientôt on s'apercevra de ma fuite, et...

— Dieu de miséricorde, n'aurez-vous donc jamais pitié
de nous ! s'écria le malheureux père en se jetant à genoux.

A cet instant, la porte fut ébranlée par un choc épouvantable ; on aurait dit un taureau qui s'élançait tête
baissée sur elle : elle tomba en mille pièces.

Un homme apparut, suivi de six autres.

— Olossof ! Ce nom redouté s'échappa avec un cri de
terreur de la bouche des trois hôtes de cette masure.

Mais Tonia se redressa fièrement, et lui jetant un regard de défi, elle lui dit :

— Olossof, j'invoquais la mort, et quoiqu'elle vienne à
moi sous tes traits hideux, elle est la bienvenue.

Olossof était en effet hideux à voir : court, trapu, la
lèvre pendante, l'œil terne et injecté de sang, le visage
contracté par la colère, il ressemblait bien plus à une
bête fauve qu'à un être humain.

— Vile esclave, hurla-t-il, tu as osé braver ma puissance, tu t'es enfuie de la demeure de tes maîtres, tu vas
recevoir le châtiment que mérite ton crime !

Serge, menaçant et terrible dans sa fureur, fit un pas
vers l'intendant ; mais celui-ci sortit un revolver de sa
poche. Puis, se tournant vers les hommes de sa suite qui,
restés à la porte, rendaient toute fuite impossible, il
leur dit :

— Allons, vous autres, liez cet homme, qui semble décidé à la rébellion, et ensuite vous lierez Tonia.

Serge s'était mis devant sa fiancée, et il lui faisait un rempart de son corps ; mais les hommes à qui l'intendant venait de s'adresser se ruèrent sur lui. Il se débattit comme se défendent les lions du désert, et pourtant, écrasé par le nombre, il fut terrassé et garrotté.

Olossof maintenait Tonia en lui brisant le poignet. Le vieux Goross tremblait de tous ses membres ; ses dents s'entre-choquaient, la terreur semblait l'avoir paralysé ; mais lorsqu'il vit qu'on allait lier sa fille et que trois des satellites d'Olossof la jetaient brutalement à terre, alors il se jeta à genoux, et embrassant les mains de l'intendant, il balbutia au milieu de ses sanglots :

— Grâce, pitié, Seigneur ! grâce ! Vous le voyez bien, ma fille est folle ; si la pauvre enfant n'était point devenue folle, aurait-elle osé s'enfuir ?

— Donnez-moi le knout, dit Olossof sans faire attention au vieillard.

Mais celui-ci se cramponna à ses genoux, en criant :

— Pitié ! pitié ! elle est folle ! on ne doit pas battre une folle !

— Te tairas-tu, chien, rugit Olossof, ou faudra-t-il t'assommer pour te forcer au silence ? Liez-le aussi.

Deux hommes se jetèrent sur le vieillard et le garrottèrent.

Serge faisait entendre des imprécations. La jeune fille murmurait une prière en attendant la mort horrible qui s'apprêtait pour elle.

Olossof s'avança vers elle et leva son bras armé du knout. Mais à cet instant une immense clameur s'éleva dans les airs et rompit brusquement le silence de la nuit. Des cris d'allégresse, poussés par des milliers de poitrines, se faisaient entendre ; ils étaient répétés par

15.

d'autres personnes plus rapprochées : c'était comme une traînée de poudre ; puis soudain aussi les lueurs rougeâtres de centaines de torches vinrent tirer le village de son obscurité.

Olossof laissa retomber son bras sans que le knout eut meurtri la poitrine de la jeune fille. Il écouta, puis blêmit.

— Une révolte ! murmura-t-il tout bas ; je suis perdu !

Ses aides bourreaux écoutèrent eux aussi, puis ils échangèrent un regard et s'enfuirent tous ensemble.

— Les lâches ! ils m'abandonnent ! ils vont se joindre aux révoltés, dit Olossof que la peur commençait à étreindre.

Le tumulte augmentait, la foule entourait déjà la masure. L'intendant ne pouvait plus fuir.

— Libération ! libération ! que Dieu soit loué ! qu'Alexandre II soit à jamais béni ! criaient mille voix.

Les victimes essayaient de briser leurs liens.

Olossof, terrifié, murmurait :

— Libération... qu'est-ce que cela signifie ?

— Cela signifie, Alexinus Olossof, l'intendant voleur et cruel, cela signifie qu'il n'y a plus d'esclaves en Russie ; de par la volonté clémente du czar notre père, il n'y a plus que des hommes libres, et ils vont te faire expier tous tes forfaits.

C'était un robuste paysan qui venait de parler ainsi ; il était suivi de plusieurs autres. Les uns délièrent Tonia, Serge et Galoss, tandis que trois d'entre eux souffletaient Olossof et lui crachaient au visage.

— Grâce ! grâce ! hurlait ce misérable, ayez pitié de moi ; je suis riche, très-riche, je vous donnerai tout l'or que vous voudrez.

La cruauté vaincue est toujours lâche.

Sans l'écouter, ces paysans sortaient leurs couteaux

de leurs poches ; mais Tonia se leva, d'un geste fier et digne, elle montra la porte à Olossof.

— Va, lui dit-elle, être vil et abject, va, monstre, va, bête immonde, va te cacher dans une tannière, tu es trop vil pour mériter notre vengeance. — Mes amis, dit-elle aux paysans, laissez-le ; sa fille a été bonne pour moi, je ne veux pas qu'elle pleure son père... car il est son père ! Il paraît que les tigres peuvent donner le jour à des agneaux.

Les paysans obéirent, ils lâchèrent leur proie, et Olossof se mit à fuir à toutes jambes ; la terreur lui donnait une agilité extraordinaire.

— Mes frères, dit Tonia en s'agenouillant, rendons grâce au Seigneur d'avoir eu pitié du peuple russe.

Tous les hommes se prosternèrent, et Tonia dit à haute voix :

— Notre Dieu, notre divin Créateur, soyez glorifié à jamais ! Vous avez enfin jeté un regard de miséricorde sur nous ; éternellement nous chanterons vos louanges. Que le czar Alexandre II, notre père vénéré à tous, soit béni, lui et toute sa descendance !

La foule, assemblée devant la porte, répéta en chœur :

— Que le czar Alexandre II, notre père vénéré à tous, soit béni de Dieu, lui et toute sa descendance !

Le cri : Libération ! retentit encore poussé par mille voix.

Il fut répété dans les cieux par le chœur des anges, et l'esprit des noires ténèbres se mit à fuir le sol russe en faisant entendre d'horribles imprécations, et entraînant avec lui son cortége odieux de chaînes et de crimes.

Les anges dans l'espace poursuivaient de leurs huées cet esprit pervers, puis ils entonnèrent le chœur joyeux de la libération.

LA RUSSIE PHYSIQUE

CLIMATS, PRODUCTIONS, FAUNE, FLORE, CHASSE

Le père de l'histoire russe est Nestor, un religieux du monastère de Petckersky ; il prêta une oreille attentive aux traditions orales des temps anciens, légendes et chants populaires, il étudia les monuments et les tombeaux des princes, il s'entretint avec les grands et avec les vieillards, il lut les annales de Byzance, il écouta les récits des voyageurs, et il devint le premier annaliste de la Russie.

A la fin du xi⁰ siècle, Basile, sous la direction de David, prince de Vladimir, s'occupa aussi de ce travail savant.

Il existe d'autres annales assez curieuses, *Stépennaia kniga*, qui ont été rédigées d'après les instructions du métropolite Macaire.

Il y a enfin, l'histoire nommée fausse de Joachin.

Les documents relatifs à sa population, à ses productions, à son sol, ont commencé à être réunis seulement en 1723, et par les ordres de Pierre le Grand.

Aujourd'hui, les meilleurs ouvrages de statistique qu'on puisse consulter sur cette empire, sont ceux de Hassel, 1807, et celui de Storch, intitulé *Coup d'œil sur les divers gouvernements de la Russie.*

J'aurai souvent, dans la fin de cet ouvrage, à prononcer le mot werste; pour n'avoir pas à répéter chaque fois ce qu'est la werste comparée au mille, je dirai dès à présent qu'il faut 104 werstes pour un degré, la lieue commune étant de 25 dans un degré; 46 werstes font 11 lieues communes.

La Russie est un monde à elle seule; la superficie de la Russie d'Europe est de 344,540 milles carrés ou 965,161 lieues; en 1774, selon Storch, la superficie de cet empire était de 931,299 lieues.

La Russie Asiatique a une superficie de 722,199 lieues.

Elle est divisée en quarante-cinq gouvernements ou provinces, auxquels il faut joindre la Finlande suédoise, le district de Bialistok, la province de Tarnapol, la terre des Kosaks du Don, la Grousine, la Berbine et les monts Ouraliques qui forment la limite entre l'Europe et l'Asie.

La Russie possède les climats les plus variés, tandis que Pétersbourg est enseveli sous la neige pendant de longs mois, et que dans la campagne sauvage du Kola, le renne dispute, à la glace qui les recouvre, les brins d'une mousse rougeâtre qui compose son unique subsistance; la Tauride jouit d'un printemps sans fin; le gouvernement du Caucase offre à l'œil des montagnes toute l'année couvertes de brillantes fleurs, et les Kirghen-Kaizaks vivent sous un ciel constamment serein, tandis que les Tschoukischers vivent dans une région privée de la clarté du jour, pendant neuf mois de l'année.

La Russie est divisée en trois grandes régions atmosphériques, chacune de ces régions a ses productions particulières et naturelles, et des habitants ayant un type et un caractère à part; c'est en Russie surtout que l'on comprend toute la justesse de l'opinion que Henri Thomas Buckle a développée dans son ouvrage *Histoire de la Civilisation*. L'éminent philosophe anglais a prouvé, par l'histoire universelle, que l'homme subissait, au moral comme au physique, l'influence des trois agents physiques, qui sont : le climat, le sol, et les aspects de la nature; les caractères différents des habitants des régions atmosphériques de l'empire russe, viennent fournir une preuve en plus aux assertions de Buckle.

L'habitant du Caucase et les Kirghen-Kaizaks, vivant sous un ciel bleu et ensoleillé, ayant autour d'eux des fleurs au doux parfum et aux riantes couleurs, sont gais, actifs, bons. Les Tschoukischers, au contraire, vivant dans une contrée aride, qui est plongée dans une longue nuit de neuf mois, ont un aspect morne; ils sont taciturnes, superstitieux à l'excès, et cette longue oisiveté, que leur fait la rigueur du climat, les a rendus les hommes les plus démoralisés du monde.

La région située entre le 57° et le 78° de latitude nord, est celle qui s'enfonce le plus profondément au septentrion; elle comprend les gouvernements de Pétersboug, d'Arkanghel, d'Olonet, de la Finlande russe et de la Finlande suédoise, d'Estonie, de Livonie, de Courlande, de Pskow, de Novgorod, de Vologda, d'Iaroslaff, de Kostrama, de Perm, de Tulolsk, de Tomsk, et d'Irkoulsk. Cette région touche à la Sibérie, et elle est sous un climat très-rigoureux.

La deuxième région s'étend du 50° au 58° de latitude nord, elle peut être nommée la région centrale et tempérée, elle a un sol fertile, qui permet au fruit de venir à maturité, et qui permet la culture de toutes les céréales;

elle comprend les gouvernements de Kasan, d'Orenbourg, de Moskvav, de Smolensk, Mohiléo, de Minsk-
Vilenks, de Grodno, de Pultawa, de Slabod, d'Ukraine,
de Koursk, d'Orlow, de Kakougha, de Toula, de Vladimir, de Nyèghorod, de Simbinsk, Penza, Tàmbov, de
Voranjé et Saratov.

La troisième région, située vers les frontières du sud,
du 39° au 40° du 50°, forme la région méridionale et
chaude; l'olivier, le mûrier, la vigne y croissent; tout
ce que la nature produit sous ces latitudes, la Russie le
possède ou pourrait le posséder. Cette région est formée
des gouvernements de l'Astrakan, de Caucase, de la
Tauride, d'Ekaterinoslov, de Khersan, de Kieff, de
Potosk, de Volensk, de Bialeskok, de la province de
Berbed, de celle de la Grouzine, des terres des Kosaks
du Don, de la Bessarabie et de la province de Valokhie.

Dans les régions glaciales, du 60° au 67° de latitude
nord, le froid est tellement vif que le mercure y gèle
dès le mois de septembre, il y devient susceptible d'être
forgé; dans la Russie Asiatique, le même temps se fait
sentir à partir de 62°. Dans ces deux régions de l'empire
russe, les mers sont couvertes de glace dès septembre;
les marais et les lacs n'y dégèlent que rarement, le sol
est couvert en été de mousse, les rayons du soleil n'y
pénètrent qu'à un demi-pouce de profondeur. En été,
l'atmosphère est chargée de brouillards, qui forment
comme une épaisse et perpétuelle fumée. Dans l'île de
Novaïa-Temlia et à l'extrémité de la contrée habitée par
les Tschoukischers, le soleil reste pendant trois mois et
demi au-dessus de l'horizon; pendant le reste de l'année,
la nuit règne en souveraine; parfois, elle est illuminée
par de splendides aurores boréales.

A Oumba, au 66° 44′ 30″ de latitude, la plus grande
durée du jour est de trente de nos jours. A Kola, au

68° 62′ 30″ il est de soixante jours, dans cet intervalle, le soleil apparaît, semblable à une boule de feu qui fatigue l'œil; les orages y sont si rares, que lorsque, par hasard, le tonnerre y gronde, les animaux et les habitants poussent des cris de terreur et croient la fin du monde arrivée; la végétation cesse dans ces parages mornes, les arbres y sont petits et grêles, le renne est le seul animal domestique qui s'y trouve, l'homme y est difforme et d'un état de santé déplorable.

A Okholsk, en Sibérie, au 50° 20′ 50″, il règne un brouillard d'une épaisseur telle que les rayons du soleil ne peuvent arriver à le percer, et ce brouillard a une odeur fétide insupportable.

Qu'on se figure le triste sort des déportés qui doivent vivre dans ce pays fatal !

En Sibérie, la température devient plus rigoureuse à mesure qu'on avance vers l'est; le printemps y commence tard, l'été y est si court qu'il n'a pas le temps de faire fondre la glace des marais; l'automne y est pluvieux et froid; l'hiver rigoureux, il y gèle souvent jusqu'en juin; les aurores boréales y sont éclatantes et fréquentes; le blé y réussit en deçà de l'Enissie jusqu'au 62° de latitude, au-delà jusqu'au 60° seulement.

Ces contrées glaciales sont malsaines et fatales à l'homme, le scorbut y sévit en permanence, et l'affection hypocondriaque y est presque générale.

Le froid est bien plus rigoureux dans la partie Asiatique, qui s'étend du 55° au 60° nord, que dans les contrées de la Russie d'Europe situées sous les mêmes latitudes; dans ces dernières, le froid est tempéré par les vents qui soufflent de la mer Baltique, et par les innombrables forêts qu'elles possèdent, malgré l'intensité du froid et sa longue durée, le blé y mûrit; le seigle vient en abondance dans les environs de Wasa, dans les

Finlandes, le sarrasin y réussit ainsi que l'orge et l'avoine, on y trouve même quelques arbres fruitiers.

A Archangel, au 64° 31′ 41″ de latitude, le jour est de 21 heures 48 minutes.

A Righa, le plus long jour est de 18 heures 22 minutes; à Pétersbourg, au 59° 56′ 23″ Est, le plus long jour est de 18 heures 21 minutes, le froid est de 22 à 30° Réaumur; la Neva gèle au commencement de novembre et dégèle du 1er avril au 1er mai.

Dans la partie de la Russie comprise dans la zone tempérée du 50 au 55°, le climat est uniformément doux, l'été est court, mais la végétation y est rapide et bonne; les hommes y sont forts, très-beaux, et les animaux y sont robustes.

Dans la région méridionale, l'hiver est tempéré, et l'air est pur et sain pendant l'été; à Kieff, au 50° 26′ 19″, le jour le plus long est de 17 heures 1 minute. En Sibérie, sous la même zone, la température est moins douce; la plaine de Baraba ainsi que plusieurs autres sont couvertes tout l'été d'un brouillard épais et puant; près de Baranoul, au 53° 2′ de latitude, l'hiver commence subitement et sans transition vers le milieu d'octobre; pendant les nuits d'été, il y a fréquemment des accidents de frimats. L'air n'est pas sain dans ces contrées, le scorbut, les fièvres intermittentes y règnent; presque tous les hommes sont épileptiques; l'épizootie et la maladie pédiculaire tuent beaucoup d'animaux. En 1785, dans le gouvernement d'Orenbourg, une épizootie enleva 88,000 chevaux en deux mois.

Dans la région chaude, qui s'étend depuis le 49° 40′ jusqu'au 50° de latitude, toutes les plantes de la zone torride réussissent, la terre est couverte d'une flore aussi belle que variée. La chaleur est quelquefois si forte dans l'Astrakan, que le mercure monte au 103° ½ de

Fahrenheit; les pluies sont si rares, qu'on doit avoir recours à l'irrigation. Dans le désert, la chaleur dure très-longtemps; elle est si intense, que l'air paraît semblable à des toiles d'araignées étincelantes, les bêtes à laine ont une écume sanglante à la bouche. Cette contrée est sujette à deux fléaux : des tourbillons épouvantables et des nuées de sauterelles; en plus, elle ne possède qu'une eau fétide. Aussi les fièvres putrides et la fièvre chaude y sévissent-elles continuellement.

Voici comment le célèbre Pallas a décrit la Tauride :

« Une des régions les plus remarquables et les plus fertiles de l'Empire est la belle vallée, en demi-cercle et en amphithéâtre, formée par les montagnes Taurides sur les rivages du Pont-Euxin. En Tauride et en Anatolie, l'hiver est à peine sensible ; le safran et la primevère y fleurissent en février, le chèvrefeuille y conserve son feuillage pendant tout l'hiver ; pour la botanique et l'économie rurale, ces contrées sont les plus belles parties de l'Empire ; il y croît et il y fleurit en plein air le laurier, l'olivier, le figuier, l'alisier, le grenadier, le fraisier, le micacoulier, le térébinthe et le chêne à tan. Les forêts et les vallées sont recouvertes d'arbres fruitiers, et le câprier se propage spontanément sur le rivage de la mer. La vigne sauvage y pousse en abondance, fleurs, arbustes, plantes grimpantes, forment des haies, des entrelacements et des festons d'un aspect agréable. Cette vallée enchanteresse a toutes les productions de l'Asie Mineure, elle jouit d'un beau climat ; c'est le paradis terrestre de la Russie, dont la zone glaciale est l'enfer ; on pourrait s'y procurer pour la pharmacie toutes les plantes que l'on va chercher aux îles de l'Archipel. »

Le Caucase est une des régions les plus intéressantes

du globe, tous les climats d'Europe et tous les terrains s'y trouvent ; au centre des glaces éternelles et des rochers mornes, les ours, les loups, les chacals et l'hermine règnent en maîtres ; les putois, les lièvres-terriers, le bouquetin du Caucase, l'orgali et une infinité d'oiseaux de proie y font entendre leur voix discordante ; au nord, des collines fertiles en blé et de riches pâturages où errent en liberté les superbes chevaux circassiens ; plus loin, des plaines incultes parsemées d'une flore grossière, mais au doux parfum et aux brillantes couleurs.

Au midi, de magnifiques vallées et de grandes plaines où, sous un climat salubre, se développe toute la richesse de la végétation asiatique ; les pentes qui se dirigent vers l'est, l'ouest et le midi possèdent la luxuriante végétation de la Tauride ; le cèdre, le cyprès, les genévriers rouges, les hêtres, revêtent les flancs des montagnes ; l'amandier, le pêcher, le figuier, croissent en abondance dans de chaudes retraites protégées par des rochers qui forment des serres naturelles. Le cognassier, l'abricotier, le dattier, le jujubier, y sont indigènes ; les marais sont ornés de très-belles plantes, telles que le rhododendrum porticum et l'azalea portica.

Sur le majestueux plateau oriental, le laurier mâle et femelle se trouvent en grande quantité sur le rivage de la mer Caspienne.

Les vallées romanesques du Kank sont embaumées par le seringat, le jasmin, le lilas et par la rose caucasienne.

La Géorgie est encore une province privilégiée, le ciel y est serein, le sol produit, sans efforts, blé, millet, abricotiers, vignes et pruniers. Cette province est couverte de superbes forêts. On y cultive l'abeille ; les chevaux, bêtes de course sont les meilleurs d'Europe comme excellence, grandeur et beauté ; le mouton à grande queue de Géorgie donne la plus belle laine.

La province de Berbed est heureusement située ; sa capitale, sous le 40° 5′ 45″ de latitude, fait un commerce important avec la Perse, ses jardins peuvent rivaliser avec ceux de défunte Babylone.

Sous le rapport de la culture et sous celui des produits du règne végétal, les contrées à l'est de l'Oural ne méritent pas l'honneur d'une mention ; elles ne sont qu'une sorte d'annexe au corps politique.

Un petit nombre de Sibériens ont seuls abandonné la vie des peuples pasteurs pour se livrer à l'agriculture ; très-peu sont constitués en sociétés régulières et fixes. L'Oural forme encore aujourd'hui la ligne de démarcation entre la civilisation européenne et la barbarie de l'homme primitif.

Dans tous les gouvernements de la Russie asiatique, on rencontre, de loin en loin, des espaces de terrain parfaitement cultivés ; mais ils sont si rares, si isolés les uns des autres par des steppes stériles, qu'ils rappellent les îles semées au milieu de l'Océan. Pourtant, l'agriculture fait de grands progrès dans le gouvernement d'Arkousk ; les chefs des tribus des Bouriats et des Mongols s'adonnent avec zèle à cet art, et on espère que leur exemple sera suivi par les autres tribus.

Diverses tribus sont fixées au-delà de l'Oural depuis plusieurs siècles.

La puissance de ce grand empire se concentre en un espace de 90,000 milles carrés, en y comprenant la partie cultivée de gouvernement d'Orenbourg et de celui de Perm. Mais même, dans cet espace, la nature a posé delimites à la culture par l'âpreté du climat du nord et par la qualité du sol dans les parties du midi ; ces limites n'ont jamais pu être franchies au nord. Depuis le 57° jusqu'au 60° de latitude boréale, les Russes et les Finlandais se livrent encore à la culture, mais elle offre un labeur pénible et ingrat ; l'été est si court, qu'il permet rarement au seigle de mûrir ; excepté dans les régions où soufflent les vents de la Baltique, toutes les branches de l'économie rurale expirent au 60°. Cependant, dans la Finlande suédoise, qui se trouve dans la zone glaciale, les blés atteignent leur maturité jusqu'au 65°, et les seigles des environs de Vasa sont d'une excellente qualité ; on cultive dans toute cette province l'orge, l'avoine et même les arbres fruitiers. Dans le sud, le climat serait très-favorable, mais le sol présente un obstacle presque insurmontable à toute culture ; au contraire, le sol des îles d'Aland est très-fertile, et leurs habitants y récoltent presque tous les grains qui leur sont nécessaires. Ces îles ont de vastes pâturages déserts, qui pourront être un jour livrés à la culture.

Les gouvernements les mieux cultivés sont ceux du centre de l'empire, au sud et à l'ouest de Moscou.

La petite Russie, ainsi que les contrées arrosées par le Volga, la Kama, se disputent la gloire d'avoir le mieux cultivé leurs champs.

Nulle part l'homme ne représente une valeur commerciale aussi forte qu'en Russie ; partout les bras manquent. Avant l'émancipation, ce qui faisait la richesse d'une terre, c'était moins son étendue et la bonté de son sol que le nombre de serfs que la glèbe y attachait ; aussi, lorsque l'empereur voulait récompenser un seigneur, il ne lui donnait pas une terre, mais des serfs en plus.

Les instruments aratoires des Russes consistent en deux espèces de charrues, la plus grande appelée sokha, et la charrue ordinaire appelée laban, qui est le plus en usage dans la Russie méridionale ; les autres instruments sont la faux, la faucille, la herse et le fléau.

Il y a trois sortes de champs : les terres cultivées, les terres de steppes dans les parties des déserts qui ont été défrichées, et les terres de bois ; celles-ci demandent à être fertilisées par le feu. Ce moyen se pratique de deux manières : le premier, nommé rhodhung, consiste à couper le bois ou à y apporter des broussailles auxquelles on met le feu ; le second, appelé kouttis, consiste à abattre le bois, à l'enlever ensuite pour labourer la terre. On met, après cela, des fagots et des bûches étendus dans les sillons, et on y met le feu.

Dans la grande Russie, on sème les grains d'été en mai, on les récolte au mois d'août ; on sème ceux d'hiver en août ou dans les premiers jours de septembre ; on fume les champs après la semaille. Dans certaines contrées le paysan sème son grain dans les terres restées en jachère sans les avoir fumées, et il les laboure légèrement, puis les fait herser.

L'orge et l'avoine sont coupées avec la faucille, le blé avec la faux ; ces grains sont battus au fléau ou foulés aux pieds des chevaux ; on les fait sécher à l'air ou au feu d'un poêle, et, après les avoir battus, on les jette dans des trous creusés en terre.

Dans le nord, les travaux de l'agriculture sont très-pénibles.

Dans la petite Russie, les champs de la première qualité rapportent, pendant plusieurs années, six, huit et dix fois plus que la quantité ensemencée. Après cela, on doit les laisser reposer deux ou trois ans ; les champs de deuxième qualité donnent de quatre à six fois la quantité ensemencée, puis ils déclinent et on doit les laisser reposer et leur donner de l'engrais. Les champs de troisième qualité rendent de trois à cinq fois la quantité ensemencée; mais, après cela, on doit les laisser reposer trois ou quatre ans. On peut dire que la Russie a l'immensité de terre, mais pas la qualité, et les propriétaires font l'expérience que la qualité est préférable à la quantité.

L'orge et le blé forment la récolte la plus importante de la Russie, l'avoine et le sarrasin y abondent, le millet y vient bien, l'épeautre aussi, mais il est peu cultivé, la manne de Pologne croît presque partout, mais en petite quantité; le riz y vient bien. Dans l'Astrakan on fait de la farine et du pain avec le lis d'étang, et ce pain a une saveur particulière assez agréable.

Les principaux produits, pour l'exportation, sont : le chanvre, le lin, dans le nord, et le tabac et le houblon dans le midi; sur les rives de la Kama on cultive le chanvre de Valakhie, qui s'élève à la hauteur des palmiers, et on y a introduit avec succès le lin d'Italie. Le suif est encore une branche importante de l'exportation.

L'olivier croît sans culture sur les bords du Térek et dans la Tauride, le sésame dans la Grousénie et à Derbend; le Caucase possède un excellent safran. Grand nombre de plantes médicinales viennent bien en Russie, entre autres la rhubarbe de Chine.

Le thé ne pousse pas en Russie, mais il y croît des plantes qui le remplacent, mais pas avantageusement, ce sont : le rhododendrum dauricum, le saxifrage, le crass folia et autres.

Le kali pousse en grande abondance dans les steppes méridionales. Si on préparait ce kali, qui vient dans ces terres désertes et incultivables, la Russie, au lieu d'acheter de la soude à l'étranger, pourrait en exporter. Les

Kalmouks et les Arméniens seuls en cultivent un peu.

La vigne croît dans le midi, mais elle est négligée : les Russes achètent à l'étranger et fort cher un vin qu'ils pourraient récolter chez eux. Celui de Soudagha a un excellent goût, ceux de Théodosie et d'Apinéi diffèrent peu des meilleurs crus de Champagne. La Grousine exporte son vin en Perse, et la Russie boit du vin français. Il y a un immense espace de terre depuis le 40° jusqu'aux frontières qui conviendrait parfaitement à la culture de la vigne : elle est laissée en friche.

La chasse, en Russie, est libre dans toute l'étendue de l'empire d'Europe, en Sibérie elle est réservée aux peuples qui paient leurs contributions en fourrures. Toute distinction de grande et de petite chasse est inconnue et on ne se préoccupe pas de la conservation du gibier.

Les fourrures les plus précieuses sont celles des zibelines, du renard blanc et du renard noir et celle du castor. Viennent ensuite celles fournies par l'élan, le daim, le bouquetin, l'ours, la gazelle et le chevreuil. Ces fourrures forment une des branches les plus importantes de l'exportation de cette contrée. Les oiseaux sauvages, et entre autres l'édredon, forment aussi une grande exportation. Les œufs de l'édredon sont très-appréciés par les gourmets, qui affirment qu'il sont un mets exquis.

La Grousine et le Caucase abondent en cerfs, sangliers, chevreuils, renards, loups, ours, chacals, lièvres et putois; l'ours blanc de Sibérie est fort beau.

La Russie possède une quantité considérable de mines, or, argent, fer, plomb, cuivre, diamant, alun et vitriol. Pendant le xviiie siècle, ces diverses mines ont produit pour 5,076,802,944 fr. Les mines d'or les plus considérables sont celles de l'Oural, sur le cercle de Beregow.

Celles d'argent les plus riches sont celles de Kolivan, dans les monts Altaï, et principalement les veines de Schlangenberg et de Scmenovskoï. Celles de cuivre sont dans les montagnes de l'Oural, de l'Altaï et d'Olonets. Les plus riches sont celles de l'Oural, qui contiennent toutes les mines des gouvernements de Perm, Oupa et Viaska.

Les mines de fer sont, après les salines, la plus grande richesse minéralogique du pays; les plus nombreuses et les plus riches sont, elles aussi, dans l'Oural.

L'arsenic, en petite quantité, se trouve dans toutes les montagnes métalliques; l'antimoine est assez abondant dans les mines de Nertschmik; le zinc se trouve dans ces mines et dans celles aussi d'Altaï. Le mercure, le cobalt et le bismuth y sont, mais en petite quantité. Il y a plusieurs mines de sel très-riches; la plus importante est dans le gouvernement d'Herk, près d'Oula.

La Russie a donc pour elle l'immensité, la variété des climats et des productions, une source de richesse dans ses mines et dans ses fourrures. Elle ne peut point encore tirer tout le parti possible de ses richesses, les bras manquants; elle se trouve, en cela, dans la même situation que l'Amérique, et ceci ferait, comme je l'ai dit, supposer qu'un changement d'axe viendra, dans un temps éloigné, rejeter tous les habitants des autres parties du monde dans ces deux contrées.

Le servage était, du reste, peu propre à faciliter et à augmenter l'exploitation des richesses de cet empire. Le serf n'avait aucune propriété, il ne comptait pour rien dans l'empire : il était considéré comme une denrée dont le propriétaire ou seigneur disposait à son gré et qu'il pouvait donner, vendre et perdre au jeu; il ne pouvait se marier qu'avec l'autorisation ou par la volonté de son maître. Si celui-ci n'avait point le droit de vie et de mort

16

sur lui, il pouvait cependant le battre d'une façon si
brutale que mort s'en suivait. Tout ce que le serf parve-
nait à acquérir, soit par le fruit de son industrie, soit par
son talent, appartenait de droit à son seigneur. Comme
généralement son maître était ce qu'il détestait le plus
au monde, il se creusait peu l'imagination pour augmenter sa fortune, il se contentait de gagner son pain au
jour le jour, toute innovation le trouvait inerte et même
résistant; son travail obligatoire achevé, il cherchait
dans l'ivresse l'oubli de son triste sort.

Savoir que le fruit de son labeur ou de son intelligence
servira uniquement à enrichir un maître qui, le plus
souvent, a été dur et cruel pour vous, est certes peu fait
pour stimuler votre zèle, et je comprends bien que les
serfs restassent indifférents au progrès et aux améliora-
tions. Les deux exemples suivants, parfaitement authentiques, feront comprendre la position faite par les seigneurs à ceux de leurs esclaves qui écoutaient la voix de
leur intelligence et qui s'élevaient au-dessus du vulgaire :
Un jeune serf d'une vingtaine d'années, peu robuste de
corps et impropre aux durs labeurs des champs, fit un
jour à son maître ce raisonnement. « Ici dans tes terres,
malgré ma bonne volonté et malgré les coups de knout,
je ne puis pas être pour toi un capital productif; Dieu
m'a refusé la force physique, mais mon esprit est porté
vers la spéculation; confie-moi une petite somme d'argent, avec elle je ferai une petite banque et je suis sûr
d'arriver à gagner de l'argent. »

Le seigneur consentit à prêter quelques mille roubles
à son serf, qui alla s'établir dans la capitale du gouvernement et il parvint, en effet, à y créer une petite banque
qui lui rendait beaucoup d'argent. Le seigneur fut rem-
boursé du prix dix-huit mois après, et, à partir de ce
moment, il toucha dix ou douze mille roubles par an. Il

aurait dû s'estimer heureux de voir que ce serf, à lui seul, lui représentait un si fort capital ; mais peu à peu il devint plus exigeant, il reprochait à cet homme le petit luxe dont il s'entourait. Joueur comme tous les Russes, lorsqu'il avait perdu, il venait trouver son serf et il exigeait de lui des sommes si fortes, que toutes les opérations de ce malheureux étaient compromises. Un soir, il perdit au jeu trente mille roubles : il va réveiller son serf et lui demande impérieusement cette somme. Le malheureux lui répond qu'il a seulement vingt-huit mille roubles en caisse, mais qu'il a des engagements, que, s'il donne cette somme, non-seulement sa maison de banque ne pourra continuer, mais qu'encore il passera pour un voleur, car il doit. Le seigneur, à moitié gris, ne veut rien entendre, il lève même sa canne et il bat ce pauvre esclave. Alors celui-ci se redresse les yeux étincelant de fierté indignée.

— Benjamin Nastarochof, lui dit-il, tu es injuste ; dans tes terres, je ne t'aurais enrichi que de quelques centaines de roubles, par mon intelligence je t'en ai donné des milliers ; tu me traites comme un chien et tu veux me faire passer pour un malhonnête homme. Eh bien, attends, je vais chercher ma caisse.

Il passe dans la pièce lui servant de bureau, il prend de la braise dans le poêle, la place dans un grand plat, puis il prend les liasses de roubles, tout ce qu'il possédait, et il jette ce papier argent dans le plat. Lorsqu'ils flambent bien, il s'empare d'un pistolet, l'appui sur son cœur et il appelle son seigneur.

— Voilà ton argent, lui dit-il en lui montrant la flamme qui dévore les roubles ; Alexandrowich n'en gagnera plus pour un maître aussi injuste que toi.

Il pose le doigt sur la détente du pistolet, le coup part et son cadavre roule aux pieds de Nastarochof.

Un autre jeune serf, appartenant à la comtesse de J...,
montrait une vive intelligence et un goût prononcé pour
le dessin. Toujours on le voyait un morceau de charbon
ou un crayon à la main essayer de copier les objets qu'il
voyait. La comtesse de J... aimait beaucoup cet enfant
qui était le fils de sa nourrice; elle lui donna des leçons de
dessin pendant quelques années, ensuite elle l'envoya à
Moscou se perfectionner dans l'atelier d'un grand peintre. Le jeune Nasime devint un peintre d'un certain talent; la comtesse lui permit de se fixer à Moscou et d'y
vivre de son art. Elle lui laissait tout l'argent qu'il ga-
gnait. Nasime ne tarda pas à se faire une lucrative position comme peintre de portraits. Il aimait son art, il avait
le feu sacré et les portraits qu'il faisait témoignaient de
son talent réel. Mais un jour la comtesse meurt; son fils,
son unique héritier, n'a point le noble cœur de sa mère :
il exige que l'artiste lui paye, en qualité de serf, une
forte redevance. Non content de cela, il exige qu'il fasse
gratuitement le portrait de toutes les vierges folles avec
qui il dévore son héritage. Un jour, l'une d'elles trouve
que son portrait n'est pas ressemblant, l'artiste l'a enlaidie exprès, dit-elle. Le comte fait venir Nasime et
lui fait administrer vingt coups de knout devant sa maîtresse. Le jeune homme humilié, découragé, se met à
boire pour oublier, bientôt il s'adonne à la boisson. Le
feu sacré s'éteint en lui, il essaye en vain de reprendre
son pinceau, il ne fait rien de bon. Son maître se fâche,
le maltraite; le malheureux, exaspéré, poignarde le
comte. La police s'empare de lui et lui applique
la torture, plus cent coups de knout en trois re-
prises, puis elle le laisse guérir et l'envoi en Sibérie aux
mines.

Mais maintenant que, grâce au ciel et à Alexandre II,
il n'y a plus que des hommes en Russie, sachant qu'ils

profiteront en paix du fruit de leurs labeurs, les Russes vont, je n'en doute pas, sortir de leur apathie, ils suivront les idées nouvelles et le progrès. La culture, le commerce, l'industrie et les arts atteindront, je l'espère, un prompt développement.

DE PARIS A PÉTERSBOURG

Aucune route n'est aussi morne et fatigante que celle de Paris à Saint-Pétersbourg; on change de voiture à la frontière belge, on en change à la frontière prussienne, et on en change à la frontière russe.

Soixante-quinze heures en chemin de fer, c'est long !

Arrivé sur le sol russe, on doit subir les formalités de la douane; pour ses compatriotes, cette Administration est féroce, mais pour les étrangers, qui prouvent par leur passeport qu'ils ne sont point marchands, mais de simples touristes, elle devient d'une courtoisie si parfaite, qu'elle vous donne la preuve que l'on arrive chez un peuple éminemment hospitalier.

De la frontière à Pétersbourg, on traverse pendant 880 werstes un pays plat, désert, aride. En hiver, une épaisse couche de neige lui fait un tapis d'un mètre cinquante de profondeur, linceuil sinistre !

Les cimes des noirs sapins font de grandes taches sur cette blancheur, ce sont les larmes noires de cet immense drap mortuaire.

De ci et de là, une fumée noirâtre s'élève en spirale d'un monticule de neige, elle vous indique la place d'une chaumière; parfois, on aperçoit près de ces pauvres demeures des enfants, des jeunes filles, qui courent pieds-nus sur ce sol glacé.

La misère du peuple russe se dévoile à vous, dès les premiers pas que vous faites dans cet empire.

Pour le riche, un climat rigoureux n'est qu'une sensation agréable en plus; il peut braver les rigueurs du froid, et, bien douillettement enveloppé dans des fourrures, assis dans un gracieux traîneau, emporté par de bons chevaux, il éprouve un bien-être ineffable à avoir chaud lorsque le ciel et la terre grelottent. Chez lui, il a des appartements spacieux où règne partout une douce température de seize degrés de chaud, des fleurs rares les ornent et les embaument; il regarde par les fenêtres, la neige tombe et tombe toujours, elle recouvre les toits et les rues de son hivernal manteau; le thermomètre marque trente degrés au-dessous de zéro, il se frotte les mains, il est heureux d'être dans cette douce atmosphère qui règne chez lui, alors que tout est glacé autour de lui, et il est tenté de se dire : Quelle bonne chose que le froid !

Mais pour le pauvre, le tableau change ! S'il est dans la rue, il s'aperçoit que ses bottes déchirées laissent pénétrer l'air glacial sur ses pieds, il ramène d'une main bleuie et à moitié gelée, sa vieille pelisse en lambeaux sur sa poitrine, et elle le garantit mal : il a froid, très-froid ! En rentrant dans son logis, il trouve, il est vrai, un poêle qui chauffe à blanc, ses fenêtres sont calfeutrées et ne laissent point pénétrer la bise, mais quels miasmes impurs il respire dans ce bouge ! Les mauvaises odeurs s'y amoncèlent et y forment un épais nuage, la vermine éclot à cette chaleur factice, comme elle éclot sous le brûlant soleil d'Afrique.

Dans les villes, les pauvres circulent dans les rues; le paysan, lui, doit rester dans sa misérable chaumière, les neiges le bloquent; la plupart des routes sont impraticables, et puis sortir, pour aller où ? Pendant cinq ou six mois, les rigueurs du froid lui font des loisirs, il n'a rien à faire, sinon à méditer sur ses misères passées et sur ses misères à venir.

Sa maison est petite, sa famille est nombreuse; souvent huit ou dix personnes sont entassées dans deux pièces, ayant pour tout lit de la paille, et pour toutes couvertures des loques puantes; pour se vêtir et se garantir de ce froid mortel, tous ces pauvres gens s'enveloppent de vieilles hardes, les heureux ont des peaux de mouton, qui ont déjà servi à leur père; ces pelisses sont habitées par des nuées d'insectes horribles. Dans un pays chaud, le pauvre peut, à la rigueur, être à peu près propre, mais sous un climat aussi rigoureux que celui de la Russie, cela lui est matériellement impossible.

L'homme des pays chauds ou modérés vit beaucoup au grand air, aussi a-t-il besoin de peu pour se nourrir, tandis que celui qui vit sous un climat glacial, a besoin d'une nourriture saine et abondante ; ne pouvant se la procurer, faute d'argent, le paysan, l'ouvrier, tous ceux qui sont pauvres en Russie, ne peuvent arriver à se soutenir que par des boissons alcooliques ; ils ne trouvent à la portée de leur misère que des boissons falsifiées et mortelles, ils les boivent d'abord pour se réchauffer, et ensuite par habitude, très-souvent par désespoir; l'ivrognerie est leur mode de suicide, le moujick boit, les vapeurs de l'ivresse le font rouler sur la neige, là, il s'endort, et souvent il se réveille dans l'autre monde.

Puisse-t-il y trouver une vie moins amère !

L'ivrognerie, dans les climats chauds ou tempérés, est un vice condamnable; en Russie, c'est le fatal dénouement d'une vie d'angoisses et de privations. Aussi, lorsque vous voyez le moujick trébucher et tomber sur le sol glacé, prêtez-lui une aide compatissante et dites-vous : Voilà une triste victime des rigueurs du climat et de celles de la misère.

Si les pauvres cabanes ensevelies sous la neige, m'ont inspiré ces mornes réflexions, pendant mon voyage à travers ce désert, qui sert de première étape à la Russie; l'amoncellement de neige que j'apercevais de tout côté, est venu, lui, me faire ressouvenir de la retraite de Moscou, et j'ai revu en imagination, les héros de notre grande armée, luttant avec l'énergie du désespoir contre tous les éléments déchaînés.

Mentalement, je redisais ces beaux vers de Victor Hugo :

Il neigeait. L'âpre hiver fondait en avalanche.
Après la plaine blanche, une autre plaine blanche.
. . . .
Il neigeait, il neigeait toujours, la froide bise
Sifflait; sur le verglas, dans des lieux inconnus
On n'avait plus de pain, et l'on allait pieds-nus.
Ce n'étaient plus des cœurs vivants, des gens de guerre ;
C'était un rêve errant, dans la brume un mystère,
Une procession d'ombres sous le ciel noir.
La solitude vaste, épouvantable à voir,
Partout apparaissait, muette, vengeresse.
Le ciel faisait sans bruit, avec la neige épaisse,
Pour cette immense armée, un immense linceul ;
Et chacun se sentant mourir, on était seul.
. . . .
On pouvait, à des plis qui soulevait la neige,
Voir que des régiments s'étaient endormis là.

L'impression produite par ce souvenir douloureux de notre histoire était si forte, que, sous l'empire d'une sorte d'hallucination, je revoyais cette procession d'ombres noires sur ce blanc linceul, et mes yeux cher-

chaient ces plis de neige, indiquant la place où nos ré‐
giments s'étaient endormis dans le long sommeil de la
mort.

Napoléon Ier avait oublié que le héros, tout comme le
faible mortel, ne peut lutter contre le désert, c'est-à-
dire la faim, et contre trente-sept degrés de froid. Il n'a‐
vait point assez réfléchi à la puissance invincible de ces
deux monstres, qui se font les avant-gardes et les fidèles
gardiens de l'empire russe : le désert et la glace.

Les stations du chemin de fer de ce côté de la Russie
ont elles-mêmes un aspect morne et désolé peu fait
pour égayer le voyage; on n'y trouve rien à manger, et
dans l'une d'elles, il est impossible de se procurer même
de l'eau potable, et ceci explique la mode russe d'em‐
porter des paniers de provisions.

En revanche, les voitures sont confortables, on peut
circuler à l'aise dans les salons et dans les couloirs,
elles ont des doubles portes et des doubles fenêtres ; des
grands poêles y entretiennent une température de seize
et souvent dix-huit degrés de chaleur, ce qui vous
donne le pressentiment qu'en Russie vous aurez surtout
à souffrir de l'excès de chaleur des appartements, et que
vous y serez continuellement exposé à passer brusque
ment de seize degrés de chaleur à trente de froid

Les administrateurs des chemins de fer russes ont la
délicatesse de ne pas traiter les voyageurs en vulgaires
colis, ils se préoccupent de leurs aises et de leur confort ;
à chaque voiture ils mettent un employé qui a mission
de servir les voyageurs, d'aller leur chercher du thé, du
café, de les aider à monter et à descendre, et enfin de
prendre leur billet pour le présenter au contrôleur, afin
que celui-ci ne vienne pas troubler leur sommeil.

On trouve dans toutes les voitures des cabinets de toi‐
lette. On peut donc aller de la frontière à Pétersbourg

sans descendre de sa voiture. Chez nous, le malade qui fait la dépense d'un coupé n'en est pas moins forcé de descendre pour aller trouver un cabinet de toilette ou un indispensable, et, de plus, la nuit, on vient ouvrir sa portière, on fait entrer sans pitié l'air frais du dehors dans cette boîte que nos administrateurs appellent des coupés.

Nos chemins de fer sont les plus chers du monde, ceci est vrai et ils sont les plus inconfortables, c'est indiscutables; un voyage en France est un supplice, et les voitures françaises ne sont que des instruments de torture oubliés par la défunte inquisition.

L'arrivée à Pétersbourg fait oublier la tristesse de la route. Ici encore on a la preuve qu'on arrive dans un pays hospitalier, et l'administration du chemin de fer mérite de nouveaux éloges, car elle laisse entière liberté à vos amis de venir vous recevoir sur le quai, à la descente même de la voiture. Aussitôt que le train entre en gare, vous apercevez sur le quai des chapeaux et des bras qui s'agitent, une joyeuse clameur vous souhaite la bienvenue; on saute lestement à terre et chacun est entouré par le petit groupe d'amis venus pour lui.

Il était dix heures du soir lorsque notre train entra en gare. Nous étions au 27 décembre; j'étais en route depuis soixante-dix-neuf heures, j'en avais assez.

Une amie me reçut au saut du wagon. Elle jeta sur moi un supplément de fourrures, m'enveloppa la tête d'un fin et immense châle d'Orenbourg, et nous montâmes dans son traîneau. Ses deux intrépides chevaux nous traînèrent avec une rapidité effrayante de la gare à la Karavannaïa. Notre fragile voiture bondissait d'un trou sur un monticule; à chaque tournant, elle se renversait à moitié; si mon amie ne m'avait pas tenue vigoureusement, j'aurais roulé cinquante fois sur la neige.

Un vent glacial soufflait de la Néva; il y avait vingt-cinq degrés de froid; le vent me cinglait le visage, me coupait la respiration, j'étais transie et je n'avais pas même la force de dire à mon amie ce que je pensais de ce climat; mais elle s'en doutait bien, et la charmante sans-cœur riait comme une folle en me disant: « Le premier moment seul est pénible, vous vous y ferez. »

Je descendis de traîneau brisée, ahurie et gelée; mais, dès que j'eus franchi le seuil de la porte cochère, une chaleur de quatorze degrés me fit revenir à moi, et, tout en montant l'escalier, je me débarrassai de mes fourrures, car la réaction s'opérait si brusquement que j'asphyxiais.

Un bain m'attendait, et une heure après je sortais de ce bain délassée et enchantée, vêtue d'un simple peignoir de mousseline. Je parcourus le splendide logis de mon amie, et je constatai l'ingéniosité de ce système de chauffage qui entretient partout, même dans les couloirs et dans les recoins, une même température. A travers les vitres je voyais la neige tomber à gros flocons; le thermomètre descendait à vingt-six et, habillée de mousseline, j'avais chaud. Cela me donnait une sensation des plus agréables, aussi je tins tête à mon amie. Je soupai de bon appétit, en me disant: « Après tout, on doit se faire au froid, et si je ne m'y habitue pas, j'en serai quitte pour ne pas sortir; ma prison est vaste, confortable, luxueuse même, j'y attendrai les beaux jours. »

De fait, je restai enfermée quatre jours sans vouloir mettre le nez dehors; je voyais les toits pleins de neige; le thermomètre descendait à trente degrés; je frémissais à la pensée de braver cette atmosphère glaciale. Pourtant, au bout de ces quatre jours, je ressentis un vague malaise, une sensation pareille à celle qu'on doit éprouver

lorsqu'on commence à s'asphyxier; je me sentais un
grand besoin d'air frais et je sortis. Je pus me convaincre
qu'avec de bonnes fourrures on supporte fort bien le
froid sec; mais en rentrant je trouvai l'appartement trop
chaud, il était bien aéré par des ventilateurs et cependant il me semblait que j'étouffais, j'aurais donné n'importe quoi pour pouvoir ouvrir une fenêtre et respirer
une minute l'air froid du dehors, mais, hélas! les fenêtres étaient calfeutrées.

Cette sensation d'asphyxie, ce désir d'ouvrir les fenêtres allaient si bien en augmentant, qu'au bout d'un
mois c'était devenu une monomanie : la nuit je ne dor-
mais pas, et lorsque par hasard le sommeil venait, j'étais
réveillée en sursaut par des battements de cœur et un
bruit de cascade de chute d'eau dans les oreilles; je me
levais, je collais mon front aux vitres et je disais : « Ah!
quel bonheur, si je pouvais ouvrir! »

Souvent j'avais insinué à mon amie qu'on devrait dégager une croisée, mais elle m'avait regardée d'un air
si étonné, que je m'étais tue voyant que j'avais dit
une énormité. Bientôt pourtant je sentis que, soit besoin
de ma nature, qui ne pouvait se faire à cette température de serre chaude, soit caprice arrivé à l'état impé-
rieux de monomanie, je deviendrais malade si je n'ou-
vrais pas les croisées à volonté, et malgré le charme
qu'avait pour moi la vie de famille que je menais chez
mon amie, malgré les soins affectueux qu'elle me donnait, je pris prétexte d'un voyage à Moscou et j'allai
m'installer à hôtel de l'Europe, rue Michel. La première
chose que je fis fut de faire décalfeutrer une fenêtre dans
le salon et une dans ma chambre ; ensuite j'écrivis à
mon amie. Elle arriva furieuse contre moi; mais, en
voyant mes fenêtres ouvertes, elle partit d'un éclat de
rire : elle avait compris.

— C'était donc sérieux, me dit-elle, ce désir d'ouvrir les croisées ?

— Si sérieux, lui dis-je, que j'en serais morte.

— C'est à présent que vous mourrez, me dit-elle, car vous allez finir par prendre une fluxion de poitrine.

Je n'ai pas pris même un rhume, et j'ai ouvert mes fenêtres plusieurs fois par jour, et dès lors j'ai pu dormir sans cette sensation d'asphyxie.

L'excellent docteur Lewes m'a expliqué que les appartements russes, si bien clos et trop chauffés, manquent d'oxygène. Étant très-anémique, j'avais plus mal supporté qu'une autre cette mauvaise condition d'hygiène. Je n'étais donc point ingrate envers mes hôtes gracieux et hospitaliers, je n'étais que malade, et ceci me fit plaisir. Je puis dire que je n'ai jamais souffert, en Russie, du froid, même lorsque le thermomètre y est descendu à 37° ; mais, en revanche, j'ai horriblement souffert de la chaleur, en soirée, au théâtre, aux cercles, en visite ; partout le manque d'oxygène me donnait des étouffements et des bourdonnements dans les oreilles. En avril, dans beaucoup de maisons, on n'avait point encore décalfeutré les fenêtres, et les appartements avaient une odeur fade et un air raréfié difficile à supporter.

Je suis sûre que ce système est très-malsain et je ne serais pas étonnée qu'il entrât pour quelque chose dans cette effrayante mortalité d'enfants qu'on a déplorée en Russie, et qu'il fût le coupable de ce teint pâle et maladif qu'ont les femmes russes à la fin de l'hiver.

SAINT-PETERSBOURG

SES DIFFÉRENTS ASPECTS, SES MONUMENTS ET SES DIVERS
ÉTABLISSEMENTS DE CHARITÉ

Voici comment un Russe humoristique a décrit Pétersbourg :

« Ses maisons sont badigeonnées de jaune, couleur
chère au cœur des bons patriotes, chère aussi au cœur
de l'administration, qui la considère comme l'indice de
sentiments conservateurs.

« L'ocre recouvre postes, prisons, palais, églises, cabarets, usines ; la couleur rhubarbe et la ligne droite
sont, chez nous, considérés comme l'idéal de la suprême
élégance.

« Héritiers de Bati et de Mamaï, notre œil aime l'espace, et, prenant nos places pour des steppes, nous aimons que rien ne fasse obstacle à notre rayon visuel et
que de Toula on puisse apercevoir Anzamai. »

Cette critique porte juste, mais la nuance vert chou
fait quelque peu concurrence au jaune. Le sol est blanc
pendant six mois de l'année; ce jaune serin et ce vert
cru font un piteux trio avec la blancheur de la neige. Et
Pierre le Grand, en traçant le plan de cette ville, a ou-

blié que l'excès en tout est un défaut : les places sont si vastes que l'œil ne peut les embrasser dans leur ensemble, et les monuments qui les bordent n'apparaissent plus de loin que comme de simples palissades ; les rues, elles aussi, sont si larges que les maisons en semblent mesquines. A ces places, à ces rues il faudrait des constructions énormes de huit ou dix étages ; mais alors on dirait en les voyant qu'elles ne sauraient convenir qu'à des géants.

Tel qu'il est, Pétersbourg représente l'aspect d'une vaste plaine coupée par l'eau, bordée par l'eau, entourée par l'eau, dans laquelle on a bâti pêle-mêle, en laissant de grands espaces vides, des palais, des cabarets, des églises, des châteaux, des chalets, des fermes, des casernes, des masures, des monuments gigantesques, des usines, et tout cela jeté au hasard, le palais à côté de la masure, le monument à côté du petit chalet, l'église tout près du cabaret. Le beau fait face au laid, la petite maisonnette de bois s'adosse au gigantesque palais : l'harmonie, la régularité et la symétrie sont exclues de cette agglomération des constructions les plus variées. Les palais, les églises et les cabarets entrent pour les trois quarts dans les constructions de Pétersbourg, les maisons à locataires forment l'autre quart.

Si on regarde cette ville pendant l'hiver et du haut d'un monument très-élevé, le coup d'œil qu'elle offre est assez original : on ne voit qu'une multitude de monticules de neige, de hauteur et de grosseur diverses, et des flèches dorées se dressant fièrement et par milliers à travers toutes ces petites montagnes de neige. C'est tout ; les monuments forment les montagnes, les maisonnettes les petits monticules.

Chaque toiture porte, tout l'hiver, une épaisseur de 1 mètre à 1 mètre 50 centim. de neige ; voilà un pays où

il faut construire solidement. Par ordre de police, l'épaisseur minimum des murs doit être de 90 centim. ; les édi-
fices, les palais et toutes les grandes maisons ont des
murs qui atteignent 1 mètre, 1 mètre 20 d'épaisseur.

Vu de l'intérieur et non plus des sommets, l'aspect de
Pétersbourg varie toutes les saisons et presque tous les
mois. A mon premier voyage, en 1866, j'y ai passé l'été
et l'automne ; l'an dernier j'y ai passé l'hiver et le printemps, j'ai donc vu cette ville sous tous ses aspects.

Je vais essayer de la photographier dans ses quatre
saisons.

En septembre il y pleut à torrents ; dans l'espace de
quelques heures, le thermomètre varie de 10° de froid à
4° de chaleur. La ville n'a point d'égouts, elle est bâtie
sur des marais fétides ; l'eau de la pluie s'infiltre dans
l'eau des marais et celle-ci suinte en dehors ; on ne
marche plus dans Pétersbourg, on y barbote, et l'œil est
tout étonné de ne point apercevoir des troupeaux de canards prenant leurs ébats dans les mares d'eau qui se
forment dans les rues.

Si les échasses n'étaient point inventées, les Pétersbourgeois auraient dû être poussés vers cette invention ;
elle est faite et ils ne s'en servent pas : ils ont bien tort.

Un Russe misanthrope et ennemi de la race humaine
s'est demandé un jour quel supplice il pourrait bien in-
venter à l'usage de ses semblables ; après mûre réflexion
il a confectionné un véhicule qui remplit ce triple but :
une réelle difficulté pour s'y hisser, une plus grande encore pour s'y maintenir, et faite de façon à broyer les os.

Par exemple, ceux qui veulent se suicider n'ont qu'à
aller sur ces voitures nommées drowjky ; si, au bout de
huit jours, ils sont encore de ce monde, ils doivent renoncer à la mort, car ceci leur indique qu'une chance
phénoménale s'attache à eux.

Primitivement les drowjky se composaient d'une planche de bois brut posée, sans ressort, presque à ras de terre, entre quatre roues, sur deux essieux. Aujourd'hui il y a progrès : ces véhicules, les plus petits qu'il existe, se composent de deux petits bancs sans dossier, très-rapprochés l'un de l'autre, et de deux immenses garde-crottes qui lui donnent l'aspect d'un insecte rasant la terre les ailes déployées. La banquette du voyageur est supportée par quatre petits ressorts placés de longueur des roues. C'est à croire que ces ressorts sont de verre tant ils cassent fréquemment. L'iwoschik (cocher) étend ses jambes en dehors et elles vont caresser les jarrets des chevaux tandis que la queue de ceux-ci vient caresser la figure de l'iwoschik. Le voyageur cale ses jambes le mieux qu'il peut; il a le dos du cocher dans la figure et sa tête domine de fort peu celle du cheval. Courir ainsi à ras de terre n'a rien de bien digne et encore moins de majestueux, l'homme se sent mesquin et rapetissé. Le coup d'œil qu'offrent les rues sillonnées par ces véhicules est bizarre, pittoresque, mais non grandiose. Toutes ces voitures microscopiques que les chevaux traînent après eux sont d'un aspect sauvage et ridicule. Il faut s'élever le plus qu'on peut! et dans une ville aussi crottée que Pétersbourg, je ne conçois pas cette mode dérisoire de courir à ras de terre... et boue.

A ces voitures fragiles, légères et si petites on attèle souvent deux chevaux et parfois trois chevaux; c'est alors une course vertigineuse et dangereuse. Le cheval principal, celui du brancard, a la tête passée dans un demi-cercle de bois, espèce de cerceau, qui ne lui touche pas le cou, les harnais s'adaptent solidement et avec grâce à ce bois.

Le cocher pétersbourgeois est Finnois, c'est-à-dire Scythe d'origine; il a le visage plat, les traits effacés;

son regard a l'astuce du Tatar ; il porte une longue
barbe, qui lui est si chère, qu'il y tient comme à sa
tête : cette barbe lui donne une vague ressemblance
avec ces saintes images qu'il voit peintes sur les murs
des chapelles, et ceci le rend tout fier ; ses cheveux
sont coupés d'une façon originale, à ras sur le cou et
sur le front, et retombant très-longs sur les joues ; il
est coiffé ou d'un chapeau carré de forme très-large et
très-bas, ou d'un bonnet en fourrure ; lorsqu'il fait très-
froid, il se met un fichu sur la tête, qui se rattache
derrière le dos ; il porte la longue robe persane, de
couleur bleue, verte, ou encore gris-chamois ; elle est
serrée à sa taille par une grande écharpe en soie ou en
laine de couleurs voyantes ; il a pour chaussures de
grandes bottes à bouts ronds.

Ces robes, ces costumes étranges, vont bien en Perse,
en Afrique, en Syrie ; là, le sol, la lumière, demandaient la robe étoffée, la couleur voyante ; le ciel terne
de la Russie demanderait le costume sombre et sévère,
et enfin, en Russie, on est en Europe, les mœurs y sont
policées ; ce ne sont plus des mœurs asiatiques, mais
des mœurs européennes ; si bien, que ces robes persanes jurent, ces iwoschiks, ces moujiks, font l'effet
d'hommes s'étant habillés en femmes pour fêter les
jours gras.

Après Varsovie, Pétersbourg est la ville la plus mal
pavée du monde, les rues sont remplies d'accidents de
terrain, trous profonds, monticules, ruisseaux, ornières.
Aussi les drowjky ne roulent pas, elles bondissent et
rebondissent de la mare au monticule pour retomber
dans l'ornière ; elles penchent à droite, puis à gauche ;
il faut posséder l'art de l'équilibriste pour se maintenir
sur ce petit siége où il y a à peine place pour un et
fort souvent deux voyageurs y montent et alors chacun

n'est assis qu'à moitié. Si les promeneurs sont un
homme et une femme, le premier passe son bras autour de la taille de sa compagne pour l'empêcher de
tomber ; si ce sont deux hommes, l'un se penche en
avant, tandis que l'autre se couche en arrière en se
cramponnant au banc ; lorsque ce sont deux femmes, le
coup d'œil devient original : assises deux sur un banc
de soixante centimètres de longueur, leur robe envelop-
pant la voiture, elles calent leurs pieds, et, comme en
mer on essaye de suivre le mouvement du tangage,
elles s'efforcent de suivre les bonds désordonnés de la
drowjka ; elles se tiennent par le bras, et, de leur autre
main, elles se cramponnent résolûment à la robe du
cocher, une manière ingénieuse de lui dire : « Prends
garde, ne tourne pas trop brusquement ; évite les ca-
hots, car si nous tombons, tu rouleras avec nous. »

Certains cochers facétieux et téméraires, malgré une ou
deux femmes ainsi accrochées désespérément à leur dos,
lancent leurs chevaux au grand galop à travers les montagnes de boue et les mares d'eau ; la voiture saute,
bondit, se penche à droite, puis à gauche, en secouant
cette grappe humaine ; les femmes crient, le cocher rit ;
le coup d'œil est pittoresque et plaisant.

En septembre les nuits sont lugubres, le ciel est noir,
la pluie froide vous transit, le vent vous cingle le visage ;
les rues sont larges, les becs de gaz peu nombreux,
l'obscurité règne, pas de promeneurs ; les riches sont
encore à l'étranger, les fenêtres de leurs palais n'envoient
aucun joyeux reflet de lumière ; dans la rue, quelques
rares voitures s'entre-croisent ; on n'entend d'autres
bruits que celui des roues qui font clapoter l'eau et celui de la pluie qui tombe par rafales, d'autres voix humaines que celles des cochers s'insultant au passage,
histoire de se distraire un peu.

Le peuple russe dispute au peuple italien le triste privilége de ces jurons monstrueux d'impiété ou sales et orduriers à faire rougir des statues de bronze.

En octobre, même ciel noir, la neige alterne avec la pluie; le vent vient de la Néva, et il est glacial ; enfin la neige remplace la pluie, elle tombe, tombe sans trève, elle obscurcit l'atmosphère, on n'y voit pas à deux pas devant soi ; elle commence à former le blanc et épais tapis que Petersbourg conservera pendant quatre et parfois cinq mois ; le thermomètre descend à 25° au-dessous de zéro; c'est la belle saison qui commence pour le higth-life, la ville s'anime, les salons s'ouvrent. Hourra pour la neige !

Les traîneaux remplacent les drowjky ; avec ce genre de véhicules, forts légers, très-commodes, j'en conviens, le pittoresque ne perd rien cependant. Ainsi, de loin, lorsqu'un traîneau vient en face, on croit apercevoir un cheval portant un cocher assis sur sa queue, lequel cocher prend un second point d'appui sur le nez du voyageur.

Si les grandes et hautes voitures ne circulaient pas pendant l'hiver, il serait assez agréable de glisser sur la glace assis presque à ras de terre ; mais se trouver dans cette situation au milieu d'un embarras de grandes voitures, c'est effrayant.

Le grand chic pétersbourgeois, c'est de se promener en traîneau, bien emmitouflé de fourrures, et de recevoir, sans broncher, le manteau de neige que les frimas jettent sur vos épaules et sur votre tête ; le malheureux étranger qui a l'idée d'ouvrir un parapluie excite un fou rire sur son passage.

Le cocher a son bonnet couvert de neige, ses moustaches ne sont plus que glaçons, ses cils sont blancs et glacés ; la transpiration et la respiration du cheval se

17.

glacent, et cette bête, ainsi hérissée de petits glaçons, prend un air sauvage qui a son cachet.

Les belles élégantes mettent pied à terre devant le jardin d'hiver ou dans la Perspective ; elle se promènent en balayant la neige glacée de leurs longues traînes ; elles ont la tête enveloppée dans de grands et fins châles d'Orenbourg ; quelques-unes ont le mauvais goût de remplacer cette laine fine et soyeuse par un grand châle en cachemire noir. Le chapeau, en hiver, est une inutilité en Russie ; on ne peut porter que le bonnet en fourrure et le châle lié autour de la tête, les bouts retombant derrière le dos ; impossible, par exemple, de faire de la coquetterie comme chaussure : sous peine d'avoir les pieds gelés, on doit porter de larges bottes fourrées. Toutes les femmes ont l'air d'avoir des pieds de gendarme. Un Russe m'a pourtant affirmé que les hommes parvenaient à faire des calculs exacts sur la forme réelle des pieds ainsi chaussés.

Les nuits commencent à être animées, d'innombrables traîneaux glissent avec une rapidité vertigineuse sur ce blanc tapis, on dirait des ombres noires fuyant en tous les sens et portant une lanterne à la main ; les arbres sont changés en stalactites et ressemblent à d'immenses fantômes blancs. Devant le théâtre petillent de grands feux allumés pour réchauffer les cochers, la flamme rouge illumine la blancheur qui l'entoure ; c'est fantastique, on se croirait dans une ville habitée par les héros créés par l'imagination d'Elgar Poé.

En décembre et janvier l'animation augmente encore ; si le froid persiste, les Russes s'écrient joyeusement : « Quelle belle saison ! » Et ils ont raison, du reste, Pétersbourg n'est habitable que lorsque le thermomètre est au moins à 18° au-dessous de zéro ; car alors l'eau, ennemie de cette ville, est domptée, l'homme s'y sent moins réduit à la triste situation de la grenouille, la Néva est carrossable, on peut aller à pied à Cronstadt, on peut même traverser un bras de la Baltique et aller en Suède en traîneau ; enfin le sol durci ne laisse plus filtrer l'eau intérieure des marécages, tandis que, lorsqu'il fait un de ces hivers incertains avec des variations atmosphériques qui amènent le dégel, Pétersbourg n'est plus une ville, c'est un cloaque.

Si, dès janvier, on ne prenait pas la précaution de faire casser la glace qui se trouve dans les rues, et de la faire transporter hors la ville, l'amoncellement serait si considérable que toute la ville serait submergée au moment du grand dégel. Ce sont les Finnois qui viennent faire ce travail ; ils arrivent par milliers, couchés ou assis dans leur traîneau de bois qui, comme forme, représente assez bien une barque ; il faut que leur misère soit bien grande, car ils viennent se louer pour une somme qui fait à peu près, en monnaie française, un franc par jour. Le travail qu'ils ont à faire est dur, et ils doivent se nourrir et fournir les piques et pelles de fer qui leur sont nécessaires, et emporter les blocs de glace dans leur propre voiture.

Les Finnois sont laids et chétifs, leurs traits sont à peine indiqués, et ils n'ont aucune expression dans le visage ; leurs yeux sont des vitres, mais non des miroirs, ils ne reflètent rien ; ils viennent rarement à Pétersbourg, et vivent dans les marécages de l'Ingrie ou sur les petites collines granitiques qu'on y rencontre ; leurs demeures ne sont que des misérables cabanes.

En mars on casse encore la glace avec frénésie, ce qui rend les rues impraticables ; on la casse dans les rues et sur les toits, d'où on la lance en bas sans crier gare ; tant pis pour vous si vous en recevez quelques énormes blocs sur la tête ; les portiers la cassent devant leur

porto et dans les cours ; eux aussi la jettent dans les
rues, sans se soucier des passants. Inutile de risquer
une observation, vous verriez une avalanche d'injures
se joindre à l'avalanche de glaçons. Cette glace coupée
par"place vient faire des casse-cous dans les rues, et
les voitures bondissent, versent, se brisent par centaines.

Quelquefois fin de mars, d'autres années en avril, le
dégel complet arrive ; il pleut, il neige, il grêle, le vent
souffle violent, impétueux, la ville devient impraticable,
on ne peut sortir ni à pied, ni en voiture ; l'absence
d'égouts ne permet point à l'eau de s'écouler, elle forme
des étangs parfois d'un mètre de profondeur. Il faut
avoir vu de ses yeux vu ce gâchis pour se faire une
idée de ce qu'est Pétersbourg dans ce moment.

Le poid de la glace et le travail de son cassement ont
dépavé complétement, les rues qui ne sont plus que trous
et amas de pierres. Les drowsky avec le dégel reparais-
sent et viennent ajouter un second fléau à celui de la
crotte.

En allant en voiture, on est éclaboussé des pieds à la
tête ; à pieds, on barbote dans une eau puante et noire,
qui vous monte jusqu'aux genoux.

Presque toutes les maisons ont de grandes cours, on a
la déplorable habitude d'y jeter, pendant l'hiver, toutes
sortes d'immondices, le dégel et la chaleur arrivant, ces
cours sont des foyers d'infection.

La glace de la Néva craque, se fend, puis enfin elle
s'ébranle, des blocs gigantesques se mettent en mouvement, se heurtent aux ponts avec des bruits sinistres. Le
canon tonne, il annonce que la Néva a passé (expression
consacrée), le peuple accourt en masse pour revoir l'eau
courir rapide et pressée vers la mer, quelques intrépides
montent dans des barques et vont se promener sur

l'onde, au risque de voir chavirer leurs fragiles embarcations heurtées par quelques blocs de glace retardataires.

Avec la débâcle des glaces, commence la période des inondations; on entend dans le jour ou au milieu de la nuit, le canon tonner : le nombre de coups tirés indique le quartier menacé.

Dans certains quartiers bas, les eaux arrivent chaque année ; dans la Kalonaïa, derrière le théâtre Marie, par exemple, les inondations sont annuelles. Ce quartier est habité par les tchinoïkis (petits employés), qui forment une classe qu'on pourrait appeler celle des pauvres honteux : peu rétribués, ils viennent se loger dans ces parages où les loyers sont moins chers à cause des fréquentes visites que font les eaux, et de l'humidité malsaine qu'elles laissent après elles. Ces pauvres gens au moment de la débâcle, vivent dans les transes continuelles, leurs hardes sont toutes prêtes à être emportées, la nuit ils dorment mal, croyant toujours entendre le canon annoncer que la Fontanka a débordé ; si ce sinistre signal se fait entendre, ils se lèvent à la hâte et fuient leur logis emportant leurs bagages et traînant leurs enfants après eux. Ils vont à la grâce de Dieu chercher un refuge, ceux qui n'entendent pas le signal d'alarme, surpris par les eaux qui arrivent impétueusement sont noyés.

Dans le jour, ces employés occupés dans des administrations fort éloignées de leur quartier, sont dans une inquiétude mortelle, car si le canon se fait entendre, ils accourent effarés chez eux et souvent trop tard pour sauver ceux qu'ils aimaient. Toutes les habitations riveraines de la Fontanka, ont à subir ce fléau terrible, l'eau ; alors même que l'inondation n'est pas très-forte, les caves et les sous-sols de certains quartiers en contre-bas sont chaque année visités par les eaux ; par cette raison les sous-sols sont à des prix assez modiques : les petits marchands y installent des magasins et des familles peu riches s'y logent ; elles y prennent le germe de toutes sortes de maladies, et parfois comme en 1874, les eaux arrivent avec une telle impétuosité que ces pauvres gens n'ont pas le temps de garer leurs marchandises, et une heure suffit pour engloutir tout le fruit de leur labeur, et il leur reste un logis humide et malsain ; la misère est dans toutes les contrées la grande pourvoyeuse de la mort.

J'ai assisté, en 1866, à un drame terrible. J'étais en visite chez une dame, elle me faisait examiner l'installation des salles à lessiver et des lavoirs qui se trouvent dans toutes les grandes maisons russes : des femmes étaient là, les unes repassaient, les autres lavaient. Soudain le canon se fait entendre, l'une d'elles écoute, pousse un cri rauque, un cri épouvantable et se sauve. Nous courons après elle ; mon amie, qui avait compris, lui jette de l'argent en lui disant : « Prends un iswoshik, tu arriveras plus vite. »

— Sans doute elle loge dans le quartier inondé, me dit cette dame, et peut-être a-t-elle des enfants ou des vieux parents pour qui elle craint.

— Suivons-la, allons lui porter secours, m'écriai-je en l'entraînant ; nous descendîmes l'escalier quatre à quatre, en arrivant sur la porte, nous aperçumes cette pauvre femme qui montait en drowjka, nous montâmes dan une autre voiture et nous donnâmes l'ordre au cocher de suivre celle où était cette malheureuse. Arrivés près du quartier inondé, il fallut mettre pied à terre, marcher dans l'eau, puis monter en barque. Cette femme courait dans l'eau, qui lui montait au-dessus des genoux, elle courait sans rien écouter, sans rien voir et en criant : « Mes

enfants, mes pauvres enfants! » Arrivées près d'une petite
ruelle, qui se trouve près du quai de la Fontanka, nous
la vîmes disparaître dans une maison, nous y arrivâmes
deux minutes après elle : l'eau haute de soixante centimètres dans la rue s'engouffrait dans les sous-sols où
elle atteignait deux mètres ; cette femme luttait avec
deux hommes de la police qui voulaient l'empêcher de
descendre les sept ou huit marches, qui, du trottoir,
conduisaient à son logis. « Mes enfants, mes enfants sont
là, » criait-elle, en essayant de se dégager. Nous lui
demandons où ils étaient : elle nous montra une petite
porte au bas de l'escalier. Nous retînmes la mère de
force, mais nous offrîmes vingt roubles aux hommes
qui seraient assez courageux pour aller voir si les enfants étaient là. Nous expérions que des voisins les
auraient sauvés. Deux moujiks prirent les vingt roubles et
résolûment entrèrent dans l'eau. Bientôt ils revinrent,
rapportant une petite fille de huit ans, qui tenait serré
dans ses bras un petit garçon d'un an ; les deux enfants
étaient morts, mais les bras de la pauvre fillette étaient
tellement raidis autour de son frère, qu'il fut impossible d'enlever à la morte son précieux fardeau. La mère,
en voyant revenir les hommes avec les enfants, avait
espéré un miracle, mais en les voyant inanimés, elle
poussa encore un de ces cris déchirants, comme elle en
avait jeté un en entendant le canon d'alarme. Puis soudain elle se mit à rire et à demander de l'eau-de-vie ; elle
était folle.

On a enterré ces pauvres enfants dans le même cercueil, et entrelacés dans la suprême étreinte de la mort.
Mon amie a fait entrer la pauvre mère dans un asile
d'aliénés ; cette femme veuve, n'ayant d'autres ressources
pour vivre que son travail, devait abandonner ses enfants tout le jour pour aller faire son pénible métier de

blanchisseuse ; sa fille avait voulu fuir sans doute, en emportant son frère dans ses bras, mais elle avait été renversée par les eaux.

Combien n'y en a-t-il pas, de ces tristes drames, chaque année !

Le métier de blanchisseuse est dur et fatiguant dans tous les pays, mais en Russie, il est meurtrier ; le linge se coule et se lave dans les lavoirs que possède chaque maison ; mais les blanchisseuses, qui vont en journée de maison en maison, doivent l'emporter pour le rafraîchir ; dans la Néva ou dans la Fontanka, des trous carrés de deux ou trois mètres, sont pratiqués à cet effet dans la glace. Ces pauvres femmes, par un froid de vingt et trente degrés, doivent s'agenouiller sur le sol, se pencher au bord de ce trou béant, pour tremper chaque pièce dans l'eau glacée ; ensuite, elle doivent rapporter ce lourd et froid fardeau.

C'est affreux ! et ces malheureuses, pour lutter contre le froid, et pour se donner de la force, boivent de l'esprit de vin à forte dose ; à force de boire, elles en viennent à ne pouvoir plus manger, et à ne se soutenir que par la boisson ; puis, elles meurent, le corps brûlé intérieurement.

Comment ne se trouve-t-il pas, à Pétersbourg, un industriel pour établir des lavoirs couverts, avec de l'eau chauffée à la vapeur, dans laquelle ces femmes pourraient rafraîchir leur linge ?

Le bois est à bon marché : chauffer d'immenses chaudières ne serait pas très-coûteux, et quel est le Russe qui ne consentirait pas à payer un peu plus cher le rafraîchissage de son linge, afin que les blanchisseuses ne fussent plus réduites à cette dure nécessité de passer des heures entières sur ce sol glacé ?

Il me semble qu'il serait facile d'établir des pompes

à vapeur, allant chercher l'eau dans le fleuve, et la jetant dans des grandes chaudières où elle chaufferait, pour retomber ensuite dans un bassin, dans lequel le linge serait trempé.

Je serais bien contente qu'un Russe s'émût du sort des blanchisseuses, et qu'il fondât quelques lavoirs gratuits dans le genre de ceux que j'indique : il ferait vraiment une œuvre pie.

En mai commence le phénomène des nuits blanches, que je décrirai plus tard : cette solennité polaire, d'un effet étrange et saisissant, est dans sa plénitude du 8 juin au 8 juillet. Les Russes l'admirent toujours comme s'ils le voyaient pour la première fois, et Pétersbourg et ses environs ont pendant toute sa durée une animation extraordinaire : les troïka, les calèches, les drowjky, roulent toute la nuit; les Russes font nuit blanche, pour admirer les nuits ensoleillées, et ce n'est que parties de plaisir et pique-nique dans tous les alentours, pour aller voir le soleil se lever à minuit, et faire vis-à-vis à la blanche lune.

C'est surtout à la pointe des îles que la foule se porte de préférence; de là, le spectacle est splendide, on voit l'astre roi s'enfoncer dans la Baltique, laissant sur les flots une longue traînée de poudre d'or, et dans l'espace, une longue traînée de lumière; ce n'est plus le soleil, mais c'est son reflet; cette lueur blanchit peu à peu, elle ressemble à la lumière du gaz; mêlée à quelques lueurs plus brillantes, c'est le crépuscule : il faut se dépêcher d'admirer cette lumière unique parmi celles répandues sur notre globe, car au nord apparaissent soudain des teintes brillantes et safranées; elles annoncent l'arrivée de l'aurore; le jour vient de finir, et déjà il recommence.

Les oiseaux, qui ont à peine eu le temps de s'endormir, se mettent à voleter et à exprimer leur étonnement par un gazouillement bizarre, moitié joyeux, moitié plaintif.

La lune, le soleil, la lumière et l'atmosphère, voici pour la poésie; mais la prose ne perd pas ses droits, pendant les mois de juin et de juillet. Dès qu'on quitte les alentours de la ville pour rentrer dans Pétersbourg, la prose horrible vous saisit par la vue et par l'odorat; la chaleur est asphyxiante, l'air est empesté par les émanations du canal et par celles des ruisseaux, qui représentent les égouts absents; les marécages intérieurs laissent filtrer leur odeur nauséabonde; la ville se vide par enchantement, on la fuit avec un empressement vertigineux; le riche va à l'étranger, le petit bourgeois loue une campagne dans les environs, les pauvres s'en vont aussi; les mois d'hiver, passés dans des bouges insalubres, les ont épuisés; ils sont hâves et blêmes, leurs enfants semblent prêts à trépasser; ils vont demander à l'air pur des champs, un peu de force pour pouvoir supporter les labeurs et les misères de l'hiver suivant. On les voit quitter la ville, tous rangés autour d'une grande charrette de paysan, sur laquelle gisent pêle-mêle leur misérable mobilier et leurs hardes : enfants, femmes et hommes, tous ont l'air joyeux du prisonnier à qui on ouvre la porte de son cachot. Ils vont louer une chambre chez les paysans finnois, et ils passent deux mois dans le *farniente* et au bon air; c'est afin de pouvoir se payer ces deux mois de villégiature, que tous les ouvriers et les gens peu fortunés louent leur appartement au mois seulement; ils donnent congé en mai, afin de n'avoir pas double loyer.

Les magasiniers, les banquiers, les fonctionnaires et les employés, tous ceux que leurs affaires retiennent à Pétersbourg, mettent leur famille à la campagne; ils viennent chaque jour trois ou quatre heures en ville, et bien vite ils retournent aux champs; pendant ces deux mois de l'année, Pétersbourg offre le sinistre aspect d'une ville ravagée par la peste.

Les rares personnes qui n'ont pu fuir vont chaque jour se promener en voiture à la pointe des îles. On devrait appeler ces îles le royaume des crapauds, car on ne peut y faire dix pas sans poser le pied sur une de ces hideuses bêtes; il est vrai que ces parages, où on a construit de fort jolies maisons de plaisance, ne sont que des marécages qui se trouvent à sec pendant les trois ou quatre mois de l'été.

Si la chaleur est asphyxiante à Pétersbourg, en été, on ne peut y sortir dès huit heures du soir, sans pelisse, à cause du brouillard glacial qui s'y abat.

Tous les propriétaires pétersbourgeois choisissent les mois de juin et juillet pour faire réparer les toitures de leurs maisons que la neige a endommagées; le pavage des rues leur incombe, chacun doit paver la rue dans toute la façade de sa maison, jusqu'à sa moitié, l'autre moitié étant à la charge du propriétaire d'en face; notez que l'unité est bannie par cet état de choses, chacun pave à sa façon, et souvent la façade d'une maison est pavée en bois, tandis que vis-à-vis on a mis des cailloux pointus. Ces travaux rendent la ville encore plus inhabitable. Les rues barrées de tous côtés, sont dangereuses à parcourir, les ouvriers qui travaillent sur les toits, laissant tomber tuiles, pierres et plâtre sur la tête des passants; de plus, on y est aveuglé par la poussière.

Que le ciel nous préserve de passer un de ces mois néfastes dans la cinquième capitale de la Russie.

En août, les réparations sont terminées, on commence à rentrer en ville et bien vite on fait poser les doubles fenêtres, car, dès septembre, la bise devient glaciale.

On le voit par ce petit exposé véridique et nullement

chargé, Pétersbourg n'est habitable que pendant quatre mois d'hiver, et à condition encore qu'il ne dégèle pas.

Comme je l'ai dit, le style byzantin et les copies de l'antique Grèce, dominent dans les monuments et font un singulier effet sur ce sol et sous ce ciel terne. Mais pourtant, il ne faut point se montrer trop sévère, et il faut tenir compte de la hâte qu'avait le fondateur, d'achever sa création et de la rendre séduisante : la nature était contre lui, il a essayé de demander à l'art de corriger la nature.

Son génie lui indiquait cette place comme la meilleure pour servir de point de contact à la Russie avec l'Europe civilisée ; il savait sa vie limitée, il savait que pour impose r cette capitale à ses sujets, son énergie était nécessaire, il ne pouvait compter sur ses successeurs ; il a bâti à toute vapeur : quais, palais, monuments. Tandis que Paris a eu de longs siècles pour s'embellir, Pétersbourg n'a eu que la fin d'un règne pour s'improviser, et elle n'a que cent soixante-neuf ans d'existence ; en réfléchissant à cela l'admiration fait place à la critique.

Voici les principaux monuments que cette ville possède :

Commençons par le plus sinistre, la forteresse : tout Russe en l'apercevant, pâlit, une sueur d'épouvante perle à son front, nul ne peut se dire : je n'y serai pas un jour enterré vivant !

Et il est bien peu de Russes de la noblesse qui n'ait eu un des siens enfermé dans ce sinistre donjon. Si les pierres pouvaient parler, que de terribles drames elles conteraient !

Personne ne pourra écrire l'histoire de cette prison, car en Russie on emprisonne sans bruit, on punit sans bruit : les parents des victimes se taisent, et pour cause ; là, plus que partout ailleurs, la vérité est proscrite, et

c'est le cas de s'y rappeler le proverbe arabe : « La
parole est d'argent, mais le silence est d'or. »

Les fondements et les remparts de cette forteresse
sont de granit et pourtant l'eau les a usés deux fois, quoiqu'elle ne soit vieille que de cent soixante ans ; ses
flancs monstrueux recèlent des cachots noirs, humides,
qui sont sous l'eau ; les autres sont sous les toits glacés en
hiver, brûlants en été ; toujours ces cachots sont pleins,
et nul Russe ou étranger ne peut obtenir l'autorisation
de visiter cette prison aquatique et sépulcrale.

Son église est seule accessible au public ; cette église
contient les cendres des empereurs morts, depuis Pierre
le Grand. Catherine I, Catherine II, reposent là, sous
des pierres carrées, sans ornements : une courte-pointe
aux armes impériale les recouvre et c'est tout.

Cette pensée bizarre ou infernale de faire de ses
souverains morts les geôliers des détenus politiques,
peint la Russie et son gouvernement ; en France, nous
mettons des fleurs, du marbre sur les tombes de nos
morts : le gouvernement russe donne aux mânes des czars
et czarines, les pleurs et les grincements de dents des prisonniers !

Est-ce comme supplice expiatoire ?

Est-ce comme sacrifice agréable ?

En tout cas, ces détenus de par la volonté du czar,
sont encore gardés par les cendres des autres czars, tout
comme si, même étant morts, il leur fallait encore des
victimes.

En face, et non loin de cette forteresse, se trouve la
petite maison où a habité Pierre le Grand pendant qu'il
faisait le plan de Pétersbourg et pendant qu'il faisait
exécuter ce plan. Cette maison de bois est plus que
modeste : quatre petites pièces la composent, un ouvrier
de nos jours la trouverait insuffisante ; l'atelier de char-

pentier du czar a été transformé en une chapelle, qui est devenue le but de nombreux pèlerinages, car elle possède une image représentant une tête de Christ, qui est dit-on, miraculeuse ; elle accorde à ceux qui viennent la baiser et la prier, tout ce qu'ils lui demandent. Depuis le matin jusqu'au soir les fervents se prosternent devant elle.

Je comprends que tout l'univers se prosterne devant l'image du Christ avec autant d'adoration que de gratitude ; mais le peuple qui se presse dans cette chapelle de quatre mètres carrés, se prosterne-t-il devant le Christ ! il me fait bien plutôt l'effet de païens ou d'idolâtres adorant une image.

Le coup d'œil qu'offre cette chapelle étonne, mais ne porte point au recueillement ; un prêtre se tient devant un petit autel qui n'est qu'une table devant laquelle se trouve un immense candélabre. La foule se heurte, se presse, chacun achète un cierge qui est placé dans le candélabre ; selon ses moyens, il paye une prière au prêtre : ceux qui ont peu payé ont une prière commune dans laquelle leurs noms sont cités à la file ; ceux qui qui ont fait une forte offrande, ont une prière pour eux seuls.

Cette foule s'agenouille, touche le sol de son front, fait vingt signes de croix par minute, les uns prient tout haut, les autres à demi-voix ; les murs sont couverts d'images, la foule les baise, les prie, puis elle arrive à l'image miraculeuse, et alors sa ferveur devient du délire chez les uns, de l'extase chez les autres.

Expliquer pourquoi me serait impossible, car c'est une chose d'impression ; mais, je le répète, cette chapelle, cette foule, ce prêtre, rappellent bien plus les mystères du paganisme que les cérémonies du christianisme.

Dans les grandes mosquées musulmanes, d'un style
élégant, mais grandiose, qui ont parfois la voûte étoilée
pour dôme et où le silence est si complet qu'on y per-
çoit le bruissement de l'insecte, il m'est arrivé souvent d'oublier qu'elles étaient élevées au dieu de Mahomet, et j'y ai prié avec ardeur et recueillement le Dieu
des chrétiens. Dans les églises gréco-russes, je me suis
toujours figurée être dans un théâtre ou dans un musée :
j'ai regardé les images, l'idée de prier ne m'est point
venue, et ces hommes se prosternant, puis se relevant
et faisant dix ou douze signes de croix avec une vivacité fébrile, ne m'ont point représenté des croyants
élevant leur âme vers Dieu.

La chambre où couchait Pierre le Grand est conservée telle qu'elle était, son mobilier est des plus simples :
un petit lit, deux chaises et une table.

On conserve aussi le canot fait par ses mains souveraines, celui qu'il appelait « le bon petit grand-père » de
sa flotte.

Les deux plus beaux monuments de Pétersbourg
sont : Saint-Isaac et le couvent d'Alexandre Newski.

Ce dernier est surtout remarquable par son immensité ; son église est belle, le tombeau de Saint-Newski est
un monument unique dans son genre. L'artiste chargé
de le faire était probablement à court d'inspiration,
alors il a remplacé le génie par la valeur de la matière,
il a fait un autel en argent massif, surmonté d'une pyra-
mide aussi en argent massif qui s'élève jusqu'à la voûte
de l'église.

Ce n'est pas beau, mais cela représente des millions !

Les idées pratiques du monde actuel, son dédain pour
l'art et pour la poésie, pourraient bien indiquer que cet
exemple sera suivi ; lorsqu'on voudra honorer un grand
homme, au lieu de demander à un artiste de créer une

œuvre géniale, on se contentera de réunir en blocs des
lingots d'or ou d'argent à sa mémoire.

Mais peut-être en a-t-on agi ainsi pour saint Newski,
afin de rappeler les monceaux d'or que lui aussi portait
aux Mongols de la horde dorée !

Saint-Isaac est une fort belle église qui rappelle, par
son style, notre Panthéon ; son péristyle est colossal, son
immense coupole d'airain est d'un effet majestueux, sa
colonnade de marbre est très-belle ; son intérieur comme
celui de toutes les églises gréco-orthodoxes, est décoré de
couleurs voyantes ; l'or y est semé à profusion. Elle possède de beaux tableaux et une relique très-vénérée qu'à
un jour donné des milliers de personnes viennent baiser :
le prêtre la tient à la main, le dévot s'agenouille, pose
ses lèvres sur la relique, puis se lève, un autre le remplace, et des milliers de lèvres se posent sur cette relique.
Je plains les dévots qui arrivent les derniers.

On le sait, la religion orthodoxe défend la sculpture
pour les églises, mais elle permet la ciselure et les pein-
tures ; ce style les fait ressembler à un musée, à un eldo-
rado, mais peu à un temple : elles manquent de sévérité
et de grandiose.

Si quelques-unes des églises de Pétersbourg sont belles
dans leur genre, d'autres sont des chefs-d'œuvre de mauvais goût. J'en cite une au hasard, elle se trouve derrière
le théâtre Marie et sur la route qui conduit au monastère
de Sergus ; sa coupole ou plutôt ses coupoles sont couleur vert chou, ses murs sont jaune serin ; quelques
figures de Christ ont été peintes sur les murs extérieurs
par de mauvais peintres d'enseignes. Cette église représente l'idéal du laid.

Si les Finlandais ont abandonné, et pour cause, les élégantes finesses de l'art classique, ils se sont jetés, par
contre, dans un amour immodéré pour la décoration

voyante; enfin ils ont semblé vouloir remplacer la qualité par la quantité : où l'art manque le colossal le remplace.

La célèbre statue de Pierre Ier, par Falconnet, réunit, elle, l'art au colossal : le rénovateur de la Russie est fièrement assis sur un cheval que l'artiste nous montre comme étant rétif et fougueux ; ce cheval escalade un bloc immense de roc ; un serpent énorme, enroulé autour d'une des jambes du noble animal, paraît vouloir le retenir. Ce serpent représente sans doute le venin des vieux croyants russes s'acharnant à essayer d'arrêter le génie progressiste de Pierre Ier.

Cette simple inscription se trouve gravée sur le roc :

A PIERRE Ier CATHERINE II.

Dans le palais d'Hiver, le colossal est encore uni à un beau et grand style régence, un style Louis XV très-grand, car ce palais est le plus vaste qu'il existe au monde. Il est situé sur une immense place ; en face de lui, à l'autre extrémité de la place, terminée en demi-cercle, se trouve l'Amirauté, qui rappelle un antique temple grec ; le style régence fait face à l'art grec !

Le méli-mélo est la seule loi suivie pour les monuments : c'est une symétrie à rebours.

La tour de l'Amirauté est formée par de petites colonnes élégantes, elle est surmontée d'une flèche fine, longue, acérée, complétement dorée or pur ; les ducats des États-Unis de Hollande ont été employés à cet usage.

Revenons au palais d'Hiver. Construit par l'impératrice Élisabeth, détruit par les flammes en 1839, il a été rebâti dans un an ; ceci paraît prodigieux, mais rien n'est impossible en Russie, comme le fit remarquer Nicolas au

prince Pierre Wolkonski. Les ruines du palais fumaient
encore, Nicolas dit à ce prince qui était le ministre de sa
maison : « Faites rebâtir sur ce même emplacement un
palais en tout point semblable à celui qui vient d'être
détruit, et que dans un an, jour pour jour, je puisse m'y
installer. »

Pierre Wolkonski voulut insinuer que ce délai était
insuffisant et qu'il était impossible d'édifier un palais
aussi colossal en une année ; mais Nicolas, fronçant les
sourcils, lui dit : « Rappelez-vous, monsieur, que tout
est possible lorsque le czar le veut. » Et, en effet, il fut
achevé dans le délai fixé ; par exemple, les travaux intérieurs se firent en hiver ; six mille ouvriers y travaillaient
nuit et jour, et comme, pour sécher les plâtres, on avait
chauffé à 30°, ces malheureux en étaient réduits à travailler avec de la glace sur la tête pour éviter les conges-
tions au cerveau. Chaque jour il en mourait des centaines, mais ceci est un détail insignifiant pour les
autocrates russes : les morts étaient remplacés par
des vivants, et c'était tout.

Ce palais a un escalier somptueux. Toutes ses salles
sont décorées avec richesse ; une grande serre disposée
au premier contient des fleurs exotiques les plus rares.
Lorsque, l'hiver, cette serre est transformée en salle de
bal et brillamment éclairée, elle offre un coup d'œil vraiment féerique. Tout à côté du palais d'Hiver se trouve
l'Hermitage ; son péristyle grec donne sur la grande Mil-
liona. Dans de fort belles salles situées au rez-de-chaussée sont classées les antiquités égyptiennes et grecques ;
trois salles sont occupées par les antiquités découvertes
récemment à Kierche. L'escalier qui conduit au premier
est une œuvre magistrale qui mérite des éloges. Ce musée
contient des richesses artistiques à côté de quelques copies mal faites ; Théophile Gautier en a fait un savant

Catalogue que tous sans doute vous avez lu avec plaisir,
comme on lit toutes les œuvres de cet auteur éminent et
de cet esprit charmant; je ne parlerai donc pas de ce
musée, qui a pour directeur un Russe, mais pour conservateurs des Français et des Allemands.

Le musée d'histoire naturelle, la dernière création de
Pierre le Grand, celle qu'il avait à peine ébauchée lorsque la mort l'a pris, est sans contredit le plus beau, le
plus complet des musées de ce genre qui existent au
monde, et d'abord, ne l'oublions pas, il contient le mam-
mouth, l'unique que l'on possède. La carcasse de cet animal primordial mesure 4 mètres de hauteur; à en juger
par son ossature, cette bête colossale devait former une
masse imposante et effrayante.

C'est à un savant laborieux autant qu'intelligent que
revient l'honneur de la formation si complète de toutes
les collections des bêtes qui courent, volent ou nagent
sur notre planète, et de tous les minéraux qui sont dans
les entrailles de son sol. Ce savant est M. Brandt, un
vieillard sympathique et un savant modeste.

Une voûte conduit de la place où se trouve le palais
d'Hiver à la Morskaïa. A droite et à gauche de cette voûte
se trouvent des constructions ordinaires; cette voûte
conduit à une rue marchande, et pourtant on l'a surmontée d'un char à six chevaux de front; il est en
bronze. Placé ailleurs, il serait d'un joli effet; mais, sur
cette voûte et avec son entourage, il fait un effet bizarre,
on le regarde, puis on regarde à droite, à gauche, et on
se dit : Pourquoi ce char?

La colonne Alexandre, placée sur la place du Palais-
d'Hiver, entre ce palais et d'autres grandes constructions
bâties en demi-cercle, paraît petite, et pourtant elle est
bien plus élevée que celle de la place Vendôme et son
piédestal est très-haut. Le fût de cette colonne est fait

d'un seul morceau de granit. C'est le plus grand qui ait été travaillé de main d'homme.

Le palais du Sénat est une copie mal réussie d'un temple païen.

La Bourse, qui se trouve de l'autre côté de la Néva, dans Vassili-Ostroff, a un fort grand air et une superbe colonnade. Mercure a eu les honneurs d'un palais splendide !

Les palais sont innombrables à Pétersbourg, la famille impériale est fort nombreuse, et chaque grand-duc, grande-duchesse et princesse, a son vaste palais entouré d'un parc. Le trésor a besoin d'être inépuisable pour suffire au train de maison de tous les possesseurs de ces somptueux palais.

Il est un palais impérial, abandonné, dont on a fait une école pour les ingénieurs du génie militaire : c'est le vieux palais Michel, celui où Paul a été étranglé ; il est situé dans un grand et beau square. Cet infortuné souverain avait fait placer devant le péristyle la statue équestre de son père, Pierre III, empoisonné. On a en face de soi une grande masse carrée, qui ressemble plus à un donjon du moyen âge qu'à un palais ; on aperçoit la tour de gauche, c'est dans la chambre du rez-de-chaussée que Paul a été étranglé. Les pierres et le bronze vous rappellent ces deux crimes, que nul Russe ne vous contera : tous gardent un silence prudent sur ces événements.

La bibliothèque impériale est un beau monument qui fait le coin de la perspective Newski, et dont la façade donne sur une grande place ornée, ou plutôt enlaidie par une statue de l'impératrice Catherine II, huchée sur un chapiteau de colonne ; à ses pieds, rangés les uns à côté des autres, ses favoris principaux : la statue est aussi disgracieuse que faire se peut.

Par contre, la statue de Nicolas Ier, placée au milieu de la vaste place de ce nom, a un très-grand air.

La cathédrale du Kazan est un joli temple grec, avec une colonnade faisant demi-cercle à sa gauche, et en arrière, la coupole de l'orthodoxie.

Pétersbourg possède trois théâtres, qui sont de beaux et splendides monuments : le Grand-Théâtre, le théâtre Marie et le théâtre Alexandre.

Le grand-duc Constantin s'est fait construire un palais qui témoigne du goût artistique de ce prince, qui a compris, lui, le style qui convient au sol et au climat de la Russie ; ce palais vaste, de style sévère, forme un immense carré sombre qui se découpe bien sur l'horizon terne qui l'entoure ; il est complétement en marbre, tant à l'extérieur qu'à l'intérieur ; tous les différents marbres du monde figurent dans cette construction grandiose, une grande colonnade de marbre foncé entoure tout le premier ; dans l'intérieur, il y a un escalier en marbre blanc qui est splendide ; des œuvres d'art de grande valeur embellissent cette somptueuse demeure. La bibliothèque du grand-duc contient plus de dix mille volumes ; il y a une collection de livres orientaux, qui est la plus riche et la plus belle qui existe.

Enfin, une chose réellement belle, qui donne à Pétersbourg un cachet unique au monde, ce sont les rives de la Néva : depuis Cronstadt jusqu'à Pétersbourg, les plus beaux monuments se reflètent dans ses eaux, qui coulent à pleins bords ; ses ponts sont beaux, et ses quais taillés dans le granit ont un caractère babylonien.

La création de Pierre le Grand constitue, malgré les légères critiques qu'elle mérite, la plus belle capitale de l'Europe après Paris.

Une chose a particulièrement attiré mon attention à Pétersbourg, ce sont les nombreux établissements de charité; des fées bienfaisantes, des femmes au noble cœur, se sont vouées aux œuvres secourables, presque toutes les œuvres pies ont pour fondatrices des femmes: l'impératrice, la grande-duchesse Nicolas, belle-sœur de l'empereur; toutes les autres grandes-duchesses ont attaché leur nom à des œuvres méritantes; le prince d'Oldembourg leur a fait concurrence, il a fondé, lui, un hôpital qui porte son nom, qui ressemble à un splendide palais; il est consacré spécialement aux enfants malades.

Hôpitaux, asiles pour les vieillards, hôpital pour les maux d'yeux, tous ces établissements sont aussi nombreux que bien tenus; la charité en Russie, le soin de soulager toutes les infortunes, sont beaucoup laissés à l'initiative privée féminine ; tous les encouragements sont donnés, aucunes entraves ne sont apportées par le gouvernement, qui se contente, lorsqu'un homme ou une femme a beaucoup fait pour venir en aide aux malheureux, de déclarer qu'il a bien mérité de la patrie, et de lui donner une récompense honorifique, titre ou décoration : cette récompense, fort ambitionnée, stimule le zèle charitable des riches ; et l'impératrice ainsi que les grandes-duchesses, au lieu de s'occuper de politique, s'occupent de charité, ce qui est bien préférable; en ceci la femme est vraiment géniale. Guidée par son cœur, elle devine toutes les infortunes, et trouve avec une rare intelligence les meilleurs moyens d'y porter secours.

Lorsqu'on pense qu'à Paris, les nombreux employés de l'assistance publique, par leurs appointements, prélèvent des sommes si importantes sur les deniers du pauvre, on est indigné : tant d'hommes et tant de femmes charitables et désœuvrés seraient heureux de faire gratuitement ce travail, afin de grossir la part des malheureux !

Y aura-t-il enfin un gouvernement en France qui se préoccupera d'organiser les œuvres de bienfaisance, et de les enrichir des traitements en moins, donnés à ceux qui les dirigent? Si le gouvernement ne fait pas cela, qu'il laisse libre carrière à l'initiative privée.

Lorsqu'on voudra soulager efficacement toutes les infortunes, je n'hésite pas à le dire, car c'est vrai, il faudra qu'on copie ce qui est fait à Pétersbourg, car il est impossible de faire mieux.

Ainsi il vient de se fonder, depuis peu, une maison appelée à empêcher tous ces suicides que la misère horrible fait commettre, et à sauver bien des femmes de la honte; dans cet immense établissement, toute femme sans ressource peut venir, on lui donne une chambre bien propre, bien aérée, très-grande si elle a des enfants; on la loge et on la nourrit pour douze copecks par jour, à peu près dix sous; mais elle n'est point tenue de payer en argent. On la fait travailler de son état une heure ou deux par jour, et elle est quitte; elle n'est point considérée comme mendiante, mais comme logeant dans un établissement que le grand nombre de locataires rend bon marché.

Une femme aussi intelligente que charitable, madame Philosofov, a pris, avec plusieurs autres dames du monde, l'initiative de cet établissement, et, pour le fonder, elles se sont inspirées des théories sur les phalanstères de Fourier.

Des dons leur ont permis d'acheter l'immeuble, et maintenant, pour sauver du besoin cinq ou six cents personnes, il en coûte fort peu, cette petite rétribution de douze copecks suffit presque.

Dans ce moment-ci, ces mêmes dames, heureuses du résultat obtenu, fondent un autre établissement, pour ce qu'on pourrait nommer les pauvres du monde;

grâce à la minime pension de mille francs par an, on y
aura une belle chambre presque luxueuse, et une table
abondante et saine. Ces dames ont admirablement compris cette grande loi d'économie, basée sur l'association
d'un grand nombre de personnes, et elles ont pris de
l'idée du phalanstère le côté moral et pratique; il est
très-évident qu'à Pétersbourg surtout, où la vie est trois
fois plus chère qu'à Paris, la veuve, la vieille fille, la
femme enfin, n'ayant qu'une rente modique de mille
francs, meurt de faim; mais, si cinq cents personnes
ayant mille francs se réunissent, ces cinq cent mille
francs suffisent à les loger, nourrir et chauffer.

Les vieillards ont encore une ressource à Pétersbourg
pour sauver leur vieillesse de la misère; pour peu qu'ils
aient trouvé moyen d'économiser mille ou douze cents
francs, ils achètent une petite maisonnette dans un couvent, ils laissent à leur mort la maison au couvent, et,
en retour, celui-ci les soigne et les nourrit leur vie
durant.

Je n'en finirais pas, si je voulais citer tous les établissements charitables, mais il en est un que je ne saurais passer sous silence, car il met en pratique une idée
que je soutiens depuis douze ans, et qui est, qu'on devrait appliquer l'intelligence de la femme et son cœur si
prompt à se dévouer, aux malades, à la médecine; j'ai
toujours soutenu qu'en médecine, la femme rendrait
de grands services; j'ai été heureuse de voir que je ne
m'étais pas trompée : c'est l'école Alexandrowa, encore
appelé hôpital des Baraques, qui m'a donné cette
preuve.

Sa Majesté l'impératrice Alexandrowa possède, non-
seulement une grande philanthropie, mais elle a encore
l'intelligence progressiste : aller en avant dans le bien et
ne pas suivre les chemins battus, telle paraît être sa de-

vise. L'hôpital des Baraques, fondé sous son patronnage et sur son initiative, est une innovation fort heureuse, comme nous allons le voir.

Après la guerre néfaste entre la France et la Prusse, l'impératrice de Russie, qui avait été vivement frappée de l'insuffisance du nombre d'infirmiers et du manque de soins qu'il en était résulté pour les blessés, et, qui d'un autre côté, avait entendu dire que les ambulances américaines avaient rendu de grands services, chargea le docteur Joseph Barthenson de construire à Pétersbourg un hôpital sur ce modèle, et elle lui a donné l'argent nécessaire.

Le docteur Barthenson a fait installer dans un immense jardin plusieurs chalets de bois : l'un est destiné aux fiévreux, l'autre à ceux qui ont à subir des opérations chirurgicales; enfin, il y a un chalet spécial pour chaque genre de maladies.

Ces chalets ont des doubles cloisons et entre elles, il y a un espace de quarante centimètres qui est rempli par une couche d'air comprimé; cette couche d'air offre une barrière infranchissable à l'air du dehors. Ces chalets ont de grandes salles très-hautes, à galerie vitrée. En tirant un cordon, toutes les fenêtres s'ouvrent, et l'air est renouvelé instantanément; je suis restée un bon quart d'heure dans la salle des fièvres typhoïdes et dans celle du typhus, et j'ai pu constater qu'on n'y respirait pas cet air fade que l'on rencontre dans tous les hôpitaux les mieux tenus; l'air y est pur, et la température y est constamment et uniformément à douze degrés de chaleur.

A cet hôpital sont jointes une école de pharmacie et une école de chirurgie, installées aussi dans plusieurs grands chalets ; c'est de ces deux écoles que je veux vous entretenir, car ce sont elles qui constituent une innovation.

Barthenson est un excellent docteur et un penseur humanitaire; sa conviction profonde était que la femme serait aussi apte que l'homme à apprendre la science médicale, et qu'elle aurait des qualités qui manquent généralement à l'homme : la patience et la délicatesse du toucher, fort appréciable dans les pansements. Lorsque l'impératrice le chargea d'installer l'hôpital des Baraques, il lui fit part de ses idées; cette souveraine, amie du progrès, lui dit : « Essayons, mon appui vous est acquis. »

Alors voici ce qu'a fait le docteur : il a appelé des jeunes filles de bonne volonté, il les a placées sous la surveillance de madame Hélène Kwiloff, femme savante, c'est-à-dire médecin; dans un chalet il a établi un cours de latin. Ces jeunes filles le suivent, et leurs professeurs se louent de leur rapidité à apprendre cette langue morte. Dans un autre chalet, on enseigne à ces jeunes filles l'anatomie, la théorie de la médecine, la physiologie et le diagnostic. Dans un troisième chalet, on les initie aux secrets de la chimie et à l'art de manipuler les drogues. Cette école-ci est divisée en trois sections : dans la première, affectée aux novices, on enseigne la connaissance des drogues et des plantes ; dans la deuxième, les jeunes filles plus expertes exécutent les ordonnances sous la surveillance d'un pharmacien ; et enfin, dans la troisième, les plus savantes préparent seules toutes les ordonnances pour les malades de l'hôpital.

A tour de rôle, ces jeunes filles font le service des salles, elles assistent les chirurgiens dans les opérations les plus graves; ceux-ci leur apprennent l'art du pansement, et, de l'avis de tous les docteurs, elles s'acquittent de cette mission bien mieux que le meilleur des infirmiers.

On leur apprend à reconnaître le diagnostie des maladies ; les élèves de seconde année reçoivent les malades à la porte et doivent reconnaître la nature de leur maladie, tout comme elles doivent reconnaître les diffé-rentes phases de la maladie et les soins spéciaux que réclame chacune d'elles.

Il y a toujours 75 élèves à cette école. Après trois ans, elles se présentent pour subir un examen. Voilà cinq ans que l'école existe ; la première fournée de 75 élèves qui s'est présentée a mérité les éloges de toute la faculté, et toutes ont obtenu des diplômes dits de femme savante ; on les a dirigées sur la province en les atta-chant aux hôpitaux des petites villes, aux appointements de quarante roubles par mois (à peu près 140 francs). Depuis bientôt trois ans qu'elles y sont, avec le grade d'aide-chirurgien, on a constaté à la pratique que l'idée est excellente et qu'elles rendent de très-grands services ; aussi, de toutes les provinces, écrit-on au docteur pour obtenir de ses élèves. Il va pouvoir cette année en en-voyer encore 75, tout en continuant à en instruire d'autres.

Trois ans suffisent à ces jeunes filles pour apprendre le latin, l'anatomie, la physiologie, le diagnostic et la pharmacie. Qu'on nie ensuite que l'intellect féminin ne soit pas apte à tout comprendre et à tout apprendre promptement !

Aucun scandale, aucune indiscipline dans ces écoles ; ces jeunes filles sont obéissantes et soumises à madame Hélène Kwiloff, une femme d'un très-grand mérite, du reste ; elles dînent à une table commune présidée par mademoiselle Kwiloff, et couchent dans deux dortoirs ; l'un est surveillé par madame Kwiloff, l'autre par sa fille ; elles ont un petit air réservé et grave qui fait plai-sir à voir ; elles sont instruites, logées et nourries gra-tuitement, et on leur donne une position honorable et lucrative. L'impératrice leur fait seulement prêter le serment solennel, sur les saintes images, que, si une guerre survient entre leur patrie et une autre nation, elles quitteront leur famille, leurs enfants si elles se sont mariées, pour suivre l'armée et aller donner leurs soins aux soldats malades ou blessés.

En Russie comme en France, moins cependant qu'en France, il y a des routiniers et des détracteurs des aptitudes féminines. Quelques médecins, au commencement de la fondation de cette école, plaisantaient l'idée de M. Barthenson : l'époque des examens arrivée, ils ont été très-étonnés des connaissances acquises en si peu de temps par ces femmes, et l'équité les a obligés à leur donner des boules blanches ; ils ont commencé à moins rire.

L'hiver dernier, au moment où j'étais à Pétersbourg, le typhus et les fièvres typhoïdes sévissaient avec une intensité désespérante, les hôpitaux regorgeaient de malades ; on devait en refuser deux ou trois cents par jour, et pourtant on installait des hospices provisoires dans tous les grands locaux disponibles. Trois docteurs et deux cent quarante infirmiers sont morts de la contagion, dans l'espace de cinq semaines, à l'hospice militaire de Nicolas ; on ne savait plus où donner de la tête, faute d'infirmiers. Le docteur Barthenson a offert quatorze de ses élèves ; on les a acceptées, faute de mieux ; mais on n'a pas tardé à reconnaître que ces jeunes filles, aussi intelligentes que dévouées et courageuses, rendaient de grands services comme suppléantes ou comme aides-médecins.

Depuis ce jour, le préjugé a disparu ; il s'est opéré un revirement en leur faveur dans le camp ennemi, et toute la faculté reconnaît l'utilité de cette école et demande qu'on en fonde d'autres. Voilà la femme entrée victorieusement dans la science médicale.

Le docteur Barthenson connaît mal l'esprit français ;
il connaît tant de choses, qu'il peut bien en ignorer une.
Lors de son récent voyage à Pétersbourg, le docteur Ricord avait visité cette école, et il avait paru frappé des
services qu'elle était appelée à rendre. En février 1875,
Barthenson rédige un long rapport sur les résultats obtenus par cet essai de la femme pharmacien et aide-
chirurgien, et il adresse ce rapport au docteur Ricord ;
celui-ci l'a bien déposé à l'Académie de médecine, mais
sans le lire, craignant sans doute le ridicule que l'on
jette en France à la tête de ceux qui parlent en faveur des facultés intellectuelles de la femme. Le docteur
Ricord a eu tort ; on assure qu'il a autant d'esprit que
de science, et l'homme d'esprit doit se moquer des sots
et braver le ridicule inoffensif qu'ils jettent à la tête de
tout novateur.

La grande École de médecine de Pétersbourg a, du
reste, un cours spécial pour les femmes ; beaucoup de
jeunes Russes demandent à cette carrière honorable des
moyens d'existence. Une fois reçues femmes savantes ou
docteurs, celles qui veulent aller dans les provinces musulmanes de la Russie se font de très-belles situations,
et celles qui restent à Pétersbourg ont aussi des clientes.
L'une d'elles, reçue docteur après avoir subi un brillant
examen, passe pour un des bons docteurs de la ville, et
a une nombreuse clientèle.

Français, mes compatriotes, c'est du Nord que nous
vient le progrès, quoiqu'il ne soit point gouverné par
sept cents souverains, mais par un seul, qui a le bon
esprit de laisser le champ libre à l'initiative privée et à
toutes les innovations.

LES NUITS DU GRAND MONDE

CARACTÈRE RUSSE, LES VIEUX CROYANTS, LES COSMOPOLITES,
LE JEU, LES CHEVALIERS GANDES, LES MOINES DE SERGUS.

D'abord, qu'on me permette d'adresser un petit speech aux Russes.

Mesdames, messieurs, si on se permet d'insinuer devant vous, par exemple, qu'Iwan IV avait une habitude déplorable : celle de faire bouillir ou griller ses sujets, vous prenez un air mécontent, votre organe, généralement doux et harmonieux, devient un peu aigre, et vous dites : « Mais n'avez-vous pas eu en France des monarques qui ont aussi manqué de douceur, et enfin ne s'est-il pas passé des atrocités en 93, et tout récemment pendant la Commune de Paris ! »

Si, en causant, et le sujet de la conversation y portant, on se permet de signaler un léger défaut inhérent au caractère russe, vous vous écriez : « Mais croyez-vous que les Français soient sans défauts ? »

Si on a le malheur de critiquer un de vos usages, une de vos lois, vous dites encore avec humeur : « Croyez-vous donc n'avoir aucune loi défectueuse en France et aucun usage mauvais ? »

Eh bien ! entendons-nous, s'il vous plaît ; si j'écris sur l'Amérique, je juge, selon ma conscience et mon goût, le caractère du peuple, ses instincts, ses lois et ses coutumes.

Aujourd'hui j'écris sur la Russie et je dis, sans parti pris, le bien et le mal ; je juge, en toute franchise, mais en toute conscience, les choses, les lois et les hommes. Mais croyez-vous qu'en blâmant les Russes pour certaines choses, je veuille, par ricochet, faire l'éloge des Français ? Non ; la France n'étant point en cause, je n'ai pas à signaler ce qu'elle a de mauvais et de défectueux ; lorsque je m'occupe d'elle, je lui dis crûment ses vérités.

Oui, nous avons eu des règnes qui ont fait plus que manquer de douceur ; la Bastille et nos annales témoignent de beaucoup d'actes arbitraires, cruels et injustes ; oui, il s'est commis des horreurs en 93 et en 71, et enfin nous avons des lois défectueuses, des usages absurdes et des défauts, voire même des vices ; mais ceci doit-il nous empêcher de juger les autres peuples ?

En partant de ce procédé, ni histoire, ni impressions de voyages ne seraient possibles.

Et enfin, mesdames, messieurs, si vous, Russes, et si tous les étrangers vous connaissez si bien nos imperfections, nos défauts et nos vices, devez-vous cette science à votre esprit d'observation ? Non, avouez-le ; ce sont les Français eux-mêmes qui vous ont si bien renseignés, car ils publient sur tous les tons, et en l'exagérant même, tout leur mauvais côté ; je m'en suis aperçue en Italie, en Allemagne, en Orient, en Amérique et en Russie. Lorsqu'on veut critiquer la France et les Français, on ne peut que répéter les phrases qu'eux-mêmes ont faites sur leur compte.

En fait d'esprit, il y en a un que le Français possède plus que nul autre peuple : c'est le bon esprit de reconnaître ses défauts, de ne point chercher à les dissimuler, mais, au contraire, de les publier si hautement, que même les Chinois ne les ignorent; et non-seulement le Français supporte très-bien la critique qu'on fait de lui, mais volontiers même il fait chorus avec ceux qui médisent de lui.

Veuillez donc croire qu'en jugeant vos annales avec quelque sévérité, je ne veux pas insinuer que les nôtres n'ont point, elles aussi, quelques pages sanglantes et honteuses, pas plus qu'en signalant vos quelques légers défauts mon but n'est de vouloir insinuer que mes compatriotes n'en ont aucun; si aujourd'hui je parle des vôtres et non des nôtres, c'est tout simplement parce que j'écris sur la Russie et non pas sur la France.

J'ai foi en la splendeur de la future civilisation hyperboréenne; nous sommes le passé, vous êtes l'avenir. Votre lot est encore le plus beau.

J'ai dit.

On retrouve en Russie, comme type et comme caractère, les races diverses qui ont formé le peuple russe : le Kalmouck est laid : le nez cassé, les pommettes des joues saillantes, les yeux à la chinoise; le Finnois, comme je l'ai dit, se distingue par l'absence de toute physionomie; le descendant du Tatar est beau, c'est l'Arabe du Nord comme type, mais non comme caractère, car il n'a pas cette noble fierté du fils du désert; il est, au contraire, souple et humble avec ses supérieurs et astucieux comme les Asiatiques, et si, comme les Tatars de 1222, il ne se fait plus une gloire d'être sans foi ni loi, il manque cependant à sa parole avec une aisance parfaite, cela n'a pas l'air de le gêner, au contraire, et en affaires on doit se méfier de lui; au jeu, il est de l'école... d'Athènes.

Le Slave a un très-beau type, les traits bien dessinés

et réguliers, les yeux très-grands, d'un bleu foncé, le teint blanc, les cheveux d'un joli blond, de haute stature ; sa taille a cependant une rare élégance ; sa voix est basse et vibrante, elle possède un timbre d'une grande harmonie ; il est né avec les dons du charmeur. Nul plus que lui ne sait se rendre séduisant lorsqu'il le veut, et il le veut toujours avec ses supérieurs, avec les étrangers et avec les femmes ; mais avec un inférieur, ou bien lorsque la colère le domine, ces beaux yeux slaves au regard si doux prennent une fixité effrayante, ils ont un regard en pointe d'acier, le teint devient d'un blanc vert, et la voix a des sons rauques qui rappellent le cri de la hyène en fureur.

On parle généralement du calme des gens du Nord, et on prétend que toutes les passions sont plus vives dans les régions chaudes ; quelle erreur ! Connaissez-vous cette chaleur âcre, intense, que produit la glace ? Oui, n'est-ce pas ? Qui de nous ne s'est point amusé à poser sur le creux de sa main un morceau de glace ? D'abord on éprouve une sensation de froid, mais bientôt ce froid se change en une chaleur telle, qu'on se demande si, au lieu de glace, on n'a pas un charbon ardent dans la main ; eh bien ! c'est cette chaleur âcre, irritante, intense, qui fait bouillonner le sang russe. Aussi portent-ils toutes les passions au point le plus extrême ; ils haïssent jusqu'à la férocité, ils aiment jusqu'à l'adoration, ils sont débauchés jusqu'à la licence effrénée, celle qui appelle le feu du ciel ; leur colère, surtout, est terrible ; ils ont pris des mœurs policées les usages, mais ils n'ont point appris cet art, cette science si indispensable, de savoir maîtriser sa colère, par dignité pour soi-même ; et tout à coup vous voyez un grand seigneur qui vous avait charmé par ses manières de parfait gentilhomme, ou une jeune femme mignonne,

jolie comme un ange, appartenant au grand monde, entrer soudain, et devant vous, dans une de ces colères
laides, ignobles, qui transforment l'être humain en
brute, et cela à propos souvent de fort peu, d'un ordre
mal exécuté par un serviteur, par exemple ; vous regardez leurs traits contractés par la fureur, et vous vous
dites : « Est-ce bien là la même personne ? »

C'est la chaleur âcre de la glace qui agit, et c'est aussi
une trop courte pratique de la civilisation, qui fait que les
Russes ignorent encore que l'homme bien né doit se dis-
tinguer des autres en sachant dompter la bête en lui et en
arrivant à savoir maîtriser complétement et toujours ses
emportements. La femme russe est généralement jolie,
elle a au suprême degré l'art d'orner sa beauté, elle est
séduisante et possède ce que Labruyère a nommé *un je ne
sais quoi*, c'est une sirène ; mais une contrariété, une con-
tradiction, un rien transforme la sirène en harpie, et si
vous assistez à la métamorphose, vous éprouvez un sentiment de malaise et d'étonnement ; en amour, comme
les hommes aiment le changement, ils doivent trouver la
femme russe charmante, car ils ont tour à tour un ange
de douceur et une mégère infernale. (Il va sans dire
qu'il y a de nombreuses exceptions, et beaucoup sont
toujours anges.)

La mesure est aussi un peu inconnue aux femmes
russes ; si elles oublient leur devoir, c'est sans limite, et
on pourrait reprocher à quelques-unes d'oublier aussi,
que si les fautes qui viennent du cœur sont excusables,
celles qui n'ont pas le cœur pour mobile sont impardon-
nables et dégradent la femme.

Pierre-le-Grand est venu visiter la France pendant la
régence, il y a amené une foule de jeunes seigneurs, qui
ont assisté aux soupers à la mode à cette époque
et qui étaient servis par les mignons ; ces Russes ont

étudié les mœurs de notre patrie dans ces années de grande immoralité, et ils ont rapporté en Russie nos tristes mœurs d'alors, et, comme on y est conservateur, on y retrouve encore aujourd'hui l'usage général des soupers et les mœurs régence, avec la gaze et le décorum en moins.

Lorsqu'on dit, d'un Français par exemple, qu'il a mangé sa fortune, on a tort, on devrait dire qu'il l'a gaspillée ; mais si on dit d'un Russe qu'il a mangé sa fortune, ceci est vrai à la lettre ; nul peuple au monde n'engloutit autant d'argent dans son estomac que le peuple russe ; pratique, il ne sème pas son or à des futilités, il le dévore : ce qu'un Russe absorbe de champagne à vingt et vingt-cinq francs la bouteille, de pâtés truffés, d'huîtres et autres mets chers, c'est incroyable. Un jour, c'était la veille de Noël, le grand jeûne était fini, tout Pétersbourg se préparait par une petite collation au gros repas du soir ; j'étais avec une amie dans un des grands magasins en sous-sol de la perspective Newski, un de ces magasins installés de façon à ce qu'on puisse y consommer ce qu'on y achète ; car ils ont des salles pour les consommateurs, on y vend du caviar, du jambon, des huîtres, du fromage et autres comestibles.

Mon amie avait ses provisions des fêtes à faire, on l'avait priée d'attendre qu'on eût servi des messieurs qui étaient dans le salon pour collationner. Six personnes étaient occupées à éventrer les huîtres, nous en vîmes porter dans ledit salon cinq douzaines, puis dix, puis quinze, puis vingt-cinq douzaines ; ces huîtres, conservées dans des barriques d'eau de mer, coûtent deux roubles la douzaine, cela faisait déjà cinquante roubles, c'est-à-dire deux cents francs d'huîtres et on ne cessait point d'en ouvrir ; des morceaux de jambon énormes, des livres de caviar les accompagnaient. « Il doit y avoir au moins vingt personnes, dis-je à mon amie, pour engloutir tout cela? — Vingt, me dit-elle ; non, tout au plus cinq ou six; on voit bien que vous ne connaissez pas l'appétit de mes compatriotes, — et comme elle me voyait incrédule à ce petit nombre... « Qui est là? » demanda-t-elle au marchand. Il lui cita sept grands seigneurs, et il lui montra la note de ce que déjà ils avaient consommé : vingt-cinq douzaines d'huîtres, deux livres de caviar, des harengs et vingt-trois bouteilles de champagne, cinq bouteilles de liqueurs, le tout comme absinthe !

Je n'en revenais pas, alors mon amie me dit : « Venez, je vais vous expliquer ce mystère, mais je vous avertis que cette explication sera anti-poétique. » Elle me conduisit dans un couloir sombre allant à ce salon, et dans ce couloir il y avait deux tonneaux coupés par moitié, pour servir de récipient : penché sur ces tonneaux, deux de ces gentilshommes avaient le mal de mer, horreur !

Mon amie me dit : « Oui chère, il faut que vous connaissiez ce détail, mes compatriotes trouvent un grand charme à engloutir toutes sortes de mets et de boissons dans leur estomac, mais la poche de celui-ci n'étant point élastique, ils mangent, la vident en mettant un doigt dans la bouche, puis ils vont boire et manger encore ; venez chez d'autres marchands de comestibles, allons dans les restaurants, partout vous verrez les riches manger ou boire pour une centaine de roubles pour se préparer au dîner qui durera de sept heures à une heure du matin. »

C'était vrai !

Ce que j'ai vu engloutir à Pétersbourg pendant les fêtes de Noël, celles du jour de l'an et celles de Pâques, c'est incroyable. Aussi mon amie appelle toutes ces fêtes les jours de liesse des ivrognes.

A ces époques on peut dire : La Russie boit et mange !

Elle ne fait pas autre chose nuit et jour, aussi la poésie s'enfuit-elle au loin en se voilant la face, et la prose, dans toute sa laideur, s'étale dans les rues ; le peuple a bu et mangé lui aussi, à en arriver à la satiété la plus intense : le trottoir, le milieu des rues, les portes cochères lui servent de récipients... C'est infect. Puisque l'amour de la vérité m'a fait aborder ce côté des mœurs russes, j'ajouterai pour en finir avec ce sujet par trop réaliste, que M. de Rambuteau n'a jamais été en Russie, aussi ses petits retiro y sont inconnus, le moujick ne s'en affecte point et en pleine rue, et jamais en tournant le dos au public, il fait comme s'il était dans les colonnes de M. de Rambuteau... La pudeur est chose ignorée du peuple russe, ce qui faisait dire un jour devant moi à une vieille dame anglaise : Il faudrait ici pouvoir se promener avec les yeux dans sa poche.

Le Russe est grand seigneur, généreux jusqu'à l'ostentation, ses manières, surtout celles de la représentation sont d'un ton exquis, très-homme du monde, très-instruit, parlant plusieurs langues et la langue française avec une pureté académique et avec un accent qui a une harmonie captivante. Il peut hardiment se dire l'homme le plus séduisant de l'Europe, pour ceux surtout qui se laissent prendre aux apparences. Il est grand seigneur comme ne le sont ni les Italiens, ni les Prussiens, pas même les Autrichiens et comme ne le sont plus les Français ; mais sa galanterie est asiatique et non chevaleresque.

Le Russe est éminemment intelligent, il est apte à toutes les sciences, il comprend vite et saisit bien, seulement il manque un peu de persévérance, de ténacité et enfin, à moitié chemin de la science, il se dit : A quoi cela me mènera-t-il d'être savant ? Cela m'enrichira-t-il ? Étant forcé de se faire une réponse négative à ces deux

19.

questions, il abandonne l'étude, se lance dans la vie de plaisirs et laisse aux Allemands le soin de diriger instituts et académies; mais il lui reste une instruction pourtant plus sérieuse que ne l'est celle de la masse des gens du monde en France.

Comme je l'ai dit, jadis toute injure se soldait par une amende en Russie ; de ceci il est resté une trace dans le caractère de ce peuple : le duel y est peu usité, et il a une idée un peu vague du point d'honneur.

Les lois punissent sévèrement le duel, ceux qui les ont faites ont eu tort, car il serait urgent d'apprendre aux anciens Moscovites, qu'un peuple européen et civilisé ne doit point ignorer cette chose inanalysable, mais si respectable qu'on nomme point d'honneur.

Le Turc dit : Ma parole est à moi, je puis donc la reprendre sans être un voleur ; le Russe est un peu de cette école, on peut traiter sur parole avec un Anglais et avec un Français ; mais avec un vrai Russe, un bel et bon écrit bien en règle est nécessaire.

La franchise est son côté faible, comme le charme est son côté fort, il se montre doux et séduisant même envers ceux qu'il déteste le plus, et il conserve la grâce féline de l'Asiatique, jusqu'au moment où la colère transforme le charmeur en tigre.

La femme russe est plus loyale, sa parole vaut trois fois celle de l'homme, en affaires, et généralement la femme vaut deux fois plus que l'homme moralement parlant.

Dans ce pays beaucoup de choses sont à rebours des autres nations. Ainsi, tandis qu'en Europe la noblesse est le plus ferme appui du trône et de l'autel; en Russie, c'est le contraire : le peuple adore le czar, il bénit son autorité, il soutient le pouvoir religieux, et c'est dans la grande noblesse que l'on rencontre des socialistes radicaux, des philosophes athées, des conspirateurs et des chefs d'opposition. L'histoire russe nous a donné la clef de cette énigme.

Nous avons vu que le grand prince qui a établi l'odieux esclavage de la glèbe, n'était ni de la famille des Rurick, ni de celle des Romanoff; c'était le fils d'un Tatar, un usurpateur, le peuple sait cela. Pendant toute la durée de cet esclavage, c'est-à-dire de la fin du XVIᵉ siècle jusqu'au XIXᵉ, les czars ont toujours essayé de le rendre moins lourd pour le peuple, il ont pris sa défense vis-à-vis de ses seigneurs, et lorsqu'un serf était trop malheureux, il pouvait exiger que son maître le vendît à la couronne, et tous ceux qui avaient le gouvernement pour maître étaient mieux traités. D'un autre côté, la tyrannie des grands princes qui, plus tard, ont pris le nom de czars, s'est toujours exercée sur les nobles et non sur le peuple. Enfin, c'est un czar, Alexandre II qui, malgré la vive opposition de la noblesse, a rendu le peuple libre, et l'a exonéré d'un joug odieux; de tout ceci, il résulte que le peuple adore le czar, il l'appelle son père, son protecteur, et l'aime comme tel, il partage avec lui la haine pour les grandes familles. En Russie, le peuple est donc conservateur et dévoué corps et âme à la famille impériale. Par contre, le noble d'origine purement russe, le vrai Moscovite, est de l'opposition; son dépit et parfois sa haine, sont dissimulés par lui, mais ils n'en sont pas moins réels, et les nobles polonais ont pour compagnons bien des grands seigneurs russes dans les mines de la Sibérie; il se passe donc dans cet empire le contraire de ce qui se passe dans les autres nations du monde. Le souverain a pour appui le peuple, la masse, et pour sourds ennemis les grands, sauf ceux qui sont d'origine allemande et qui vivant de la cour lui sont dévoués.

Nulle part au monde, Fourier, Considérant, Saint-Simon, le père Enfantin et *tutti quanti*, n'ont autant d'admirateurs et d'émules qu'en Russie. Dans aucune nation on ne trouve des révolutionnaires socialistes aussi radicaux qu'en Russie, c'est encore des hautes classes qu'ils sortent. Il n'est pas une théorie, même la plus absurde, des socialistes que hommes et femmes en Russie ne sachent par cœur; et dans des salons du grand monde j'ai entendu des dames avouer leur sympathie pour Rochefort et autres révolutionnaires.

Comme libre pensée, le Russe, qui est exagéré en tout, en est arrivé à l'athéisme, et c'est Nicolas qui a, sans le vouloir, introduit l'athéisme allemand en Russie; il a voulu étouffer la parole, la pensée, et appartenant, comme je l'ai dit, à la secte de vieux croyants, il a voulu détruire l'élément étranger, il a songé d'abord à l'extirper du professorat et des chaires. Un jour il appela son ministre de l'instruction publique, et lui dit : « Je veux que l'enseignement soit purement national. »

— C'est là une excellente pensée, répondit le ministre en s'inclinant fort bas.

— Eh bien, monsieur, remplacez immédiatement tous les titulaires de chaires et tous les professeurs des instituts étrangers par des Russes. Tous nos journaux sont dirigés par des étrangers, ce qui est absurde. Qu'on les fasse habilement tomber et qu'on en fonde qui seront dirigés par des Russes.

Le ministre, à cet ordre, resta silencieux et embarrassé.

— M'avez-vous entendu?

— Fort bien, sire, mais où prendrai-je des Russes capables d'être professeurs et journalistes?

— Mais enfin, s'écria Nicolas avec colère, nous avons cependant de bons instituts, nous devons avoir des hommes intruits.

— Certainement, sire, les grands sont instruits, mais ils se soucient peu d'être professeurs, ils préfèrent laisser cette carrière aride aux étrangers.

— Il faut, dit alors Nicolas, chercher des jeunes gens intelligents mais peu fortunés, les envoyer en Allemagne au frais du gouvernement, à leur retour, ils créeront un professorat national et purement orthodoxe.

Cet ordre souverain fut exécuté, une pléïade de jeunes Russes partirent pour l'Allemagne, beaucoup allèrent à Berlin. Ils étudièrent consciencieusement, ils étaient payés pour cela, mais ce qu'ils étudièrent surtout, ce fut les idées philosophiques; beaucoup tombèrent dans les idées hégéliennes, l'athéisme de Feuerbach fut adopté par un grand nombre. De retour dans leur patrie, ces jeunes gens furent mis en possession des chaires et des places de professeur, les autres devinrent écrivains et journalistes, et tous se servirent de l'influence que leur donnait la parole ou la plume pour propager les tristes théories hégéliennes ou feuerbachiennes. Le gouvernement ne fut en éveil que lorsque le mal fut évident; c'était trop tard, le germe était semé, et les mauvais germes croissent et se multiplient avec une rapidité effrayante; le nihilisme était né.

Converties par leurs éloquents et jeunes professeurs, des jeunes filles devinrent nihilistes dès l'institut. Rentrées dans leur famille, l'autorité paternelle leur sembla lourde et inutile, et elles quittèrent leurs parents pour vivre seules selon les doctrines qu'on leur avait enseignées. Comme toujours, la femme fut le plus vite gagnée à ces théories nouvelles, et non contente d'être une sectaire ardente, elle se fit un apôtre zélé : en peu d'années le nihilisme fit des progrès effrayants, et il y eut des scandales terribles; alors la police se mit à pourchasser les doctrinaires, ils furent emprisonnés ou envoyés en

Sibérie, la sanction de la persécution ne fit que donner du prestige à cette secte, et augmenter le mal.

Un jour qu'un jeune professeur, qui s'était fait l'ardent apôtre du nihilisme, partait à la chaîne pour la Sibérie, on vit accourir sur son passage des jeunes filles de grande maison, des hommes du monde, par centaines, les larmes coulaient, on lui jetait des fleurs, des mèches de cheveux en souvenir, la consternation était dans Saint-Pétersbourg.

Ce ne fut point les filles du peuple, mais celles de la petite noblesse que l'on vit quitter leur famille pour vivre selon les tristes théories du nihilisme.

Il y a quelques années, Alexandre II a ordonné des répressions sévères contre ces dangereux sectaires.

Aujourd'hui, on ne parle plus beaucoup du nihilisme, mais pourtant comme le mal, cette théorie continue à miner sourdement la société, les étudiantes sont presque toutes nihilistes, les jeunes savantes allant chercher en Allemagne des titres de docteur ès lettres, ès sciences, et de docteur en mathématiques en reviennent avec les idées feuerbachiennes qui se transforment en Russie en nihilisme.

Parfois, dans un salon, il m'est arrivé de causer avec une femme du meilleur monde, et elle me disait très-naturellement : Moi, je suis nihiliste, et je ne crois pas à Dieu; je ne me marierai pas, le mariage est une institution ridicule, tout être doit conserver sa liberté, toute autorité est le fruit néfaste de l'antique barbarie.

On a écrit des ouvrages fort savants pour expliquer ce que c'est que le nihilisme, il n'est point besoin, en vérité, d'un volume pour cela, quelques lignes suffisent. Néant, tout en nous, selon les nihilistes, doit retomber dans le néant : ils nient Dieu, la vie éternelle, la pudeur, la morale, et tous les principes d'autorité n'ont aucune raison d'être, selon eux, et on ne doit point s'y soumettre ; l'autorité paternelle ne trouve pas même grâce à leurs yeux.

Ils entourent ces théories de quelques nuages, de quelques phrases à l'allemande, peu claires et très-diffuses, mais le fond du nihilisme est néant.

Les sectaires appellent purement cela une doctrine nouvelle et progressiste, quelle erreur ! Presque tous les peuples, dans l'enfance de leur barbarie, ont eu ces idées ou du moins ont vécu comme s'ils les avaient ; peu à peu ils ont progressé, et alors les mystères de la vie éternelle ont été pressentis par eux, et leur intelligence devenue plus vive, ils ont commencé à comprendre Dieu.

Les nihilistes, au lieu d'aller en avant, retournent de plusieurs milliers d'années en arrière.

Les Peaux-Rouges sont nihilistes, eux aussi, ils ne reconnaissent aucune autorité, vivent sans mariage, et s'accouplent comme les animaux ; les tribus les plus avancées croient vaguement à une autre vie, mais les tribus barbares et tout à fait sauvages, ne croient, elles aussi, qu'au néant.

Pour tout progrès, se rencontrer avec les Nez-Percés, les Cheyennes ou les Comanches... triste !

Voici qui vous donnera une idée des mœurs ou de l'absence de toutes mœurs et de l'oubli de toute pudeur des nihilistes. La police recherchait une fille mineure de bonne famille qui, convertie à cette secte, avait abandonné la maison paternelle ; après bien des recherches, elle la trouva dans une sorte de phalanstère. Dans une grande salle, transformée en dortoir, dormaient huit couples ; les agents de la police, interloqués de cette absence de pudeur, allèrent vers la fenêtre pendant que la jeune fille s'habillait pour les suivre ; les filles qui

étaient là se mirent à plaisanter les agents et à se conduire comme des filles, et pourtant, toutes appartenaient
à d'honorables familles.

Comme signe de ralliement, les femmes nihilistes
avaient d'abord adopté l'usage de porter les cheveux
courts ; elles commencent à renoncer à cette mode disgracieuse.

Il existe en Russie, à côté des anciens païens, des
vieux croyants et des nihilistes, une foule d'autres sectes,
dont quelques-unes sont absurdes et d'autres horribles :
encore un point de ressemblance avec l'Amérique, qui
en possède cent vingt-deux. La Russie n'en possède pas
un si grand nombre, mais elle y arrivera.

Si son gouvernement n'avait point une poigne de fer,
et si une révolution y était possible, on verrait s'installer
en Russie un socialisme à faire crier au scandale. Tous
nos socialistes les plus radicalement désorganisateurs ;
et tous ces hommes, au lieu de sortir de la classe populaire, sortiraient des hautes classes.

Il y a en Russie deux catégories très-distinctes parmi
les gens du monde : le Russe vieux croyant et rétrograde, et le Russe cosmopolite.

Le vieux croyant regrette encore sa vieille robe persane et sa longue barbe de capucin ; il vit retiré dans
sa maison de bois, boudant le progrès, détestant la cour,
à cause de son élément étranger ; il a pour l'étranger
une haine farouche : tout ce qui n'est pas russe et orthodoxe, est pour lui un mécréant, dont le contact est
impur et coupable.

Je vais vous citer une de mes conversations avec deux
vieux croyants et avec un cosmopolite, ce sera vous
citer les phrases que tous les autres m'ont dites, car
tous ceux que j'ai vus m'ont dit les mêmes choses dans

le fond, la forme seule a légèrement varié. Cette conversation, mieux que toutes les explications que j'essayerais de vous donner, vous fera comprendre les idées et le caractère de ces vieux Russes de l'antique et barbare Moscovie.

Voici ma conversation, mot à mot et authentique, à un de mes jours de réception en Russie.

M. Maximoff. — Madame, on m'a dit que vous veniez pour étudier ma patrie ?

— Je viens essayer, monsieur.

— Madame, j'ai à vous recommander d'abord une chose : gardez-vous de juger les Russes par ceux de mes compatriotes que vous avez vus à l'étranger...

— Mais, monsieur, tous ceux que j'ai connus à l'étranger m'ont semblé très-aimables, intelligents et instruits.

— Tout Russe qui quitte le sol de son pays, madame, et qui va vivre au milieu des héré... des étrangers, n'est plus un Russe; en France, il prend les vices et l'irréligion française.

— En tout cas, monsieur, il y apprend que la politesse exige parfois qu'on ne dise pas tout ce qu'on pense.

— Mon Dieu, madame, j'ai une profonde estime pour vous, je ne veux pas vous blesser, et je suis sûr que vous faites exception, et c'est pourquoi je vous parle à cœur ouvert; mais, avouez-le, vous devez le savoir aussi bien que moi, Paris est une ville perdue et une ville de perdition; là, le respect de la famille est traité de vieille histoire. Je connais bien la France, allez, je dois le confesser; je l'ai traversée, j'ai passé trois jours à Marseille, deux jours à Lyon, et trois semaines à Paris. Mais j'y étais forcé, la santé de ma femme a seule pu me décider à ce voyage... Eh bien, à Paris, un fils à qui je disais : Il faut économiser pour vos parents, m'a répondu : Mes parents ! je m'en bats l'œil, je pense à moi.

— Quel était ce... monsieur ?

— C'était, madame, le garçon de l'hôtel.

— Ah ! et êtes-vous bien sûr qu'il fût Français ?

— Je le suppose... Enfin, madame, dans cette ville on se rit du mariage ; la femme vit de son côté, le mari du sien, les femmes désertent si bien leur maison que lorsqu'elles veulent se voir entre elles, elles ne se disent pas : Venez me voir tel jour ! mais bien : Ma chère, nous nous verrons demain sur les boulevards... c'est là où elles se donnent rendez-vous.

— Les filles, monsieur ?

— Non, madame, les femmes du monde, et enfin ce peuple parisien est si complétement démoralisé, qu'une honnête femme en position intéressante ne peut se hasarder dans la rue.

— Ah bast ! et pourquoi donc ?

— Pourquoi ! parce que c'est un peuple perdu de vice. Voici ce qui m'est arrivé à Paris. Ma femme était en position intéressante, nous sortions du théâtre, je la laisse un instant sur le trottoir pour chercher une voiture ; un homme remarquant sa situation, la pousse brutalement et la fait tomber ; il en est résulté une fausse couche, qui m'a privé d'un enfant désiré.

— Certes, c'est là un accident malheureux ; cet homme était ou ivre ou maladroit !

— Non, madame, il l'a fait exprès.

— Mais c'est insensé ! les femmes du meilleur monde sortent seules de nuit et de jour à Paris, et sans être ni renversées, ni insultées !

— Ce n'est plus moi qui conduirais ma femme dans cette horrible ville, et Dieu m'a puni d'avoir oublié les paroles de la Bible.

— Il ne faut point frayer avec les hérétiques.

— Oui, madame, c'est cela, et vous en conviendrez bien, le Français n'a aucune religion; il est impie et vit en impie; ceux de mes compatriotes qui séjournent en France perdent les vertus de l'orthodoxe, ils deviennent la honte de la Russie; aussi nous les renions.

— Je crois, monsieur, qu'ils voudraient bien pouvoir en faire autant!

— Oui, madame, leur conduite à l'étranger déshonore la Russie.

— Croyez, monsieur, qu'il n'en est rien; je connais beaucoup de Russes à Paris, et ils vivent en gens honnêtes et en gens du monde... ils jouent un peu moins, ils boivent moins que lorsqu'ils sont ici, voilà tout!

— Ah! madame, je le répète, si vous alliez juger les Russes d'après ceux-là, vous commettriez une erreur et une injustice.

A ce moment entre mon docteur, un Allemand; on était au 2 janvier français et le docteur me demande comment j'ai commencé l'année :

— La plume à la main! dis-je, car je désire travailler toute l'année...

— La plume à la main! s'écrie M. Maximoff, avec un élan de sainte indignation... Moi, madame, je commence l'année en prières; lorsque je ne peux pas aller à l'église, je fais venir le prêtre chez moi; je rassemble toute ma maison, et c'est à genoux que nous commençons l'année... Lorsque je dois voyager, un prêtre appelé par moi vient bénir mes bagages, puis il m'accompagne jusqu'au chemin de fer, et il bénit le wagon dans lequel je dois entrer.

— Est-ce par peur, monsieur, ou par religion?

Maximoff élude la question et poursuit... tout Russe bien croyant agit de même.

— Madame, venez demain assister au départ de l'express de Moscou, et vous verrez quantité de prêtres occupés à bénir les wagons.

— Combien payez-vous pour cela ?

— Mais une dizaine de roubles.

— Fort bien; mais en ce cas, votre religion n'est pas à la portée de toutes les bourses ; moi-même, je ne pourrai pas toujours augmenter les frais de mes voyages d'une quarantaine de francs.

— La religion avant tout, madame, telle est notre devise, à nous, vrais orthodoxes.

Malgré moi, je récite tout haut quelques vers de Tartuffe.

— Vous dites, madame ?

— Rien, M. Maximoff, je récite Tartuffe ; connaissez-vous cette belle comédie de Molière ?

— Non, madame.

— C'est dommage ! faites-moi donc le plaisir de la lire.

Le docteur. — Et votre santé, comment est-elle aujourd'hui ?

— Mieux, merci.

— Surtout buvez de l'eau de selz ou de l'eau de Vichy, mais ne buvez plus de l'eau de la Néva, elle est fatale à tout le monde, mais surtout aux étrangers.

— Comment ! s'écrie M. Maximoff... l'eau de la Néva mauvaise ! quelle calomnie ! c'est la plus saine qui soit sur le globe.

— Non, certes, monsieur, car elle contient...

Et le docteur démontre scientifiquement au vieux croyant, pourquoi cette eau est malsaine ; pendant la discussion entre mademoiselle Darlowisch....

— J'avais peur de ne point vous rencontrer !

— Je vous avouerai, mademoiselle, qu'ayant vu ce

matin que le thermomètre marquait 28 degrés de
froid...

— Quelle erreur ! il y a à peine vingt degrés.

— Je me lève, et je vais à la fenêtre... Voyez, mademoiselle, il y en a même vingt-neuf dans ce moment-ci.

M. Maximoff. — Le thermomètre est mauvais.

— Pardon, mais regardez, il est de facture russe.

Le docteur. — Tantôt, sur les quais de la Néva, il y
avait trente-deux degrés.

Mademoiselle Darlowisch d'un air pincé. — Du reste,
vous êtes accoutumée au froid, madame, car on assure
qu'en France le climat est fort rigoureux.

M. Maximoff. — Hier les journaux de France parlaient de gens morts de froid.

— C'est possible ; pourtant, monsieur, je crois que la
Russie est un peu plus au nord que la France.

Mademoiselle Darlowisch. — Moi je n'ai jamais été
à l'étranger, mais par ce que j'ai entendu dire de Paris,
je trouve que nos hommes sont bien imprudents d'y
laisser aller leur femme ; d'abord les Françaises font des
toilettes insensées, elles dépensent un argent fou à leurs
chiffons.

Entrent M. et madame Paskalokoff. Cette dernière a
une toilette extra luxueuse.

— Chère, lui dis-je, mademoiselle Darlowisch assure
qu'on dépense un argent fou en chiffons à Paris.

— Oui, il y a des faiseurs qui ne font pas une toilette
moins de dix-huit cents francs. Mais ils ne travaillent
que pour les Russes et les Américaines ; et les Françaises sont plus que simplement mises, répond madame
Paskalokoff. Vous entendez, mademoiselle.

— Oh ! madame Paskalokoff est une Russe progressiste, elle n'aime que l'étranger.

— Certes, si mes intérêts de fortune ne me forçaient

pas de revenir parfois en Russie, croyez bien que jamais
je n'y mettrais le pied.

M. Maximoff. — Ne pas aimer sa patrie, ma chère
madame, n'est pas le fait d'un bon cœur.

— Eh bien ! le mien est mauvais, car je la déteste et
volontiers, je dis avec le piou-piou français :

« Un mètre de neige, 28 degrés de froid, et ils appellent cela une patrie ! »

Vous venez, madame, étudier mon pays; je vais me
faire le cicérone de son climat et de ses habitants.

« Pendant deux mois de printemps, on barbote dans
des mares d'eau puantes; pendant trois mois d'été, on
respire des miasmes impurs ; pendant le jour, on subit
vingt-cinq degrés de chaleur, et le soir, on grelotte sous
l'action d'un brouillard épais et glacial. L'automne arrive,
encore une belle saison pour les canards et les crapauds,
mais une saison insupportable pour les humains ; enfin
la neige tombe, et elle tombe drue et serrée pendant cinq
mois, elle vous aveugle, vous recouvre, vous ensevelit;
l'atmosphère est blanches, les toits sont blancs, le sol est
blanc, le soleil est pâle ; cette blancheur finit par
donner une irritation à vos nerfs, à vous faire prendre
cette couleur en horreur. Si on n'a pas une prudence
extraordinaire et de tout instant, on se gèle un pied ou
une main, ou une partie du visage, et alors on a une
affreuse marque rougeâtre qui vous défigure.

« L'eau de la Néva engendre des maladies toutes
plus désagréables les unes que les autres ; mes compatriotes en profitent, il est vrai, pour ne boire que du vin
ou de l'eau-de-vie, et la moitié de la Russie est toujours
ivre. »

— Oh ! s'écrient en même temps M. Maximoff et mademoiselle Darlowisch, comment pouvez-vous dire cela ?

— Écoutez, chère madame, bientôt notre jour de l'an

arrivera, si vous sortez, vous pourrez vous convaincre que je n'exagère pas, vous ne rencontrerez que des ivrognes.

Les deux Russes rétrogrades se lèvent frémissants d'indignation, et me disent :

— De grâce, madame, ne prêtez pas créance à certains Russes, sans quoi vous jugeriez bien injustement notre chère patrie.

Restée seule avec le docteur X et madame Paskalokoff, cette dernière poursuit ainsi...

— « A mes compatriotes à présent. Des barbares qui posent pour des hommes civilisés, ils sont joueurs comme les cartes et plus d'un pense que pour gagner, tout moyen est bon ; ils passent leur vie à boire et à jouer. Toutes les plus grues des cocottes qui arrivent de Paris, leur paraissent l'idéal rêvé. Ils se ruinent et se laissent battre par elles ; une fois ruinés, ils cherchent une fille de marchand ou une fille désireuse d'avoir un pare-à-faute ou encore une vieille femme, et ils vendent leur nom et un passeport contre quelques milliers de roubles. Les femmes ! Voici à quoi elles passent leur temps : à se farder ; leur corps est pour elles un autel sur lequel elles posent les dentelles les plus riches, les diamants les plus précieux, les chiffons les plus dispendieux. Celles qui ne peuvent suffire à payer les frais de l'entretien de l'autel, prennent un ou deux amis à qui elles disent : Passez donc chez une telle, et payez ma note. Les chevaliers-gardes jouent un grand rôle ici, ils se divisent en deux catégories, ceux qui payent pour ces dames et ceux qui sont payés par celles qui ont atteint un âge mûr. Les moines aussi jouent un certain rôle dans la vie des femmes russes ; n'oubliez pas de visiter le monastère d'Alexandre Newski au haut de la perspective Newski et celui de Sergus ; le premier

est fréquenté par les riches marchandes, qui portent à
ces moines l'offrande de leur cœur et de leur bourse ; le
second est en quelque sorte la petite maison de certaines
grandes dames : elles y vont entendre l'office, puis elles
montent boire le thé dans les boudoirs nommés cellules
des beaux moines ; le champagne anime la conversation,
tous les moines de Sergus sont presque tous d'anciens
chevaliers-gardes ou gardes à cheval, ruinés ; ils se font
ermites, mais ils ne renoncent pas au diable.

« Maintenant, si vous voulez connaître un dernier trait
distinctif du caractère de mes compatriotes , sachez que
tout Russe est mouchard d'instinct , c'est pourquoi,
jamais, devant un Russe, un homme ici ne hasardera la
moindre critique.

« Voulez-vous un autre renseignement, malgré la
lampe qui fume devant une image dans chaque maison
et souvent dans chaque pièce, malgré les nombreux
signes de croix et malgré les reliques que tous les
Russes portent sur leur poitrine , il n'est aucun vice
qu'ils ne pratiquent. J'ai dit. »

— Chère madame, lui dis-je, la vérité sur la Russie
est, je crois, entre vos paroles et celles de M. Maximoff ;
chacun de vous a exagéré, l'un le bien, l'autre le mal,
et je crois qu'ici comme en France, le vice et la vertu se
côtoient ; à quelques différences près, la nature humaine
est à peu près la même dans toutes les grandes nations.

— C'est possible, mais pour mon compte, j'ai l'horreur
de mon pays, et, si ici je suis forcée de tolérer mes compatriotes, à l'étranger je les évite comme on évite la peste.

— En ceci, vous agissez comme tous les Russes, qui
dès qu'ils voient sur un trottoir à Paris un Russe, traversent la rue pour l'éviter, et si une maîtresse de maison
souhaite qu'un Russe refuse son invitation, elle n'a qu'à
lui dire négligemment : Ne manquez pas de venir, vous

aurez le plaisir de rencontrer de vos compatriotes.

« Comme je l'ai dit à madame Paskalokoff, si on veut se faire une idée exacte de la Russie, il faut prendre la moitié de ce qu'en disent les Russes cosmopolites, et prendre pour le tiers ce qu'ils disent pour la généralité.

La police russe est admirablement bien organisée, c'est l'administration la plus complète du pays ; je crois bien que les étrangers qui arrivent en ce pays sont surveillés, je crois qu'on s'informe de qui ils voient, de ce qu'ils pensent et disent ; je suis même à peu près certaine qu'on se donne la peine de lire leurs lettres ; mais la police pétersbourgeoise est si courtoise, elle a un si parfait savoir-vivre que pour mon compte je n'ai jamais pu résoudre complétement cette question :

— La police me témoigne-t-elle un empressement bienveillant que ma modeste personnalité ne mérite pas , ou me surveille-t-elle ?

Pour les lettres, il est facile de prendre un langage de convention, et alors ce n'est pas gênant du tout de savoir qu'elles passent par le cabinet noir.

Pourtant cette police si exquisement polie a un seul procédé qui, dans la forme, paraît quelque peu singulier : vous descendez chez des amis ou dans un hôtel, vous devez faire porter de suite votre passe-port à la police qui, deux jours après, vous envoie deux de ses employés qui vous demandent combien de temps vous comptez rester en Russie, ce qui paraît vouloir vous dire : « Le plus tôt vous nous débarrasserez de votre présence, le plus de plaisir vous nous ferez.

J'ai vu une famille américaine à qui on a posé cette question, bondir d'indignation ; le mari voulait aller prier son ambassadeur de demander raison au gouvernement de ce qu'il considérait comme une offense faite à un citoyen honorable de l'Amérique.

Interrogée de la même façon, j'ai pris une feuille de papier et j'ai écrit dessus ces simples lignes : « Je resterai en Russie tant que cela me plaira, si la police de S. M. le czar à la courtoisie de le trouver bon. »

Ce procédé, qui paraît tant soit peu chinois, n'est que le résultat d'une maladresse administrative dont voici l'explication.

Si on prolonge son séjour en Russie de plus de six mois, on doit payer quelques roubles, sorte d'impôt sur l'étranger que je recommande au gouvernement français lorsqu'il sera à court de gens à imposer. La police russe veut donc savoir si elle aura à appliquer cet impôt ; au lieu d'avertir le voyageur qu'après six mois révolus de séjour, il aura un impôt à payer, s'il prolonge son séjour, elle se contente de poser cette question qui paraît indiquer un désir de vous voir déguerpir. Cela donne une impression fâcheuse d'un pays qui est au contraire d'une hospitalité charmante pour tout étranger. Le général Trépoff, qui est si courtoisement aimable, devrait bien interdire une demande ainsi formulée.

Maintenant je signale une excellente mesure appliquée en Russie, qui, si elle était appliquée en France préserverait les intérêts des marchands parisiens, si souvent dupés par les étrangers. Voici la mesure en question :

Pour quitter Saint-Pétersbourg, vous avez besoin de votre passe-port, la police le garde jusqu'au jour fixé pour votre départ, et elle ne vous le rend que si votre hôtel est soldé et si nul marchand n'est allé déclarer à la police que vous lui devez de l'argent ; dans ce cas elle le garde et vous ne pouvez pas quitter l'empire avant d'avoir soldé vos dettes. Cette mesure est excellente, et on devrait l'adopter à Paris, ce grand caravansérail de l'univers.

En Russie le théâtre est un délassement au lieu d'être

une fatigue, car on n'est pas forcé de rester quatre heures assis dans une loge étroite ; les entr'actes sont courts et, à dix heures et demie, les mêmes pièces qui durent ici jusqu'à minuit sont finies; on va au théâtre après son dîner et, en sortant du théâtre, on va ou en soirée ou faire des visites.

Les grands bals, à Pétersbourg, ressemblent à ceux donnés à Paris, avec cette différence que les appartements sont plus beaux, mieux éclairés, et que les brillants costumes des militaires et ceux de fort bon goût des employés civils sont d'un effet autrement gracieux que celui produit par une réunion d'habits noirs et de cravates blanches. Mais ce qui a un caractère tout à fait à part, ce sont les simples soirées de jours de réception. A ces soirées-là on se croirait dans un casino et non dans un salon. L'absence de cheminée joue ici un rôle fâcheux. La maîtresse de maison, au lieu d'avoir sa place indiquée au coin du feu et le maître de maison devant la cheminée, se tiennent tous deux dans un coin ou dans un autre d'un de leurs salons. On doit les chercher. Et enfin les appartements en enfilade communiquant les uns dans les autres par de larges portes toujours ouvertes, rappellent les salons-parloirs des hôtels américains ou ceux d'un casino, mais nullement ceux d'une maison particulière. Chacun, en arrivant, va saluer les maîtres de maison ; il cause un instant avec eux, puis il va dans un coin joindre des amis qu'il a aperçus, et il se forme des groupes dans les divers salons, groupes qui s'isolent les uns des autres ; on sent le plus souvent qu'il y a là autant de camps ennemis que de groupes. Les Russes peuvent fréquenter pendant dix ans les mêmes salons sans qu'il se soit établi entre eux cette sympathique cordialité qui s'établit en France entre les habitués d'une même maison.

Voici l'aspect des salons de Pétersbourg un jour de soirée : Dans un salon un groupe de jeunes filles et de jeunes gens pianote, chante, fait des observations ironiques sur les personnes qui traversent le salon. Dans un autre salon sont attablés des joueurs et des joueuses ; dans un salon plus loin sont installés les joueurs sérieux, dans une autre pièce il y a divers groupes chuchotant entre eux, faisant bande à part ; le maître de maison joue, la maîtresse de maison joue, les invités ʳjouent. Ceux qui ne jouent pas parlent bas. C'est d'un lugubre complet et d'un effet singulier. Notez qu'on ne joue pas pour se distraire, mais bien pour gagner ; la femme et même la jeune fille a sa bourse de jeu, et pour elle c'est une affaire.

Pierre le Grand, s'apercevant que ses sujets s'adonnaient à la passion du jeu sans aucune modération et ǀavec l'emportement que donne la chaleur de la glace, avait proscrit le jeu comme étant une passion sordide ; mais ses ordonnances à ce sujet sont lettres mortes et on joue en Russie avec frénésie, ce qui amène des suicides et fait commettre plus d'une action indélicate ; ainsi le jeune grand seigneur qui s'est ruiné ne rougit pas de chercher une vieille coquette sentimentale qui lui payera ses dettes en retour des soins qu'il lui donnera ; un autre fait marché avec un riche marchand qui lui paye ses dettes, lui donne en plus une somme qui puisse le faire vivre, et sa fille en mariage par dessus le marché. Il y a quelques années, un jeune chevalier-garde de grande maison, beau, élégant et âgé de vingt-cinq ans, ruiné par le jeu, criblé de dettes, conduisait à l'autel une femme de soixante-cinq ans qui l'avait payé un million. Ce malheureux, perdu par cette horrible passion du jeu, n'avait même plus assez de sens moral pour comprendre qu'entre lui se vendant à cette vieille femme et la fille se vendant à un vieillard, la différence, si elle existait, lui était encore défavorable. Quelques-uns, poussés à bout par une déveine persistante, essayent de corriger la fortune. Le jeu est la passion qui fait le plus commettre de petites infamies, et c'est une des grandes plaies de la Russie.

LES NUITS DES CERCLES

La police, la charité et les amusements sont trois choses admirablement bien organisées en Russie.

Dans les lois, nous le verrons tantôt, la femme est traitée sur un pied d'égalité complète avec l'homme. Il en est de même pour les amusements : la femme peut jouer, elle peut aller au cercle tout comme l'homme.

Il y a, à Pétersbourg, plusieurs cercles ; chaque classe de la société possède le sien. En commençant par le bas, il y a celui des petits marchands et des commis, puis celui des grands marchands, celui de la petite noblesse, celui de la grande noblesse, le cercle artiste et enfin un cercle anglais et un cercle allemand. Chaque famille, de droit, peut appartenir au cercle qui représente sa position sociale, et toutes, les plus pauvres comme les plus riches, s'y font admettre. Le nombre des membres de chaque cercle étant très-grand, une faible cotisation suffit pour le loyer, l'entretien et les fêtes qu'on y donne.

Tous ces cercles sont installés dans de vastes et beaux locaux ; ils ont salle de lecture, bibliothèque, restaurant, salons, salle de bal, salle de spectacle et de concerts.

Tous les jours, femmes et hommes peuvent aller dans leur cercle lire, écrire, causer, jouer et dîner à un prix

que la quantité des dîners servis rend minime. Pour les
familles peu aisées et petitement logées, ces cercles sont
une ressource précieuse ; elles peuvent y inviter à dîner
leurs amis et enfin venir s'y délasser sans frais, le soir,
d'une journée de labeur. On y donne souvent des spec-
tacles et des concerts. Pour la Noël, tous ont leur arbre
de Noël et un bal d'enfants. Rien n'est joli et gracieux
comme le coup d'œil qu'offrent en ces jours les vastes salles
des cercles : on ne voit que bébés tout endimanchés, que
petits garçons et petites filles se donnant un air important en faisant les honneurs de leur cercle à de leurs
petits amis appartenant à un autre cercle, car tous les
cercles prennent un jour différent pour fêter Noël, si
bien que les enfants peuvent assister à une succession
de fêtes enfantines. Tous les cercles ont le bon goût de
n'être point fermés pour les classes autres que celle qu'ils
représentent ; invité par un membre, on peut avoir accès
dans tous ; ainsi, à chaque grande fête donnée par le
cercle des marchands, la noblesse y vient en masse :
après le cercle de la grande noblesse, celui-là est le mieux
composé.

L'institution de ces cercles a plusieurs avantages :
d'abord celui de fournir des distractions peu coûteuses
aux personnes peu fortunées, de leur permettre d'inviter à leur cercle alors qu'elles sont trop petitement logées. C'est une grande ressource pour les vieilles filles
sans famille, pour les femmes veuves dans la même situation, et enfin dans ces cercles il s'établit une sorte
d'intimité entre les gens appartenant à la même classe
sociale. Leurs fils et leurs filles font connaissance dès
l'enfance dans ces centres de réunions ; les mariages
s'arrangent ainsi sans qu'on ait besoin d'avoir recours à
des intermédiaires et sans devoir se résigner à ces froids
et imprudents mariages de proposition où on unit pour

la vie une jeune fille et un homme qui se connaissent à peine.

Inutile de dire que les femmes suspectes ne sont point admises comme membres de ces cercles, à peine s'en glisse-t-il quelques-unes les jours de mascarades. A propos de ces bals masqués, je ferai observer que les Russes ont adopté plusieurs de nos modes, mais sans savoir s'en servir ; ainsi ils se masquent, et ils croient que c'est suffisant, et ils disent : « C'est comme à Paris. » Comme costume, oui, mais comme esprit, non. Toutes les mascarades sont mortellement ennuyeuses, et l'on cherche *où est le cadavre*, et on s'étonne que l'orchestre ne joue pas une marche funèbre.

Le cercle des artistes donne parfois des bals travestis très-réussis. Celui de l'an dernier présentait un aspect original ; les seuls costumes admis étaient les costumes nationaux russes des divers siècles.

Ce cercle rend un grand service aux artistes, aux littérateurs et aux acteurs de talent qui y sont admis : ils trouvent là une riche bibliothèque, un centre de réunion qui fait naître entre eux une sympathique cordialité, et enfin des distractions intelligentes. Au lieu d'aller passer leurs soirées dans un café ou dans une brasserie, ils font, à leur cercle, de la bonne musique, ils montent des tableaux vivants, des concerts ou des pièces de théâtre.

A ce cercle, comme dans les autres, les femmes sont admises ; artistes, écrivains, actrices en font partie de droit.

Le cercle des marchands est un de ceux qui donnent les plus somptueuses fêtes ; il y a bal une fois par semaine, concert une fois par semaine, et spectacle deux fois par semaine. Pendant le courant du carnaval, il donne quelques grands bals et plusieurs mascarades.

Les femmes membres des cercles n'ont point besoin

d'être accompagnées par un cavalier : elles y sont chez elles et y vont seules.

En 1108, Pierre le Grand avait fait une classification des différentes classes de marchands et des priviléges qui leur étaient accordés. Cette classification existe encore de fait, avec quelques légers changements. La voici telle que Pierre le Grand l'avait établie :

La bourgeoisie, comme la noblesse, se divisait en six classes. Le bourgeois proprement dit était celui qui possédait une propriété quelconque dans une ville : il formait la première catégorie.

La deuxième était composée des marchands ayant un capital de 50,000 roubles.

Étaient rangés dans la deuxième classe ceux possédant un capital de 20,000 roubles, et dans la troisième ceux ayant de 10,000 à 8,000 roubles.

Chacune de ces classes avait sur l'autre des avantages essentiels; la première seule avait le droit de faire le commerce extérieur, de posséder des navires marchands, d'aller en carrosse attelé de deux chevaux et d'être exempte de toutes peines corporelles.

Les priviléges de la deuxième étaient les mêmes, à l'exception qu'elle ne pouvait pas faire le commerce extérieur.

Les marchands appartenant à la troisième classe devaient se borner au commerce de détail; il leur est défendu d'avoir voiture, mais on leur permet un cheval de selle.

La quatrième classe se composait des étrangers s'étant fait inscrire sur le registre de la bourgeoisie, afin de suivre une affaire en Russie.

La cinquième, des citoyens ayant occupé trois fois des charges municipales ou ayant occupé un emploi d'une façon utile et intelligente, des savants, des artistes,

des banquiers pouvant prouver la possession d'un capital de cent mille roubles, et des armateurs ayant des
vaisseaux en mer. Tous ces hommes-là pouvaient et
peuvent aller en voiture attelée de deux ou quatre chevaux, posséder des maisons et des jardins hors la ville,
et ils étaient, dans le temps où le knout régnait, affran-
chis de cette punition infamante.

La sixième classe se composait des habitants des
villes, non inscrits dans aucune des cinq autres classes et
qui vivaient de leur trafic; ils pouvaient posséder des cabarets, des auberges, des ateliers, ils n'avaient point
le droit d'avoir voiture, mais ils pouvaient posséder un
cheval de selle.

Rien n'est curieux comme d'examiner, à certains jours
de fête nationale, le défilé des voitures des grosses marchandes, ayant droit à deux ou quatre chevaux; les calèches sont capitonnées de couleurs voyantes, un gros
coussin en tapisserie soutient les épaules robustes des
marchandes qui, faute d'exercice sans doute, ou par
trop bonne chère peut-être, sont toutes obèses; elles
ont mis sur elles leurs plus riches fourrures; au lieu
de s'en couvrir, elles les étalent, on sent qu'elles ne
viennent point se promener, mais se montrer. Les chevaux qui les traînent sont gros à en être poussifs. Ces
femmes se tiennent droites et raides dans leurs voitures,
et semblent dire : Regardez bien, j'ai droit à deux ou
quatre chevaux. Les classes inférieures les regardent
avec jalousie, la noblesse les regarde avec une bonne
humeur railleuse.

Lorsque cette exhibition a lieu au printemps, ces
dames remplacent le bonnet de fourrure et le châle par
un chapeau qui, ne leur servant qu'une ou deux fois
par an, dure longtemps et remonte à dix ans au moins;
ces chapeaux sont aussi risibles par la forme que par

l'assemblage des couleurs : le rouge s'y mélange au rose, le bleu au lilas et le lilas au jaune. Les robes sont aussi de couleur bien voyante, le goût dans ces toilettes est bravé audacieusement et sans mesure.

Les élégantes de Pétersbourg qui se font habiller à Paris sont admirablement bien mises, car elles vont chez les meilleurs faiseurs ; mais la Moscovite et la Pétersbourgeoise, qui ont conservé le goût national, s'habillent à faire peur : faux diamants, faux bijoux à profusion, et en plein hiver, par un mètre cinquante de neige, elles se promènent en robe rose, ou bleu de ciel, ou couleur sang de bœuf. Les filles du peuple sont vêtues, elles, de robes d'indienne ou de percale de couleurs claires et voyantes, par 30 degrés de froid ; ces étoffes légères et ces nuances claires heurtent désagréablement le regard, et les grosses fourrures jetées sur ces robes d'été sont d'un goût douteux.

La Russie est un État hiérarchique divisé en classes ; c'est une monarchie à ordres. Tout sujet russe appartient à un des quatre ordres qui embrassent l'universalité des habitants, et fait nécessairement partie d'une des nombreuses corporations ou communautés dont chaque ordre est composé.

Ces quatre ordres à présent se réduisent à trois, le servage étant aboli : la noblesse, la bourgeoisie et les paysans.

Catherine la Grande, par un manifeste publié en 1785, a distribué et inscrit les nobles en six classes sur les registres héraldiques.

La première comprend les nobles dont les ancêtres appartiennent à cette caste depuis cent ans au moins.

La deuxième est composée de la noblesse militaire.

La troisième, de la noblesse de robe, comprenant

toutes les personnes tenant de près ou de très-loin à la magistrature.

La quatrième est formée des étrangers titrés.

La cinquième, des nobles ayant le titre de prince, comte, et créés par les czars.

La sixième comprend l'ancienne noblesse, et celle-ci possède des monuments authentiques de son ancienneté, elle tire son origine des différentes branches de princes apanagés qui sont les branches de Kieff, Vladimir, Moskou, Smolensk, d'Iaroslaw, de Rostow, de Diélo-ol-Zero, de Tschernighow, etc.

Voici le nom de quelques-unes des familles russes ayant cette antique origine.

Les princes Adverskoï, Massalskoï, Repnin, Toufiakin, Dolgourouki, Chtcherbatw, Baratinski descendent des princes de Tschernighow.

Les princes Kolovskoï, d'Achkoï, Prozorowskoï partent de la branche de Smolensk.

Les princes Chétinin, Soutzov, Sasskin, Chakavskoï, Morokin descendent de la branche d'Iaroslaw.

Le prince Labanoff descend de la famille de Rostow.

L'origine des princes Gagarin, Kilkow et de quelques autres est la famille souveraine de Staradoub. Plusieurs autres familles ont la même illustre origine, mais elles ont perdu le titre de prince tout en conservant les armoiries et les ornements caractéristiques des apanages possédés par leurs aïeux : telles sont les familles Reghenskoï, Tolbouzin et Tarapkin.

Tout officier, tout juge, tout avocat étant noble de la troisième catégorie, on peut comprendre que tout le monde est noble en Russie sauf le paysan et le marchand : la classe est tout.

Le cercle de la grande noblesse est fermé, lui, aux membres des autres cercles, il donne quelques fêtes

brillantes que l'empereur et la famille impériale hono-
rent de leur présence.

Mais les membres de cette haute classe, possédant tous
des appartements luxueux ou des palais superbes, leur
cercle est moins fréquenté par les dames surtout, qui n'y
viennent guère que les jours de fêtes, et rend moins
de service que ceux créés pour les classes inférieures.

LES LOIS DU CODE RUSSE

CONCERNANT LA FEMME

LES LOIS DANS LEUR FONCTIONNEMENT, LA VALEUR MORALE
ET L'INSTRUCTION DE LA FEMME RUSSE

Lorsqu'on veut connaître le degré de civilisation d'un peuple, il faut ouvrir son code et le lire attentivement.

Il faut examiner le sort qu'il fait à la femme.

Mieux que toutes phrases et volumes de considérations, la situation faite à la femme en Orient nous indique le caractère, les vices et la barbarie des Asiatiques.

Allant en Russie pour étudier ce pays, j'ai d'abord voulu connaître la position que le code fait à la femme russe, et grâce à l'aimable obligeance d'un avocat de grand talent, M. Dogdanoff, j'ai pu faire une étude sérieuse du code russe; je transcris ici tous ces articles qui intéressent particulièrement la femme.

ARTICLE PREMIER. — Toute personne, quelle que soit sa condition civique, peut contracter mariage sans l'autorisation soit du gouvernement, soit des corporations ou communautés dont elle fait partie; le mariage est placé en dehors de la constitution politique, la loi lui attribue le caractère d'un engagement naturel inhérent aux droits de l'homme et ne regardant pas le citoyen.

Art. 2. — L'homme avant dix-huit ans révolus, la femme avant seize ans révolus ne peuvent contracter mariage.

Art. 3. — Nul ne peut contracter mariage, s'il est âgé de quatre-vingt-dix ans révolus.

Art. 4. — Nul ne peut contracter mariage, s'il est atteint d'imbécillité ou de démence.

Art. 5. — Quel que soit leur âge, ni garçon, ni fille ne peuvent contracter mariage sans le consentement des père, mère, tuteur ou curateur.

Note de M. Dogdanoff. — « Telle est la loi, mais l'absence d'un consentement ne rend pas le mariage nul selon la loi; un mariage contracté contre le gré des parents n'entraîne d'autre responsabilité que celle qu'encourt le prêtre qui a célébré le mariage, et elle est très-minime. Par conséquent, on peut affirmer qu'une jeune fille, après l'âge de seize ans, peut positivement se marier sans le consentement de ses parents. »

J'ajouterai, moi, que j'ai vu en février 1875, un mariage se contracter dans ces conditions. Le jeune homme a enlevé la jeune fille, il l'a cachée chez une dame de ses amies. Le père furieux a couru à la police, il a donné deux mille francs pour qu'on retrouvât sa fille, qu'on empêchât la célébration du mariage. La police a empoché l'argent. Le futur a couru lui aussi à la police, il a donné quatre mille francs pour qu'on le cherchât sur la route de Moscou, pendant il se marierait dans une église de Vassili-Ostroff. Ceci fait, il s'est enquis d'un prêtre ayant des dettes, presque tous en ont, ayant des douzaines d'enfants; on a discuté, marchandé, et enfin le marché a été conclu. La nuit venue, la jeune fille et le jeune homme, accompagnés de leurs témoins et de quelques amis, se sont rendus sans bruit à l'église desservie par ce prêtre. Le moment arrivé, il a juré avoir des scrupules, il a parlé de la police qui allait venir; on a ajouté cent roubles, le mariage s'est bâclé ; les nouveaux mariés se sont cachés pendant quelques jours, et ensuite, ils se sont montrés bravement.

Que pouvait faire le père, une fois le mariage consommé? Accepter le gendre que lui donnait sa fille, et c'est ce qu'il a fait de bonne grâce.

ART. 6. — Le rapt et l'enlèvement des filles de la maison paternelle, même en vue de contracter mariage, constituent un délit.

(Cet article n'est jamais appliqué, et en tout cas, cela se bornerait à une amende.)

ART. 7. — Les personnes au service militaire ou civil ne peuvent contracter mariage sans l'autorisation des autorités compétentes.

(Qu'on me permette de faire observer que tout le monde devant servir de dix à quinze ans en Russie, ceci rend l'observation placée à la fin de l'art. Ier passablement illusoire.)

(Quoique le servage soit aboli, je transcris les articles du code qui concernaient les serfs.)

ART. 8. — Les veuves et les filles des cultivateurs établis dans des domaines apanagés ne peuvent contracter mariage sans le consentement des autorités communales.

ART. 9. — Le mariage n'est valable qu'avec le consentement libre des parties contractantes. Il est défendu aux parents de forcer leurs enfants à une union qui ne leur convient pas; l'État ni les seigneurs ne peuvent forcer les serfs au mariage, mais ils peuvent les empêcher de le contracter.

ART. 10. — On ne peut contracter un second mariage avant la dissolution du premier.

ART. 11. — On ne peut contracter un quatrième mariage.

Ici qu'on me permette une digression qui, au fait n'en est pas une, car elle rentre dans mon sujet ; vous figurez-vous, par exemple, une femme qui n'est qu'à son second mariage, mais dont le mari en est à son troisième. Celui-ci, s'il a la bosse du mariage, du foyer domestique, de la vie à deux, est condamné par ce fait à une inaltérable longanimité ; il doit subir les défauts, les vices même, car le divorce ne le conduirait qu'à un veuvage éternel, tandis qu'il permettrait à sa femme un troisième mariage.

Les femmes et les hommes ayant déjà contracté deux mariages, en raison de ceci sont fort recherchés de celles qui aiment les maris patients et de ceux qui aiment les femmes attentives et douces.

ART. 13. — A l'effet de faire respecter les articles précédents, les passe-ports délivrés énonceront toujours si son propriétaire est marié, garçon ou veuf, et dans ce cas, combien de fois il a été marié. On ne pourra procéder au mariage des veufs et veuves sans l'exhibition de l'acte de décès, et à celui des divorcés sans l'acte de divorce.

A présent, pour parler divorce et mariage, je dois laisser le code et arriver aux lois religieuses, car l'article 15 dit : La connaissance des causes matrimoniales est attribuée à la juridiction ecclésiastique, elle sort de la compétence des tribunaux comme étant non civile ; il en est de même pour les causes suivantes : cas de prostitution, adultère, viol (viol d'esclaves par leurs maîtres pendant l'ère de servage), cas de rapts, d'enlèvement suivis de mariage, cas d'inceste et fraude commise pendant l'enquête préalable au mariage. Toutes ces causes-ci sont donc hors la loi et dépendent du saint synode. Avant de parler de ces lois religieuses, permettez-moi de vous rappeler quelle est en réalité la situation de l'église orthodoxe russe.

Le patriarche de Byzance, jadis, donnait ses ordres à l'église de Moscou. Byzance, devenue la proie des musulmans, le grand prince russe obtint à prix d'argent le droit d'avoir un patriacrhe suprême en Russie. Ce patriarche ou métropolite résida d'abord à Vladimir, ensuite à Moscou, il était chef suprême de l'Église. Le czar Pierre Ier supprima ce patriarcat et lui donna pour successeur un saint synode d'évêques et archevêques. Cette confrérie décide de toutes les affaires ecclésiastiques, mais par le fait, le saint synode étant devenu une simple institution d'État, et l'empereur étant le chef suprême de toutes les institutions d'État, il est soumis aux ordres de l'empereur et dépend du ministre des cultes, et c'est ceci qui fait supposer à tort que l'empereur de Russie est le pape des orthodoxes; leur maître, oui; mais leur pape, non; il a sur le synode le pouvoir du souverain autocrate, mais non celui du chef religieux.

Voici les formalités que doit remplir celui qui désire contracter mariage : il doit donner par écrit ou verbalement au curé de sa paroisse ses nom, prénoms et qualités, ainsi que les mêmes renseignements sur sa future; l'église publie alors les bans pendant trois semaines et ouvre une enquête. Le jour du mariage, les témoins doivent déclarer qu'il n'existe aucun empêchement, comme par exemple un mariage antérieur non cassé, des liens de parenté, ou contrainte de la part des parents ; ils doivent faire cette déclaration par écrit, en ajoutant que s'ils ont menti, ils se soumettent à la vindicte des lois religieuses. Ceci fait, le mariage se célèbre, avec les cérémonies suivantes :

Le mariage est précédé généralement des palmoloski, bénédiction donnée par le prêtre aux futurs et à leur domicile; de nombreuses invitations sont lancées à cette occasion par les familles riches qui donnent une fête splendide à leurs amis et connaissances.

A l'église les fiançailles précèdent le mariage, elles s'appellent en russe obroutchénié, un tapis est posé devant l'autel, le prêtre y conduit les deux futurs; la superstition veut que celui des deux qui posera le premier le pied sur ce tapis, aura la haute main dans le ménage. C'est à qui des deux arrivera le premier, inutile d'ajouter que c'est toujours la jeune fille.

Lorsque le prêtre les a fiancés on pose sur la tête de chacun des époux une lourde couronne en or ou en argent massif selon leur rang, cette couronne est soutenue par les garçons et par les filles d'honneur, sans quoi elle leur écraserait la tête. Le prêtre les prend par la main, il leur fait faire trois fois le tour de l'autel, ceci fait ils échangent leur bague, le prêtre leur dit de s'embrasser, et il sont unis. Le chant de l'hyménée commence, entonné par de superbes voix et la cérémonie se termine d'une façon rendue grandiose par le chant et la musique.

La cérémonie du baptême et celle des enterrements diffèrent un peu des nôtres : ces deux cérémonies faisant naturellement suite au mariage je me permets en leur faveur une petite digression.

Le parrain et la marraine prennent l'enfant et le tiennent de façon à ce qu'il tourne le dos au prêtre; celui-ci leur demande à tous deux : A quoi renoncez-vous ?

Ils répondent qu'ils renoncent au diable.

— Alors, ajoute le prêtre, crachez sur lui et soufflez sur lui.

Les gens du monde font le simulacre de cracher, mais les paysans se mettent à expectorer tant qu'ils peuvent et ils soufflent comme des soufflets de forge.

Aux enterrements il est d'usage que le cercueil soit ouvert à l'église, le mort est laissé le visage découvert pendant toute la cérémonie ; lorsqu'elle est terminée le prêtre s'approche du cercueil et il dit aux assistants : Venez prendre congé de lui.

Il se passe alors des scènes déchirantes, les parents se jettent sur ce cadavre pour l'embrasser une dernière fois, ses serviteurs viennent en pleurant lui baiser les mains, les amis et connaissances viennent aussi l'embrasser ou lui serrer la main.

Il faut avoir les nerfs solides pour assister à un enterrement russe.

Revenons au mariage.

Il se prouve par l'inscription sur les registres de la paroisse ; par les registres contenant l'enquête préalable et enfin par les dépositions sous serment des hommes qui ont servi de témoins.

Les mariages des individus orthodoxes avec des sectaires est nul selon le synode, s'il n'a pas été précédé de la conversion de ces derniers et célébré sur leur propre demande d'après les rites de l'église orthodoxe. Le prêtre fait précéder ce mariage d'une injonction au sectaire de ne point dévier de l'orthodoxie et de s'abstenir de toutes relations avec ses anciens coréligionnaires.

Sont nuls les mariages célébrés par un prêtre catholique, lorsque l'un des conjoints professe la religion orthodoxe, à moins que ce mariage n'ait été suivi d'un second à l'église orthodoxe. Sont défendus par les lois les mariages de gréco-russes, grecs-unis, catholiques-romains avec les non-chrétiens.

Sont permis les mariages des protestants avec les juifs

et les mahométans, conformément aux statuts de l'église luthérienne en Russie.

Les Asiatiques qui ont contracté mariage avec des sujettes russes appartenant au culte évangélique, ne peuvent, s'ils quittent la Russie, se faire suivre par leur femme et leurs enfants, ils doivent partir seuls et déclarer s'ils comptent oui ou non revenir ; si c'est oui, ils doivent déposer une somme qui assure de quoi vivre à leur femme et à leurs enfants, et, ceci fait, la loi leur accorde un délai qui ne peut pas dépasser deux ans. A défaut de cette déclaration et de cette provision le mariage est nul ; comme aussi le délai passé il devient nul et la femme peut se remarier. Voilà ce qui s'appelle protéger ses sujettes ! En France, la femme qui épouse un étranger ne verra certes pas, en cas de départ de son mari, la loi se préoccuper de lui faire assurer de quoi vivre, et resterait-il vingt ans absent, qu'elle n'aurait pas le droit de se remarier pour avoir un soutien et un chef de famille.

Le code russe édicte des peines sévères contre le mari qui insulterait sa femme par la raison qu'elle professe une religion autre que lui. L'article 77 dit : Le mari doit aimer sa femme comme la chair de sa chair, vivre avec elle en bonne harmonie, la traiter avec considération, la protéger, excuser ses imperfections, la soutenir dans ses faiblesses et pourvoir à son entretien selon ses moyens et sa position sociale.

ART. 78. — La femme doit obéissance à son époux, comme chef de famille, elle lui doit amour et déférence; placée à la tête du ménage elle doit veiller à ses besoins avec un empressement affectueux.

Ceci, il faut en convenir, est moins sec et moins brutal que notre code Napoléon.

ART. 79. — La soumission que la femme doit de pré-

21.

férence au mari ne l'affranchit pas des devoirs envers ses père et mère.

Art. 80. — Le mariage n'emporte pas la communauté de biens ; sont personnels à chaque époux, les biens qu'il a eus au moment de son mariage, ainsi que ceux qu'il a acquis ou dont il a hérité depuis.

Art. 81. — Sont personnels à la femme la dot, ainsi que les biens acquis par elle ou en son nom pendant le mariage, par achat, donation, succession ou par tout autre moyen.

Art. 82. — En conséquence, les poursuites exercées par le fisc ou par des créanciers autres, ne peuvent frapper les biens de la femme, même si c'est le mari qui lui en a fait don.

Art. 84. — Chacun des époux est libre, quant à ses biens personnels, d'en disposer à titre de vente, hypothèque, don et de toutes autres manières, directement et en son nom sans le concours, ou le consentement, ou la procuration de l'autre époux ; néanmoins si la femme n'est pas dans le commerce, elle ne peut souscrire de lettres de change.

Art. 85. — Le mari ne peut disposer des biens de la femme et la femme des biens du mari qu'en vertu d'une procuration qui peut être révoquée à volonté.

Art. 86. — Les époux peuvent se transférer réciproquement leurs biens personnels, moyennant vente ou donation, en se conformant au droit commun.

Art. 87. — Les époux peuvent contracter entre eux des obligations hypothécaires.

Art. 88. — Si le loyer est au nom de la femme et si le mobilier lui appartient, elle peut sous-louer son appartement, donner congé et vendre son mobilier sans le consentement de son mari.

Le code russe ne mentionnant aucun genre de contrat

de mariage, j'ai posé à M. Bogdanoff cette question :
Quels sont les contrats de mariage usités ?

Voici sa réponse.

« Nous n'avons pas de mariages civils et par conséquent
pas de contrats proprement dits, si l'on ne veut nommer
contrats de mariage des actes où sont énumérées les va-
leurs qui forment la dot de la fiancée. Ces actes ne
donnent aucun droit au mari sur les biens de sa femme,
puisque *c'est la loi fondamentale en Russie que le mariage
n'a positivement aucune influence sur les biens des époux*, à
l'exception que c'est sur le mari que tombe la charge
d'entretenir sa famille et de faire aller le ménage. En
un mot, tous les biens que la femme a eus avant le mariage, ceux qu'elle a acquis depuis, restent en sa pleine
et absolue disposition, comme capital et intérêt ; elle
peut vendre, aliéner, hypothéquer, disposer du capital
sans l'autorisation de son mari. »

J'ai posé encore cette question à M. Bogdanoff :

Comme mère, quels sont les droits de la femme
russe ?

Réponse. — Sous ce rapport la loi ne spécifie rien,
mais comme la loi générale est que les droits des deux
époux sont parfaitement égaux, sauf qu'une certaine
prépondérance morale est donnée au mari ; ce dernier
ne peut pas disposer du sort de ses enfants sans le consentement de la mère, qui a toujours tout droit de protester contre les actes arbitraires du mari.

Troisième question.

— Divorcée, subit-elle une tutelle quelconque ?

Réponse. — Le divorce n'entraîne aucune tutelle pour
la femme ; elle reste libre d'aliéner, acheter, faire le
commerce, ses droits n'ont aucune restriction.

Quatrième question.

— Quelle est la part des filles dans l'héritage paternel ?

Réponse. — Les filles reçoivent, d'après la loi, c'est-à-dire lorsqu'il n'y a pas de testament, la quatorzième part des biens immeubles et la moitié des capitaux et des meubles. Par testament, les filles peuvent, dans certains cas, recevoir tout l'héritage sans aucune exception.

Code russe :

Art. 74. — La femme dont la condition est inférieure à celle du mari acquiert les droits et priviléges attachés à la condition de son époux, et elle les conserve même si son époux les perd judiciairement.

Voici donc un code qui établit la parfaite égalité de droits entre l'homme et la femme. Voici un code qui émancipe légalement la femme et en fait la compagne de son époux au lieu d'en faire son esclave ou sa subordonnée.

C'est le code le plus favorable à la femme qu'il existe au monde ; même le code américain ne confère pas à la femme la complète disposition de sa fortune, elle doit subir la surveillance de tuteurs, qu'à la vérité elle a le droit de choisir.

Je ne parlerai pas du code français qui est le plus dragonien de tous pour la femme, et qui en fait une incapable et une inconsciente, qui la laisse à la merci de son mari, qui la dépouille ; car si elle est mariée sous le régime de la communauté, ses biens sont gérés par le mari qui n'a à lui rendre aucun compte, qui peut dilapider à son aise ; les seuls droits qu'elle ait c'est, son mari mort, de pouvoir réclamer la moitié de ce qu'il laisse.

Mariée sous le régime dotal, elle a la sécurité que son capital ne sera pas gaspillé, mais son mari seul a le droit de toucher ses revenus, et aurait-elle cent mille francs de rentes, il peut la forcer à vivre comme si elle n'en avait que trois ou quatre mille, et lui, il peut entretenir avec l'argent de sa femme la première fille venue.

En Russie donc, la femme gère, administre, vend, achète à sa guise... Eh bien, gère-t-elle plus mal que les hommes? se ruine-t-elle?

Tous les Russes vous diront qu'elle gère même mieux que l'homme et que les grandes fortunes russes ont l'administration d'une femme pour origine.

Un Français devant qui je disais cela m'a fait cette réponse : La princesse X qui perd trois cent mille francs dans une saison, à Monaco, est un argument contre vous. — Non, cette princesse X, ne serait en tout cas qu'une exception et enfin sa fortune est si colossale que la somme perdue par elle, qui paraît exorbitante au public, n'est que minime pour elle ; malgré sa passion pour le jeu, elle a encore les moyens de faire gracieusement une pension de cent mille francs à son mari qui, lui, s'est ruiné ; et de donner de fort belles dots à ses filles.

Maintenant cette parité de droits entre les époux produit-elle un désaccord dans les ménages russes?

Nullement ; la statistique vous prouvera qu'il y a bien moins de cas de divorce en Russie que de cas de séparation en France.

Ces irritantes questions d'intérêt ne viennent pas troubler les ménages. Si l'homme se ruine et si sa femme l'aime elle l'aide, mais elle n'est point forcée par la loi de nourrir un mari qu'elle déteste.

Le sentiment de la maternité est plus vif chez la femme que le sentiment de la paternité chez l'homme, aussi elle se préoccupe beaucoup de l'avenir de ses enfants et elle gère sa fortune de façon à leur laisser le plus possible, et ce soin occupe son intelligence et la sauve de ce désœuvrement intellectuel si fatal aux femmes ; enfin en cas de veuvage, elle connaît les affaires, elle est apte à devenir chef de famille.

Le code français avec un manque de logique absolu, déclare la femme de cinquante ans qui est en puissance de mari, inconsciente et incapable ; mais une veuve de dix-huit ans, de dix-sept ans même, est par contre majeure selon lui, cette mort la rend d'emblée, consciente, capable, et apte à posséder tous les droits.

Les législateurs ne pouvaient pas avouer plus naïvement, qu'ils n'établissaient la minorité de la femme que par égoïsme ; veuve, sa minorité ne leur servant plus à rien, ils la suppriment. L'art. 444 du code français dit : Ne peuvent être tuteur et membre d'un conseil de famille, les fous, les idiots, les hommes ayant subi une peine infamante, et les femmes.

Les législateurs français ont assimilé leur mère et leurs filles aux fous, aux voleurs et aux assassins. En Russie, non-seulement la femme peut être tuteur et membre d'un conseil de famille, mais encore la fille peut devenir la tutrice de son père ; ainsi admettons un veuf ayant une fille majeure et un fils mineur, si cet homme devient insensé, paralysé, si enfin on reconnaît l'urgence de lui donner une tutelle, ce sera sa fille qui sera choisie.

Le père et la mère peuvent nommer un tuteur par testament ; à défaut de tutelle testamentaire, sauf cas d'indignité, le survivant des époux est tuteur de droit de ses enfants ; en cas de mort des deux époux, les tribunaux nomment un tuteur d'office, toute tutelle de droit ou d'office est toujours placée sous la haute surveillance des tribunaux.

A quatorze ans révolus, filles et garçons peuvent se choisir un curateur à l'effet de les éclairer de leurs conseils et de leur prêter assistance s'ils ont à se plaindre de leurs parents.

Avant dix-sept ans révolus, filles et garçons peuvent

administrer eux-mêmes leurs biens, mais ils ne peuvent exposer leurs capitaux ni contracter d'emprunt sans la signature du curateur qu'ils se sont choisi. A vingt.et un ans révolus, filles et garçons non mariés peuvent aliéner et gérer comme ils l'entendent.

Si la fille se marie avant dix-sept ans, elle doit se choisir un tuteur qui l'éclaire et la conseille pour la gestion de sa fortune.

La haute tutelle des orphelins nobles est attribuée au collége pupillaire de la noblesse.

On le voit, la loi russe reconnaît la liberté individuelle de la façon la plus complète, et cependant cet État n'est point en république, et on n'y lit pas sur chaque mur cette phrase sonore mais creuse : Liberté, égalité, fraternité.

La liberté qu'a la femme de par la loi de disposer de sa fortune comme elle l'entend et de la gérer elle-même, ne l'empêche nullement de laisser ce soin à son mari si elle le sait capable et si elle a confiance en lui; alors elle lui donne une procuration, qu'elle est libre de lui retirer le jour où il cesse de gérer à sa convenance.

Ces lois ne gênent que les maris déshonnêtes, mais par exemple elles les gênent complétement pour ruiner leur femme. Les lois sont faites, ce me semble, pour essayer d'entraver la coquinerie des hommes indélicats; ainsi donc tout est pour le mieux.

Il est certains hommes que rien ne saurait arrêter, même le plus catégorique des codes, lorsqu'il s'agit de s'approprier le bien d'autrui. Voici une petite histoire très-authentique qui vous le prouvera.

La comtesse A... O... avait remarqué la belle tournure du prince O... et lorsqu'un jour son père lui dit : « Le prince O... demande ta main, mais j'espère que tu le re-

fuseras, car il est joueur et n'a pas le sou, » elle répondit :
« J'ai de la fortune pour deux, je l'épouse. »

Elle paya en guise de cadeau de noce une quarantaine
de mille roubles de dettes qu'il avait, et le mariage se
fit. Quelques années se passèrent, la princesse eut quatre enfants, ceci lui donna la pensée qu'il lui faudrait
beaucoup d'argent pour doter ses deux fils et ses deux
filles ; dans un élan d'amour et de confiance, elle avait
donné sa procuration à son mari ; elle voulut examiner
ses comptes et voir sa situation, elle la trouva pitoyable.
Le prince avait déjà dilapidé plus d'un quart de sa fortune ; elle révoqua la procuration, prit en main ses affaires et essaya de les rétablir ; son mari n'ayant pas de
fortune, elle payait les dépenses de la maison, mais elle
ne lui donnait pas d'argent pour le jeu. Le prince pria,
supplia pour qu'elle lui rendît sa procuration : l'intérêt
de ses enfants étant en jeu, elle fut inébranlable ; alors
le prince devint brutal et grossier, elle se laissa encore
moins attendrir, car mon amie la princesse A. O... était
une forte femme.

Son mari parut en prendre son parti, il se passa deux
mois sans qu'il parlât de la fameuse procuration. Un jour
il dit à sa femme qu'elle devait l'accompagner dans une
de ses terres : c'était une petite propriété ne rendant rien
du tout, située dans un gouvernement isolé. Ce voyage
contrariait mon amie (c'est d'elle que je tiens ces détails
et elle m'a autorisée à m'en servir) à cause de ses enfants
qu'elle ne pouvait emmener si loin pendant l'hiver ;
pourtant, craignant de faire de la peine à son mari, elle
n'osa refuser, et laissant ses enfants sous la garde d'une
gouvernante, elle partit avec lui accompagnée d'un valet
de chambre à elle et d'une femme de chambre. Trois
jours après elle arrivait dans le manoir de son époux,
sombre baraque en bois située sur le bord d'une route,

et ayant derrière lui une noire forêt de sapins ; elle ressentit une impression pénible. « C'est dans une prison que tu m'as conduite, » lui dit-elle en souriant, lui sourit aussi, mais d'un drôle de sourire, puis il la conduisit en grand cérémonial dans une immense chambre située dans une aile du bâtiment. Brisée de fatigue, elle se coucha et dormit d'un somme jusqu'au lendemain matin ; le soleil dardait ses fenêtres de ses rayons : Il doit être tard se dit-elle, et elle sonna une fois, deux fois ; à la troisième le prince, grave, farouche même, se présenta à sa porte.

— Que voulez-vous, madame ?

— Mais ma femme de chambre.

— Elle n'est plus ici.

— Où est-elle ?

— Je l'ai renvoyée à Pétersbourg avec votre valet de chambre.

— Vous les avez renvoyés ! et pourquoi ?

— Je vais vous l'expliquer, je veux que vous me donniez une procuration complète qui me permette de faire ce que je voudrai de votre fortune.

— Je vous ai déjà refusé cent fois, je tiens à ce que vous ne puissiez pas ruiner nos enfants.

— Et vous refusez encore ?

— Plus que jamais.

— Eh bien ! j'ai l'honneur de vous annoncer que vous resterez prisonnière dans cette chambre, tant que vous n'aurez pas signé cette procuration.

— Je ne vous croyais que joueur et débauché, seriez-vous un misérable ?

— Voulez-vous signer ?...

Il lui présentait une feuille de papier et une plume, elle déchira le papier et lui jeta la plume à la figure.

— Vous ne voulez pas ? A votre aise, je viendrai voir ce soir si la faim aura eu raison de votre entêtement.

Et il s'éloigna en fermant la porte à double tour, elle était prisonnière !

— La faim... mais le misérable voudrait donc me faire mourir de faim !

Cette pensée lui donna le frisson, mais elle adorait ses enfants et elle se dit qu'elle mourrait plutôt que de consentir à leur ruine. Car, elle morte, en admettant que le prince fût tuteur, les tribunaux l'empêcheraient de gaspiller la fortune des mineurs. Elle s'habilla à la hâte, puis elle ébranla la porte, mais elle résista à tous ses efforts ; elle ouvrit une fenêtre, elle était au second, impossible de sauter. Elle cria au secours, des personnes levèrent la tête.

— Venez m'ouvrir, leur dit-elle.

— Nous ne le pouvons pas, répondirent-elles, le maître l'a défendu, il nous battrait.

C'étaient des serfs et le prince était un seigneur dur et implacable. Nul n'osait lui désobéir.

La princesse comprit que si un étranger ne venait pas à passer sous ses fenêtres, elle était perdue. Elle resta malgré le froid à guetter, mais ses croisées ne donnant pas sur la grand'route, il fallait un hasard providentiel pour qu'un étranger passât de ce côté ; midi, puis deux heures sonnèrent, la faim commença à lui faire sentir son aiguillon. Elle ébranla encore la porte, elle fit un tapage affreux, nul ne vint ; irritée, exaspérée, elle allait sauter par la fenêtre, se disant que, peut-être, elle ne se blesserait pas assez pour ne pouvoir gagner la grande route et se mettre sous la protection d'un passant, lorsque soudain elle se souvint que sa femme de chambre avait déposé son panier de provisions avec sa pelisse dans la chambre ; elle bondit vers la table où était la pelisse, elle la souleva d'une main agitée par la fièvre. Le panier y était ! Avant de l'ouvrir, elle se jeta à genoux et remercia Dieu, puis elle l'ouvrit : il contenait des gâteaux secs, une livre à peu près, du caviar, du hareng salé, un morceau de jambon, un petit pain, une bouteille de madère et un flacon d'eau-de-vie. Elle fit quinze parts égales de ces provisions, elle en mangea une, puis elle alla cacher le panier dans la paillasse de son lit; redoutant qu'il en vînt à lui supprimer l'eau, elle en cacha aussi une carafe dans la même cachette. Cela fait, elle prit tout le papier qu'elle avait dans son sac de voyage et elle fit cinquante petites lettres. Sur l'adresse elle mit : « Celui qui trouvera cette lettre aura la bonté de la faire tenir à l'Empereur; dès que je serai libre, je lui donnerai cinq mille roubles et d'avance je l'assure de ma profonde gratitude. »

Dans la lettre, elle contait en quelques mots son horrible situation à l'empereur, en lui disant : « Père, je compte sur vous pour me sauver. »

Elle cacha toutes ces lettres dans son corsage, sauf une qu'elle laissa tomber; puis, elle referma sa fenêtre, et se mit à lire un livre, trouvé aussi dans son sac. A huit heures du soir, son mari arriva; il était suivi de trois domestiques : l'un, portait deux flambeaux, qu'il posa sur la table; le deuxième tenait un plateau chargé de mets, le troisième se mit en faction à la porte.

Forte des provisions qu'elle avait et de l'espoir qu'un passant trouverait sa lettre, elle ne leva pas même la tête.

Le prince, un peu déconcerté de son calme, lui présenta de nouveau à signer une procuration toute faite, elle prit le papier et le déchira.

— Vous voyez ce plateau, madame... eh bien, on va l'emporter.

Elle haussa les épaules.

— Qu'est-ce que cela me fait?

— Comment, ce que cela vous fait?... Mais compre-
nez-moi donc, vous n'aurez rien, absolument rien à manger, si vous ne signez pas.

— Sortez, je ne signerai pas.

Le prince s'éloigna en faisant sortir les trois serfs qui
remportaient le fameux plateau et il ferma la porte à
double tour.

La princesse, qui n'avait fait qu'une maigre collation,
se coucha, se souvenant que le sommeil calme la faim;
de bonne heure, elle fut sur pieds, elle courut à la fenêtre, l'ouvrit et elle jeta une seconde lettre; puis elle partagea en deux parts sa ration, une part pour le matin et
une pour le soir. Elle but une petite gorgée de vin et
s'assit près de la fenêtre, guettant si la Providence ne
ferait pas passer par là une autre personne qu'un serf
de son mari. Après deux heures de faction, elle aperçut
un soldat qui avait quitté la route pour jeter un coup
d'œil vers la forêt; elle ouvrit, jeta une seconde lettre,
en lui faisant signe de la main de ne rien dire aux gens
du château. Cet homme, qui ne savait pas lire, tournait
et retournait ce papier.

— Porte-le à ton officier, cria-t-elle.

Au même instant, elle entendit son mari qui s'appro-
chait de sa porte, elle referma doucement la fenêtre. Il
revenait avec un domestique encore porteur d'un plateau et comme la veille il lui demanda de signer. Comme
la veille, elle refusa; il se mit en fureur, elle lui opposa
un mutisme inerte. Alors il tourna sa fureur contre ses
serfs, elle entendit, après qu'il eut refermé la porte de
sa prison, qu'il les battait à coups de canne, sous prétexte qu'ils avaient dû lui désobéir et apporter en cachette des provisions à la princesse.

Cette triste position dura dix jours, elle sentait ses
forces diminuer et son énergie faiblir, ses provisions di-

minuaient aussi ; le prince, furieux de voir qu'elle se soutenait, accablait de coups ses malheureux serfs, croyant qu'ils lui faisaient parvenir des aliments pendant la nuit. Elle entendait leurs cris et elle se disait qu'elle ferait mieux de se jeter par la fenêtre, au risque de se tuer, que de laisser martyriser ces pauvres gens. Enfin, elle avait jeté toutes ses lettres et elle n'avait plus de papier, lorsque le soir du dixième jour, comme elle était à sa fenêtre, elle entendit un piétinement de chevaux sur la grande route. Elle se mit à pousser des appels désespérés. Les pas des chevaux s'arrêtèrent et soudain elle vit la maison cernée. Un officier était sous sa croisée.

— Venez à mon secours, cria-t-elle.

— Nous venons vous délivrer au nom de l'empereur. Rassurez-vous.

Bientôt, en effet, le général X..., suivi de dix hommes, forçait toutes les portes et arrivait jusqu'à 'elle. Il la conduisit à une voiture amenée pour elle, la fit monter dedans, s'assit à ses côtés et la conduisit à Pétersbourg auprès de Nicolas, à qui elle conta sa triste aventure, qu'il connaissait déjà par une de ses lettres, non celle ramassée par le soldat, mais une ramassée par un colporteur allemand qui, lisant le russe, avait porté la lettre au grand maître de police, qui l'avait lue et remise à Nicolas.

— Qu'allez-vous faire, princesse? si vous dénoncez votre mari, il sera dégradé et envoyé en Sibérie.

— C'est vrai, dit-elle, et c'est le père de mes enfants, je me tairai.

— Oui, c'est préférable pour vos enfants, mais moi, je vais mettre le prince aux arrêts de rigueur et lui parler de telle sorte, qu'il n'osera plus recommencer.

Ainsi fut fait.

Pour toute reconnaissance, le prince O..., Nicolas

mort, a fait encore bien des misères à ma pauvre vieille
amie A... O..., si bien que le désespoir s'est emparé un
jour de son âme, et qu'elle s'est empoisonnée dans une
ville d'Italie. Le prince O... est toujours en vie, l'empereur
Alexandre, ignorant sans doute son affreux attentat contre la liberté et la vie de sa femme, lui a donné une haute
situation, mais il saura un jour, ce prince à l'âme perverse, que les forfaits qui ne se payent pas ici-bas, se
payent là-haut. C'est la disgrâce que je lui souhaite.

On le voit, malgré les lois, un mari pervers peut toujours faire le mal, mais pour ruiner sa femme il doit
recourir au crime, tandis qu'avec le code Napoléon, le
mari méchant trouve la loi pour lui.

Examinons à présent la situation faite à la femme dans
le divorce, en Russie. Ici encore, nous allons constater
que les lois religieuses, tout comme le code, la traitent
sur un pied d'égalité parfaite avec l'homme. Ses droits
sont égaux aux siens.

Comme il n'existe qu'un mariage religieux en Russie, le
divorce y est aussi purement religieux et, pour l'obtenir,
on doit s'adresser au saint synode, à la section nommée
Cour de conscience, mais pour la dissolution du mariage
les tribunaux sont compétents. Le mariage est dissous de
droit (art. 38), par la condamnation aux travaux forcés,
ou par la disparition de l'un des conjoints.

L'homme dont la femme est condamnée pour un crime
quelconque aux travaux forcés ou à une peine infamante, peut demander la dissolution de son mariage et
en contracter un autre.

La femme dont le mari est condamné aux travaux
forcés ou à la déportation, ou à une peine infamante
autre, peut demander la dissolution de son mariage, elle
conserve alors ses droits et titres de noblesse, même s'ils
lui ont été transmis par son mari, et elle devient libre de

se remarier ; mais si elle suit son époux en Sibérie, elle
perd comme lui ses droits de noblesse et le mariage
subsiste. — Ici la loi a la pudeur de suivre les paroles de
l'Évangile, qui veut qu'on sépare le bon grain de l'ivraie.
La loi française laisse uni le vice à la vertu, la probité à
l'indélicatesse, ce qui est immoral et imprudent, la vertu
pouvant finir par se gangréner au contact du vice ; ainsi
la femme reste liée au voleur et à l'assassin, supplice
horrible qu'aucune loi n'a le droit d'imposer, car il est
défendu par Dieu. — Art. 34. L'époux d'une personne
qui, depuis cinq ans, n'a plus donné de ses nouvelles
peut se pourvoir auprès de l'évêque diocésain pour obtenir l'annulation de son mariage.

La cour de conscience, section du tribunal ecclésiastique, est seule compétente pour le divorce ; elle recon-
nait trois causes : l'adultère du mari ou celui de la
femme prouvé par témoin, l'impuissance du mari et
l'exhalaison fétide du nez d'un des deux conjoints.

L'adultère du mari, serait-il commis hors du domicile
conjugal, donne droit à la femme d'obtenir le divorce
contre son mari, mais il faut que trois témoins viennent
affirmer, sous serment et en baisant les saintes images,
qu'ils ont vu de leurs yeux le mari commettre ce crime.
Celui de la femme donne le même droit au mari, mais il
doit être également constaté de *visu* par trois témoins.

Ceci a évidemment été importé de la Turquie en Russie, la loi de Mahomet est très-sévère dans la forme pour
la femme adultère, mais dans le fond elle a soin de
rendre la constatation de l'adultère impossible ; je ne
saurais citer le passage du Coran où est écrite la formule
indiquée pour cette constatation, ce serait braver la pudeur ; que mes lecteurs relisent le Coran et ils verront
qu'il est impossible en Turquie de constater l'adultère
d'une femme.

En Russie, trois témoins doivent donc jurer qu'ils ont vu tel mari ou telle femme consommer l'adultère... comme, pour commettre ce crime, on se cache générale-ment, il deviendrait impossible d'obtenir le divorce; l'impuissance étant aussi très-difficile à constater, on ne pourrait se divorcer en Russie que pour la troisième cause, l'exhalaison fétide du nez... pourtant, je connais plusieurs cas de divorce qui ont eu l'adultère pour base. C'est qu'en Russie, comme partout ailleurs, on ne s'en tient pas à la lettre de la loi, et qu'enfin il y a dans cette contrée, une spécialité d'hommes ruinés et tarés, qui ne vivent que du métier de faux témoins... J'accompagnai un jour une dame chez un célèbre avocat...

— Je voudrais, lui dit-elle, que vous vous chargiez de plaider mon divorce devant la cour de conscience... je veux me baser sur l'adultère.

— Avez-vous des témoins, madame?

— Non, trouvez-en qui s'attacheront aux pas de mon mari.

— Très-bien! mais ce sera cher, surtout s'ils ne par-viennent pas à surprendre votre mari en rendez-vous, car, dans ce cas, ils vous feront chanter.

— Je chanterai! j'en ai les moyens.

J'ai répété textuellement ces paroles, car elles prou-vent les moyens que parfois hommes et femmes peuvent prendre, mais ceci est l'exception; généralement, la cour de conscience fait, comme les tribunaux français, une enquête, et donne gain de cause à l'époux lésé; celui qui obtient le divorce peut se remarier, mais ce droit n'est pas accordé au coupable.

A la rigueur, je comprendrais que le mari, convaincu d'impuissance, et que l'épouse, convaincue d'exhaler une odeur fétide par le nez, se vissent refuser le droit de se

remarier, mais ne pas accorder ce droit au mari adultère, c'est le mettre dans l'impossibilité de régulariser
sa situation, et le forcer à vivre dans le crime; et ceci est
anti-moral.

Le mari qui peut convaincre sa femme d'adultère, mais
qui, malgré cela, ne désire pas le divorce, peut demander
à la cour de conscience de l'enfermer six mois dans un
couvent. Voici, dans ces cas, ce qui arrive souvent si la
femme est riche; elle prétexte une maladie, se fait
ordonner l'étranger par deux médecins complaisants,
l'évêque se laisse attendrir, et dit à la dame : Dieu ne
veut pas la mort de la coupable, mais seulement son repentir; allez à l'étranger, mais rachetez votre pénitence
par une aumône. La dame donne trois ou quatre mille
roubles, et va se distraire à l'étranger.

Le divorce par accord mutuel est interdit, mais,
lorsque les époux sont tous deux d'avis qu'ils ne sont
point faits pour vivre ensemble, l'un des deux, le mari
généralement, se reconnaît coupable de l'adultère, et
alors la cour de conscience accorde le divorce à l'autre
époux, qui peut se remarier.

Une dame que j'ai connue, morte aujourd'hui, fut un
jour mordue au cœur par un de ces amours immenses,
irréfléchis, indomptables; honnête femme, et ne voulant
pas tromper son époux, elle alla tout lui conter, lui
peignit l'état de son cœur :

— Vous seul pouvez me sauver, lui dit-elle !... l'adultère me fait horreur, ou j'épouserai celui que j'aime, ou
bien je demanderai à la mort la guérison de mon mal.

Le mari lui serra la main affectueusement, en lui
disant :

— Merci de votre loyale franchise, je vous aime trop
pour n'être point désolé de faire votre malheur, et
assez pour souhaiter votre bonheur.

Et il prit une feuille de papier sur laquelle il écrivit qu'il se déclarait devant Dieu coupable de l'adultère...

— Oh! s'écria sa femme, mon bonheur sera troublé par la pensée que je le dois à un faux serment.

— Qu'il ne soit pas troublé, ma chère, je ne mens pas, lui répondit-il en souriant.

Le divorce a été obtenu par la femme, les deux époux divorcés sont restés de bons camarades, s'estimant et s'aimant d'amitié.

Je connais un autre cas, qui peut servir de pendant à celui-ci. Deux jeunes gens s'étaient mariés par amour, mais, une fois unis, ils ne tardèrent pas à s'apercevoir qu'ils s'étaient trompés : leurs goûts, leur caractère, ne sympathisaient pas ; la jeune femme aimait l'étude, elle peignait bien, son art la passionnait, elle aimait son intérieur ; son mari adorait le théâtre, le monde, le jeu ; aucune querelle ne vint troubler ce ménage, mais tous deux étaient malheureux. Un jour une cousine du mari revint de France, où elle avait passé deux ans, et où elle était devenue veuve : gaie, rieuse, mondaine, elle ne tarda pas à captiver son cousin, et elle-même à son insu l'aima ; la femme fut la première à s'apercevoir de cet amour, et, un jour qu'ils étaient tous les trois réunis, elle leur dit : Mes amis, nous sommes trois ici malheureux ; vous, Nataly, vous aimez mon mari, toi, Serge, tu aimes Nataly, et moi, je t'estime, mon cher ami, mais tu n'es pas le mari de mes rêves ; je dirai même mieux, je m'aperçois que j'aime trop l'art et la science pour être une bonne femme. Tu vas, Serge, rédiger une accusation contre moi, d'exhalaison fétide, deux de mes amis, médecins, la signeront ; moi-même, je reconnaîtrai que c'est vrai, et le divorce obtenu, tu épouseras Nataly ; vous resterez mes meilleurs amis, et je serai marraine de votre premier né.

Les amoureux voulurent protester et refuser de se faire complices de cette offre généreuse, mais la jeune femme les força à accepter, en leur faisant le raisonnement suivant : Si vous êtes forts et foncièrement honnêtes, vous resterez vertueux, mais vous serez malheureux, et moi je serai désolée de causer le malheur de deux êtres que j'aime et que j'estime.

Si un jour votre amour devient plus fort que votre vertu, vous m'offenserez : mieux vaut m'obéir et divorcer.

Le mariage de son ex-mari contracté avec sa cousine, la jeune femme a tenu parole, elle est restée l'amie des nouveaux mariés : En croyant nous aimer d'amour, disait-elle souvent à son ex-mari, nous nous étions trompés, ce n'était que de l'amitié.

Les coups, injures, blessures n'entraînent pas le divorce en Russie, mais ces sévices tombent sous le coup de la loi civile : la femme maltraitée va se plaindre à la police, qui envoie d'office le mari devant le juge de paix ; ce magistrat a des pouvoirs plus étendus que ceux laissés au juge de paix en France. En Russie, selon la plainte de l'offensée, il peut condamner le mari à l'amende et à la prison ; ces jugements, si le condamné proteste, peuvent être portés devant le tribunal, et du tribunal devant la cour.

Le juge de paix peut même autoriser une femme maltraitée à quitter le domicile conjugal.

Maintenant, s'il arrive qu'une femme, sans avoir à reprocher à son mari un des faits qui donnent droit au divorce devant la cour de conscience, ni aucun sévice, se trouve cependant si malheureuse avec lui que la vie en commun lui devient odieuse, et qu'elle quitte le domicile conjugal, le mari, pour la forcer à réintégrer ledit domicile, adresse une supplique au Sénat ; mais, pour qu'elle soit écoutée, il faut que le mari prouve que sa conduite est bonne, et que sa femme n'a aucun reproche à lui faire ; alors, le Sénat envoie un huissier à la femme pour lui faire sommation de rentrer au domicile de son époux ; si elle s'y refuse, la police l'y conduit par la force ; mais si cette femme, profitant de la première sortie de son mari s'enfuit encore, celui-ci doit adresser une seconde supplique au Sénat, et les mêmes formalités sont recommencées ; si la femme quitte une troisième fois le domicile conjugale, en admettant que le mari ne se lasse pas d'adresser des suppliques, le Sénat finit par se lasser d'envoyer des huissiers à la fugitive.

L'esprit de la loi russe est qu'il est arbitraire, immoral et imprudent de forcer deux personnes qui se détestent à vivre de la vie intime du mariage.

Au fond, la loi russe est basée sur la pensée que chacun ici-bas a droit à sa part de bonheur et de cette vie calme et heureuse que donne une union bien assortie, et elle permet à ceux qui se sont trompés de rechercher deux fois encore celui qui pourra leur donner les douceurs d'une union bien assortie. Cette loi est éminemment favorable aux honnêtes gens, mais elle est fatale à l'homme qui appelle faire une fin, se faire entretenir par une honnête femme, après qu'il s'est ruiné avec des femmes non honnêtes ; ne pouvant toucher à l'argent de sa femme et devant, par la loi, pourvoir aux dépenses du ménage, le mariage ne lui offre point cette ressource, à moins que la femme volontairement ne consente à l'entretenir. La petite mésaventure suivante, arrivée à un mari russe, vous prouvera que les femmes russes ont le droit de ne point se laisser exploiter. Une jeune veuve riche, bien installée dans un superbe appartement, est demandée en mariage par un jeune homme. Moi j'ai, lui dit-elle, de quoi payer mes dépenses personnelles et le loyer de l'appartement,

j'ai même de quoi payer la moitié des frais du ménage,
mais je ne me marierai pas avec vous si vous n'avez pas
des ressources suffisantes pour subvenir à vos dépenses
personnelles et en plus à la moitié des dépenses du ménage.

Il lui jure qu'il a de quoi et grandement pour payer
cela. Le mariage se fait, et la dame s'aperçoit qu'il n'a
que des dettes et pas un sou vaillant... elle l'aimait et
elle lui dit de chercher une place et que, s'il travaillait,
elle l'aiderait à solder ses dettes. Mais lui, préférant
vivre dans la paresse, prétend que travailler est au-
dessous de sa dignité, qu'il est de trop grande famille
pour cela. En lui découvrant ce caractère peu honorable
il perdit l'amour de sa femme, qui fut remplacé par un
profond mépris, et un jour qu'il était sorti, elle fit descendre ses effets chez le portier ; à son retour, celui-ci les
lui remet, mais il monte furieux et demande à sa femme
une explication... Il la trouve avec une amie et elle lui
répond avec calme, en lui montrant un bail de sous-loca-
tion et un acte de vente de ses meubles : « Monsieur, je
ne suis plus chez moi, j'ai sous-loué mon appartement
à madame, je lui ai vendu mon mobilier. Il était donc naturel que j'enlevasse vos effets ; madame m'accorde l'hospitalité, allez chercher un appartement, meublez-le,
prouvez-moi que vous pouvez m'y nourrir, et en femme
soumise à la loi, je me hâterai d'aller y vivre avec vous. »

Le mari s'est éloigné assez déconcerté et il a dû se
résigner à travailler, au lieu de se faire entretenir par
sa femme.

Le mari russe n'a qu'un droit exclusif, un droit qui
devient une arme de sécurité entre ses mains, et que
parfois, il transforme en instrument de chantage.

Seul il peut obtenir un passeport pour sa femme,
celle-ci, sans sa procuration en règle, ne peut se procurer l'ombre d'un passeport.

22.

Le mari russe est donc à peu près sûr que sa femme ne pourra passer à l'étranger sans son consentement.

Je dis à peu près sûr, car avec la police russe le *on m'en dira tant*, réussit toujours ou souvent, et enfin quelques femmes se sont enfuies en achetant à prix d'or un passeport à une marchande ou à une femme de chambre. Il y a deux ans, un homme marié partait avec la femme de son ami et il se servit pour lui faire passer la frontière, du passe-port de sa propre femme, qui était tranquillement à sa campagne, loin de se douter de la fuite de son mari.

Mais ceci est la fraude et non la loi.

Certains maris indélicats vendent très-cher à leur femme ce fameux passeport. Il y a aussi en Russie une sorte de mariage que l'on nomme le mariage au passeport. Supposons une fille riche et de grande maison qui commet une faute avec un homme qu'elle ne peut épouser. Elle sent remuer dans son sein le fruit de cette faute. Au lieu de se tuer, elle s'informe de ceux des chevaliers-gardes ruinés et criblés de dettes. On lui donne une liste longue, elle fait son choix, et elle charge un ami ou une amie d'aller proposer le marché suivant à ce jeune homme. Il l'épousera, il demandera un passeport à terme illimité pour elle, et contre ce passeport sa femme lui comptera une somme de... Le mariage célébré, un ami du jeune homme remet à un ami de la mariée le passeport et celui-ci lui remet l'argent convenu : la femme monte dans le wagon de Pétersbourg à Paris et le jeune homme va essayer de tenter encore la fortune avec l'argent qu'il a reçu.

J'ai déjà cité l'article 57 du Code russe, mais je le répète ici, afin d'y attirer particulièrement l'attention de mes lectrices et de leur éviter une petite mésavanture comme celle que je vais leur conter.

Cet article 57 dit : Sont nuls les mariages de gréco-russes avec des catholiques lorsque les conjoints n'ont pas fait suivre le mariage à l'église catholique d'un second mariage dans une église orthodoxe.

Voici l'histoire très-authentique qui devra servir d'avertissement salutaire à toutes les jeunes filles non orthodoxes.

Un jeune prince russe, beau, séduisant, mais ayant l'âme sans scrupule de défunt don Juan, voyageait en Italie ; il y fit connaissance d'une ravissante Italienne de vingt ans : elle était pure et honnête ; elle appartenait à une bonne famille. Il comprit qu'il ne pourrait pas la séduire, et alors il demanda sa main. Le mariage fut célébré dans une église catholique, seulement les parents ne connaissaient pas la loi russe et il se garda bien de la leur apprendre.

Les nouveaux mariés voyagèrent un an en Égypte et dans les différentes provinces de l'Italie. Au bout de cette année le prince se dit qu'il en avait assez. Il prétexta un court voyage d'affaires à Paris et laissa sa femme en Italie. Après quinze jours d'absence, sa femme ne le voyant pas revenir, lui écrivit ces simples mots : « Si tes affaires te retiennent encore plus de huit jours à Paris, j'irai te rejoindre, une bonne femme ne peut vivre loin de son mari. »

Le prince lui répondit : « Ma chère, je suis désolé d'avoir à te détromper, mais tu n'es pas ma femme suivant la loi de mon pays ; lis plutôt l'art. 57 (il lui donnait copie de cet article). Tu as été une ravissante maîtresse pour moi, je garderai un excellent souvenir de cette année passée avec toi ; j'espère que de ton côté tu en garderas un doux souvenir ; adieu. »

La jeune femme avait de l'énergie, elle connaissait de réputation le caractère noble et loyal de l'empereur Ni-

colas. Sans répondre un seul mot au prince, elle se mit
en route pour Saint-Pétersbourg. Arrivée dans cette
ville, elle demanda une audience à l'empereur. Elle lui
conta son histoire et lui montra la lettre d'adieu du
prince... « Dans huit jours et à quatre heures du soir soyez
à l'église Saint Isaac avec vos témoins, le prince y sera
amené avec les siens et vous serez mariés légalement
suivant la loi russe, » lui répondit le czar. Le soir même,
ce souverain faisait partir en mission pour Paris, deux
de ses aides de camp et trois jours après, ces envoyés
disaient au prince X : « Vous allez nous suivre à Pétersbourg, sans quoi tous vos biens seront confisqués... » Le
prince s'exécuta. Arrivé à Pétersbourg, à trois heures,
il fut conduit à quatre heures à Saint-Isaac et marié à sa
femme. Il crut que celle-ci, heureuse d'être princesse,
ne s'occuperait plus de lui et pour se consoler de sa mésaventure, il se mit à mener joyeuse vie avec une actrice
française. La princesse, qui avait eu à se repentir de son
ignorance du Code russe, se mit à le lire, et un beau
jour elle fit constater l'adultère de son époux et obtint le
divorce de la cour de conscience : divorce qui lui permettait à elle de se remarier, et qui condamnait son mari à
un veuvage éternel, et le jour où elle obtint cet arrêt,
elle lui écrivit : « Ne trouvez-vous pas, prince X..., que
les Italiennes savent se venger ? »

Elle s'est remariée en Russie même ; elle est heureuse.
Le prince, devenu un jour sérieusement amoureux d'une
jeune fille, a été fort désolé de ne pouvoir l'épouser. Il a
expié sa fourberie envers la jeune Italienne.

Pourtant, comme toutes les femmes n'auraient pas
l'énergie et les moyens d'aller demander justice à l'empereur, qu'elles n'oublient pas l'article 57 si un Russe
demande leur main.

Les marchands russes appartiennent presque tous au

parti russe rétrograde; ils sont partisans des anciennes lois tyranniques. Malgré le Code actuel, le père exerce chez eux une autorité arbitraire et ils tiennent leur femme sous le joug marital et autocratique des siècles passés. Aussi, chez eux, s'est conservé cet antique usage de mettre un bâton dans la corbeille de noce de la jeune fille, et le premier soir de mariage, la jeune épousée offre ce bâton à son époux; ce qui est lui dire : je sais que tu auras le droit de t'en servir. Ce n'est plus qu'un simulacre, mais cet usage gardé, donne bien la mesure des instincts retrogrades de la caste des marchands.

Des personnes, fort au courant des mœurs des marchands russes, m'ont affirmé que beaucoup battent leurs femmes, et que celles-ci supportent ces corrections sans mot dire et sans aller à la police, mais elles se vengent à leur façon; dès que leurs maris se grisent, elles prennent, elles aussi, le bâton, et rendent avec usure les coups qu'elles ont reçus; à leur tour, les maris reçoivent ces corrections avec résignation.

Il y a en Russie une forte réaction contre ce dernier vestige de l'antique et barbare tyrannie; les écrivains les plus sérieux écrivent contre le parti dit : des Vieux Russes.

Ostroff, dans ses comédies, raille avec une ironie sanglante ces abus d'autorité paternelle, maternelle et maritale.

Il montre la marchande, battue de son mari, se vengeant sur ses enfants qu'elle tyrannise, forçant ses filles à coiffer sainte Catherine, et empêchant ses fils d'épouser celles qu'ils aiment.

Et il s'écrie! Conservons ce qui est pur, noble et sain ; mais de grâce, ne conservons pas ce vieux reste de barbarie.

Un jour, le gouverneur de Moscou écrivait à la grande Catherine, et il lui disait :

« Nous avons des instituts excellents, les professeurs qui y sont attachés sont savants, mais les élèves seuls font défaut ; les Russes ne montrent pas le moindre désir de s'instruire. »

Catherine II lui répondit ceci :

« Vous vous plaignez que les Russes ne cherchent pas à s'instruire et qu'ils désertent les écoles ; mais, monsieur, le jour où ils seraient instruits, ni vous ni moi ne serions plus à nos postes ; ce n'est point pour eux que je fonde des instituts, mais pour l'Europe : car nous devons conserver notre rang de grande puissance européenne. »

Tout est bien changé depuis Catherine II, le peuple russe, à présent, fréquente les écoles, et on peut affirmer que les hommes du monde russes sont plus instruits que les hommes du monde français ; par exemple, les premiers parlent tous russe, français, allemand, et quelques-uns anglais et italien ; les littératures de ces nations leur sont familières, et enfin ils ont un vernis scientifique.

Alexandre II ayant aboli volontairement et en écoutant seulement l'inspiration de sa grande âme, l'odieux servage, ayant accordé de son propre mouvement toutes les libertés que peut aujourd'hui supporter le caractère russe, Alexandre II ne craint pas, comme Catherine, que son peuple s'instruise ; il désire au contraire que l'instruction pénètre dans toutes les classes de la nation, et il se sert de son pouvoir illimité pour arriver à ce résultat.

Alexandre II est une des personnalités les plus sympathiques du siècle ; si on le juge en le comparant aux souverains qui règnent sur des peuples déjà vieux dans

la civilisation, on ne lui rend pas toute la justice qu'il
mérite, mais si on le compare à ses devanciers, et si
enfin on tient compte du caractère de la nation qu'il
gouverne, des instincts barbares et rétrogrades qui y
existent encore, alors on sent que ce monarque a une
âme généreuse, et que les sévérités qu'il commet parfois
lui sont imposées par des circonstances qu'il subit, mais
qu'il n'a pas créées.

Deux traits parfaitement authentiques donneront une
idée exacte du caractère de l'autocrate actuel de toutes
les Russies.

Un jour le directeur de l'école des pages vient annoncer à l'empereur qu'il a trouvé dans les papiers d'un
jeune page boursier de la cassette impériale, un pamphlet odieux contre la famille impériale, pamphlet écrit
complétement de la main du jeune homme ; l'empereur
demande à lire ce manuscrit, il voit qu'il est accusé de
mille méfaits et que l'impératrice et les grandes-duchesses sont calomniées d'une façon ignoble : « Ne dites pas
un seul mot à ce jeune homme, ne lui laissez pas soupçonner que vous avez pris son manuscrit, dit l'empereur
au directeur de l'école des pages, et dimanche envoyez-le
moi à dix heures, dites-lui qu'il a été cette semaine désigné par moi pour venir déjeuner avec ma famille. » Souvent l'empereur reçoit à sa table et paternellement les
jeunes gens qui se sont distingués dans les diverses
écoles.

Le jeune comte X, qui n'avait pas la conscience nette,
reçut avec une certaine émotion l'annonce de l'invitation impériale ; pourtant, selon l'ordre reçu, il arriva à
dix heures du matin au palais ; on l'introduisit dans le
cabinet de l'empereur ; celui-ci, occupé avec ses ministres, le reçut gracieusement : « Asseyez-vous là un instant,
mon jeune ami, et je serai à vous dès que j'aurai ter-

miné les affaires de l'État, » et Alexandre continua à écouter les rapports des ministres, à discuter avec eux les meilleures mesures à prendre dans l'intérêt général.

Une heure se passe ainsi; or, le jeune page avait, entre autres choses, prétendu dans son pamphlet que l'empereur ne songeait qu'à ses plaisirs et laissait aux ministres le soin de diriger les affaires de l'empire, il commençait à penser qu'il s'était peut-être bien trompé; et comme s'il eût lu dans sa pensée, Alexandre ayant enfin donné la dernière signature, se leva, alla vers lui et lui dit : « Depuis six heures du matin je suis avec ces messieurs, et c'est tous les matins comme cela ; avouez, mon jeune ami, que ce n'est pas tout à fait une sinécure d'être souverain. »

Le page rougit jusqu'au blanc des yeux, car dans son fameux écrit il avait prétendu que cet état n'était qu'une sinécure fort lucrative.

Alexandre II, feignant de ne point remarquer son embarras, le prit affectueusement par le bras, et l'entraînant vers les salons de l'impératrice, il le présenta à la souveraine et aux grandes-duchesses, qui lui firent un aimable accueil. La famille souveraine se mit à table, le page fut placé entre la souveraine et une grande-duchesse ; ces dames furent charmantes de bienveillante simplicité avec ce jeune homme, elles l'interrogèrent sur ses études, sur la nourriture donnée à la table des pages ; elles lui demandèrent si elle était bonne, et si les élèves n'avaient point à se plaindre ; enfin elles lui firent des questions si affectueuses sur sa famille, qu'il se disait tout bas que ces grandes dames qu'il avait attaquées paraissaient d'une bonté extrême, et le remords commençait à entrer dans son âme. Soudain l'empereur, avec cet air de bonhomie un peu railleuse qui lui est familière, dit : « A propos, mesdames, j'ai oublié de vous dire que notre hôte sera un jour sans nul doute un écrivain remarquable. » A ces mots, le page se troubla, il devint pâle, puis cramoisi; mais ces dames, qui ignoraient l'histoire du pamphlet, croient que son trouble n'est que de la modestie, et l'impératrice lui dit : « Vraiment, mon ami, auriez-vous déjà cultivé la Muse, seriez-vous poëte? »

Le jeune comte, incapable de maîtriser son émotion, balbutie quelques mots incohérents.

L'empereur sort de sa poche le fameux pamphlet, et dit : « Non, ce n'est pas la poésie qui a tenté la jeune intelligence du comte X, son esprit sérieux avant l'âge a été séduit par la fine ironie et par la critique acérée du pamphlétaire, et dans ce genre il montre des aptitudes merveilleuses. Tenez, mon jeune ami, voici le dessert apporté, lisez quelques passages de votre manuscrit à ces dames, » et l'empereur lui tend le cahier... « Mais oui, c'est une excellente idée, s'écrient les grandes-duchesses, et croyez bien que vous aurez en nous un public attentif et indulgent, car c'est probablement votre essai, et nos écrivains les plus remarquables ont tâtonné un peu avant de produire leurs œuvres capitales. »

Le jeune page, au lieu de prendre le manuscrit, reste atterré; il est pâle et prêt à se trouver mal.

« Eh bien! puisque vous n'osez lire vous-même, moi je vais lire à ces dames les passages les plus intéressants pour elles de votre pamphlet... » et l'empereur s'apprête à lire... Le coupable se lève, vient tomber à genoux auprès de l'empereur, et lui dit : « Par grâce, sire, ne lisez pas! » Alors Alexandre II tend affectueusement la main au jeune homme et lui dit paternellement : « Mon petit ami, croyez que je ne vous en veux pas, et je vous jure de ne jamais me souvenir de cet écrit; mais écoutez et suivez ce conseil, il est sage : à l'avenir n'écrivez jamais

que ce que vous aurez au besoin le courage de lire en
face même des personnes que vous aurez attaquées. Et
maintenant, voilà votre manuscrit, jetez-le vous-même
au feu, et ne parlons plus de cela; voilà une cigarette,
prenons notre café. »

Notez que l'empereur a ordonné au directeur de l'é-
cole de ne jamais parler au jeune homme de ce pamphlet, de ne pas même y faire la moindre allusion, il est
resté comme avant boursier de la cassette impériale, et
à sa sortie de l'école il a fait sa carrière de façon à s'a-
percevoir qu'Alexandre, suivant sa parole, avait oublié
les injures contre lui et sa famille, contenues dans ce
libelle.

Mais par exemple le jeune comte, s'en souvient, lui,
et nul sujet russe n'est plus dévoué à son czar que lui.

Le second trait peint la bonté de ce souverain, bonté
descendant aux plus petits détails.

Un jeune chevalier-garde, après trois nuits passées en
soirées, en soupers, et par conséquent brisé de fatigue,
se trouve de garde au palais; après avoir posté ses
hommes, il se carre dans un grand fauteuil et s'endort à
ronfler comme on ronfle dans la comédie de la *Chambre
à deux lits*. L'empereur, en passant dans une pièce à côté,
entend ce bruit formidable; il entre dans la salle où doit
se tenir le capitaine de garde, et il l'aperçoit dormant à
poings fermés; le souverain n'était point seul, un de ses
aides de camp était avec lui, et ce militaire fronce les
sourcils d'une façon terrible. Alexandre lui dit en souriant :

— Ce pauvre garçon a vingt-huit ans, et on a besoin de
sommeil à son âge; et enfin nous sommes en carnaval, il doit avoir passé plusieurs nuits blanches.

— Ce n'est pas une raison pour dormir lorsqu'on a
l'honneur d'être de garde au palais.

— Mon cher général, veuillez vous souvenir que vous n'êtes pas ici ce soir officiellement, la garde du palais incombe au général V.; ce soir donc vous n'avez rien vu, rien entendu; sur ce, bonne nuit.

— Mais enfin, je devrais au moins réveiller cet officier.

— Le réveiller serait cruel, il dort si bien! Le général V. ne passera son inspection que dans une heure; qu'il se repose jusque-là, je viendrai moi-même le réveiller. Bonne nuit, général, et souvenez-vous que vous n'avez rien vu.

Une heure après, l'empereur revient en effet, le capitaine dort et ronfle de plus belle. Soudain l'empereur aperçoit le général de service faisant sa ronde, il va entrer dans la salle où est le coupable. Alors le souverain se précipite vers le dormeur, le secoue, le fait lever, le prend par le bras de façon à ce qu'il tourne le dos au général. Le jeune officier ne reconnaît pas l'empereur, et ne se souvient plus où il est :

— Qu'y a-t-il? Quoi? s'écrie-t-il...

— Taisez-vous, malheureux! lui dit tout bas l'empereur, là, restez tranquille, ayez l'air d'écouter.

Le général passe, il voit l'empereur parlant bas à l'officier, qu'il tient familièrement par le bras, il s'incline et s'éloigne en se disant : Il paraît que mon capitaine est bien en cour, il faudra que je le ménage.

Pourtant l'officier a enfin ouvert les yeux et reconnu l'empereur, il est confus et cherche à s'excuser; mais Alexandre lui dit en riant :

— Sans moi, arrêts de rigueur et demain vous ne pouviez pas assister au bal de la princesse Y... Allons, à présent reprenez votre somme, mais, par exemple, tâchez d'être réveillé à la prochaine ronde, car je ne serai plus là.

Et il s'éloigna en faisant un affectueux geste d'adieu au jeune officier.

Ces traits, je le répète, prouvent bien la simplicité de l'empereur Alexandre II et sa bonté innée, ce n'est pas la pose du souverain, c'est la bonté naturelle de l'homme qui se fait jour souvent malgré le souverain.

Du reste, le czar est très-simple dans sa vie privée qui est celle d'un bon bourgeois : vivant heureux au milieu de sa nombreuse famille, il sort tous les jours seul, suivi de son superbe épagneul ; il va se promener au jardin d'hiver, il marche vite avec cette raideur du militaire, il salue avec bonhomie ceux qu'il rencontre ; par son ordre toutes manifestations sont interdites ; avec beaucoup d'esprit il réclame le droit de pouvoir se promener comme le premier venu sans être gêné par le prestige de son rang.

Alexandre II mérite la reconnaissance de ses sujettes, car non-seulement il leur a ouvert la carrière médicale, et la chirurgie par l'école fondée par l'impératrice, mais encore les femmes russes ont à leur disposition des instituts gratuits dans lesquels elles reçoivent une instruction sérieuse, et dans cette voie de progrès la Russie marche toujours à grands pas. Voici ce que la *Gazette de Moscou* écrivait en février 1875 ; ce qu'elle réclamait pour les femmes a été en partie réalisé. Je reproduis cet article tout au long, car il prouvera qu'en Russie, les organes de la presse sérieuse prennent à cœur la question de l'enseignement féminin... Les écrivains de sens et d'esprit ont compris que l'élément civilisateur par excellence étant la femme, et que de plus l'influence de la femme sur l'homme étant énorme, on devait se préoccuper sérieusement de l'intellect de la femme, et comme une instruction sérieuse est le meilleur moyen de moraliser la femme et d'augmenter son intelligence, on ré-

clame, pour elle, les mêmes cours que ceux faits aux
jeunes gens; et le gouvernement s'empresse d'accéder à
cette demande dont il comprend toute la sagesse.

Extrait de la *Gazette de Moscou.*

« L'an dernier une commission a été instituée pour
s'occuper de la question de l'enseignement supérieur
pour les femmes ; voici le résultat de ses travaux et voici
les conclusions auxquelles elle s'est arrêtée :

« 1° Il serait utile d'introduire l'enseignement des langues mortes, à titre facultatif, dans les cours des gymnases de jeunes filles, si les conseils scolaires de ces
établissements le jugeaient opportun ;

« 2° Il serait à désirer que l'État se chargeât de l'entretien du pensionnat de Mme Fischer, établi à Moscou,
pour faire l'épreuve du genre d'enseignement qui y est
adopté ;

« 3° Il serait nécessaire que les cours d'enseignement
de tous nos gymnases de jeunes filles, tant de ceux dont
la direction appartient au ministère de l'instruction publique que de ceux placés dans le ressort de la IVe section de la chancellerie de S. M. l'empereur, fussent
organisés sur les bases uniformes du nouveau plan d'é-
tudes élaboré par la commission.

« Celle-ci propose enfin d'établir, également à titre
d'essai, une école supérieure pour les jeunes filles ; cet
établissement, qui aurait un cours de trois ans, délivre-
rait des diplômes d'institutrices dans les gymnases et
dans les instituts de demoiselles, ainsi que des certifi-
cats donnant entrée aux cours de pharmacie et de médecine de l'École de Médecine.

« Voici quel serait le plan d'étude de l'établissement
projeté :

Ire *Section de Mathématiques et de Langue latine* (1).

Ier, IIe, IIIe Cours.

Mathématiques	8-7-7	leçons par semaine.
Physique . . . . . , ...	3-3	—
Langue latine.	9-9-9	—
Religion	1-1	—

IIe *Section de Mathématiques et de Géographie.*

Mathématiques	8-7-7	leçons par semaine.
Physique et Géographie ma- thématique.	3-3	—
Géographie physique et poli- tique.	· 3-3	—

IIIe *Section de Langue et de Littérature françaises.*

Langue et Littérature fran- çaises.	9-9-9	leçons par semaine.
Langue latine.	9-9-9	—

IVe *Section de Langue et Littérature allemande.*

Langue et Littérature alle- mande.	9-9-9	leçons par semaine.
Langue latine.	9-9·9	—

Ve *Section d'Histoire.*

Histoire russe et histoire mo- derne	6-6	leçons par semaine.
Histoire ancienne et du moyen âge	9	—
Langue latine.	9-9-9	—

(1) C'est cette première section qui doit préparer les jeunes filles pour les cours de médecine.

VIe *Section de la langue et de Littérature russes.*

Grammaire russe et langue slavonne.	4-4-4	leçons par semaine.
Histoire de la littérature russe.	3-3-3	—
Langue latine.	9-9-9	—

Branches communes à toutes les sections, la première exceptée.

Logique et Psychologie . . .	2-2	leçons par semaine.
Histoire de la pédagogie . .	2-2	—
Religion.	1-1	—

« Le but que s'est proposé la commission en demandant l'organisation de l'établissement en question consiste en premier lieu à préserver les jeunes filles des influences défavorables auxquelles les expose, malheureusement, la fréquentation des cours pédagogiques ; ce qu'elle tâche d'atteindre ensuite c'est de donner des institutrices particulières capables de préparer les enfants pour la troisième classe des gymnases classiques et pour la quatrième classe des écoles *réales*, ainsi que des institutrices pour les classes inférieures et moyennes des gymnases de jeunes filles. Ce dernier but surtout est d'une haute importance, maintenant qu'avec la propagation des écoles *réales* dans les villes de l'intérieur, les maîtres de gymnases se trouvent hors d'état de suffire à l'enseignement dans les gymnases de jeunes filles, et que ceux-ci se voient réduits à faire appel aux instituteurs primaires.

« Parmi les mesures proposées par la commission, dit la *Gazette de Moscou*, une seule a reçu, jusqu'à présent, un commencement de réalisation, c'est celle ayant trait à l'introduction des langues anciennes dans les cours de gymnases de jeunes filles, et l'année écoulée a déjà suffi pour démontrer avec quelle justesse la commission avait su apprécier le mouvement en faveur de l'instruction supérieure des femmes, qui s'accentue dans notre société. Les conseils scolaires de plus d'un gymnase se sont vus saisis de demandes des parents, réclamant pour leurs filles le bénéfice de l'enseignement classique, et, quoique l'étude des langues mortes eût été subordonnée à une rétribution supplémentaire, le nombre des aspirantes a été considérable dans maintes localités. C'est à Odessa que cette tendance s'est le plus fortement accentuée, et il serait question, dans cette ville, de transformer complétement l'un des gymnases de jeunes filles en gymnase classique.

« Rien ne prouve mieux, ajoute la *Gazette de Moscou*, l'urgence de rapprocher le programme d'étude des jeunes filles de celui des gymnases des garçons.

« Lorsqu'on élabora ce dernier, on l'emprunta plus ou moins aux programmes d'étude des établissements qu'on désignait alors sous le nom de gymnases, et il semblerait évident que les perfectionnements qui y ont été introduits depuis devraient aussi profiter aux établissements établis sur ce modèle. Une fois qu'on a reconnu légitime l'aspiration des femmes vers l'instruction supérieure, il est juste aussi d'accorder à ce désir, non un simulacre de satisfaction, mais une satisfaction réelle. Il est certain que ce ne sont pas toutes les jeunes filles qui réclament l'enseignement supérieur et que toutes n'ont pas besoin de faire leurs études dans un gymnase classique, mais il est certain aussi qu'il n'y a qu'une voix sur la nécessité de donner satisfaction aux jeunes personnes qu'entraîne le besoin de fortes études. Cette vérité, l'expérience de l'année dernière est là pour l'attester, et elle semble de plus en plus comprise, tant par le gouvernement que par la société, et les faits qui viennent d'être

signalés autorisent l'espoir que l'instruction des femmes
va se placer, chez nous, sur un terrain solide. »

On peut se convaincre, par cet article d'un des meilleurs et des plus sérieux journaux russes, que, dans cet
empire, la femme est prise au sérieux comme valeur intellectuelle ; on peut aussi se convaincre qu'elle a prouvé
qu'elle était digne, intellectuellement parlant, que le
gouvernement nomme des commissions pour se préoccuper de l'enseignement supérieur de la femme.

Et enfin, on voit que le gouvernement russe respecte
les droits de tous les citoyens et ne place pas la femme
hors la loi dès qu'il s'agit de priviléges à accorder ;
l'État entretient des gymnases classiques, gratuits pour
les garçons ; les femmes réclament qu'il fasse la même
dépense pour elles. L'État fait droit à cette demande, se
disant que femmes et hommes ont des droits égaux, et
qu'enfin les biens de la femme payent l'impôt comme
ceux de l'homme ; et de cette équité résulte pour les
jeunes filles peu fortunées une éducation supérieure et
classique qui leur permet de trouver comme professeurs,
dans les gymnases, des places honorables et lucratives ;
et enfin, les parents qui comprennent bien les devoirs
qui incomberont un jour à leurs filles, comme mères de
famille, leur font donner cette instruction sérieuse et
classique ; et ces jeunes filles, devenues mères, peuvent
donner la première instruction à leurs fils et filles ; elles
peuvent les préparer jusqu'au moment des cours les
plus élevés ; elles ont ainsi le bonheur de pouvoir garder leurs fils près d'elles, de pouvoir, après avoir dirigé
leurs premiers pas dans la vie, éveiller leur jeune intelligence, y semer le germe de toutes les sciences, ce qui
les rend mères une seconde fois, et ce qui rend le fils
deux fois fils de sa mère.

L'enfant chétif et de constitution délicate, sans s'é-

23.

loigner de la maison paternelle, sans être sevré de ces soins et de cette affection qui lui sont aussi nécessaires pour vivre que l'air qu'il respire, peut recevoir les premiers éléments de l'instruction. Et quelle joie pour lui d'être initié avec patience et douceur, au lieu de se voir séparé des siens, enfermé avec des étrangers et initié par un indifférent parfois sévère, quelquefois brutal.

Mères de France, quand aurez-vous ce bonheur?

Comprendra-t-on un jour que la femme est pour moitié dans l'État, qu'elle a des charges, et qu'on doit la mettre à même de les remplir dignement?

Viendra-t-il un jour où ce mot égalité pour tous comprendra celle qui est la mère, la fille et la compagne de l'homme?

Espérons que ce jour luira enfin pour la France. Mais, en attendant, c'est du Nord que nous vient la lumière, et c'est à la Russie que revient la gloire d'avoir la première accordé à la femme égalité dans les lois, droit à l'instruction et à toutes les sciences, et droit au travail.

LES NUITS DE SORCELLERIE

———

Les Russes sont superstitieux, ils ont toutes les superstitions et toutes les croyances. Nulle part les marchands d'amulettes, de charmes et les diseurs et diseuses d'avenir ne gagnent autant d'argent qu'en Russie.

D'abord, commençons par les croyances et amulettes saintes et respectables. Tout Russe, même celui qui pose en sceptique et en libre penseur, porte sur sa poitrine, retenue par un cordon ou par une petite chaîne, une relique ou une médaille ; il se dit : « Si cela ne me préserve pas des malechances, cela ne me fera pas de mal. »

Ne renversez pas du sel entre vous et un Russe, ne lui demandez pas de vous offrir du sel, et gardez-vous de lui passer une salière, car il a encore cette vieille superstition qu'on doit devenir ennemis mortels ; ne lui tendez jamais la main lorsqu'il est sur le seuil de la porte, ou bien il s'empressera de faire un pas en dedans, pensant que si vous vous serriez la main sur ce seuil fatal, cela voudrait dire que vous ne vous reverrez jamais.

Ne dites jamais à une mère : « Comme votre enfant a l'air de bien se porter ! » Si vous lui disiez cela, elle vous jetterait un regard courroucé, puis se mettrait à cracher

plusieurs fois pour conjurer le mauvais sort que vous
auriez appelé sur son bébé.

N'embrassez jamais un enfant ni personne sur les
yeux, ceci encore porte malheur, car on embrasse les
morts sur les yeux.

N'offrez jamais et ne demandez jamais une mèche de
cheveux en souvenir, ceci est encore un souvenir que
l'on prend aux morts.

Enfin, que ceux de mes lecteurs qui sont jeunes et
beaux garçons aient bien soin de ne jamais boire chez
des dames russes vieilles et laides, car si, par hasard,
elles veulent être aimées d'eux, elles leur feront boire
des abominations comme philtres, destinés à les rendre
amoureux.

La superstition est-elle une preuve de faiblesse d'esprit ?

Voilà une question que je me suis posée souvent, et,
à force d'y réfléchir et d'étudier, j'ai fini par m'apercevoir que c'était si peu une preuve de faiblesse d'esprit,
que, seules, les personnes d'une nullité parfaite, ayant
de ces natures épaisses et matérielles, ne songeant
qu'à manger, boire, dormir et à amasser des biens terrestres, assurent avec un aplomb superbe que les
hommes superstitieux sont des pauvres d'esprit, et que,
pour elles, elles ne croient que ce qu'elles peuvent comprendre.

Ce qu'elles peuvent comprendre est si peu, et on connaît tant de choses au-dessus de leur intelligence, qu'on
se dit « Ne croire que ce que ces gens-là comprennent,
en vérité, ce ne serait point assez. »

Et, en lisant, j'ai fini par remarquer que, par contre,
tous les hommes de génie, depuis l'antiquité jusqu'à
nos jours, tous ceux qui ont laissé un sillon lumineux
dans l'histoire et marqué l'empreinte de leurs pas sur le

sable du temps, ont cru aux rêves, aux pressentiments, et qu'à quelques-uns on a prédit un avenir qui devait bien leur sembler improbable, et qui pourtant s'est réalisé.

Tous ces hommes ont été ce qu'on appelle des superstitieux, ils considéraient les rêves comme des miroirs magiques qui viennent faire miroiter devant les yeux du sommeil, les yeux spirituels qui ne s'ouvrent que lorsque ceux de notre corps sont clos, les événements importants qui nous menacent; et ils pensaient que cette voix secrète qui vous parle tout bas, et vous glace d'épouvante ou bien vous fait frémir de bonheur, cette voix qu'on nomme pressentiment, ne sachant quel nom lui donner, est la voix d'un envoyé mystérieux qu'une divinité favorable mande vers nous pour nous prévenir de ce qui va nous arriver d'heureux ou de malheureux.

Quelques-uns de ces hommes illustres voyaient des augures dans des choses de futile apparence.

Les histoires de l'antique Grèce et de l'ancienne Rome, et même notre histoire de France, nous parlent d'apparitions surnaturelles, d'un roi de France, par exemple, voyant, dans une des salles du château de Saint-Germain, un maréchal de France qui, dans ce moment, était fort loin à guerroyer ; il avait le visage pâle comme celui d'un trépassé, et il portait la main à son côté, d'où semblait couler le sang...Le roi le vit, il fixa cette vision, qui disparut après quelques instants.

Eh bien, à la même heure, ce maréchal tombait mort sur le champ de bataille, le côté percé par une lance.

Des guerriers héroïques, des écrivains célèbres, des potentats illustres, ont cru à ce que le vulgaire nomme : une superstition ridicule. Mais le vulgaire me répondra que ceci prouve simplement que ces grands esprits avaient leur côté faible !

Et qu'en sais-tu, Vulgaire, mon ami? Tu es forcé de reconnaître ces hommes comme tes supérieurs en génie; pour lors, es-tu bien sûr que toi, tu es meilleur juge en ces choses toutes spiritualistes qu'eux? Et par quel savant raisonnement pourrais-tu arriver à prouver que, malgré leur génie, ils ont été moins aptes que toi à reconnaître la vérité ou la fausseté de la réalité de ces choses d'un ordre surnaturel?

Avoue qu'entre l'affirmation d'hommes illustres de tous les siècles et de tous les pays et la tienne, à toi homme vulgaire et terre-à-terre, il est permis de ne pas hésiter.

La Bible, qui est un livre saint et véridique pour tous les chrétiens, nous enseigne la croyance aux rêves, témoin Joseph expliquant les rêves de Pharaon. Cette même Bible admet aussi que certaines personnes ont le don de prédire l'avenir. Enfin remarquez, lecteurs, ces trois choses encore qui ont servi à me convaincre. D'abord, les peuples les plus superstitieux sont loin d'être les moins intelligents, ainsi, les Italiens et les Espagnols sont superstitieux au suprême degré; les Allemands ont des croyances différentes, mais qui sont, cependant, ce qu'on est convenu de nommer des superstitions, et pourtant les Allemands sont intelligents et pratiques.

En France, faites-en l'observation, tous les hommes de grande science, tous les hommes d'esprit et tous les hommes de talent ont leurs petites superstitions; seuls, les parfaits imbéciles n'en ont aucunes et appellent faibles d'esprit ceux qui en ont.

A qui faut-il croire? aux imbéciles, à ces grosses natures matérielles et terre-à-terre, ou aux hommes d'esprit?

Moi je n'hésite pas; je préfère croire à ceux qui ont plus d'esprit que moi et je me dis : Il y a tant de choses non expliquées encore; il y a tant de choses qui, quoique surnaturelles, c'est-à-dire incompréhensibles, sont pourtant des réalités, que rêves, pressentiments, don de lire dans l'avenir, pourraient bien n'être point de simples chimères.

Longfelow, le grand poète américain, dit ceci dans *the Student spanich*, qui est plutôt une dissertation philosophique qu'une pièce de théâtre ; on demande à un de ses personnnages s'il croit aux pressentiments et il répond : « Oui, en tant que ceci, je crois que parfois notre pensée, par une sorte d'effort, peut aller sonder l'avenir et y jeter un rapide coup d'œil, et elle nous en renvoie un écho ; la goutte d'eau qui tombe dans un puits nous renvoie un faible écho : l'avenir c'est le puits profond, la goutte d'eau c'est notre pensée. »

Enfin, si depuis que le monde est monde, les superstitions existent, il faut bien qu'il y ait pourtant quelque chose de vrai.

La croyance à la jettatura des Italiens est basée en définitive, non sur une chimère, mais sur une succession de remarques et d'expériences qui leur ont prouvé qu'il était des personnes douées du don fatal de porter malheur, ou bien d'apparaître lorsque ce malheur va vous arriver.

Si Pierre le Grand, la plus vaste intelligence qu'ait produit le xviie siècle, notait avec soin à son réveil ses rêves, et s'il consultait ses notes dans la journée afin d'en tirer des conjectures, c'était sans doute parce qu'il s'était convaincu par expérience que, dans son sommeil, sa pensée se détachait de son corps et allait jeter un coup d'œil furtif sur le lendemain.

Ceux qui veulent nier pressentiments, rêves et prédictions, ont une manière très-simple de s'en tirer ; il vous répondent invariablement à chaque fait étonnant et convaincant que vous leur citez : c'est le hasard ! Selon eux, tout est l'effet du hasard. Eh bien, qu'ils tâchent donc d'expliquer ce que c'est que le hasard qui joue un si grand rôle !

Après ça, s'ils donnent à ces voix secrètes qui parfois viennent nous prévenir du péril, le nom de hasard, s'ils donnent à cette sorte de double vue qu'ont certaines personnes, le nom de hasard ; s'ils nomment encore ainsi les avertissements qui nous arrivent pendant notre sommeil, alors on peut s'entendre, le nom seul donné au fait est différent.

Du reste, les savants ont-ils jamais analysé d'une façon exacte, saisissante et compréhensible cette sorte de vue de l'âme? Nos yeux humains voient dans notre réveil, mais lorsqu'ils sont clos par le sommeil et que soudain nous voyons des pays enchanteurs, des sites que nous pourrions peindre à notre réveil, tellement ils se sont gravés dans notre mémoire ; lorsque nous voyons des personnages que réveillés nous ne connaissons pas, mais que dans notre sommeil nous considérons en remarquant leurs traits bizarres ou l'expression de leur visage ; lorsque nous lisons une lettre, voyant la lettre, la forme de l'enveloppe, les formes des caractères, la place de la signature, que nous examinons le paraphe, quels sont ces yeux qui voient tout cela ?—Ce ne sont point nos yeux humains, le sommeil les couvre d'un voile... ce sont donc les yeux de notre être abstrait, de notre âme. Eh bien, ces yeux de l'âme qui, chez beaucoup, voient pendant que les autres se reposent, peuvent chez quelques personnes voir pendant le réveil et aller lire dans l'avenir. Qui a-t-il d'extraordinaire à cela ? rien.

Les phénomènes du sommeil, si on ne croyait pas à ces yeux de l'âme, à ces yeux de la nuit, seraient bien plus difficiles à expliquer et bien plus extraordinaires que le don de lire l'avenir.

Les gens qui ne rêvent pas sont tentés de nier les rêves; d'autres disent : le rêve est un jeu de l'imagination. Qu'est-ce donc, selon eux, que cette imagination qui se réveille alors que notre corps est inerte? En tout cas elle a des yeux qui, comme les yeux humains, gardent l'empreinte et le souvenir des objets vus.

J'ai entendu affirmer que les rêves ne sont qu'une réminiscence des préoccupations de la journée; trois cent soixante-cinq fois par an j'ai la preuve du contraire.

Il y a sept ou huit ans, je rêvais une nuit que je montais une colline; je voyais le sentier tortueux se dessiner devant moi, j'admirais des sites que je voyais nettement; enfin j'arrivai dans une vieille tour, large, en ruine et couverte de plantes grimpantes; je montais, montais, mais sans fatigue. Enfin j'étais arrivée sur un plateau et à mon grand étonnement, je vis une ville avec des constructions singulières et des habitants ayant un type à part; tous travaillaient assis devant leurs portes et ils paraissaient calmes et heureux. Mon cicérone me dit : Ces gens-là ne savent pas qu'il existe d'autres peuples, d'autres villes; ils croient que le monde ce n'est qu'eux, et nul homme ne connaît l'existence de ce petit peuple d'élus. Il me fit faire le tour du plateau sur lequel était la ville, il était à pic et dominait une immense plaine déserte; puis il me montra des jardins avec des arbres que je ne connaissais pas, des champs où croissaient des plantes inconnues; je visitai des maisons, je causai avec leurs habitants, quelques-uns me parurent sympathiques et, leur tendant la main, je leur dis : « Vous paraissez bons et heureux et je voudrais vivre au milieu de vous. » Étonnés, ils me disaient : « Mais où habitez-vous donc? » Comme j'allais leur répondre, mon cicérone mit un doigt sur sa bouche et il m'entraîna vers la tour, nous redescendîmes. Arrivée au bas, je levai les yeux sur ce plateau et je dis : Est-ce singulier que nul ne soupçonne l'existence de ce charmant pays.

A mon réveil, mes souvenirs étaient nets, précis ; j'aurais pu peindre, si j'avais le bonheur d'être peintre, les sites, l'aspect de la ville, le type de ses habitants et leur costume. Le souvenir des rêves s'efface vite généralement, celui-là m'est resté gravé dans l'esprit ; il me semblait qu'en réalité j'avais été dans ce pays. Six mois après, en rêve, je fais le même voyage, et arrivée à la tour, je pousse un cri de joie en disant : Je la reconnais, elle va me conduire dans cette charmante cité, chez ce bon peuple ! En effet, je revis les mêmes lieux, les mêmes calmes et tranquilles habitants. J'étais heureuse, je reconnaissais les jardins, les rues, et ceux des habitants avec qui j'avais causé, venaient à moi ; eux aussi me reconnaissaient.

A mon réveil, la sensation de plaisir que j'avais éprouvée durait encore, et je me disais : Enfin, j'ai revu ce pays charmant.

Depuis, j'ai refait huit ou dix fois le même rêve, j'ai revu ce pays dans tous ses détails avec bonheur ; toujours mon rêve commence à être net, lorsque je suis dans la tour, je la reconnais et je monte vite pressée d'arriver au but. On me dira que pensant souvent à ce site, ma pensée préoccupée me le fait revoir. Eh bien, non, bien souvent, je me couche en me disant : Si je pouvais aller à la tour miraculeuse ! C'est ainsi que je l'ai nommée. Je rêve à d'autres choses, puis un jour, je me couche avec de sombres pensées, ne songeant nullement à cette ville, et voilà que je refais ce voyage, et notez que je revois tout à fait la même chose ; seulement, en été, les habitants ont des habits légers et clairs, et si je fais ce rêve en hiver, ils sont chaudement habillés.

A mon réveil et pendant plusieurs jours, j'ai cette impression que l'on a lorsqu'on revient de faire un voyage agréable et qu'on en évoque les moindres détails.

Le savant le plus savant ne pourra pas expliquer les phénomènes des rêves, ceux de la pensée, du souvenir, l'être abstrait échappe à sa froide analyse, le corps lui a livré ses secrets mais l'âme a gardé les siens.

J'ai acquis la conviction qu'on peut croire à bien des choses, sans être un esprit faible, et qu'on peut ne croire à rien de ce qui est nommé surnaturel, tout en étant un esprit parfaitement nul.

Maintenant, il est vrai que les imaginations exaltées des personnes vivant dans des contrées où les aspects de la nature sont tels qu'ils impressionnent l'esprit d'une manière lugubre, peuvent arriver à exagérer et croire à tout indistinctement dans les sphères du surnaturel ; d'un autre côté, s'il y a quelques rares prédestinés qui possèdent cette vue de l'âme assez puissante pour pouvoir aller sonder l'avenir, il y a une foule de charlatans qui, en fait de clairvoyance, n'en ont d'autre que celle de reconnaître ceux qui seront assez naïfs pour se laisser facilement exploiter.

Les Russes vivent au milieu de sites funèbres, bien faits pour porter leur âme vers une sombre rêverie ; le désœuvrement est une des nombreuses plaies de cette nation ; le paysan lui-même doit rester oisif, bloqué chez lui par la neige, pendant quatre ou cinq mois ; le riche n'a pas la ressource de la flânerie de la rue, il reste chez lui inoccupé, et la pensée attristée par le morne hiver. Il se jette parfois dans la superstition comme il se jette dans tout, sans mesure, et il enrichit les sorciers comme aussi les charlatans de la sorcellerie.

La femme russe a beaucoup de qualités, et la grande dame possède un charme attractif aussi bien à l'amitié qu'à l'amour, et dans ces deux sentiments elle est franche, loyale, dévouée et sûre, tandis que l'homme russe est faux, peu soucieux de sa parole et fort peu sûr ; mais la grande dame russe est désœuvrée, elle donne bien des ordres à ses domestiques, mais ceci ne saurait l'occuper beaucoup. Règle à peu près générale, la Russe n'a point été élevée à manier l'aiguille, elle ne sait ni coudre ni broder ; tous ces jolis petits travaux qui occupent en France les loisirs de la grande dame, lui sont inconnus, si bien que lorsqu'elle a jeté un coup d'œil sur son intérieur et terminé sa toilette, elle se dit : Que vais-je faire ?

Elle sort, va chez sa couturière, va faire quelques visites ; elle rentre, s'assied, prend un livre ; il l'ennuie bientôt, et encore elle se dit : Que faire pour tuer le temps ?

Si elle avait une belle tapisserie commencée, elle prendrait l'aiguille, compterait les points, se dirait : Il faut que je nuance cette rose, que je dessine ce petit bouquet de violettes... et sans qu'elle s'en aperçût, le temps s'envolerait ; mais rester les bras croisés, assise dans un fauteuil, ce n'est pas récréatif. Et alors, pour se distraire, elle gronde, à tort et à travers, ses gens, puis elle sort encore. Mais le soir, que faire, lorsque surtout les soirées sont d'une longueur interminable ? La Française, si elle ne va pas dans le monde, prend sa broderie ; elle tire son aiguille avec ardeur et plaisir, car presque toujours sa tapisserie est destinée à une loterie de bienfaisance ou à un cadeau. La Russe sort encore : elle va au théâtre, en soirée, elle va jouer : elle représente le mouvement perpétuel, elle a en elle une agitation fiévreuse qui donne le vertige.

Les sorciers et sorcières sont encore pour elle une manière de tuer le temps, et du reste, lorsqu'on s'ennuie, on a toujours quelque chose à demander à l'avenir !

Le désœuvrement est le plus sûr auxiliaire du diable.

Toutes les charmantes dames russes que j'ai connues à Pétersbourg m'ont parlé des sorciers et des sorcières ; je leur ai exprimé le désir de les accompagner lorsqu'elles leur rendraient visite, et elles m'ont conduite chez cinquante-deux personnages lisant ou prétendant lire dans l'avenir. Nous gravissions parfois cinq étages d'escaliers roides, au parquet gluant ; une odeur infecte nous saisissait à la gorge, mais ma cicérone montait sans s'apercevoir de rien, tant son désir de se trouver bien vite en présence du devin l'absorbait.

Il y a des tireuses de cartes, celles-là sont de vulgaires *charlatanes ;* il y a des femmes et des hommes lisant dans le marc de café, d'autres dans l'étain, dans le feu, ceux-là sont Finnois, d'autres dans un verre d'eau dans lequel on jette une pièce d'or. Le sorcier qu'on nomme Iswoschik (c'est un ex-cocher) lit dans un livre. Cet homme est bien le plus infect personnage qu'il existe. Un jour une grande dame de mes amies m'apporte le *Journal de la police.* « J'ai l'adresse d'un nouveau sorcier, me dit-elle gaiement, et c'est fort heureux, car j'ai épuisé la science de tous ceux de Pétersbourg.

— C'est le *Journal de la police* qui donne son adresse ? lui dis-je assez étonnée, sachant que la police les tolère mais ne les encourage pas.

— Oh ! me dit-elle, le journal ne donne pas son adresse, mais il dit qu'un ancien cocher qui habite la quatrième rue derrière l'hôpital des Baraques a été condamné à huit jours de prison et cinquante roubles d'amende pour avoir vendu des charmes et des philtres. Ce journal est vieux de cinq jours, dans cinq jours l'homme sera dehors. Je veux aller le consulter ; voulez-vous venir ?

— Comment donc ! m'écriai-je, mais avec plaisir : je suis ici pour tout voir.

Cinq jours après nous arrivions dans la rue désignée par le journal, une rue populaire et ouvrière. Nous étions dans le superbe traîneau à deux chevaux de cette dame. Nous ignorions le numéro. Nous descendons, demandons au numéro 1, puis au 2, au 3 ; des gardavoy (polismen) s'avancent poliment et nous disent : Ces dames cherchent peut-être le sorcier ? Nous sourions, et ils nous indiquent le numéro. Arrivées sous la porte cochère, nous voyons une grande cour avec des allées à droite, à gauche, en face. Nous cherchons le portier, mais des enfants s'approchent et nous disent : Le sorcier habite au sixième, l'allée en face le deuxième couloir.

— Avons-nous donc l'air tant que ça de femmes à la recherche de l'avenir ? dis-je à ma compagne.

— Lorsque des femmes du monde, ou des chevaliers-gardes, ou des officiers des corps d'élite viennent dans ces quartiers populeux, on est sûr qu'ils cherchent des sorciers, et obligeamment on leur indique leur demeures, me répondit-elle.

Un petit escalier sombre, glissant, nous conduisit à une porte graisseuse. Nous prîmes une clef dans notre poche pour pouvoir frapper sans salir nos gants. Une jeune femme nous ouvrit.

— Peut-on avoir une consultation de l'iswoschik ? demanda mon amie.

— Je vais voir s'il consent à vous recevoir, nous fut-il répondu.

Et on nous fit entrer dans une chambre... Quelle misère ! et quelle ignoble saleté ! Trois lits superposés les uns sur les autres, puis deux lits d'enfants, le tout dans une pièce de quatre mètres de long sur trois de large. Une odeur nauséabonde et une chaleur moite et grasse de 16° au moins. Soudain je vis une multitude d'hor-

ribles bêtes velues courant sur le mur ; terrifiée, je les
montrai à ma compagne.

— Des punaises, me dit-elle avec calme, la Providence
a tout prévu, en Russie elles ont une robe chaude et
velue.

— De grâce, partons, lui dis-je en me rapprochant de
la porte.

— Ma chère, me répondit-elle, vous savez si je suis
petite-maîtresse ; généralement la vue d'un insecte me
fait évanouir, la moindre mauvaise odeur me donne des
convulsions ; mais, lorsqu'il s'agit de sorcellerie, je ne
sens rien, je ne vois rien. Mon traîneau est là-bas, repar-
tez si vous voulez, moi je veux voir cet homme.

Au même instant la porte de la chambre en face de
nous s'ouvrit, un brillant officier en sortit et la jeune
femme vint nous dire que son père voulait bien nous
donner audience. Elle nous introduisit dans une chambre
un peu plus propre où, assis dans un fauteuil, se tenait
le sorcier. Il nous salua d'un aimable sourire et nous offrit, du geste, deux sièges. Figurez-vous un homme gros,
gras à lard, à la face rouge comme une écrevisse cuite,
lèvres lippues et pendantes, un regard de satyre, des
longs cheveux graisseux, une longue barbe poivre et sel
aussi inculte que sale, vêtu de la fameuse robe que les
Russes ont empruntée aux Persans, robe de couleur vert
bouteille, parsemée, en guise de dessins, de nombreuses
taches de vin ; les mains seules de ce sorcier étaient d'une
propreté parfaite et fort belles, quoique un peu grasses,
de belles mains de chanoine ou d'évêque ; ces mains, de
forme allongée et aristocratique, bien blanches, avec des
ongles roses et coupés avec soin, faisaient un effet singulier ajustées à ce corps trapu, vulgaire et sale.

— Combien prends-tu pour dire l'avenir ? lui dit mon
amie.

— Cinq roubles.

— Mettons-en six, trois pour madame et trois pour moi.

— Allons, soit.

— Commence par moi, lui dit mon amie en s'asseyant en face de lui.

Moi, je m'assis de façon à pouvoir jeter un coup d'œil indiscret sur un gros livre qu'il avait ouvert : c'était un vieux parchemin huileux, écrit en hébreu et ayant des gravures et des signes cabalistiques.

Il demanda à mon amie le nom de baptême de sa mère, le jour de sa naissance, et aussi son nom de baptême et le jour de sa naissance à elle; puis il commença ses prédictions. Il voyait assez juste, mais il parlait dans un langage tel que mon amie se leva en me disant :

— C'est heureux que vous ne compreniez pas le russe, et j'en ai assez.

— Très-bien, lui dis-je, donnons les six roubles et sauvons-nous.

Mais le sorcier ne l'entendait pas ainsi, il voulait nous vendre des charmes.

— Voyons, dis-je alors, faites-le parler et sachons pour quoi sont ces charmes et de quoi ils se composent; mais ayez l'air d'avoir besoin de tous les charmes qu'il possède.

Voici la conversation de mon amie avec cet homme, conversation qu'elle me traduisait à mesure :

— Cette dame a un mari qui la délaisse, peux-tu lui donner un charme qui le rende fidèle?

— Certainement, et je puis lui jurer que son mari n'aura d'yeux que pour elle.

— Combien ça coûtera-t-il?

— Vingt roubles.

— Peux-tu nous dire en quoi consiste ce philtre?

— Ceci est mon secret.

— Mais enfin que nous donneras-tu ?

— Madame me donnera un vêtement trempé de sa transpiration, et avec cela je ferai une boisson contenue dans une petite fiole ; elle en versera en cachette quelques gouttes dans le thé de son mari. Il y a pour trois doses, dès la seconde son époux sera amoureux fou d'elle.

— Ah !... Eh bien ! as-tu un philtre qui rende amoureux de moi un chevalier-garde qui me déteste ?

— Certes... mais ce sera quarante roubles, car ici il faut annuler la haine et faire naître l'amour.

— Tu es sûr de ton philtre ?

— S'il ne réussit pas tu pourras venir me cracher à la figure... et si tu veux un philtre qui fera que chaque homme qui te verra deviendra épris de toi, je puis te le donner.

— Non, je serais bien fâchée de devoir faire tant de malheureux ; du reste, je doute ici de ton pouvoir.

— Essaye.

— Et avec quoi le ferais-tu ?

Ici mon amie cessa de traduire et me dit : Partons, cet homme est une affreuse canaille, et pourtant bien de pauvres folles doivent être ses victimes : c'est le satyre de la sorcellerie.

Nous nous hâtâmes de partir en lui disant que nous allions chercher l'argent nécessaire à l'achat de ses philtres. Inutile de dire qu'il ne nous a plus revues.

Le soir, dans un salon, nous étions entre femmes, et je racontai notre visite à l'iswoschik, et, comme je riais des philtres et charmes et que j'avais l'air parfaitement incrédule sur leur pouvoir, ces dames m'assurèrent que j'avais tort, et chacune conta une histoire prouvant l'efficacité des philtres et expliquant la composition de quelques-uns. Hélas ! que je plains ceux dont le cœur est

24

convoité par une dame croyant au pouvoir magique des charmes !

A leur place, je mourrais de soif plutôt que de boire un verre d'eau ou une tasse de thé hors de chez moi, et je me méfierais de mon valet de chambre, car on m'a cité une vieille dame de quarante ans ayant donné mille roubles au valet de chambre d'un beau jeune homme, afin qu'il jetât dans son breuvage une horreur de saleté qu'une sorcière lui avait donnée comme philtre, et le breuvage bu, le monsieur sortait de chez lui et allait jurer un amour éternel à la beauté mûre, toujours selon ces dames.

La belle princesse V., nous conta comment s'était fait le mariage d'une de ses amies : elle avait trente-deux ans, l'air sec et revêche de la vieille fille ; à vingt-ans même, elle n'avait point été jolie et ses parents avaient cherché en vain un homme assez courageux et assez dévoué pour l'épouser.

Un jour elle devient amoureuse d'un jeune homme de vingt-huit ans, fort riche ; ce jeune homme ne l'avait remarquée que pour dire hautement : Quelle laide et désagréable personne!.. Pourtant la servante de sainte Catherine ne se désespère pas, elle va chez une sorcière célèbre et lui dit :

— Si celui que j'aime m'épouse, je te donnerai mille roubles le jour de mon mariage.

La sorcière accepte le marché, et elle prépare un philtre avec des choses malpropres; mais la vieille fille ne recevant pas ce monsieur, il était difficile de lui faire boire ce breuvage... C'est moi qui lui ai rendu ce service, nous dit la princesse de V. J'ai invité ce fiancé convoité à une grande soirée, j'ai versé moi-même la liqueur préparée par la sorcière dans une tasse que j'ai remplie de thé, et ensuite je la lui ai apportée, veillant à ce qu'il bût son contenu jusqu'à la dernière goutte ; j'y avais ajouté un peu d'eau-de-vie pour qu'il ne s'aperçut pas du singulier goût qu'avait ce thé...

— Eh bien ! je vous jure, ajouta la princesse, en s'adressant à moi, qu'une demi-heure après il allait s'asseoir auprès de mon amie, il lui faisait des compliments et les yeux doux et, cinq semaines après, nous avons toutes assisté à son mariage avec elle...

Nul par exemple n'a été dupe, en voyant ce beau garçon, riche et haut placé, épouser cette vieille fille pauvre et laide, chacun s'est dit : Il y a un philtre là-dessous, lui seul ne s'en est pas douté, il adorait sa femme. Mais celle-ci, il y a un mois de cela, a eu la maladresse dans un moment de doux épanchement, de s'écrier :

— Bénie soit la sorcière une telle !

Il a demandé l'explication de cette exclamation et elle lui a tout raconté. Alors le charme a été rompu, il ne l'aime plus.

Après que la princesse eut ainsi fini de narrer son histoire, une dame que j'avais vue souvent déjà, femme très-instruite et très-intelligente, me prit par le bras et m'entraîna dans un autre salon. Je crus que, comme moi, elle éprouvait le besoin de donner un libre essor à une hilarité que la politesse avait su retenir, et me mettant à rire, je lui dis :

— Elles sont amusantes, ces histoires de philtres !

Mais elle fixa sur moi un regard douloureusement étonné, et me dit :

— Comment ! vous n'y croyez pas ?

J'étais fort embarrassée, je voyais que j'avais commis une maladresse ; j'essayai de la réparer en disant :

— Je l'avoue, j'ai quelque peine à croire... Mais si une femme intelligente comme vous m'assure que cela est... Eh bien ! je crois que... mon incrédulité sera ébranlée.

Je l'avoue, j'avais pris un petit air sérieux... La politesse a ses exigences.

Madame K... me fit asseoir à côté d'elle sur un divan,
et voici ce qu'elle me raconta : et je n'eus plus à m'effor-
cer de paraître sérieuse, car je fus émue du triste état
de son cœur.

— Vous savez, me dit-elle, que mon mari est fort beau
garçon et qu'il a dix ans de moins que moi, nous nous
sommes mariés par amour et, pendant huit ans, mon
bonheur a été parfait, il m'aimait, il n'aimait que moi;
mais un jour je renvoie brusquement une cuisinière,
cette fille s'en va faire ses paquets en grommelant qu'elle
se vengera. J'aurais dû prendre garde, car elle était Fin-
noise et toutes les Finnoises s'entendent à la sorcellerie ;
le malheur a voulu que je n'aie point pensé à cela, je
suis sortie la laissant chez moi, le soir je rentre, je me
couche, je dors d'un sommeil fiévreux et le lendemain
j'aperçois dans mon lit un petit paquet, je l'ouvre : il y
avait une pincée de poudre blanche; elle m'avait jeté un
sort.

« Depuis ce jour, mon mari m'a témoigné, busquement
et sans cause, une indifférence qui frise la haine ; nous
vivons comme deux étrangers. J'ai tout tenté pour le ramener à moi, hélas! sans succès. J'ai bien souffert, j'ai
cru que j'en mourrais, car la douleur morale a influé
d'une façon si fâcheuse sur ma santé que j'ai fait une
longue et cruelle maladie; revenue à la vie, j'ai encore
tenté de reconquérir le cœur de cet époux que j'aime à
l'adoration; j'ai essayé des petits soins, de la tendresse,
des reproches; rien n'y a fait, son cœur est de marbre
pour moi; seule, l'affection qu'il a pour nos enfants
l'empêche de déserter complétement la maison... Le sort
agit toujours, je ne puis pas arriver à trouver un philtre
assez fort pour le conjurer, et cependant j'ai essayé de

tous les charmes, j'ai déjà dépensé plus de deux mille roubles. »

Adroitement je me fis raconter la composition de quelques-uns de ces charmes... Malheureux mari ! que n'a-t-il pas bu sans s'en douter.

Elle me demanda l'adresse de l'iswoschik, je la' lui donnai en la prévenant encore que cet homme était une vraie canaille... Enfin, la veille de mon départ de Pétersbourg, je revis madame de K... et elle me dit :

— Vous aviez raison, cet ex-cocher est une canaille et il n'a aucun pouvoir, mais à présent j'ai trouvé une vraie sorcière, elle m'a donné un philtre qui réussira; seulement, il faudra que mon mari en boive plusieurs fois, cela m'est difficile, car on dirait qu'il se méfie ; mais enfin, Dieu m'aidera et je réussirai, je l'espère, à conjurer ce sort fatal et à le ramener à moi.

Trois mois après mon retour à Paris, une lettre de Pétersbourg m'apprenait que soudain M. K..., fou d'amour et de passion, était tombé aux pieds de sa femme et qu'une nouvelle lune de miel avait recommencé pour ce ménage, désuni pendant dix ans.

On en croira encore davantage au pouvoir des charmes, et les vendeurs de ces drogues magiques vont faire des recettes lucratives.

La plus célèbre des sorcières russes était, elle est morte le 22 juillet dernier, était Bakalowa. Voici comment j'ai fait sa connaissance :

Un soir, j'étais auprès d'une charmante amie à moi, son mari venait de tomber subitement très-dangereusement malade, je logeais chez elle, je l'aidais à soigner le malade et j'essayais de lui donner de l'espoir. Dans le jour, une consultation de médecins avait eu lieu, les docteurs lui avaient dit quelques phrases de vague espoir, mais ils m'avaient dit, à moi, qu'ils considéraient

24.

le malade comme perdu ; elle avait un pressentiment de la gravité du danger et elle perdait la tête. A huit heures du soir elle sécha ses larmes et me dit soudain :

— Venez avec moi, il faut que j'aille chez Bakalowa.

— Qu'est-ce que Bakalowa ?

— Prenez votre fourrure et votre châle et partons, je vous expliquerai, en route, ce que c'est que cette femme.

Cinq minutes après, assise dans son traîneau, nous glissions sur la glace, emportées au grand galop de ses bons chevaux ; elle se taisait, respectant sa douleur je ne renouvelai plus ma question... Nous suivîmes la perspective Newski ; arrivées tout en haut de cette longue voie, le cocher prit une rue à gauche, rue large, déserte, ayant de nombreux cabarets d'où s'échappaient un bruit de voix et d'imprécations.

— Quel vilain quartier, dis-je...

— Affreux, mal habité et mal hanté, y venir le soir est dangereux ; tenez, nous allons tourner à droite et entrer dans la Glassaïa-Oulisa. Voyez-vous cette maison ? Il y avait là, il y a quelques années, un cabaret fameux par les crimes qui s'y sont commis, la police l'a fait fermer, mais la rue conserve toujours la réputation que l'on a fait à votre forêt de Bondy.

La rue large, mal éclairée, ayant à droite et à gauche de vastes terrains vagues, me parut en effet très-favorable aux exploits des malfaiteurs, les voitures y étaient rares.

— Descendons, me dit mon amie, j'ai oublié le numéro de Bakalowa, mais sa maison doit être une des premières à droite.

Nous entrâmes dans deux longs corridors obscurs, cherchant vainement un portier.

— Ce n'est pas là, je ne reconnais pas la maison, me dit mon amie.

Et, comme nous étions sur le trottoir, un groupe d'hommes du peuple vint nous regarder curieusement sous le nez, ayant l'air de se dire :

« Que peuvent chercher ces dames ici ? »

Un d'eux, plus intelligent, nous dit :

— *Soudarïas,* si vous voulez demander à Bakalowa ce que l'avenir vous réserve, vous la trouverez au n° 8.

Nous remerciâmes ce complaisant moujick et nous courûmes au n° 8, ayant hâte de quitter cette rue ; nous suivîmes une longue allée humide et obscure, mon amie se reconnut et elle me prit par la main pour diriger mes pas ; nous gravîmes deux étages et elle frappa à une porte bâtarde. Une servante tenant une lampe fumeuse à la main nous ouvrit, nous fit traverser une cuisine obscure et puante, et nous introduisit dans une chambre bien éclairée. Je vis, au milieu d'un nuage de fumée, des hommes portant le brillant costume des officiers des corps d'élite, se lever et nous saluer ; tout en nous offrant des siéges.

— Que font là tous ces militaires ? dis-je tout bas à mon amie...

— Ils viennent, comme moi, consulter la sorcière Bakalowa, car c'est chez une sorcière que je vous ai conduite.

— Nous serons encore ici à minuit, s'ils doivent tous consulter l'oracle avant nous.

Un officier entendit ma réflexion et il me dit, dans un français pur et élégant, qu'aucun des officiers présents ne serait assez discourtois pour passer avant nous, qu'une grande dame était avec Bakalowa et, que dès qu'elle aurait terminé sa consultation, nous serions libres d'entrer dans le sanctuaire.

Dès ce moment, tous les officiers voyant que je ne

comprenais pas le russe, cessèrent de causer dans cette langue et se mirent à parler français. Mon amie ayant interpellé directement l'un d'entre eux, la conversation devint générale, et j'en profitai pour leur manifester franchement mon étonnement de voir des officiers venant consulter une sorcière.

— Celle-ci est très-voyante, me répondirent-ils, et il n'est pas un homme à Pétersbourg qui ne soit venu la consulter.

Tous me contèrent des faits tendant à prouver que réellement cette femme lisait dans l'avenir. Un jeune officier-garde me conta ceci : « Mon père inquiet pour une de ses sœurs, qui avait au cœur un amour aussi malheureux que violent, vint un jour consulter cette femme, pour savoir si, enfin, le mariage rêvé par sa sœur se réaliserait. Bakalowa regarda dans la glace magique ; puis, soudain, poussant un cri perçant, elle se leva effarée et, prenant le consultant par le bras, elle lui dit : « Vite, vite ! courez chez votre sœur ! Mais, vite, vite !... Elle est entourée de flammes ! elle brûle ! » Et, lui jetant sa pelisse, elle criait : « Mais courez donc !... vous n'arriverez pas à temps ! Elle sera calcinée !... » Mon père descendit l'escalier quatre à quatre ; il sauta dans une voiture et il arriva chez sa sœur. Il ne trouva plus qu'un cadavre noirci et brûlé, le feu avait pris à ses vêtements et les secours n'étaient pas arrivés à temps pour la sauver d'une mort horrible. »

Comme il terminait ainsi son récit, un grand et superbe garçon à l'œil noir et profond, au teint doré des bohémiens, vint nous annoncer que sa mère était prête à nous recevoir ; nous profitâmes de la courtoisie de ces officiers et prîmes leur tour. Le bohémien nous introduisit dans une grande chambre, une lampe brûlait devant des saintes images, et ceci me frappa, le sortilége

s'opérant devant les images sacrées ! Bakalowa nous
reçut d'un air aimable.

— Voilà bien longtemps, dit-elle à mon amie, que tu
n'es venue consulter la vieille Dakalowa.

C'était une petite femme fortement bossue, avec les
petits yeux perçants du hibou et un grand nez pointu, le
nez de l'oiseau de proie.

Mon amie lui dit :

— Oui, il y a longtemps que je ne suis venue, mais tu
vois que je n'ai pas oublié ta science ; dès que je suis
dans la peine, j'accours vers toi ; vite, regarde ce que
l'avenir me réserve.

Bakalowa plaça un miroir sur une chaise, puïs elle
mit deux bougies allumées sur la chaise, devant la glace
par conséquent, elle prit une seconde glace qu'elle posa
sur le bord de la chaise ; les bougies se trouvaient donc
entre les deux glaces, elle s'agenouilla et s'appuyant sur
la seconde glace, elle fixa un regard ardent dans celle
qui était en face d'elle.

Je l'examinai avec soin, m'étant placée à côté et en
face, je remarquai ou je crus remarquer, que ce regard
persistant produisait en elle une espèce d'excitation nerveuse assez semblable à celle que produit la danse chez
les derviches tourneurs, ou le charbon ardent des brasiers placés dans les mosquées par d'autres sectes musulmanes. Cet état devait la plonger dans une sorte de
sommeil magnétique, sommeil qui laissait ses yeux
grands ouverts, mais qui leur donnait l'immobilité complète ; sa poitrine était oppressée comme si une main
de fer ou une volonté puissante l'eût violentée et écrasée.
Au bout de quelques minutes, elle se mit à parler vite ;
elle parlait comme parle celui qui obéit à une volonté
autre que la sienne ou qui débite une leçon.

— Tu t'es donc remariée, depuis que je ne t'ai vue, dit-elle.

Et, sans attendre la réponse, elle poursuivit :

— Ah ! je vois ton mari couché ; il est mal, très-mal. Il est tout paralysé. Aujourd'hui même, trois hommes noirs ont dit qu'il mourrait... Non, il ne mourra pas, il sera fort mal pendant cinq semaines, le mieux arrivera la septième, et le quatrième jour de cette septième semaine, il se lèvera.

Elle continua à parler, à prédire, et elle voyait clair dans la vie et dans les pensées de mon amie. Je voulus la consulter, moi aussi, moins pour savoir ce que l'avenir me réservait, que pour voir si elle lirait bien dans ma vie, à moi qui lui étais complétement inconnue.

Je dois avouer qu'elle a lu à livre ouvert dans ma vie passée et qu'elle m'a prédit plusieurs choses qui se sont réalisées depuis.

Malgré les prédictions de la Faculté, le mari de mon amie n'est pas mort ; dès la cinquième semaine, il était hors de danger, et le quatrième jour de la septième semaine, il se levait comme Bakalowa l'avait prédit.

Je suis retournée plusieurs fois chez cette sorcière par curiosité, il m'est arrivé de penser à quelqu'un et de lui dire :

— Peux-tu voir la personne à laquelle je pense?

Elle fixait la glace et me faisait le portrait exact de la personne.

Elle m'a prédit un fait assez singulier et improbable, que le hasard seul pouvait amener ; le fait est arrivé au jour et à l'heure dits. Elle m'avait fait le portrait de la personne qui devait jouer un rôle dans ce fait, portrait si frappant, que le hasard m'ayant mis en face d'elle et comme on nous présentait, j'ai dit : Voilà la personne. Je suppose que cette sorcière possède cette double vue

qu'ont quelques élus, double vue qu'un sommeil magnétique favorise et développe ; le miroitement éclatant de
ces bougies reflétées dans les deux glaces produit, je le
répète, le sommeil extra surnaturel.

Elle aussi, avant de commencer à prophétiser, demande les noms de baptême de la consultante et ceux de
sa mère, ainsi que les jours de naissance des deux personnes.

Les sorciers qui lisent dans le feu, se trouvent dans les
campagnes de la Finlande.

Ce genre d'évocation a quelque chose de fantastique.
Vous entrez dans une petite cabane ensevelie sous la
neige ; un homme portant la robe asiatique et la longue
barbe de saint Nicolas vous reçoit d'un air grave, il vous
indique pour siége un banc, va chercher le bois sacré,
le jette au milieu de la pièce, et y met le feu. La fumée
s'élève en spirales capricieuses, la flamme jaillit, se tord
avec des ondulations de serpent ; le sorcier debout, l'œil
fixé sur le feu, enveloppé de fumée grisâtre et éclairé
des lueurs rouges du brasier, vous apparaît comme un
être réellement surnaturel, et ce n'est pas sans une certaine émotion que vous écoutez ses oracles.

Le Russe, comme l'Oriental, a le respect, on pourrait même dire la vénération du fou et du klikouchi
(épileptique) ces malheureux sont accueillis avec une
dévotion religieuse ; dans les provinces surtout, on croit
qu'ils ont reçu le don de Dieu de pouvoir lire dans l'avenir, et on inscrit tout ce qu'ils disent, qui toujours se
réalise, assure-t-on.

Il y a à Moscou une pauvre religieuse, devenue folle,
qui est soignée dans un hôpital et chez qui l'on va en
foule pour connaître l'avenir ; voici comment se passe la
séance de consultation : la folle regarde la personne curieuse de savoir ce que l'avenir lui réserve, puis elle se met

en colère et lui dit : « Tu viens encore me fatiguer pour savoir ce qui est caché... va-t-en, je ne parlerai pas. » Elle la menace et parfois elle la bat. Mais soudain la scène change, cette folle se transfigure ; elle se met moralement et presque physiquement dans le corps de celle qui la consulte ; alors elle voit et décrit tous les événements qui lui arriveront, comme si elle-même les subissait. Pour mieux me faire comprendre, je vais raconter une scène qui s'est passée devant moi il y a plusieurs années. Une jeune femme, à la veille de se marier, va consulter la religieuse qui la reçoit avec emportement.

— Qui t'a permis de venir? va-t'en... je suis malade, tu me fatigues... mais sors donc, ou je te bats, criait-elle.

Nous étions rassurées à demi et allions en effet sortir de la chambre de cette folle, lorsque tout à coup tombant à genoux, elle se met à dire :

— Ah ! voilà qu'on me marie, mon époux est grand, beau, mais il n'est pas riche, j'ai dû payer cent mille roubles de dettes qu'il avait pour toute dot. C'est fait, je suis mariée.

La folle se lève... A présent, je cours les soirées, les bals, je fais toilette... et la folle faisait semblant de se mirer, elle arrangeait ses cheveux, faisait le geste de relever sa traîne ; c'est amusant, et je trouve le mariage une chose charmante... ah! mais voilà que je ne ris plus, je ne songe même plus à ma toilette... il joue, il joue sans cesse...je gronde, je pleure, mais je paye, car il n'a plus rien, il est ruiné et moi je l'aime... Oh! mon pauvre argent, et la folle faisait semblant de compter. Il s'en va, je vais me trouver dans la misère... et la folle se met à pleurer à chaudes larmes, et nous, entraînées et émues par cette douleur, nous nous mettons à pleurer aussi... Soudain elle essuie ses larmes et dit résolûment : Non, il n'achèvera pas ma ruine... Ah ! te voilà... eh bien, je te donne vingt mille roubles, un quart de ce qu'il me reste, mais tu vas te reconnaître coupable de l'adultère afin que j'obtienne le divorce... tu acceptes... allons, tu es bon garçon, mon amitié te restera.

La folle reste un instant silencieuse, puis elle reprend ainsi son monologue :

— Me voilà libre, et à présent je ne cherche qu'une chose, un mari riche, très-riche, peu m'importe qu'il soit jeune, beau et que je puisse l'aimer... je veux de l'argent, beaucoup d'argent... Ah ! folle que je suis, lorsqu'on cherche son malheur, on ne fait jamais fausse route, toujours on se rencontre face à face avec lui... Le voilà, il est vieux, grand, sec, jaune, il a l'air méchant, mais il est riche à millions... quelle belle corbeille ! des diamants, des perles.

Chose curieuse, la figure de la folle exprimait tous les sentiments avec un art merveilleux, on aurait dit une actrice de premier ordre, jouant un rôle à monologue.

— Des dentelles, comme je vais avoir du succès avec mes toilettes, et comme je vais courir théâtres et soirées. Nouvelle pose, puis la figure de la folle exprime une déception immense, elle murmure : — Jaloux, il veut vivre à la campagne, loin du monde, dans le gouvernement de Novgorod ! M'y voilà... quel désert ! quelle tristesse, et je ne vois personne ; à quoi me sert la fortune ? je déteste mon mari, il me bat, il est brutal... quelle vie que la mienne... trois ans que je suis ici... enfin il meurt... Ah ! sa mort me délivre... je vais fuir la Russie, courir le monde, je suis riche, très-riche.

La folle se tut, tomba sur une chaise et parut s'endormir, nous quittâmes sa chambre, étonnées, et nous demandant ce que signifiait la comédie qu'elle venait de jouer.

25

Chose singulière et étrange, cette dame venait de voir
jouer les événements futurs de sa vie. Elle en est à son second mariage, elle se meurt d'ennuie dans le Novgorod,
avec un riche, mais vieux et brutal mari. Les trois ans
ne sont pas expirés encore.

Plusieurs dames m'ont juré que la religieuse folle leur
avait prédit de la même façon, tous les principaux événements de leur vie.

Il y avait à Moscou également, un klikouchi, bien
connu de toute la population moscovite, qui lui donnait
des vêtements, des vivres et de l'argent; il avait la réputation de lire à livre ouvert dans l'avenir et c'était à qui
l'attirerait chez lui, pour se faire dire ce qu'il avait à
attendre du sort. Un jour, cet homme se met à parcourir les rues de Moscou en proie à une émotion très-
exaltée... Voyez, voyez, dit-il, en montrant le ciel, ce
monstre noir qui s'ébranle ! il tombera dans trois jours,
en écrasant des maisons et en écrasant des femmes, des
hommes, des enfants en masse !

On l'entoure, on l'interroge. — Quel est ce monstre que
tu vois? lui demande-t-on, mais il n'entend rien, n'écoute
rien et montrant le ciel, il crie encore... Voyez, voyez ce
monstre noir qui s'ébranle... que de morts ! quel désastre dans trois jours !

Et ce pauvre homme pleure, se lamente et parcourt
tout Moscou en faisant entendre ces paroles mysté-
rieuses; le lendemain il recommence, seulement il
annonce que le monstre noir tombera dans deux jours;
enfin le matin du troisième jour, ce sont des cris déchirants qu'il pousse en disant : Mais prenez garde... le
monstre va tomber... sauvez-vous!... et sa main indique
la cathédrale... Le peuple épouvanté, se dit qu'un malheur le menace, car il a foi au klikouchi; on l'entoure, on
le questionne, mais il est comme éperdu de frayeur et

d'émotion, et il crie toujours : Sauvez-vous, sauvez-vous,
le monstre va tomber et écraser plusieurs centaines de
personnes. Soudain un bruit effroyable fait tressauter
Moscou, la colossale cloche de la cathédrale venait de
tomber, écrasant maisons, hommes, femmes et enfants
sous son poids formidable.

Ce fait est rigoureusement exact, il m'a été certifié
par plus de cent Moscovites, et il s'est passé, il y a huit
ou dix ans, je ne me souviens plus au juste. Et ce
fait a confirmé bien plus encore la croyance que les
fous et les klikouchis ont reçu le don de lire dans
l'avenir.

Parler de tous les sorciers et sorcières de la Russie,
m'entraînerait à faire dix volumes ; j'ai tenu à parler d'eux
moins pour m'occuper de sorcellerie, que pour constater que la croyance aux sorciers est très-répandue en
Russie, et que le caractère du peuple russe est enclin à
croire au merveilleux.

Une chose singulière m'a frappée dans le petit travail
que j'ai fait sur la Russie d'autrefois et sur la Russie
d'aujourd'hui ; c'est la grande analogie que l'histoire de
cette nation au dix-huitième siècle, offre, avec le sort du
peuple espagnol au même siècle. Il y a même une
certaine similitude de caractère entre ces deux peuples,
vivant cependant dans des conditions climatériques si
opposées. Ainsi on pourrait appeler Charles III, le
Pierre le Grand de l'Espagne ; ces deux hommes remarquables ont trouvé l'un et l'autre un peuple plongé dans
la même ignorance. Chez l'Espagnol c'était une rechute,
dans la superstition barbare et dans son antique barbarie : peuple espagnol et peuple russe appelaient les
sciences des œuvres infernales. Perre Ier et Charles III
ont dû lutter contre leur clergé qui avait de bonnes raisons pour protéger l'obscurantisme.

Et ne trouvant aucun de leurs compatriotes aptes à les seconder, ces deux souverains ont dû avoir recours à l'élément purement étranger pour les aider dans leur œuvre de civilisation. J'ai rappelé ce qu'était la Russie au dix-huitième siècle, on verra combien la similitude est frappante, si on se rappelle dans quel état la domination maure, le joug écrasant du clergé et les horreurs de l'inquisition avaient laissé l'Espagne au dix-huitième siècle. Les manufactures fermées, les mines inexploitées par ignorance, l'inertie et la misère, aussi fortes et incurables l'une que l'autre.

Le peuple russe avait fait un demi-dieu d'Iwan, qui l'écrasait d'impôts et sacrifiait des milliers de victimes à sa folie sanguinaire... Le peuple espagnol était fortement attaché au clergé qui déshonorait la religion de paix et d'amour du Christ par les horreurs de l'inquisition.

La voix du peuple russe, et la voix du peuple espagnol se sont élevées avec une animosité pareille contre le progrès et contre les idées libérales du gouvernement.

Les Russes appelaient les sciences des œuvres sataniques ; les Espagnols du dix-huitième siècle, dans le monde inorganique, rejetaient avec indignation les découvertes de Newton. L'université de Salamanque disait, en 1771, qu'il lui était impossible de réformer son mode d'études, qu'elle ne voulait point se séparer du péripatétisme, et que les systèmes de Newton, Gassendi et Descartes, s'en éloignaient davantage que le système d'Aristote.

Dans le monde organique, cent cinquante ans après sa découverte par Harvey, les Espagnols niaient encore la circulation du sang.

Les Russes se faisaient massacrer plutôt que d'abandonner volontairement leurs vieilles robes persanes et leur longue barbe de capucin. En Espagne, en 1762, quelques hommes du gouvernement, étrangers d'origine, ayant eu la hardiesse de proposer de nettoyer les rues de Madrid de leurs ordures dix fois centenaires, le peuple s'indigna, les gens dits éclairés et ceux dits du monde firent chorus avec la populace ; le gouvernement crut trouver un auxiliaire dans le corps médical, mais ces docteurs, non en science, déclarèrent gravement que cette expérience pourrait avoir des conséquences fatales, que leurs pères avaient vécu dans ces ordures et qu'on devait continuer à y vivre, que ces mauvaises odeurs étaient très-saines, car l'air étant vif et piquant, il était très-probable que ces exhalaisons, rendant l'atmosphère plus lourde, lui enlevaient quelques-unes de ses propriétés malsaines.

Et Madrid dut conserver ses ordures.

Pierre Ier appela des professeurs, des savants, des médecins pour implanter la science sur son sol, ne pouvant l'infiltrer dans le cerveau de ses sujets : il appela des officiers étrangers pour instruire et diriger son armée ; des constructeurs pour créer sa flotte, des ingénieurs de toute sorte pour créer des routes, ouvrir des canaux et fonder des manufactures dans sa patrie.

Au dix-huitième siècle, en Espagne, tout ce qui était d'usage pratique, tout ce qui aidait les efforts de la science, venait de l'étranger ; sans les cartes étrangères, les Espagnols n'auraient pas même connu la position géographique de leurs cités. Le gouvernement ayant voulu rétablir la marine, dut faire venir des charpentiers de l'Angleterre ; l'infanterie espagnole fut réorganisée par l'Irlandais O'Reillez, Godia, officier français, fonda et dirigea l'école navale de Cadix ; les mines de cobalt étaient exploitées par des Allemands, les mines de Guadalcanal étaient aussi aux mains des étrangers ; Cervi, un Italien, organisait les sociétés médicales de Madrid ; Virgili, fondait le collége de chirurgie de Cadix et le gouvernement priait Linné d'envoyer de Suède des professeurs qui pussent enseigner aux Espagnols les premiers éléments de la botanique.

Enfin, chose plus singulière, l'élément étranger représentait l'Espagne auprès des puissances européennes : le comte de Lacy, Irlandais, était son ministre à Stockholm ; le prince Massarona était son ambassadeur à Londres ; Grimaldi, Italien, le représentait à Paris ; le Sicilien Esquilache, était ministre des finances sous Charles III ; Vall, né en France, jouait avec le Génois Grimaldi, un rôle important dans la politique espagnole. Le Hollandais Riapenda et le Français Cabarrus fondèrent la première banque espagnole. Enfin, en Espagne comme en Russie, le grand effort fait au dix-huitième siècle pour civiliser, a été fait avec le secours de l'élément exclusivement étranger : l'indigène a regardé faire, inerte et parfois hostile.

Le progrès n'est jamais réel s'il n'est spontané, le mouvement pour être effectif doit venir du dedans et non du dehors ; dans ces deux nations il n'a été que le résultat de la volonté puissante de l'autocrate. En Russie le progrès semble s'acclimater et devenir indigène, espérons que l'Espagne suivra cet exemple. Hélas ! son amour pour les combats de taureaux prouve que les instincts sauvages ne sont point étouffés encore, et certaines proclamations qui condamnent les blasphémateurs à avoir la langue coupée, sont venues apprendre à l'Europe étonnée que le fanatisme religieux qui est le fruit des plus redoutables superstitions, est encore vivace dans l'esprit des Espagnols. Et si le xviiie siècle nous montre une grande analogie entre la Russie et l'Espagne, le xixe nous montre la Russie ayant distancé de cent coudées l'Espagne, mon infortunée patrie d'origine; espérons qu'elle rattrapera la corde au xxe siècle, c'est la grâce que je lui souhaite.

MEMOIRE SUR LA RUSSIE

PAR M. SABATIER DE CABRES

Agent de France près la Cour de Russie en 1771

———

J'ai cité plusieurs passages des notes de l'ambassadeur italien Fagnani, je veux en terminant mon ouvrage
sur la Russie, donner quelques-unes des appréciations
de notre ambassadeur, M. de Cabres. C'est aussi dans la
Bibliothèque impériale de Pétersbourg que j'ai trouvé ce
manuscrit, et j'ai pu en prendre copie, grâce à l'ama-
bilité de l'administration; les critiques de cet agent sont
sévères; en livrant son manuscrit aux curieux et curieuses, le gouvernement russe fait preuve d'esprit.

Ce document prouve, du reste, que la France donne
aussi parfois mission à ses agents d'être indiscrets.

M. Sabatier de Cabres commence ainsi :

« J'ai reçu, le 27 décembre 1771, les ordres de S. M.,
en date du 2 du même mois, concernant la rédaction
d'un mémoire relatif à l'état politique intérieur, à l'administration de la Russie, au caractère et aux passions du
souverain, et aux affections de tous ceux qui ont une
influence directe ou sourde, qui paraissent être sur le

chemin de l'autorité ou du crédit, aux faits les plus récents et même aux anecdotes particulières et secrètes qui peuvent faire connaître les différents personnages de la cour de Saint-Pétersbourg et intéresser, d'une manière quelconque, la curiosité du roi (1).

« Le dérangement de ma santé m'ayant à peine permis de suivre le cours de mes différentes correspondances, je n'ai pas pu m'occuper, aussitôt que je l'eusse voulu, d'un travail qu'il était si agréable pour moi de ne pas laisser en arrière ; j'espère que le ministère du roi n'attribuera point ce délai forcé à une négligence répréhensible, mais je n'ose espérer qu'il trouve dans le fond et dans la forme du mémoire que j'ai l'honneur de mettre sous ses yeux, un dédommagement de mon défaut d'exactitude, — elle était le seul mérite que je pouvais me promettre de mon zèle, — ma ponctualité eût au moins compensé ce que je ne saurais attendre de la faiblesse de mes lumières. Je tâcherai d'y suppléer par l'impartialité la plus austère, par des résultats peu brillants mais sans cesse soumis au creuset de la discussion, de l'examen intérieur, par mon attention religieuse à me garder des vraisemblances qui défigurent si souvent la vérité, et par la candeur inaltérable de mes rapports.

« La Russie peut être considérée sous trois aspects :

« Premièrement, ce qu'elle est en elle-même ;

« Deuxièmement, dans l'usage que fait aujourd'hui de cette masse informe le prince qui la dirige ;

« Troisièmement, dans ses relations praticables et dans sa manière d'être actuelle avec la France.

(1) Ce manuscrit paraît être celui-là même adressé au roi. Comment la Russie se l'est-elle procuré ? Une note du Catalogue nous apprend que l'ambassadeur russe à Paris, pendant notre Révolution, a acheté ce manuscrit avec une foule d'autres à ceux qui avaient pillé les châteaux et bibliothèques royales.

25.

« Le premier point a été traité tant de fois qu'il serait superflu de contredire ou d'adopter, dans cet écrit limité, les assertions des voyageurs et même des ministres étrangers qui ont résidé à Pétersbourg; les premiers écrits ont le plus souvent le vice de compilations faites légèrement, sans économie, sans vues et d'après les habitudes et les affections particulières de l'observateur. Je dois cependant en excepter l'ouvrage de l'abbé Chappe; l'ardeur qu'il avait de s'instruire, son intimité avec MM. de Breteuil et de Mercy, lui ont fait assez bien saisir l'ensemble des choses, le coup d'œil rapide qu'il a jeté sur la Russie dans son voyage à Tobolsk lui a procuré l'avantage local de vérifier quelques-uns des principes qu'il avait reçus de ces messieurs; et en général ils sont aussi sains que les conséquences m'en ont paru bien déduites. La sensation incroyable que son livre a faite ici, prouverait seule, qu'à bien des égards, il a touché le but, si je n'en avais d'ailleurs recueilli des témoignages multiples, fortifiés par les témoignages secrets des Russes.

« Le feu abbé Chappe a été et est encore l'objet de l'exécration de Catherine II et de sa cour. L'Académie de Pétersbourg avait reçu de la souveraine l'ordre de découvrir des erreurs dans la partie astronomique, mais comme cette science n'est point soumise aux ukases et qu'on voulait réfuter à quel prix que ce fût, et qu'il eût été difficile et peut-être dangereux de s'appuyer sur une plume étrangère, on a fabriqué ici ce misérable *Antidote*, rédigé avec aussi peu de méthode et de style, qu'il est rempli d'injures contre la France, d'humeur, de faussetés et de prétentions de tous genres. On peut aisément y reconnaître l'esprit et la main d'une femme. — J'ai plus d'une indication que ces foudres ont été forgés par Catherine elle-même.

« Le peu de succès qu'a eu ici cette brochure, a fait supprimer la publication du deuxième volume.

« On a attribué cet écrit au feu comte de Pouskin, directeur des mines, qu'on n'en avait pas même soupçonné de son vivant.

« Moi j'y ai retrouvé les propos de Catherine II, ceux de la princesse d'Askow, et de ses échos, ses tournures, ses phrases favorites et sa diction, toujours étrangère lorsqu'elle ne prend pas le soin de la faire rectifier. En un mot, sans être à portée de le démontrer, j'ai plus d'une raison de croire que cette souveraine est le véritable auteur de l'*Antitode*.

« J'espère qu'on me pardonnera cette digression qui est utile pour le développement plus marqué de son caractère.

« Je passerai légèrement sur les notions qui ont été fournies sur la Russie par des ministres accrédités. Il ne m'appartient pas de les juger, les circonstances ont changé, les moindres variations culbutent les combinaisons les plus plausibles, et il y en a peu d'assez invariablement fondées sur la nature des choses, pour qu'elles ne soient pas effacées par le cours des événements. Je dois cependant dire, et je le fais sans motif personnel, n'ayant point l'honneur d'être connu de lui, que le mémoire réuni en 1763 par M. de Breteuil, est aussi profond et aussi applicable aux temps présents que pouvaient le permettre les intérêts et les intrigues d'une cour à peine établie. Il a pu croire à la possibilité d'une révolution, à la certitude d'entretenir et d'exciter le feu d'une sédition. Peut-être a-t-il trop présumé du rôle de la Russie et sa consistance trop préjudiciable à la nôtre, trop présumé de ses forces réelles et de son ambition. Ses aperçus ont-ils été la première origine des engagements actuels qui, loin d'abattre l'épouvantail, comme on s'en était flatté, ne feront que le présenter sous un point de vue moins menaçant. Il est au moins certain que son jugement s'appuyait sur le rôle que la Russie jouait dans le Nord et sur la connaissance intime de la vanité dévorante de cette souveraine.

« Je n'ai donc point à découvrir de nouvelles terres, il me suffira de m'écarter de toutes équivoques, de suivre la voie qu'une main habile m'a tracée, et de diriger ma marche par l'expérience et le désir plus ardent que proportionné à mes forces, de fournir au ministère du roi, la carrière qu'il m'a prescrite et dans laquelle je serai guidé par ses instructions.

« L'empire de Russie n'est, ni aussi puissant qu'on le fait, ni aussi faible qu'on le suppose; ceux qui le voient de près se trouvent obligés de déposer la plupart des hautes idées qu'ils s'étaient formées. Je ne crains pas de répéter que la force de la Russie doit être calculée en raison inverse de son étendue, et qu'elle est surtout basée sur la nullité de ses voisins; mais cette existence, médiocre en elle-même, est quelque chose de considérable relativement aux nations faibles, divisées et pour ainsi dire anéanties, avec qui les grandes cours ont des liens ou des convenances. Elle la réduirait à l'état avilissant de n'occuper qu'un espace géographique dans le système de l'Europe, si l'intérêt d'un tiers ne menaçait de dénaturer celui de la Pologne; et si les autres pays ne s'habituaient pas à lui voir, ainsi qu'aux autres pays du Nord, cette constitution apathique, il n'y aurait qu'à étudier celle de la Russie, qui serait bientôt connue et que le défaut de frottement pourrait même détériorer politiquement parlant.

« Je ne dirai rien de l'extension immense des limites de la Russie, je me contente de relever une erreur assez

commune; on fait le raisonnement suivant : « La Rus-
« sie est plus vaste que ne l'était l'empire romain, si
« elle se peuplait en proportion ; que les arts, le com-
« merce, la navigation y fleurissent, elle sera la pre-
« mière monarchie du monde, à moins qu'elle ne finisse
« par se diviser en plusieurs souverainetés. Le czar a des
« talents, des vus grandes, solides, utiles; il travaille à
« opérer des miracles. Catherine II s'en est occupée avec
« un constant succès. Vous avez entendu célébrer ses
« lois, ses soins vigilants, ses établissements aussi no-
« bles qu'avantageux ; sa tolérance, l'accueil qu'elle fait
« à tous, son empressement à attirer chez elle les mal-
« heureux de tous les pays. Voilà ce qu'on dit : et nous
« nous étions représenté les Russes policés et bien éle-
« vés. Les czars étaient à peine connus avant Pierre Ier.
« Que de progrès depuis soixante ans ! disait-on, et on
« ajoutait : La lumière viendra du Nord si cela conti-
« nue, et l'Europe doit redouter ce colosse formidable,
« qui acquiert par tous les canaux de la circulation, le
« sang, la chaleur et une vie nouvelle. »

« Il n'y aurait qu'une réponse à faire à toutes ces
belles assertions et ce serait celle des Lacédémoniens à
Philippe. Mais je me bornerai à les attaquer par des assertions positives. Les lumières du ministère du roi, les
détails de ma correspondance, et la facilité que j'aurai à
les étendre et à les revêtir de l'évidence requise, me font
espérer qu'il daignera les admettre sur ma parole.

« I. — Il est moralement impossible que les Russes
parviennent à former ce qu'on appelle une nation. L'a-
vàrice alliée à la prodigalité, la mauvaise foi, la bassesse servile et rampante, l'insolence et la vanité seront
les productions éternelles de ce sol ingrat; les formes
d'Europe seront l'engrais qui les poussera à leur dégoû-
tante maturité, et le prince, son jardinier, qui osera

présumer avoir des fruits du Midi, par la seule raison
qu'ils en auront la forme, les couleurs et l'écorce. Telle
sera à jamais le Russe prétendu civilisé ; je le dis à regret,
le Russe se pliera avec une sorte de grâce, de façon à avoir
une apparente ressemblance avec les Français, mais
rien ne viendra racheter ses travers intérieurs. Les Russes ont tous nos défauts sans avoir aucune de nos qualités aimables. Avec quelque adresse qu'ils copient nos
frivolités et nos agréments, nos vertus leur seront toujours étrangères, et ils conserveront leur barbarie en la
pliant à tout ce qui est inséparable de la sociabilité. Il
n'y a presque pas d'exception à cette règle.

« Tout ce qui tient au génie est mort ; ils ont peu de véritable esprit et encore moins d'instruction. Leur conversation est insoutenable, quoique l'amour-propre soit cap-
tivé par leur adulation ; ils ont des talons rouges ; ils sont
complaisants et aisés dans le commerce ; en un mot, ils
participent au sentiment si vain qui fait trouver ingénieu-
ses les réponses des ambassadeurs turcs. J'ajouterai qu'ils
sont supérieurs dans la partie de l'esprit qui tient à la personnalité ; leur pénétration est extrême ; je les compare
en cela aux brutes qui devinent souvent ce qui échappe-
rait à la sagacité de l'homme distrait par d'autres idées ;
on sent assez qu'il n'est pas facile de peindre de tels
êtres ; il faudrait tremper le pinceau dans toutes les couleurs et vous auriez un mélange incohérent qui n'aurait
de coloris que par la pétulance, la légèreté, l'inconsé-
quence, la dissipation unies aux inclinations les plus atro-
ces. Un Russe n'est jamais plus Russe que lorsqu'il n'a
pas de chemise et qu'il est couvert de diamants, qu'il
manque chez lui du nécessaire et qu'il s'étale dans une
voiture élégante, qu'il refuse deux roubles à un malheureux ouvrier et qu'il risque sur une carte le prix de
sa dernière terre. En un mot, qu'il sacrifie toute sa for-

tune à l'appétit passager de la fantaisie la plus futile. On
a souvent voulu me persuader que les gentilshommes,
et surtout les paysans de l'intérieur de la Russie, sont
naturellement bons, vertueux et hospitaliers. La crainte,
la servitude et l'absence des besoins les montrent tels;
ils ont, à peu de chose près, les mœurs des Tartares;
changez leur état, montrez-leur les objets de luxe; habil-
lez-les et en vingt-quatre heures ils ne vous offriront plus
rien de leurs premières allures. L'instabilité russe est
toujours prête à adopter, dans tous les points, celle des
autres nations. Ils ont au moral l'agitation trompeuse et
perdue du singe, mais les allures qui leur sont les plus
homogènes doivent venir de France, et c'est en vain
qu'on a essayé de les convertir à l'anglomanie.

« 2ᵐᵉ point. — Il est absurde d'imaginer que la Russie
peut être entièrement peuplée un jour. Les gouvernements de Novgorod, d'Ukraine, de Woronet, de Kasan,
plusieurs points du Wolza le sont naturellement et on ne
tire pas même le parti qu'on pourrait en tirer du nombre des habitants, encore moins pensé-t-on à l'augmenter par des moyens doux, humains, nationaux, les seuls
admissibles. Le mépris de l'espèce perce dans tous les
procédés du gouvernement, et ses agents les exécutent
avec la barbarie la plus révoltante. Il est aisé de trouver
doux l'esprit des lois, et les essais des philosophes, les
maximes et même les vues, sur ces abus destructeurs,
mais il est presque impossible de corriger les mœurs et
les instincts qui les engendrent.

« Au lieu de faire des hommes avec des hommes, Catherine, rivale de Deucalion, a voulu peupler ses États avec
de l'argent; elle y a attiré, par une opération qui eût dû
inspirer l'indignation, plus de cent mille âmes qui ont
été livrées à une police absurde et sanglante; à peine
quarante mille personnes ont échappé à la malpropreté,

à l'incurie, à la misère ; elles mangent le pain de la douleur dans le désespoir et les larmes, et on a dépensé six millions de roubles pour arriver à ce but. Mais l'éclat était fait, ce beau manifeste lancé et les gens de lettres avaient chanté les louanges de Catherine II et les merveilles de l'âge d'or.

« Que n'a-t-on pas dit sur ce code, dont les futures lois ne verront jamais le jour, lambeaux épars mal expliqués de l'ouvrage de Montesquieu.

« Rien ne s'achèvera, et la Russie offrira toujours aux étrangers le tableau sans cesse animé du brigandage, de la corruption et de l'impunité. Ce ne sont pas les lois qui manquent en Russie, ce sont les juges intègres pour les appliquer et une conscience publique pour les respecter.

« L'agitation du gouvernement russe peut se comparer à l'inquiétude d'un homme blasé et malade enviant la belle santé du laboureur.

« L'appât du lucre sévit à tel point ici, qu'on a vu des députés vendre la médaille d'or qu'ils devaient porter à la boutonnière. Le Russe est le plus avide et le plus rapace des hommes, le vol lui est familier ; il est fort commun d'en trouver des exemples chez les gentilshommes qualifiés ; il n'est donc pas étonnant que l'astuce mercantile, partant de cette base, se multiplie à l'infini. On n'a pas oublié que les juifs, ayant voulu un établissement en Russie, ils offrirent de grands avantages à Pierre Ier, qui les refusa, en disant qu'il y avait déjà assez de juifs parmi ses sujets. Les arts ne fleuriront jamais en Russie, ils n'y seront pas même portés au point où ils sont en Allemagne ; ceux qu'on nomme libéraux y seront exercés par des étrangers payés à grands frais ; ceux-ci perdront à la longue une partie de leur talent et ne feront pas d'élèves au-dessus du médiocre ; les autres

arts auront le même sort tant qu'ils ne porteront pas
plus au moins sur l'industrie russe, qui se borne à manier avec adresse la hache et le marteau, et, en cela, tout
Russe apporte une aptitude surprenante, mais qui, pour
être naturelle à chacun, est rarement portée à la perfec-
tion ; et dans les autres parties qui tiennent au luxe et à
l'industrie d'une manière quelconque, ils ne dépasseront
jamais la ligne que leur essence même semble leur assigner. On ébauchera ces articles, et on attirera des ouvriers
étrangers pour les finir ; ne fait-on pas des tapisseries de
haute lisse, des porcelaines ? n'imite-t-on pas à Moscou
les dessins de Lyon ? Tous ces objets sont aussi chers
qu'imparfaits, leur débit en est restreint, même dans le
pays, où, malgré les douanes, les étrangers auront toujours la préférence ; on ne voit dans les boutiques qu'é-
toffes et objets étrangers, français surtout ; le besoin
seul qu'on a des étrangers les fait accueillir bien, sans
quoi la Russie leur serait fermée ; mais souvent ils ont à
subir des dégoûts et des noirceurs de tout genre. Le
commerce sera toujours ici dans l'enfance, à moins
qu'on ne parvienne à y changer les âmes, les habitudes
et le gouvernement ; le commerce en grand au dedans
et au dehors est à peu près inconnu ; on voit des marchands de détail ou des monopoliseurs faire des gains
énormes au détriment des autres. L'usure se fait au grand
jour à deux cents pour cent, elle est aussi criante
qu'impunément pratiquée par tous ceux qui ont des
fonds ; ils prennent jusqu'à soixante pour cent sur gage,
et cet appât est trop séduisant pour ne pas nuire aux
autres branches du commerce. Ces maximes : liberté,
propriété, sûreté, sont des mots vides de sens ; le commerce est avili, l'absence de mœurs le laisse impunément exercer par des scélérats. Il y a ici un homme condamné aux galères qui a plus de cent mille roubles de

bien, il s'est libéré en payant le montant d'une somme annuelle.

« Le commerce des matières premières est entre les mains des étrangers, et la factorerie anglaise le fait presque en entier ; elle n'a d'autres priviléges, par le traité de 1766, que celui de payer la douane en cuivre et de n'être justiciable qu'au collége du commerce. La nation russe n'agit que d'une manière passive, ses lumières sont bornées, l'étranger fait son commerce, son trafic, et les docteurs et professeurs étrangers viennent l'éclairer.

« Les Russes ont tous les goûts ruineux, surtout le jeu, sans avoir les moyens de les satisfaire. La fausse monnaie battue sous le règne de Catherine a presque doublé le prix des denrées. Les goûts dispendieux augmentent, la production fait défaut, le grand seigneur va manger son argent à l'étranger ou se laisse ruiner par l'usurier.

« S'il faut dire mon opinion sur Catherine II, la voici : ingrate et perfide envers ceux qui l'ont aidée à monter sur le trône. Son ancienne haine contre la France et la maison d'Autriche, son enthousiasme aveugle pour le roi de Prusse, la portent à sacrifier même ses instincts et sa réputation d'habile politique à laquelle elle tient tant. Cependant, personnellement, elle hait la France avec moins d'aigreur qu'elle ne hait la cour d'Autriche. Deux sentiments dirigent les factions ; les Russes servent celle qui leur offre des avantages ou dont ils subissent le mouvement sans avoir pris la peine de l'arranger ; un système, des liaisons étroites, une chaîne, un ensemble, médités dans le silence, préparés avec art, ne sont pas à leur portée, leur légèreté et leur lâcheté les en rendent incapables, et leur basse perfidie les en empêcherait ; leurs révolutions passées et celle qui a conduit Catherine sur le trône le prouvent. Malgré l'urgente nécessité qui lui arrachait cet effort du désespoir et la réunion de

tous les hasards fortunés nés en sa faveur, elle n'eût pas
consommé cette entreprise vulgaire si la malheureuse
victime de son usurpation n'eût pas été le plus actif de
ses conjurés. Elle a su affermir son pouvoir en donnant
les places et la police à ses créatures ; elle a su encore
s'assurer de la fidélité de la garde : les officiers sont
gentilshommes pauvres et parvenus, double penchant à
la trahison.

« Catherine possède, par exemple, une habileté supérieure à comploter des projets perfides ; le peuple la déteste
comme étrangère, comme marâtre ; mais il adore son
fils. Le souffle de rébellion est vite éteint à Saint-Pétersbourg, on se tait ; à Moscou on parle librement, mais,
dès que la cour arrive, tous deviennent rampants et esclaves ; cependant la haine qu'on porte à Catherine II,
la multiplicité des impôts, l'indifférence pour toutes ses
opérations, le manque d'argent, la langueur du commerce, l'oppression des individus, pourraient enfanter
des attentats contre sa personne et celle de ses favoris ;
elle en a évité plus d'un. Celui auquel elle échappa en
1769 n'a pas été le moins dangereux, mais il a prouvé
qu'elle a mille moyens de faire rentrer dans le néant les
tentatives du désespoir et du crime ; ils n'avaient d'autres consistance dans l'État que la frénésie aveugle de
leurs auteurs et le consentement présumé du grand-duc
et de ses adhérents. Il faut en rabattre des éloges décer-
nés à Catherine ; elle a acquis de l'instruction et des lumières sous l'autorité inquiète et jalouse d'Élisabeth et
sous les procédés du grand-duc, ne lui laissant d'autres
ressources que de se vouer aux lettres, mais elle n'a pas
appris l'art de vaincre ses passions et son naturel ; elle a
assujetti ses connaissances à son caractère, elle n'a cherché qu'un sentier vers la célébrité, au lieu d'y chercher
un remède salutaire contre ses penchants romanesques

et son goût pour tout ce qui est extraordinaire. Un orgueil au-dessus de toute expression, une vanité puérile,
l'opiniâtreté la plus revêche et la plus inébranlable, sont
les traits marqués et tranchants de son caractère. Il n'y a
pas de forfaits dont elle ne soit capable : la mort de son
mari, la catastrophe funeste d'Iwan, le dégoûtant manifeste par lequel elle a tenu à pallier ces crimes, le
prouvent.

« Je la crois trop engagée avec les philosophes et les
prétendus sectateurs de l'humanité ; elle a au suprême
degré l'esprit de l'intrigue, elle le porte partout et l'allie
souvent au commérage ; elle aime l'apparat et l'éclat ;
elle réunit l'universalité de ses facultés pour jouer la
grandeur la plus imposante. On doit avouer qu'elle s'é-
nonce avec grâce, parle le français, le russe purement ;
elle écrit bien ; fausse, elle est habile à rendre sa physionomie ; bonne diplomate, elle en est maîtresse et la
rend flexible aux exigences ; elle connaît l'art de prodi-
guer avec adresse les caresses du discours ; son allure,
un peu affectée, annonce quelque chose de théâtral ; ses
mœurs sont plus que légères ; elle a eu trois engagements avérés : un avec M. de Saltickow, l'autre avec le
roi de Pologne, et le troisième avec Orloff ; elle a aimé
ce dernier avec idolâtrie, son amour a fini par se changer en douce habitude ; pour lui, il la trompe avec toutes
les filles d'honneur, et pourtant il reste le favori. La galanterie n'empêche pas Catherine de suivre avec zèle les
pratiques de sa religion, elle étale même une ardeur
dévote très-grande.

« Comme femmes, la cour se compose de cinq ou six
complaisantes ou servantes décorées et de la princesse
d'Askow ; celle-ci serait susceptible d'action.

« Les grandes dames russes sont ravalées et délaissées
par leurs maris, qui disent tout devant elles, et elles-

mêmes tiennent des conversations à faire rougir un
cornette ; l'amour de la parure les met dans des embarras dont elles se tirent par la galanterie. La débauche
nationale est basse et vile.

« La fréquentation des femmes pourrait être profitable
aux ministres résidant en Russie, mais elles ont avec
eux une contenance dévote et réservée, et elles ne se
montrent point ce qu'elles sont chez elles, lubriques et
licencieuses ; aussi ils ne peuvent arriver à se faire des
auxiliaires inconscients d'elles. »

Ces quelques dernières lignes prouvent que, pour arriver à bien remplir la mission dont le ministère du roi
l'avait chargé, tous les moyens, même ceux peu délicats
de se servir de la femme, auraient semblé doux et bons à
M. Sabatier de Cabres.

Ce document initie les profanes aux petits secrets de
la diplomatie, il nous montre les ambassadeurs légèrement transformés en policiers internationaux. Le hasard
a mis entre les mains de la Russie ces notes sur elle. Je
comprends que les insinuations et les appréciations
qu'elles contiennent n'aient point resserré nos liens d'a-
mitié avec la Russie ; les quelques mots dits par le ministre français au sujet du mémoire de M. de Breteuil :
« Il a pu croire à la possibilité d'une révolution, à la certitude d'entretenir et d'exciter le feu de la sédition, »
prouvent que la France, à la fin du siècle dernier, poussée par la crainte de cette puissance formidable qui se
constituait au nord, jouait en Russie un rôle hostile et
peu franc. Je comprends que ceci ait indisposé les
Russes contre nous. Aujourd'hui, et fort heureusement,
la puissance de la Russie nous rassure, au lieu de nous
effrayer ; il n'y a plus aucun sujet d'animosité entre elle
et la France. On se contente, à Pétersbourg, de conser-

ver ce document à la Bibliothèque, on le donne à lire
aux étrangers. En l'offrant aux Français, on est bien
poussé peut-être par un brin de malice ; souvent on
ajoute : « Ce manuscrit vous initiera aux travers russes
et aux missions données à vos ministres. »

Si, par un hasard heureux pour la curiosité, on avait
pu se procurer en France le rapport que devait faire à
Catherine II son ministre résidant à Paris, et qu'on pût
publier ensemble ces deux rapports, cela serait très-in-
téressant.

De même il serait fort curieux, pour nous Français, de pouvoir jeter un coup d'œil indiscret, mais intéressé, sur les notes qu'envoyait jadis M. T*** et sur
celles qu'envoie en Russie, depuis quelques années, la
princesse de ***.

Quel succès obtiendrait le volume qui pourrait réunir, par exemple, les notes des ambassadeurs turcs,
persans, russes, anglais et allemands sur la France et
ses gouvernements !

M. de Cabres a jugé les Russes du siècle dernier. Je
vais, en toute franchise, dire ce qui est encore aujour-
d'hui exact dans ses critiques et signaler ce qui ne l'est
plus.

D'abord, je regrette vivement de ne pouvoir vous offrir
quelques extraits de cet ouvrage que M. de Cabres appelle *ce misérable Antidote*. Sans doute nos vices et nos
travers étaient signalés avec quelque sévérité par la
grande Catherine ; elle vengeait sa nation des appréciations un peu dures des touristes français : c'était son
droit. Un poëte écossais a dit que : « pour bien se connaître, il fallait étudier les jugements que les étrangers
portent sur vous. » A ce titre, ce pamphlet impérial et
féminin aurait été curieux ; je n'ai pu, hélas ! me le
procurer à la bibliothèque de Saint-Pétersbourg.

« La force de la Russie sera surtout et toujours basée sur la nullité de ses voisins, » a dit M. de Cabres... Eh bien, la Prusse est devenue puissante, et cependant la Russie apparaît encore comme un colosse capable de rabattre la morgue prussienne, sa force est devenue *sui generis ;* loin de n'occuper qu'un espace géographique, son épée pèse lourdement dans la balance des décisions européennes. Le roi de Prusse a profité du fol engouement de Catherine II pour l'entraîner à faire une chose qui devait affaiblir l'empire russe, en lui donnant comme robe de Nessus les révoltes incessantes de l'héroïque Pologne ; malgré cette œuvre de trahison machiavélique du feu roi de Prusse, la Russie est encore assez forte, grâce à Dieu, pour n'avoir pas peur de la Prusse, au contraire.

« Les Russes ont tous nos défauts sans avoir nos vertus, » a dit M. de Cabres.

Ceci manque de modestie et d'équité ; d'abord ils sont séduisants, ce qui est déjà une vertu ; et enfin ils ont le sens politique et ne cherchent pas constamment le progrès dans des changements sanglants et onéreux ; en fait d'opinion, il n'y en a qu'une en Russie : le patriotisme.

« Tout ce qui tient au génie est mort en eux ; ils ont peu de véritable esprit et encore moins d'instruction, » a dit M. de Cabres. Ceci pouvait être vrai en 1771, mais c'est inexact aujourd'hui. Comme je l'ai dit, les Russes du monde sont plus instruits que les gens du monde en France. Quant à l'esprit, ils en ont, et beaucoup, et ils devaient en avoir au siècle dernier ; ils ont l'esprit sagace, un peu perfide, de l'Asiatique, et un peu les idées romanesques des Allemands ; leur conversation, bien loin d'être *insoutenable*, a un charme captivant, car leur esprit est vif à saisir et original dans ses aperçus. Si vous entendiez un Russe juger ses compatriotes, vous verriez quelle verve gauloise il y apporte, et vous admireriez la finesse et l'originalité de ses jugements.

En disant que les arts ne fleuriraient jamais en Russie, M. de Cabres s'est un peu trop aventuré ; la Russie en civilisation ne date guère que d'un siècle, et cependant elle a déjà une école remarquable de peinture : Véretchiking et Bogalouboff, ainsi que plusieurs autres grands artistes, ne le cèdent point en talent à nos meilleurs peintres français. Sa littérature est remarquable, et rien que ceci fait bien augurer de son avenir ; cette littérature est bien nationale. A sa tête elle a de vrais Russes, et il est fâcheux pour nous que notre ignorance des langues étrangères nous empêche de l'étudier et de l'admirer. Or, nous sommes ainsi faits, que nous nions volontiers ce que nous ne connaissons pas : moyen ingénieux, mais peu honnête, de nous dissimuler à nous-mêmes notre ignorance.

Depuis le milieu de ce siècle deux maladies minent la littérature française, c'est la *crimomanie* et *l'adultéromanie ;* on ne sait plus sortir de ces choses immondes et malsaines, ne serait-il pas temps d'étudier la littérature des autres pays ? Peut-être alors nos auteurs trouveraient d'autres sujets plus dignes de leur verve et de leur talent. Je ne crains pas de l'affirmer, la littérature russe débute brillamment, et tout fait espérer que l'art des belles-lettres en Russie arrivera à atteindre les limites du génie, malgré les mauvaises prédictions de M. de Cabres. Il est un homme que les Russes appellent volontiers le Molière du nord, qui en effet promettait beaucoup. Hélas ! exilé au Caucase, il y est mort à trente ans ; je veux parler de Griboïedoff. Sa pièce principale est intitulée : *Goré-ot-Ouma*, titre qui peut se traduire de deux façons, *les malheurs que procure l'esprit*, ou *le*

malheur d'avoir trop d'esprit; son esprit lui a en effet porté
malheur, tout comme il a porté malheur à Pouskine.
Comme Molière, Griboïedoff faisait avec une ironie mor-
dante la satire des vices et des travers; on lui a prouvé
que la vérité n'est point bonne à dire, dans un pays
surtout où la pensée même a été si longtemps captive.

M. Michel Zagoulaïeff, rédacteur du *Goloss*, a publié il
y a une dizaine d'années une traduction en vers français
de Goré-ot-Ouma; elle a paru dans la *Revue contempo-
raine*, si ma mémoire est fidèle. Ce simple détail prouve
l'instruction sérieuse possédée par les auteurs russes.
Quel est l'auteur français, quel est l'académicien français même qui pourrait traduire en vers, et dans une
langue étrangère, un des chefs-d'œuvre de notre monument littéraire?

Gogol a eu la chatterie du style, jointe au don d'émouvoir, sans procédés violents, mais en se contentant de
mettre en scène des personnages rendus par lui intéressants et sympathiques.

M. Saint-Childrine donne un fort démenti à M. de Cabres, car avec un esprit enjoué parfois et parfois sanglant d'ironie, il se moque, dans ses *Propos conservateurs*,
de cette nouvelle génération issue de marchands enrichis par des moyens peu délicats.

M. Averkieff se livre à de savantes études sur la nouvelle génération russe; ses analyses sont faites avec un
esprit profond et écrites d'une main habile et légère;
son *Histoire d'un jeune homme pâle* nous montre un fils du
XIXᵉ siècle, aux prises avec les vieilles idées, les vieux
préjugés russes; au fond il méprise les ressouvenances
de l'antique barbarie, et pourtant il n'ose ouvertement
les renier.

M. Bouslaïeff a publié, entre autres choses, un ouvrage fort savant et très-instructif sur la migration

26

des légendes populaires; l'auteur prouve que les légendes du moyen âge n'ont pas de nationalité particulière; qu'elles sont nées du dualisme des croyances résultant de l'intronisation du Christianisme au milieu des peuples ayant un lugubre passé et des théodicées tirant leurs origines de l'Orient. Les civilisations sont imprégnées, dans les derniers siècles du paganisme, des croyances orientales apportées de l'Égypte et de l'Inde par les philosophes de l'école d'Alexandrie. — Pour démontrer l'origine commune de toutes ces légendes, M. Bouslaïeff remonte au recueil indou le *Pantchalantra* (les cinq livres) traduit à l'époque de Chosroës Nouschirhivi, en syriaque, la version persane fut traduite plus tard en langue arabe, et celle-ci servit, d'après M. Bouslaïeff, à la propagation des légendes du Pantchalantra, en Europe, et ce serait le célèbre théologien Jean de Damas qui les y aurait apportées. Donc le *Pantchalantra* et les autres recueils de contes, légendes et fables indous seraient les pères de toutes les productions de ce genre, arrangées ou adaptées aux caractères différents des divers peuples d'Europe. Pour soutenir sa thèse, l'auteur russe choisit trois récits sous forme de fable. Le *Pot au Lait*, la *Matrone d'Éphèse* et la légende russe, *le Juge de Schemiako :* un brahme voué à la malechance fait les mêmes rêves que Pérette devant un pot de bouillie de maïs qu'il se prépare à vendre et qu'il casse. La *matrone* a aussi une source indoue, et le *juge de Scheimako* vient d'un récit indou passé au Thibet.

Ce livre est curieux, bien fait; il prouve une grande érudition chez son auteur.

M. Ostrovsky montre dans ses comédies du savoir-faire, de l'observation et du sentiment; dans *un Amour de vieille fille*, il représente un quartier paisible de Moscou; dans une de ces vieilles maisons de bois si chères

au cœur du vieux croyant russe, vit une dame Scha-
blow, veuve d'un petit fonctionnaire; elle a pour toute
fortune sa pension et le petit revenu de son immeuble;
elle a deux fils, l'aîné fait ses études à l'université, il
devient avocat; les riches marchands deviennent ses
clients et lui font gagner une belle fortune, alors le jeune
homme se lance dans la vie à grandes guides que mènent les riches Moscovites : festins, champagne coulant
à flots, cocottes couvertes de diamants, toutes ses nuits
se passent dans les cabarets à la mode de Moscou.

Je me permets ici une digression au livre de M. Ostrovsky. Si vous entendez parler un vieux croyant de
Moscou, il vous dit : Pétersbourg est une ville perdue,
c'est une cité cosmopolite, tous les vices de l'Europe s'y
sont donné rendez-vous.

Ceci vous fait supposer que Moscou est une ville austère et vertueuse; vous y arrivez, et... vous voyez la société
de cette ville vivant au cabaret; ce n'est que fêtes et soupers se terminant à l'aube, vous voyez les hommes
jouer des sommes folles, la passion du jeu les abrutit,
une foule de courtisanes de tous étages sont les compagnes de ces messieurs; leurs femmes se consolent, dit-
on : elles jouent, elles aussi, elles font des toilettes étincelantes, les diamants brillent sans cesse dans leur parure, et pour solder ce luxe un seul ne suffisant pas, il
est acquitté par MM. X. et Cᵉ.

Je ne crains pas d'affirmer que Moscou, la ville des
vieux croyants, offre le spectacle d'une plus grande démoralisation que Pétersbourg, mais il est vrai que cette
démoralisation, loin d'être cosmopolite, est éminemment nationale. C'est sans doute ce qui la rend chère
aux vieux croyants.

Donc, le jeune avocat mis en scène par M. Ostrovsky
à cette vie de jeu et de soupers, se ruine; il se réveille

un jour, malade et sans argent. Il revient dans l'humble maison de sa mère; là, poursuivi par ses créanciers, à la veille d'être mis en prison, il va se brûler la cervelle; mais une vieille fille, locataire de sa mère, l'a vu, l'a aimé avec passion; pour le sauver, elle souscrit une lettre de change.

Ici encore l'auteur russe nous montre un des mauvais côtés du caractère russe; le gentilhomme français préférera mille fois la mort plutôt que d'accepter de l'argent d'une femme; le Russe ne connaît pas ce sentiment-là, il empruntera ou acceptera facilement de l'argent d'une femme; il est des hommes titrés et haut placés en Russie, qui sont entretenus par des vieilles femmes; on le sait, on en rit, mais on leur tend la main. Pour s'excuser, ils disent : en France, sous Louis XIV, les grandes dames offraient des régiments à leurs amants.

M. Boborykine est un faiseur de satires; il sort peu de ce genre, et il a raison, puisqu'il y excelle.

M. Alexis Tolstoï est un auteur de grand talent, un talent élégant, sain et sympathique, ses productions sont nombreuses; je me bornerai à dire quelques mots d'un de ses poëmes, intitulé *le Portrait;* l'auteur raconte un épisode de sa jeunesse. Il y avait dans le salon de ses parents un portrait de jeune femme, une gracieuse créature aux cheveux poudrés, tenant du bout de ses doigts effilés un tablier de soie tout rempli de roses; un bouquet de roses était placé coquettement dans son corsage. Le jeune Tolstoï regardait ce portrait avec une admiration amoureuse, et il lui semblait que l'expression du visage de la jeune femme changeait sous son regard, ses yeux exprimaient tour à tour la coquetterie, le reproche, la caresse ou la prière; un jour il sembla au jeune homme que les yeux du portrait se fixaient sur le cadran de la pendule et lui indiquaient trois heures. Elle me donne rendez-vous, se dit-il avec joie. Fidèle à ce singulier rendez-vous, il vint, alors que tous dormaient chez lui ; dans le salon, l'image était éclairée par les rayons de la lune, il se mit à la contempler avec des yeux brûlants d'amour ; soudain la jeune femme descendit de son cadre ; elle vint l'enlacer, lui fit danser un menuet, puis elle lui donna des baisers si brûlants, que de bonheur le jeune Tolstoï perdit connaissance.

Lorsqu'il revint à lui, il était étendu sur le divan, ses parents et son précepteur étaient près de lui, il les entendit chuchoter les mots somnambule et fièvre cérébrale ; mais lui, ouvrant les yeux, vit une rose dans sa main ; il regarda le portrait et il lui sembla qu'il manquait une rose au bouquet du corsage de la belle marquise.

Tout cela est dit par l'auteur avec une grâce charmante et captivante.

M. Karazine est un écrivain d'un talent aussi réel que sérieux ; il a publié, en 1875, dans la 3ᵉ livraison du *Diélo*, une étude remarquable intitulée : *Ak-Tomak*. Cette étude nous initie, entre autres choses, aux mœurs asiatiques. Je ne puis résister au désir d'emprunter deux pages à l'ouvrage de M. Karazine. Ces deux pages contiennent un fait qui renverse de fond en comble nos notions sur les mœurs de ces contrées.

Nous allons apprendre que les musulmanes mêmes se révoltent contre le joug des hommes et s'émancipent, et de quelle façon !

Ak-Tomak est l'odalisque favorite du khan de Kokhand ; belle, enviée de ses rivales, elle trompe pourtant son seigneur. Son complice est un jeune et beau lieutenant, Omar-Khan, de la garde du khan, un you-bachi. L'intrigue est découverte, le jeune homme parvient à fuir, mais Ak-Tomak est condamnée à une mort ignomi-

nieuse, malgré le khan qui voudrait pardonner ; mais les
Mollahs veulent un exemple qui jette une terreur salutaire dans le camp féminin. La coupable est condamnée
à être tuée par un coup de pistolet tiré dans l'oreille.
Ak-Tomak, au jour fixé pour le supplice, traverse la ville
montée sur un âne et revêtue de ses atours les plus
beaux ; sa tête disparaît dans un grand sac de toile, le
sarbazi (bourreau), les soldats de la garde, et le kourbachi, maître de police, marchent en tête du cortège.
Ak-Tomak est amenée dans un enclos, le kourbachi
reste près de la porte pour assister au supplice ; le coup
de feu retentit, et ce n'est point la jeune fille qui s'af-
faisse, mais le soldat qui tenait la bride du cheval du kourbachi. Au même instant, le sarbazi prend la jeune fille
dans ses bras, saute sur le cheval de son chef descendu
pour relever son soldat, et lance la noble bête au grand
galop, au milieu de la foule ahurie, mais charmée de ce
dénouement, Ak-Tomak paraissant trop belle à tous
pour être tuée. Omar-Khan, étincelant dans son armure
et revêtu de sa cotte de maille, apparaît et menace de
son sabre quiconque oserait poursuivre les fugitifs. Il
vient braver la mort pour sauver la femme qu'il a
aimée.

Le sarbazi tenant la jeune fille en croupe gagne la
frontière ; un coureur suit à pied les fugitifs. La jeune
fille se dit qu'elle va se retrouver dans le harem d'Omar-
Khan au lieu de se trouver dans celui du souverain de
Kok-hand, elle changera de maître, mais elle sera toujours esclave, et elle pense qu'il doit être doux d'être
libre. Le sarbazi, mordu par une araignée, souffre et
se tient mal à cheval, elle doit le soutenir ; soudain elle
laisse tomber sa ceinture ; le coureur qui suit à pied se
baisse pour la ramasser, la chute d'un corps le fait tres-
saillir : c'est Ak-Tomak qui a plongé son poignard dans

le dos de son sauveur. Elle s'enfuit au galop, arrive dans une ville du Turkestan russe et se fait courtisane, *yorlyk*, ou sorte de femme libre à patente, patronnée par les Mollahs; le Koran interdit ce métier, mais l'argent arrange tout. Les Mollahs se font avec ce honteux trafic un joli bénéfice : une célèbre Samarcandi Khalytcha, payait jusqu'à deux mille roubles par an aux Mollahs. Celles de ces femmes qui négligent de payer la taxe sont poursuivies pour crime d'adultère. Désirant montrer leur visage, la police tourne la difficulté et la loi de Mahomet, elle permet à ses femmes de porter le costume d'homme.

Les femmes des harems commencent à s'insurger contre leurs gardiens et, pour se venger d'eux, voici une chanson qu'elles chantent toutes et qui a été composée par Ak-Tomak :

« Un coq vivait dans un poulailler seul, avec vingt poules, il était content de son sort, et ne voulait rien d'autre.

« Mais les poules étaient d'un autre avis.

« Ce coq s'amusait, jubilait et se promenait dans le poulailler en battant des ailes.

« Les poules se traînaient tête basse, profondément ennuyées, et se tenant toujours près de la clôture pour voir ce qui se passait dans la rue.

« Un jour, elles virent passer une poule rouge, qui courait libre au milieu du chemin.

« — Arrêtez, poule rouge, lui dirent-elles, dis-nous qui tu es et d'où tu viens ?

« — Je viens d'où il me plaît, je vais où le cœur m'en dit, leur répondit la poule rouge qui s'était arrêtée.

« — Nous aussi, nous voudrions bien nous ébattre dans la rue, mais nous craignons le coq, notre maître, dirent les poules esclaves.

« — Vous êtes des sottes! leur répond la poule rouge, et votre sottise est la raison seule de votre terreur. Vous restez là sans savoir seulement ce qui se passe dans le monde.

« — Racontez-nous-le, belle poule rouge, lui dirent-elles en chœur.

« — Je le veux bien, écoutez :

« Il y avait de par le monde un grand vautour, parent de tous les coqs, il était tout-puissant et il faisait ce qu'il voulait.

« Tout le monde lui obéissait aveuglément; les coqs s'en trouvaient bien, mais les poules en pâtissaient.

« Or, voilà qu'un vent du nord amena un vautour plus grand de taille, plus fort et plus brave que le premier; ce vautour brisa les deux ailes de l'autre, lui arracha les griffes, le chassa de son aire et se mit à sa place.

« Il ordonna d'annoncer aux poules que désormais elles n'étaient plus assujetties à aucun maître.

« Celles qui aimaient mieux leur poulailler pouvaient y rester, mais aux autres la rue était ouverte.

« Toutes ont déjà pris leur essor; vous seules encore restez à vous morfondre derrière cette clôture.

« — Ah! c'est ainsi! dirent les recluses en regardant le coq qui dormait dans l'ombre et n'avait rien vu, rien entendu.

« Quand il se réveilla, il se mit à appeler ses compagnes, il n'en restait plus une, toutes avaient suivi la poule rouge. »

Cette curieuse chanson n'a pas besoin de commentaires, elle est le chant du cygne de la pluralité des femmes. Les femmes d'Europe demandent droit au travail, droit à l'instruction; celles de l'Orient demandent le droit à la rue!

Mais honte à ceux qui les ont faites esclaves et non à

elles ; elles sont les tristes produits d'un état de choses qu'elles ont subi et non choisi.

M. Nekrassow, qu'on nomme le faiseur de poëmes, en a fait plusieurs de fort beaux. *Qui est heureux en Russie?* tel est le titre d'une épopée fantastique de quelques paysans qui se disputent pour savoir quel est l'homme qui peut se dire heureux en Russie ; ils entreprennent un voyage à travers la Russie pour découvrir ce merle blanc, mais ils ne trouvent partout que malheureux. Le bonheur, se disent-ils, est peut-être le lot exclusif des femmes, et ils dirigent leurs recherches dans le monde féminin sans découvrir une femme heureuse. Enfin, un jour, ils voient une belle et robuste paysanne :

— La voici ! s'écrient-ils.

Ils la supplient de leur conter son histoire, elle y consent, et ceci forme la seconde partie de l'ouvrage de M. Nekrassow, qui est une étude vraie et poignante de la Russie réelle. Cette paysanne, nommée Matrena, raconte qu'elle est née dans une famille de laboureurs aisés, adorée de ses parents, choyée par tout le village, elle fut un temps heureuse. Elle épousa par amour un paysan du village voisin et, à partir de ce jour, commencèrent pour elle des tribulations sans fin : mal accueillie par la famille de son mari, maltraitée par sa belle-mère, enviée de ses belles-sœurs, elle mena une vie de bête de somme sans jamais pouvoir contenter personne. Son mari la quittait chaque hiver pour aller dans les villes du nord et elle restait exposée aux mauvais traitements de tous ses beaux parents. Du temps qu'elle travaille aux champs elle confie son enfant à l'aïeul de son mari, celui-ci se grise et laisse dévorer le pauvre petit être par un porc, son second fils est désigné dès l'âge de sept ans comme pâtre communal ; son mari est choisi par la commune pour devenir soldat, quoique son frère aîné serve sous les drapeaux.

Cette suite de malheurs est racontée par l'auteur avec émotion et talent ; il fait ressortir l'odieux de ces mœurs traditionnelles qui consacrent le despotisme de la famille, il nous initie à ces mœurs populaires qui sont encore féroces. Les maris russes de la classe populaire se souviennent tous que le moine Sylvestre conseillait aux époux d'avoir toujours un martinet sous la main.

Dans un autre de ses poëmes, intitulé *Sacha*, M. Nekrassow soutient la même thèse : le monstrueux du despotisme marital et paternel, et il termine par cette phrase : Dieu a oublié l'endroit où se trouvent cachés les clés de l'émancipation de la femme.

Que dirait donc cet auteur, si le code russe, comme le code Napoléon, dépouillait même la femme du droit de gérer sa fortune, et l'appelait une inconsciente et une mineure !

Je voudrais bien vous parler de Pouchkine et de tous les autres auteurs russes de talent, mais je ne le puis, et, à ma dernière feuille, je dois encore revenir sur les autres reproches faits aux Russes par M. Sabatier de Cabres. Il n'avait point pressenti qu'un czar éclairé et humain viendrait un jour, et d'un trait de plume, rendrait la liberté aux serfs ; ce fait, le plus grand et le plus noble que notre siècle ait vu s'accomplir, a changé bien des choses en Russie et peu à peu les esclaves se transformeront en hommes forts et dignes. Mais, par exemple, je suis bien forcée de convenir que les reproches que notre ambassadeur adresse aux Russes sur leur rapacité, sur leur vice du vol, sur leur âpreté au gain et enfin leur passion néfaste par le jeu, sont encore mérités par les Russes d'aujourd'hui.

Une de mes amies avait emmené en France une domestique russe, cette vieille femme avait des étonnements et des craintes qui étaient des révélations précieuses sur les instincts du bas peuple russe. Ainsi, lorsqu'elle voyait de belles portes, de beaux marteaux, elle s'écriait :

— Mais combien faut-il de gardiens pour empêcher que ces portes soient volées ?

Si un cocher de maître s'éloignait une minute de sa voiture :

— Le malheureux ! il va laisser voler ses coussins et les essieux, disait-elle.

Sa maîtresse lui commandait de laisser la boîte au lait sur le carré avec les sous dedans, afin que la laitière, fort matinale, n'eût point à réveiller tout le monde en sonnant.

— On volera ma boîte, on volera mes sous, disait-elle.

Après quelques mois de séjour à Paris, pour faire l'éloge de notre ville, elle disait seulement :

— On n'y est pas volé.

De retour en Russie, elle a conté comme une chose miraculeuse qu'il y avait en dehors des portes, du côté de la rue, des plaques de cuivre, des beaux marteaux, des boutons de sonnette en cuivre, que tout cela n'était pas gardé par un de ces hommmes qui passent la nuit sous les portes-cochères en Russie et que pourtant ces objets n'étaient pas volés.

— Je pouvais même, s'écria-t-elle, laisser des. sous dans la boîte à lait, et nul ne les volait.

Le paysan russe est voleur par instinct, il volera un objet de trois francs pour aller se griser.

Dans les hautes classes, la délicatesse en affaires laisse à désirer et certains personnages en place exigent assez souvent le *batchich* ou la *buona mano*.

Un simple détail prouvera que dans l'entourage de l'empereur, il se trouve aussi des hommes avides. A présent, lorsque Sa Majesté veut faire un présent, une

gracieuseté à un ambassadeur ou à un étranger, il lui
fait remettre une cassette fermée à clef; à l'intérieur le
favorisé trouve gravé le nombre de mille roubles qu'il doit
toucher au ministère de la cour. Voici pourquoi cette
habitude a été adoptée : il est arrivé souvent que l'Empereur ayant dit à un de ses aides de camp ou à un
chambellan :

— Faites donner mille roubles à un tel ;

Celui-ci en recevait cent et le chambellan en gardait
neuf cents. D'autres fois, l'Empereur donnait un bijou
de prix, avec l'ordre de le porter de sa part à tel ou tel
personnage et celui-ci recevait une bagatelle, le porteur
gardant pour lui le bijou de prix. C'est par ce procédé
qu'un jour un ambassadeur a été fort étonné de recevoir
comme cadeau de l'Empereur une montre qui valait
bien soixante francs.

Au jeu, les Russes racontent assez volontiers que, sous
Louis XIV, quelques gentilshommes français n'avaient
pas honte de tricher; moyen ingénieux de dire qu'ils
suivent un exemple venu de haut.

La passion du jeu, ruinant des hommes habitués au
luxe et à la dépense, ces malheureux essayent par tous
les moyens de rattraper la fortune; lorsqu'ils ne peuvent pas y parvenir ou que leur indélicatesse a été par
trop forte et s'est ébruitée, ils demandent au suicide une
issue à leur vie coupable.

L'usure s'étale au grand jour, tout comme en 1771. Je
connais un grand seigneur fort bien en cour, qui prête
à 25 pour cent; des hommes d'affaires interlopes mettent
leur argent à des taux insensés, mais dans un pays où
la passion du jeu est si générale, il ne peut guère en
être autrement.

La Banque d'État russe remplace fort avantageusement notre prétendu *Mont-de-Piété,* qui n'est qu'un

mont d'usure, prêtant à 11 pour cent sur un gage ayant
dix fois l'estimation qu'il en fait... Il y a à Pétersbourg
de ces sortes de maisons à prêt sur gage, mais les Russes
y vont peu, ils préfèrent la Banque d'État, qui prête sur
gage à cinq pour cent, en donnant aux bijoux engagés
leur valeur réelle; dans ces conditions, elle peut se vanter
de rendre d'autres services que notre *Mont-de-Piété* qui
abuse par trop de son monopole.

LA NOURRITURE EN RUSSIE

Un philosophe a dit : La nourriture est une seconde nature.

Un philosophe, Buckle, a démontré victorieusement l'influence qu'exercent les mets sur le physique et même sur le moral des hommes.

A ce point de vue, je ne saurais passer sous silence ce détail important, la nourriture habituelle des Russes.

Commençons par les boissons :

Le riche boit notre vrai champagne, le faux nous reste ; il boit nos meilleurs crus de Bordeaux et de Bourgogne, il ajoute à cela toutes les diverses liqueurs préparées dans le monde, et une quantité de thé inouïe ; on peut affirmer que tout Russe boit au moins dix ou douze tasses de thé par jour ; joignez à cela, du vin à griser dix Français et vous comprendrez l'excitation fiévreuse que ces boissons lui donnent.

Le pauvre se grise avec un affreux esprit de vin, et boit aussi beaucoup de thé ; dans les maisons bourgeoises des personnes ayant des fortunes modestes, on boit de l'hydromel, du kwas et du thé ; le vin, coûtant fort cher en Russie, les riches peuvent seuls se le permettre, et ceci constitue pour eux une dépense énorme, le champagne et le bon vin de Bordeaux revenant à un louis la bouteille.

Pendant l'été, la nourriture en Russie est à peu près celle du reste de l'Europe; les fleuves et rivières étant très-poisonneux, le poisson est aussi bon marché qu'abondant, et le peuple en fait une grande consommation; pendant cette saison, les fruits et les légumes frais abondent aussi.

Mais en hiver!

Que ceux qui iront passer un hiver en Russie mangent sans réfléchir les pâtés de viande, de gibier, les volailles et le poisson qu'on leur sert, mais qu'ils n'aient pas la curiosité que j'ai eue pendant l'hiver de 1875, curiosité qui a failli me faire mourir d'inanition. Au commencement de février, une amie me dit :

— Chère, vous devriez visiter nos marchés et nos poissonneries, qui sont des curiosités de Pétersbourg.

— C'est vrai, m'écriai-je, j'allais oublier cette intéressante visite.

Cette aimable amie s'offrit à moi comme cicérone, et nous voilà courant marchés et poissonneries; dans des constructions superbes et exposées au froid, je vis des entassements monstrueux de gibiers et de volailles...

— Qu'est-ce que cela?

— Mais c'est la provision d'hiver; si vous étiez venue en novembre, vous auriez vu ces entassements encore plus énormes, me dit mon amie.

Et elle m'expliqua qu'en octobre on tuait volailles et gibiers, qu'on jetait dessus de l'eau et qu'on les exposait au froid, afin de les faire geler et de pouvoir les conserver pour l'hiver.

— Horreur! m'écriai-je, mais toutes les bêtes que nous mangeons ont donc cessé de vivre depuis octobre?...

— Parfaitement, et, grâce au froid, elles iront jusqu'en mars ou avril...

Je sortis des halles, me jurant bien de ne plus manger ni gibier, ni volailles. Nous allâmes aux poisonneries : dans d'immenses barques faisant corps avec les glaces, nous vîmes des amoncellements de poissons de toutes formes, de toutes espèces, de toutes grosseurs, tassés les uns sur les autres comme des planches, raidis, cadavéreux, les yeux vitreux, affreux à voir.

— Et c'est cela que nous mangeons? dis-je avec un désespoir réel.

— Mais oui, vous comprenez bien qu'on ne peut se livrer à la pêche, alors que plus d'un mètre d'épaisseur de glace recouvre nos fleuves et nos rivières : on fait la provision hivernale en octobre et on gèle ce poisson comme on gèle la volaille, vous le voyez, la conservation est parfaite. Nous avons aussi des poissons en vie ; on conserve les sterlets dans ces barques remplies d'eau et on les pêche devant l'acheteur, seulement c'est un poisson de luxe ; et pour me le prouver elle acheta un petit sterlet pesant une livre au plus qu'elle paya sept francs quatre-vingt-dix centimes : à ce prix-là, il faudrait cinquante francs de sterlets pour une famille nombreuse. Je quittai ces grandes barques avec un dégoût invincible de poisson ; à partir de ce jour, je ne mangeai plus ni volailles, ni gibier, ni poissons. L'herbage et les légumes frais, manquant complétement en Russie, j'y ai vécu de conserves de petits pois, de quelques feuilles de salade que je payais quatre francs. La chaleur des appartements, jointe à cette nourriture par trop peu substantielle, n'a pas tardé à me rendre très-anémique. Notez que le mouton russe sent la laine, le peuple seul en mange et les côtelettes de mouton qu'on mange en Russie viennent d'Angleterre, elles aussi ont été séparées du mouton depuis longtemps!

Le journal *le Goloss*, ayant publié un jour un article sur une famille empoisonnée après avoir mangé une dinde, et ayant conté que mal gelée, les vers en avaient dévoré l'intérieur, mon dégoût a encore augmenté, et je n'ai plus pu même manger de bœuf.

Croyez-moi, n'allez pas visiter les halles ni les poissonneries!

Cette viande conservée a un goût fade que les Russes corrigent en l'assaisonnant avec des épices. Ils mangent du caviar (œufs de poissons préparés), des olives, des excitants de toutes sortes, boivent du thé, autre excitant, vivent dans des appartements trop chauffés et privés d'oxygène, ne font pas d'exercice et ces mauvaises conditions d'hygiène engendrent une foule de maladies dangereuses.

Le grand carême arrivant sur un hiver qui rappelle comme nourriture le siége de Paris, et ces gens déjà affaiblis l'observant très-rigoureusement, lorsque les Pâques arrivent, tous les Russes ressemblent à des spectres, ils ont le teint jaune sur un fond verdâtre et les yeux cernés de bistre.

On mange énormément de pâtisserie en Russie; dans chaque maison on fait tous les jours d'immenses gâteaux aux œufs, aux poissons ou à la viande, délices des Russes, mais qui m'ont paru à moi lourds, indigestes et fades.

Une chose excellente qui arrive au printemps, c'est le petit poulet : on le mange non comme nos poulets appelés de grain, mais presque au sortir de la coquille, c'est-à-dire lorsqu'il a une quinzaine de jours et qu'il a la grosseur de la caille : bien rôtis, entourés d'une feuille de figuier, ces poulets sont un mets exquis.

Les Russes sont donc soumis à la chaleur irritante de

la glace, à l'excitation des épices, et des boissons échauffantes, ce qui évidemment doit contribuer à donner au peuple son caractère national, mêlé d'instincts féroces que la civilisation ne pourra jamais faire disparaître complétement.

UNE CHASSE A L'OURS

———

Un livre sur la Russie serait incomplet sans une description exacte et véridique d'une chasse à l'ours, me dit-on.

Ayant précisément fait, l'an passé, une chasse intéressante dans une forêt du gouvernement de Novgorod, je m'exécute et je vais parler ours.

D'abord permettez-moi de vous donner quelques détails sur l'ours. Je dois commencer par constater qu'il n'est personne que la noire calomnie n'ait attaqué, l'ours même n'a pas trouvé grâce devant elle ; ainsi on se plaît à ridiculiser cet animal, on insinue volontiers qu'il n'a pas grande intelligence. Eh bien, s'il faut en croire les chasseurs de profession, ceux qui vivent dans les forêts épiant ses instincts et ses habitudes, l'ours au contraire est doué d'instinct, de prudence et de prévoyance qui dénotent une grande intelligence.

Voici ce que les chasseurs m'ont dit de ses habitudes et de la façon dont il faut lui faire la chasse :

Vers la fin d'octobre, époque où les fortes gelées rendent accessibles les marécages séculaires de la Russie, on peut commencer la chasse à l'ours ; à ce moment les neiges ont encore peu de profondeur et on peut suivre aisément les traces de l'animal. Cette chasse, nommée *sur piste noire*, est celle qui offre le plus de chances de succès ; elle réussit surtout si les dégâts commis dans les blés et dans les abeilles sauvages assurent les chasseurs de la présence de la bête.

C'est la mère que l'on dépiste en automne ; elle a confié ses petits au menin, piastun en langue russe, c'est-à-dire à l'oursin mâle de son avant-dernière portée. Débarrassée du soin de la garde et de l'éducation de ses nourrissons, elle va rôder autour des villages pour trouver une abondante nourriture qu'elle rapportera à sa famille. Les *pusyeza*, habitations éparses dans les forêts, sont traquées par elle ; ses ravages signalent sa présence, ses traces restent visibles sur la neige non durcie encore : les suivre et donner la chasse à l'animal est donc aisé. L'hiver est, au contraire, la saison choisie de préférence pour chasser l'ours mâle, qui est plus recherché à cause de la beauté de sa fourrure.

L'ours mâle vit retiré et solitaire, en ours enfin, jusqu'en janvier ; il ne quitte son gîte que lorsqu'il est sollicité par la faim, il s'en éloigne peu et ne manque pas d'y rentrer avant le lever du soleil. Quelques racines lui suffisent, car c'est son temps de jeûne ; il change de poil, se fait beau, en attendant que le printemps ramène près de lui l'ourse qui, débarrassée du soin de ses nourrissons, viendra le convier à de nouvelles amours. Ses gîtes (*borlogi* en russe) sont construits par l'ours au milieu de profonds marécages, couverts d'ajoncs vierges, comme on n'en trouve qu'en Amérique et en Russie. Il l'entoure d'abatis d'arbres dont les troncs énormes forment de vraies barricades rendant l'accès de ces gîtes souvent impossible et toujours très-difficile : l'ours y arrive tantôt en rampant, tantôt en bondissant.

C'est aussi dans ces retraites inexpugnables que la femelle va mettre bas ses petits.

S'il faut en croire une légende populaire, les ours auraient des espèces d'hôtels des invalides ; ce serait dans des oasis sauvages, au milieu des plus épais fourrés des sombres forêts, dans ces endroits nommés *maticzniki* en russe, et que jamais pied d'homme n'a foulés, tant ils sont inabordables, que viendraient se réfugier les ours trop vieux pour être en état de chercher leur nourriture et ceux ayant reçu des blessures ; ceux qui sont ingambes et jeunes se feraient un devoir de leur apporter leur nourriture quotidienne. Ce qui tendrait à prouver la vérité de cette légende, c'est que jamais dans les forêts on ne retrouve aucun ossement d'ours.

Tout ceci prouve que l'ours est moins bête qu'on le croit généralement.

Il est des chasseurs intrépides ou plutôt d'aventureux braconniers qui vont chercher l'ours au gîte. Ils s'y rendent seuls, armés d'un *oszezep* (pique ou épieu ferré des deux côtés) ; ils portent en plus un *ronatyna* (coutelas) et un *tapor* (sorte de hache) ; rarement et seulement en cas de danger imminent les chasseurs se servent du rotyna ou du tapor, le oszezep leur suffit. L'ours provoqué et irrité par eux, vient s'enferrer de lui-même sur cette sorte de pique. Cette chasse demande du sang-froid et de l'adresse, choses qui ne manquent pas aux hardis braconniers russes ; mais ces chasseurs ont aussi leur superstition, qui est que le treizième ours tue son chasseur ; aussi ceux qui ont exterminé douze ours s'arrêtent. Si l'appât de la peau de l'ours leur fait braver la peur, ils arrivent au gîte émus, leur main est mal assurée, un accident alors leur arrive, ce qui vient fournir un document de plus en faveur de cette superstition.

Beaucoup, pour ce treizième ours, se font accompagner

27.

par des camarades ; mais tous ces hommes, ayant le même sentiment de crainte, sont aussi émus : ils manquent de sang-froid, un accident survient et le fameux chiffre néfaste de *treize* est encore un peu plus redouté.

Mais le chasseur qui a tué son treizième ours est triomphant, il marche vers le quatorzième avec calme et assurance, persuadé que nul danger ne le menace plus.

On retrouve, du reste, cette superstition aussi bien chez les chasseurs grands seigneurs que chez les braconniers.

La chasse par excellence, celle que font les vrais chasseurs, et surtout les grands seigneurs, c'est la chasse aux traqueurs et aux rabatteurs. Lorsque la présence d'une famille d'ours est signalée quelque part, les gardes forestiers cherchent les pistes, les suivent, et découvrent ainsi les gîtes de ces bêtes, se mettent au courant de leurs habitudes, des sentiers qu'elles suivent pour rentrer et des endroits où elles se reposent. Ici ces animaux manquent d'intelligence en refaisant le lendemain ce qu'ils ont fait la veille ; mais l'homme rarement songe à tout, il est bien permis à l'ours d'avoir la même maladresse.

Quand les gardes forestiers ont bien étudié attentivement pendant trois ou quatre jours les allures et coutumes des bêtes, ils préviennent le propriétaire de la forêt, qui vient chasser l'ours ou qui donne la permission à un chasseur d'y aller à sa place.

Sur les forêts de l'État, peut chasser l'ours qui veut, on doit seulement payer au gouvernement 50 roubles pour la peau de l'ours : de cette loi est né le braconnage. Celui qui tue sans permission un ours sur la propriété d'autrui doit aussi payer ces 50 roubles. Lorsque, la veille, les données ont été propices, on fixe la chasse au lendemain matin, et à l'heure indiquée, traqueurs et chasseurs se réunissent à un rendez-vous qui est toujours fort éloigné de l'endroit où le gîte est signalé, car le moindre bruit donnerait l'alarme à la bête et la chasse serait manquée.

Pendant mon dernier séjour en Russie, j'avais, en causant, exprimé plusieurs fois mon désir d'assister à une chasse à l'ours. Un jour, en février 1875, on vint m'annoncer qu'une famille d'ours était signalée dans le Novgorod, dans une forêt appartenant à un monsieur qui avait invité à aller le chasser M. Lamasky, l'intelligent régent de la banque d'État, et le colonel Astachoff, un chasseur intrépide. — Voulez-vous être de cette chasse? me dit-on. Je répondis un grand oui. Les ours étaient surveillés par les gardes, et un soir ils télégraphièrent que la chasse pourrait avoir lieu le lendemain.

A sept heures nous partions, M. Lamasky, le colonel Astachoff, le propriétaire de la forêt, M. Malosemoff et deux messieurs qui ne m'ont pas précisément paru des chasseurs habiles. Nous montâmes en wagon avec des cargaisons de vivres, du champagne et des fourrures. Il faisait, à Pétersbourg, un froid de 22° Réaumur, et nous devions rencontrer un froid plus intense encore dans le Novgorod. Dormir en chemin de fer lorsqu'on est sous le coup de la perspective d'une belle chasse, est impossible; du reste nous devions descendre, à deux heures du matin, à une station dont j'ai oublié le nom, et prendre des traîneaux de poste. Nous renonçâmes donc au sommeil et nous écoutâmes les récits des chasses du colonel Astachoff. L'ours que nous allions traquer était le treizième qu'il affrontait. Quoique peu superstitieux, il nous dit aimablement qu'il était heureux de nous avoir auprès de lui pour conjurer le sort fatal.

A deux heures du matin nous descendîmes du chemin de fer et nous nous installâmes dans les traîneaux de poste, faits en forme de barque. On y place des matelas et des oreillers; on peut s'y coucher et faire la route assez confortablement, mais la bise vous cingle le visage. Un petit détail donnera une idée du froid qu'il faisait.

J'avais deux fourrures l'une sur l'autre; dans la poche de celle de dessous j'avais mis deux oranges; à quatre heures du matin, ayant soif, j'en pris une : elle était gelée; coupée par tranches, au couteau, elle rappelait les glaces napolitaines. Ayant cédé quelques minutes au sommeil, réveillée en sursaut par un cahot, je ne pouvais plus ouvrir les yeux; ma bouche était, elle aussi, murée; mes cils s'étaient transformés en glaçons et ma respiration, en se congelant, avait réuni et scellé mes lèvres.

Et pourtant ce voyage me parut d'une poésie âprement sauvage. La nuit était claire; au-dessus de nos têtes, le ciel bleu et étoilé; la lune brillait, ses rayons donnaient à l'immensité de neige qui nous environnait des reflets argentés; les arbres semblaient taillés dans le cristal; ils avaient parfois, sous les rayons de la lune, des étincellements diamantés d'un effet ravissant. Chacun de nos traîneaux était attelé à trois chevaux qui galopaient avec une furia fantastique; nous glissions sur le sol glacé avec une vitesse vertigineuse.

A sept heures nous fîmes halte dans un petit bourg et, pendant qu'on changeait les chevaux, nous prîmes une tasse de thé. Nos nouveaux chevaux repartirent avec une allure plus endiablée encore. A neuf heures du matin nous arrivâmes à la ville de Baratwichi; sauf M. Malosémoff, l'aimable propriétaire de la forêt sur laquelle nous allions chasser, nul de nous ne savait au juste où nous allions.

— Sommes-nous bientôt arrivés? lui demandâmes-nous.

Il parut embarrassé de notre question et finit par nous avouer que nous n'étions qu'à moitié chemin : il nous restait une centaine de werstes à faire. Pour mon compte, je pris gaiement mon parti de la longueur de la route, ce voyage à travers ce désert de neige me semblait charmant. Nous fîmes donc sept heures de chemin de fer et treize heures de traîneau pour traquer l'ours imprudent qui avait laissé deviner son gîte.

A trois heures, nous arrivâmes dans un petit hameau. Le colonel Astachoff y avait envoyé ses chasseurs et deux de ses domestiques pour préparer notre campement. Pendant que nous mangions à la hâte le repas préparé, on vint annoncer qu'il faudrait entrer de suite en chasse, car les ours étaient lancés. Nous avions la bonne fortune d'avoir trois bêtes à chasser. Le menin et deux jeunes ours étaient signalés dans une forêt et un ours était encore traqué à notre intention dans une autre forêt : nous aurions donc deux chasses au lieu d'une.

Le colonel donna les ordres nécessaires pour les derniers apprêts et nous remontâmes en traîneau, la forêt où nous allions se trouvant à cinq milles dans l'intérieur des terres. En quittant la grande route pour nous engager dans des sentiers, la marche devint fort pénible; nos chevaux avaient de la neige jusqu'au poitrail, et souvent, malgré leurs efforts héroïques, ils ne pouvaient parvenir à se dégager; des paysans, montés sur de grands patins, venaient à leur secours et les tiraient du trou dans lequel ils étaient tombés. Enfin nous arrivâmes au rendez-vous de chasse. On étendit un tapis devant le traîneau où j'étais; je descendis et m'assis sur ce tapis; quatre paysans le prirent chacun d'un bout et je fus ainsi portée à notre numéro.

Je dois expliquer ici ce que c'est qu'un numéro et comment se fait cette chasse aux rabatteurs ou traqueurs.

Ceux-ci entourent le gîte de l'ours d'un vaste demi-cercle dont les deux extrémités viennent aboutir à la ligne des chasseurs, qui forment ainsi la corde de cet arc vivant. Les traqueurs prennent la direction du vent, tandis que les chasseurs sont dans la direction contraire. Le nombre des traqueurs varie selon qu'il a été nécessaire de former le cercle plus ou moins grand, mais il n'est jamais inférieur à cent cinquante, et quelquefois il est de trois cents. Il faut qu'en étendant les bras, les traqueurs puissent se toucher. Les chasseurs se placent derrière une petite haie de branches; ils sont à une distance d'une cinquantaine de mètres les uns des autres. On appelle numéros les endroits où ils sont embusqués; il y a plus ou moins de numéros, selon le nombre de chasseurs.

Le chasseur intrépide tient à honneur de rester seul à son numéro, tandis que les chasseurs peu expérimentés ou prudents placent derrière eux des paysans armés de piques, qui leur prêteraient main-forte au cas où l'ours blessé se ruerait sur eux.

Trois numéros étaient préparés; M. Lamasky et les messieurs dont j'ai oublié le nom prirent possession du numéro à notre gauche, M. Malosémoff, escorté de trois paysans, prit le numéro à notre droite : le colonel et moi, nous eûmes donc le numéro du centre, qui est le poste d'honneur, celui où, généralement, la bête vient donner.

Nous étions dissimulés par le petit mur de broussailles qu'avaient arrangé les gardes-chasse; cinq carabines y étaient adossées et deux gros revolvers étaient placés à notre portée; nous avions, de plus, deux gros coutelas; un tapis de peau d'ours recouvrait la neige devant notre numéro, je m'y assis, j'étais brisée de fatigue; il faisait un froid de 32° Réaumur qui me donnait l'onglée malgré mes gros gants fourrés; de plus j'avais remarqué que la neige n'était pas très-dure et qu'on y enfonçait, aussi était-il difficile de se tenir debout en équilibre, deux mauvaises conditions pour tirer juste. Beaucoup par paresse (j'étais si bien assise sur ce tapis et adossée à un arbre), un peu par amour-propre de chasseur craignant de se compromettre par un coup maladroit, je déclarai au colonel que, si les ours venaient vers nous, il devait les abattre tous les trois, car moi je ne me dérangerais que si, blessés par lui, ils venaient m'attaquer.

Le colonel me dit qu'il serait imprudent de rester assise une fois que les ours seraient lancés, et, comme je souriais, assurant que cette bête était plus laide que méchante, il m'expliqua que, lorsque l'ours est blessé, qu'il est serré de près par les traqueurs et par les chiens, il devient terrible; il arrache des arbustes, s'en fait une lourde massue; il se dresse sur ses deux pattes de derrière, s'accule à un arbre; il regarde, choisit sa victime ou son adversaire, puis il se jette sur lui avec une vitesse qu'on est loin de soupçonner. Parfois il grimpe prestement sur un arbre, allant de branche en branche et d'un arbre à l'autre, et il tombe à l'improviste sur le chasseur. Son moyen le plus habituel de vaincre ce dernier consiste à lui poser sa lourde patte sur la tête, ses griffes se resserrent, elles s'enfoncent profondément et, en les retirant, il emporte comme un trophée sanglant la chevelure et la peau du visage du chasseur.

Ceci me donna un petit frisson. Je me souvins de la figure labourée de cicatrices de l'ambassadeur de Turquie. Il m'avait conté, huit jours auparavant, que c'était un ours qui l'avait ainsi maltraité. Du reste, en l'espace d'une année, Kiamil-Pacha est le second ambassadeur ayant reçu ces sanglantes et désagréables caresses d'ours. On dirait que ces bêtes, tout comme les vieux croyants, ont les étrangers en horreur.

Je me levai et pris un revolver en main, tout en continuant à prévenir mon compagnon que je ne tirerais qu'en cas de péril. Je savais le colonel le meilleur chasseur de la Russie, je le savais homme à tenir tête à trois et quatre ours, j'étais donc fort rassurée.

Je lui demandai quelques détails sur la façon dont on fait déloger l'ours de son gîte. Voici ceux qu'il m'a donnés :

Le départ de l'animal dépend en grande partie de son caractère. Si l'ours est vieux, plus expert ou plus paresseux, il attendra patiemment qu'on arrive jusqu'au gîte. Si les cris, le bruit ne suffisent pas pour le lancer, on se sert alors des chiens. L'ours, assis sur ses pattes de derrière, calme et majestueux, s'apprête au combat, mais il ne bouge pas. Alors on tire sur lui un coup de fusil, ce qui le décide finalement à partir.

Mais, si la bête est jeune, alerte et vive, dès les premiers symptômes menaçants elle est aux aguets, et, aux premiers cris poussés par les traqueurs, elle part sans attendre les chiens. Chaque départ, n'importe les conditions dans lesquelles il se fait, est toujours suivi d'un rugissement terrible qui retentit dans toute la forêt.

A ce moment, un cri guttural et pourtant aigu retentit, poussé par deux cents personnes ; il rompit d'une façon sinistre le silence de la forêt.

— Attention! me dit tout bas le colonel Astachoff, voilà l'ours lancé !

Pendant une demi-heure ces cris retentirent, tantôt venant d'une direction, tantôt d'une autre ; enfin ils devinrent plus aigus : ils se rapprochaient de nous. Les aboiements des chiens, aboiements tantôt craintifs, puis belliqueux et ardents, s'y mêlaient, c'était un concert discordant et affreux. Nous retenions notre respiration et nous restions dans une immobilité de statue. Soudain j'aperçus venant en face de nous, mais hélas ! à notre

gauche et droit sur M. Lamasky, trois superbes ours, un
gros et deux plus petits. Je les indiquai du doigt au colonel, qui murmura avec rage :

— Mais il ne les voit donc pas !

En effet, les bêtes ne furent pas aperçues à temps par
nos voisins, qui tirèrent cinq ou six coups de carabine
alors qu'elles étaient déjà loin d'eux, à leur gauche. Mais
une consolation nous fut accordée : soudain un quatrième
ours apparut en face de nous. Des broussailles le dissi-
mulaient en partie. Le colonel tira un premier coup ; la
bête, blessée, fit entendre un rugissement, se redressa,
chercha du regard l'ennemi qui venait de l'atteindre.
Elle nous aperçut et fit un bond vers nous ; le colonel la
laissa s'avancer à trois mètres à peine et il lui tira un second coup qui l'abattit. J'avais ma carabine en main,
mais je ne tirai pas : j'avais les mains si gelées, que
l'amour-propre me retint ; je me dis : mieux vaut m'abstenir que de mal tirer.

M. Lamasky nous cria que les trois ours devaient être
mortellement blessés et qu'il fallait aller à leur recherche.
Le colonel mit ses patins de neige et s'élança à leur
poursuite ; mais les ours devaient être fort peu blessés,
s'ils l'étaient, car ils avaient détalé avec une rapidité qui
rendit toute poursuite impossible ; du reste, la nuit venait,
nous dûmes songer à regagner notre campement ; nous
y arrivâmes fort tard. Après le dîner il fallut penser
à se fabriquer des lits. Nous étions dans la maison la plus
riche d'un village de sept ou huit cents âmes, ce logis
cependant laissait à désirer comme comfort. Il se composait de trois pièces qui avaient pour tout mobilier des
tables, des chaises et un immense poële. On mit de la
paille à terre dans la première pièce : ce fut le dortoir
des gardes-chasse et des domestiques du colonel Astachoff ; dans la seconde pièce, on plaça trois des matelas de

nos traîneaux, ceci fut la chambre de ces messieurs; enfin la troisième pièce me fut réservée, un matelas jeté par terre constitua un lit peu moelleux, mes fourrures me servirent de couvertures.

Au moment de songer à l'installation de nos chambres, je vis ces messieurs très-préoccupés; ils appelaient à tour de rôle les maîtresses de maison; celles-ci sortaient, puis revenaient en disant avec un air de découragement une phrase en russe signifiant : Impossible, ça n'existe pas. Une autre femme apporta deux plats de terre en disant : Est-ce ceci? Je demandai de quoi il s'agissait. Ces messieurs me répondirent qu'ils étaient désolés d'avoir oublié d'apporter des cuvettes de Pétersbourg, car il était impossible d'en trouver dans le village, il est même impossible de trouver une autre porcelaine indispensable : son usage est inconnu, et il en est de même dans toutes les provinces de l'empire. Le colonel Astachoff nous conta ceci :

« Dans une ville de cinq mille âmes, mon domestique a couru vainement les marchands, tous ignoraient l'existence de ce meuble, et le prêtre chez lequel j'étais descendu n'en possédait aucun. De retour à Pétersbourg, je lui ai envoyé une caisse de vin pour le remercier de son hospitalité; j'y ai joint un superbe indispensable. Repassant par cette ville, un an après, je vais encore loger chez lui et j'ai vu soudain apparaître ladite porcelaine, transformée en saladier. »

Mon lit me sembla dur. Il régnait dans le bouge qui me servait de chambre une chaleur horrible et une odeur composée d'exhalaisons de vieux fromage rance, de jambon non moins rance et de vieilles semelles de souliers qui m'incommodait fort. Je ne m'endormis que vers le matin. Aussi lorsque, à cinq heures, mes compagnons de chasse frappèrent à ma porte pour me dire que le dé-

part était fixé à cinq heures et demie, j'eus un moment
de lâcheté :

— Partez sans moi, j'irai vous joindre, leur dis-je.

— Non, me répondirent-ils, nous ne partirons pas sans
vous et nous vous attendrons jusqu'à midi s'il le faut.

Ceci me réveilla, je déteste me faire attendre ; aussi,
un quart d'heure après, je faisais honneur, avec eux, à
un excellent déjeuner, et, à six heures moins le quart,
nous étions tous en traîneau. Il y avait une heure que
nous étions en route lorsque nous vîmes une grosse bête
cou ant sur la neige, à notre gauche. — C'est un loup,
s'écria le colonel, qui fit arrêter le traîneau, chaussa ses
patins et s'élança à sa poursuite. Dix minutes après, les
paysans nous rapportaient le cadavre de la bête : un loup
si grand que, de son vivant, il aurait pu mettre les pattes
sur les épaules d'un homme de moyenne taille et lui
manger le nez.

Arrivés à la forêt sur laquelle l'ours était signalé,
M. Lamasky me dit que les numéros se trouvaient, non
sur la lisière, comme la veille, mais dans l'intérieur
même ; que, les traîneaux ne pouvant y pénétrer, des
paysans allaient me porter. Je refusai absolument, déclarant que je voulais m'y rendre à pied, comme les
autres chasseurs. Je me souviendrai toujours de cette
course d'un kilomètre à travers des fourrés d'arbres et
sur un sol couvert d'un mètre cinquante de neige. Cette
neige commençait à dégeler : on y enfonçait, et plus
d'une fois j'y fus enseveiie jusqu'à la ceinture. Les
paysans venaient opérer mon sauvetage. J'avais bien essayé des patins de neige, mais ils sont très-difficiles à
manœuvrer ; ils ont plus d'un mètre de long. Sur un terrain uni, s'en servir doit être aisé, mais, au milieu des
broussailles, les manœuvrer était un travail au-dessus de
mes forces. Les autres chasseurs, ce qui consolait mon

amour-propre, y renoncèrent bien vite aussi et cheminèrent, comme moi, en se cramponnant aux arbres, en cherchant comme points d'appui les racines et les roches, et, comme moi, ils s'enfonçaient à chaque instant dans la neige jusqu'à la ceinture; seul, le colonel Astachoff glissait avec aisance et facilité sur la neige et savait manœuvrer ses immenses patins de façon à tourner les arbres. Heureusement pour moi, j'avais suivi le conseil de mes compagnons de chasse et j'avais adopté la chaussure des braconniers, qui consiste en des bottes de feutre sans aucune semelle, longues de plus d'un mètre, et qu'on remplit de foin. Cette chaussure est légère et elle préserve du froid mieux que les bottes les mieux fourrées.

J'arrivai à notre numéro en nage, malgré le froid intense qu'il faisait et, de plus, fort lasse. Je m'assis sur un tapis, je m'enveloppai d'un supplément de fourrures et je déclarai au colonel Astachoff que j'allais dormir et que l'ours viendrait-il à dix pas de moi, je ne me lèverais pas, comptant sur lui pour tuer mon ennemi. Cette fois encore, la bête, au lieu de venir à notre numéro, alla à droite, à celui occupé par M. Malosémoff, qui tira deux coups de carabine qui atteignirent la bête sans l'abattre. Le colonel s'élança sur ses patins, la tourna, la fit venir à cinq mètres de moi et la tua de trois coups de carabine. Cet ours-là avait la peau dure.

Comme nous remontions en traîneau, des paysans vinrent nous dire qu'un ours était signalé dans une forêt à quelques milles de celle où nous nous trouvions.

« Il faut aller le tuer ! » nous écriâmes-nous tous en chœur. Mais la permission du propriétaire de la forêt aurait été nécessaire; nous ne pouvions la lui demander, vu qu'il habitait Pétersbourg. On décida qu'il fallait aller la demander à son garde-chasse, qui habitait un petit village peu éloigné. Pendant que ces messieurs cherchaient le dit garde-chasse, moi je rendis visite à tous les habitants de ce bourg, étonnés de voir une femme braver les fatigues d'une chasse à l'ours. Les femmes m'entourèrent, elles me firent visiter leurs maisons, m'offrirent du lait, du kwas, des gâteaux. Je pus me convaincre que le peuple russe est bon et hospitalier; il a ce caractère curieux et familier des peuples non encore très-civilisés. Je vis, dans presque toutes les maisons, de petits métiers à toile montés : les femmes faisaient de cette jolie dentelle russe pendant que les hommes tissaient de la toile. Le peuple occupe ainsi les longs mois d'oisiveté que lui fait la rigueur de l'hiver.

Bientôt ces messieurs me rejoignirent; ils étaient furieux : le garde-chasse refusait de nous permettre de chasser cet ours.

— Alors nous allons repartir, dis-je.

— Mais non, me répondit le colonel, nous allons tuer l'ours, malgré le garde-chasse ; la forêt appartient à un homme du monde qui, au lieu de se formaliser, sera enchanté d'avoir pu, sans s'en douter, nous fournir une distraction, et en tout cas nous ne nous exposons qu'à une amende de cent roubles. Partons !

Tous les habitants du village poussèrent un hourra de joie, car tous, hommes, femmes, enfants, étaient pris comme traqueurs; cela leur faisait à chacun un gain de 1 rouble 50 (à peu près 6 francs).

Ces chasses à l'ours reviennent fort cher : d'abord pour chaque ours tué on doit à l'État cinquante roubles, ensuite on doit payer les gardes-chasse et donner à chaque traqueur de 1 rouble 50 à 2 roubles. A trois ou quatre cents traqueurs, cela fait déjà une jolie somme. Aussi les gens très-riches seuls peuvent-ils se payer ce sport, et, lorsqu'on offre une chasse à l'ours à des étrangers, on lui.fait une politesse très-onéreuse pour ceux qui l'offrent.

Ce troisième ours était un vieux invalide. On eut toutes les peines du monde à lui faire quitter son gîte, il fut même impossible de le faire venir jusqu'à nous. Acculé à un arbre et poussant des rugissements terribles, il égorgeait les chiens qui allaient le harceler, sans bouger. Alors le colonel prit le parti d'aller vers lui : il fallut cinq coups de carabine pour le faire passer de vie à trépas.

Le soir même nous reprenions le chemin de Pétersbourg, chargés de nos trois ours et du vieux loup. Nous étions fiers et heureux de notre triple chasse. En trois jours nous avions fait trois cents werstes en traîneau, quatorze heures en chemin de fer, passé deux nuits blanches et une nuit sur le dur plancher d'une maison de paysans. Nous pouvions nous vanter d'avoir été de courageux chasseurs.

TABLE

F. AUREAU. — IMPRIMERIE DE LAGNY

Librairie de E. DENTU, Palais-Royal

ROMANS ET NOUVELLES, COLLECTION A 3 FR. ET 3 FR. 50 LE VOLUME

www.ingramcontent.com/pod-product-compliance
Lightning Source LLC
Chambersburg PA
CBHW061031030726
47504CB00002B/334